Tallula Demetriou ist die letzte lebende Werwölfin, und sie ist schwanger. Gejagt von ihren Feinden und gequält von ihrem Verlangen zu töten, flieht sie nach Alaska, um dort im Stillen ihr Kind zur Welt zu bringen. Als sie ihren neugeborenen Sohn in den Armen hält, scheint das Schlimmste vorbei zu sein. Doch sie muss entdecken, dass das Schlimmste gerade erst beginnt …

»Horror von seiner besten Seite – unglaublich erfindungsreich, mit Esprit und Intelligenz geschrieben, und schrecklich unterhaltsam.« The Times

Glen Duncan, geboren 1965 in Bolton/Lancashire, stammt aus einer angloindischen Familie. Er arbeitete als Buchhändler und studierte Philosophie und Literatur. Duncan veröffentlichte mehrere Romane, auf Deutsch erschien zuletzt ›Der letzte Werwolf‹. Er lebt seit vielen Jahren in London.

Weitere Informationen, auch zu E-Book-Ausgaben, finden Sie bei www.fischerverlage.de

Glen Duncan

Bad Moon Rising

Ein Werwolfroman

Aus dem Englischen von
Peter Torberg

FISCHER
Taschenbuch

MIX
Papier aus verantwortungsvollen Quellen
FSC® C083411

Erschienen bei FISCHER Taschenbuch,
Frankfurt am Main, März 2013

Die Originalausgabe erschien 2012 unter dem Titel
»Talulla Rising« bei Canongate Books Ltd, Edinburgh

Satz: Fotosatz Amann, Aichstetten
Druck und Bindung: CPI – Clausen & Bosse, Leck
Printed in Germany
ISBN 978-3-596-19163-5

Für Isobel

PROLOG

Sugar and Spice and all things nice

Talulla Demetriou, du warst ein ganz (Pause) *böses* (Pause) *Mädchen.*

Die Augen meiner Mutter blitzten stets vor Freude auf, wenn sie das sagte. Sie war selbst ein ganz böses Mädchen. Am meisten hasste sie Schwäche. Vor allem bei Frauen. Dann war sie lieber das personifizierte Böse. Und das konnte sie auch sein, wenn nötig. Sie nahm nur eine Elite zur Kenntnis: unsere Familie, eine Handvoll Freunde, gewisse Berühmtheiten. Der Rest der Welt bestand aus Idioten und Durchschnittsmenschen. *Menschen*, sagte sie dann immer.

(Gott war zwar tot, aber die Ironie noch immer quietschlebendig ...)

Später stellte ich dank meiner psychoterroristischen, katholischen Tante Theresa fest, dass ich außerdem ein schmutziges kleines Mädchen war. Ein schmutziges, verdorbenes kleines Mädchen, um genau zu sein. Als ich acht war, ertappte sie Toby Greely und mich im Keller, wie wir gegenseitig unsere primären Geschlechtsmerkmale untersuchten. In einem Augenblick waren Toby und ich allein, beobachtet nur vom ungläubigen Krimskrams im Keller – Pappkartons, ein kaputter Pingpong-Tisch und ein paar aufgerollte Sonnenschirme –, im nächsten veränderte sich die Stille, und ich wusste, es war noch jemand da. Tante Theresa stand auf der untersten Treppenstufe. Ihr Gesicht war immer feucht von Pond's Cold Cream, doch in diesem Augenblick strahlte es geradezu vor neugewonnener Göttlichkeit. Als ich mich zu ihr umdrehte, war mein Gesicht rot und übervoll. Ich hatte ein sattes, sanftes Gefühl, weil meine Hose an meinen Knöcheln hing und Toby vor mir der in die Knie gegangen war, und die Stille, die uns umfangen hatte, während er alles ausgiebig, vorsichtig – und tatsächlich zärtlich – betrachtete. Ich hatte kurz vor einer großen Erkenntnis gestanden, glaubte ich, und zu dem Schrecken, ertappt worden zu sein, kam eine geradezu prinzessinenhafte Entrüstung darüber, gestört worden zu sein. Selbst in diesem Augenblick dachte ich, Toby und ich sollten das bald wieder tun.

»Talulla Demetriou«, sagte Tante Theresa, »du bist ein schmutziges kleines Mädchen.« Und da dies den Kern der Sache noch nicht ganz traf, fügte sie hinzu: »Ein schmutziges, verdorbenes kleines Mädchen.«

Das schmutzige, verdorbene kleine Mädchen war hübsch und mochte schlimme Sachen. In der zehnten Klasse war sie mit Lauren Miller befreundet gewesen, die ebenfalls hübsch war und schlimme Sachen mochte. Da gab es zum Beispiel ein gefühlsduseliges, ständig verschnupftes Mädchen, dass sie quälten und dem sie den Spitznamen VEA gaben (VERGEWALTIGUNG AUSGESCHLOSSEN) gaben. Eines Tages saß das schmutzige, verdorbene kleine Mädchen in der Pause auf Jason Wells' Schoß, Lauren rief VEA im Vorbeigehen etwas Gemeines zu, und man konnte an VEAs Gesicht erkennen, wie tief sie getroffen war, tief im Herzen, und im selben Augenblick drückte Jasons Ständer gegen den Hintern des schmutzigen, verdorbenen kleinen Mädchens, und das schmutzige, verdorbene kleine Mädchen hatte wieder dieses satte, weiche Gefühl und wusste, es gab da eine Verbindung. Es war, als würde der Teufel seine Arme von hinten um dich legen, und du lehnst dich zurück und genießt die angenehme, überraschende Wärme.

Im College wusste das wirklich böse, schmutzige, verdorbene kleine Mädchen ein für alle Mal, dass sie Erfüllungsgehilfin der dunklen Mächte war. Sie gehörte zur schlimmsten Sorte junger Frauen: Eine, die um die engagierte, politisierte Frau weiß, die sie werden sollte, aber es dann nicht wird, sondern sich weiter zu bösen Jungs hingezogen fühlt und die falsche Art von sexuellen Phantasien hat und sich so attraktiv wie nur möglich macht und letztlich akzeptiert, dass sie zu selbstsüchtig und gutaussehend und faul und abartig ist, um jemals das Leben zu führen, dass sie hätte führen sollen. Gegen Ende des zweiten Jahres las sie in aller Öffentlichkeit die falschen Autoren und litt nicht länger jedes Mal Höllenpein, wenn sie ein sexy Kleid oder ein politisch höchst unkorrektes Paar Schuhe trug oder sich von einem Kerl in den Hintern ficken ließ, wobei es sich, das muss der Gerechtigkeit halber erwähnt werden, um ein Privileg handelte, das sie sehr (Pause) *sehr* (Pause) selten gestattete, meist mit gemischten Gefühlen oder wenn sie hackedicht war.

Schließlich krönte das wirklich böse, schmutzige, verdorbene kleine Mädchen ihre Karriere des moralischen Abgleitens dadurch, dass sie das Studium der Literatur sausenließ und Geschäftsfrau wurde. Eine Dienerin des Mammons! Wenig überraschend – eigentlich sogar mit leichtfüßiger Befriedigung – stellte sie fest, dass sie ein Händchen für das hatte, was ein späterer Liebhaber (der größte von allen) als »Schweinkram und das Know-how des amerikanischen Kapitalismus« nannte. Ihre Mutter war enttäuscht, aber auch eitel genug, um geschmeichelt zu sein, wie sehr ihre Tochter ihr nachkam.

Angesichts der Vorgeschichte des wirklich bösen, schmutzigen, verdorbenen kleinen Mädchens war es erstaunlich, dass ihre Ehe nicht deshalb scheiterte, weil sie ihren Gatten betrog, sondern ihr Gatte sie. Sie genoss einen kurzen Aufenthalt auf der moralischen Hochebene.

»Kurz« ist dabei das Stichwort. Kaum hatte sie sich an die köstliche Befriedigung gewöhnt, alles mögliche Schlimme zu sein, *aber wenigstens bin ich kein beschissener Lügner, du Arschloch*, wurde sie eines Nachts in der Wüste von Arizona von einem Werwolf gebissen und war gezwungen, von der moralischen Hochebene für immer Abschied zu nehmen. Sie stellte fest, dass sie nicht nur einmal im Monat Menschen töten und fressen konnte, sondern dass ihr das auch noch gefiel.

Bis sie feststellte, dass sie schwanger war. Damit begann eine völlig neue Art von Scherereien.

ERSTER TEIL

Geburt

Was auch immer unsicher ist auf diesem
stinkigen Misthaufen von einer Welt,
die Mutterliebe ist es nicht.

James Joyce – Ein Portrait des Künstlers
als junger Mann

1

»Oh. *Mon Dieu*«, sagte Cloquet, als er die Haustür öffnete und mich auf dem Boden liegen sah. *»Merde.«*

Ich lag auf der Seite, hatte die Knie angezogen, das Gesicht schweißnass. Schwangerschaft und Hunger vertrugen sich nicht. Tatsächlich hassten sie sich. Ich stellte mir das Baby vor, wie es Werwolfsfingernägel gegen meine Gebärmutter presste – fünf Glassplitter auf der Hülle eines Ballons. Und die Schuld lag allein bei mir: Als ich es hätte loswerden können, wollte ich nicht. Jetzt, wo ich es wollte, war es zu spät. Das Gewissen des alten Lebens stellte fest: *Geschieht dir recht.* Ich hatte dem Gewissen schon vor Monaten gekündigt, aber es trieb sich immer noch hier herum, elend, unrasiert, wusste nicht wohin.

»Hast du es bekommen?«, fragte ich keuchend. Hinter Cloquet ging die offene Tür auf tiefen Schnee hinaus, auf den Rand eines Fichtenwalds, auf zarte Konstellationen. Selbst in diesem Zustand griff mich Schönheit an. Ästhetische Überempfindlichkeit war ein Nebenprodukt der Schlächterei. Wie sich herausstellte, war das Leben voll von solchen amoralischen Zusammenhängen.

Cloquet eilte zu mir hin. »Ruhig liegen bleiben«, sagte er. »Versuch nicht zu sprechen.« Er roch nach draußen, nach dichtem Immergrün und der fernen Nordluft, wie etwas von Engelsflügeln Gereinigtes. »Du hast Fieber. Hast du ausreichend getrunken?«

Zum zigsten Mal wünschte ich mir, meine Mutter würde noch leben. Zum zigsten Mal dachte ich, wie unaussprechlich glücklich ich wäre, wenn sie und Jake jetzt grinsend zur Tür hereinkämen. Meine Mutter würde ihre Tasche in einer Wolke aus Chanel auf den Tisch plumpsen lassen und sagen: »Um Himmels willen, Lulu, schau dir mal deine Haare an« – die Last würde von mir abfallen, und alles wäre in Ordnung. Jake müsste gar nichts sagen. Er würde mich anschauen, und es würde in seinen Augen stehen, dass er immer und ewig für mich da sein würde – und die Albträume würden sich auf eine Handvoll lösbarer Probleme reduzieren (Natürlich hatte ich mit ihren Geistern gerechnet, nach ihnen verlangt. Bekommen hatte ich nichts. Wie sich herausstellte, interessierte sich das Universum ebenso wenig für die Bedürfnisse eines Werwolfs wie für jene eines Menschen).

»Talulla?«

Ich krümmte mich wieder vor Schmerz. Er ballte sich unter meinen Zehennägeln, erhitzte mir die Augäpfel. Wolf grinste und trat und drängte in meinem Blut. Na komm, was sind schon ein paar Stunden unter Freunden? Lass mich raus. Lass mich *raus*. Jeden Monat dasselbe wahnwitzige Bedrängen, dieselbe sinnlose Ungeduld. Ich schloss die Augen.

Schlechte Idee. Sofort lief der verhasste Film wieder ab: Delilah Snows Zimmer, die Schranktür geht auf, der hohe Spiegel zeigt mich in all meiner grotesken Pracht. Was ich war, zu was ich fähig war, die ganze Bandbreite meiner Möglichkeiten. Ungeheuer. Mörderin. Werdende Mutter.

Ich schlug die Augen auf.

»Ich hole dir etwas Wasser«, schlug Cloquet vor.

»Nein, bleib hier.«

Ich hatte mich in seinem Mantel festgekrallt und drehte daran. Meine Toten stöhnten und pulsierten. Meine Toten.

Meine ruhelosen Mitbewohner. Meine zwangsweise dreizehnköpfige Familie. Diese Geister, ja, natürlich, so viele Sie mögen. Die einzige Möglichkeit, sicherzugehen, dass man niemals jene verliert, die man liebt. Die Methode Jeffrey Dahmer. Extrem, aber wirkungsvoll.

»Luft holen, *chérie*, Luft holen.«

Ein Glassplitterfingernagel nach dem anderen zog sich zurück. Der Schmerz verkroch sich in sich selbst, wie der Zeitraffer einer sich schließenden Blüte. Nach und nach schaffte ich es mit Cloquets Hilfe bis zum Lehnsessel. Wolf grinste. Das Grinsen des Gefangenen für seinen Wächter, wenn er weiß, dass die Ausbruchsbande bereits auf dem Weg ist.

»Hast du es bekommen?«, fragte ich erneut, als ich wieder Luft bekam. »Sag mir wenigstens, dass du es hast.«

Cloquet schüttelte den Kopf. »Es hat eine Verwechslung gegeben. Es hängt in der Frachtfreigabe in Anchorage fest. Es wird Samstag früh in Fairbanks sein. Es wird aber noch mehr Schnee geben. Ich werde den Schneeschlitten mit dem Anhänger nehmen müssen.«

Ich erwiderte nichts darauf. Ich dachte an ein Kunstwerk, das ich mal im Museum of Modern Art gesehen hatte: ein Fötus ganz aus Stacheldraht. Lauren und ich hatten nur stumm dagestanden und es betrachtet.

»Keine Sorge«, beschwichtigte mich Cloquet. »Das sind nur zwei Tage. Der Termin ist erst in sechs Wochen. Ich werde Samstag gleich in der Frühe nach Fairbanks zurückfahren. Sie haben versprochen, dass es da ist. Es muss.«

›Es‹ war eine Lieferung an Gerätschaften zur Geburtshilfe, darunter Sauerstoffgerät, Zangen, Stethoskope für Fötus und Mutter, Herzmonitor, PCA-Pumpe, Sphygmomanometer und Nähzeug. Mit ›Fairbanks‹ war Fairbanks, Alaska, gemeint. Mein sich an jeden Strohhalm klammerndes Unterbewusstsein hatte Schnee als sterile Umgebung angesehen, als natürliche Klinik, also hatte Cloquet diese umgebaute Jagdhütte mit den freigelegten Balken, mit Holzofen und den Schränken gefunden, die nach Kampfer rochen. Dreitausend Dollar die Woche, keine Nachbarn im Umkreis von fünfzehn Meilen, kein Telefonempfang, eine halbe Meile Schotterpiste durch die von Weihnachtsbäumen verzauberte Stille bis zum Highway. Von dort aus waren es bis Fairbanks noch neunzig Minuten nach Südwesten. Ich konnte so laut schreien, wie ich wollte. Niemand würde mich hören. Ich hatte eine wiederkehrende Vision von mir selbst, wie ich in einer Blutlache auf dem Esstisch lag und so laut schrie, wie ich wollte. Ich hatte eine Menge solcher wiederkehrender Visionen.

»Macht nichts«, meinte ich. »Dieses Ding wird mich sowieso umbringen.« Unnötig. Nach Delilah Snow war ich voll mit solch willkürlichen Grausamkeiten. Ich wusste ja, wie sehr die Angst, ich könne sterben, an Cloquet nagte, jetzt, da er Blut an den Händen hatte. Auf einen Werwolf aufzupassen, machte einen für jede andere Tätigkeit ungeeignet. Wie der arme Harley hätte bestätigen können, wenn ihm nicht der Kopf abgeschnitten worden wäre.

Cloquet nahm die Kränkung klaglos hin, schloss die Tür und zog seine Thermohandschuhe aus. Die Kälte hatte seinem Gesicht ein Aussehen von überraschter Unschuld verliehen. Die Tage des Eyeliners waren vorüber. Er zog ein großes, weißes verknülltes Taschentuch hervor und putzte sich die Nase. Er tat mir leid. Manchmal sah ich ihn so, menschlich, die geschundene Person und den Weg zurück in seine Kindheit, voller falscher Abbiegungen und hässlicher Zwischenfälle. Vor langer Zeit war er ein kleiner Junge gewesen, mit Seitenscheitel und einer flüchtigen Welt aus geliebtem Spielzeug und stürmischen Erwachsenen. Wie er so mit gerunzelter Stirn und wunder Nase schniefte und wischte, sah ich das Bild dieses dunkeläugigen Kindes vor mir, das allein auf einem Anlegesteg steht, über das schwarze Wasser hinaussieht und auf ein Wiedersehen hofft, das niemals stattfinden wird. Zärtlichkeit stieg in mir auf – doch wie aus einem linkischen Reflex heraus überdeckt durch die neue Kraft, die meinte, das passe nicht hierhin, das gehöre sich nicht. Zu viel anderes ging in mir vor, um dem zu widersprechen, aber ich hatte bereits klargestellt, dass ich keine Regeln mochte. Gott allein weiß, wem gegenüber ich das klargestellt hatte. Irgend so eine unklare Werwolfsangelegenheit, an die ich noch nicht mal glaubte.

»Wie geht's?«, fragte Cloquet.

»Besser.«

»Wenn du doch nur die Medikamente nehmen würdest.«

Sag nein zu Drogen. Hatte ich bislang getan. Paracetamol, Pseudoephedrin, Kodein, Demerol, Morphin. Alle mit möglichen Nebenwirkungen, die meine Phantasie sich ausmalte. *Einnahme dieser Medikamente im ersten Trimenon kann zu Verhaltensauffälligkeiten beim Kleinkind führen.*

Verhaltensauffälligkeiten. Jake und ich hätten uns nur angesehen. Aber Ironie war wie ein Geheimnis: Ungeteilt ging sie ein. Jake und ich hätten. Jake und ich. Jake. Ich. Es gab solche Augenblicke, in denen es zwischen mir und der Wirklichkeit seines Todes nichts gab und Zukunft wie eine riesige Ebene voller Abgründe und falscher Perspektiven vor mir gähnte. Solche Augenblicke, wusste ich, würde es immer häufiger geben, bis sie schließlich keine Augenblicke mehr waren, sondern kontinuierliche, niederschmetternde Normalität. Normalität war, dass die Geburt unseres Kindes angeblich alles lindern würde.

»Die heben wir uns für den Zeitpunkt auf, wenn ich sie wirklich brauche«, sagte ich.

Wir beide wussten, dass ich sie jetzt schon brauchte, wo der Wolf bereits das Zimmer mit seinem Gestank erfüllte, mir Stacheldrahtschocks durch die Fingernägel zuckten,

Eisen in meinen Augenzähnen schepperte und draußen das schmutzige Gerede der Wildnis wisperte. Bis zur Verwandlung waren es keine vierundzwanzig Stunden mehr.

»Du musst nicht tapfer sein«, meinte er.

»Bin ich nicht. Ich denke nur vorausschauend.« Ich wollte nicht vorausschauend denken. (Ich wollte auch nicht zurückdenken. In beiden Richtungen drohte nur Schrecken.) Ein Freund der vielseitigen Alison hatte mal beschrieben, wie es war, seiner Frau bei der Geburt zuzuschauen. *Ich würde euch ja gern erzählen, dass es schön war*, hatte er gesagt, *aber eigentlich sah es so aus, als hätte ihr jemand eine Schrotflinte an die Scheide gehalten*. Dieses Bild tauchte immer wieder auf, genau wie das Video im Sexualkundeunterricht in der Highschool, vergilbte Aufnahmen von einer Frau mit dicken Oberschenkeln, die schweißgebadet ein Kind gebar. Wir Teenies waren total angewidert. Lauren hatte zu mir gesagt: »Scheiß auf das Wunder des Lebens, wo muss ich mich für eine Hysterektomie anmelden?«

»Ich gehe und schaue unten nach«, sagte Cloquet.

»Nein, ich gehe.«

»Du musst dich ausruhen.«

»Ich muss mich bewegen. *Au*. Scheiße.« Das Baby tanzte, kratzte in mir. Es schickte mir heftige Kommuniqués. Immer dasselbe: *Ich habe dich gesehen. Im Spiegel. Dich und Delilah Snow*. Mutter.

Ich erstarrte, wartete darauf, dass der Schmerz sich wieder in sich selbst zurückzog.

»Und du willst wirklich nichts?«, fragte Cloquet.

Ich schüttelte den Kopf. Dann hielt ich ihm die Hand hin. »Ich glaube nicht, dass ich allein hochkomme.«

2

In der einen Minute bist du die kleine Lula, acht Jahre alt, sitzt am Tresen des Diners in der Tenth Street und trinkst im Schein der pinkfarbenen Coors-Neonreklame einen Vanillemilchshake – in der nächsten dann das hier, der Gestank von Leber unter den Fingernägeln, und das Wasser in der Dusche läuft dir rot um die Füße. Als Gedankenexperiment begehst du Selbstmord. *Ich mache es nicht. Eher bringe ich mich um.* In Wirklichkeit tust du es nicht. In Wirklichkeit tötest und frisst du jemand anderen. Du fängst an einer Seite des Experimentes an, denkst alles durch und kommst am anderen Ende wieder heraus. Du hast einen Menschen getötet und gefressen. Blut zwinkert an deinen Fingern, drückt die Haare an Armen und Schnauze platt. Das verschlungene Leben schlägt in dem, was es rührenderweise für einen schlechten Traum hält, wild um sich. Der Mond geht unter. Am folgenden Tag erwachst du in Bettzeug, das nach Weichspüler duftet. Im Fernsehen läuft CNN. Es riecht nach Kaffee. Draußen ist es schön oder nicht. Im Spiegel siehst du dein menschliches Antlitz. Die Welt ist, wie du feststellst, ein Ort von beängstigender Stetigkeit. *Ich habe sein Herz gefressen.* Unglaublich, dass die Worte sich nicht weigern, nicht rebellieren. Aber warum sollten sie? Hast du doch auch nicht getan. Stimmt schon, da ist das Entsetzen. Aber das Entsetzen vergeht wie die Ebbe: Jede einzelne Welle versandet ein Stück weiter draußen. Schließlich ist das Wasser fort. Schließlich ist da nur das seufzende Delta, das neue Ich, die Werwölfin.

Niemand, der mich kannte, wäre überrascht gewesen. Lauren nicht. Richard nicht. Tante Theresa nicht. Auch nicht mein Dad, wenn er ehrlich gewesen wäre. Ganz sicher nicht meine Mutter. An ihrem letzten Nachmittag hatte sie zwischen Morphinschüben die Augen aufgeschlagen und gesagt: »Alles.«

Mein Dad war ins Bad gegangen. Ich war allein mit ihr. Nahm ihre Hand.

»Was ist, Ma?«

Die Krankheit und die Medikamente hatten ihr eine traumatisierte Version von Schönheit verliehen. Als Kind hatte ich ihr am liebsten dabei zugeschaut, wie sie sich zum Ausgehen fein machte, was sie immer voller Ironie tat, so als sei das unter ihrer Würde, doch im letzten Augenblick, wenn sie fertig war, warf sie mir im Spiegel einen Blick heimlichen Einverständnisses zu, von Frau zu Frau. Ich liebte diesen Blick.

»Du«, sagte sie, kaum genug Feuchtigkeit im Mund, um die Worte herauszubringen. »Willst alles. Wie ich.«

Wir sahen uns an. Einen merkwürdigen, ausgedehnten Augenblick war es, als seien wir eine Person. »Ich will nicht gehen«, sagte sie. Dann holten die Medikamente sie wieder ein, und sie schloss die Augen. Das waren ihre letzten Worte. Vier Stunden später war sie tot.

Ich hatte drei immer wiederkehrende Tagträume. In einem davon lebte ich mit einer zwölfjährigen Tochter in einer Villa in Los Angeles. Türkisblauer Swimmingpool, Kaktusgarten, Sonnenschein, Cloquet mit Strohhut und in Bermudas, der uns Französisch beibringt.

Im zweiten gab es einen kleinen Werwolfjungen in zerfetzter Schuluniform, blutbedeckt, ein einsamer Augapfel in der Brotdose, eine menschliche Zunge baumelt aus der

Jackentasche. Natürlich war das düster und komisch. Wenn es keinen Gott gibt, ist sinistre Komik immer eine Möglichkeit.

Drei Tagträume, sagte ich.

Ich weiß.

Noch nicht.

Auf halber Strecke die Kellertreppe hinunter gaben meine Beine nach. Ich klammerte mich am Geländer fest, ging auf die Knie und übergab mich. Galle und Wasser, denn seit zwölf Tagen hatte ich nichts Festes zu mir genommen. Das war nicht immer so gewesen. Die ersten achtzehn Wochen meiner Schwangerschaft hatte ich locker und beschwerdefrei hinter mich gebracht. Dann hatte sich das schlagartig geändert. Krämpfe, Erbrechen, nächtliche Schweißausbrüche, Sehstörungen, Nasenbluten, Rückenschmerzen, Durchfall, Unterleibsschmerzen, dass mir die Luft wegblieb. Über Nacht hatte mich die Biologie zum Boxsack erkoren. Wenn ich Glück hatte, gab es nach der Verwandlung eine Ruhepause von einer Woche, in der die körperliche Gewalt nachließ, aber wenn der Mond ins erste Viertel kam, ging alles wieder von vorn los, und je größer der Hunger wurde, desto mehr prügelte mir die Mutterschaft die Scheiße aus dem Leib. Jetzt kam zum Fluch noch ein zweiter hinzu: Du hungerst, aber dein Hunger macht dich krank. (Mein letztes Opfer, ein nach Zwiebeln und Whiskey schmeckender Zuhälter in Mexico City, hatte keine Stunde, nachdem ich ihn verschlungen hatte, zu einem nicht jugendfreien Erbrechen geführt. Ein sinnloser Tod. Nun war er ein Fremdkörper unter meinen Toten, verwirrt und zornig darüber, nicht vollständig aufgenommen worden zu sein – oder darüber, aufgenommen und dann wieder halb hinausgewürgt worden zu sein.) Eine Weile klammerte ich mich an die moralische Theorie, dass die Mutterschaft den Mord verabscheuen würde. Doch dann waren Dinge geschehen. Es waren Dinge geschehen, und die Theorie ging über Bord.

»Schon in Ordnung«, krächzte ich zu Kaitlyn hinab. »Ich bin's nur.«

Was man so von sich gibt: Ich bin's nur. Deine Kidnapperin. Wie beruhigend. Kaitlyn erwiderte nichts darauf. Sie stand neben dem Feldbett und hielt das Kabel, mit dem sie gefesselt war, in der Hand. Dreiundzwanzig, laut ihrem Führerschein. Blasse Haut, fettige blonde Haare, leicht hervorquellende blaue Augen und einen wie aufgeblasenen Puppenmund. Alles in allem nicht ganz sauber (ich sah einen dreckigen Bauchnabel vor mir, und in ihrem Zimmer würde es wohl aussehen, als hätte sich ein Poltergeist ausgetobt), aber schlank und hübsch genug, um mit nichts Schlimmerem als einem One Night Stand zu rechnen, als Cloquet sie in Fairbanks aufgabelte. Sie hatte sich früh dem Glauben hingegeben, dass Sex das Einzige sei, was sie zu bieten hatte, und verbrachte viel Zeit damit, im Bett Dinge zu tun, die sie eigentlich nicht tun wollte, aber, he, weißt du, so sind die Jungs, so ist die Welt. Es gab Millionen junger Frauen wie sie in ganz Amerika. Ich war nie eine von ihnen gewesen. Als Kind hatte ich Liebe erlebt und Winternächte, in denen mein Dad mich durch die Sternbilder geführt hatte. Ich hatte katastrophale betrunkene Onkel, die mit trübem Blick meine acht Jahre alte Meinung hören wollten, und scharfsinnige Tanten (Theresa ausgenommen), die gegen den Vietnamkrieg demonstriert hatten. Ich hatte die *Ilias* und Emily Dickinson und den phantastischen Blick auf das Ego meiner Mutter und ihre unverschämte Einstellung, was ihr ihrer Meinung nach alles zustand.

»Das mit dem Lösegeld ist gelogen, oder?«, wollte Kaitlyn wissen, als ich unten angekommen war. »Ich mein, ich bin ja nicht blöd. Niemand, der sich einen Dreck für mich interessiert, hat Geld.« Die Heulphase hatte sie bereits hinter sich. Sie hatte auch alle anderen dramatischen Phasen hinter sich: Schock, Entsetzen, Wut, Trauer. Sie hatte zweiundsiebzig Stunden gebraucht. Nun herrschte nur noch mechanisches Elend. Hielten wir sie lange genug fest, würde Langeweile dazukommen. Schließlich Schicksalsergebenheit. Aber natürlich würden wir sie nicht so lange festhalten. »Warum gehst du immer wieder runter?« wollte Cloquet wissen. »Du musst nicht in Kontakt mir ihr treten. Ich kümmere mich schon darum.«

»Das ist doch Blödsinn«, fuhr Kaitlyn fort. »Ich weiß es. Es geht überhaupt nicht um Lösegeld.«

Die Geschichte mit der Entführung war ein Gefallen gewesen. Um das Loch zu füllen, das ansonsten mit schrecklichen Vorstellungen gefüllt worden wäre. Wenn auch nicht mit der einen richtigen schrecklichen Vorstellung, nicht in hundert Jahren. Sie tat mir leid. Der Fluch nahm einem nicht das Mitgefühl. Er wartete nur darauf, das die Verwandlung sie zu Grausamkeit umformte. Deshalb kam ich immer wieder her, ich wollte abschätzen, wie viel von meinem Menschsein noch vorhanden war. Zu viel. Immer zu viel. Das war das Genie der Lykanthropie: Die Trennung der Arten wurde nie ganz vollzogen. Ganz gleich, was man den Menschen auch antat, ihre Anforderung an die eigenen Gefühle hielt stets an. (Wolf rollte die Augen. ›Natürlich ist das so. Wenn nicht, dann wäre es ja nicht so unglaublich gut, sie zu töten und zu fressen, oder?‹)

»Sagen Sie es mir«, flehte Kaitlyn.

Ihre Jeans rochen appetitanregend sauer. Meine Hände waren voller geschäftiger Schwäche. Vor drei Monaten hatte ich einen vierundzwanzigjährigen Wanderer in den Alleghenies gefressen. Er war ganz mit rostbraunem Flaum bedeckt und voller überraschend geschmeidiger Kraft gewesen, ganz wie ein Kaninchen oder eine Gans, wenn man sie packt. Er war noch nie verliebt gewesen. Jede Menge unverbrauchter Liebe schlummerte in ihm. Mit freundlichen Grüßen der sinistren Komik fand ich, Kaitlyn könnte gut zu ihm passen. Sie würden gut füreinander sein. Wenn sie sich begegneten. In mir. Talulla, die Heiratsvermittlerin. Das ist so eine Sache mit der sinistren Komik: Wenn man einmal damit anfängt, nimmt das kein Ende mehr.

»Nicht«, sagte Kaitlyn, als ich einen Schritt näher kam. Ohne jede Vorwarnung war Wolf aufgeflammt, hatte sich breitgemacht, war gegen ihre Intuition gestoßen wie ein Daumen auf einen blauen Fleck. Frische Angst öffnete ihre Poren, gab bedrohliche Pheromone von sich, die mit der säuerlichen Jeans eine Mischung eingingen, bei der einem das Wasser im Mund zusammenlief. Das Tier bewegte sich in meinen Kiefermuskeln, schauderte, schwoll an, schien für eine Sekunde lang durchgebrochen zu sein – dieser vertraute Trick, der so überzeugend war, dass ich die Hand zu der Stelle hob, wo meine riesige Schnauze hätte sein sollen. Nichts. Natürlich nicht. Noch nicht.

»Warum machen Sie das, sagen Sie es mir«, jammerte Kaitlyn den Tränen nah.

Ich erwiderte nichts darauf, aber ich wusste, wenn ich meinen Kopf hob, würde das Ungeheuer durch meine Augen schauen. Kaitlyns Gesicht verzog sich und zitterte. Der niedrige Raum schien plötzlich alles zu verraten, und ich war wie keine andere Frau, die sie je gesehen hatte. Sie legte sich eine Hand an den Hals, wo ihre Haut so blass war wie das Fruchtfleisch eines Apfels. Die Geisterkrallen zerrten an den Nerven unter meinen Nägeln. Sie kannten die weichen Spannungen des Körpers, die Freude des Zerreißens. Einen Augenblick lang ahnte die Frau, was von mir ausging, etwas, das sie für *nicht menschlich* hielt – doch dann packte mich wieder die Übelkeit, und ich wendete mich ab und würgte noch mehr Galle hoch. Meine Finger und Zehen zerrten an ihren Gelenken. Meine Eckzähne schmerzten wie von Nadeln gestochen. In Kaitlyn ging eine Mauer hoch gegen das, was sie dachte, denn *nicht menschlich*, das hieß, nun ja, verrückt.

»Wie können Sie so etwas tun?«, fragte sie, ohne genau zu wissen, was sie meinte. »Ich meine, Sie sind doch schwanger, verdammt.«

Ich hatte gedacht, sie würde sagen: Ich meine, Sie sind doch eine *Frau*, verdammt.

Eigentlich war ich keine Frau, aber selbst ich, das schmutzige, verdorbene kleine Mädchen, das ich war, hatte mich gefragt, ob der Fluch nicht eine Gelegenheit war, der Schwesternschaft verspätete Hilfe anzubieten, indem ich mir nur männliche Opfer suchte. Arschlöcher, wann immer möglich. Aber Wolf hatte einen aggressiv allumfassenden Geschmack, forderte das Gute, das Schlechte, das Hässliche, das Schöne – und alles dazwischen. Jake hatte es ebenfalls mit einer strikten Diät der Bösewichter versucht (er hatte mal fünf Mörder hintereinander gefressen), aber das Ungeheuer hatte zurückgeschlagen und ihn als Reaktion darauf zu einer Reihe von Unschuldigen gezwungen. »Wolf hat den Hunger Gottes, Lu«, hatte er gesagt. »Oder den der Literatur. Er will die ganze menschliche Bandbreite, von den Heiligen bis zu den Irren. Glaub mir, der Mistköter wird es nicht dulden, wenn du versuchst, an der Waagschale zu manipulieren.« Jake hatte einen Sinn für sinistre Komik. Die war sein *modus operandi* – wenn auch nicht ausschließlich. Er brauchte auch einen Sinn. Die Überlebensausrüstung des Werwolfs, sinistre Komik und ein Ziel. Einhundertsiebenundsechzig Jahre lang war sein Sinn die Buße gewesen. Dann hatte er mich kennengelernt – und das Ziel war die Liebe.

»Haben Sie mich gehört?«, fragte Kaitlyn.

Ich streckte mich, wischte mir den Mund ab und wartete

darauf, dass die Übelkeit nachließ. »Es ist bald vorbei«, beschwichtigte ich sie. »Ich bin nur gekommen, um zu schauen, ob du etwas brauchst. Er wird dir nachher etwas zu essen bringen.«

3

Richard, mein Ex-Mann, hat mal gesagt: »Ich hasse diesen arroganten Blick, den eine Frau aufsetzt, wenn sie schwanger ist, so als ob ihre Möse nun einer höheren Bestimmung folgt.« So drückte er sich aus, wenn er jemanden beleidigen wollte, doch im Grunde wussten wir beide, dass er es auch so meinte. Ich hatte das selbst schon bei Schwangeren beobachtet, diesen neuen Schwerpunkt, diesen huldvollen Autismus. Und als man mir die Schwangerschaft ansah, hatte ich beobachtet, wie manche Menschen das auch an mir entdeckten: eine Frau, reich an oder dumm vor Gewissheit, die vor hirnverbrannter Autarkie nur so glühte. Selbst der Kummer kam nicht dagegen an. Ich konnte in einem Motel auf dem Badezimmerboden zusammengekrümmt liegen, das Gesicht verdreckt vor Tränen und Schnodder, weil mein idiotisches Herz nicht damit aufhören konnte, in die Leere zu greifen, wo Jake hätte sein sollen – doch ein Teil von mir blieb stets versiegelt, unangetastet, umschloss das neue Leben, das ich trug, wie ein Kraftfeld.

Bis zu der Nacht, als ich Delilah Snow begegnete. Danach brach dieses Kraftfeld faktisch zusammen.

Als ich mich nach oben in mein Zimmer geschleppt hatte, waren die Krämpfe so stark geworden, dass ich es nicht bis zum Bett schaffte. Mein Gesicht war eine neuralgische Landkarte. Mir klapperten die Zähne. Langsam ließ ich mich auf Hände, Knie und Stirn sinken. Der dünne Inupiat-Teppich roch angenehm nach Staub, Patschuli und Schimmel. Dank der Schmerzen hatte ich die einfachen Freuden wiederentdeckt, sich an allen möglichen Orten hinzulegen. Ich hörte, wie Cloquet unten die Waffen kontrollierte. Das tat er, um sich zu beruhigen. Im ganzen Haus hatten wir schwere Geschütze aufgefahren. Maschinengewehr im Wäschekorb. Flammenwerfer unter der Spüle. Armbrüste in den Schränken. Ein Dutzend Granaten. Unter meinem Kissen lagen vier Holzpflöcke und eine Glock. (Glocks, Colts, Springfields, Walthers, Tri-Stars, Magnums, Berettas. Bis zum Fluch war der Besitz einer Waffe für mich genauso unwahrscheinlich gewesen wie der Besitz eines Elefanten. Nun hätte ich ein Geschäft damit aufmachen können.)

Ich brauchte eine ganze Weile, bis ich ins angrenzende Zimmer gekrochen war und mir ein Bad einließ. (Ich hatte viel gebadet, weniger als physische Erleichterung denn als psychologischer Trost: Ein Bad erinnerte mich an meine Teenagerzeit, an das kleine weiße Badezimmer im zweiten Stock des Hauses in Park Slope, in das ich mich zurückzog und mich einweichte, las und brütete, Pläne schmiedete, meinen Körper betrachtete und mich befriedigte.) Mich auszuziehen war eine echte Herausforderung. Für einen kurzen Moment kniete ich vor dem Spiegel. Steinerne Brüste, mit Adern überzogen, die ich noch nie gesehen hatte. Ein Bauch so dick wie ein Hexenkessel. Der Bauchnabel, der wie eine anzügliche Geste herausragte. »Ist ja widerlich«, hatte Lauren über die massige Schwangerschaft ihrer Schwester gesagt. »Sie war mal schön. Jetzt ist sie nur diese fette, watschelnde Kuh.« Lauren hätte lieber gar keinen Körper gehabt. Was sie betraf, hatte ihr Körper es ständig darauf abgesehen, sie anzuwidern oder sie in der Öffentlichkeit zu blamieren. Ich weiß noch, wie sie reagierte, als ich ihr – eine Weile bevor wir beide so weit waren – erklärte, was die Menstruation war. »Was meinst du damit, du blutest ein Ei aus? Ein *Ei?* Himmel nochmal, Lu, das ist so was von widerlich. Warum denkst du dir solches Zeug aus?« Doch noch während sie mir widersprach, war mir klar, sie wusste, dass ich nichts erfunden hatte. Ich vermisste sie. Sie war inzwischen silikonisiert und von einem Gangster aus Los Angeles geschieden. Wir hatten seit Jahren nichts mehr voneinander gehört gehabt, und ganz gleich, wie lange wir uns unterhielten, wir holten die alten Zeiten nie wieder zurück.

Ich wuchtete mich auf die Kloschüssel und blieb dort erschöpft hocken.

»Ich habe nie ein wildes Tier gesehen, das Mitleid mit sich hatte«, zitierte meine Mutter immer, hob mein Kinn mit ihren Fingerspitzen und trocknete mir die Tränen mit dem Ärmel. »Ein kleiner Vogel wird erfroren vom Ast fallen, ohne jemals Mitleid mit sich selbst gehabt zu haben.« Es half jedes Mal, bis ich eines Tages, ich war siebzehn und verkatert und voller Liebeskummer, auf sie losging und sagte, dass wilde Tiere qua Definition nicht in der Lage seien, Selbstmitleid zu haben, und dass das ein blödes Scheißgedicht sei und D. H. Lawrence ein Arschloch. Darauf erwiderte sie nur: »Ach, ich wusste ja gar nicht, dass du jetzt alles so wörtlich nimmst. Schätze, du hast dich den Menschen angeschlossen. Wie schade.«

Ein massiver Krampf entriss mir etwas. Ich stand zittrig auf und sah in die Kloschüssel.

Blut. Mein Blut. Viel. Einen Augenblick dachte ich, ich hätte eine Fehlgeburt erlitten. Erleichterung, Panik, Aufregung und Wut – dann die Erkenntnis, dass ich natürlich keine Fehlgeburt hatte, dass ein siebeneinhalb Monate alter Fötus nicht einfach so herausflutscht, dass es keine Grenzen der Idiotie gab, die ich nicht überschreiten konnte. Die Kloschüssel bewahrte mein Blut mit einer Art Pathos auf, etwas Trauriges und Hässliches, das zu zeigen sie verdammt war. Ich stand da, sah nach unten und trauerte um das kleine Mädchen, das ich mal gewesen war, welches keine Ahnung von den fürchterlichen Veränderungen hatte, die sie heimsuchen sollten.

Ich habe nie ein wildes Tier gesehen …

Ich spülte das Blut weg. Mit Gänsehaut und schmerzendem Kopf stieg ich in die Wanne, ließ mich hineingleiten, bis die Schultern unter Wasser waren. Die Wärme nahm dem Schmerz die Schärfe, und die Temperaturveränderung überraschte das Baby, das still wurde. Ich dachte an Kaitlyn, die gesagt hatte: »Wie können Sie so etwas tun? Ich meine, Sie sind doch schwanger, verdammt.«

Dann überquerte etwas Schweres, Lebendiges das Dach, sehr nah und sehr schnell.

4

WOKOP. Vampire. Egal wer. Sie hatten uns entdeckt.

Adrenalin von null auf sechzig – im Handumdrehen. (Und wie ein Blitz die überraschende Erleichterung: Sie töten mich, dann ist alles vorbei, ich bin tot und bei Jake oder wenigstens bei Mom. Ich hatte eine Vision von uns dreien in einer schönen römischen Version des Lebens nach dem Tode, Olivenbäume, blauer Himmel, ich mit dem Baby im Arm, lachend.)

Ich rutschte aus, als ich aus der Wanne stieg, schlug mir das Knie an, kümmerte mich nicht weiter darum, zog mich schnell an, schnappte die Glock und einen Pflock und ging nach unten, um Cloquet zu wecken.

»Hast du was gesehen?«, fragte er flüsternd. Sein Gesicht war vom Schlaf aufgedunsen, sein Atem stank nach Jack Daniels, aber er hatte die Cobra entsichert und wurde schnell wach.

»Gespürt«, antwortete ich. »Nicht gesehen.« Er verstand: So kurz vor der Verwandlung zeigte Wolf bereits Wirkung.

»Hier«, sagte er, »nimm das hier.« Er zog eine Armbrust und einen Köcher mit Holzpfeilen aus der Schrankbar. »Wenn jemand reinkommt, weißt du, was zu tun ist.«

»Du brauchst mich dabei«, widersprach ich. Cloquet wollte protestieren, doch ich unterbrach ihn. »Wenn es ein Vampir ist, brauchst du meine Nase. Das ist keine Bitte.«

Er wusste, dass ich recht hatte. »Na gut«, willigte er ein, »aber bitte bleib in der Nähe.«

Wir öffneten die Tür und traten hinaus. Die Kälte überfiel uns. Vom Mond beschienener Schnee glitzerte wie vor Freude. Die Zufahrt, die Cloquet vor Tagen geräumt hatte, führte direkt zu der Schotterstraße jenseits der Bäume dreißig Meter entfernt. Rechtwinklig zum Haus stand eine steinerne Scheune, die die Ski-Doos beherbergte, Snowcat, Minipflug, Notgenerator und Werkzeug. Der Cherokee war freigeschaufelt, hatte Winterreifen, war fahrbereit. Im Vorbeigehen legte ich eine Hand auf die Flanke des Wagens, so wie ein Mädchen die Bindung zu ihrem Pferd bestätigen würde. Schweigend suchten wir die Dachkante ab. Cloquet sah mich an. Ist es noch da? Ich nickte. Ja, aber nicht in der Nähe. *Vampir?* Ich war mir nicht sicher. Wenn, dann hätte mir vor Gestank schwindlig werden müssen. Meine Toten nadelten und piksten mir in Armen und Beinen. Cloquet formte mit dem Mund: Bleib hier.

Auf gar keinen Fall, mimte ich zurück.

Wir müssen wohl fünfzehn, zwanzig Minuten gebraucht haben, um das Haus einmal zu umrunden, stehen zu bleiben, zu lauschen. An manchen Stellen war der Schnee so hoch, dass wir uns mühsam vorankämpfen mussten. In meinem angeschlagenen Knie herrschte ungestüme Zellaktivität. Cloquet nahm ein Nachtsichtfernglas und suchte die umgebenden Bäume ab. Nichts. Dennoch zitterte der Äther. Was immer es auch war, es war noch da, bewegte sich mit uns, hielt Abstand, ein Geruch, eine Schwingung, zum Verrücktwerden knapp außer Reichweite.

Wir kehrten erschöpft, aber ohne Zwischenfall zur Zufahrt zurück. Cloquets Gesicht wirkte wie wachgeschrubbt. Ein Tautropfen baumelte ihm von der Nasenspitze. Ich wusste, was er dachte: Wenn ich einen Vampir gespürt hatte, dann hatte mich der Vampir auch gespürt. Unsere Deckung war aufgeflogen. Wir mussten weiterziehen, sofort. Dieser Gedanke – Flucht, schon wieder, die Kraft, die das kosten würde – erfüllte mich mit tiefer Schwäche. Ich versuchte mir vorzustellen, wie ich die Treppe hinaufrannte und das Nötigste in eine Tasche stopfte. Das Bild erschöpfte mich. Ich schloss die Augen und lehnte den Kopf vorsichtig an die Beifahrerscheibe des Cherokee. Ich wollte schlafen. Für immer. Wollte mich in den Schnee legen und dahingehen. *Dahingehen, für immer –*

Dann traf mich der Geruch mit voller Wucht, und ich wusste, worum es sich handelte.

Ich wollte Cloquet Bescheid geben – brauchte ich aber nicht: Ein schlanker, dunkler, stiller Wolf fiel vom Dach wie ein zäher Tropfen Melasse auf die Veranda, sprang auf die Motorhaube des Jeeps, hielt kurz inne, sah mich nicht an, sprang hinunter und rannte durch die Zufahrt davon.

Wir sahen wortlos hinterher, bis das Tier im Wald verschwunden war.

Ich lächelte, dann fiel mir auf, dass Tage, vielleicht Wochen vergangen waren, seit ich das letzte Mal gelächelt hatte. Ich hatte einen kurzen Blick in seine mineralgrünen Augen erhascht und einen großen Pulsschlag seiner hellwachen maskulinen Loyalität gespürt. Ich hatte gefühlt, wie ich mich in ihn hinein ausdehnte, mit seinen Augen sah und (ein Paradoxon wie ein Zen-Koan) gleichzeitig mit meinen eigenen. Ein unsichtbares Nervensystem, ein lebendiges Netz spannte sich durch das Tier und darüber hinaus zu einem unsichtbaren Wolfsrudel. Die anderen Tiere waren bei ihm, bei mir, wir waren eine fließende, lebendige Konstellation.

»Sind wir deswegen hier draußen?«, flüsterte Cloquet.

»Ja.«

»*Mon Dieu*, war der groß.«

»Du wirst mir nicht glauben«, sagte ich, »aber ich habe noch nie einen lebenden Wolf gesehen. Nicht mal im Zoo.«

»Wie fühlte sich das an?«

Mit dem Lächeln waren ein paar Tränen in mir aufgestiegen, gefallen, waren versiegt. Keine Gefühlsduselei. Nur die Wirkung der Ruhe vor den Schmerzen, die nun, als das Tier fort war, zurückkehrten. Ich blinzelte. Es war äußerst beruhigend, dass er mich nicht angestarrt hatte. Das brauchte er auch nicht. Sein Wille hatte sich in meinem aufgelöst und war dann weitergezogen.

»Ich war nicht schnell genug«, sagte ich. »Als würde etwas auf einem schnellen Bach vorbeitreiben.«

»Wie bitte?«

»Ich hätte ihn beherrschen können.«

»Wirklich?«

»Ja.«

Das Baby, das still gewesen war, trat wieder. Ich biss die Zähne zusammen, schloss die Augen, ließ es über mich ergehen. Cloquet sah noch immer zu den Bäumen hinüber, wie der Wolf verschwunden war. »Tu mir einen Gefallen, *chérie*«, sagte er. »Sorg dafür, dass er weiß, ich bin auf deiner Seite, okay?«

5

Ständig sah ich einen ganz bestimmten Werbespot für Windeln ins Fernsehen. Eine Reihe von lächerlich niedlichen Babys, die lachten oder brabbelten, krabbelten oder auf dem Rücken lagen und mit Armen und Beinen ruderten, dazu süßliche Klarinetten. Das letzte Bild wechselte dann zu einer hübschen jungen Mutter, blond und vor Gesundheit nur so strotzend, in einer blassblauen Strickjacke mit weißer Bluse, das frisch gewindelte Baby auf den Armen, dazu trafen sich die Klarinetten in einer überraschend zarten, intensiven Stimmung, um den Bund der Liebe zwischen Madonna und Kind zu symbolisieren, die sich hochheilig und ewig in die Augen sahen. Es gab keinen Zweifel daran, dass diese gesunde junge Frau voller amerikanischem Kalzium töten würde, um ihr Kind zu beschützen, auch nicht daran, dass sie für eine solche Tat das Lob ihrer Gattung einheimsen würde. Immer wieder sah ich diesen Spot, konnte mich ihm nicht entziehen. Jedes Mal, wenn ich die ersten Klarinettentöne hörte, schoss mir die Angst von der Kopfhaut bis in die Fingerspitzen, und das Kind in mir nahm eine bedrohliche Masse an. Aber ich konnte nicht umschalten. Ich musste hinschauen, selbst in den Tagen, bevor ich Delilah Snow begegnete – doch erst danach verstand ich, warum.

Zwei Stunden vor Vollmondaufgang saß ich mit einem Stapel von Jakes Tagebüchern im Fenster meines Schlafzimmers, in eine Decke gewickelt, schwitzte und zitterte, wurde vom Schmerz lässig gepackt und wieder losgelassen, und ich fragte mich, wie schlimm erst die Geburt werden würde. »Meine Cousine Janine sagte, es sei so ähnlich, als wolle man einen steinharten Schiss von der Größe eines Kindes absetzen«, hatte Lauren behauptet. »Das muss man sich mal vorstellen. Und es könnte sich um ein Riesenbaby handeln. Ich habe es nachgeschlagen. 1879 hat eine Frau ein Kind von über zwanzig Pfund zur Welt gebracht. Das sind zehn Packungen Zucker auf einem Haufen …« Als Kinder hatten Lauren und ich unsere Puppen geliebt. Aber wir hatten ihnen auch Arme und Beine ausgerissen oder ihnen Nadeln in die Augen gebohrt, so sehr faszinierte uns ihre eingesperrte Empfindsamkeit, ihre umfassende Paralyse angesichts unseres Willens. Und waren wir der Folter überdrüssig, liebten wir sie wieder, so als sei der Missbrauch niemals geschehen.

Wolf rückte sich zurecht, drückte gegen meine Wirbelsäule, spaltete mir kurz die Ellbogen. Mir klapperten die Zähne, dann hörte es wieder auf. Ich nahm mir eins von Jakes Tagebüchern vom Stapel neben mir.

›In der Zwischenzeit ging alles wie gewohnt weiter, Bloomingdale's und *Desperate Housewives* und Weihnachten und die Regierung‹, las ich.

›Auch sie machte in ihrer außergewöhnlichen Doppelform weiter. Ich konnte das an ihren angespannten Schultern, ihrem geröteten Gesicht und der Sorgfalt erkennen, mit der sie ihr Make-up ausbesserte. Dieser unbelohnte Mut, das besondere Ausmaß ihrer Entschlossenheit, trotz alledem, trotz der Tatsache, ein Ungeheuer zu sein, nicht zusammenzubrechen, tat mir im Herzen weh. Es tat mir im Herzen weh (ach, das Herz war hellwach, es stand aufrecht), dass sie ganz allein hatte mutig sein müssen.‹

Aber sie hat nie geglaubt, ganz allein zu sein. Sie war romantisch genug veranlagt, um davon auszugehen, dass sie es nicht war.

Und sie war es auch nicht gewesen.

Jetzt schon.

Ich hatte Jakes Tagebücher. Sechs Wochen nach Beddgelert hatte mich mein Dad angerufen und mir mitgeteilt, dass im Restaurant ein Brief für mich angekommen sei mit der Aufschrift PERSÖNLICH. (Mein Dad. All die unvermeidlichen Lügen. Natürlich konnte ich nicht bei ihm bleiben. Jeder in meiner Umgebung war in Gefahr. Also sagte ich ihm, ich würde wieder an die UCLA gehen und mein Masterstudium beenden. Das Ganze versüßte ich noch mit der Aufgabe, ein drittes Restaurant zu finden, das er ganz allein betreiben sollte. Aber das Geld, Lu, um Himmels willen, wo kommt denn das ganze Geld her? Zwei Freunde in Palm Springs wollen investieren. Was, die beiden Schwulen? Nein, nicht die. Die beiden kennst du nicht. Ich war mit ihnen im College ... Und so weiter, eine immer größer werdende Fiktion, die sich bemühte, die irre Wahrheit zu verbergen, die ihn sonst umbringen würde: Nikolai, deine Tochter ist eine Werwölfin. Haare, Klauen, Fangzähne, die ganze B-Movie-Nummer. Zwölf Opfer. Du willst es nicht wissen. Die kleine Lula, der du die Windeln gewechselt hast und deren verzücktes Gesicht, wenn sie den *Rätseln der Erde* oder den *Sagen des Klassischen Griechenlands* lauschte, eine deiner reinsten Freuden war. Ja, und außerdem hat sie einen Braten in der Röhre. Der Vater war auch ein Werwolf, aber er ist tot. Er hat Lula reich gemacht, musst du wissen. Da kommt der Schotter her ...) Der Brief, den Cloquet für mich abholte, war von Miles Porter, Präsident der Coralton-Verne International Private Bank an der Ecke Fifth Avenue und 45th Street. Jake hatte Anweisungen hinterlassen: Sollte die Bank nach einem gewissen Datum keine weiteren

Anweisungen mehr erhalten, sollte Mr Porter sich mit mir in Verbindung setzen. Ich war dazu autorisiert worden, das Schließfach zu öffnen, das dort unter Jakes Namen geführt wurde. Ich hatte Porters direkte Telefonnummer und sollte, so Jakes Anweisung, anrufen, sobald ich den sechsstelligen Sicherheitscode hätte.

Den ich nicht hatte. Ich hatte auch keine Ahnung, wie ich darankommen sollte.

Eine List der Vampire? Ein Trick der WOKOP? In unserer ersten Woche in Manhattan hatte Jake mir erklärt, dass er neben den zwanzig Millionen noch weitere Arrangements getroffen hätte, doch das Thema war so morbid, dass wir nie über Details sprachen. Nun war er fort, und ich wusste nicht, was ich tun sollte.

Ich rief Miles Porter an und erklärte ihm, ich sei auf Reisen (tatsächlich übernachtete ich gerade in einem kleinen, zu teuren Hotel mit zu viel dunklem Holz in Cold Spring, meine Wohnung hatte ich untervermietet), würde mich aber nach meiner Rückkehr bei ihm melden. Dann heuerte ich einen Privatdetektiv an, um sicherzugehen, dass »Miles Porter« tatsächlich derjenige, war, für den er sich ausgab. Das war er. Dummerweise klärte das nichts. WOKOP setzte auch Zivilisten ein und die Vampire normale Menschen. Außerdem hatte ich den sechsstelligen Code nicht.

Eine Woche ging vorüber. Ich rief den neuen Mieter in meiner alten Wohnung an, um nachzufragen, ob es irgendwelche Nachrichten oder Post für mich gäbe. Nichts. Dann rief die vielseitige Alison an. St Mark's Bookshop hatte im Restaurant angerufen. Mein Exemplar von *Herz der Finsternis* könne abgeholt werden. Ich solle nach Stevie fragen.

Ich hatte keine Bücher bestellt.

Herz der Finsternis.

Marlowe.

Jake.

Conrad, nicht Chandler. Bis zum Ende ein literarischer Snob. Ich schlich mich mit blonder Perücke und roter Sonnenbrille nach Manhattan zurück. Stevie war ein pummeliger junger Bursche mit gebleichten Haaren und Akne und einem Blick, der besagte, ganz gleich welcher Art von Arschgeigerei man auch nachging, er habe alles schon tausend Mal gesehen. Er trug ein *Pearl Jam*-T-Shirt und einen weißen Nasenstecker, den ich erst für einen riesigen Pickel gehalten hatte. »Der Kunde hat dafür vor fünf Monaten bezahlt und uns gesagt, wir sollten Sie an einem bestimmten Tag anrufen. Also gestern. Hat keinen Namen hinterlassen, aber gesagt, Sie wüssten schon.«

Die Seiten drei, acht, vierzehn und siebzig hatten Eselsohren. Die Ziffern waren eingekreist. 3, 8, 1, 4, 7, 0.

Ein hohes Risiko, aber ich ging es ein.

Als ich allein in einem der Sicherheitsräume der Bank war, öffnete ich die Kassette. Dreiundfünfzig Tagebücher, angefüllt mit Jakes winziger kursiver Handschrift. In den jüngsten Jahren kleine schwarze *Moleskines*, weiter zurück kalbsleder- oder leinengebunden, ein halbes Dutzend mit gebrochenen Einbänden, mit Gummibändern oder Schnüren zusammengehalten, zwei oder drei vom Wasser verzogen und schimmelfleckig. Lange Phasen – manchmal Jahrzehnte –, in denen er gar nichts geschrieben hatte.

Ein versiegelter Umschlag lag obenauf in der Kassette, damit ich ihn als ersten sah. Auf dem Umschlag stand:

Falls wir nicht genügend Zeit haben.

Ich liebe Dich.

Jake.

Im Umschlag steckten Anweisungen, wie ich an sechs Bankkonten in der Schweiz kam, die nur mit einem Sicherheitscode zugänglich waren, dazu eine Liste mit einem halben Dutzend Namen, Telefonnummern und Diensten unter der Überschrift: *Personen, denen Du vertrauen kannst.* Ich kannte keinen von ihnen.

Falls wir nicht genügend Zeit haben.

Ich liebe Dich.

Jake.

Bis zu diesem Augenblick hatte ich in einer Trauerphase grinsender Idiotie gesteckt: Ich würde ihn wiedersehen, und wir würden zusammen über all das lachen. Plötzlich war diese Phase vorüber. Ich hockte mich auf den Boden der Kammer und spürte einen Riss in der Brust. Das Leben nahm Wochen, Monate, Jahre des Leugnens hin – dann zog es sich urplötzlich heraus und drehte sich verächtlich zu dir um: ›Du blöde Kuh. Er ist weg. Du wirst ihn nie wiedersehen. Glaubst du vielleicht, es gibt eine Belohnung, wenn du nicht weinst? Glaubst du, wenn du nur lange genug trauerst, wird sich der Tod erweichen lassen und ihn wieder lebendig machen? Wach auf, Schwester. Ob nun der letzte Werwolf oder nicht, er war auch nicht mehr als ein Fetzen Papier auf dem Weg in den Ofen – und du auch. Also lass die Tränen kullern, steh auf und hör auf dir einzureden, dass der Tod – besser gesagt, das Leben – sich einen Scheiß dafür interessiert.‹

Es war eine düstere, eingehende Zeit da unter den Neonlichtern, als ich den chemischen Geruch des Teppichs und den traurigen alten Duft der Bücher einatmete. Jake hatte das Leben erträglich gemacht. Jake war fort. Ziehen Sie selbst die offenkundige Schlussfolgerung.

Jedes Mal, wenn ich dachte: ›Also los, steh auf, du Dummkopf‹, stellte ich fest, es ging nicht, also schloss ich wieder die Augen und umklammerte mich selbst.

Schließlich stand ich doch auf. Es ging nicht anders, sonst hätte ich mich an Ort und Stelle eingenässt. Die Biologie kümmert sich nicht um deine großen Augenblicke. Schwangere Biologie erst recht nicht. Ich hatte nichts, worin ich die

Tagebücher hätte tragen können. Also musste ich sie wieder einschließen und mit einem Rollkoffer abholen. (Miles Porter in seinem silbernen Anzug reagierte mit einer kaum verhohlenen Freude auf die Vernunft all dieser Manöver.) Man sollte meinen, ich hätte mich eingeschlossen und den ganzen Stapel chronologisch gelesen, aber irgendwie brachte ich das nicht über mich. Von Anfang bis Ende zu lesen, hätte nur bestätigt, dass ich alles von Jake hatte, was ich kriegen konnte. Stattdessen las ich im Laufe der Monate immer mal hier, mal da. Eher wie eine Unterhaltung. Eher so, als hätte ich ihn bei mir.

›Immer wieder denke ich, ich sollte noch mit Harley schlafen, bevor ich verschwinde‹, las ich.

›Schließlich habe ich auch mit Männern Sex gehabt. In zweihundert Jahren kommt so was vor, so wie alles andere auch mal vorkommt. Gegen Ende des 19. Jahrhunderts hatte ich alles Erdenkliche unternommen, um mich komplett bisexuell zu geben (Oscar Wilde saß im Bau, meine Sodomie konnte also politische Referenzen vorweisen), und ich rühme mich, wie dies nur wenige Männer können, es auf die alte Collegeart probiert zu haben. Doch mit Anbruch des 20. Jahrhunderts musste ich einräumen, dass ich trotz meines vornehm elastischen Anus eine deutliche Schwäche, will sagen Stärke, für die Frauen hatte …‹

Bis zum zweiten Trimenon, als sich mein Körper in eine Kampfzone verwandelte, lief es mit dem Sex wie üblich. Ein dreckiges Geschäft sinkender Erträge. Mit dem Fluch Libido ließ sich nicht streiten (überhaupt nicht), aber die meiste Zeit war es so, als wurde man trinken, obwohl man schon so betrunken war wie nur möglich. Ich hatte die Samenflecken und den lieblosen Geruch der Kondome satt, die zugezogenen Vorhänge am Nachmittag und die Typen, die entweder nicht wussten, was sie sagen sollten, oder den Mund nicht halten konnten. Tante Theresas Erklärung stupste mich wie ein Hund, der nicht begriff, dass ich nicht länger sein Frauchen war. Selbst als Kind der postmoralischen Zeit kam ich mir meistens jämmerlich und wie eine Schlampe vor – das Gesicht auf dem Kissen verzerrt, Hintern in die Höhe, der Mund murmelte: »Fick mich ... fick mich ... fick mich« –, denn ich stellte mir dabei vor, wie mein rehäugiger Vater (nie meine Mutter) in der Ecke stand und in trauriger Ungläubigkeit den Kopf schüttelte. Wohl als Ersatzvorstellung für jene, in der er in trauriger Ungläubigkeit den Kopf schüttelte, wenn ich jemandem die Nieren herausgerissen hatte und sie verschlang wie Blätterteigpastetchen. Es dauerte nicht lange, da verließ ich mich auf die Dienste von Escortagenturen, deren Angestellte zumindest nicht mit Smalltalk rechneten und gingen, wenn man sie hinauswarf; aber selbst das war nicht aufrichtig. Zum einen hatte ich nicht Jakes Gabe, mich von jemandem anmachen zu lassen, den ich für einen Idioten hielt. Zum anderen verlor die männliche Grobheit, die mich schuldbewusst feucht werden ließ, ihre erotische Wirkung, wenn ich mir diese Männer vorstellte, wie sie mir in meiner anderen Form begegneten. Es war schwer, die sexuelle Prahlerei eines Kerls ernst zu nehmen, wenn man wusste, zu welch wimmerndem Baby man ihn beim nächsten Vollmond machen konnte. Dazu noch die Angst, dass übermäßiger Geschlechtsverkehr meinem Baby schaden könnte. Also befriedigte ich mich eben selbst. Oft. Genug für eine schwarze Komödie, wenn mich das nicht so einsam und elend gemacht hätte. Na, wenigstens lief ich nicht Gefahr, mich zu verlieben, sagte ich mir, wenn ich genug Sarkasmus aufbrachte.

Jake schlief nie mit Harley, und ich wusste, ich würde nie mit Cloquet schlafen. Das hatte ich auf die harte Tour herausgefunden, nachdem mich der Fluch der Lust eines

---

Abends, nur ein paar Wochen nach Jakes Tod, gepackt hatte. Cloquet stand unter der Dusche, und die Badezimmertür war offen. Ich kam vorbei, blieb stehen, sah hin. Er stand im Profil da, stützte sich mit den Händen an der Wand ab, Kopf gesenkt, Augen geschlossen, das Wasser prasselte ihm auf den Rücken. Groß, blass, wenig muskulös, eine Tätowierung auf der linken Hüfte, die ich nicht deuten konnte. Sein (beschnittener) Penis war nicht erigiert, aber auch nicht völlig eingeschrumpelt. Wolf grinste und leckte sich die Lefzen. Ich stellte mir vor, wie ich ins Bad trat, die Kabinentür öffnete, sein überraschtes Gesicht, der Augenblick des gegenseitigen Erkennens, meine Hand greift durch den Dampf, und er wird größer, größer für mich –

Nein.

Absolut verboten.

Ich wusste es intuitiv, und da es sich hier um die Zeit vor Delilah Snow handelte, nahm ich es als Beweis für Werwolfgegebenheiten, einen unausgesprochenen Katechismus. *Eine Werwölfin darf keinerlei fleischliche Beziehung mit ihrem Menschenvertrauten eingehen.* Die Bindung musste ungleich sein, vielleicht sogar absichtlich unerwidert –

In diesem Augenblick blickte Cloquet hoch und sah mich.

Wir sprachen kein Wort. Er wandte sich nicht ab, bedeckte sich nicht, aber ich sah an seinem Blick – halb Trauer um das, was in ihm abgestorben war, halb Erleichterung darüber, das hinter sich zu haben –, dass er nicht mein Liebhaber werden würde, Werwolfgebot oder nicht. Jacqueline Delon hatte den sexuellen Mann in ihm getötet oder gebrochen, aber nicht den Wunsch, wie ich wusste, sich jemandem unterzuordnen, den er für größer hielt als sich selbst. Ich drehte mich peinlich berührt um und ging, rief einen Escortservice an und suchte mir einen Kerl aus, der auch zu Hause empfing, nahm ein Taxi in seine Wohnung (zu der

Zeit waren wir in San Francisco) und verbrachte zwei Stunden mit deprimierendem, muskulösem, effizient körperlichem Sex ohne Unterhaltung. Am nächsten Morgen ging ich zu Cloquets Zimmer. Er war wach, hatte sich bereits angezogen, stand am Fenster, tat offenbar nichts, wartete offenbar auf mich. »Tut mir leid«, sagte ich. Er sah zu Boden und erwiderte: »Ich bin dein Freund. Es ist etwas Großes im Leben, einen Freund zu haben.« Dann blickte er auf und schien plötzlich der traurigste, freundlichste Mann zu sein, dem ich je begegnet war. Es gab einen merkwürdigen, ausgedehnten Augenblick, in dem wir beide wussten, entweder trennten wir uns, oder wir blieben zusammen, dann löste sich die peinliche Situation zwischen uns beiden auf, und wir wussten, wir hatten das hinter uns. »Ich bin froh, dass wir Freunde sind«, sagte ich. »Lass uns Kaffee trinken gehen.«

Danach kriegte ich die Situation besser in den Griff, wandte auf meine Libido dieselben Managementfähigkeiten an, die ich auch für die Restaurants und das Feinkostgeschäft gebraucht hatte – bis Schwangerschaft und der Hunger ihren Krieg anzettelten und mein Sexualtrieb verkümmerte, wenn auch mit der Drohung, dass er sich nicht für immer totstellen würde.

›In zweihundert Jahren kommt so etwas vor‹ … Bei mir auch? Ich hatte noch nie mit einer Frau geschlafen, auch wenn es in meiner Phantasie gut funktioniert hatte. Frauen zusammen im Porno machten mich auch an, allerdings hätten mich in den verzweifelten Tagen auch *Quallen* zusammen angemacht. (Ich wusste, was falsch war an Pornographie. Aber jener Teil in mir, der das wusste, war schwächer als jener, dem das völlig egal war, so lange Porno funktionierte. Natürlich war das deprimierend – und führte so zu der Frage, die jede Frau des 21. Jahrhunderts sich früher oder später stellen musste: Steckst du dir etwas in den

Mund, das gerade erst in deinem Hintern gesteckt hat? Damals vielleicht, als ich noch auf den billigen Thrill der Verachtung eines Mannes aus war oder auf das trübselige High der Selbsterniedrigung; doch seit dem Fluch wollte ich andere Dinge, wie ich feststellte ... Aber wenn man sich selbst befriedigen wollte, dann war es schwer, den Überblick zu bewahren. Noch härter, wenn der fragliche Überblick vierhundert Jahre dauerte.) Ich hätte wohl schon mal mit einer Frau geschlafen, wenn der allgegenwärtige männliche Zwang mich nicht davon abgehalten hätte. (Richard, mein Ex, machte daraus eine monomane Kunst, wenn auch vielleicht abgeschwächt durch das, was er wohl für glamourös ehrliche Brutalität hielt: Ich will nicht, dass du es auch *willst*, verdammt nochmal. Ich will, dass du es einer Frau machst, *obwohl* du es nicht willst. Himmel, welchen Spaß soll ich denn dabei haben, wenn du es willst? Ich dachte, das wüsste jeder.) Jake hätte wohl auch seinen Teil dazu beigetragen, wenn er noch leben würde. Er war zwar ein Wolf, aber noch Manns genug, um es auf ein Zwei-Frauen-ein-Mann Vögeln Töten Fressen ankommen zu lassen, wenn die Tatsache, dass ich der einzige weibliche Werwolf auf Erden war, dem nicht einen Strich durch die Rechnung gemacht hätte..

Vögeln Töten Fressen.

Ich mag es nicht nur, hatte ich Jake gestanden. Ich mag es nicht nur. Ich *liebe* es. (Und seine Hand zwischen meinen Beinen hatte mich belohnt. Wir tauschten Schrecken wie Eheringe. Liebe und eine gemeinsame Natur machten alles Hässliche schön. Was blieb also, wenn dein Liebhaber tot ist?) Das war die unangenehme Wahrheit: ein Opfer zu töten und zu fressen, fühlte sich sehr (Pause) *sehr* (Pause) gut an. Und mit demjenigen zu töten und zu fressen, den man liebte? Das war so, wie Heroinsüchtige über ihre Droge reden: Falls Gott etwas Besseres erschaffen hat, dann hat er es für sich behalten. Die Erinnerung an den Überfall in Big

Sur zusammen mit Jake blubberte klebrig um alles andere in meinem Kopf und karamellisierte mir das Hirn. Es war die reinste Wonne gewesen. Ja genau: Wonne. So etwas vergisst man nicht. Vor allem, wenn man weiß, dass man es nie wieder haben wird. Selbst wenn mein Appetit wieder erwachen sollte, würde es nicht dasselbe sein. Der Fluch beharrte darauf, dass es keinen alleinigen Weg in den Himmel gab. Dazu brauchte man einen Komplizen. *Besser lieben und verlieren, denn nie geliebt zu haben.* Tatsächlich? Angesichts drohender vier Jahrhunderte, den schmutzigen Kelch des Grals nie wieder zu leeren, kam es mir nicht so vor. Meine Mutter meinte einmal, sie glaube, die Hölle sei nichts weiter als ein kurzer Blick auf Gott – um ihn dann für immer entzogen zu bekommen.

Dieser Gedanke brachte mich auf die Frage zurück, die ich mir zu stellen untersagt hatte, die ich mich aber immer wieder fragte, vom ersten Tag nach Jakes Tod an: Konnte ich mir denn keinen Gefährten erschaffen?

›Werwölfe vermehren sich nicht auf sexuellem Wege‹, stand im Tagebuch:

›Die Weibchen sind eierlos, die Männchen samenlos. Falls man keine Kinder hatte, bevor der Fluch über einen kam, dann wird man auch niemals welche haben, daran sollte man sich lieber gewöhnen. Lykanthropische Vermehrung erfolgt über Infektion: Überlebt man den Biss, hat man den Fluch.

Allerdings gibt es da einen Punkt, aber das sind keine Neuigkeiten, das ist kalter Kaffee: Heutzutage überlebt *niemand* den Biss.‹

Dank eines Virus. Für den die WOKOP ein Heilmittel gefunden hatte, ein Mittel, das sie mir in jener Nacht injiziert hatten, als ich gebissen worden war. (Die Organisation befand sich in einer inneren Krise: Da die Werwölfe kurz vor dem Aussterben standen, hatte die Jagdgesellschaft ihren eigenen Gehaltsscheck so gut wie vernichtet; die Jungs, die ihren Job so ausgezeichnet erledigten, brachten sich um ihren Job. Einige Mitglieder hatten dies erkannt und beschlossen, die Population der Ungeheuer wieder zu erhöhen. Die Weltorganisation zur Kontrolle okkulter Phänomene sah sich plötzlich einer Fraktion Aufständischer gegenüber, der Weltorganisation zur *Kreation* okkulter Phänomene. Die völlig entsetzten Ideologen und Vertreter der alten Schule reagierten, indem sie sich auf die Rebellen stürzten, doch in der Zwischenzeit war ich – aus Versehen – mit einem Mittel injiziert worden, das sich als effektiver Anti-Virus herausstellte. Ich war gebissen worden, ich starb nicht, ich verwandelte mich.) Wenn also eines meiner Opfer überlebte, würde es dann nicht auch zum Werwolf werden, auf die altmodische Weise? Rein theoretisch war das ganz einfach: ich suchte mir einen Kerl, den ich mochte, und machte mit ihm zum gegebenen Zeitpunkt des Monats einen mondbeschienenen Spaziergang. Wenn wir heute in den Wald gehen … War da allerdings nur noch das kleine Problem, wie sich seine Gefühle für mich veränderten, wenn ihm klar wurde, dass er sich bei jedem Vollmond in ein Ungeheuer verwandeln, jemanden in Stücke reißen und verspeisen musste. ›Ich weiß, du hasst mich für das, was ich dir angetan habe, aber vertrau mir, wenn du erst mal dieses Vögeln Töten Fressen erlebt hast, wirst du mir dafür dankbar sein‹ … Kein guter Anfang für eine Beziehung. Aber welche Alternative gab es? Meine Libido war eingegangen, aber ihre Auferstehung war nur eine Frage der Zeit. Wem wollte ich denn vormachen, dass ich es die nachsten vierhundert Jahre praktisch – nach Werwolfmaßstäben – zölibatär schaffen würde.

»Das ist nicht das Problem, Lulu«, hörte ich meine Mutter sagen. »Das Problem ist, einen Mann zu finden, der es wert ist, gebissen zu werden …«

Ich zitterte jetzt so sehr, dass ich das Tagebuch nicht mehr still halten konnte. Ich legte es beiseite und kroch ins Bett, meine Hände waren geschwollen, Krämpfe schnatterten durch meinen Körper. Zufällige Erinnerungen detonierten: Ich liege mit dem Gesicht auf der Treppe in Brooklyn und beobachte eine Biene, die aus einer Pfütze vergossene Pepsi trinkt; meine Mutter lacht über etwas Erwachsenes; meine erste Periode, das warme Tröpfeln wie eine große Träne, aber als ich meine Finger dort hinführte, war es Blut, und Mrs Herschel meinte mit rauchiger, schwesterlicher Stimme: »Nun bist du eine junge Dame, Talulla«, und ich musste an Lady Diana und den unheimlichen, segelohrigen Prinz Charles denken.

»Es ist so weit«, sagte Cloquet, der in der Tür stand.

»Ich weiß.«

»Wie beschlossen?«

»Ja.«

Wie beschlossen. Wir hatten gar nichts beschlossen. Wir hatten hypothetische Überlegungen angestellt. Draußen würde es leichter zu bewerkstelligen sein. Wir sollten nicht vergessen, dass wir Beruhigungsmittel hatten. Es wäre besser, ich würde als Erste hinausgehen. Hinter diesen Überlegungen steckten nackte Tatsachen: Cloquet würde dem Mädchen ein Beruhigungsmittel geben. Ich würde in den Wald gehen. Er würde sie herausbringen und festbinden. Ich würde aus dem Dunkeln kommen und sie schnell umbringen. Zumindest so schnell, wie es der Hunger verlangte.

Bei dem Gedanken daran tat Wolf einen fordernden Ruck, der mich fast aus dem Bett warf.

»Du solltest besser gehen«, sagte ich. Meine Uhr sagte 16.42. Der Mond ging um 17 Uhr 11 auf. Noch neunundzwanzig Minuten. Ich fragte mich, ob Kaitlyn wach war.

Was für ein Leben ließ sie hinter sich? Niemand, der sich einen Dreck für mich interessiert, hat Geld. Die sauer riechenden Jeans, der abgeblätterte Nagellack und der Versuch, die Verachtung der Kerle nicht zu sehen, selbst wenn sie ihren Kopf hielten und laberten: »Oh ja, Baby, so ist gut, genau so«, man spürte einfach, dass dahinter Verachtung steckte – aber der Hunger unterbrach meine Gedanken mit einem aufblitzenden Bild ihrer punktierten Taille, und das weiche helle Fleisch öffnete sich in hilfloser Ergebenheit (das Wort ›flensen‹ kam mir in den Sinn, dabei war ich mir nicht mal sicher, ob ich genau wusste, was das hieß), und ich konnte nicht mehr stillliegen, stand auf, stolperte auf sehnenlosen Knien nach unten und sah Cloquet dabei zu, wie er das Betäubungsmittel auf die Spritze zog; wir konnten uns nicht mehr richtig in die Augen schauen.

»Alles in Ordnung?«, fragte er. Ich stand in der Tür und war ganz schwer von den elenden Grundforderungen meiner Bedürfnisse. Manchmal widersprach mir noch meine alte Stimme im Kopf. Das kannst du nicht machen. Das ist das Schlimmste. Du musst damit aufhören. Meine alte Stimme war eine Maschine, die nichts von ihrer Überalterung wusste. Denn während sie sprach, sagte die neue Stimme eloquenterweise gar nichts, weil sie wusste, dass sie nichts sagen musste, weil der Streit bereits entschieden war. Außerdem war es nicht das Schlimmste, Kaitlyn umzubringen. Ich wusste, was das Schlimmste war, seit der Nacht, als ich Delilah Snow begegnet war.

»Bestens«, antwortete ich. Er hatte mir Decken auf die Couch gelegt. Damit ich etwas zwischen mir und der Kälte hatte, wenn ich mich auszog. Die praktische Seite hatte Bestand, wie die Biologie.

»Ich gehe jetzt nach unten«, sagte er sanft. Mir zuliebe. Damit ich nett zu mir war und mir nicht Gedanken machte wegen des Mordes.

Wenn ich mich verwandle, geht es schnell. Der Mond zerrt was auch immer aus der Erde, und das durchfährt mich mit irrer, zittriger Ungeduld. Ich stelle mir das vor wie eine elektrische Entladung, die in meine Fußsohlen fährt und in übergeschnappten Detonationen nach oben rast, die die Knochen erschüttern und die Neuronen zum Explodieren bringen. Der Zauber ist dunkelrot, gewalttätig, verdichtet. Zufallsblitze aus Alltagserinnerungen durchzucken mich – ich schiebe einen Einkaufswagen durch Met Foods; ich öffne ein Fenster; ich stehe auf einem U-Bahnsteig; ich sage zu jemandem: »Nein, das kommt von den Kohlehydraten am Abend« –, durchsetzt mit Bildern von den Morden: der Körper eines weißen Mannes auf dem ölfleckigen Boden einer Lagerhalle; ein einsamer Trailer mit einer brennenden Sturmlaterne; ein weiblicher Oberschenkel, aus dem sich eine Blutfontäne ergießt; meine Krallenhand, die ein noch heißes Herz herausreißt. Das ist der tollste Trick des Fluchs: die eine Art von Gedächtnis wird durch die andere nicht zerstört. Das bist noch immer du. Das *alles* bist du. Du hättest nie gedacht, dass du solche Gegensätze in dir aushalten könntest, aber du tust es. Du hättest gedacht, das System würde abstürzen, aber das tut es nicht. Es läuft weiter. Es findet Platz.

In der Zwischenzeit meldet sich die Biologie des Ungeheuers. Meine Lunge dehnt sich aus, droht an den Rippen zu platzen – tut sie aber nie. Meine Wirbelsäule streckt sich in drei, vier, fünf Schüben, und die Krallen erscheinen alle auf einmal, wie Zeitraffer von wachsenden Sprossen. Ich werde verdreht, zerrissen, durchgerüttelt, erdrosselt – dann durch eine blinde Schikane zu lächerlicher Stärke gejagt. Mit einem flüchtigen Pinselstrich sind muskuläre und skelettale Fehlfunktion richtig gestellt. Eine Hacke setzt sich. Ein letzter Eckzahn bricht durch. Ein Schulterblatt taucht auf. Die Frau ist eine Werwölfin.

Und sie kommt um vor Hunger.

Verwandelt stand ich (offenmäulig, mit einer Zunge so dick wie ein Babyarm, mein Atem gab Signale fürchterlichen Lebens von sich) ein halbes Dutzend Bäume vom Rand der Zufahrt entfernt. Vor wenigen Augenblicken hatte ich das alles nicht gewollt. Jetzt wollte ich nichts anderes. So war das jedes Mal: Man vergaß, dass der Fluch ein Tausch war, er nahm dir die Sprache und das Mitleid, gab dir aber das dumpfe Pochen des Planeten und den eigenen Anteil daran. Lilafarbene Schatten im Schnee, die feingestimmten Bäume, der eucharistische Mond und das Herz ein Lied, dass dich nach Hause ruft.

Kaitlyn würde mich hier nicht entdecken. Sie würde mich erst im letzten Augenblick sehen, doch in all den Sekunden davor würde sie wissen, was sie nicht wissen wollte, das Schlimmste wartete noch auf sie. Das Schlimmste war eine uralte, eine einfache Angelegenheit. Sie würde nach Gott suchen, nach Schutzengeln, zauberischen Mächten, die eingriffen – doch nichts davon würde sie finden. Hier gab es nur Bäume und Schnee und den Mond – und auch die würden nicht eingreifen. Sie würde einmal kurz vor dem Ende das richtige Universum erleben.

Die beiden kamen zur Haustür heraus, Kaitlyn war betäubt, Cloquet mühte sich, sie aufrecht zu halten. Er hatte sie warm eingekleidet, Hut, Handschuhe, Fleece. Reflexhafte Freundlichkeit. Oder er wollte verhindern, dass die Kälte das Betäubungsmittel unwirksam machte. Ein paar Schritte nach dem Cherokee gab ihr linkes Knie nach, und sie knickte ein. Ich sah, wie er überlegte, sie im Feuerwehrgriff zu schleppen, und welche Mühe das bis zu den Bäumen machen würde. Stattdessen öffnete er die Handschellen und legte ihren Arm über seine Schulter, legte seinen anderen Arm um ihre Taille, und ihr Kopf rollte hin und her. Sie kamen auf mich zugestolpert, und ich dachte: »Wie ein Typ und seine betrunkene Freundin.«

Eine Stimme mit einem komischen Akzent meinte: »Nach zwanzigtausend Jahren sollte man meinen, man hat schon alles gesehen.«

Ich erschrak. Es war direkt hinter mir (wie zum Teufel?) –, doch als ich mich umdrehte, war da niemand.

Einen Augenblick lang stand ich starr da, und mein Atem stieg feucht und warm um meine Schnauze.

Dann platzte meine Fruchtblase.

6

Wie bei allem, wovor man sich fürchtet, so war es auch hier: Als es eintrat, schien es unausweichlich.

Natürlich hatte ich mit der Möglichkeit gerechnet. Einfaches Kopfrechnen ergab, dass die Chancen eins zu dreißig standen, dass Wehen und Vollmond zusammentrafen. Cloquet und ich hatten uns vorbereitet. Wir hatten Medikamente, die die Wehen auslösten: Pitocin, Dinoproston, Misoprostol. Wir hatten (zumindest hätten wir sie gehabt, wenn die Lieferung nicht in Anchorage festgesteckt hätte) ein halbes Dutzend Amniotome – kleine, einer Häkelnadel ähnliche Instrumente, die zum Einsatz kamen, wenn die Medikamente nicht ausreichten, um die Fruchtblase zum Platzen zu bringen –, allerdings entsetzte uns allein schon die Vorstellung, darauf zurückgreifen zu müssen. Unser Plan hatte vorgesehen, bis zur sechs- oder siebenunddreißigsten Woche zu warten und dann eine Entscheidung zu treffen: Wehen auslösen und eine leichte Frühgeburt riskieren oder es dabei belassen und zu riskieren, das Kind unter … diesen Umständen zur Welt zu bringen. Ich war nicht gewillt gewesen, mich auf einen *noch früheren* Termin einzulassen. Eine solche Frühgeburt hätte – im alten Universum, wo die Dinge noch eine Bedeutung hatten – bedeutet, dass das Baby nicht überleben sollte.

Tja, und nun würden wir es herausfinden.

Ich schob die Geisterstimme beiseite und besah mir die

dampfende Pfütze, die das Fruchtwasser im Schnee gemacht hatte. ›Der Abgang des Schleimpfropfens wird auch Zeichenblutung genannt, das Signal, dass die Wehen bald einsetzen. Viele Frauen bemerken das nicht einmal.‹ Viele Frauen und eine blöde Werwölfin. ›Die Fruchtblase reißt entweder kurz davor oder zu jeder beliebigen Zeit des ersten Geburtsabschnittes. Dieser Abschnitt dauert im Schnitt sechs bis zwölf Stunden. Die nächste Phase der Geb–‹ ich musste schreien. Jaulen wohl eher. Die ganze Zeit, in der du Frauen über diesen Schmerz hast reden hören, bleibt er dir ein Rätsel. Und dann, eines Tages, überkommt er dich. Deine Version davon. Die einzige, die zählt. Ich dachte an meine Tante Vera, die meiner Mutter von den dreißig Stunden Wehen erzählte, die sie bei meinem Cousin Andy erdulden musste: »Immer wieder sagten sie zu mir, ich solle hecheln wie ein Hund, aber das machte keinen Unterschied. Ich sagte zu dem Blödmann von Arzt, ob er nicht mal wie eine Katze miauen wolle …« Im Western tigerten die Männer immer auf und ab und versuchten ins Zimmer zu gelangen, nur um von einer unscheinbaren alten Magd verscheucht zu werden, die plötzliche okkulte Autorität besaß, oder von einer sauertöpfischen Großmutter, von der alle gedacht hatten, sie würde das Mädchen hassen, sie aber in Wahrheit liebt, wie sich herausstellt, und nun bei der Geburt des Kindes hilft. Alle möglichen Bilder flatterten und schossen mir durch den Kopf, Leute zerrissen Bettlaken und setzten Wasser auf, Frauen schrien, dann die verschwitzte Frau mit den dicken Oberschenkeln im Aufklärungsvideo, Lauren, die flüsterte: »Wenn das Kind zu groß ist, reißt die Muschi auf, und du musst genäht werden.« Eine Geburt, hatte ich mal irgendwo gelesen, schreibt den Vertrag mit dem Leben neu. Dein Ego steht nicht länger im Mittelpunkt. Dieses Ding kommt da aus dir heraus und schleift die Hälfte deiner Seele mit sich wie eine Schmusedecke.

Wieder durchfuhr mich eine Wehe wie das plötzliche Krachen eines Düsenjets über einem. ›Immer wieder sagten sie zu mir, ich solle hecheln wie ein Hund.‹ Wie ein Hund. Wie witzig –

Ich wurde kurz blind, und die Welt stand kopf. Ich stellte fest, dass ich in die Knie gegangen war und mich vorgebeugt hatte, die Ellbogen tief im Schnee versunken. Mein Kopf war riesig und hing zur Seite, viel zu schwer für meinen Hals. Ich kroch ins Mondlicht, erhoffte mir Linderung, doch da war nichts. Nur eine weitere Kontraktion, bei der ich zusammenklappte, die Lippen verzog, die Fäuste ballte. Ich dachte an die Pflege, die mir Poulsom im weißen Gefängnis hatte zuteilwerden lassen, die Handtücher von Harrods und das strahlende Badezimmer. In gewisser Hinsicht hatte er dazu beigetragen, falls das Baby überleben sollte. Ich wollte meine Mutter. Ihren Geist, ihre Stimme in meinem Kopf, irgendetwas von ihr, um das alles nicht allein durchmachen zu müssen; sie sollte mir sagen, dass alles gut würde, und weil sie es war, würde ich ihr glauben.

Aber da war nichts. Natürlich nicht.

Ich stand auf und taumelte mit nassen Oberschenkeln zur Zufahrt.

Cloquet wusste sofort, dass etwas nicht stimmte, und fast gleichzeitig, *worum* es ging. Er ließ Kaitlyn los (die zusammenbrach) und kam auf mich zu, doch ich winkte ihn weg. (Winken, gestikulieren, grimassieren. Gibt nicht viele schlimmere Augenblicke, die Sprache zu verlieren.) Er blieb stehen, erlitt einen Augenblick der Schockstarre, stand mit offenem Mund da, hielt die Arme leicht vom Körper ab, dann machte er kehrt, packte Kaitlyns Hand, riss sie hoch und zerrte sie ins Haus zurück. Bis ich über die Türschwelle gekrochen kam, hatte er sie bereits halb bewusstlos an das Abflussrohr im Bad unten im Keller gefesselt.

»*Merde … merde … merde …*«, sagte er ganz neutral, als

würden die Gefühle hinter den Worten fehlen. Sein Gesicht war blass und nicht nur schweißig, sondern nass. »Oh, *mon ange, mon ange* …«, noch immer ohne erkennbare Gefühle. »Himmel. Verdammt. *Merde.*«

Ich hatte noch genug Kraft, um es bis zur Couch zu schaffen, aber ich wusste, mehr war von meinen Beinen für längere Zeit nicht zu erwarten. Nun war es so weit, und Cloquet erstarrte. Unter Schmerzen sah ich, dass er angesichts der zentralen Tatsache – Geburtshelfer bei einem Werwolfbaby – zu allem Möglichen fähig war: in Ohnmacht fallen; ein Ski-Doo schnappen und verschwinden; mir den Kopf abschneiden; medizinische Hilfe holen; sich hinsetzen und eine Zigarette rauchen.

Er hätte sich keine Sorgen machen müssen. Ich wollte ihn sowieso nicht dabeihaben. Es gab für ihn nichts zu tun, nicht nur, weil ihm jegliches fundiertes Wissen abging (trotz der *Grundlagen der Geburtshilfe und Gynäkologie*, die er auf dem Nachttisch liegen hatte), sondern weil ich mir die Kräfte sparen musste, die seine Anwesenheit fordern würde. Was mit mir geschah, verlangte all meine Aufmerksamkeit, all mein Dasein, alles, was ich hatte. Und selbst das war noch nicht genug.

Die nächste Wehe kam und stieß direkt mit einem letzten trotzigen Aufbäumen des Hungers zusammen. Ein Augenblick, in dem sich alles die Waage hielt – ein salziger Hauch nach der ohnmächtigen Kaitlyn; selbst Cloquet stand kurz in Gefahr, von einem Schlag mit den Krallen erfasst zu werden – dann verschwand der Appetit, verglühte im Sonnenfeuer der nächsten Wehe, und ich war allein mit der einen dringlichen Angelegenheit, der schreienden fixen Idee der Gebärmutter: *Holt endlich dieses verdammte Ding aus mir heraus.*

7

Ich landete unter dem Esstisch, ohne zu wissen, wie ich dort hingekommen war. ›Eine Hündin wird sich einen geschützten oder versteckten Ort suchen, um ihre Welpen zu gebären. Dabei kann sie durchaus die gemütliche Kiste übersehen, die Sie ihr bereitet haben, aber das ist normal. Lassen Sie sie ihren Instinkten folgen.‹ Was für ein Brüller, aber Wolf räumte mit allen Illusionen von Würde auf, die die menschliche Hälfte noch hegen mochte. Irgendwo zwischen Wiederholungen von *Friends* in Hotelzimmern und surreal durchblätterten *Elles* war ich auf canine-health.com gelandet; der Ton der Seite schwankte zwischen pseudoklinisch und aufdringlich bodenständig. ›Nein, die Hundemama freut sich NICHT über gleißendes Licht und Menschenmassen an ihrem großen Tag, so gern die Kinder (und Erwachsenen!) auch zuschauen mögen. Lassen Sie der kleinen Dame ein wenig INTIMSPHÄRE.‹ Ich hatte die Webseite in einem Anfall von Selbstverspottung aufgesucht und hatte wohl kaum mehr als zwei Minuten damit verbracht, den Inhalt durchzugehen, doch es war mir im Gedächtnis geblieben. Lykanthrope Verdrahtung oder das unterbewusste Eingeständnis meiner Eins-zu-Dreißig-Chance, es zu brauchen. Und nun war es so weit, ich brauchte es.

Drücken. Nicht drücken. Atmen. Hecheln. Drücken. Atmen. Nicht drücken. Den *Grundlagen* zufolge gab es eine Technik, eine Methode. Ich hatte sie vielleicht mal gewusst, aber jetzt nicht mehr. Jetzt hatte ich nur das Gefühl, langsam – beginnend zwischen den Beinen – auseinandergerissen zu werden. (Dazu noch Verärgerung darüber, dass es überhaupt eine Methode gab. Was war mit den Millionen von Frauen, die ihre Kinder bekommen hatten, ohne dass ihnen jemand gesagt hatte, wann sie drücken, atmen und hecheln sollten? »Ist doch alles Blödsinn«, hatte Lauren im Sexualkundeunterricht geflüstert. »Die Frauen am Amazonas verschwinden einfach im Dschungel und kriegen ihre Kinder allein. Die graben sich ein Loch und stopfen Blätter hinein und kauern sich hin. Die haben keine Beinhalterungen und Einläufe und bescheuerte Ärzte, die über Golf reden.«) Keine Position war für längere Zeit erträglich. Ich musste in Bewegung bleiben: auf allen vieren; seitlich; rücklings; kauern. Die Wehen leerten mir den Verstand aus, so wie Gott sich wohl vor der Schöpfung gefühlt haben musste, als er ganz auf sich allein gestellt war, ohne Engel und ohne Zeit, die verging. Zwischen den Wehen herrschte die entsetzliche Tatsache meiner Endlichkeit, der genauen Form und Größe des Körpers, der all das irgendwie zu ertragen hatte. ›Die Hundemama freut sich NICHT über gleißendes Licht.‹ Das stimmte. Auf den Dachbalken des Hauses standen Spots, und aus irgendeinem Grunde hatte Cloquet (weitere Grimassen hatten ihn aus dem Haus befördert, und meinetwegen mochte er auf dem Weg nach Disneyland sein) sie alle brennen lassen. In den Augenblicken, in denen ich nicht Gott war, war mir bewusst, dass sie mir Kopfschmerzen verursachten. Meine Krallen zerfurchten die Eichendielen. Das Blut murmelte und pochte in meinem Schädel. Alle möglichen Kleinigkeiten tauchten mit sinnloser Klarheit auf und verschwanden wieder: das kleine Messingschild auf der Herdtür; Cloquets gelber Straßenatlas USA & Kanada; ein kleiner geschnitzter Bär auf dem Kamin; meine North Face-Jacke über einem Stuhl, aus dessen Tasche ein roter Thermohandschuh lugte. Das Zimmer wirkte wie etwas, das angesichts des blanken Entsetzens blöde grinste. War das der Vietnamese, der vor Entsetzen grinste? Irgendein Film. *Platoon* oder *Full Metal Jacket.* Ich bemerkte mein eigenes vollgestopftes Schweigen. Einmal hörte ich im Badezimmer, wo Kaitlyn angekettet war, Metall rhythmisch reiben, dann war es wieder still.

Keine Ahnung, wie lang es dauerte. Ich drückte, wenn mein Körper es verlangte. Ein- oder zweimal versuchte ich, nicht zu drücken. Ich konnte nicht erkennen, welche Wirkung das hatte, aber ich hatte das Gefühl, an die Grenze dessen gestoßen zu sein, was ich ertragen konnte. Ich weiß noch, dass ich meine Hand zwischen die Beine steckte und zu fühlen versuchte, wie weit offen ich war (mit dem vagen Gedanken: zehn Zentimeter bei Menschen – doppelt so viel?), aber ich konnte es nicht genau sagen, und meine Finger waren nass vor Blut, und außerdem hatte das ja keinen Zweck mehr, ich drückte ja schon. Ich dachte: ›Okay, das war's. Du stirbst.‹ *Sie starb im Kindbett.* Wie viktorianisch, passend für Jake. Dann überfiel mich die Realität des Todes – Tod, hier, jetzt, wirklich tot –, und ich hatte außer Schmerzen nur noch Angst. Kümmerliche Angst vor dem Teufel und der Hölle riss auf zu der größeren, neuzeitlichen Angst davor, durch kaltes schwarzes, stilles Nichts zu stürzen, wie ein leerer Fahrstuhlschacht zwischen zwei Universen – für immer.

Aber man stirbt nicht. Das war der Verrat des Leids. Er brachte einen an den Punkt, über den hinaus nur der Tod lauerte, dachte man, und dann ließ er einen wissen, dass er dich auf ewig dort festhalten konnte. Dann verlor man die Angst vor dem Tod, wollte ihn, flehte um ihn. Ich wusste, wie das ging. Geschieht dir recht. Ungeheuer. Mörderin. Werdende Mutter.

Ich lag auf der Seite und biss in eins der Tischbeine.

Meine Oberschenkel klebten vor Blut. ›In der Austreibungsphase sind die Wehen besonders stark und meist schmerzhaft. Der Kopf des Kindes drückt gegen den Beckenboden, was bei der Gebärenden den übermächtigen Drang auslöst zu pressen.‹ In der Pause vor der letzten Wehe hörte ich Kaitlyn im Bad toben. Dann kam die letzte Wehe, und mit einem scharfen Gefühl und dem Geräusch eines abstreifenden Gummihandschuhs glitt das Baby in einem Knoten aus glänzendem Schleim aus mir heraus.

In diesem Augenblick krachte Cloquet durchs Fenster und flog über den Fußboden.

8

Sie waren hier.

All das Berechnen, Ausweichen und Kontrollieren, alles umsonst, und es gab keine Zeit mehr und keine Kraft. Ich fing an mich zu fragen, wie sie mich gefunden hatten – aber das war gleichgültig. Nur dass sie es getan hatten. Ich drehte mich zu dem Kind um, als der erste Vampir durch das kaputte Fenster hineinsprang. Ich sah kurzgeschnittene graue Haare und ein kleines hübsches Gesicht, bevor er sich umdrehte und ohne groß zu zucken vier Kugeln von Cloquet in die Schulter bekam. Ein unerklärlicher, mir den Atem raubender Druck lastete mir auf Armen und Brust, aber meine Beine waren gewichtslos. Die Haustür sprang auf. Kalte Luft strömte herein, doch was messerscharf und frisch hätte sein sollen, war voll vom Schweinemist- und Gammelfleischgestank der Untoten.

Trotz alledem musste ich einfach das Baby sehen, seine Existenz erkennen, feststellen, dass es atmete. Mit ungeheuer stumpfsinniger, elefantenhafter Mühe griff ich nach unten und hob es zu mir hoch.

Es war ein Junge. Er hatte die Augen geschlossen, war schleim- und blutverschmiert. Ich leckte schnell seine Schnauze frei, säuberte die zarte Nase. Er hustete und krabbelte näher. Ich wusste, dies war nur ein Augenblick, aber er war geradezu pathetisch perfekt, wie eine Knospe in einem Briefbeschwerer, mein Erstaunen über die winzigen hybriden Hände und Füße, den kleinen Penis und das weiche Fell aus goldenen und schwarzen Haaren. Er schlug die Augen auf. Dunkel wie meine, wie Jakes. Ich dachte: ›Da gehst du mit so etwas in dir herum, und nichts bereitet dich auf die absurde Greifbarkeit dieser Tatsache vor: Plötzlich ist da ein neues Geschöpf und bringt deinen Anteil an Atomen durcheinander.‹ Ich legte meine Hand unter seinen Kopf und spürte Bewusstsein darin aufflackern. Er blinzelte mich an, einmal, zweimal.

Ich wäre gern – Sie wissen gar nicht, wie gern – in der Lage zu sagen, ich hätte ihn sofort geliebt. Ich wäre gern in der Lage zu sagen, das Wunder sei genauso geschehen, wie es das soll, und sein Leben hätte auf der Stelle oberste Priorität gehabt. Ich würde gern sagen, dass sich alles verschoben hätte, kaum dass ich ihn sah, dass der ganze Müll meines Ich von mir abgefallen sei, dass der Vertrag neu geschrieben worden sei, dass er aus mir gekommen sei und meine halbe Seele hinter sich herziehen würde wie eine Schmusedecke, dass ich nun – mit molekularer Gewissheit und vor allem anderen – eine Mutter sei.

In Wahrheit fühlte ich gar nichts. Ein lebendiges Geschöpf war aus mir herausgekommen, aber das war nur eine bizarre Tatsache, nur noch so etwas, das eben passiert. Wenn ich gewollt hätte, hätte ich ihm das neugeborene Genick brechen oder das Herz herausreißen können. Da war er nun, warmes Fleisch, pochendes Herz, Arme, Beine und Kopf, Zähne und Zunge – aber in diesen ersten reinen Augenblicken war er nur ein lebendiger fremder Gegenstand in meinen Händen, hatte nichts mit mir zu tun. Er war wie ein Wort, das man so lange wiederholt, bis es seine Bedeutung verliert und nur noch rauer Klang ist.

Delilah Snows Erbe.

Alles, was geschehen war, seit ich ihr begegnete, hatte zu diesem Augenblick geführt.

Der Tisch fuhr in die Höhe, wirbelte durch die Luft und krachte gegen den Herd. Zwei Vampire standen über mir. Die Szene sah nach Henry Moore aus, so weit weg waren ihre Köpfe. Der eine war ein kleiner, jung aussehender Mann mit dunkelbraunen, lockigen Haaren und einem arroganten langwimprigen Gesicht wie der junge Bob Dylan. Der andere war eine schlanke, attraktive, grünäugige Frau (vielleicht) Anfang dreißig, mit kupferroten Haaren und Hitlerfrisur. Beide trugen schwarze Jeans und Lederjacke mit Reißverschluss mit einem roten Lederabzeichen – für mich sah es nach Keilschrift aus – auf dem linken Aufschlag. Beide trugen einen Streifen dicker weißer Paste unter ihren Nasenlöchern – ein Geruchsblocker, doch nach ihren Gesichtsausdrücken zu urteilen nicht sonderlich wirkungsvoll. *Ihr* Gestank verursachte bei mir Brechreiz. Die Rothaarige war so fürchterlich aufgeregt, dass sie regelrecht glänzte. Ich konnte einen Hubschrauber hören. Das Geräusch brachte ein tristes Gefühl von Preisgegebensein mit sich. Ich wusste nicht, warum ich mich kaum rühren konnte. Meine Beine waren leicht wie Kissen. Ein unsichtbares Gewicht lag auf meinem Unterleib. Ich versuchte mich umzudrehen, um das Baby abzuschirmen (wenn ein Reflex, dann nur ein schwacher, etwas, von dem ich wusste, dass ich das tun sollte), aber die Frau trat mir heftig gegen den Kopf, und bis ich den Schlag verkraftet hatte, hatte mir der Junge etwas Großes und Spitzes direkt durch die Kehle in den Boden gerammt und mich festgenagelt. Bei dem Schmerz wurde ich fast ohnmächtig, dann tauchte ich in einem Übelkeit erregenden Nebel wieder auf. Ich hob den linken Sandsackarm, doch der wurde von dem grauhaarigen Vampir gepackt und festgehalten. Ohne das leiseste Anzeichen von Anstrengung in seinem schicken, zivilisierten Gesicht drückte er ihn zu Boden, zog einen zweiten Spieß hervor (kein Silber; jemand wollte mich lebendig haben) und nagelte meine wehrlose Hand fest. Ich musste würgen.

KOMMT ZU MIR. JETZT.

Die drei starrten auf mich herab. Der junge Bob Dylan lächelte. Der Hubschrauber mit seinem Geräusch monotoner Dringlichkeit war ganz in der Nähe. Wellen schneekalter Luft umspielten mich. Meine Beine waren zu nichts zu gebrauchen, zwei Fetzen Chiffon. Ich versuchte den Kopf zu drehen, um zu sehen, ob Cloquet noch lebte, aber es ging nicht. Die einzigen beiden Gewissheiten waren meine Hilflosigkeit und der blutige Kopf des Kindes in meiner Hand. Mein Herz war immer noch nicht gerührt. Es war wie ein Rennpferd, das einfach im Stall steht, nachdem alle anderen schon fort sind: Ich fühlte gar nichts für meinen Sohn (außer Neugier), obwohl er mich doch mit solch hypnotisierender nackter Hellwachheit angesehen hatte. Vielleicht rührte sich sein Herz auch nicht mehr? Da war etwas zwischen uns, die Eingebung, dass noch nichts auf dem Spiel stand. Keine verlorene Liebesmüh, wie man so sagt. Es gab genug Zeit, über all das nachzudenken. Das emotionale Universum fand im Bruchteil einer Sekunde Platz, sich umfassend auszudehnen.

SCHNELLER.

Der junge Vampir sah die Rothaarige um Erlaubnis bittend an und bohrte mir dann einen dritten Stahlspieß durch den rechten Oberarm, mit dessen Hand ich noch immer den Kopf des Kindes hielt. Das Metall bohrte sich schräg in den langen, behaarten Bizeps, verpasste den Oberarmknochen, zerrte einen Nervenknoten mit sich. Der Schmerz klapperte wie ein Windspiel, in das man aus Versehen gelaufen war. Blut und Luft schäumten um die Wunde in meiner Kehle. Das erinnerte mich an ein Biologieexperiment in der Schule mit Natriumhydrogencarbonat. Das hinwiederum erinnerte mich an eine Zeile aus Jakes Tagebuch: ›Ich habe, dachte ich, die mentale Schicklichkeit verloren.‹ Meine Beine schwammen. Ich war ein Krüppel, an einen Pfosten in einem reißenden Fluss gefesselt. Die Rothaarige zog ein Armeemesser aus dem Stiefel und schnitt die Nabelschnur durch. Sie war schön. Ihr geschminkter Mund mahlte leicht vor Konzentration.

GUT SO. SCHNELLER.

»Schnapp es dir, Noah«, sagte sie.

Der junge Bob Dylan streckte die Hand nach dem Kind aus – es biss ihn.

Noah riss die blutige Hand zurück. »Au!« sagte er halb lachend. »Das tut weh, verdammt.«

»Wir vergeuden nur Zeit«, schimpfte der Grauhaarige. »Gib mir die Sachen.«

Die Frau hatte einen Lederbeutel bei sich. »Hier«, sagte sie. »Also los.«

Es gab eine von allem anderen deutlich getrennte, zerbrechliche Wut, dass ich all diese Mühe auf mich genommen hatte, dieses Kind sicher zur Welt zu bringen, und nun waren sie hier, um es auszulöschen. Getrennt von dem übermächtigen Wunsch, die Augen zu schließen, den Blick abzuwenden, sie es nehmen zu lassen. Was tat es zur Sache? Warum sollte mir das nicht egal sein? Erleiden Frauen, die vergewaltigt werden, auch diese frevelhafte Gleichgültigkeit? Waren manche Misshandlungen so schlimm, dass es einfacher war, das Ich aufzugeben, statt es zu erhalten?

»Passt auf das Maul auf«, sagte die Rothaarige. »Vorsichtig …«

»Die Sachen« waren ein Kuhtreiber, eine Fangstange und ein Sack aus gewebtem Stahlfiber. Sie arbeiteten gemeinsam, und ich bekam alles in traumwandlerischer Detailliertheit mit, das trockene Zappen des Kuhtreibers, meine Finger, die einer nach dem anderen aufgebogen werden, das Rucken und Zucken des Kindes, sein hohes Winseln, das Knurren mit gebleckten Eckzähnen, die krabbenrote Zunge, der zweifarbige Schimmer des Sacks, der mich an Polyesteranzüge oder irisierende Ölflecken auf der Straße erinnerte, die begeisterte Konzentration der Rothaarigen, ihre perlweiße Haut, ihr pochender Gestank. Sie hegte keine Bösartigkeit mir gegenüber. Das hier war ihr wertvoll, mehr nicht, ein notwendiges Objekt. Trotz der Kälte, die hereindrang, fühlte ich mich heiß wie ein frisch gebackenes Brot. Ich sah zu, wie mein Nachkomme hochgehoben, gewürgt, gepikst, eingesackt, zugebunden wurde. Die Dunkelheit, die sich über seinen Kopf senkte, zerriss etwas zwischen uns.

Einen Augenblick lang vergingen alle Geräusche, jede Bewegung, so als habe jemand den Pausenknopf gedrückt.

Dann durchschnitt das Sirren und Hämmern des Hubschraubers die Stille – und alles geriet wieder in Bewegung. Die Maschine war direkt vor der Tür, wirbelte Schnee auf und jagte Eisluft ins Haus.

TÖTET SIE! TÖTET SIE JETZT!

Automatikwaffen knatterten, kaum hörbar über den Lärm der Rotorblätter, dann stürzte der erste der Wölfe – der Schwarze von gestern Abend – durch die Tür.

Das Vieh biss zu und riss Noah ein Drittel seines Gesichts ab. Er schrie im Falsett, ging in die Knie, und es schauderte ihn heftig, so als sei er angewidert. Gleichzeitig schoss der Grauhaarige, der den Sack mit meinem Kind darin trug, senkrecht nach oben, ruhte mit dem Rücken an der Zimmerdecke und drückte den strampelnden Sack fest an seine Brust. Ein grauer Wolf sprang die Rothaarige an. Sie reckte den linken Arm hoch, das Tier verbiss sich darin und schleuderte sie durch seinen Schwung rücklings gegen den Herd. Einen Augenblick lang sah sie aus wie eine Frau an der Theke, die sich einen beharrlichen, aus dem Mund stinkenden Betrunkenen vom Leibe hält. Dann sah ich, wie sich in vollkommener Stille ihre Nasenlöcher weiteten, und mit einer Art Freude stach sie dem Tier mit dem Messer, das sie nach dem Durchtrennen der Nabelschnur noch immer in der Hand hielt, mehrmals in den Bauch, bis der große Leib nach dem sechsten, siebenten Stich von ihr zu Boden glitt, nicht wie tot, sondern nur triumphierend ohnmächtig. Drei weitere Wölfe kamen hereingestürzt, ein vierter tauchte im kaputten Fenster auf. Ihre Wärme reichte durch die kalte Luft zu mir und durchfuhr mich. Ich konnte meinen Willen in ihren Schultern, Hinterläufen und Hälsen spüren. Eine Art irrer Freude raste zwischen uns hin und her. Der Schwarze riss an Noahs Kehle. Schüsse fielen. Der Wolf im Fenster stürzte mit einem Winseln. Meine Gebärmutter verkrampfte. Der grauhaarige Vampir ging an der Decke langsam rückwärts, um sich mit den Füßen an einem Balken abzustützen. Zwei graue Wölfe sprangen und schnappten unter ihm, auch wenn er offenkundig außerhalb ihrer Reichweite war. Er starrte sie blinzelnd an, und plötzlich tauchte an seiner linken Schläfe geräuschlos eine große Schusswunde auf, ohne jede Wirkung. Ich verfolgte den Schuss zurück: Cloquet, ein Arm nutzlos, in der anderen Hand die Cobra, ganz offensichtlich ohne die Kraft, noch ein weiteres Mal abzudrücken. Einen Augenblick lang runzelte er die Stirn, mühte sich, zu vollem Bewusstsein zu kommen, und brach dann mit einem verwirrten, mürrischen Blick eines Mannes, der um etwas gebracht wird, zusammen. Einer der Grauen hatte sich in einer exakten Kopie des Sprungs seines Bruders auf die Rothaarige gestürzt, doch diesmal schlossen sich die Fänge um die Messerhand. Mit der freien Hand – diamantringbesetzt, sauber manikürt – griff sie an den Gürtel. Ein Wolf von der Farbe verbrannten Toasts schloss sich dem Angriff auf Noah an, und nach einem merkwürdig intensiven, konzentrierten Augenblick, so als würde es den Tieren schwerfallen, für ein Foto stillzuhalten, riss der Kopf des Vampires mit einem feuchten Knirschen ab. Sofort verdunkelte sich das Kapillarsystem der Leiche, so als habe der Tod nur ein kleines Zeitfenster, um sein Opfer zu holen.

Draußen sank der Hubschrauber, eine Wolke aus Schnee stob herein und wirbelte umher. Ich dachte an eine Kissenschlacht im Fernsehen. So etwas taten die Mädchen in der Glotze, in Nachthemden und Schlüpfern, in Männerträumen. Ich hatte mein ganzes Leben lang noch keine Kissenschlacht gemacht. Der Wolf an der Rothaarigen zuckte, als eine Ladung Kugeln in seine Flanke schlug, dann glitt er mit baumelnder Zunge zu Boden. Zwei große junge Vampire mit Maschinengewehren standen in der Tür, einer sah hinein, einer hinaus, und gaben Deckung. Ich konnte spüren, wie die Wölfe in großer Zahl getroffen wurden, eine schwache Kugel-Tätowierung in meinen Knochen. Die mit Blut vollgespritzte und verschmierte Rothaarige rannte zu ihren Freunden an der Tür. Wölfe jaulten und bellten, klappten zusammen, wurden getroffen. Drei sprangen durch das kaputte Fenster herein und stellten sich beschützend über mich. Ihr guter, satter Geruch übertünchte den Gestank der Vampire. Ich sah zur Decke hinauf. Der Grauhaarige, der an einem Balken kauerte, sah einen Augenblick zu mir herab, drückte den Sack fest an sich, dann sprang er hinunter und rannte zur Tür, wo die anderen drei sich wie abgesprochen duckten, um ihn mit seinem eingesackten Gefangenen über ihre Köpfe hinausspringen zu lassen.

»*Au revoir*, Talulla«, rief die Rothaarige. Dann rannten sie alle zum Hubschrauber.

9

Von Süden waren Wolken aufgezogen und verbargen den Mond. Draußen waren Dunkelheit und Schnee gelb gefärbt. Kalte Luft wehte durch die weitgeöffnete Tür und das kaputte Fenster herein und blätterte die Seiten von *Moll Flanders* auf dem Esstisch um. (»Lies, Lu«, hatte Jake mir geraten. »Die Literatur ist das offenherzige *alter ego* der Menschheit, die in ihrem Herzen auch Platz für Ungeheuer hat, auch für dich. Literatur ist Menschlichkeit ohne Urteil. Glaub mir, es hilft.«) Auf der Rückseite des Schutzumschlages stand ein Zitat, wie ich mich erinnerte: »Moll ist unmoralisch, oberflächlich, scheinheilig, herzlos, eine schlechte Frau – und doch ist Moll großartig.« Das war die Art von Charakter, den ich hätte werden sollen, der ich aber nicht war. Nein, dachte ich, während zwei meiner Schutzwölfe sich mühten, den Stahlspieß in meiner rechten Hand zwischen die Zähne zu bekommen, Talulla ist nicht großartig. Talulla ist *total nutzlos.* Immer wieder sah ich, wie sie mir einen Finger nach dem anderen zurückbogen. Immer wieder spürte ich deutlich das Gewicht der Kindes, das von mir genommen wurde. Ich suchte in der Leere, wo doch Entsetzen und Wut hätten sein müssen. Ich weiß noch, ich hatte eine Geschichte über eine Frau gelesen, deren zehnjährige Tochter vermisst wird, und schließlich wird das Kind tot aufgefunden, vergewaltigt und ermordet. Dann gab es diesen Augenblick, wo die Polizei zum Haus der Mutter kommt, um ihr die Nachricht zu überbringen, dass man die Leiche ihrer Tochter gefunden hätte, und noch während sie die Worte hört und begreift, was geschehen ist, schaut sie auf den Wohnzimmerboden, wo eine Fernsehzeitung liegt, darauf Monica und Chandler aus *Friends*, und während sie hört: »Es tut mir sehr leid, aber ich muss Ihnen leider mitteilen, dass wir die Leiche eines Mädchens gefunden haben, auf das die Beschreibung passt«, kommt ihr der Gedanke an Matthew Perry, der wegen seiner Sexsucht in einer Klinik behandelt wird; beides spielt sich gleichzeitig in ihrem Kopf ab, eine widerwärtige Gleichsetzung, und das kann nur bedeuten, dass sie böse ist oder wahnsinnig.

Das war ich. Ich war auch so. Schon immer gewesen. Mit neun hatte ich eine Maus als Haustier, ich kümmerte mich nicht um sie, und sie starb. Mein Dad hatte ganz leise gesagt: »Das macht mich sehr traurig, Lulu«. Und mein Herz hatte sich bei diesen Worten und dem Anblick, dass er wirklich traurig war, mit panischem Selbsthass erfüllt, und gleichzeitig gab es diesen Gefühlskick, dass ich ihm das antun konnte – ich! Mein Gesicht hatte sich warm und weich angefühlt, genau wie damals, als ich mich mit der Hose um die Beine im Keller umdrehte und Tante Theresa vor mir stehen sah, und sie sagte: »Talulla Demetriou, du bist ein dreckiges, verdorbenes kleines Mädchen.«

Ich hatte eigentlich mit einer Leere in meiner Gebärmutter gerechnet, wie der Raum, der übrig bleibt, wenn man den Kern aus einer Avocado nimmt, aber es fühlte sich so an wie vor der Geburt. Die Schmerzen (die ich Wehen genannt hätte, wenn das Baby nicht schon draußen gewesen wäre) konnten nur bedeuten, dass etwas nicht stimmte. Etwas anderes als die Leerstelle, wo sofortige Liebe hätte sein müssen, etwas anderes als mein totes Herz, meine gescheiterte Mutterschaft, mein dritter immer wiederkehrender Tagtraum.

Die Wölfe erkannten nach und nach, dass sie die Spieße nicht zu packen bekamen. Ich sah, wie ihre langen Zähne abglitten und kratzten. Verzweiflung sammelte sich in ihnen, meine Verzweiflung. Ich drehte den Kopf. Cloquet war noch immer bewusstlos, vielleicht sogar tot.

Die einzige Möglichkeit, meine Hand frei zu bekommen, war, sie den Spieß hinaufzuziehen und am anderen Ende zu lösen, wie ein Stück Fleisch von einem Schaschlikspieß. Neunzig Zentimeter, mehr oder weniger. Ich dachte dabei an Christus am Kreuz, wie langsam die Zeit für ihn vergangen sein musste, ein Pferd schlug mit dem Schweif, ein Zenturion löste sich die Lederkappe, ein Junge malte mit einem Stock im Staub. So war die Welt: unschuldige lebhafte Fortführung, ganz gleich, was geschieht.

Meine Wölfe umlagerten mich. Etwa ein Dutzend waren nun im Zimmer, weitere kamen hinzu. Mehr als alles andere wollte ich mich einfach auf die Seite drehen und mich zusammenrollen. Ich biss die Zähne zusammen und zwang meine Hand den Spieß hinauf, erst langsam, dann, als sich das ganze Ausmaß der Schmerzen bemerkbar machte, schnell, um es hinter mich zu bringen. Drei Sekunden mit einem weißglühenden Kreis in meiner Handfläche – dann war sie frei. Der erste Augenblick des aufquellenden Blutes war schlimmer als das Annageln, doch mit einer plötzlichen Abscheu vor dem Anblick, den ich bot – hilflos, Beine breit, würgend –, zwang ich den Schmerz beiseite, packte den Spieß in meiner Kehle und riss ihn heraus. Noch war mein linker Arm festgenagelt, aber ich genoss die Freude, mich auf die linke Seite drehen zu können und die Knie ein wenig anzuziehen, so weit dies mein noch immer dicker Bauch zuließ. Blut legte sich in einer Pfütze um meinen Hals wie eine Cartoonsprechblase. Cloquet hustete und stöhnte, dann verstummte er wieder.

Ich wurde ohnmächtig.

Als ich erwachte, war die Tür geschlossen, und mindestens zwanzig Wölfe lagen im Kreis um mich. Ihre Wärme deckte mich zu, bis auf die kalte Luft die durch das kaputte Fenster drang. Ich zog den letzten Spieß heraus, und frisches Blut drang aus der Wunde. Dann hatte ich wieder einen Krampf – und mit ihm kam die Erkenntnis, dass der Grund für das Gefühl, noch immer Wehen zu haben, die Tatsache war, dass ich noch immer Wehen hatte.

10

Mein Sohn, bei dem ich das Recht verwirkt hatte, ihm einen Namen zu geben, wurde in Gewalt und Tod hineingeboren. Seine Zwillingsschwester, die ich Zoë nannte, wurde in die Wärme von Wölfen hineingeboren.

Nachdem ich sie zur Welt gebracht hatte, schlief ich ein. Trotz der festen Überzeugung, dass die Vampire wieder zurückkommen würden, fiel ich in die Dunkelheit und ließ mich von ihr umgeben. Es war wunderbar, sich so fallenzulassen. Ich erinnere mich noch, ich habe ihr die Schnauze saubergeleckt, mich auf die Seite gedreht und sie nah an meine Brust gehalten. Und ich erinnere mich noch, wie drei Wölfe die Leiche und den Kopf des Vampirs hinaus in den Schnee zerrten.

Schwer zu sagen, wie lange ich ohnmächtig war. Minuten vielleicht, oder Stunden. Es dämmerte jedenfalls, als ich aufwachte. In menschlicher Form.

Mit einem Menschenbaby in den Armen.

Ich hatte die Verwandlung verschlafen.

Ich dachte, wie erschöpft ich wohl dafür gewesen sein musste, wie verletzlich, wenn –

Moment. Sie auch: Sie hatte sich verwandelt. Kein Anzeichen von Trauma. Zoë war wach, still, blinzelte mit dunklen Augen in ihrem blutigen Gesicht.

Und plötzlich überfiel es mich.

Was sie getan hatten.

Wie eine vorsichtige Vergewaltigung.

Und ich hatte es einfach zugelassen.

Vor ein paar Jahren hatte ich einen Bericht über eine Gruppe von Müttern aus dem sozialen Wohnungsbau in New Jersey gesehen, die angeklagt worden waren, einen Nachbarn angegriffen zu haben, als sie herausfanden, dass er im Register der Kinderschänder stand. Eine von ihnen hatte wiederholt gesagt: »Wenn du töten musst, um deine Kinder zu beschützen, dann tötest du. Du hast doch kein Recht, dich Mutter zu schimpfen, wenn du zum Schutz deiner Kinder nicht töten würdest. Du hättest noch nicht mal das Recht auf Kinder, wenn du für sie nicht töten würdest.« Der Mob Frauen um sie herum war hingerissen, die Gesichter vor Rechtschaffenheit aufgedunsen. »Was bist du denn für eine Mutter, wenn du für deine Kinder nicht töten würdest?«

Ich lag still da. Die molekulare Erneuerung kribbelte in meinen Wunden. Meine Jacke bedeckte mich und das Kind halbwegs. Ein grauer Wolf lag dicht an meinem Rücken, warm und weich. Ein anderer lag nahe an meinem Oberkörper und hielt das Baby kuschlig. Das Zimmer pulste vor Wolfsrudelbewusstsein, der Hitze der Tierleiber und der Nichtstille des Schneefalls. Alle Kadaver waren beseitigt, die Tür zugedrückt worden. Frieden war wieder in meine Gebärmutter eingekehrt, und einen Augenblick lang fühlte ich mich klein, hatte Mitleid mit mir selbst, war dankbar.

Doch dann war es wieder da, wie ein Reflex. Was sie getan hatten. Und ich hatte es einfach zugelassen.

Tierfilme verweilen gern bei dem Entsetzen, wenn die Mütter ihre Nachkommen verstoßen. Das mechanisch grasende Mutterschaf, das taub ist gegenüber den Schreien des zitternden Lämmchens. Ich hatte mich diesem Club angeschlossen. Wie bei allen erschreckenden Entdeckungen gab es auch eine aufregende Seite – und ein Gefühl von *déjà-vu*. Und wie bei allen erschreckenden Entdeckungen konnte ich nichts anderes tun als sie zu akzeptieren, wie in dem Augenblick, wenn die Friseurin den Spiegel hält und dir zum ersten Mal den Hinterkopf zeigt.

Als ich mich rührte, um das Kribbeln und Stechen im linken Bein zu besänftigen, spürte ich etwas Feuchtes, Weiches zwischen meinen Schenkeln. *Die Plazenta wird fünf bis fünfzehn Minuten nach der Geburt abgestoßen.* Zwei in diesem Falle. Zoës Nabelschnur war noch an ihrer Plazenta – wieder Panik –, bis mir einfiel gelesen zu haben, dass das nichts machte: Die Nabelschnur löst sich von allein, wenn man sie in Ruhe lässt. Nur die Ärzte hatten es eilig, alles abzuschneiden und zu verpflastern, es warteten schließlich Squash und Callgirls. *Es gibt keine Nervenenden in der Nabelschnur, deshalb spüren weder Mutter noch Baby den Schnitt.* Dennoch versetzte mir der Gedanke einen Stich, sie durchzuschneiden. Mir, die ich Menschen zerriss und fraß. Geschieht dir re–

Cloquet hustete, und mir wurde klar, dass mich dieses Geräusch geweckt hatte. Ich drehte mich nach ihm um und sah, dass er auf dem Boden mit dem Rücken zur Couch saß und sich einen Notverband an eine Wunde in der linken Schulter hielt. Er war blass, hager und blutbefleckt. Hände und Gesicht waren vom Sprung durch die Scheibe übel zugerichtet. Ein tiefer Schnitt über der Augenbraue musste genäht werden. Seine Haare waren dreckig. Ich wusste, zu all seinen Verletzungen dürfte ihm auch noch der Schädel brummen. Das alles ging mir durch den Kopf, aber diese Gedanken taten nur wenig gegen die fortdauernde pochende Gewissheit, was die Vampire getan hatten, und ich hatte nichts dagegen unternommen.

»Wie schwer bist du verletzt?«, fragte ich.

»Durchschuss. Du?« Er sah mich nicht direkt an, denn

trotz der Jacke war recht viel von mir zu sehen, und er war noch immer seltsam heikel bei alldem.

»Mir geht's gut«, antwortete ich. »Sie haben ihn mitgenommen.«

»Ich weiß. Tut mir leid.«

Sie haben ihn mitgenommen. Wieder über Sprache zu verfügen machte es präzise und hässlich und real. Plötzlich war da dieser leere Raum in mir, das Loch, das bleibt, wenn der Avocadostein fehlt, schockierend, roh, grundsätzlich. Im Zimmer schwebte noch die beißende Erinnerung an das, was mit meinem Sohn geschehen war, wie der Korditgeruch nach einem Schusswechsel. Ich sah, wie sie mich mit den Spießen durchbohrten, mir die Finger von dem warmen Körper bogen, ihn in den Sack stopften. Ich sah mich festgenagelt, spürte, wie sich die dunkle Masse des Hubschraubers hob, höher, weiter, leiser, stiller, fort. Die mentale Wiederholung erfüllte mich mit Anti-Energie, einer sich selbst erneuernden Schwäche. Der leere Raum war nicht leer. Er war voller Versagen.

Ich stellte mir vor, wie ich zu Cloquet sagte: »Ich hole ihn zurück.« Ich sah die Zukunft vor mir, die ich mit dieser Verpflichtung einherging, all die Dinge, die ich tun musste, Jakes verhasster Schrottplatz voller Wenns und Abers, die Gewissheit, dass ich ihn nicht zurückholen, sondern bei dem Versuch umkommen und meine Tochter als Waise zurücklassen würde. Ich darf nicht an sie denken. Ihr Bruder hatte sie zurückgelassen, damit ich niemals vergaß, was ich zugelassen hatte – und warum. Wieder stellte ich mir vor, wie ich zu Cloquet sagte: »Ich hole ihn zurück.« Ich wusste, das hätte ich sagen sollen. »Dieses Kalb«, so die Stimme des Kommentators im Tierfilm, »ist von seiner Mutter verstoßen worden. Schwach und schutzlos ist es das leichte Opfer von Raubtieren, die nach schneller Beute suchen.« Ich dachte, wie lange es wohl dauern würde, bevor ich wieder

Freude daran hatte, mir ein Paar schöner Schuhe zu kaufen, abends am Strand zu spazieren oder mit einer Tasse Kaffee und einer Zigarette im Café zu sitzen und Wildfremde vorbeigehen zu sehen. Wahrscheinlich nie wieder. Unter anderem hasste ich ihn dafür, mir entrissen worden zu sein. Ich hätte darüber lachen können. Eine andere Art von Komik, nicht sinister schwarz, sondern die Farbe von Nichts.

Ein Wolf erhob sich, reckte sich, gähnte. Ein drittes Mal stellte ich mir vor, wie ich zu Cloquet sagte: »Ich hole ihn zurück.« Die Nerven in meinem Mund verkümmerten.

»Das war sie«, krächzte Cloquet.

»Was?«

»Die Frau. Die Vampirin. Das war Jacqueline Delon.‹

›*Au revoir, Talulla.*‹ Es war mir aufgefallen, dass sie meinen Namen kannte. Nun, jetzt kannte ich ihren. Jacqueline Delon. Jake hatte mit ihr geschlafen (und seinem Tagebuch zufolge hatte er sie oral befriedigt, wie ich mich erinnerte), wofür ihn mein veraltetes Ich verabscheute, unfairerweise, da ich ja nur zu gut wusste, wie es während des Fluchs war. Das letzte Mal hatte er sie gesehen, als sie von – ach ja, eben jenem kleinen grauhaarigen Vampir mit der netten Art als menschlicher Schutzschild missbraucht wurde. Aber sie hatte überlebt. Und irgendwie war sie ihm nun überlegen, wenn ich die Dynamik richtig deutete.

»Ich dachte, sie sei tot«, erklärte ich.

»Moi aussi.« Er war in sie verliebt gewesen. Die Auswirkungen davon waren deutlich. Ich war erstaunt, dass er in der Lage gewesen war, mich zu täuschen. Ich hätte wieder auflachen können.

»*Calme toi*«, sagte er, Gedanken lesend. »Ich war es nicht. Keine Ahnung, wie sie uns gefunden haben. Denkst du, ich würde dich verraten? Frag deine Wölfe!« Das sagte er mit äußerst brüchiger Stimme, aber er hatte recht. Die Tiere hätten gewusst, wenn er falsch gewesen wäre. Ich spürte es in der Strömung zwischen ihnen und mir. Diese Macht über Hunde hatte Jake benutzt, um deren junge Frauchen ins Bett zu kriegen. Ich vermisste ihn, vermisste seine Stimme, die meinen Namen sagte, seine Arme um mich. Der dümmste Teil in mir rechnete noch immer damit, ihn bald zu sehen. All das in dem Bewusstsein dessen, was passiert war, ein klaffendes Loch im Zimmer, in der Wand, im Gefüge, und ich wusste, wenn ich hineinschaute, würde ich das blanke schwarze Nichts sehen, das sich in völliger Stille in alle Ewigkeit erstreckte.

»Ahhh«, machte Cloquet. *»Dieu est miséricordieux.«* Er hatte neben der Couch die nicht ganz leere Flasche Jack Daniels vom Vortag gefunden. Er nahm einen Schluck, schloss die Augen, seufzte. Seine Schultern entspannten sich.

»Tut mir leid«, sagte ich. »Ich weiß, du hast sie geliebt.« Freundlichkeit. Aus der Extremsituation meines Versagens heraus. Aus dem Frieden heraus, nicht weiter fallen zu können. Solch amoralische Beziehungen fanden sich allüberall. Cloquet nahm noch einen Schluck.

»Ich fühle mich«, erklärte er, »als ob mein Körper mir sagt, dass man ihn mit zu viel Alkohol oder Koks oder welchem Gift auch immer verletzt hat. Verstehst du?«

»Ja.«

»So ist das – bis auf meine Seele. Es tut mir leid, was ich sie meiner Seele habe antun lassen. Ich war nichts. Ich war *un drogué*, ein beschissener, nutzloser Junkie.«

»Okay.«

»Je suis libre.«

»Ich verstehe.« Ich verstand es wirklich. Er hatte Jaqueline durch mich ersetzt. Keine besiegte Abhängigkeit, nur eine andere Droge. Und ich schlief nicht mal mit ihm. Vielleicht sollte ich das, vielleicht sollte ich sein sexuelles Ego wieder ins Land der Lebenden zerren, um das Bündnis zu besiegeln, ihm den Verstand wegvögeln und auf das Werwolfprotokoll scheißen. Entweder das, oder ihn töten. Das würde ich tun müssen, wenn ich ihm nicht vertrauen konnte. In der Zwischenzeit entwirrte sich die Distanz im Sog des Hubschraubers. Schon meilenweit. Hunderte von Meilen. Ich dachte an all die Dinge, die die Vampire wussten und ich nicht, an all die Vorbereitungen, die sie getroffen hatten, all die Kräfte, die ihnen zur Verfügung standen. Ihr Vorteil war geradezu lächerlich groß. Ein Witz. Konnte ich ihn nicht einfach vergessen? Das Risiko eingehen und einfach mit meiner Tochter verschwinden? Ich rief mir den ersten wiederkehrenden Tagtraum ins Gedächtnis, wir beide in ein paar Jahren in der weißen Villa in Los Angeles – Brentwood oder Marina del Rey oder die West Hollywood Hills –, mit Bougainvilleen und Kaktusgarten und türkisfarbenem Swimmingpool, wie wir friedlich unserem Leben nachgehen. Wir würden Tennisstunden nehmen und shoppen gehen, ab und an eine Party geben und es irgendwie schaffen, einmal im Monat zu töten und zu fressen, ohne dass dabei etwas schiefging oder irgendjemand herausbekam, was wir waren. Ich würde ihre gebräunten Arme und Beine lieben, ihre gute Körperhaltung und den zurückhaltend getragenen Schmuck und die Art, wie sie all ihren Mut zusammennahm, um mir schwierige Fragen zu stellen.

Doch der erste Tagtraum brachte stets den zweiten nach sich, den von dem kleinen Werwolfjungen in der zerfetzten Schuluniform, blutbedeckt.

Und der zweite den dritten. Mit freundlichen Grüßen von Delilah Snow.

Cloquet schloss die leeren Augen. Bis zu dem Augenblick, als ich den Mund aufmachte, wusste ich nicht, was ich sagen wollte.

»Ich hole ihn zurück.«

Kaum hatte ich das gesagt, wusste ich, es war hoffnungslos. Das Wissen um die Hoffnungslosigkeit war eine Erleichterung. Die Erleichterung, nach all der Eile und dem Irrsinn ans Abfluggate zu kommen und den Flug verpasst zu haben, und nun ist da nur noch das Gewicht und die Hitze deines eigenen Körpers und die Zeit, die sich vor dir erstreckt.

»Ja«, sagte Cloquet und schlug die Augen auf. »Natürlich.«

»Wenn du mir nicht helfen willst dabei, verstehe ich das.«

Er starrte einen Augenblick zu Boden, so als empfange er etwas aus der Unterwelt. Schließlich blinzelte er, nahm den letzten Schluck aus der Flasche, lächelte – und hörte damit urplötzlich wieder auf. »Für mich ist sie gestorben«, erklärte er. »*C'est tout.*«

Mit etwas Mühe zog ich meine Jacke an und setzte mich auf, das Baby in der linken Armbeuge. Die Plazentas glitten zu Boden. Sie sahen aus wie zwei widerliche Handtaschen. (Ich hatte mich gefragt, ob ich sie essen sollte. Die Tiere taten es. Manche Menschen auch, hatte ich gelesen. Ich nicht.) Meine Wunden taten weh, hatten aber aufgehört zu bluten. In ein, zwei Stunden dürfte nichts mehr davon zu sehen sein. ›Nach zwanzigtausend Jahren sollte man meinen, man hat schon alles gesehen.‹ Blut im Trommelfell. Akustische Halluzination. Wolf trieb Scherze mit mir. Eins meiner Opfer redete im Schlaf. Was immer es war, es verkümmerte angesichts dessen, was vor mir lag. Ich wischte es beiseite.

»Ich weiß, du bist verletzt«, sagte ich zu Cloquet, »aber denkst du, du könntest den Kessel aufsetzen und ein Messer sterilisieren? Ich muss das hier abtrennen. Wenn du die Tür öffnest, gehen die Wölfe nach draußen. Es ist in Ordnung, sie werden dir nichts tun.« Die Tiere erhoben sich alle gemeinsam, als ich das sagte. Cloquet kam schwankend auf die Beine und ließ sie hinaus. Die Mehrheit würde in der Nähe des Hauses bleiben. Ein paar patrouillierten. Der Schwarze blieb bei mir. Mein Wille wirkte noch immer in ihm, wie letzte elektrische Zuckungen nach einem riesigen Schock. Cloquet ging langsam, aber effektiv ans Werk und nutzte die Zeit, bis das Wasser kochte, um mir einen Überwurf von der Couch zu reichen. Er grub auch den Erste-Hilfe-Kasten des Hauses aus, von dem ich nicht mal gewusst hatte. Latexhandschuhe, Wasserstoffperoxid, Jod, Verbandsmaterial, Pflaster, Faden.

»Ich halte sie«, forderte ich ihn auf, »schneide du.«

Einen Augenblick Stille. Seine blutenden Hände zitterten. Sein Atem stank nach Whisky. Ich stellte mir lebhaft vor, wie er die Schere in der winzigen Brust des Kindes versenkte.

»Aie«, sagte er ganz leise. Aber der Job war erledigt.

»Danke«, sagte ich. »Wie gut, dass du mir hilfst.«

Er machte eine schüchterne, duckende Kopfbewegung, sah peinlich berührt weg, und plötzlich wusste ich, ich würde weinen, wenn ich es zuließ.

Ich habe nie ein wildes Tier gesehen, das Mitleid mit sich hatte.

Also schluckte ich die Tränen herunter, schluckte, schluckte.

11

Mindestens ein halbes Dutzend von Cloquets Wunden – vor allem die Ein- und Austrittswunde der Kugel und der lange, tiefe Schnitt auf der Stirn – mussten genäht werden. Ich wusste nur, dass man die Wunde so sauber wie möglich halten, die beiden Hälften zusammennähen, dann die Naht bedeckt und steril halten musste, bis sie zugeheilt war. Ich gab ihm fünf Milligramm Morphin. Die Wirkung setzte schnell ein.

»Tut das weh?«

»Nein. Mach weiter.«

Zwei Stunden später hatte ich alles getan, was ich konnte. Nachdem ich das Baby gewaschen, es in eine Decke gewickelt und aus einem Wäschekorb und sauberen Handtüchern ein Bettchen gemacht hatte, duschte ich (ich schloss sie im Bad bei mir mit ein), begutachtete flüchtig meine eigenen Verletzungen und zog mir frische Sachen an. Der Gewichtsverlust nach der Geburt war verwirrend. Sieben, acht Kilo vielleicht. Meine Gebärmutter pulste vor Erstaunen. Spuren des Fluchs zerrten am Blut in meinen Schultern, Hüften und Handgelenken, prickelten dort, wo Zähne auf Zahnfleisch stießen. Das kollektive Wolfsbewusstsein zog sich durch das Haus und die Umgebung wie ein spannungsführendes Kabel. Ich konnte mich ein- und ausklinken. Drin zu sein bot den Trost geteilten Bewusstseins: Das Leid ruhte auf vielen Schultern, die Kanten meines Ichs verwischten. Sinnlose Verzögerung. Früher oder später musste ich mich wieder auf meine eigne lausige Ausdehnung beschränken.

Ganz mechanisch fing ich an zu packen, machte eine Liste der Tatsachen, versuchte herauszufinden, was der erste Schritt war, scheiterte damit, dies in ein Problem zu verwandeln, das ich schrittweise erledigen konnte: Ja, die Vampire wollten ihn für ihr Projekt Helios. Ja, Jacqueline Delon war eine von ihnen. Ja, ich hatte Macht über Wölfe. Ja, Cloquet war vertrauenswürdig. Ja, ja, ja, da war noch meine Tochter, an die ich denken musste – und jetzt? Ich wusste nicht, wo ich mit der Suche nach meinem Sohn anfangen sollte. Das war die große Unwissenheit.

Da war auch noch die große Obszönität.

Ich hatte nichts gefühlt.

Eine jüngere Version von mir, die Frau Anfang zwanzig (ich sah sie vor mir: Ich mit mehr Make-up und weniger Einsicht und etwas, bei dem ich an das altmodische Wort ›Inbrunst‹ denken musste), war irgendwo in der Nähe, und es brach ihr das Herz, weil sie gescheitert war, weil ihr zukünftiges Ich – also ich – sich als kaltherzige Schlampe herausstellte, die ihre Kinder nicht liebte. Mutter und Kind aus der Windelwerbung durchbrachen ihre Trance der Liebe und starrten mich an. Abgeklärte Verachtung. Zwischen den beiden und den Müttern aus dem Sozialbau herrschte eine vibrierende Rechtschaffenheit, die all ihre gesellschaftlichen Unterschiede fortwischte. Du hast kein Recht. Du hast kein Recht, Kinder zu haben, wenn du nicht für sie töten würdest.

Cloquet klopfte an die offene Schlafzimmertür.

»Ich weiß, wo wir anfangen können zu suchen«, erklärte er.

»Was?«

»Es gibt da einen Typen in London, Vincent Merryn.

Antiquitäten. Er wickelt für Housani Mubarak die Geschäfte in Europa ab. Jacqueline hat ihn auch schon eingesetzt. Er kennt Vampire. Er ist so etwas wie ein Mittelsmann. Vielleicht weiß er, wohin sie ihn gebracht haben.«

Housani Mubarak? Ich hatte den Namen schon mal gesehen … in Jakes Tagebuch. *Ägypter, handelt mit gestohlenen Antiquitäten. Nicht zu verwechseln mit Hosni Mubarak, auch wenn er vielleicht ebenso großen Einfluss hatte …* Jemand war in sein Lagerhaus eingebrochen und hatte eine Kiste voller Krempel gestohlen. Dabei war es kein Krempel, sondern Quinns Buch. *Die Männer, die zu Werwölfen wurden.* Die Entstehung der Art. Angeblich. Von Vincent Merryn hatte ich noch nie gehört. ›Jacqueline hat ihn auch schon eingesetzt.‹ Harley hatte Jake berichtet, dass es sich bei dem Einbruch um einen Insiderjob gehandelt hatte.

»Kennst du ihn?«

»Ich bin ihm ein paarmal begegnet. Ich weiß, wo er wohnt. Weiß jedenfalls, wo sein Londoner Haus ist.« Er spürte, wie dünn das alles war, und senkte den Kopf. »Mist«, sagte er. »Das ist nicht viel.«

Zu viel drängte sich auf: Bilder aus London von meinem letzten Aufenthalt dort, der Mord, kurz bevor ich Jake traf; der Vampirhubschrauber, der die Meilen ausdehnte; der heiße Sack, der sich über dem kleinen Kopf schloss; er hatte sie oral befriedigt; die sofort anstehenden praktischen Fragen – Pässe, falsche Identitäten, Fluglinien, Tickets; und ganz unwillkürlich ein leichter Adrenalinschub bei dem Gedanken an Quinns Buch, *Die Männer, die zu Werwölfen wurden*, beim Gedanken an mögliche Antworten. »Versuch gar nicht erst, nach einem Sinn zu suchen«, hatte Jake zu mir gesagt. »Es gibt keinen.«

»Hast du eine Telefonnummer von Merryn?«, fragte ich.

»*Oui.*«

»Und warum sollte er uns irgendetwas verraten?«

»Weil wir ihn dazu zwingen. Du musst ihn anrufen. Meine Stimme erkennt er vielleicht wieder.«

»Und was soll ich ihm sagen?«

»Wir werden uns etwas ausdenken. Du hast etwas zu verkaufen.«

Schwach. Das wussten wir beide. Meine Haut war ein Schwarm Fliegen. Das Loch im Gefüge von allem war hier im Zimmer, das Fenster in das blanke Nichts, durch das ich nicht zu schauen wagte. Es würde von nun an in jedem Zimmer auftauchen, bis ich meinen Sohn zurückhatte. (»Du?«, sagte Tante Theresas Stimme in mir. »Ihn zurückholen? Ein dreckiges, verdorbenes kleines Mädchen wie du, das einfach daliegt, einfach daliegt und ihn sich wegnehmen lässt? Aber wir wissen ja wieso, oder? Ja, wir –«)

»Ich gehe und packe«, erklärte Cloquet.

»Ich mach das schon. Du bist noch zu wacklig. Leg dich hin.«

Er nickte, ging zur Treppe – und war ein paar Augenblick später schon wieder zurück. Kaum hatte ich sein Gesicht gesehen, wusste ich, was ihm aufgegangen war: Wir hatten Kaitlyn vergessen.

»Sie ist weg«, sagte er.

»Wie?«

»Das Rohr war locker. Der Boden steht unter Wasser. Es ist meine Schuld.«

Kaitlyn hatte uns beide gesehen.

»Ich suche nach ihr«, sagte Cloquet. »Vielleicht hat sie es nicht bis zum Highway geschafft.«

Ich steckte das letzte Tagebuch in die Tasche und machte den Reißverschluss zu. Es hatte aufgehört zu schneien. »Vergiss es«, erwiderte ich. »Dafür haben wir keine Zeit.« Nicht, weil ich glaubte, dass sie es bis zum Highway geschafft hatte, sondern weil wir sie hätten töten müssen, wenn wir sie gefunden hätten, und dem konnte ich mich nicht stellen, ganz gleich, was auch daraus wurde. Es ging einfach nicht. Ich hätte mir niemals ihr verwildertes Zimmer und die traurige Hinnahme der lausigen Ansprüche vorstellen dürfen, die die Männer an sie stellten. »Leg dich kurz hin«, erklärte ich. »Ich muss erst noch das Baby füttern, bevor wir losfahren.«

Eigentlich wollte ich nicht. Ich hatte die Existenz des Kindes noch immer nicht vollkommen akzeptiert. Selbst bei der erschreckenden Intimität, es zu waschen, hatte ich es nur bis in die Außenbezirke meines Bewusstseins eindringen lassen, ein Trick der Selbsttäuschung, der mir das emotionale Äquivalent überanstrengter Augen eingebracht hatte. Und funktioniert hatte es auch nicht. Da war sie nun, Zoë, in ihrem Plastikwäschekorb, klein und sauber und absurd, und strahlte die Kraft aus, die Welt neu erschaffen zu können. »Jedes kleinste Atom wirkte prachtvoll«, hatte Jake von dem belebenden Gefühl geschrieben, als wir uns in Heathrow begegnet waren. Und hier waren nun der weiche graue Himmel, die rosafarbenen Vorhänge, die Eichendielen und der Zimmergeruch nach Staub und Mottenkugeln und altem Leinen, und alles fragte sich, warum ich nicht ihre Seligsprechung akzeptierte.

Ich zog meine Bluse aus, versuchte nichts zu fühlen und hob das Kind dann vorsichtig an meine Brust.

Die körperliche Sensation war schockierend wörtlich, kaum dass der harte kleine Anemonenmund die Brustwarze gefunden und angedockt hatte: Ein lebendes Wesen zieht Nahrung aus meinem Körper. (Den *Grundlagen* war zu entnehmen gewesen, dass es bis zu drei Tagen dauern kann, bis Milch fließt; bis dahin gab es das Kolostrum, die Vormilch, randvoll mit Antikörpern und wer weiß welchen lykanthropischen Extras.) Ich durchlebte erträglichen Schrecken, so als hätte sich ein sechs Pfund schwerer Parasit an mich geheftet, aber auch das Gefühl, ein blutiges Erbe angetreten zu haben. All diese Madonnen mit Kind; das *Handbuch der Griechischen Mythologie* meines Vaters, darin Hera, der Muttermilch herausspritzt und die so die Milchstraße erschafft; Verbindung zu jedem weiblichen Tier, das ich jemals mit Nachwuchs an den Zitzen gesehen hatte (dieses grässliche Wort »Zitzen«); Richard, der von einem Besuch bei seiner Schwester, die gerade ein Kind bekommen hat, nach Hause kommt, und ich frage: »Wie war sie?« Und seine Antwort: »Eine verdammte Milchkuh«; das Polaroid von meiner Mutter, die mir unter einem Ahornbaum die Brust gibt, und man konnte die Aufregung, den Stolz und die Angst meines Vaters vor ihr spüren, durch das Foto in seine Hände, die die Kamera halten, und weiter bis ins pochende Herz des Mannes, in dem noch immer der eingeschüchterte, neidische kleine Junge steckte.

Das Baby starrte mich an wie eine emotionslose Gottheit. *Das*, wenn überhaupt, war die göttliche Spur in uns, ein Splitter von Gottes unendlicher Fähigkeit zur neutralen Beobachtung. Zumindest solange mich das Kind anstarrte – dann blinzelte es langwimprig, das Gesicht verzog sich, und Gott verschwand und ließ ein ungeformtes menschliches Kind zurück, kaum mehr als der Fleisch und Blut gewordene Saugreflex. Da war die Verführung, von der ich gelesen hatte, der Rhythmus des Beistands, der die Drüsen beruhigte, aber da war auch Abscheu, dazu eine schnelle Bilderfolge von pornographischen Brüsten und schiefgelaufenen Silikonimplantaten und die Zeit damals im Biologieunterricht, als Mr Shaeffer uns erklärte, dass Brüste zur Fütterung der Babys da seien, und Lauren entgegnete: »Hören Sie mal, Mister, das sind meine Titten, und das heißt, ich entscheide, wozu sie da sind«, und Jennifer Snows blasse, blutbeschmierte Brüste und eine distanzierte Trauer darüber, welches Martyrium die Geschichte der Frau bislang gewesen war. Gefolgt von ein wenig billigem Selbstmitleid, weil ich – natürlich – noch nicht mal mehr eine menschliche Frau war.

12

»Und was machen wir mit der Leiche des Vampirs?«, fragte ich Cloquet. Zoë lag in ihrem Korb auf der Couch. Sie gurgelte leise und goss die gottähnliche schöpferische Energie aus, die ich weiter ignorieren musste. Ich sah ein Bild von Jacqueline Delon vor mir, wie sie meinem Sohn langsam einen Draht ins Auge bohrte. Dutzende ähnlicher Bilder, alle sehr detailreich, standen Schlange.

»Rien«, antwortete Cloquet. »Sieh selbst nach.«

Ich machte die Haustür auf und sah hinaus. Ein gutes Dutzend Wölfe bevölkerten den Hof vor dem Haus. Weitere umkreisten das Haus, wie ich wusste. Wo die Leiche des jungen Bob Dylan gelegen hatte, gab es eine kleine Senke im Schnee, bedeckt von einer grauen Staubschicht und ein paar schwarzen Resten, die wie Darmhaut aussahen. In einer Stunde würde nichts mehr übrig sein. Ich schloss die Tür. Wolf zündete ein Dutzend winziger letzter Feuerwerkskörper in meiner Wirbelsäule.

Cloquet konnte nicht fahren, also setzte ich mich hinter das Lenkrad, und das Baby in seinem Korb steckte zwischen uns und dem Wolf auf dem Rücksitz. Auch mit Winterreifen war die Fahrt ein anstrengendes, langsames Vorankriechen durch den Wald, aber wir schafften es ohne Zwischenfälle bis zum Highway. Wir hatten einen zweiten Wagen (mit einer Tasche voller Perücken, Brillen und falschen Schnurrbärten, der üblichen Vorsorge) in einem Parkhaus in Fairbanks stehen. Der Plan lautete, die Fahrzeuge zu wechseln und den ersten erreichbaren Flug raus aus Alaska zu nehmen.

Ein Plan mit einem großen Problem: das Kind. Vielleicht bekamen wir Zoë ohne Ausweis auf einen Inlandsflug, aber nicht auf einen internationalen. Und selbst bei Inlandsflügen brauchte sie wohl eine Geburtsurkunde, nahm ich an. Eins dieser scheinbar einfachen Dinge, die sich als ungeheuer schwierig herausstellen würden. Kein Arzt, keine Hebamme, keine Vorsorgeuntersuchungen ... Wie genau sollte ich also nachweisen, dass sie mein Kind war? DNA? Wie lange würde das dauern? (Und bei genauerem Überlegen: DNA? Keine Option.) Ich stellte mir die vollkommen berechtigten Fragen der Behörden vor: Wenn ich wusste, dass ich schwanger war, was hatte ich dann in der tiefsten Wildnis von Alaska verloren? War ich verrückt? Auf der Flucht? Hatte ich Vorstrafen? Berechtigte Fragen führten zu Verdachtsmomenten. Verdachtsmomente führten zu Ermittlungen. Ermittlungen führten schließlich zum Horror.

Also keine Behörden. Mein Fälscher wohnte in New York. Er war der erste Name auf Jakes Liste der Personen, denen ich trauen konnte: Rudy Kovatch – DOKUMENTE / IDENTITÄTEN. Ich kannte seine Nummer auswendig und versuchte seit unserer Abfahrt Handyempfang zu bekommen. Bislang erfolglos.

Fünfundzwanzig Meilen weiter hielt ich an. Die Straße wurde zu beiden Seiten von sanft eingeschneiten Wäldern begrenzt. Über uns eine breite Schneise samtgrauer Himmel. Keine anderen Fahrzeuge. Cloquet sah mich fragend an.

»Territoriumsgrenze«, erklärte ich. »Er muss hier raus. So gern ich ihn auch behalten würde.« Ich öffnete die Heckklappe und ließ den Wolf hinaus. Wieder wechselten das Tier und ich kaum einen Blick. Nicht, dass ein Danke nicht angebracht gewesen wäre, nein, aber ein Danke wäre bedeutungslos gewesen. Ich hätte nur mir selbst gedankt. Sein Wesen zog sich wieder in sich zurück, und ich spürte einen leichten körperlichen Trennungsschmerz. Der Wolf schüttelte sich, schnüffelte am Boden und tat einen geduckten, schnellen Sprung in die Schatten unter den Bäumen. Fort.

13

»Ich krieg nichts mehr runter«, stellte Cloquet fest. Wir waren im Grand Hotel in Anchorage, in einem Zimmer im zweiten Stock mit Blick auf die Lichter des Eisenbahnbetriebswerks. Es war kurz nach Mitternacht. Preußischblauer Himmel mit dunklen Wolkenflecken über dem großen kalten Bewusstsein der Wassermassen des Knik Arm, der im schwindenden Licht blausilber, dann schiefergrau, dann schwarz geworden war. »Mir wird schon schlecht.«

In Fairbanks zu bleiben hätte nur Ärger gebracht, doch davon abgesehen raubte uns allein schon der Gedanke den Atem, stillzusitzen und nichts zu tun (während Jacquelines Wissenschaftler am liebsten loslegen wollten). Ich war also die dreihundertfünfzig Meilen nach Anchorage durchgefahren und hatte nur angehalten, um Zoë zu stillen, während Cloquet morphinbenebelt auf dem Rücksitz döste. Ich hatte die Fahrt in einer Art Schock verbracht, durch den Allerweltsdinge größte Bedeutung erlangten: ein Texaco-Schild; rote Kühe auf schneebedecktem Feld; eine Krähe, die vier Sprünge tat, um abzuheben; das riesige Rad eines überholenden Lasters. Ich spürte, wie klein mein ganzes Leben war, wie viel der Planet schon gesehen hatte, dass solche Dinge wie hier keinerlei Eindruck hinterließen. Nur Kriege und Erdbeben wurden noch müde kommentiert. Wenn etwas geschah, das für dich alles war, dann bekam man schnell mit, dass es für alle anderen nichts war. Dazwischen sah ich andauernd jüngere Versionen meiner selbst, die mich von innen heraus betrachteten, und alle waren sie voller faszinierter Enttäuschung darüber, was aus ihnen geworden war. Ich. »Der moderne Erwachsene«, hatte Jake geschrieben, »kann seinem inneren Kind nur eins sagen: ›Tut mir leid. Es tut mir so schrecklich leid …‹« Und zu seinem biologischen Kind wohl auch, dachte ich. An einer Tankstelle kaufte ich Windeln und Vaseline. Geld. Einkauf. Wechselgeld. Schönen Tag noch. Ihnen auch. Alles ging einfach weiter. Natürlich tat es das. Kovatch rief zurück. Er würde »Zoë Demetriou« und ihrem halben Dutzend Falschnamen in vierundzwanzig Stunden Geburtsurkunden verschaffen und sie mit Übernachtkurier schicken. Fax geht nicht, die würden das Original sehen wollen, oder was sie dafür hielten. In zwei Tagen würden wir nach London fliegen können. Die Telefonnummer, die Cloquet von Vincent Merryn hatte, führte zu einem Anrufbeantworter bei V. M. Antiques and Fine Art in Bloomsbury, eine von einem Dutzend europäischer Niederlassungen, die Merryns Geschäftstarnung bildeten. Ich übte meine Nachricht – Mein Name sei Lauren Miller; ich hätte mehrere Objekte von größerem Wert, aber ich würde nur mit Mr Merryn persönlich verhandeln – und sprach sie aufs Band. Eine gewisse Althea Gordon rief vier Stunden später zurück. Alle potentiellen Neukunden müssten sich erst mit ihr treffen. Abhängig von ihrer Einschätzung (soll heißen, es konnte geklärt werden, dass man nicht undercover arbeitete oder ein Sonderling war), könne dann ein Treffen mit Mr Merryn arrangiert werden. Sei denn Mr Merryn in London? Ich würde nur für achtundvierzig Stunden in der Stadt sein. Ja, Mr Merryn sei in London, aber sie müsse sich wiederholen, jedes Treffen sei abhängig von ihrem usw.

»Trink wenigstens das Wasser«, bat ich Cloquet. »Du brauchst Flüssigkeit.« Ich hatte seinen Verband gewechselt und ihm Essen aufs Zimmer bestellt (pochierter Lachs, Pommes frites, Tomatensuppe), weil er seit über vierundzwanzig Stunden nichts gegessen hatte, aber er hatte kaum etwas angerührt. Bizarrerweise bekam ich selbst Hunger. Vielleicht auch nicht bizarrerweise: Ich hatte ja nicht gefressen. Und was passierte dann? Lässt man eine Wolfsmahlzeit aus, und der menschliche Hunger kehrt nicht nach einer Woche zurück, sondern nach einem Tag? Ich versuchte ein Stück gebuttertes Brötchen vom Tablett. Nicht einfach so. Einen Augenblick nach dem Schlucken dachte ich, ich müsse mich übergeben. Auf tieferer Ebene aber sagte ich: Nein, iss weiter, wegen des Milchflusses. Ich nahm noch einen Bissen. Die Gespensterzähne des Ungeheuers beschwerten sich. Unterdrückte Wolfswut aus der anderen Dimension.

»Wie geht es ihr?«

»Sie schläft. Das solltest du auch tun.«

»Sie ist besser angezogen.«

Etwas früher war ich mit dem Baby draußen gewesen – mit Zoë; den Namen zu benutzen gab mir einen Stich übel machenden Verrats – eingewickelt in Decken und meine Jacke. Nun hatte sie Kleidung, noch mehr Windeln, eine Wiege und Bettzeug, eine Babyschale und sinnloserweise einen kleinen weichen, goldenen Teddybären. Im Kaufhaus war es heiß und grell gewesen, es hatte nach Teppichboden gerochen, und ich dachte an das Geld, das ich zur Verfügung hatte, an all die Dinge, die ich ihr geben konnte. Und ihrem Bruder. Wenn ich ihn zurückbekam. Nur dass jede einzelne meiner Körperzellen wusste, dass ich ihn nicht zurückbekommen würde. Ich erinnerte mich immer wieder an ihn – dann spürte ich, wie sich meine Kopfhaut anspannte, denn um sich zu erinnern, muss man vergessen, und wie konnte man vergessen? Wie konnte es dir nicht jede Sekunde jeder Minute jeden Tages das Herz versengen?

»Von sich selbst völlig angewidert zu sein, ist auch eine Art Frieden«, hatte Jake geschrieben.

Von sich selbst völlig angewidert zu sein, war möglich, eine Art Schlaf im Wachsein. Dabei störte nur die Anwesenheit des Babys im Raum.

»Hast du die Flüge gebucht?«, krächzte Cloquet.

»Ja.«

»Ich wünschte, ich hätte einen Flugtraum. Als Kind habe ich andauernd davon geträumt.«

»Ich auch.«

»Hast du jemals geträumt, du würdest träumen?«

»Was?«

»Du weißt schon. Im Traum ... Im Traum hast du einen Traum. Träume sind das benachbarte *univers parallèle*. Das Universum nebenan. Und wenn man träumt, betritt man in Wahrheit das Universum nebenan. Doch wenn man träumt, man würde träumen, dann ist das das Universum neben dem Universum nebenan ...«

Damit schlief er ein. Sein Körper wuchtete Gerüche hinaus: schaler Tabak, alter Schweiß, fettige Haare. Ein Hauch seiner körperlichen Anstrengungen umgab ihn wie ein unhörbares Summen. Ich machte mir eine Tasse löslichen Kaffee, vom ersten Schluck wurde mir ein wenig übel, und ich ging, um das Baby zu betrachten.

Zoë schlief, das warme Gesicht nah rechts gedreht, die Hände geballt. Ihre Wangen waren so weich und flaumig wie die Haut eines Pfirsichs. *Wenn man keine eigenen Kinder hat, kann man das nicht begreifen.* Natürlich hatte ich mit den Augen gerollt über die Begeisterung junger Eltern für ihre Kinder. Ich hatte das hilflose Zucken, die alberne Selbstaufgabe verachtet. Und nun war ich hier, hier war eines meiner eigenen Kinder, und hier, zu spät und von meiner eigenen verdrehten Mutterschaft mit einem Veto belegt, war dieselbe entsetzte Faszination. Sieh doch nur, diese Fingernägel, diese Augenbrauen, diese Nasenlöcher, dieser Mund. Sieh doch nur, dieser dunkle Schimmer, die blinkenden Lichter der Zukunft. Obszön, welchen Liebeszoll ein Kind einfordern konnte, einfach so, nur durch die blanke Existenz, das reine Da-Sein. Einen Zoll, den ich nun nicht mehr nachträglich entrichten konnte, weil ich ihn nicht rechtzeitig leisten konnte, wollte, durfte, wagte.

Denn zu töten, was man liebt, lässt sich mit nichts anderem vergleichen.

Natürlich war es nicht Cloquet gewesen, der uns an die Vampire verkauft hatte. Das war ich selbst gewesen. Sie waren gekommen, weil ich sie auf irgendeine obskure Weise selbst gerufen hatte. Gehörte das denn nicht zur Tradition, dass ein Vampir nicht uneingeladen hereinspazieren konnte? Der erste Stahlspieß, den sie mir durch die Kehle gerammt hatten, war eine zutiefst wünschenswerte Handlung gewesen: Besser, jemand anderer tötet mein Kind als ich selbst.

In diesem Augenblick war ich kurz vor dem völligen Zusammenbruch. Erstaunlich, wie nahe man dem Kollaps sein kann, ohne vorher zu bemerken, dass man darauf zusteuert. Da ist der Zusammenbruch. Du siehst dich wie durch einen Einwegspiegel, zerbrochen, befreit, egal, was es kostet, denn so rechnet nur das Ego, und das Ego ist fort. Du siehst dich in einem Zimmer aus weichem harmlosen Chaos, in dem niemand auch nur das Geringste von dir erwartet.

Niemand, nur die Kinder.

Ich lag zusammengerollt auf dem Boden, dabei konnte ich mich nicht erinnern, mich hingelegt zu haben. Ich weinte nicht, aber ich wusste, ich konnte mich nicht rühren. Etwas wie meine eigene Stimme sagte immer wieder, was für eine vollkommene, widerliche Versagerin ich sei, aber ich hatte ja die Stille – einen Bruchteil der riesigen mathematischen Stille, die ich in jener Nacht kennenlernte, als ich Delilah Snow begegnete –, um sie zum Schweigen zu bringen. Wenn ich nur lang genug dalag, konnte ich mir wohl auch ein Stück der undurchdringlichen Dunkelheit herbeiholen. Dann würde ich gar nichts mehr sehen oder hören. Noch eine Weile später würden auch die anderen Sinne aussetzen.

ZWEITER TEIL

Der dritte, immer wiederkehrende Tagtraum

»Ich habe in dem Moment gedacht,
man könnte schießen oder nicht schießen … [es liefe]
auf dasselbe hinaus.«

Albert Camus – Der Fremde

14

Es geschah im Staat New York, unter einem Augustvollmond, als ich im sechsten Monat war und meinen letzten Mord beging, bevor mich die Schwangerschaft dazu zwang, mir von Cloquet helfen zu lassen. Das Opfer war George Snow, ein vierundsiebzigjähriger Anwalt im Ruhestand, Witwer, vier Kinder, sechs Enkel, drei Urenkel, der allein mit zwei Katzen lebte und jeden Tag drei Meilen ging, angelte, sich auf dem Laufenden hielt, ab und zu mal einen Roman las, eine fettarme Diät pflegte, sich Vierziger-Jahre-Jazz und, in liebendem Gedenken an seine Frau, Joni Mitchell anhörte. Das Familienanwesen war ein sehr gepflegtes Haus mit sechs Zimmern auf einem eigenen Grundstück von sechzehn Hektar Weidegras und Wald zwischen Spencertown im Süden und Red Rock im Norden, keine zwei Meilen vom Beebe Hill State Forest, und in vielleicht fünf Jahren dürfte das alles zu groß sein für George, worüber er nicht nachdenken wollte, doch wenn er ein Rechteck Sonne auf den Eichendielen im Flur bemerkte oder den Geruch von trockenem Holz auf der hinteren Veranda oder die Ruhe des oberen Treppenabsatzes mit seinen dicken Teppichböden, dann tat ihm das im Herzen weh, denn all das hier zu verlassen wäre nach dem Ableben seiner Frau Elaine ein zweiter schmerzlicher Verlust.

Die Logistik des Mordes war einfach gewesen. Die Country Road 22 führte direkt durch den Wald, und es gab üppige

Deckung praktisch bis zu Georges Haustür. Cloquet hatte mich eine Stunde vor Mondaufgang in der Nähe des Ortes abgesetzt, wo die Verwandlung stattfinden sollte, und er wollte mich drei Stunden später am vereinbarten Treffpunkt an der Ostseite des Waldes abholen; von dort aus würden wir den Highway nehmen. Drei Stunden waren nur ein kleines Zeitfenster – danach mussten wir uns während der Rückverwandlung noch fünf Stunden lang mit dem eingesperrten Wolf beschäftigen – doch ich achtete immer stärker darauf, den Ort des Verbrechens so schnell und so weit wie möglich hinter mir zu lassen. (Die langen Mondnächte hatten sich als schwierig herausgestellt. Dabei waren die Schwierigkeiten, sich so lange zu verstecken, bis man wieder Mensch war, abzuwägen gegen das Risiko, entdeckt zu werden – zwei Meter fünfundsiebzig und blutverschmiert –, wie man hinten in einen Lieferwagen stieg. Und wenn man nicht in der Gegend blieb und auf den Monduntergang wartete und so einige Meilen zwischen sich und den Überresten des Opfers brachte, war man zugleich den Risiken der Straße ausgeliefert: Motorschaden; ein Unfall; man wird wegen eines defekten Bremslichts angehalten. »Okay, Sir, ich werde mal einen Blick in den Laderaum werfen müssen …«) So war jedenfalls der Plan, und ganz im Einklang damit öffnete ich kurz nach 21 Uhr, aufgedreht vom Hunger und dem heimlichen Weg durch den mondbeschienenen Wald, den ich so genoss, die Hintertür, duckte mich unter dem Türsturz und trat ins Haus.

Es ist die reine Freude, sich in das Haus eines Fremden zu schleichen, zu spüren, wie gelähmt es vor Entsetzen ist, und all die hilflosen, mit Geschichten verbundenen Gegenstände stehen nackt vor deinem unerlaubten Auge. Hier gab es eine große, saubere Küche, die in all ihren Atomen von sonnendurchglühten Familienfrühstücken sprach, vom amerikanischen Wohlstand, von beherrschbaren Dysfunktionen, von Liebe. Doch das war alles schon lange her. Der Raum wusste, dass seine besten Zeiten vorüber waren. Ich durchquerte ihn und ging leise durch den Flur zum Arbeitszimmer.

Die Tür stand offen. Der grauhaarige George saß in blassgrünem Flanellhemd und grauer Cordhose in einem ledernen Drehsessel an einem Schreibtisch aus Kiefernholz, beleuchtet von einer verstellbaren Schreibtischlampe, und ging ein paar Akten durch. Er saß mit dem Rücken zur Tür, zu mir, zum Tod. Alle kehren dem Tod den Rücken zu.

Meine Hände waren groß, schwer, elektrisch. Ich dachte daran, wie all seine körperlichen Alarmglocken auf einmal schrillen würden, dachte an das spektakuläre chemische Chaos. Er hatte gerade erst die leichte Lichtveränderung bemerkt, das Zittern meines Schattens im Augenwinkel. Der Raum verstummte. George hob seinen Kopf und setzte die Lesebrille ab.

Ich sprang vor und drehte seinen Sessel um, damit er mich sah.

Du willst, dass sie dich sehen. Du willst es, weil das Grauen das Fleisch mit all dem erfüllt, was es verlieren wird. Die Erinnerungen häufen sich in den Zellen an, rasen zur finalen Stimmigkeit, so als wüssten sie, dass der Tod das ganze Leben kosten wird.

George hatte keine Angst vor dem Tod, aber er genoss es, am Leben zu sein. Noch sprachen die Jahreszeiten zu ihm; sein kindliches Ich war noch immer da, wenn die Blätter zitterten oder Donner krachte. Er liebte seine Familie hoffnungslos, *hoffnungslos*, die Kleinen, die noch immer weitergegebenen Gene, unerschöpflich. Der Geruch von Luft und Stein und Gras an den Kindern, wenn sie von draußen kamen, war der Geruch des Lebens. Er erlaubte sich bei manchen Fernsehdramen noch immer Gefühle. Er hatte noch immer Freunde in New York. Letztes Jahr hatte er sechs Monate lang eine Affäre mit der geschiedenen, einundzwanzig Jahre jüngeren Restaurantbesitzerin Amber Brouwer aus Chattham gehabt, bei der Philip Roth neidisch geworden wäre. Der erste richtige Sex seit Elaines Tod vor fast vier Jahren. (Er hatte in den verwirrten ersten Monaten der Trauer, als alles Hässliche nicht nur erlaubt, sondern obligatorisch schien, ein halbes Dutzend verzweifelter Nächte mit Callgirls in Hotels in Manhattan verbracht, aber das war ein schnell erloschenes Feuerwerk der Verkehrungen gewesen.) Sie beide, Amber und er, hatten gewusst, dass die Sache zu nichts führen würde, aber auch, dass das für eine kurze Weile nichts ausmachen würde, also lebten sie es voll aus. Die Sonntagvormittage in ihrem Bett (seine todgeweihte episkopalische Tiefenstruktur gab noch immer vage Schuldgefühle von sich, weil er nicht in der Kirche war, dabei war er praktisch sein ganzes Erwachsenenleben nicht gegangen) waren langsam und köstlich und erstaunlich. George hatte ganz vergessen, wie das sein konnte. Die hypnotisierende Besonderheit des Körpers einer Geliebten, die dünne Haut über ihrem Schlüsselbein, das lilafarbene Gekritzel der Krampfadern im Oberschenkel, die überraschend grazile Verjüngung ihrer Hände. In den ersten Wochen war die Welt für ihn zitternd wacher geworden. Letztlich schloss sich das Zeitfenster aber wieder. Ihm war nicht klar gewesen, wie sehr er es ihn körperlich nach einer Frau verlangte, erst als sie sagte, sie müssten damit aufhören. Nun fühlte er sich wieder sexuell einsam.

Und woher wusste ich das alles? Weil ich ihn, nachdem ich seinen Kopf zurückgerissen und seine Kehle mit meinen Krallen geöffnet hatte (Stimmbänder, erst die Stimmbänder), zu Boden warf und meine Fänge in seiner Schulter versenkte, mit den ersten beiden wütenden Bissen Halsschlagader, Schlüsselbeinschlagader und Achselarterie durchtrennte, dazu Mastoidal- und Trapezmuskel, Dutzende von

Kapillargefäßen und eine kreischende Menge an Nerven. Sein dahineilendes Leben schnappte all diese Bilder und noch zahllose andere Dinge auf dem Weg hinaus (in mich hinein), doch wie ein Blitz durchfuhr all dies ein ›Oh Himmel, Jenny, verschwinde, Schatz, ver–‹

Ich drehte mich um.

Ein dürres Mädchen von vielleicht achtzehn Jahren, in pinkfarbenen Sweatpants und einem weißen Bademantel, drückte sich rücklings gegen die Seite der Treppe gegenüber der offenen Arbeitszimmertür. Ihr dunkles Haar war vom Duschen nass. An den Gesichtsausdruck hatte ich mich schon gewöhnt, ein Ausdruck angestrengter Revision, das menschliche System versuchte etwas zu verarbeiten, das das System selbst zum Absturz bringen würde – etwa so, wie alle glaubten, wie Computer sich beim Y2K-Problem fühlen würden, Mitternacht 1999.

Etwa zwei Sekunden lang starrten wir uns an. Ich dachte noch, ganz gleich, was man anstellt, um das Risiko auszuschalten, es findet immer einen Weg. Cloquet und ich hatten George eine Woche lang beobachtet und seine tägliche Routine herausgefunden. Heute hatte er mal eine Stunde, maximal zwei, nicht unter Beobachtung gestanden. Aber das Risiko braucht keine Stunden. Das kann auch in fünf Sekunden Wunder wirken.

Jennys Augen waren voll von mir. Werwolf. Echt. Die ganze Zeit über. Horrorfilme.

Ein säumiger Wolfsmuskel tauchte in meiner Schulter auf und ließ mich zucken. Ich spannte die Oberschenkel an, um loszuspringen. Sie drehte sich um und rannte.

Sie kam nicht weit, aber das ist nicht der Punkt. Der Punkt ist, dass sie neben ihrer eigenen, vom Blut gelieferten Montage aus dem Desinfektionsgeruch im Kindergarten und ihrer Mutter, die sie die körnige Süße vom Löffel hatte lecken lassen, und der auf dem Kopf stehenden grünen Welt, als sie aus dem Baum fiel, und Chris' Gesicht, als er kam, und wie die Vision, die sie von ihrer Zukunft hatte, in unsichere Stücke zerfallen war, die sie nicht zusammenhalten konnte, als der Schwangerschaftstest unmissverständlich Blau anzeigte – dass in all dem wie eine sich wiederholende Explosion lag: DAS BABY DAS BABY DAS BABY, und mir wurde klar (das Blut an ihrem Hals pulste rhythmisch heraus wie ein Zauberer, der Seidentücher hervorzieht), dass sie nicht zur Vordertür wollte, wie ich gedacht hatte. Sie wollte zur Treppe.

Zum Baby.

Meine Fangzähne hatten sich gerade in ihre Taille gebohrt. Einen kurze Weile ließ ich sie dort, während ihr Puls in meinen überging und ich alles sah, die ungewollte Schwangerschaft, der abgebrochene Collegeabschluss, die Familie, die kollektiv den Kopf schüttelte, Opa George, der sich auf ihre Seite schlug (»wann immer du eine Auszeit brauchst, Schätzchen, kommst du zu mir und bleibst, solange du willst«), und die Wehen, Schmerzen wie keine anderen, und die Schwester, die sagte: »Sie haben ein Mädchen«, und sie hält sie hoch, ganz voller Blut und Schmiere, und trotz all der Monate, in denen sie nicht die leiseste Ahnung gehabt hatte, wie sie sie nennen sollte, war plötzlich der Name Delilah aufgetaucht, und sie hatte sofort gewusst, da unter den gleißenden Lichtern, als hätte es das Baby selbst zu ihr gesagt: Delilah Jane Snow.

Doch jetzt dachte sie, während ihr Herzschlag sich meinem ergab und ihr Blut schwach wallte und die Dunkelheit sich wie warmes, schwarzes Wasser über ihrem Kopf schloss: ›Ein Ungeheuer … ein Ungeheuer … das ist alles mein Blut, oh Gott, das ist wie Schlaf, so … holt einen der … Schlaf …‹

Ihr Herz tat einen letzten leisen Schlag – und blieb stehen. Das Haus war geschockt von dem Blut auf den Teppichen und an den Wänden, meine obszön fundamentalen Graffiti.

Ich riss das Fleisch, das ich in den Fängen hatte (*musculi obliquus externus, obliquus internus, transversus* und *rectus abdominis*), und spürte, wie ihre Seele nicht ganz heimlich in mich glitt. Es gibt immer eine obskure Zwischenzeit, in der das aufgenommene Leben sich müht, einen Platz im neuen Gefängnis zu finden. Ich verschlang, hielt inne, war durchdrungen in Händen, Fußsohlen, Anus, Schnauze. Ein Flackern von Eingebung in meiner Klitoris.

Eine Möglichkeit (und es war nicht zu leugnen, dass dies eine Frage von Möglichkeiten, von Wahl, von freiem Willen war) war, sich an Jennifer und / oder George satt zu fressen, bis ich buchstäblich keinen Bissen mehr herunterbekam. Und was dann? Das Baby allein im Haus lassen? Es mitnehmen und Cloquet dazu bringen, es auf die nächstgelegene Kirchentreppe zu legen? Den Notruf wählen? Natürlich konnte ich nicht sprechen, aber wenn die Verbindung lang genug gehalten wurde, würden sie einen Wagen schicken. Bis dahin wäre ich verschwunden. Oder beim Nachbarn, eine halbe Meile die Straße entlang. Es gab Deckung. Ich konnte sie auf die Veranda legen, wie im Film.

Noch ein Brocken von Jennifer. Mein Krallen hatten ihre linke Brust durchbohrt. Blut und dichter Geruch nach Muttermilch. Wolf zerrte und bockte, war zornig darüber, von einem vollkommenen Versenken in die Beute zurückgehalten zu werden. Doch der allerkleinste Splitter seiner Existenz grinste, ein Effekt wie die Freude darüber, in einen Swimmingpool zu pinkeln, weil das Ungeheuer wusste, wusste, wusste: Das waren nur Möglichkeiten, wegen der *anderen* Möglichkeit, die, in der ich mit donnerndem Puls und gewecktem Appetit die Treppe hinaufging, zu dem blassrosafarbenen Zimmer, das einst Jennifers Mutter gehört hatte und nun, wann immer sie mal eine Auszeit brauchte, zu Jennifers Zimmer geworden war.

Und zu Delilahs Zimmer.

Mein dritter immer wiederkehrender Tagtraum war der von einem Werwolf, der sich umdreht und in einem nicht vermuteten Spiegel sein Bild sieht, mit einem toten Werwolfbaby zwischen den Fängen.

»Wölfe sind nicht dafür bekannt, ihre Jungen zu fressen«, verriet mir Google, wann immer ich danach fragte.

Nicht dafür *bekannt*, ihre Jungen zu fressen.

Wölfe sind nicht dafür bekannt, das zu töten, was sie lieben.

Werwölfe schon, Schätzchen.

Seit dem Augenblick, als ich herausfand, dass ich schwanger war, hatte ich auf diesen Augenblick gewartet. Und nun war sie da, Gottes letzte Chance. Meine letzte Chance. Es musste doch ein paar Dinge geben, die ich nicht tun konnte. Es musste doch Dinge geben, die eine Mutter nicht tun kann. Ein Astronautenanzug aus Hitze umgab mich. Mein Kopf war ein Klumpen aus weichem Feuer. Wolf grinste in mir, die grundlegende Versicherung: Alles wird gut, und alles wird gut, und jederlei Ding wird gut sein. Ich bewegte mich wie in einer Choreographie, war ganz hypnotisiert vom Anblick meiner langen, muskulösen, behaarten Oberschenkel, die im Takt zum Puls des neuen Lebens dort oben jede einzelne Stufe nahmen. Mein menschliches Ich war in tiefem Adrenalinzauber und wiederholte sein Mantra wie ein verwirrter Priester: »Ich werde das nicht wirklich tun ... Ich werde das nicht *wirklich* tun ...« und meine Beine stiegen hinauf, gerahmte Familienfotos der Snows zogen an mir vorbei, einer nach dem anderen wurde Zeuge dessen, was ich, eigentlich, nicht tun würde, denn wenn ich dem widerstehen konnte, dann würde ich sicherlich, ganz gewiss bei meinem eigenen ... Und dann war da dieser Badezimmergeruch nach Wasserdampf und feuchten Handtüchern und

Kokos-Körperbutter und Jennifers junger, feuchter Haut, wie sie noch vor wenigen Minuten gewesen war, und dann das blassrosa Zimmer mit dem Geruch nach Windeln und Puder und frischer Wäsche und der Sache, die ich gewiss nicht tun würde.

Delilah Jane Snow. Zwei Monate alt, still und wach in ihrer Wiege. Jennifers dunkle Haare (so dunkel wie meine, so dunkel wie die, die mein Baby wohl haben würde) und ein süßes, rundes, genau gezeichnetes Gesicht, bei dem ich dachte, dass Gott einen sehr feinen Meißel genommen haben musste. Sie war absurd einzigartig, war mit ihren eigenen Dingen beschäftigt, wozu gelegentliche Boxhiebe gehörten, sie holte mit der Hand aus und strampelte, so als würde eine unsichtbare Fliege ihre Geduld strapazieren.

Ich würde das sicherlich nicht tun, als ich meine Hand unter sie schob und sie heraushob. Ich würde das sicherlich nicht tun, als ich sie zum Fenster drehte, wo der hocherfreute Vollmond ihren daunigen Kopf in einer Silhouette zeichnete. Ich würde das sicherlich nicht tun, denn es musste doch etwas geben, das ich nicht tun konnte. Es musste doch ein paar Dinge geben, die ich nicht tun konnte.

Einen Augenblick lang war dieser Gedanke faszinierend, so klein und lebendig wie eine einsame Schwimmerin in einer dreihundert Meter hohen Wand aus Wasser in einer Flutwelle. Alles hing davon ab. Es musste doch Dinge geben, die ich nicht tun konnte.

Du willst nicht wissen, was du tust. Du willst den Schwächeanfall, den Sturz ins Dunkle, die Auslöschung all dessen, was nicht das Ungeheuer ist. *Ich stand unter Drogen und mir wurde auf obszöne Weise mitgespielt.* Doch solches Glück hatte ich nicht. Du schaust auch nicht hilflos zu, wie das Ungeheuer Amok läuft. Der Fluch besteht auf vollster Konzentration. Du und der Wolf, das geht nicht. Nur der Werwolf, allein und unteilbar. Und wer ist der Werwolf anderer als du?

Sie würde in fünf Sekunden tot sein. Ich würde spüren, wie ihr Brustbein nachgab und mein größter Fangzahn ihr Herz punktierte, während der Nachbar mit einem deutlich hörbaren Seufzer durch ihre Lunge bohrte. Auch in mir würde etwas kaputtgehen, ein winziger Knochen in der Seele, durch dessen Zerbrechen das ganze gottlose Universum eindringen würde. Ihr Blut würde warm und süßsauer und leer sein und voller Unschuld in mir verschwinden, zu jung, um zu wissen, dass es vergossen wurde. Im alten menschlichen Leben war Bedeutungslosigkeit eine Vorstellung, eine Ahnung, eine Philosophie. Hier und jetzt, mit dem Blick durch die Vision von Delilahs Fünf-Sekunden-Tod, war sie eine Tatsache. Niemand schaute zu. Niemand führte Buch. Nichts. Nur eine riesige mathematische Stille. Da war nichts, also gab es auch nichts, was ich nicht tun konnte. Selbst das Schlimmste. Vor allem das Schlimmste.

Und wir, also Delilah, mein ungeborenes Kind und ich, wussten, dass es bald nur noch eins geben konnte, was das Schlimmste war.

Ich hielt sie vor meine Schnauze, meine großen Pratzen bildeten eine düstere Wiege. Sie widersetzte sich nicht, gurrte nur leise, strampelte mit dem rechten Bein, und der plumpe kleine Fuß sah aus wie ein Stück Lokum. Jennifer in mir schrie, ein winziges neurales Kitzeln.

In diesem Augenblick fuhr ein Wagen in die Einfahrt, brachte alles aus dem Gleichgewicht (das einzige austarierte Gleichgewicht, das ich je erzielt hatte) und rettete Delilah Snow das Leben.

DRITTER TEIL

Knutschflecken

In dieser Stadt braucht eine Frau zwei Mösen,
eine fürs Geschäft und eine fürs Vergnügen.

Jerzy Kosinski – Der Teufelsbaum

15

In der Nacht, bevor unser Schwindlertreffen mit Althea Gordon stattfinden sollte, saß ich mit Cloquet in einem gemieteten Corolla um die Ecke von Vincent Merryns großem freistehenden Haus in Royal Oak, West London. Es regnete. In der City waren die ersten Blätter gefallen.

Ungeheure mathematische Stille und undurchdringliche Dunkelheit. Ja. Für eine Weile. Doch irgendeine perverse Schwerkraft hatte mich zurückgeholt, zu den Einzelheiten des Hotelzimmers, zu dem eitrigen Geschwür des vollen Bewusstseins. In jener Nacht im Grand Hotel in Anchorage wieder zu mir zu kommen hatte sich angefühlt, wie aufzuwachen und zu wissen, dass man zum Tode verurteilt war. Ich hatte die Augen aufgeschlagen und ein Gefühl der Selbstaufgabe verspürt. Cloquet schlief noch. Zoë war noch immer wach. Sehr lange hatte ich dagesessen und sie in ihrer Wiege betrachtet. Ich hatte Angst, sie zu berühren.

(Der Wagen, der Delilah Snow gerettet und mich verdammt hatte, gehörte, wie folgende Nachrichtensendungen verrieten, Amber Brouwer, Georges früherer Geliebten. Sie war vorbeigekommen, weil ihr Hund gestorben war und sie ein wenig getrunken und tränenreich festgestellt hatte, dass sie George vermisste. Ein toter Hund. Sentimentalität. Eine Einfahrt. Scheinwerfer, die über eine Schlafzimmerdecke huschten. Ein Leben, das nicht gerissen wurde.)

Erst als meine Tochter die Augen schloss, legte ich ihr leicht meine Hand auf den Körper, spürte die winzigen Rippen, die Festigkeit, die Wärme, den Herzschlag und den schlafenden Wolf in ihr. Das alles und auch, wie wenig Anspruch ich auf all das hatte.

Im Geiste hatte ich ein Gespräch mit meiner Mutter geführt.

»Ma, was tust du, wenn du zu allem fähig bist?«

»Nur weil du zu allem fähig bist, heißt das noch lange nicht, dass du alles tun musst. Das ist kein Todesurteil, Lulu. Das ist lebenslänglich. Sorry, Engel. Entweder gehst du einfach weg oder du versuchst es.«

»Das ist doch Wahnsinn«, sagte Cloquet. Der Regen nahm ein paar Sekunden zu, dann ließ er wieder nach.

Ohne Zoë hätte ich vielleicht einfach gehen können. Ohne sie hätte ich vielleicht den Verlust verwinden, ihn ausbrennen können, hätte eine neue, deformierte Version meiner selbst schaffen können, um damit umzugehen: die Unfähige Mutter. Aber sie war da. Sie war die Versicherungspolice ihres Bruders.

Sie haben deinen Sohn. Mir wurde ganz übel, an ihn als Person zu denken. Ein Schwindel des Herzens. Ich musste an ihn als einen Gegenstand denken. Ein verlorener Koffer, den ich zurückhaben musste. Es war eine Erleichterung, ganz plötzlich auf einen einzigen Zweck reduziert zu werden. Nichts anderes zählt, sagen wir, wenn wir uns verlieben. Ich wusste, es war hoffnungslos. Ich wusste, ich suchte mir nur einen Weg zum eigenen Tod. Egal. Es war genauso befreiend, wie einfach wegzugehen.

Zoës Bruder war nicht länger »er« oder »es«. Cloquet wies mich darauf hin, dass wir weit und schnell reisen mussten, wenn und falls wir ihn fanden; es würde nichts bringen, erneut auf Papiere zu warten. Er hatte recht, aber das machte den besonderen Schmerz nicht leichter, ihm einen Namen geben zu müssen. Es kam mir vor, als würde ich etwas beanspruchen, das mir nicht zustand.

Meine Mutter hatte zwei Jahre nach meiner Geburt eine Fehlgeburt erlitten. Es war ein Junge gewesen. Später hatte sie mir erzählt, dass sie ihn Lorcan hatten nennen wollen. Also nannte ich meinen Sohn aus klinischer Perversität heraus auch so, es hing ja bereits der Tod daran. Ich hatte Kovatch angerufen, bevor wir Anchorage verließen, und die Geburtsurkunde (und die Falschnamen, die zu denen seiner Schwester passten) waren an diesem Vormittag eingetroffen. Den Namen gedruckt zu sehen brachte mich für einen Augenblick durcheinander, so als hätte ich nicht schon gewusst, dass der Gott, der nicht da war, diese Herausforderungen nicht ernst nahm. Ich packte die Dokumente beiseite und sagte mir, ich würde diesen Namen nicht benutzen, nicht mal im Kopf. Aber natürlich war das bereits unmöglich. Er gehörte zu der Vorstellung von ihm, und jedes Mal, wenn ich nun an ihn dachte, dachte ich auch an den Namen, *Lorcan*, eine Art Anrufung des Todes, doch zu kommen und seinen Besitz einzufordern.

Ich hatte ein Testament gemacht; darin vermachte ich meinem Dad mehr Geld, als er ausgeben konnte, Cloquet genug für den Rest seiner Tage, der vielseitigen Alison eines der Restaurants, Lauren, die ihr Leben in ein Chaos verwandelt hatte, eine Million Dollar, Richard *einen* Dollar – und den ganzen Rest den Zwillingen, in Form einer Stiftung, die mein Vater oder eine von ihm bestellte Person führen sollte, bis sie volljährig waren. Es war hilfreich, das getan zu haben und zu wissen, dass ich zumindest materiell kein Durcheinander zurückließ. In gewisser Hinsicht nahm mir das ein wenig die Angst vor dem Tod.

Auf der anderen Straßenseite stand ein schwarzer Landrover. Darin saßen Draper und Khan in Polizeiuniformen, zwei Burschen, die mir Charlie Proctor bei Aegis Private Security geschickt hatte. Charlie stand ebenfalls auf Jakes Liste der Vertrauenspersonen. Draper war ein blonder Schotte mit leiser Stimme, der eine Art hatte sich zu bewegen, die nie übereilt wirkte, und einen Kern an Sanftheit, der von der Gewalt in seinem Leben nicht berührt worden zu sein schien. Khan war ein britischer Pakistani der dritten Generation, mit schnellen schwarzen Augen und einem schmalen, cleveren Mund, oberflächlicher als sein Kollege und glücklicher damit, Befehle zu erteilen, als sie auszuführen. Am Vortag hatten sie das Haus ausspioniert. (Zwei Überwachungskameras vorn am Haus, drei hinten. Zwei Schlägertypen. Eine Haushälterin. Eine Siamkatze.) Es war ihre Aufgabe, Cloquet ins Haus zu bringen und Merryn für eine Befragung festzuhalten. Sie wussten nicht, wer ich war. Was sie betraf, war ich einfach nur eine Klientin, die sich die Dienste ihres Auftraggebers leisten konnte. Der erste Augenkontakt hatte verraten, Sex ja – dann hatte ihre Professionalität damit aufgeräumt. Sie waren durchaus stolz darauf, dass dieses System funktionierte und sie vor allem Söldner waren. Ich beneidete sie darum: meine Libido schlief noch, aber seit das zweite Kind meinen Körper verlassen hatte, wusste ich, dass sie nicht allzu lange schlafen würde. Der Gedanke an all die Vorkehrungen, die ich zu treffen hatte, ärgerte mich. Ihr Kind wird gefoltert, und was macht sie – vögelt rum! Herrje!

»Das ist doch Wahnsinn«, wiederholte Cloquet. »Ich hoffe, das ist dir klar?«

»Tut mir leid. Ich muss hier sein.«

Ich hätte nicht hier sein sollen, sondern im Hotel in Kensington, mit dem Baby. Das Baby schlief in der Babytrage, die ich mir vor die Brust geschnallt hatte. Seit dem Kidnapping fand ich es verstörend, allein mit dem Kind zu sein. Allein mit ihr drohte die Liebe. Allein mit ihr kam die Liebe zu mir wie der Teufel und versuchte mich. Ich wagte nicht hinzuschauen, musste mich irgendwie ablenken. Ich musste an den Satz aus dem Alten Testament denken: »Aber der Herr verstockte das Herz Pharaos.« So etwas konnte man also tatsächlich tun, dachte ich, sein Herz verstocken lassen.

»Das ist *völlig* unnötig, verdammt.«

»Sei still. Ich weiß es. Tut mir leid.«

»Wenn ich hineingehe, bleibst du hier.«

»Ich weiß.«

»Ich meine es ernst. Im Wagen.«

»Ja. Ich weiß.«

Cloquets Augen waren rot. Wir litten beide unter Jetlag. Er gewöhnte sich das Morphin ab, und das machte ihn leicht reizbar. Draper, ein gelernter Sanitäter, hatte sich die Schulterwunde angeschaut, fand sie gut vernäht und entzündungsfrei und hatte ihm für eine Woche Antibiotika gegeben.

Khans Stimme kam über den Kopfhörer. »Hören Sie mich?«

»Ja.«

»Okay, wir gehen rein. Bleiben Sie, wo Sie sind. Kein Funkkontakt. *Wir* melden uns, okay?«

Wir schauten ihnen nach, bis sie um die Ecke verschwanden. Fünf Minuten vergingen, zehn, fünfzehn. Der enge Raum im Corolla füllte sich mit unserem Warten. Ich war im Kopf mit der Frage beschäftigt, die mir am Morgen unseres Abflugs aus Anchorage eingefallen war und seitdem allen Platz eingenommen hatte: Wozu hatten die Vampire meinen Sohn entführt? Die erste Antwort – dass sie ihn für das Projekt Helios haben wollten – hielt genauerer Betrachtung nicht stand. Wenn ich davon ausging, dass Jake recht hatte, dann schleppten die Werwölfe seit mindestens hundertsiebzig Jahren einen Virus mit sich, der es ihnen unmöglich machte, den Fluch weiterzugeben. Statt sich zu verwandeln, starben Bissopfer innerhalb von zwölf Stunden. *Vampire*, die von infizierten Werwölfen gebissen worden waren, überlebten allerdings nicht nur, sondern zeigten auch noch eine höhere Toleranz gegen Sonnenlicht. Daher die gewachsene Bedeutung von Werwölfen für das Helios-Projekt.

Aber ich war nicht infiziert. Das Serum der WOKOP tötete den Virus in frisch gebissenen Opfern ab (ob es auch den Werwölfen selbst half, hatten sie nicht feststellen können, obwohl ich mich undeutlich daran erinnerte, wie Ellis Jake gesagt hatte, dass sie ihm ab und zu etwas davon in die Drinks gemischt hätten), ich war der lebende Beweis dafür. Es gab allerdings keinen Grund anzunehmen, dass die Vampire das wussten. Für sie war ich nur eine Werwölfin. Werwölfe trugen den Virus. Der Virus verlieh Resistenz gegen Sonnenlicht. Also war ich ein wertvolles Forschungsobjekt.

Aber sie hatten nicht mich mitgenommen, sondern mein Kind. Also, noch mal: Wozu?

Offenbar hatten sie gewusst, dass ein Kind unterwegs war, wozu sonst der Sack, der Kuhtreiber, die Fangstange? Zweifellos hatten sie ein, zwei Agenten der WOKOP auf ihrem Lohnzettel, was erklären würde, woher sie wussten, dass ich schwanger war (wenn auch nicht, woher sie wussten, wann meine Wehen einsetzen würden), aber wenn das stimmte, dann würden sie doch wohl auch wissen, dass ich – bekanntermaßen – *nicht* den Virus hatte? Und wenn ich den Virus nicht hatte, dann waren die Chancen hoch, dass meine Nachkommen ihn ebenfalls nicht hatten.

Was also hatten sie mit Lorcan vor?

Auf dem Flug aus Alaska hatte ich das alles Cloquet vorgekaut, aber auch er hatte keine Idee gehabt. Sagte er zumindest. Er hatte ein wenig abgelenkt gewirkt. Damals hatte ich das auf seine großen Schmerzen zurückgeführt (für das Morphin hatten wir kein Rezept, deshalb musste er an Bord mit Ibuprofen auskommen), doch seitdem hatte ich mich gefragt, ob da noch etwas anderes dahintersteckte.

Und noch etwas bereitete mir Sorgen. Seit unserer Ankunft in London hatte ich mehrmals das Gefühl gehabt … nicht beobachtet zu werden, sondern von etwas Unsichtbarem, das in meiner Nähe vorbeistreifte. Ich bekam eine Gänsehaut davon. Auf der Straße vor dem Hotel war ich stehen geblieben und hatte mich in der Erwartung umgedreht, jemanden zu sehen, den ich kannte – aber da war niemand gewesen. Ich hatte nichts davon zu Cloquet gesagt. Es war immer wieder passiert – und nun konnte ich an nichts anderes mehr denken.

Klick-kratz, machte mein Kopfhörer.

»Hören Sie mich?«, fragte Khan.

»Ja«, antworteten wir beide.

Pause.

»Sie sind alle tot.«

»Was?«

»Fünf Leichen. Die beiden Wachen, die Haushälterin und Merryn …«

Einen Augenblick lang glaubte ich, Draper und Khan hätten ihren Auftrag vollkommen missverstanden und würden uns mitteilen, sie hätten ihre Aufgabe erfüllt und alle im Haus umgelegt.

»Und dann noch … ach, keine Ahnung. Könnte eine Leiche sein. Eigentlich handelt es sich um schwarzen Schleim mit Stücken drin. Sieht aus, als hätte da was im Säurebad gelegen.«

Cloquet und ich sahen uns an. Vampirleiche.

»Wie sind die anderen umgekommen?«, fragte Cloquet.

»Die beiden Gorillas haben aus kurzer Entfernung je eine in den Kopf bekommen. Die Haushälterin und Merryn … Ich weiß nicht genau. Große Hals- und Oberschenkelwunden. Massive Blutungen. Und der Typ im Säurebad, also, bei dem habe ich nicht die leiseste Ahnung. Sieht aus wie ein Alien. Wir müssen hier verschwinden, und zwar *pronto.* Die CDs aus den Kameras sind weg, und das System ist aus, wenn wir also großes Glück haben, enden wir nicht als Verdächtige in einem Mehrfachmord.«

»Moment«, sagte ich, dann zu Cloquet: »Du musst rein und nachschauen.«

»Vergiss es.«

»Es gibt eine Vampirleiche.«

»Na und?«

»Sei kein Idiot. Wir müssen nachschauen. Wir müssen.«

Cloquet schloss die Augen und ließ seinen Kopf nach hinten gegen den Sitz sinken. Er sah aus, als müsse er dringend mal eine Woche schlafen.

»Khan?«, sagte er ins Mikro.

»Hier.«

»Ich muss mal da rein, mich umschauen.«

Ich erahnte, dass Khan sein eigenes Mikro zuhielt und sich mit Draper verständigte.

»Fünf Minuten, dann sind wir weg. Haben Sie Handschuhe?«

»Nein«, mussten Cloquet und ich eingestehen.

»Keine Sorge, wir haben noch welche. Rühren Sie nur ja nichts an. Gehen Sie …«, etwas Gedämpftes nur für Draper, »… gehen Sie zusammen rein?«

»Ja«, erklärte ich.

»Nein«, widersprach Cloquet.

»Roger«, sagte Khan. »Die Vordertür ist offen. Passen Sie auf das Blut auf.«

16

Cloquet paffte eine ganze Zigarette, während wir zum Haus gingen. Windböen peitschten den Regen rings um uns und pusteten ihn in unsere Gesichter. Ein Jogger im Trainingsanzug mit einem Collie an der Leine kam vorbeigelaufen; er wirkte schlecht gelaunt. Zoë, geschockt vom plötzlichen Verlust der Wärme im Wagen, wachte stumm auf. Onyxschwarze Babyaugen in der Dunkelheit. Das war ihr erster Regen. Eins der unzähligen ersten Male, die die Welt zu bieten hatte. Auch ihr Bruder würde erste Male erleben, wenn er nicht schon tot war. Das Bild, wie Jacqueline ihm einen Draht ins Auge bohrt, stand direkt vor mir. Denk nicht daran. Aber man kann nicht *nicht* daran denken. Daran zu denken steckt schon in der Aussage, nicht daran denken zu sollen. Ich sah ihn vor mir, Arme und Beine ausgebreitet auf einen stählernen Untersuchungstisch geschnallt, Kopf festgebunden und mit Maulkorb versehen, die Augenlider mit Klammern aufgesperrt, das Fell heiß und feucht. Jacqueline führte den Stich ohne Betäubung aus. Er schrie, konnte sich nicht rühren. Vampire in Laborkitteln machten sich Notizen. Diese Schreckensbilder sah ich jetzt ununterbrochen. Das machte keinen Unterschied, redete ich mir ein: Mein Projekt lautete noch immer, ihn zurückzuholen. Ein Glück, dass ich nichts für ihn empfunden hatte, redete ich mir ein, stellen Sie sich mal vor, was ich bei diesen Bildern sonst fühlen müsste. Stellen Sie sich mal vor.

Zoë nieste mich ganz leise an. Die Nacht roch nach feuchten Blättern und Asphalt. Der Regen fiel schräg durch die Halos der Straßenlaternen. Wir gingen schnell.

Die Vorderseite von Merryns Grundstück wurde durch eine hohe Steinmauer begrenzt, aber die eisernen Tore am Bürgersteig standen auf. Eine kurze, mit Ziegeln gepflasterte Zufahrt führte in einer einzigen Kurve zwischen kleinen, mit Sträuchern bepflanzten Rasenflächen zur Vorderseite des großen weißen Hauses. Georgianisch? Edwardianisch? Ich kannte mich in solchen Dingen nicht aus. Es sah so aus, als könnte es auf die Zeit der gepuderten Perücken und Pferdekutschen zurückgehen, aber was mich anging, mochte es auch letztes Jahr gebaut worden sein. Ein großer, glitzernder Kastanienbaum überspannte das von Säulen getragene Vordach. Hinter den geschlossenen Vorhängen im Erdgeschoss brannte Licht. Das obere Stockwerk war dunkel. Der nasse Rasen gab einen schweren, friedlichen Duft von sich.

Draper kam uns an der Eingangstür entgegen, schloss sie hinter uns und gab uns Latexhandschuhe. »Keine Ahnung, wonach Sie hier suchen«, meinte er, »aber was es auch ist, Sie haben nur fünf Minuten. Fängt das Baby an zu weinen, sind wir auf der Stelle weg, keine Widerrede. Verstanden?«

»Kapiert.«

»Sind Sie sicher, dass Sie das sehen wollen?«

»Wir müssen.«

»Und es wird Ihnen nicht kotzübel oder so?«

»Nein«, antwortete ich und ging an ihm vorbei, »wird uns nicht.«

Die Leiche der Haushälterin lag am Fuß der Treppe in einem See aus geronnenem Blut, das Gesicht nach unten, ein Bein angewinkelt, das andere im Gelenk vollkommen verdreht. Ihr Hals sah nicht aus, als sei er gebissen, sondern ungestüm mit einer Maschine behandelt worden. Adern waren zu erkennen: *Vena jugularis interna* und *externa*, *Arteria pharyngea ascendens*, *Arteria thyroidea*. Luft- und Speiseröhre waren durchtrennt. (»Lern Anatomie«, hatte Jake mir geraten. »Das hilft. Wie glaubst du, kommen Ärzte sonst damit zurecht, solche Arschlöcher zu sein?«) Sie war Anfang fünfzig, hatte honigblond gefärbte Haare, graue Haarwurzeln. An ihren Stirnfransen baumelte eine Schildpatthaarspange. Cremefarbener Wollpullover, marineblauer Rock. Das vollkommen verdrehte Bein rief all die Puppen in Erinnerung, die Lauren und ich jemals misshandelt hatten. Ein Schuh fehlte, man sah ihren erstaunlich gepflegten Fuß mit den pfirsichfarben lackierten Nägeln. Ich sah eine alleinerziehende Mutter vor mir, einen Kerl, der sie nicht gewürdigt hatte, ein Leben, in dem sich nun ein Loch befand, nachdem die Kinder aufs College gegangen waren, einen Hauch von unerwartetem, spätem Glamour, für Merryn arbeiten zu können.

Drapers Erstaunen über meine Kaltblütigkeit war mit Händen zu greifen. »Die anderen sind hier drin«, sagte er und runzelte die Stirn.

Wir folgten ihm in ein großes Arbeitszimmer: Bücher vom Boden bis zur Decke, ein grünes Ledersofa, ein riesiger Schreibtisch aus dunklem, rotem Holz, ein goldfarbener Perserteppich, ein Kamin, in dem das Feuer schon lange erloschen war. Das Zimmer wurde von einem Kronleuchter erhellt und war voller Paillettenfunken. Khan stand mit Pistole und Schalldämpfer in der Hand am geschlossenen Vorhang im Fenster und hielt Wache. Nach seinem zweimaligen Hingucken zu schließen, als wir hereinkamen, war klar, dass er zwischen dem Wagen und hier die Existenz des Babys schon wieder vergessen hatte. »Himmel«, sagte er. »Das ist völlig surreal.«

Den beiden Wachleuten war in den Kopf geschossen worden; sie lagen wenig spektakulär nebeneinander auf dem

Bauch. Merryn – nach der auffälligen Position, in der er sich befand, ging ich davon aus, dass es sich um Merryn handelte – war an Kehle und Leiste massiv aufgerissen worden, jemand hatte sich an ihm ergötzt und ihn dann in einer sitzenden Haltung und mit offenen Armen auf das Sofa platziert. Ich hielt ihn für Anfang sechzig. Er hatte lange Gliedmaßen und ein langes Gesicht, dazu eine Hakennase und eine hohe Denkerstirn, aus der sich die grauen Haare zurückgezogen hatten. Sein Mund stand offen, die Augen waren geschlossen. Er sah so aus, als würde er auf die Oblate beim heiligen Abendmahl warten.

Die Überreste des Vampirs lagen auf dem Boden neben dem Fenster. Soweit ich beurteilen konnte, fehlte ihm der Kopf. Der Körper war schon sehr weit verwest: Der Brustkorb war eine schwarze, glibbrige Pfütze, die Rippen Holzkohlenstummel; ein Oberschenkel war noch erkennbar, auch der linke Fuß, lang und zart, darin schwarz und in klarster Genauigkeit das tote Kapillarsystem. Zehennägel aus poliertem Glas. Alles andere verging schnell.

»Wollen sie uns sagen, worum es hier geht?«, wollte Khan wissen.

»Das können wir nicht«, erwiderte Cloquet. »Wir wissen es selbst nicht.«

»Ich nehme an, Sie wissen, wonach Sie suchen?«, hakte Draper nach.

»Schauen Sie, ob er sein Telefon bei sich hat«, bat ich Cloquet und deutete auf Merryn, während ich selbst in den Resten des Blutsaugers herumstocherte. »Ein Adressbuch, irgendwas.«

Nichts. Alle sechs Schubladen im Schreibtisch lagen auf dem Boden, alle sechs waren leer. Ich sah im Kamin nach. In Filmen fand man immer eine gerade genug verkohlte Landkarte oder ein Tagebuch, aber hier fand sich nichts. »Suchen Sie nach einem Computer«, forderte ich. »Laptop, Handys.

Wir müssen das Haus gründlich –« doch in diesem Augenblick hustete Zoë und fing an zu weinen.

»Wir verschwinden«, erklärte Draper. »Jetzt.«

»Warten Sie –«

»Keine Widerrede, erinnern Sie sich?«

»Sie muss nur gefüttert werden«, sagte ich, aber die beiden gingen schon zum Flur. »Warten Sie!«, zischte ich. »Khan! Stopp!« Erstaunlicherweise tat er es. »Ich bezahle dafür«, sagte ich.

»Niemand hat was von Frauen und Kindern gesagt. Niemand hat was von heulenden Babys gesagt, okay? Das stand nicht im Auftrag. Wenn Sie bleiben wollen, von mir aus. Aber Sie haben hier vier Leichen und einen Alien an der Hacke, dazu ein weinendes Kind, und wer weiß, wer hier jeden Augenblick auftaucht, verdammt, also rate ich dringend davon ab. Seien Sie nicht dumm, gehen Sie mit uns, jetzt.«

»Ich gehe erst, wenn wir alles gründlich durchsucht haben«, widersetzte ich mich.

Draper wäre vielleicht geblieben, dachte ich. All diese stille Männlichkeit. Stattdessen warf er mir nur ein entschuldigendes Lächeln zu, das besagte, er würde dieses Spielchen gleich abbrechen, er habe auch noch ein anderes Leben (ich sah ein Mäuschen von Frau, die er liebte, ein kleines Haus in der Mitte von Nirgendwo, Freude an kleinen Dingen), und in Sekundenschnelle waren Khan und er verschwunden. So viel zu Aegis. So viel zu Charlie Proctor und den Leuten, denen ich vertrauen konnte. Ich fragte mich, wer sich noch als Niete herausstellen würde.

»Ich füttere sie«, erklärte ich Cloquet, »du suchst weiter.«

»Ich suche weiter? Wonach? Zettel mit geheimen Vampiradressen am Kühlschrank?«

»Hör mal«, holte ich aus und hielt mir Zoë an die Brust, »Jacqueline wusste, dass du Merryn kanntest. Merryn wusste, wohin sie meinen Sohn gebracht haben. Jacqueline hat Merryn umgebracht, damit er nicht mit dir reden kann. Das ist alles. Und könntest du dich jetzt bitte mal umschauen, ob du irgend einen Hinweis findest?«

»Das ist alles? Was ist damit?«

Damit meinte er den toten Vampir.

»Keine Ahnung. Vielleicht hat Merryn es geschafft, einen von ihnen zu pfählen. Vielleicht gab es noch einen Wachmann, der davongekommen ist. Such einfach!«

Früher mal hätte es eine hypothetische Liste an Dingen gegeben, die zu tun ich mir nicht hätte vorstellen können. Irgendwo hätte gestanden: einem Baby die Brust geben in Gesellschaft von fünf Leichen, eine davon die eines Vampirs. Nun saß ich in dem ergonomischen Lederdrehsessel am Schreibtisch, Zoë trank, und ich fand daran nichts merkwürdig. Die Milch kam aus irgendeiner anderen Dimension durch mich zu ihr, wie ein elektrischer Strom. Ein Mikroklima körperlichen Friedens legte sich um uns, doch mein Verstand arbeitete rasend weiter. Ich hatte mir meine Erklärung für Merryns Tod schnell zurechtgelegt, aber glaubte ich sie auch? War es wirklich wahrscheinlich, dass Merryn irgendetwas gewusst hatte? Cloquet zufolge hatte er sich (neben dem Handel mit gestohlenen Antiquitäten) auf *Vampirliteratur* spezialisiert. Er war dem Expertentum über Vampire so nahe gekommen, wie dies nur menschenmöglich war. Ich warf einen Blick auf das nächstgelegene Bücherregal. Die Geschichte Mesopotamiens, Archäologie, Altertümer, seltene Münzen, Stempel. Nichts Ungewöhnliches. Ich stellte mir vor, mein Sohn würde dies alles sehen: Seine Mutter folgte falschen Spuren, geriet in Sackgassen, nahm falsche Fährten auf, vergeudete Zeit und Energie, während er … während er –

›Schluss damit. Das ist nicht hilfreich. Du musst an ihn wie an einen Gegenstand denken. Wie bei der Geburt.‹

Zoës Hand steckte in meinen Haaren fest. Ich sah zu ihr hinunter. Sie hatte Jakes lange Wimpern. Die Glückliche. In der Villa in Los Angeles würde sie eines Sommers eine Knöchelkette aus Koralle tragen und überrascht sein, dass es mir egal ist, ob sie sich tätowieren lässt, allerdings würde ich sie warnen müssen, dass sie es die nächsten vierhundert Jahre tragen würde. Anfangs würde sie nur irgendwelchen Schund lesen, doch eines Tages würde ich einen Band Emily Dickinson oder ein Exemplar vom *Fänger im Roggen* auf ihrem Nachttisch finden. Wenn sie aus dem Pool stiege, würde die Sonne auf ihren nassen Schulterblättern glitzern. Sie würde nicht um die Zeit vor dem Fluch trauern, weil es für sie keine Zeit vor dem Fluch gab. Ich würde sie dazu erziehen, ungeniert zu sein, elitär, triumphierend, sie würde geliebt werden für das, was sie war, eine auf natürliche Weise zur Welt gekommene Werwölfin. Dann das mit den Jungs. Und kein Jake, um die Rolle des ängstlichen Vaters zu spielen. Cloquet würde ihr peinlich sein. »He, Zoë, dieser französische Typ ist doch schwul, oder? Oder so eine Art Eunuch oder was?« Sie würde mich nach ihrem Vater fragen, und ich würde mich nicht bremsen können. Ich würde einen Teil von ihm an sie verlieren, an den Zauber der Toten. Sie würde in den Jungs nach ihm suchen, und dann würde der ganze Ärger anfangen.

Aber der Herr verstockte das Herz Pharaos –

»Wir sollten verschwinden«, meinte Cloquet. Er war oben gewesen und hatte die Zimmer durchsucht. »Tut mir leid. Vielleicht hast du recht und es gibt irgendwo etwas, aber wir brauchen eine Woche dafür. Vielleicht sollten wir doch morgen die Assistentin aufsuchen? Vielleicht weiß sie was.«

Weit hergeholt. Aber was hatten wir sonst in der Hand, jetzt wo Merryn tot war? Mein Plan, das Haus zu durchsuchen, war die reinste Verzweiflung gewesen, und um es richtig zu machen, würde es Stunden dauern. Trotzdem, der Gedanke, einfach wegzugehen, ohne eine Spur zu meinem Sohn gefunden zu haben, war unerträglich. Wir brauchten Informationen.

»Ich schau mich mal um«, erklärte ich. Zoë war fertig. Ich legte sie mir über die Schulter und stand auf; plötzlich wurde mir schwindlig. Der Restgestank des Untoten war mir schon seit unserer Ankunft auf den Magen geschlagen. »Wir werden diese Chance nie wieder bekommen. Es muss doch etwas geben, eine Rechnung an eine ihrer Firmen, eine E-mail … ach, verdammt, ich weiß nicht.« Ich trat hinter dem Schreibtisch vor, schlug mir das Knie an der Kante an und schloss einen Augenblick die Augen, um den Schmerz zu verkraften.

Ich hatte sie noch immer geschlossen, als eine männliche amerikanische Stimme sagte: »Nicht bewegen, bitte.«

17

Ich schlug die Augen auf. Ein gutaussehender, jungenhafter Bursche mit wirren braunen und blonden Haaren stand in der Tür zum Arbeitszimmer und hielt eine Waffe direkt auf Cloquet gerichtet. Mit beiden Händen. Ohne Zittern. Ein Profi. Phantastische blaugrüne Augen und ein Mund, der lächeln wollte. Levis, rotkariertes Hemd, blassgrüne Kampfjacke. Ein Geruch von nasser Kleidung und müder Haut. Er wirkte wie fünfundzwanzig, aber etwas verriet einem, dass er zehn Jahre älter war. Ein Charmeur, wäre die allgemeine weibliche Meinung zu ihm.

»Hallöchen«, sagte er, und der Mund lächelte, was aussah wie Freude, am Leben zu sein. »Alle Waffen, ganz langsam raus damit und auf den Boden.« Der Akzent war von der Ostküste, vielleicht sogar New York. Ich fragte mich, ob ich ihm jemals auf der Straße begegnet war oder in der U-Bahn neben ihm gesessen hatte. Ich konnte ihn mir gut im *Veselka* mit einem verzückten Mädchen aus dem East Village vorstellen, die nicht ahnte, dass er ohne Arglist und ausgiebig auch mit ihrer Mitbewohnerin vögelte. »Cloquet, Sie zuerst. Miss D, bitte keine Akrobatik mit dem Kind.«

»Wer sind Sie?«, wollte Cloquet wissen.

»Erst die Waffen, dann die Honneurs. Jetzt, bitte. Langsam.«

Cloquet steckte die Hand in die Jacke und zog eine Beretta aus dem linken Schulterholster. Im rechten Holster trug er eine Luger, rührte sie aber nicht an. Ich trug eine Smith und Wesson M&P (zur Verfügung gestellt von Aegis) in einem Rückenholster unter der Jacke. Danach zu greifen war unmöglich.

»Okay, schieben Sie sie rüber zu mir. Gut so. Hätte ich nicht besser machen können. Und nun, Monsieur Cloquet, Gesicht nach unten auf den Boden, Hände auf den Kopf. Denken Sie Toupét, denken Sie Wind.«

Ein zweiter, ebenfalls bewaffneter Mann tauchte neben dem Schützen auf. Größer, älter, dunkle, graumelierte Haare. Schwarze, vor Erschöpfung polierte Augen. Mitternachtsblaue Jeans und eine Donkeyjacke. Er nickte dem Jüngeren einmal zu: oben alles sauber.

»Okay. Phantastisch. Miss D, sind Sie bewaffnet?«

»Ja.«

»Sie kennen die Nummer. Kriegen Sie das hin?«

Ich hielt Zoë (die mir ein wenig auf die Schulter gespuckt hatte) fester und griff langsam nach der Waffe im Rückenholster. Ich beugte mich vor und legte sie auf den Boden. Der Ältere klopfte Cloquet ab – woraufhin die Luger entdeckt und kommentarlos entfernt wurde, so dass wir alle sie sehen konnten. New York kam zu mir. »Angesichts dessen«, sagte er, »tut es mir leid, aber …« Er suchte mich gründlich ab, ohne Schamgefühl, obwohl meine Bluse vom Stillen noch halb offen stand. Er hatte eine unerhört sanfte, geradezu strahlende Selbstgewissheit an sich. Aus der Nähe betrachtet, konnte ich sehen, dass er eine Weile nicht geschlafen hatte. Ich entdeckte auch eine kleine weiße Narbe direkt unter dem linken Auge.

»Okay, das mit den Waffen hätten wir«, sagte ich. »Kann ich mich jetzt bitte anziehen und meine Tochter in die Babytrage stecken?«

»Sicher, sicher, machen Sie ruhig. Bitte nochmals um Entschuldigung.«

»Was soll das werden?«, wollte Cloquet wissen. »Wer sind Sie?«

New York deutete mit einem weiteren breiten Grinsen auf die erbeuteten Waffen. »Wir stellen die Fragen«, stellte er fest. »Ich nehme mal an, dass Sie diese Leute nicht umgebracht haben, aber haben Sie vielleicht gesehen, was passiert ist?«

»Nein«, antwortete Cloquet. »Lassen Sie mich von diesem verdammten Boden aufstehen.«

»Immer mit der Ruhe, Tiger, immer mit der Ruhe. Fuß vom Gas. Sie können aufstehen, ganz langsam, ganz ruhig. Wie David Carradine. Gut so. Sehr schön. Hätte ich nicht besser hingekriegt.«

Ich hatte mir die Bluse zugeknöpft und Zoë wieder, eng an mich gedrückt, in die Babytrage gesteckt. Immer wieder stellte ich mir das Gefühl vor, wenn sie eine Kugel treffen würde, während ich sie trug. Der Ältere hatte sich hingekauert und untersuchte die Überreste des Vampirs. Er stieß mit einem Bleistift gegen den Fuß.

»Woher wissen Sie, wer wir sind?«, fragte ich New York.

»In unserer Organisation weiß jeder, wer *Sie* sind. Ein Kollege von mir hat sogar ein Foto von Ihnen als Bildschirmschoner. Und mit allergrößtem Respekt, das Bild wird Ihnen nicht gerecht.«

»Welche Organisation?«

»Ehemalige Organisation. Wir betrachten uns nicht länger als Mitglieder der WOKOP. Nicht seit sie versuchen, uns umzubringen.«

»Die WOKOP?«

»Gehen wir«, forderte uns der Ältere auf. Das G klang osteuropäisch, vielleicht Russland. Er hatte sich aus seiner Apathie gerissen.

»Wohin?«, fragte ich.

»Wenn Sie ihr weh tun«, fing Cloquet an, »wenn Sie irgendetwas –«

»Immer mit der Ruhe«, unterbrach ihn New York. »Immer volles Drama, dieser Bursche, immer. Sich mit dir die Küche zu teilen, muss die Hölle sein, Dünner. Wir reden nur davon, anderswo hinzugehen, wo es nicht gleich derartig nach Tatort aussieht. Haben Sie die Frau in der Eingangshalle gesehen? Ich weiß ja nicht, wie Sie das sehen, aber ich bin nicht –«

»Gehen wir«, wiederholte der Russe. »Jetzt.«

18

New York hielt uns gleich hinter dem Tor fest, lächelnd. Meine Haut kribbelte. Adrenalin kämpfte sich durch die Erschöpfung. Cloquet summte regelrecht vor lauter sinnlosem Aktionismus. Nach nicht mal einer Minute fuhr der Russe in einem verspiegelten BMW 4x4 vor. Die einzige zur Verfügung stehende Augenbinde war Cloquets riesiges Taschentuch. Ob sie mir trauen konnten, dass ich die Augen geschlossen hielt? Oder müssten sie mir eine Jacke über den Kopf legen? Der Russe fuhr. New York drehte sich im Sitz um, um sicherzugehen, dass ich nicht heimlich linste. Er hätte Surfer sein sollen. Sein Gesicht war voller maskuliner Schönheit und wirkte ungeheuer sympathisch. Was mir nach dem Gesetz der invertierten Ästhetik des Horrors deutlich signalisierte, dass wir unserem Tod entgegenfuhren.

Wir waren keine zehn Minuten unterwegs, dann wurden wir stolpernd aus dem Wagen in die Eingangshalle eines Hauses geschubst, das ich für einen Sozialbau hielt. Ein schwankender, mit Graffiti übersäter Aufzug, in dem es nach Urin und Haschisch stank, brachte uns in den zwanzigsten Stock. Der Russe kontrollierte den Flur, bevor wir zur unnummerierten Tür einer Wohnung gingen. Aus einer der unteren Etagen sang jemand zu einer Karaokemaschine Paul McCartneys »Simply Having a Wonderful Christmas Time«, aber vollkommen schief. »Zweifellos der schlechteste jemals geschriebene Weihnachtssong«, stellte New York leise zu mir fest. »Wie ein Flehen, Gott möge das Universum anhalten. Passen Sie auf, dass Sie nicht stolpern.«

Drinnen gab es heruntergekommenes Mobiliar aus zweiter Hand, einen fadenscheinigen Teppichboden, ein spartanisches Bad mit außenliegenden Rohren und fehlender Wannenseite und eine winzige, aber überraschend saubere, blau-weiße Küche, die ans Wohnzimmer grenzte. Es roch nach chinesischem Essen, leeren Bierflaschen und abgestandenem Zigarettenqualm. In einer Ecke stand eine fast in zwei Teile zerbrochene Dartscheibe. Das eine große Fenster im Wohnzimmer ging auf das nächtliche London hinaus: St Paul's Cathedral; Canary Wharf; das Millennium Wheel; der Swiss-Re Tower. Ein Lichtermeer unter der niedrigen, weichen Wolkendecke. Die Schönheit tat mir einen Augenblick im Herzen weh, ganz wie der Weihnachtsbaum im Diner, wenn mein Dad zum ersten Mal die Lichter anzündete. Links neben dem Fenster ging eine Glastür auf einen schmalen Balkon hinaus, auf dem sich ein rostiger Fahrradrahmen und ein kaputter Wäscheständer drängten. Es war kurz nach zwei Uhr früh. Es hatte aufgehört zu regnen. Ich dachte: ›So ist das also. Irgendein Ort stellt sich als der Ort heraus, an dem du stirbst.‹

Sie sperrten uns im Wohnzimmer ein und zogen sich zu einer gemurmelten Beratung in den Flur zurück. Hauptsächlich murmelte New York, wie es sich anhörte. Cloquet hatte seinen Schrecken in köchelnde Wut verwandelt. Er versuchte die Tür zum Balkon zu öffnen, die nicht abgesperrt war, was uns aber nichts nützte, es sei denn, wir wollten zwanzig Stockwerke tief springen. Mich würde das nicht umbringen – Zoë auch nicht –, aber auch mit den Selbstheilungskräften des Wolfs würde es eine Weile dauern, bevor wir uns vom Beton erheben könnten. Ich ging mit Zoë auf und ab und wiegte sie. Nach ein, zwei Minuten war sie eingeschlafen. Ich dachte darüber nach, was sie in dieser Situation bedeutete: Sie konnten mich zu allem bringen, was sie von mir wollten. Endlos. (Wie das? Hatte ich nicht mein Herz verstockt?) Ich dachte an all diese Dinge, wie langsam die Zeit vergehen würde, wenn sie erst mal begonnen hatten, wie vertraut das verwohnte Zimmer werden würde, die kaputte Dartscheibe, das Kunstledersofa, aus dem die Füllung kam, der Ölfleck auf dem grünen Teppichboden. Ich dachte daran, wie vertraut mir die beiden Männer werden würden, das Gefühl ihrer Hände, Münder und Schwänze, der Klang ihrer Stimmen, der einzigartige Geruch ihrer Gewalt. Ich dachte daran, dass sie als WOKOP – oder Ex-WOKOP – Silbermunition hatten oder Mittel, mir den Kopf abzutrennen. Das bedeutete, dass sie tun konnten, was immer sie wollten, und wussten, wenn sie genug davon hatten, genug von mir hatten, dass sie mich töten konnten und Schluss. Ich stellte mir vor, wie Jacqueline die Filmaufnahmen meinem Sohn zeigte. »Ich nehme an, du hast bestimmt gedacht, *maman* wird kommen und dich holen. Nun, wie du sehen kannst, wird daraus nichts.«

Mir war gar nicht aufgefallen, dass ich das Zimmer nach einer möglichen Waffe absuchte, während mir das alles durch den Kopf ging. In einer der Küchenschubladen lag ein Brotmesser, in einer anderen ein scharfes kleines Obstmesser. Ich füllte den elektrischen Wasserkessel und machte ihn an. Kochendes Wasser, falls ich bis dorthin kam. Mehr gab es nicht. Das Brotmesser gab ich Cloquet. Er riss das Futter seiner Jacke auf und schob es hinein. Ich versuchte es mit dem Obstmesser in der hinteren Hosentasche, doch schnitt es mich beim Hinsetzen. Am Ende steckte ich es in die Jackentasche und sagte mir, ich würde meinen Schritt tun müssen, bevor sie mich dazu zwangen, das Messer zu ziehen.

Und all das mit dem Baby an mich geschnallt.

Als die beiden hereinkamen, ging der Kessel von allein aus.

»Okay«, sagte New York, setzte sich an den zerschundenen Esstisch und lächelte uns wieder erfreut an. »Wer möchte anfangen?«

Der Russe, der in der Küche herumgesucht hatte, kam mit einer fast vollen Flasche Stolichnaya und vier (nicht zusammengehörigen) Gläsern zurück. Er stellte sie auf den Tisch, goss jedem von uns einen ordentlichen Schluck ein und reichte die Gläser weiter. ›Das würde er doch wohl nicht tun‹, dachte ich, ›wenn die beiden erst Cloquet töten und mich dann vergewaltigen, foltern und umbringen wollten?‹ (Nicht zwingend. Das eine heißt nicht immer das andere. In der Wirklichkeit mochte es durchaus erst was zu trinken geben. Die Welt war völlig frei in ihren außerordentlichen Gegenüberstellungen. Selbst das Kino hatte das schon mitbekommen. Heutzutage traf man auf der Leinwand kaum noch einen durchgeknallten Irren, der nicht Bartók summte oder ganze Stücke von *Paradise Lost* rezitieren konnte.) Ich wusste, ich sollte Alkohol meiden, solange ich stillte (zumindest sollten das die Menschen tun), aber welchen Unterschied machte das schon, da wir ja sowieso sterben würden? Ich nahm einen großen Schluck. Sofortiges wohltätiges Feuer in der Brust. Der erste Schnaps seit der Fahrt nach Kalifornien mit Jake. Das erinnerte mich an ihn, weitete den rauen Platz, wo sein Geist hätte sein sollen. Ich dachte daran, wie ich ihn in der Nachwelt treffen würde, an die ich nicht glaubte. Unsere toten Kinder würden nicht dort sein, sondern anderswo. Wir würden sie nie wiedersehen. Jake würde sagen: »Es war nicht deine Schuld, Lu. Ich gebe dir keine Schuld daran.« Aber er würde mir merkwürdig vorkommen, wie eine Version von ihm, die ich nicht kannte. Die Version, die log.

»He«, sagte New York und erhob sein Glas. »Sie haben mir keine Gelegenheit gegeben, *stin iya sas* zu sagen!«

»Es heißt *stin iya mas*«, erwiderte ich. »Es sei denn, Sie wollen sich selbst von dem Toast ausschließen.«

»Verdammt. Das mach ich jedes Mal falsch.«

»Was?«, fragte Cloquet. »Was hat er gesagt?«

»Nichts. Prost auf Griechisch.«

»*Stin iya mas*«, sagte New York und leerte sein Glas in einem Zug.

»Arbeiten Sie jetzt für die WOKOP oder nicht?«, fragte Cloquet.

New York seufzte, schloss die Augen und schlug sie wieder auf. Was heißen sollte: Ich versuche mich hier ganz zivilisiert zu benehmen, aber dieser Bursche versaut mir alles. Oder er tat nur so: Es gehörte zum Spiel der satirisch höflichen Person, die er zu seinem oder des Russen Vergnügen angenommen hatte, auch wenn der Russe eher so wirkte, als sei ihm die Vergnügungssicherung – zusammen mit seinem Schlaf – schon vor Jahrzehnten durchgebrannt. »Wie wäre es mit folgendem radikalen Vorschlag«, meinte New York. »Ich erzähle Ihnen unsere Story, und Sie erzählen uns Ihre Story.« Er blickte von Cloquet zu mir, lächelte, lächelte, lächelte. Für Cloquet hieß das Lächeln: ›Komm mal wieder runter, du Arschloch, sonst verliere ich noch die Geduld.‹ Für mich hieß das: ›Dieser Penner wird dich noch umbringen – und ja, ich fühle mich zu dir hingezogen, ja, ich will dich, aber nur, wenn es gegenseitig ist.‹ (Und da das Leben die Unanständigkeit liebt, rührte sich Wolfs Libido im Schlaf und entsandte das erste Signal, dass das Erwachen auf der Tagesordnung stand. Natürlich jetzt. Natürlich dann, wenn man es am wenigsten braucht. Natürlich dann, wenn der Tod vielleicht schon im Zimmer war. Ich schaute weg.) »Ich verspreche ihnen«, fuhr New York fort, »von uns geht null Gefahr für Sie aus. Ich würde Ihnen ja sofort die Waffen zurückgeben, um das zu beweisen, aber ich fürchte« – und er sah Cloquet an – »die Chancen stehen hoch, dass Sie uns aus gallischem Zorn erschießen.«

»Sie brauchen die Messer nicht«, sagte der Russe. Leise

Stimme, passend zu seinen ausgehungerten Augen. »Aber behalten Sie sie, wenn Sie sich besser fühlen.«

»Messer?«, fragte New York, aber der Russe schüttelte nur den Kopf. Mit unseren Messern würden wir eh nichts ausrichten.

»Ach ja, die Küche. Und das kochende Wasser. Schon kapiert. Sie werden nichts davon brauchen. Aber ich verstehe. Ich fasse das nicht als Beleidigung auf.«

Cloquet stand am Fenster und hielt seinen Jackensaum in den Händen, ein Tick von ihm, den ich schon eine Weile nicht mehr an ihm gesehen hatte. Ich setzte mich ans Ende der Couch. Zoës Kopf roch, wie Babyköpfe eben riechen, eines der Dinge, die ohne jede Vorwarnung die Tatsache erneuerten oder verstärkten, dass sie mein Kind war. Eins meiner Kinder. Plötzlich spürte ich die Kluft an Zeit, die vergangen war, seit die Vampire Lorcan entführt hatten. Falls diese beiden tatsächlich Ex-WOKOP-Leute waren, wussten sie vielleicht etwas. Falls sie Informationen hatten und nicht daran interessiert waren, uns zu töten, dann würde ich ihnen Geld dafür anbieten. Viel Geld. Ich würde mit ihnen schlafen, wenn das hilfreich war. Eine überraschend einfach zu treffende Entscheidung, aber zwecklos, da ich mich nicht in dem Glauben wiegen konnte, sie würden uns nicht töten, ganz gleich, ob einer von ihnen mit mir schlafen wollte oder nicht.

»Verraten Sie uns, wer Sie sind?«, fragte ich.

New York schenkte sich und dem Russen nach und hielt die Flasche dann Cloquet hin, der seinen Jackensaum losließ, aber den Kopf schüttelte.

»Ich bin Walker. Das ist Mikhail Konstantinov. Wir haben früher für die WOKOP gearbeitet. Jetzt nicht mehr. Wir sind freischaffend.«

»Was wollen Sie von uns?«, knurrte Cloquet.

»Ach, herrje«, meinte Walker. »Zum Glück sind wir freundlich gestimmt, sonst hätte ich Ihnen längst die Eier abgeschossen. Ist der Kerl immer so verspannt?«

Diese spielerische Nummer mochte als Verteidigung gegen irgendetwas angefangen haben, sein Gewissen vielleicht, Erinnerungen, was immer ihm zugestoßen war. Nun gehörte es zu ihm wie ein Hut, den er nie absetzte. Die Leute, die ihn kannten, wären alarmiert gewesen, falls er seine Nummer jemals lassen würde. Ich suchte nach einem Gefühl dafür, worum es in der Beziehung zwischen Konstantinov und ihm ging, aber es waren zu viele Dinge gleichzeitig im Schwange. Der Russe wirkte intensiv und abwesend zugleich, wie ein Stern durchs Teleskop.

»Um Ihre Frage zu beantworten«, sagte Walker zu Cloquet, »wir wollen gar nichts von Ihnen. Wir waren so überrascht, Sie bei Merryn zu sehen, wie Sie uns.« Als Cloquet sichtlich nicht entspannter wurde: »Okay, hören Sie zu. Ich hab kapiert. Sie sind misstrauisch. Ich fang an.«

Ich versuchte, mich an den Glauben zu halten, dass die Freundlichkeit nur eine sadistische Ader war, um unser Entsetzen zu verstärken (und also ihr Vergnügen), wenn der Augenblick gekommen war, sie abzulegen, und wir erkennen mussten, dass wir darauf hereingefallen waren. Doch je länger Walker redete, umso schwerer war es, sich nicht entwaffnen zu lassen. Die WOKOP, berichtete er uns, hatte sich gespalten. Ellis' Pläne, Grainer und die an den Schlüsselpositionen Sitzenden zu eliminieren, war auf ihn zurückgefallen. Es war ein Programm in Gang gesetzt worden, um die Angehörigen der Rebellenfraktion »zu identifizieren und zu eliminieren«; zu Beginn hatte es auf Spionage beruht, doch hatte sich bald stalinesker Verfolgungswahn herausgebildet. Agenten, die nichts mit Ellis zu tun gehabt hatten, wurden »enttarnt«, vors Kriegsgericht gestellt und exekutiert. »Sie wissen ja, wie das geht«, führte er aus. »Die Leute werden wegen verdächtiger Sonnenbrillen verhaftet oder wegen eines falschen Haarschnitts. Die Organisation hat in den letzten vier Monaten über zweihundert eigene Leute umgebracht.«

»Und Sie gehörten also zu den Rebellen?«, fragte ich. Überrascht von meiner eigenen Langsamkeit, erinnerte ich mich, dass auf dem Plan der Abtrünnigen stand, die eigene Arbeit dadurch zu erhalten, indem man die Zahl der Werwölfe wieder erhöhte. Weltorganisation zur *Kreation* Okkulter Phänomene. Und wenn es dann so weit war …

»Nein«, antwortete Walker. »Ich meine, ich versteh das schon – Ellis' Logik war nachzuvollziehen: Die Organisation schaffte sich selbst ab – aber ich hatte sowieso schon genug von dem Job. Außerdem konnte ich Ellis nicht ausstehen. Zu weiß und zu durchgeknallt. Ich hab mir immer vorgestellt, er hat so Alien-Genitalien. Vielleicht ein Hoden, aus dem Dornen ragen. Oder so etwas wie eine Artischocke. Jedenfalls kriegte ich bei ihm Angstzustände.«

Langsam bekam ich eine Vorstellung von Walker. Ich konnte gar nicht anders. Ein früher Verlust oder irgendwelche Gewalterfahrungen hatten die Besonderheit dessen, womit er sein Leben verdiente, irrelevant für ihn werden lassen. Er war viel zu jung durch einen Schock auf die Wahrheit gestoßen, dass nichts irgendetwas bedeutete. Das Lächeln, die Freude, die Kleidung, all das rührte daher. Sein Spiel wehrte sich gegen diese Wahrheit. Er konnte spüren, dass ich es ihm ansah. Das erregte ihn, machte ihn aber auch nervös, brachte ihn zu dem Ereignis zurück, das seinen Kontrakt mit dem Leben zunichtegemacht hatte, zu dem Ding, um das seine Identität diese traurige strahlende Perle gebildet hatte. Liebe. Oder Tod. Oder beides. In der Zwischenzeit erhob sich ein Teil von mir, verschränkte die Arme, schürzte die Lippen und schüttelte über den Rest von mir, das Durcheinander, den Kopf. Tatsächlich? Das? Jetzt?

»Wenn Sie nicht bei den Rebellen waren«, fragte ich, »warum ist die Organisation dann hinter Ihnen her?«

Pause. Ein Blickkontakt zwischen Konstantinov und ihm.

»John Murdoch hat den Posten von Grainer übernommen«, erklärte Walker. »Er führt die Operationen. Er ist kein Fan von mir.«

Pause.

»Rein persönlich.«

»Er hat mit Murdochs Frau geschlafen«, erklärte Konstantinov ganz neutral.

»Ja, habe ich«, bestätigte Walker mit einem ernsten Gesicht, das er nicht ernst nehmen konnte. »Und ich bezeuge hier und jetzt, dass es ein guter, ehrlicher und schöner Augenblick zwischen zwei Menschen in einer chaotischen Welt war. Angela ist ein guter Mensch. Sich von diesem Psychopathen zu trennen war das Beste, was sie je getan hat, und falls ich ihr dabei helfen konnte, freue ich mich wie ein Schneekönig. Sie ist eine schöne, kluge, komplizierte Seele und er … eben nicht.« Das Lächeln blitzte beim Sprechen immer wieder auf. Noch weitere Informationen, ob ich wollte oder nicht: Er hatte immer Frauen gehabt. Sie fühlten sich gegen ihren Willen zu ihm hingezogen. Schon in der Schule ertappten sich die kleinen Mädchen dabei, bei ihm eine Ausnahme von ihrer Verbitterung *Jungs* gegenüber zu machen. Mit vierzehn, fünfzehn dürfte es eine geschiedene Tante oder örtliche Witwe gewesen sein, die über sich selbst erschrak, aber trotzdem … Seitdem hatte er das als Gabe akzeptiert, wie ein fotografisches Gedächtnis oder das absolute Gehör, Kompensation für den gebrochenen Kontrakt mit dem Leben. Es gab keine Grausamkeit in ihm. Er war ein Kind des Eros. Ich stellte mir Murdochs Frau als eine instabile Brünette mit Riemchen-High-Heels, verwirrter Energie und einem gewissen Prozentsatz an verrückten Dingen vor, die sie unternehmen musste, um endlich aus der giftigen Ehe herauszukommen. Ich wurde den Gedanken nicht los, dass es womöglich für die Welt eine gute Sache gewesen war. Zum ersten Mal seit Merryns Haus entspannte ich mich ein wenig.

Cloquet wiederum lupfte es vor Misstrauen fast vom Boden.

»Jedenfalls hat das Murdoch nicht gefallen«, fuhr Walker fort. »Er hat mir eine simple Falle gestellt: gefälschte E-mails zwischen den Rebellen und uns. Seine Jungs waren schon drauf und dran, uns festzunehmen, aber wir haben einen Tipp bekommen und sind verduftet. Seitdem ist Murdoch noch verrückter geworden, und er war eigentlich schon von Anfang an ziemlich durchgeknallt. Mit ein wenig Glück werden ihn die Anzugträger erledigen, aber bis dahin wird er weiter hinter uns her sein, und die Säuberungen werden weitergehen.«

»Und was ist mit Ihnen?«, fragte ich Konstantinov. »Mit wessen Frau haben Sie geschlafen?«

Konstantinov sah mich nur an, und mir wurde klar, dass ich etwas Falsches gesagt hatte. Das Zimmer war sofort übervoll von meinem Fehlurteil. Seine schwarzen Augen verrieten übermenschliches Erdulden.

»Geh eine rauchen, Mike«, sagte Walker. »Ich kläre das.«

Konstantinov saß einen langen Augenblick reglos und ohne zu blinzeln da, und ich spürte, wie die zerschundenen Möbel und fleckigen Wände des Zimmers die Luft anhielten. Dann stand er auf, ging an mir vorbei – seine Aura strich an meiner entlang – und zur Tür hinaus auf den Balkon; er schloss die Tür hinter sich.

»Schlechte Wortwahl«, erklärte Walker. »Mike hat eine Frau. Haben vor sechs Monaten geheiratet. Die Vampire haben sie. Rache für einen der ihren, den er erledigt hat. Sie ernähren sich von ihr und halten sie gerade so am Leben. Sie schicken ihm Videos.«

»Oh«, sagte ich. »Das ist ja furchtbar. Es tut mir leid.« Ich stellte mir Konstantinovs Gattin als blasse, dunkelhaarige Frau vor, ballerinadünn mit Augen so schwarz wie seine; die meisten Männer würden sie für unattraktiv halten. Man konnte an seinem erschöpften Gesicht sehen, dass für ihn nur mit ihr die Sonne auf- und unterging. Und nun war sie ein Getränkeautomat für Vampire. Videos. Das konnte ich mir vorstellen, gleich neben den anderen Aufnahmen, mein Sohn auf dem Tisch aus gebürstetem Stahl, der Draht, der ihm ins Auge fuhr, die Ärztemeute, Jacquelines Lächeln fröhlicher Konzentration.

»Es tut mir leid«, wiederholte ich.

»Das konnten Sie ja nicht wissen«, beschwichtigte Walker. »Er wird es Ihnen nicht übelnehmen.«

Sie ernähren sich von ihr und halten sie geradeso am Leben. Natürlich hatte diese Ausdrucksweise meine Natur ins Spiel gebracht. Walker musste sich ermahnen, was ich war. Der strahlende, sexuelle Mann in ihm kam auf mich zu, setzte sein bezauberndes Lächeln auf, wurde dann aber wieder von dem Menschen zurückgerissen: ›Sie ist eine Werwölfin, um Himmels willen. Bist du verrückt geworden?‹ Worauf der strahlende, sexuelle Mann sich wieder mit dem nicht zu unterdrückenden Lächeln zu mir wandte und entgegnete: ›Ja, vielleicht.‹ Es war schwer, ihm in die Augen zu schauen. Ein kleiner heiliger Geist der Unausweichlichkeit schwebte über uns. All der Sex, den ich seit Jake gehabt hatte, war übellaunig und freudlos gewesen. Das hier war eine Einladung zu etwas anderem. Wolf rührte sich, ja, aber auch die lange vernachlässigte Frau, das dumme Mädchen, das seit einer gefühlten Ewigkeit keinen vernünftigen Sex gehabt hatte. Offenbar gab es kein Ende meiner Unangemessenheit.

»Welche Vampire haben sie?«, fragte Cloquet.

»Wie bitte?«

»Wer von den Vampiren hat seine Frau?«

»Jacqueline Delons Meute. Die Schüler von Remshi.«

»Die was?«

Cloquet wollte sein Glas erneut füllen – dann fiel ihm wieder ein, dass wir faktisch Gefangene waren.

»Na los«, forderte ihn Walker auf. »Aber keine athletischen Kunststückchen, okay? Ich bin erledigt. Hier, schauen Sie sich das mal an.« Er zog sein iPhone aus der Tasche, tippte und scrollte, wischte und reichte es dann Cloquet. »Haben Sie das schon mal gesehen?«

Cloquet starrte das Bild auf dem Handy an und reichte es dann mir. Ein rotes keilförmiges Symbol auf schwarzem Hintergrund. Das Emblem, das Jacqueline und ihre Freunde auf ihren Jacken getragen hatten.

»Das haben sie getragen«, erklärte ich.

»Wer?«

»Die Vampire, die meinen Sohn entführt haben. Jacqueline Delons Vampire.«

»Ihren Sohn?«

Ich erklärte ihm, was geschehen war. Alles, ohne jedes Zögern. Zum einen aus Müdigkeit, zum anderen aus Anziehung und gemeinsamer Geographie heraus. Vor allem aber hatte ich genug davon, nie mehr jemandem vertrauen zu können. »Deshalb waren wir in Merryns Haus«, sagte ich. »Wir dachten, er würde wissen, wohin sie ihn gebracht haben. Als wir dort eintrafen, war Merryn schon tot. Die Vampire sind uns zuvorgekommen.«

»Ich kann Ihnen sagen, was Merryn Ihnen erzählt hätte«, ergänzte Walker. »Er hätte Ihnen gesagt, dass Jacquelines Vampire in einem ehemaligen Weingut in der Provence sind. Aber das hilft Ihnen nicht. Sie sind weg. Sie haben herausgefunden, dass Merryn Informationen weitergegeben hat.«

»Merryn war Doppelagent?«

»Er hat jahrelang für die WOKOP gearbeitet, bis zu dieser letzten Sache mit den Rebellen. Er war natürlich für die Abtrünnigen. Das Zwielichtige war sein Leben.«

Cloquet zündete sich eine Zigarette an. Etwas stimmte nicht mit ihm. Seine Gesichtsmuskeln hatten ein wenig Kohärenz verloren. Einen Augenblick lang hielt ich das für Eifersucht – die Anziehung zwischen Walker und mir war wie eine geschmeidige kleine Katze im Zimmer –, aber das war es nicht. Nicht nur.

»Und woher wissen Sie, dass die Vampire abgezogen sind?«, fragte er. »Woher wissen Sie, dass sie das Weingut aufgegeben haben?«

»Weil wir gerade aus der Provence zurück sind«, antwortete Walker. »Sie sind nicht da. Sie wussten, dass wir kommen. Die einzige Chance, wie sie davon erfahren konnten, war die Enttarnung von Merryn. Deshalb haben sie ihn auch umgebracht.«

»Aber sie waren doch in Alaska«, wies ich ihn darauf hin.

»Jacqueline hat mehr als dreihundert von denen in ihrer Gruppe«, erklärte Walker. »Die waren nicht alle in Alaska. In der Provence war *niemand*. Völlig verlassen. Sie haben herausgefunden, dass Merryn die undichte Stelle war, haben alles ausgeräumt und ihn umgebracht. Sie könnten in der Zwischenzeit sonstwo sein. Zusammen mit Mikes Frau, wenn sie noch lebt, und Ihrem Sohn.«

Sie könnten sonstwo sein. Eine Montage möglicher Orte: Flughäfen; Felder; Stadtstraßen. Die letzten sechs Monate des Umherreisens hatten die Welt schrumpfen lassen. Dass sie *sonstwo* sein konnten, machte die Welt wieder riesig.

Cloquets Unbehagen wuchs. Ich erinnerte mich daran, wie er sagte: »Glauben Sie, ich betrüge Sie? Fragen Sie Ihre Wölfe!«, und die Wölfe verrieten mit ihrem fleischigen Atem und den Tausenden von Meilen in ihren Pfoten, dass er die Wahrheit sagte. Was war es dann?

»Wie haben Sie Jacquelines Vampire genannt?«, fragte ich Walker.

»Die Schüler von Remshi.« Er sah Cloquet an. »Sie wissen doch, wovon ich rede, oder?«

Cloquet antwortete nicht. Er konnte mich nicht ansehen.

Plötzlich begriff ich: Die Entführung hatte nichts mit dem Projekt Helios zu tun.

Es hatte hiermit zu tun. Mit den Schülern von Remshi.

Allein schon der Klang ›Schüler von Irgendwas‹ nahm mir jede Hoffnung. Cloquet hatte es gewusst, und er hatte mir nichts gesagt. Nun war ihm übel. Mir auch.

»Mike glaubt, dass der tote Flattermann einer ihrer Priester war. Die haben Tätowierungen an den Füßen.«

Cloquet wich weiter meinem Blick aus.

»Sieh mich an«, verlangte ich. »Was verschweigst du mir?«

Ein kurzer Augenblick, in dem seine Gefühle verhakten wie die Buchstaben einer Schreibmaschine. Dann drückte er die Kippe im Alufolienaschenbecher auf dem Tisch aus und atmete den letzten Lungenzug mit einem Gesichtsausdruck aus, als würde er widerlich schmecken. »Remshi ist …« Er hielt inne. Rollte schnell den Kopf, um die Halsmuskeln zu entspannen. Fing noch mal von vorn an. »Der Vampirmythologie zufolge ist Remshi der Älteste der Art. Er ist schon seit Anbeginn da. Es bringt nichts, dir das zu erzählen, weil er gar nicht existiert. Jacqueline meinte, für die Vampire sei er so etwas wie der Weihnachtsmann oder die Zahnfee, ein Märchen. Aber sie glaubte an ihn. Sie war besessen von ihm. Angeblich hat er besondere Fähigkeiten. Er kann die Form verändern und wie Tiere oder Menschen aussehen. Er kann sich unsichtbar machen. Er kann Feuer aus der Luft schlagen. Er ist der Grund, warum sie Vampirin werden wollte. Weil sie glaubte – « Er hielt inne und winkte undeutlich ab. »Egal. Sie ist verrückt. Und das alles nur, weil ihr Vater gestorben ist. Wussten Sie, dass er sie seit ihrem achten Lebensjahr missbraucht hat?«

Weil sie glaubte –

Ich sollte vorsichtig sein. Vielleicht konnte er sich nicht erlauben, das alles vor Walker auszuplaudern.

»Er hat recht«, meinte Walker. »Für den größten Teil der Vampire hat Jacqueline gerade deren Äquivalent zur Flat Earth Society gegründet. Es hat immer eine Handvoll Vampirastrologen gegeben, die den Remshi-Mythos ernst genommen haben, aber die werden schon seit hundert Jahren oder länger nicht mehr ernst genommen. Unser Mädchen hat diese Wiederbelebung entweder gestartet, um politischen Einfluss zu gewinnen, oder weil sie ernsthaft an die Prophezeiung glaubt.«

»Welche Prophezeiung?«

»Prophezeiungen«, verbesserte sich Walker. »Es gibt eine Reihe davon. Das Problem ist nur, *Das Buch Remshi*, in dem sie alle gesammelt sind, ist unzuverlässig übersetzt und massiv bereinigt worden. Es ist außerdem unglaublich langweilig. Die große Prophezeiung lautet, dass Remshi wiederkommt – wenn auch nie klar wird, woher genau er wiederkommen soll. Scheintod oder so. Astrologischer Konsens ist das Jahr, also jetzt. Tatsächlich soll er bereits wach, aber noch nicht erkannt worden sein …« Dann wandte er sich an Cloquet: »Richtig?«

Meine Hilflosigkeit schien außerhalb meines Körpers zu bestehen, so als würde sich der Raum um mich verdichten. Am Ende würde sie mich umschließen wie eine Fliege in Bernstein. Ich dachte, wie viel besser es doch wäre, wenn Lorcan tot wäre. Dann könnte ich mich von alldem abwenden. Dann hätte ich nur noch die Schlackehalde meiner Schuld zu überwinden, um eine neue Version meiner selbst zu erlangen und ein zerrissenes Leben mit meiner Tochter zu führen.

»Diese Remshi-Nummer«, fragte ich Walker, »daran glauben Sie?« Ich fragte mich kurz, was ein Gespräch mit dem ältesten lebenden Vampir enthüllen würde. Nur kurz, weil ich fast augenblicklich die Antwort darauf wusste: nichts Schlüssiges. Vielleicht nicht mal etwas Neues. Ein weiteres Geschöpf, eine weitere Ansammlung von Begierden und Ängsten, Täuschungen und unbeantworteten Fragen.

»Wer weiß?«, antwortete Walker. »Bei diesem Job musst du für alles offen sein. Ich schätze, wenn es ihn gibt, wird er nur ein Typ mehr sein, der herumrennt, sich fragt, wo seine nächste Mahlzeit herkommt, und versucht, sich flachlegen zu lassen. Vielleicht auch nicht, wenn er wirklich ein Vampir ist. Auch wenn seine Primärmerkmale angeblich noch funktionieren. Handelt es sich hier aber um eine Religion, dann müssen wir uns fragen, wer an sie glaubt und was sie in ihrem Namen bereit sind zu tun.«

Konstantinov kam wieder herein.

»Es tut mir leid«, entschuldigte ich mich bei ihm. »Das war dumm von mir.«

»Nicht Ihr Fehler«, erwiderte er. »Schwamm drüber.«

Durch den Jetlag benahm sich die Zeit ungebührlich. Die Ränder des Bewusstseins moussierten. Durch die Unschärfe wurde mir klar, dass Walker meine eigenen Gedanken wiedergegeben hatte. Ein kleiner Trost in all dem Wirrwarr. Bilder zogen vor meinem geistigen Auge vorbei: der Sack, der sich über dem kleinen Wolfskopf schloss; Jakes dunkler Schopf, der sich wie ein mechanisches Spielzeug zwischen Jacquelines Beinen bewegt; der Blick meines Vaters, als er sagte: »Ich bin sehr traurig darüber, Lulu.« Delilah in meinen Händen. Hoppe, hoppe, Reiter.

»Der Prophezeiung zufolge«, fuhr Walker fort und sah wieder Cloquet um Bestätigung an, »erwacht Remshi, ernennt sich zum König der Flattermänner, ruft die Epoche der Vampir-Weltherrschaft aus, und während er schon dabei ist, nimmt er sich eine neue Vampirkönigin, mit der er all seine außergewöhnlichen Fähigkeiten teilt. Seinen Gefolgsleuten zufolge kann er sogar Nachkommen zeugen. Eins muss man Jaqueline lassen: Sie gibt sich nicht mit Kleinkram ab.«

Irgendwann waren die Heizkörper angesprungen, und nun war der Raum mit nach Kupfer schmeckender Wärme ausgekleidet. Mein Gesicht glühte. Ich wusste, wenn ich die Augen schloss und mich hinlegte, würde ich augenblicklich einschlafen. Ihr Sohn ist entführt worden und wird gefoltert – und sie schläft!

Zoë wachte auf und gurrte. Ein Geräusch von absurder Unschuld. Mir war sehr bewusst, dass wir hier verschwinden mussten, damit Cloquet ungehindert sprechen konnte. Ihn jetzt zu drängen konnte ein Risiko sein.

»Ich möchte, dass du mir alles erzählst, was du darüber weißt«, sagte ich zu ihm. »Jetzt sofort.«

19

Die letzten Reste seiner Anspannung, die noch in Schultern, Knien und linkem Fuß zu sehen war, fielen von ihm ab. Wie bei allen Niederlagen war auch diese eine Befreiung. Cloquet schloss kurz die Augen und schlug sie wieder auf. »Ich habe dir das nur vorenthalten, um dich zu beschützen, *chérie*. Das musst du mir glauben.«

»Red schon.«

Cloquet seufzte und goss sich noch etwas Wodka ein. Als er sprach, klang seine Stimme rau.

»Jacqueline war besessen von der Geschichte mit Remshi und der Prophezeiung seiner Rückkehr. Sie fand Vampirgelehrte, die die Geschichte ernst nahmen, und gab ihnen für weitere Informationen alles, was sie wollten. Widerlich, was für Sachen … egal. Natürlich sah sie sich als seine Königin, seine *amant royale*. Die Prophezeiungen waren in der Frage seiner Brautwahl sehr eindeutig. Du musst verstehen: Ihr Vater … das ist nur eine Ausweitung ihrer –«

»Ihre verdammten Kindheitstraumen sind mir scheißegal«, unterbrach ich ihn. Walker und Konstantinov hörten gebannt zu. Genauso wie die Kiefernwälder im Schnee. (Immer diese nutzlosen Ähnlichkeiten. Ich dachte: dafür ist die Kunst da, um sie zu jagen, zu enthüllen. Der Albtraum war, wenn man sie nicht abschalten konnte, keine Kunst haben wollte.) »Sag mir einfach, was die mit meinem Sohn wollen«, forderte ich. Ich weiß nicht, warum ich das sagte, ich wusste die Antwort ja schon.

Cloquet fuhr mit der Hand durch sein schütteres Haar. »Es gibt da ein Ritual«, fing er an.

Natürlich gab es das. Das hatte ich schon gewusst, als Walker ›Die Schüler von Remshi‹ gesagt hatte. Ich stellte mir vor, wie Jake den Kopf schüttelte, so wie man es bei diesen Idioten tat, die sich jedes Wochenende verkleideten, um Mittelerde oder den Amerikanischen Bürgerkrieg nachzuspielen. Dass Jake nicht bei mir war, war wie kalte Luft, die aus einem Abgrund direkt hinter meinem Rücken aufstieg. Einen Augenblick lang hasste ich ihn. Er hatte mir zu viele Dinge aufgebürdet, die ich nun allein zu erledigen hatte – und ich hatte niemanden, bei dem ich Trost suchen konnte, wenn ich damit scheiterte.

»Der Prophezeiung zufolge erlangt Remshi erst die volle Macht, wenn er … wenn er das Blut eines *gammou-jhi* trinkt«, erklärte Cloquet. »*Gammou-jhi* ist ein uraltes Vampirwort für Werwolf.«

Da hatten wir es also.

Ich sah eine B-Movie-Höhle vor mir, Felsen aus Pappmaché, ein langbärtiger Vampir hebt einen Zeremonialdolch (in etwa wie ein vielfarbiger Stalaktit) über die hyperventilierende Brust meines Sohnes, während Jacqueline und ihr König zuschauen, ihr geschminkter Mund ein wenig geöffnet, die kurzen roten Haare nach hinten gegelt und im Schein der Fackeln glänzend.

»Also ist er tot«, stellte ich fest, probierte die Wörter aus, fragte mich, was ich Zoë von dem Bruder erzählen sollte, den sie nie gekannt hatte. Den ich nie gekannt hatte. Den ich nie geliebt hatte. Den ich mir von den Vampiren hatte entreißen lassen.

»Nein«, widersprach mir Cloquet und beugte sich vor. »Das Ritual kann nur *au milieu d'hiver* vollzogen werden, am Tag der Wintersonnenwende – aber Lulu, das ist nicht real. Es existiert nicht. Es wird keine Opferung geben, weil es niemanden gibt, dem geopfert werden könnte. Jacqueline, diese Vision, die sie hat, dieser Glaube an Remshi, *c'est une fantasie.*«

»Er wird trotzdem sterben«, widersprach ich ihm. »Oder den Rest seines Lebens in einem Käfig verbringen. Wenn er Jacqueline nicht von Nutzen ist, kann sie ihn immer noch an die WOKOP oder das Projekt Helios verschachern.« Wieder sah ich es vor mir wie eine lieblose Ehe, all die Dinge, an die ich denken, die ich planen und versuchen musste, die Sinnlosigkeit all dessen, das garantierte Scheitern. Und ganz gleich, wie sinnlos es war, ich wusste, ich war nicht stark genug, nicht mutig genug, mich umzudrehen und einfach davonzugehen. Ich war eine schlechte Mutter, aber nicht schlecht genug, um für mich von irgendeinem Nutzen zu sein. Mir taten die Gliedmaßen weh. Cloquet saß mit gesenktem Kopf da. Er rannte in seinem Verstand umher und versuchte eine Tür zu finden, hinter der dies alles noch nicht geschehen war. Ich verstand schon, warum er mir nichts gesagt hatte. Ich hätte noch immer alles unternommen, was ich bisher getan hatte, aber vielleicht aus einer Verzweiflung heraus, die mich hätte unvorsichtig werden lassen. Die Wölfe hatten sich nicht geirrt. Meine Interessen lagen ihm am Herzen. Mein Gesicht und meine Hände waren voller ins Stocken geratener Wut.

»Wie lange habe ich noch Zeit?«, fragte ich.

»Bis zum 21. Dezember«, erklärte Walker. »Wintersonnenwende. Fällt dieses Jahr auf eine Mondfinsternis. Aber hören Sie, wir müssen noch darüber reden –«

»Ich wollte dich nur beschützen«, sagte Cloquet. »Ich wollte nicht, dass du diesen Gedanken mit dir herumschleppen musst.«

»Die Entscheidung lag nicht bei dir.«

»Ich wollte nur –«

»Die Entscheidung lag nicht bei dir, verdammt. Jetzt halt den Mund.«

Mein Herz mühte sich. All diese neuen Informationen, die mein erschöpfter Stratege nur völlig panisch und nicht zielgerichtet handhaben konnte. Konstantinov und Walker saßen reglos da, Konstantinov mit einer knochigen, mit dunklen Haaren bedeckten Hand um das winzige Glas Wodka, Walker mit verschränkten Armen und vor sich ausgestreckten, an den Knöcheln überkreuzten Füßen. Der Wortwechsel zwischen Cloquet und mir hatte sie entzückt, Walker vor allem, der sah, wie ich einen Gang zulegte, wie die Leidenschaft aufflammte. Wieder sah ich die B-Movie-Höhle vor mir, den vielfarbigen Stalaktitendolch. Sollte mein Sohn für so etwas sterben? Hokuspokus? Brimborium? Magie? Aber natürlich waren wir alle magisch. Zoë. Konstantinov. Cloquet. Walker. Mein eigener verfluchter Kadaver – was war das, wenn nicht Magie? Es fühlte sich nur nicht so an. Es fühlte sich alles schwer vor Gewöhnlichkeit an. Der Wodka war eine unerwünschte Versuchung in meinen Fingerspitzen, noch so ein Hinweis darauf, was für eine nutzlose Mutter ich war.

Ich musste Zoë die Windel wechseln. In der Tasche ihrer Babytrage steckten noch zwei Windeln. Ich wollte das nicht vor allen anderen tun, mit zitternden Händen: ›Schaut mal, Kinder, die Werwolfmami. Genau wie eine menschliche Mami, nur dass sie ihre Kinder nicht liebt und Menschen tötet und sie frisst.‹

Ich zog eine Windel heraus. »Kann ich mich irgendwo darum kümmern?«

Walker stand auf und nickte mir zu, ich solle ihm folgen. Wir waren auf dem Weg von der Haustür bis ins Wohnzimmer an drei kleinen Zimmern vorbeigekommen, von denen eins offenbar nicht genutzt wurde. Ein Einzelbett mit nackter Matratze, ein Nachttisch, ein windschiefer Ikea-Kleiderschrank. Ich öffnete Zoës Babytrage, nahm sie heraus und legte sie auf das Bett. Walker stand in der Tür. Sein Bewusstsein berührte mich an Hüften und Schlüsselbeinen, an Brüsten und Oberschenkeln. Das waren diese Augenblicke, in denen das Universum darauf beharrte, vollkommen pervers zu sein, keine andere Ausrichtung zu haben, keine Tricks: ›Kaum weiß sie, dass die ihren Sohn umbringen, erwacht bei ihr die Libido.‹ Es bedeutete nichts. Oder aber es bedeutete, was es immer bedeutet: Wir sind merkwürdige Kreaturen, und es gibt innere Wetterbedingungen, für die wir nicht verantwortlich sind. Keine drei Stunden, nachdem ich von Richards Affäre erfahren hatte, hatte ich mich wie wahnsinnig selbst befriedigt, hatte an die beiden zusammen in unserem Bett gedacht und einen ungeheuren Orgasmus gehabt. Was nicht heißen sollte, dass ich ihn nicht verachtete. Das war einfach nur etwas anderes. Ich erinnerte mich noch an das Susan-Sontag-Zitat aus Jakes Tagebuch: ›Was immer geschieht, es geschieht stets noch etwas anderes.‹

»Ich sage Ihnen, was ich denke«, setzte Walker an.

»Was denn?«

»Ich denke, Sie möchten, dass wir Ihnen dabei helfen, Ihren Sohn zurückzuholen.«

»Ich bezahle Sie.«

»Ich weiß. Für Mike und Natasha wird das eine Hilfe sein.«

»Für Sie nicht?«

»Doch, für mich auch. Ich bin nicht darüber erhaben.«

»Also helfen Sie mir?«

»Na ja, entweder das, oder ich töte Sie.«

Darauf erwiderte ich nichts. Es roch nach muffigem Teppichboden und Heizkörpern. Ich fragte mich, wer hier wohl gewohnt hatte, bevor dies hier der Ort wurde, den diese Kerle benutzten. Ich stellte mir eine müde Frau mit drei

Kindern vor, Stütze, ein ununterbrochen laufender Fernseher.

»Sie werden ja sowieso versuchen, Ihr Kind zurückzuholen«, fuhr Walker fort. »Dieselben Vampire haben auch Mikes Frau. Wenn wir Ihnen nicht helfen, besteht das Risiko, dass wir uns in die Quere kommen.«

›Warum uns also nicht gleich auf der Stelle umbringen?‹ Das brauchte ich gar nicht auszusprechen. Wir sahen uns an. Die Anziehung war eine hartnäckig weiche Stelle zwischen uns beiden. Es war auch die erste sexuelle Ehrlichkeit, die ich seit Monaten verspürt hatte. Das hieß nicht, dass er mich nicht töten würde, oder ich ihn. Ich dachte: ›Alle Männer und Frauen sollten von diesem gemeinsamen Verständnis ausgehen.‹

»Was ist mit Konstantinov?«, fragte ich. »Will er mich nicht tot sehen?« Eine Spur Zynismus, nur für alle Fälle. Vielleicht wollten sie mich gegen Konstantinovs Frau austauschen? Aber Jacqueline hatte die Frau, und wenn Jacqueline mich gewollt hätte, dann hätten sie mich in Alaska mitgenommen. Okay, aber es gab noch andere Vampire. Jacqueline interessierte sich vielleicht nicht für das Projekt Helios, aber die Eierköpfe in den Fünfzig Familien schon. Falls sie nicht wussten, dass ich virusfrei war, würden sie mich haben wollen. Vielleicht so sehr, dass sie die Schüler zwingen konnten, eine Gefangene freizugeben. Ich musste vorsichtig sein.

»Mike möchte niemanden töten, wenn es nicht sein muss«, antwortete Walker. »Das mag sich für Sie verrückt anhören, aber das ist alles, was ich bieten kann.« Dann, nach einer Pause: »Schauen Sie mich an.«

Der Befehl schreckte mich auf, der plötzliche männliche Ton, der ins Herz einer Frau vordringt. Und in die Vagina, wenn sie ein böses Mädchen ist. Ich sah ihn an. Ich hatte ihn aufgewühlt, ihn unerwartet geweckt. Es war schon eine ganze Weile her, dass so etwas geschehen war. Aber er hatte auch mich aufgewühlt. Ich konnte mir all die goldene Jugend vorstellen, die noch immer in seinen Schultern steckte. ›Es gibt nichts Besseres als den zu töten, den man liebt.‹ Aber das war in Ordnung, denn dies hier war keine Liebe.

»Ich lüge Sie nicht an«, erklärte er. »Das wissen Sie.«

Stillschweigend wusste ich es. Ich war wie er. Ein Killer. Töten ist ein Club. Keine geheimen Handzeichen. Nur ein Blick. ›Du hast es auch getan.‹ Ja.

Ich räumte es schweigend ein, dann wandte ich den Blick ab und fuhr mit dem Zeigefinger über Zoës Wange. Sie strampelte, formte wortlos Gebilde mit dem Mund. Genau wie Delilah. Der Gedanke an die Schüler war eine mentale Schleife, die mich ganz verrückt machte, mich erschöpfte, auch wenn ich mir einzureden versuchte, dass Lorcan bei ihnen besser aufgehoben war: Sie brauchten ihn erst zur Wintersonnenwende. Bis dahin mussten sie ihn am Leben lassen. Die Wissenschaftler vom Projekt Helios hätten sich umgehend an die Arbeit gemacht. Das sagte ich mir immer wieder, aber ich wurde die Übelkeit nicht los, weil ich wusste, es ging um Religion, Priester, Prophezeiungen, Rituale. Um verdammten Hokuspokus. Das bedeutete, alles war möglich. Alles, was keinen Sinn ergab, war möglich. Sogar wahrscheinlich.

»Wie viele von Ihnen gibt es?«, fragte ich.

»Bei weitem nicht genug. Sie vergessen, wir gehörten nicht zu den Rebellen, und von denen sind die meisten eh abgetaucht. Ich bezweifle, dass wir die jemals wiedersehen werden. Diejenigen, die Murdoch nicht erwischt, werden sich neue Gesichter, neue Identitäten geben.«

»Also kriege ich eine Zwei-Mann-Armee?«

»He, zwei sehr gute Männer. Aber nein, Sie kriegen mehr als zwei. Es sind vielleicht zwanzig oder so im selben Boot wie Mike und ich, fälschlich beschuldigt und auf der Flucht, plus ein paar Leute in der Organisation, die uns dabei behilflich sind, immer einen Schritt voraus zu sein. Und vergessen Sie nicht, Sie haben ja noch Ihren Inspektor Clouseau da.«

»Er ist keine Witzfigur«, entgegnete ich. »Ich weiß, Sie halten ihn für eine, aber ohne ihn wäre ich bereits tot.«

»Ich verlasse mich darauf. Aber eins sollte er besser begreifen: keine Naomi-Campbell-Wutanfälle.«

»Machen Sie sich keine Sorgen. Er weiß das.« Ich dachte: ›Zwanzig oder so. Jacqueline hat dreihundert Vampire. Chancen wie in einem schlechten Film.‹ Ob es mir gefiel oder nicht, aber ich musste erneut Charlie bei Aegis anrufen. Dies war allerdings nicht der Augenblick, so etwas Walker gegenüber zu erwähnen.

»Was springt für Sie dabei heraus?«, fragte ich. »Besser gesagt, was *sprang* dabei für Sie heraus, bevor sich die Gelegenheit ergab, damit Geld zu verdienen?«

Der Lächelreflex setzte wieder ein, sprach langsam auf unser sexuelles Potential an – aber Walker hielt das nicht durch. Er senkte den Blick. »Ich schulde Mike was«, räumte er ein. »Sie wissen ja, wie so was ist.«

Jetzt nicht, ganz gleich, welche Geschichte. Männliche Ehre, womöglich. Bestens. Mir war das egal. Ich war müde. Mir tat der Rücken von der Babytrage weh. Ich wusste, wie wunderbar es sein würde, sich aufs Bett zu legen, mich mit Zoë neben mir zusammenzurollen und den Schlaf über mir zusammenschlagen zu lassen wie schwarzes Wasser.

»Verraten Sie mir eins«, sagte ich und löste die Windel. »Macht es Ihnen nichts aus, dass ich Angehörige Ihrer Art umgebracht habe?«

Die hässliche Frage hässlich gestellt, nicht nur aus Verärgerung über das Timing der Libido, sondern auch aus dem Wissen heraus, dass es gut sein würde, wenn ich mit ihm schliefe – und so gut es auch wäre, es wäre nicht gut genug. Für das, was ich war, gab es nur eine Sache, die jemals gut genug wäre. Nur eine Sache, und es gab keinen, um sie mit ihm zu teilen.

»Warum?«, entgegnete er. »Macht es Ihnen etwas aus, dass ich Angehörige *Ihrer Art* umgebracht habe?«

20

Als wir wieder in unserem Hotel in Kensington waren, legte ich Zoë in ihre Wiege und forderte Cloquet auf, sich mir gegenüberzusetzen. »Also gut«, sagte ich. »Erzähl mir das Vampir-Märchen.«

Die Zimmer – ein Schlafraum mit angrenzendem Bad und einem eigenen Wohn / Essbereich – waren in verschiedenen Beigetönen mit gelegentlichen Flächen in Braun gehalten und strahlten Luxus aus. Londons angespannter klammer Abend wirkte wie eine eigenständige Intelligenz, die am Fenster lauschte.

»Du denkst, ich hätte es dir sagen sollen«, sagte Cloquet. »Vielleicht schon.« Er wirkte müde und ein wenig neben sich.

»Erzähl mir einfach alles, was du weißt«, drängte ich. »Und keinen Blödsinn, bitte, egal ob du nun findest, das sei gut für mich oder nicht.«

Er ließ sich in den Lederarmsessel sinken, der ihn mit einem Seufzer aufnahm. Sein Gesicht war unrasiert, blutunterlaufen, aufgedunsen. Falls ich daran dachte, ihn loszuwerden, stellte ich sofort fest, dass ich mir gar nicht vorstellen konnte, wie er jemals ein anderes Leben führen sollte. Es war seine Fehlbarkeit, sich völlig dem Willen einer monströsen Frau hinzugeben. Mein Mensch kam ab und zu auf die Idee, ihm Hilfe zu holen, aber der Gedanke hielt nicht lang, nicht, wenn Wolf höhnisch grinste und erklärte, das sei nur

Zeitverschwendung. ›Ohne dich geht es ihm nur noch schlimmer. Das ist die Natur der Krankheit: Er wird die Heilung nicht überleben.‹

»Ich habe dir doch schon alles erzählt«, klagte er. »Ehrlich.«

»Dann erzähl es mir noch mal. Ich möchte wissen, womit wir es zu tun haben.« Ich wusste, womit wir es zu tun hatten: mit der verzweifelten Suche nach Bedeutung, nach Antworten, nach unsichtbaren Gegebenheiten unter dem absurd konkreten Hier-und-Jetzt. Wir hatten es mit Vampiren zu tun, die entsetzt waren über die ungeheure mathematische Stille. Jedes Mal, wenn ich muslimische Massen sah, die sich im Gebet zu Boden beugten, oder katholische Gläubige, die sich versammelt hatten, sah ich nur Angst. Idiotisch nickende Chassidim, mit Farbe werfende Hindus, umherflatternde und plappernde Evangelikale, alle hatten sie eine Todesangst, das könne schon alles gewesen sein. Selbst die Buddhisten (deren faltigen, kichernden Lamas ich am liebsten eine Ohrfeige verpasst hätte) hatten Angst vor ihrem eigenen Fleisch und zielten auf ein körperloses, wunschfreies Märchenland ab. Die Schüler waren da nicht anders. Der Glaube an einen Messias war ihr kollektives Eingeständnis, dass sie es nicht allein schaffen konnten. Mein eigener geliebter Jake hatte vierzig Jahre mit der Besessenheit für das verbracht, was unter Werwölfen als nahezu heiliger Text galt, Quinns Buch, die Geschichte von den *Männern, die zu Wölfen wurden.* Cloquet zufolge existierte das Buch (und die Steintafel, die dazugehörte) tatsächlich, auch wenn es sich nun dank Madame Delon in den Händen der Untoten befand. Cloquet behauptete, es mit eigenen Augen gesehen (wenn auch nie gelesen) zu haben, und es gab keinen Grund, ihm nicht zu glauben, aber letztlich musste ich Jake beipflichten: Selbst wenn das Buch echt war, folgte daraus noch lange nicht, dass die darin enthaltene

Geschichte wahr war. Und da es keine Möglichkeit gab, den Wahrheitsgehalt der Geschichte zu überprüfen, welchen Unterschied machte es dann? Und außerdem (da ich nicht leugnen konnte, dass die beiden Dinge sich müde miteinander verknüpft hatten, ob mir das nun gefiel oder nicht), selbst wenn der älteste lebende Vampir alt genug wäre, um zum Zeitpunkt der Ereignisse schon gelebt zu haben, gab es keinen Grund zu der Annahme, er könne irgendetwas darüber wissen. Geschweige denn, ob sie wirklich passiert waren.

Ich wachte aus meinen Gedanken auf, und stellte fest, dass Cloquet wiederholte, was Walker und er schon früher aufgetischt hatten: Der Legende zufolge war Remshi der älteste lebende Vampir, er war, wie die nutzlose Phrase sagte, »von Anbeginn« an da, er verfügte über außergewöhnliche Kräfte und kehrte regelmäßig zurück, um erneut seine Regentschaft einzufordern.

»Und von wo kehrt er zurück?«

»Aus dem Schlaf. Er schläft längere Zeiten, Jahrzehnte, vielleicht Jahrhunderte. Er kehrt zurück, wenn die Rasse der Vampire eine Art … Erneuerung braucht. Die Legende drückt sich vage aus.«

»Also muss es doch Aufzeichnungen geben. Bei denen gibt es doch eine Geschichtsschreibung, oder nicht?«

»2500 vor Christus brach in der großen Vampirbibliothek in Pasargadai ein Feuer aus«, erklärte Cloquet. »Dort waren fast alle anerkannten Geschichtsschreibungen aufbewahrt worden. Es gab Kopien, aber nicht viele. Im Laufe der Zeit wurden sie zerstreut, gingen verloren. Einige Aufzeichnungen, die seitdem angefertigt wurden, berichten, dass Remshi für eine kurze Zeit in China auftauchte, etwa um 400 vor Christus. Danach allerdings nicht mehr, und selbst damals gab es viele Vampire, die die Geschichte nicht glauben mochten. Die Welt hat sich weitergedreht. Vampire sind pragmatisch veranlagt. Die Vorstellung von einem Messias hat an Glaubwürdigkeit verloren.«

»Aber wenn Remshi tatsächlich existiert, muss es doch *lebende* Vampire geben, die sich an ihn erinnern.«

»Möglich. Aber so lange leben sie nicht.«

»Was meinst du damit? Sind sie denn nicht unsterblich?«

Cloquet stand auf und goss sich einen Jack Daniels aus der Minibar ein. Er suchte in seinen Taschen nach Zigaretten – dann fiel ihm Zoë ein, und er unterbrach sich. Alte Gewohnheiten. »Das sind sie«, sagte er. »Das heißt aber nicht, dass sie es ertragen, für immer zu leben. Die meisten geben irgendwann auf. Sie treten ins Tageslicht hinaus oder werfen sich in einen Holzpflock. Nicht viele von ihnen schaffen es länger als tausend Jahre.«

»Woher weißt du das alles?«

»Jacqueline.«

Burnout bei Vampiren (buchstäblich). Gut möglich. Wenn ich länger an die gerade mal vierhundert Jahre dachte, wurde mir schwindlig, und das waren vierhundert Jahre ohne den Verlust der Sexualfähigkeiten, bei normalem Essen und Tageslicht. *Die Flattermänner sind depressiv*, erinnerte ich mich aus einem der Tagebücher. *Jahrhunderte ohne Sonnenlicht. Winterdepression in größtem Ausmaß. Was soll man auch anderes erwarten?*

Cloquet blieb bei der Minibar, lehnte an der Wand, litt sichtlich Schmerzen. Höchste Zeit, jemanden zu finden, der sich seine Schulterwunde ansah. »Die Vorstellung von Remshi«, fuhr er fort, »überlebte Griechenland und Rom, wenn auch die Gläubigen immer weniger wurden. Unter den Wikingern gab es ein Wiederaufleben, aber das hielt nicht lang an. In der Renaissance war es kaum noch ein Kult. Bevor Jacqueline auftauchte, sammelten sich nur noch eine Handvoll Fanatiker um zwei, drei Priester. Die Fünfzig Familien hielten sie für harmlose Trottel.«

»Aber nun nicht mehr.«

»Nein. Nun fangen sie an, sich langsam Sorgen zu machen. Die Trottel sind nicht mehr harmlos. Und keine Handvoll mehr.«

»Was ist mit diesem *Buch Remshi*?«, fragte ich, obwohl ich es hasste, auch nur die Worte auszusprechen. »Mit diesen Prophezeiungen?«

»Jacqueline hielt sie für authentisch, aber ich fand, das war der schwächste Teil der Geschichte. Es gibt abweichende Versionen davon. Keiner weiß, woher sie stammen und wer sie verfasst hat. Das früheste Exemplar stammt aus dem Athen des 2. Jahrhunderts, behauptet aber, die Übersetzung einer viel älteren Geschichte zu sein. Ich weiß nicht.«

»Aber du hast es gesehen?«

»Natürlich. Sie hatte Abschriften.«

»Und?«

Cloquet schüttelte langsam den Kopf. »Ich habe es nicht verstanden. Das waren alles ... *devinettes* ... Rätsel. Dazu Mathematik und Astronomie. Soll einem irgendwie die Zeiten und Orte seiner Wiederkehr verraten.«

»Und Jacqueline wusste diesmal von Ort und Zeit?«

»Das Datum ist kein Geheimnis. Eine Mondfinsternis *au solstice d'hiver* hat es seit 1638 nicht mehr gegeben. Remshi selbst taucht schon vorher auf. Wo, durften nur die Priester wissen. Sie sollten es bis zum letzten Augenblick geheim halten, für den Fall, dass ... für den Fall, dass jemand etwas unternimmt. Aber sie hat einen Weg gefunden.« Er lachte humorlos. »Sie findet immer einen Weg.«

Wieder diese Bilder: Lorcan auf dem Altar, Jacqueline nackt und mit offenem Mund, Jake kniet und leckt sie. Mir ging auf, dass ich bis zu diesem Augenblick ihr gegenüber keinerlei Gefühle gehegt hatte. Sie war ein Hindernis gewesen, das aus dem Weg zu räumen war, keine Person, die ich mögen oder hassen musste. Nun, im Nachhall zu ›Sie findet immer einen Weg‹, wusste ich, dass ich sie töten wollte. Ich wollte ihr ins Gesicht schauen, sie wissen lassen, dass ich den Augenblick genoss, und sie dann töten. Das würde mir tiefe, fundamentale Befriedigung bereiten. Eine kleine, deutliche Freude, das zu wissen, so als sei mir ein Dorn im Fuß, mit dem ich mich schon abgefunden hatte, plötzlich entfernt worden.

»Tut mir leid, aber mehr weiß ich nicht«, musste Cloquet einräumen. »Damals fand ich die ganze Angelegenheit lächerlich.«

Ich fand sie ebenfalls lächerlich, aber das hieß ja nicht, dass mein Sohn nicht geopfert werden sollte. ›Wenn er das Blut eines *gammou-jhi* trinkt.‹ Der Satz machte mich verrückt, er erschöpfte mich. Verrückt, weil es kitschig war, willkürlich und dumm, erschöpft, weil es auch nicht kitschiger war, willkürlicher und dümmer, als sich bei jedem Vollmond in ein zwei Meter fünfundsiebzig großes Ungeheuer zu verwandeln, jemanden in Stücke zu reißen und ihn zu fressen. Wer war ich denn, so etwas abzutun? Vor zwei Jahren hätte ich die Wirklichkeit abgetan, die ich gerade lebte.

Trotz alldem tat ich es ab. Ich konnte nicht anders. Wenn ich mich fragte, ob ich glaubte, dass ein mehrere tausend Jahre alter Vampir Vorhersagen über seine regelmäßige Wiederkehr in den kommenden Millennien machte und dass diese Vorhersagen akkurat und erfolgreich erhalten worden waren, dann lautete die Antwort darauf: Nein, das tat ich nicht. Wenn ich mich fragte, ob Jacqueline und ihre Schüler daran glaubten, dann lautete die Antwort: Ja, das taten sie. Und Walker hatte mich darauf hingewiesen, dass das das Einzige war, was zählte, soweit es das Leben meines Sohnes betraf.

Walker.

Zwei Dinge wusste ich. Erstens: Mit ihm zu schlafen wäre eine zutiefst schlechte Idee. Zweitens: Ich würde mit ihm schlafen.

»Ich lege mich in die Badewanne«, sagte ich zu Cloquet. »Du solltest dich ausruhen.«

Er blieb einen Augenblick dort, wo er war, und starrte in das feurige Gold des Whiskeys. Dann hob er das Glas, trank den Rest aus, stellte das Glas auf die Bar und ging zur Tür. Dort blieb er stehen, drehte sich nicht um.

»Vielleicht hast du recht«, räumte er ein. »Die Entscheidung hatte nicht ich zu treffen.«

Ich antwortete nicht sofort darauf. Mein Mensch wusste, wie wenig es kosten würde, ihm ein Wort des Trostes zu spenden. Wolf war weiter beleidigt, dass sein menschlicher Freund das Gesetz in die eigenen Hände genommen hatte. Einen Augenblick bestand die Grammatik des Fluchs darauf, dass eine Dosis Leid heilsam wäre. Ich wog ab. Vor Müdigkeit flackerten die Ränder meines Gesichtsfelds. Dann erinnerte ich mich, wie Jake mir eine Geschichte von Harley erzählt hatte: Harley war mal in einer derartigen Rage aus dem Schlafzimmer eines Geliebten gestürmt, dass ihm erst auf der Straße aufgefallen war, dass er die Schuhe falsch angezogen hatte, den linken Schuh am rechten Fuß und umgekehrt. Jake hatte vor echter warmherziger Freude gelacht. Als er damit fertig war, hatte er gesagt: »Du lieber Himmel, ich wünschte, ich wäre netter zu Harley gewesen.«

»Es war falsch von dir«, sagte ich leise zu Cloquet. »Aber es war aus den richtigen Gründen falsch. Und nun geh um Himmels willen schlafen.«

21

Am folgenden Nachmittag rief ich Walker mit, wie ich dachte, schlechten Neuigkeiten an: Charlie Proctor, Jakes (und in Folge mein) Mann bei Aegis, war fort. Als ich die Nummer angerufen hatte, erklärte mir eine Frau mit leicht irischem Akzent, dass Mr Proctor nicht länger für die Firma arbeiten würde. Nein, es gäbe keine neue Nummer. Nein, sie könne keine Nachricht weiterleiten. Nein, es gäbe keine weiteren Informationen, die sie mir mitteilen könne. Sie könne mich mit Mr Hurst, Mr Proctors Nachfolger, verbinden – aber da wusste ich schon, das war alles nur Störfeuer. Ich sagte, ich würde mich wieder melden. Eigentlich hatte ich nichts davon Walker erzählen wollen. Wozu auch? Wir konnten Aegis sowieso nicht mehr anheuern. Aus irgendeinem Grunde rief ich ihn doch an.

Stille lauerte an seinem Ende der Leitung, dann sagte er: »Kein Wort mehr. Legen Sie auf. Ich hinterlasse eine Nachricht an der Rezeption. Rufen Sie nicht wieder an und lassen Sie Ihr Handy daheim. Sagen Sie Cloquet, er soll sein Handy auch nicht benutzen.« Dann legte er auf.

Vier Stunden später holte er mich im Parkhaus unter der Hammersmith Mall ab. Der BMW 4x4 war einem Ford-Transporter gewichen, auf dem EMMERSON ENGINEERING stand. Beim Anblick von Zoë in der Babytrage sagte er: »Aber Sie wissen schon, dass es schwierig sein wird, Tarnklamotten für sie zu kriegen, richtig?«

»Was ist los?«, fragte ich.

»Haben Sie das Handy im Hotel gelassen?«

»Ja. Was ist los?«

»Raten Sie mal, für wen Murdoch nach den Spezialeinheiten und vor WOKOP gearbeitet hat?«

Es dauerte einen Augenblick, bis ich begriff. Aegis. Ich kam mir dumm vor – und unfähig, auch nur im Ansatz zu überschlagen, welchen Schaden ich bereits angerichtet hatte. Abgesehen vom Warnsignal, dass Proctor verschwunden war (war er tot? Weil er mich nicht verraten wollte? War er überhaupt jemand gewesen, dem ich hatte vertrauen können?), war es offenkundig möglich, dass Murdoch von der abgebrochenen Mission bei Merryn wusste. Aber wenn, warum lebte ich dann noch? Vielleicht war er, wie Grainer vor ihm, alte Schule und tötete Werwölfe nur in ihrer Vollmondgestalt? In dem Fall hatte ich noch vierundzwanzig Tage, bevor ich mit einem Anschlag auf mein Leben rechnen musste. Und was, wenn Draper und Khan doch noch geblieben waren und Walker und Konstantinov gesehen hatten? Murdoch konnte uns in diesem Augenblick auf den Fersen sein.

»Ist wahrscheinlich alles in Ordnung«, meinte Walker. »Murdoch hat vor zehn Jahren für Aegis gearbeitet, ich bezweifle, dass noch viele seiner Kumpel dabei sind, aber wir wollen kein unnötiges Risiko eingehen. Schon möglich, dass er von der Sache mit Merryn gehört hat, aber es gibt keinen Grund zu der Annahme, dass die Landser von Aegis wussten, wer Sie sind. Außerdem ist Murdoch momentan nicht auf übernatürliche Ziele aus. Ihn interessiert nur die Säuberung. Sie sind wahrscheinlich nicht in Gefahr. Wenn, dann kriege ich die Kugel in den Kopf ab. Vielleicht sollten Sie fahren.«

Es regnete heftig, und es war fast dunkel. Wir fuhren westwärts zur City hinaus Richtung M4.

»Ich hätte Ihnen sagen sollen, dass ich Aegis anheuern wollte«, räumte ich ein. »Tut mir leid.«

»Schwamm drüber. Aber von nun an …?«

»In Ordnung.«

Natürlich wussten wir, dass wir allein waren. Nach der Unverhohlenheit der letzten Nacht ergingen wir uns in einer vielsagenden peinlichen Berührtheit. Der Urlaub der Hure von Babylon war vorüber, ob ich nun wollte oder nicht. Ich konnte nicht leugnen, was, um Tante Theresas Euphemismus zu verwenden, »da unten« vor sich ging. In dem kurzen Schlaf am Morgen hatte ich surreale Sexualträume gehabt: Gesichtslose, glänzende männliche und weibliche Körper, die zu einem Soundtrack wie aus einem Schlachthof in erschöpfter Verzweiflung vögelten. Manchmal war ich eine davon, in menschlicher Form. Manchmal nicht. Ein sehr klares, wiederholtes Bild davon, wie ich meine Wolfsschnauze über den samenverschmierten Bauch eines Kerls zog und eine Spur dunklen Blutes hinterließ. Ich war mit heißem Gesicht und den Händen unverkennbar zwischen den Beinen aufgewacht. Ich hatte gezögert – *wenn du das durchziehst, Mädchen, dann ist der Dschinn ein für alle Mal aus der Flasche* –, dann nachgegeben und war gekommen, gewaltig, mit einem köstlichen Gefühl umfassenden Zusammenbruchs. *Du hast es getan*. Nun ja, hatte ich. *Komme, was da wolle*, meinte die sinistre Komik, Kalauer beabsichtigt.

»Jedenfalls«, fuhr Walker fort, »stecken in dem Beutel zu Ihren Füßen zwei saubere Handys, eins für Sie, eins für den Franzosen. Unwahrscheinlich, dass Ihre Handys angezapft wurden, aber da Proctor verschwunden ist, wäre es dumm, irgendwelche Risiken einzugehen. Benutzen Sie ab jetzt nur noch diese zwei. Und Sie müssen das Hotel wechseln.«

Die Erinnerung an die Selbstbefriedigung hatte mich immer feuchter werden lassen. Wolf war nun hellwach, verzog die Lefzen und leckte sich die Zähne. So sollte das nicht sein. Als Mutter eines vermissten Kindes sollte meine Existenz unvermindertes Martyrium sein. Es sollte keinen Platz für irgendetwas anderes geben, vor allem nicht für so etwas. Und dennoch war es da. Was immer geschieht, es geschieht stets noch etwas anderes. Nur schlechte Kunst und Gossenjournaille bestanden auf dem Gegenteil.

»Wann werden wir irgendetwas hören?«, fragte ich ihn.

»Weiß ich nicht«, räumte er ein. »Jacqueline wird ihre Truppen aufteilen. Du kannst keine dreihundert Vampire irgendwo hinbringen, ohne dass es jemand bemerkt. Sie wird die meisten verteilen, ihre Lieblinge aber bei sich behalten. Ihr Kind ist bei ihr, das steht fest, aber Natasha? Ich weiß es nicht. Sie verstehen, dass das unser Hauptaugenmerk ist, richtig? Das soll keine Beleidigung sein, aber das Einzige, was Mike interessiert, ist seine Frau.«

»Ich weiß«, sagte ich.

»Hören Sie –« wieder dieses Lächeln, das Zurückgleiten in die strahlende Abwehrhaltung –, »wenn wir sie herausholen können, und ich lebe noch, dann ist der Zeitpunkt gekommen, wo ich mich verdrücke, solange ich noch kann, schätze ich. Es sei denn, wir beide haben uns bis dahin ineinander verliebt.«

»Wir haben bisher noch nicht über das Honorar gesprochen«, lenkte ich ab.

»Nein, aber Sie wollten Ihr Geld für Aegis hinblättern, und *die* sind nicht billig, wie ich weiß.«

»Wie wahr. Ich hätte wohl meinen Mund halten sollen. Ich bin nicht sonderlich gut in so was.«

»Lassen Sie uns später darüber reden. Das ruiniert nur die Stimmung. Sie haben ein wirklich stilles Kind. Wissen Sie, wenn Sie stillen müssen, macht mir das nichts aus.«

»Ich werde daran denken, aber ich habe sie gerade erst gestillt.«

»Weint sie nie?«

»Selten. Vielleicht viermal seit der Geburt. Sie ist wie das Jesulein. Oder vielleicht ist sie stumm.« Es stimmte, Zoë war ein ungewöhnlich stilles Kind. Sie schlief, wachte auf, trank, sie pinkelte und übergab sich und pupste nebenbei – aber sie weinte nur selten.

Insgeheim urteilte sie an ihres Bruders statt über mich.

»Was haben Sie mit ihr vor?«, fragte Walker. »Wenn wir loslegen können?«

Tja, eine gute Frage. Sie bei Cloquet lassen? Mit ihr zu Hause bleiben und jemand anderen mit der Aufgabe betrauen, ihren Bruder zu retten? Sie mitnehmen? Die ersten beiden Möglichkeiten waren schwer zu schlucken. Die dritte war ein Witz. Bislang hatte ich gehofft, das Problem würde sich wie von Zauberhand lösen. »Fragen Sie mich, wenn es so weit ist«, antwortete ich. »Aber mal was anderes, wie sieht es mit – Verdammt!«

»Was ist denn?«

Ich bekam eine Gänsehaut.

Besser gesagt, jemand fuhr mir mit einem Rechen über den Rücken. Zoës Körper an mir bemerkte es, so als hätten wir beide einen elektrischen Schlag bekommen oder eine Explosion an Nadeln erlitten. Ich spürte, wie sie verkrampfte und sich wieder beruhigte. Nach zwei Sekunden war es wieder vorbei.

»Was ist denn?«

»Ich weiß es nicht. Ein komisches … seit ich hier bin, habe ich diese kleinen Erlebnisse mit …«

»Mit was denn?«

»Mit etwas ganz Nahem. Etwas kommt ganz nahe an mir vorbei.«

»Etwas Schlimmes?«

»Weiß ich nicht.«

»Soll ich anhalten?«

»Nein, schon in Ordnung. Eigentlich, warten Sie, müssen

wir auf den Freeway? Ich meine, können wir nicht einfach in der City bleiben?« Was immer es war, es war hier, da war ich mir sicher. Und sosehr ich mir auch wünschte, Jakes Geist würde sich gegen die Barriere zwischen uns werfen, ich wusste, er war es nicht.

»Kein Problem«, meinte Walker. »Wirklich alles in Ordnung?«

»Ja. Tut mir leid.«

Es erinnerte ihn an das, was ich war, mit was er da im Wagen saß. Ich konnte spüren, wie in ihm Verstand gegen Anziehung kämpfte. Das Adrenalin letzte Nacht hatte gesagt, alles sei möglich. Nun wunderte er sich über sich selbst. Er wollte etwas sagen, einen Witz darüber reißen, aber er wirkte hilflos. Der Schein der Straßenlaternen huschte über sein hübsches Profil. *Sein hübsches Profil.* ›Siehst du, was du angerichtet hast? Siehst du, was du von der Kette gelassen hast?‹

»Ich möchte die Frage von vorhin stellen«, nahm ich den Faden wieder auf. »Wie sieht es mit Konstantinovs Geschichte aus?«

Ich hatte nicht vor zuzuhören, wie immer die Geschichte auch lautete; ich wollte Walker nur etwas zu tun geben, während ich weiter nach dem spürte, was ich gerade gefühlt hatte (Angst? Déjà-vu? Eine Art abstrakter Erregung?), doch kaum fing er an zu erzählen, faszinierte mich die Geschichte gegen meinen Willen …

Konstantinov, so sagte er, sei auf einer Sowchose in Morshansk aufgewachsen und habe sich mit vierzehn in die Tochter des Direktors verliebt, Daria Petrov, sein Alter, seine Tiefe, auch in ihn verliebt.

»Und wenn ich verliebt sage«, betonte Walker, »dann meine ich eine geradezu unheilige Intensität von Liebe. Die beiden hätten sich mit Romeo und Julia messen und ihnen Paroli bieten können. Man kann mit Mike nicht darüber sprechen, zumindest ich konnte es nicht, Jahre nicht. Selbst jetzt muss man den richtigen Zeitpunkt abpassen und auf seine Worte achten.«

Das junge Pärchen hatte sich angewöhnt, spätnachts aus dem Haus zu schleichen und sich in einem nahegelegenen Wäldchen zu einem erotischen Stelldichein zu treffen. In einer solchen Nacht im Sommer 1980 hatten sie einen ungeladenen Gast. Einen Vampir.

»Einer dieser lausigen Gleichzeitigkeiten«, erklärte Walker. »Bis dahin hatten sie nur herumgespielt, aber noch keinen Sex gehabt. In jener Nacht unter einer großen Eiche legten sie zum ersten Mal die ganze Strecke zurück. Es veränderte Mike für immer.« Walker schüttelte wie in traurigem Erstaunen den Kopf. »Schätze, es gibt pro Jahrtausend nur eine Handvoll erster Male wie jenes«, meinte er. »Bei allen anderen scheint es eine Horrorstory gewesen zu sein. Oder eine Komödie.« Er warf mir kurz einen Blick zu.

»Horror-Komödie«, sagte ich, trotz der noch immer anhaltenden Beunruhigung, die mein erstes Mal ausgelöst hatte, als ich sechzehn war, mit Luke Peters in den Dünen bei einer Strandparty in Rehoboth. Alles lief gut, bis eine Bö Luke eine zerfetzte Mülltüte auf den nackten Hintern pustete und er einen furchtbaren Schreck bekam, und ich konnte nicht aufhören zu lachen und dann musste ich davonkriechen und mich übergeben, weil mich der Alkohol und das Haschisch des Abends eingeholt hatten.

»Da haben Sie Glück gehabt«, meinte Walker. »Bei mir war's der blanke Horror. Was Mike anging, war es der Höhepunkt: Das war die Frau, mit der er den Rest seines Lebens verbringen wollte. Diese epische Gewissheit ist wohl so eine russische Sache. Amerikaner sind zu so etwas nicht geschaffen.«

Glückselig am Boden zerstört, sinnlich wiedergeboren, war der junge Konstantinov ein paar Schritte weggegangen, um seine Blase zu entleeren. Als er zurückkehrte, bot sich ihm ein merkwürdiger Anblick. Daria schien zu schlafen, aber mit durchgedrücktem Rücken und dem Kopf ein paar Zentimeter vom Boden. Ihre Arme hingen schlaff herab. Es war, als habe ein unsichtbarer Zauberer sie halb in die Höhe gehoben. Einen Augenblick stand Konstantinov da und verstand nichts. Dann erkannte er die große weiße Hand unter ihrem Nacken und schrie – woraufhin der Vampir aufblickte und das visuelle Rätsel sich löste. Die Kreatur – männlich, erwachsen, dunkle Haare, langer Körper – hing kopfüber vom niedrigsten Ast, eine Hand unter Darias Rücken, der andere unter ihrem Nacken. Er musste die ganze Zeit im Baum gehangen und sie beobachtet haben. Er starrte Konstantinov eine Weile an, hob dann Daria weiter vom Boden auf und versenkte seine Zähne wieder in ihre Kehle.

»Er hätte weglaufen können«, fuhr Walker fort. »Sie war sowieso schon tot. Jeder andere wäre weggelaufen. Ich jedenfalls.«

Konstantinov nicht. Er beugte sich vor, suchte den Boden ab, griff mit der linken Hand nach einem nutzlosen Stück totem Holz, wie er wusste, und ging auf die Kreatur zu.

»In der anderen Hand hatte er einen Bleistift«, erklärte Walker. »Den hatte er in der Jackentasche versteckt. So ist Mikhail. Ein *Bleistift*. Er wollte mit dem Holz antäuschen und ihm dann den Bleistift mit aller Kraft mit der Rechten in den Leib rammen. Ich fragte ihn, warum er nicht weggelaufen ist. Wissen Sie, was er geantwortet hat?«

»Was denn?«

»Er hat mich gefragt: ›Warst du jemals verliebt?‹«

Wir kamen an der Bahnstation Kew Bridge vorbei und waren im nächsten Augenblick auf der Brücke. Londoner mit Regenschirmen eilten mit eingezogenen Schultern und verzerrten Gesichtern davon oder standen dampfend in Ladentüren und sprachen in Handys. Die menschliche Welt, auf die ich keinen Anspruch mehr hatte, die ich aber nicht einfach abschütteln konnte. ›Warst du jemals verliebt?‹ Diese Worte hatten uns beide in dem kleinen erwärmten Raum im Transporter sanft aufgeschreckt. Ich hatte das stechende Gefühl von Liebe, die sich wie eine schmale, schimmernde Wasserstraße durch die Geschichte zog. Plötzlich erleidet man inmitten all der Ereignisse diesen Schmerz, man blinzelt, schluckt oder muss den Blick abwenden.

»Mike zufolge«, fuhr Walker fort, »war der Vampir überrascht, vielleicht sogar ein wenig gerührt. Er legte die Leiche des Mädchens ab und sprang zu Boden. Mike war anderthalb Meter entfernt. Er konnte Darias Blut riechen. Er hat gesagt, das sei das erste Mal gewesen, dass ihm der Geruch von Blut überhaupt auffiel, verstehen Sie?«

Walker hatte wieder vergessen, was ich war. Ich antwortete nicht darauf. Dann fiel es ihm wieder ein. Ja, sie weiß, wie Blut riecht. Doch da war noch immer ein Teil von ihm, dem das egal war, der weitergemacht hatte und nur darauf wartete, dass ihn der Rest einholte. Falls es jemals dazu kam, war völlig unvorhersehbar, welche Form sein Leben wohl annehmen würde. Ich hörte meine Mutter sagen: ›Nimm ihn dir, Lulu. Weißt du eigentlich, wie wenige Männer es gibt, bei denen sich das lohnt?‹ Ich spürte seine harte Taille zwischen meinen Händen, das süße, schamlose Gefühl, meine Beine um ihn zu schlingen, um all diese köstlichen Komplikationen …

Konstantinov fand nie heraus, ob sein Plan mit dem Bleistift geklappt hätte. Etwas wirbelte die Luft ganz nah an seinem Kopf. Im selben Augenblick sah er den Vampir zucken, so als habe man ihn mit einem Kuhtreiber traktiert. In diesem Augenblick glitt der Mond hinter den Wolken hervor, und er sah den Holzpflock – dicker als ein Pfeil –, der in der Brust des Ungeheuers steckte. Auf Moskowiter Russisch sagte ein Mann: »Um Himmels willen, Bursche, ich hätte dir beinahe den verdammten Kopf weggeschossen. Warum bist du nicht weggelaufen?«

»Und der Rest«, schloss Walker, »ist Geschichte.« Der Vampirkiller gehörte der sowjetischen Sektion der Jagdgesellschaft an. Sein Partner und er hatten den Flattermann seit einer Woche verfolgt. Mikhail wäre auf der Stelle mit ihnen gegangen, aber sie ließen ihn nicht. Er brauchte zwei Jahre, um die Organisation zu finden und sich ihr anzuschließen, aber wenn er sich was in den Kopf gesetzt hat …«

Seitdem, seit *dreißig Jahren*, wie Walker betonte, hatte sich Konstantinov geweigert, auch nur in die Nähe einer Frau zu kommen – bis vor zwölf Monaten, als er Natasha kennenlernte. »Wer weiß?«, fragte Walker. »Vielleicht hat er sich zu einer ganz bestimmten riesigen Menge von Nichtliebe entschlossen, die er abzuarbeiten, eine Strafe, die er zu verbüßen hatte. Ich schätze, das wusste er selbst nicht, bis er ihr begegnete. Aber als sie sich trafen, da reagierte er, als sei sie ihm von Gott gesandt.«

Und da Gott niemals zufrieden ist, hatte Konstantinov auch sie an die Untoten verloren.

»Es ist meine Schuld«, gestand Walker, als die Themse wieder zu unser Linken auftauchte. »Er war nur noch zwei bestätigte Tötungen von einem satten Bonus entfernt, und das Geld hätte Natasha und ihm weitergeholfen. Sie wollten sich eine kleine Bar in Kroatien oder der Türkei oder Griechenland kaufen. Er wollte alles hinschmeißen, als er sie kennenlernte, aber ich habe ihn überredet, den Bonus nicht sausenzulassen.«

Das war ein Stichwort, um ihm zu sagen, es sei nicht seine Schuld, aber ich war in Gedanken wieder zu demjenigen zurückgekehrt, der mir da eine solche Gänsehaut verpasst hatte. Ich konnte es noch immer nicht genau sagen, noch nicht mal, ob ich Angst gehabt hatte. Ich wusste nur, dass Zoë es auch gespürt hatte.

»Der tote Vampir in Merryns Haus«, sagte ich. »Sie meinten, das sei einer von Jacquelines Priestern. Was steckt dahinter? Glauben Sie, einer von Merryns Wachen hat ihn erledigt?«

»Tja, er wurde enthauptet, also wohl eher nicht. Wir haben dort nichts gefunden, mit dem er hätte enthauptet werden können, soweit ich sehen konnte.«

»Also …?«

»Ich weiß es nicht. Vielleicht war noch jemand dort, von dem wir nichts wissen. Ich warte auf einen Anruf meiner WOKOP-Leute. Die werden das schon herausgefunden haben. Sie sind langsam, aber am Ende kriegen sie es immer raus.«

Wir fuhren zum Parkhaus unter der Hammersmith Mall zurück. Dort roch es nach gefrierendem Beton, Aluminiumröhren und Abgasen. Ich musste aussteigen, aber ich wollte nicht. Bei dem Gedanken an den Weg zurück zum Hotel kam ich mir entblößt vor. Die Räume der City waren voller aggressiver Überwachung. Ich fragte mich, was Walker wohl tun würde, wenn ich ihn küsste. Unter anderem würde er wohl an all das menschliche Fleisch und Blut denken, das mein anderer Mund verschlungen hatte.

»Alles in Ordnung?«, fragte er.

Nein, nichts ist in Ordnung. Ich bin einsam und erschöpft und überhaupt keine Mutter, und außerdem habe ich Migräne von dem beschissenen dummen Verlangen.

»Alles in Ordnung«, sagte ich und öffnete die Beifahrertür.

Im selben Augenblick schlug eine schallgedämpfte Kugel mit einem unmissverständlichen *Tschk* direkt durch die Seitenscheibe und an meinem Kopf vorbei.

22

Walker riss mich zu sich und haute den Gang rein. »Bleiben Sie unten«, sagte er ganz ruhig.

Eine zweite Kugel – trotz des aufheulenden Motors und der quietschenden Reifen genau zu hören – durchschlug die Windschutzscheibe und bohrte sich in den Rücksitz. Silber? Zoës Kopf verpasste nur knapp den Schaltknüppel. Ich drehte mich schnell um und brachte mich zwischen sie und das Armaturenbrett, und der Transporter schoss und schlingerte mit offener Beifahrertür aus seiner Parkbucht.

»Passen Sie auf ihren Kopf auf«, mahnte Walker. Irgendwo hinter uns quietschten andere Reifen. Die Beifahrertür prallte gegen einen Betonpfeiler und knallte zu. Das Fenster zersplitterte – so als sei ihm gerade eingefallen, was es zu tun hatte, da es ja nun mal Glas war. Mein Gesicht lag in Walkers Schoß. Khakihosen mit einem Geruch, der mich an die Waschküche im Keller unseres Brownstone an der 11th Street erinnerte – das und die Andeutung von Fellatio, denn selbst in solchen Augenblicken sind Verknüpfungen nun mal Verknüpfungen, und das Hirn sagt: »He, frag mich nicht, ich arbeite nur hier.« Zoë, die der Schlag und der Krach und mein rasender Herzschlag geweckt hatte, fing zu weinen an. Was dem Ganzen noch die präzise kleine Folter hinzufügte, sie nicht richtig trösten zu können.

»Festhalten«, sagte Walker.

Ich verlor jede Orientierung. Es gab ein Muster – beschleunigen, bremsen, scharfe Kurve, beschleunigen –, und ich erkannte daran, dass wir die Rampen zum Straßenniveau hinauf nahmen, aber in einer Wäscheschleuder hätte ich mich auch nicht schlechter orientieren können.

Plötzlich eine längere Strecke geradeaus, Walkers Bauch spannte sich an, ein Augenblick vollkommener Stille – dann zersplitterte die Windschutzscheibe, als wir durch die Ausfahrtsschranke krachten, und der Geruch und Lärm des feuchten Londoner Abends drang herein.

»Sind sie immer noch hinter uns her?«, fragte ich.

»Bin nicht sicher. Bleiben Sie unten. Wir sind hier mitten auf der verdammten Hauptstraße.«

»Wer ist es?«

»Kann ich nicht sehen. Wahrscheinlich Murdochs Leute. Alles in Ordnung mit der Prinzessin?«

Die Veränderung von Luft und Lärm hatte Zoë geschockt, und sie war still. »Es geht ihr gut«, antwortete ich. »Was machen wir jetzt?«

»Wir müssen diesen Transporter loswerden. Der hat's offenkundig geschafft. Ich finde, am besten … Moment. Moment. Bodenwelle –« Zoë und ich flogen so hoch aus dem Sitz, dass ich wusste, wir fuhren noch immer schnell. Hupen dröhnten rings um uns. Ein Fußgänger gleich vor meinem fehlenden Fenster sagte: »Leck mich doch.« Die eindringende Luft war kalt, schmeckte nach nassen Bürgersteigen, Abgasen und Frittierfett.

»Können Sie laufen?«, fragte Walker.

»Ja.«

»Schnell?«

»Ja.«

»Okay, in einer Minute halten wir an. Dann sind wir direkt vor dem Einkaufszentrum an der U-Bahn. Wir steigen aus und rennen durch. Auf der anderen Seite stehen Taxis.«

»Sind Sie völlig verrückt?«

»Ist schwieriger, einem Wagen zu folgen, von dem es zwanzigtausend Doubles gibt. Vertrauen Sie mir. Dieser Schrotthaufen ist uns zu nichts mehr nütze. Haben Sie die sauberen Handys?«

»Ja.«

»Okay, auf mein Zeichen. Nur, wenn ich es sage. Verstanden?«

»Verstanden.«

Es ging sehr schnell, war aber voller klarer Einzelheiten: der Geruch von Walkers Lederjacke; ein rosaweißer Eiswagen, der vorbeifuhr; Zoës feuchte Hand, die sich wie ein ein kleines Meeresgetier vor meinen Mund legte.

»Ein kräftiger Schlag, dann geht's los«, verkündete Walker. »Achtung –« Wir sprangen heftig über die Bordsteinkante. Fußgänger spritzten in einem irren, kollektiven Lärm auseinander, halb Angst, halb Zorn, halb Freude darüber, dass etwas Unerwartetes geschah.

»Los!«

Die Gesichter huschten nicht verschwommen vorbei, wie es die Konvention vorschreibt, sondern in plastischen Schnappschüssen. Kurz kam mir die kalte Dunkelheit Londons zu Bewusstsein, dazu die Weichheit und die Hitze der Menschenmenge, dann waren wir im Eingang verschwunden und rannten die Haupthalle entlang, Walker hielt die Waffe symbolisch unter der Jacke verborgen, ich umklammerte Zoë wie einen Fußball und dachte: ›Jede Sekunde … jede Sekunde … dann spürst du die Kugel diesen fürchterlichen Bruchteil einer Sekunde, bevor du den Schuss hörst …‹ Die Schaufenster waren deutlich zu erkennen, drängend, dämlich – W H Smith; Superdrug; Tesco Express; lausig, seelenlos, so etwas als Letztes zu sehen –, dann waren wir an den Aufzügen vorbei und wieder draußen auf der Straße.

Ich sah mich um. Wenn es Verfolger gab, so verbargen sie sich hinter den Kauflustigen.

»Hier rein!«

Walker riss die Tür des ersten Taxis in einer Dreierreihe auf. Das beleuchtete Innere war die reine Schönheit. Ich drückte Zoë an mich und stieg ein.

23

Wir brauchten eine halbe Stunde und jede Menge Nebenstraßen, bevor Walker davon ausging, dass wir nicht verfolgt wurden, und selbst dann sprach er sich noch dagegen aus, in das Hotel in Kensington zurückzukehren.

»Haben die auf Sie geschossen oder auf mich?«

»Keine Ahnung«, antwortete er. »Aber Murdoch war es nicht.«

»Wie kommen Sie darauf?«

»Er hätte nicht danebengeschossen. Ich bin nur überrascht, dass er das irgendwelchen Untergebenen überlässt. Ich dachte, er würde sich den Spaß nicht nehmen lassen.«

»Vielleicht haben sie auf uns beide geschossen«, sagte ich. »Es handelt sich doch immer noch um WOKOP, oder? Ist ja nicht gerade so, als stünden Werwölfe unter Amnestie.«

»So oder so müssen wir davon ausgehen, dass Ihr Hotel aufgeflogen ist. Meine Bude auch. Mike und mir gehen bald die Rückzugsorte aus.«

Ich machte mir Sorgen um Cloquet. Ich war seit Stunden fort. Er nagte bestimmt schon an der Tapete. Aber wie konnte ich ihn erreichen und sagen, dass er verschwinden solle, wenn Handy und Zimmertelefon angezapft waren?

Am Ende rief ich den Empfang an. Dem nicht existierenden Gott sei Dank erinnerte sich der Empfangschef an mich (in der ersten Nacht waren mir die Windeln ausgegangen und ich hatte den nächstgelegenen, rund um die Uhr geöffneten Laden finden müssen); es kostete zwar ein wenig Überredung, aber dann willigte er ein, meine Bitte zu erfüllen. Er würde ›Mr Malraux‹ in Suite 472 anrufen und ihm ausrichten, er solle wegen einer dringenden Nachricht von ›Ms Atwood‹ zum Empfang kommen. Ich würde zehn Minuten warten und dann den Empfangschef auf dessen Handy anrufen, das dieser dann Cloquet geben würde. Selbst Walkers Misstrauen reichte nicht so weit anzunehmen, das persönliche Handy des Empfangschefs könne angezapft werden.

Cloquet war völlig durchgedreht, aber das war vorauszusehen. Er sprach es nicht aus, aber es war offenkundig, dass er dachte, ich würde ihn fallenlassen. Er hatte mein Vertrauen missbraucht, und ich brannte mit meinem amerikanischen Beach Boy durch. Ich würde ihn beruhigen müssen, das wusste ich – aber nicht jetzt. Jetzt ging es um praktische Dinge. Ich gab ihm die Nummer des sauberen Handys und berichtete ihm, was geschehen war. Er musste sofort aus dem Hotel verschwinden. Wir reisten mit leichtem Gepäck, es sollte also nicht allzu schwer für ihn sein, unauffällig zu verschwinden. Der Empfangschef würde dafür sorgen, dass am Küchenausgang ein Wagen auf ihn wartete. Von dort solle er zu mir ins Dorchester kommen, das erste Hotel, das mir in den Sinn kam, wahrscheinlich aus einem James-Bond-Film. Walker riet mir, ganz aus London zu verschwinden, aber das brachte ich nicht über mich. Ich wollte hier sein, wenn sie Jacqueline und die Schüler aufstöberten. Außerdem waren meine Geographiekenntnisse auf der Insel lausig. In London konnte ich mich wenigstens zurechtfinden.

Ich meldete mich als Jane Dickinson an. (Cloquet war für eine Weile wieder Pierre Rennard.) Walker ging mit mir nach oben in eine, wie sich herausstellte, warm beleuchtete Art-Déco-Suite. Pink, creme, blassgrün, Walnussverkleidungen und tiefe Teppichböden in karibischem Sandton. Das komfortable, solide Gefühl einer Kabine auf einem Luxuspassagierdampfer, ein willkommener Schock nach dem harten Abend und all dem verbrauchten Adrenalin. Ich schloss die Vorhänge. Ich schickte den Pagen mit einem Fünfziger und einer Liste mit Babybedarf zum nächstgelegenen 7–Eleven, und zwanzig Minuten später war Zoë wieder mit Pampers und Sudocrem herausgeputzt. Ich stillte sie (mit dem Rücken zu Walker; gegenseitiges Verständnis ohne jede Peinlichkeit; ein Nicken, das erotische Pulver trocken zu halten), während Walker Konstantinov anrief und ihn auf den neuesten Stand brachte. Keine Neuigkeiten über Jacqueline von ihrem Insider bei der WOKOP. Ich legte mir Zoë an die Schulter, rieb, klopfte, summte und ging auf und ab. Walker goss sich einen Laphroaig aus der Bar ein. Fünf Minuten und einen wenig damenhaften Rülpser später war mein Baby eingeschlafen. Ohne Wiege konnte sie nur im riesigen Bett schlafen. Ich legte sie hin, umringte sie mit vier monströsen Hotelkissen. Dann rief ich den Empfang an und hinterließ eine Nachricht, die ›Monsieur Rennard‹ bei seiner Ankunft übermittelt werden sollte: Melden Sie sich an. Gehen Sie auf Ihr Zimmer. Warten Sie auf meinen Anruf.

Walker bekam das alles mit.

Ich legte auf, und da waren wir und sahen uns an.

Die Schüsse und die Autojagd hatte uns hierhergebracht, und nun war jedes weitere Hinauszögern – und was anderes wäre es nicht gewesen – sinnlos. Wir standen drei Meter auseinander und sahen uns an. Ich fragte mich, ob es für seinen Geschmack noch immer zu kurz nach der Geburt war. Oder, um mich weniger vage auszudrücken, ob ich noch zu dick war. Das Gewicht war *post partum* rapide (wie auch nicht?) gefallen, aber ich war noch lange nicht bei meinen üblichen zweiundfünfzig Kilo angekommen, die ich gewogen hatte, seit ich achtzehn war, und auch der Fluch hatte nichts daran geändert. (Zumindest, was das menschliche Gewicht anging.) Ich hatte mich bisher nur ein einziges Mal verwandelt gewogen, nach dem neunten Opfer: ein Witwer in einem spinnenverseuchten Haus mit hohen Räumen im Parc National des Cèvennes, der aus irgendeinem Grunde in seiner Küche eine uralte Balkenwaage stehen hatte. Müde und satt, hatte ich mich blutverschmiert daraufgestellt. Die Waage zeigte 185,5 an. Das schien unmöglich – bis mir klar wurde: Kilogramm. Ich musste warten, bis ich wieder menschlich war, um das auszurechnen. Vierhundertneun amerikanische Pfund. (›Hi, Lauren, ich bin's, Lu. Ich weiß, wir haben uns seit Jahren nicht gesehen, aber ich dachte, das könnte dir gefallen …‹) In der Schwangerschaft hatte ich mich nicht damit abgegeben, mich zu wiegen, aber ich dürfte wohl mindestens vierundsechzig Kilo gewogen haben. Nun war ich wohl wieder auf achtundfünfzig Kilo. Sechs Kilo in sechs Tagen. Ein menschlicher Rekord, wenn ich denn ein Mensch gewesen wäre. Ich hatte noch immer einen frechen kleinen Bauch, und meine Brüste waren doppelt so groß wie zuvor (wobei 70 C auch in doppelter Größe nicht viel hermacht), aber ansonsten war ich halbwegs wieder bei meinen vorherigen Ausmaßen angekommen.

Und nun standen also Walker und ich da und sahen uns an, wie man sich eben ansieht, wenn man dasteht und sich ansieht. Ich wusste, je länger wir warteten, umso mehr würde ich auf den Gedanken kommen, dass es nicht gut genug sein würde, ganz gleich, wie gut es war, also ging ich zu ihm und stellte mich nah genug vor ihn, dass sich unsere Körperwärme berührte. Die Schwerkraft brachte seine Hände an meine Taille. Wolf in mir machte leise Fiesta, ja, aber es war auch menschlich gut, angefasst zu werden, allein zu sein mit jemandem bei dem heimlichen Gelage, das bis auf Adam und Eva zurückging. Man sah sich an und spürte, wie uralt dieser Kontrakt war, die warmgesichtige Hingabe zu dem Abenteuer, dem gemeinsamen Schritt aus dem Licht in die lohnenswerte Dunkelheit.

Verschiedene Kräfte wirbelten ihn durch. Verlangen war die eine. Angst die andere. Das Wissen, dass er sich selbst zurücklassen würde, wenn er dies täte. Das Eingeständnis, dass er genau dies tun wolle. ›Ich wollte eh aussteigen‹, hatte er über die WOKOP gesagt. Das war das Verhaltensmuster seines Lebens, bis zurück zu dem Ereignis, das ihn aus der Bahn geworfen hatte; er fing etwas an, legte sich eine neue Haut zu, doch früher oder später legte er sie unweigerlich wieder ab und zog weiter. Nur das Lächeln und das Strahlen blieben. Und die gütige Begehrtheit, der unfehlbare Charme.

Ich küsste ihn. Sein Mund schmeckte nach Laphroaig, aber das war okay, Wasser auf meine Mühle. Seine Hüften drückten sich an mich, die Hände packten zu. Die Hitze zwischen uns flimmerte und löste ein zartes elektrisches Netz auf meiner Vagina aus.

Etwas hielt ihn noch immer zurück.

»Was ist?«, fragte ich und lehnte mich zurück, um sein Gesicht sehen zu können.

Er ließ seine Hände auf mir. »Ist das in Ordnung«, fragte er. »Dafür?«

Anatomisch, meinte er. Er war die Art von Mann, die wusste, wie lange nach der Geburt eine Frau noch außer Gefecht gesetzt war. Er wusste es, weil er die Art von Mann war, der schon mal in solch einer Lage gewesen war.

Aber nicht mit einer Frau wie mir.

»Bei mir heilt alles schnell«, beruhigte ich ihn. »Sehr schnell.«

»Wirklich?«

»Ja. Küss mich.«

Es war schwer, sich nicht zu beeilen. Wenn Zoë wach wurde oder Cloquet die Anweisungen ignorierte und klopfte, würden wir uns wohl nicht mehr aufraffen können. Ich nahm die zusätzliche Decke aus dem Schrank und legte sie auf dem Boden aus. Nicht auf Stühlen, nicht auf dem Tisch, nicht an der Wand, nicht über den Sekretär gebeugt oder an der Deckenlampe schwingend. Nichts, was das Risiko erhöhte, alles zu versauen. Der andere Grund, warum es so schwierig war, sich nicht so sehr zu beeilen, war: Ich hatte es eilig. Die morgendliche Selbstbefriedigung nicht mitgezählt, hatte ich seit über drei Monaten keinen Sex mehr gehabt. Jetzt, wo Wolf wieder in vollem libidinösen Schwung war, war Zögern das Letzte, woran ich dachte. »Ich habe nur Sex mit Frauen, die ich nicht leiden kann«, hatte Jake geschrieben. Um zu verhindern, dass er sich verliebt und die Geliebte tötet. Ja. Aber das hier war in Ordnung, weil es nicht um Liebe ging.

Noch im Stehen knöpfte ich ihm das Hemd auf und schob es ihm mit der Jacke von den Schultern. Beide fielen mit einem Geräusch zu Boden, das uns noch weiter an den Punkt brachte, wo wir nichts mehr sagen mussten. Sein Oberkörper war nicht übermäßig muskulös – ehrlich funktional, kein Modeartikel aus dem Fitnessstudio – und mit kleinen Narben wie Geheimschrift bedeckt. Unsere Blicke kreuzten sich, wollten verweilen, doch wir sahen schnell wieder weg, bevor sein Lächeln den fatalen Ton von reiner Freundlichkeit anschlagen konnte. Er zog mir die Bluse aus der Jeans und fing mit den Knöpfen an. Er öffnete alle vier, ohne die Zeit allzu sehr köcheln zu lassen. Auch den BH, Halleluja.

In einem Schrecken peinlich berührter Sachlichkeit ging mir auf, dass ich Milch geben würde, falls er an meiner Brust saugte – aber das würde er wohl auch wissen und auch, dass ich es wusste. Es würde passieren oder auch nicht, und wenn, dann würde ihn das nicht stören. Er war ein Geschöpf leichter körperlicher Promiskuität, dionysisch ohne viel Aufhebens: War sein Verlangen erst mal geweckt, war alles Körperliche heilig.

Natürlich standen mir noch Schuldgefühle offen, aber mein Mensch war ihnen überlegen, und Wolf war das vollkommen scheißegal. Oberflächliche Ästhetik sagte, was ich da tat – Sex, während mein Kind in Gefahr ist –, war hässlich, aber das tiefere Sein fegte das beiseite. Da waren die notwendigen dunklen Übergänge, die nicht wegzudeuteln waren. Selbst in dämlichen Filmen ist heutzutage klar, dass Eros sich bis an die Türen von Kummer, Verlust, Verlangen, Langeweile, Wut, Scham vorarbeitet – und Einlass findet. Die eigentliche Gefahr hieß nicht Schuld, sondern Traurigkeit. Nicht nur meine (und nicht nur wegen meines Sohnes oder meines gebrochenen Herzens, sondern wegen meiner Amputation vom Normalen), sondern auch Walkers, wegen jenes frühen Schadens, um den herum er seine Mischung aus Ungezwungenheit und Strahlkraft und Sex gelegt hatte.

Das war natürlich meine menschliche Seite, die sich geschäftig, menschlich um Walker, die Person, kümmerte. Da war die einsame Flamme in seiner Mitte, der verlorene Junge, um den herum der lächelnde, verborgene Mann gewachsen war, dem meine verkümmerte Romantik nachschnüffelte, während ein späteres Ich (mit Laurens Stimme) sagte: »Nein, lass das, das hat nichts mit dir zu tun, und außerdem würde ihn das sexuell für dich ruinieren, genau wie der kleine alte Kerl hinterm Vorhang für alle *Oz* ruiniert, wenn sie den Film das erste Mal sehen.« Also küsste ich ihn, anzüglich, und spürte durch seinen Mund und seine Brust unter meinen Händen, wie die letzten Fasern seines Widerstands süß zerrissen. Er würde es tun, oh ja, und sich dieser heimtückischen Droge hingeben. Das große Tabu – *eine andere Spezies* – zerbrach am Ende einfach nebenbei und führte ihn in die Wärme, meine Wärme, mich. Ich spürte, wie seine Vorstellungskraft Platz schuf für die Gräuel, denn leugnen konnte man sie nicht, da waren sie in meiner Haut, meinem Mund und in der verschlagenen Hitze meiner Vagina, die er jetzt haben wollte, oh ja, er wollte, ganz gleich, was passierte, ganz gleich, ganz gleich.

Dank telepathischer Übereinkunft ließen wir einander los, um Jeans und Unterwäsche abzulegen, dann wandten wir uns wieder einander zu, seitlich, Gesichter zueinander. Ich drückte ihn auf den Boden und glitt auf ihn. Ein wenig Milch war mir abgegangen. Er wich ihr nicht aus, machte kein Aufhebens davon. Für ihn war das nur Teil des zwanglos heilig gewordenen Kontinuums des Körpers. Wollte er dich körperlich, dann wollte er alles. Das war es gewesen, was die Mädchen auf dem Schulhof animalisch gespürt hatten. Deshalb hatten sie bei ihm eine Ausnahme gemacht. Ich griff nach meiner Handtasche, nahm ein Kondom heraus, riss die Folie auf und glitt seinen Leib hinab. Sein Schwanz, nicht sonderlich groß, aber wunderbar anzüglich gebogen, pulste sichtlich. Voller Blut, erinnerte mich das Ungeheuer mit Stupsen und Zwinkern und einem Lecken der Zähne – aber ich war weit genug vom Vollmond entfernt, um es verscheuchen zu können. Walker ging auf die Ellbogen. Sein Gesicht war voller Leben, auf mich konzentriert, die blaugrünen Augen schimmerten, der Mund verzog sich zu einer weniger unschuldigen Version seines Lächelns. Ich atmete, hatte meinen offenen Mund über der Spitze seines Glieds, sah seine rhythmische Unterwerfung, erduldete das geistige Bild, ihn einfach abzubeißen, das Gesudel des pumpenden Blutes, Walkers Schreie. Ein weiterer verschlagener Blick zu ihm hinauf – ja, ich weiß genau, wie gut sich das anfühlt –, dann nahm ich ihn in den Mund. Ich spürte, wie er schlucken musste, spürte, wie er den Kopf zurücklegte – dann wieder nach vorn hob, um wieder gierig zuzuschauen.

Später. Später mehr davon. In diesem Augenblick war ich verzweifelt, unmissverständlich, rechtschaffen egoistisch. Ich streifte das Kondom ohne Katastrophe über, glitt wieder seinen Körper hinauf, nahm ihn in die Hand, sah in Walkers vollkommen verführtes und strahlend hungriges Gesicht und senkte mich auf seinen Schwanz.

24

Es war nicht perfekt, aber es war mehr als genug für den Anfang. Walkers Instinkte waren gut, Hände und Mund deuteten die Signale richtig, bewegten sich mehr oder weniger dorthin, wo sie sollten. Wir beide wussten, dass der erste große Aufwand mir gehörte, mir, mir, allein mir, und Walker hielt sich zurück und arbeitete in einer Mischung aus Galanterie und handwerklicher Konzentration daran, dass ich kam. Nicht, dass das – in meinem Zustand – eine besondere Leistung gewesen wäre. Es dauerte vielleicht drei Minuten. Dann wieder drei, dann fünf, dann zehn. Dann beruhigte ich mich wieder und war für vernünftige Argumente zu haben. Als Walker kam (wir lagen etwa in Löffelstellung), sammelte sich seine ganze Kraft in Hüften und Brust, seine Arme umschlangen mich, und sein Atem schlug sanft und heiß an mein Ohr, und am Ende lag ein Ton von Zärtlichkeit darin wie ein hübscher Schnörkel, und ich mochte ihn, denn die ehrliche männliche Freude, die von seinem Körper in meinen fuhr, war nicht zu leugnen.

»Ach, du heilige Scheiße«, sagte er hinterher.

»Das ist mein Satz«, stellte ich fest.

»Wirklich?«

»Ja.«

»Ich werde ihn nie wieder benutzen.«

»Ach übrigens, die Art, wie damit umzugehen ist, ist nicht darüber zu sprechen.«

»Womit?«

»Mit dem, was wir gerade getan haben.«

»Meine Lippen sind versiegelt.«

»Ich meine nicht anderen gegenüber. Ich meine uns.«

»Verstanden.«

»Bist du immer so fügsam?«

»Na ja, du bist wohl so was wie eine Pferdeflüsterin, weißt du?«

Ich dachte an die Tagebücher. (Ich dachte oft an die Tagebücher. Immerwährende blutlose Untreue gehörte zu dem Bündel, das ich trug, jahrzehntelang, vielleicht für immer.) ›Die modernen Menschen quatschen ihre Affären in ein frühes Grab‹, hatte Jake geschrieben. ›Eros hat einfach keine Chance bei Leuten, die einander die ganze Zeit über in den Ohren liegen.‹ *Ich glaube, wir sollten reden.* ›Nein, glauben Sie mir, wir sollten nicht. Wollen Sie der Liebe eine Chance geben? Dann suchen Sie sich jemanden, mit dem Sie nicht kommunizieren können.‹

Walkers Handy klingelte. Hoyle, sein WOKOP-Insider, mit dem Neuesten. Der versuchte Anschlag auf uns im Parkhaus in Hammersmith ging auf Rechnung von ein paar schießwütigen Kerlen aus der spanischen Abteilung der Organisation, die – und das musste man sich mal vorstellen – auf *Urlaub* waren. Murdoch hatte eine internationale Kernschmelze riskiert, als er sie nach Bekanntwerden halb zu Tode prügelte. Der tote Vampir war definitiv einer der Priester, höchstwahrscheinlich der sechshundert Jahre alte Raphael Cavalcanti, der erst vor einer Woche in London gesichtet worden war, aber solange die verbliebenen (bekannten) Priester nicht abgehakt waren, konnte man sich nicht sicher sein. Noch immer keine Neuigkeiten von Jacqueline und den Schülern. Also auch keine Neuigkeiten von Lorcan. Was mich auf meine trüben Ausmaße schrumpfen ließ.

Walker spürte die Veränderung. Er fragte deutlich *nicht* nach, was das Problem sei. Einerseits war ich froh darüber, andererseits hoffte ich darauf. Ich hatte niemandem, nicht mal Cloquet, die schmutzige Wahrheit der Entführung gebeichtet: Mein Herz war grotesk neutral geblieben, obwohl ich ihn doch warm und feucht von der Geburt in meinen Armen gehalten hatte. ›Man kann nicht leben, wenn man nicht akzeptieren kann, was man ist‹, hatte in Jakes letztem Tagebuch gestanden, ›und man kann nicht akzeptieren, was man ist, wenn man nicht sagen kann, was man tut. Die Kraft der Namensgebung, so alt wie Adam.‹

Wenn ich zu lange darüber nachdachte, würde der Augenblick ungenutzt verstreichen.

»Da ist etwas, dass du über mich wissen solltest«, sagte ich. »Etwas anderes, meine ich.«

»Was denn?«

»Ich bin nicht vollkommen.«

»Nicht vollkommen?«

»Ja.«

Darauf erwiderte Walker nichts. Zoë wimmerte kurz im Schlaf und verstummte wieder. Wir lagen noch immer auf der Decke auf dem Boden, auf dem Rücken, berührten uns nicht.

»Als mein Sohn geboren wurde«, sagte ich zur Zimmerdecke, »hatte ich keinerlei Gefühl für ihn. Wo Liebe hätte sein müssen, war nur ein leerer Fleck. Dann war er verschwunden.«

Walker sagte eine Weile nichts darauf. Gott sei Dank versuchte er auch nicht, meine Hand zu nehmen oder mich zu umarmen.

»Eine Lakune«, erklärte er schließlich.

»Wie bitte?«

»Eine Lakune. Du kennst doch das Wort?«

Trotz allem eine leichte Verärgerung darüber, dass mir

nicht sofort einfiel, was das bedeutete. Dann kam ich drauf. Eine Lakune ist eine Lücke, eine Leerstelle, ein blinder Fleck. In Manuskripten ist es ein fehlendes Wort oder ein Textabschnitt.

»Ja«, erklärte ich. »Ich kenne das Wort.«

Wieder verstummte er. Dann sagte er: »Es gibt keinen Trost dafür.« Keine Frage. Eine Diagnose.

»Nein, es gibt keinen Trost«, pflichtete ich ihm bei.

»Obwohl du weißt, dass das nichts zu bedeuten hat.«

»Wirklich nicht?«

»Es war einfach nur Pech, dass sie ihn in einer Lakune geholt haben. Sechzig Sekunden später wäre die Liebe wohl eingeschossen. Für die Prinzessin ist sie ja auch da.«

Für die Prinzessin ist sie auch da.

Oder? Die subtilsten Versuchungen des Teufels sind jene, denen man nachgibt, ohne es überhaupt zu merken. Bestimmte Bilder zogen vor meinem geistigen Auge vorbei, auch wenn ich zum Zeitpunkt ihrer Aufnahme die Augen vor ihnen verschlossen hatte: Ich küsse ihren Kopf, rieche an der Kopfhaut, spreche mit ihr, nenne sie Süße oder Fräulein oder Schätzchen, alles Namen, die meine Mutter mir gegeben hatte. All das hatte ich nebenbei getan, vor meinem verstocken Pharaonenherz geheim gehalten, hatte dabei meine Tochter nicht wirklich angeschaut, die wie eine kleine Mörderin war und, wenn ich sie anschaute, all meine verborgene Liebe mit all meinem offenkundigen Versagen beantwortete. In ihren Augen standen all die Rechte geschrieben, derer ich verlustig gegangen war. Sie war wie Gott: Sie sagte nichts, dachte über alles nach, was ich getan hatte, was ich nicht getan hatte, was ich war und was ich nicht war. Kam ich über den träumerischen Rand des Redens und Küssens und Wegschauens zu ihr, kam ich ehrlich und ganz zu ihr, konnte sie mich so ansehen, dass meine Liebe sich wie etwas Obszönes anfühlte, Gier, Laster, und ich spürte, wie ich mich entfernte, ausdünnte, zu nichts wurde. Die Liebe zog mich zu ihr, und von ihr angezogen zu werden, enthüllte nur das Zuspätkommen dieser Liebe.

»Nein,«, widersprach ich, »keine Lakune. Ich fühlte nichts für ihn, weil ich dachte, ich würde ihn töten, wenn ich es täte. Das wäre das Schlimmste gewesen. Und so etwas tun wir, unsere Art. Wir tun das Schlimmste. Nur, damit du das weißt.«

Unsere Auren lagen nebeneinander und ließen den Austausch unausgesprochener Informationen zu. Was ich gerade gesagt hatte, würde ihn nicht daran hindern, mich zu wollen. Er fühlte sich zur Monstrosität hingezogen, die größer war als seine eigene. Schon lange hatte er aufgehört, unter den normalen Frauen der Welt mehr als zeitweilig ablenkenden Sex zu finden. Er glaubte, dass seine einzige Chance zu Tiefe nur bei jemandem lag, der noch verlorener oder mutierter war als er selbst.

»Und jetzt?«, fragte er. »Glaubst du, du bist jetzt eine Gefahr für deine Kinder?«

In dem blassrosa Schlafzimmer mit Delilah Snow hatte sich die Schranktür wie von Geisterhand geöffnet, und als ich bei dem Geräusch aufblickte, sah ich mich selbst im Spiegel. Ein Ungeheuer mit einem Menschenbaby in den Krallen. Wie der dritte wiederkehrende Tagtraum. Nur dass in diesem das Baby ein Werwolf war und es aus dem Maul des Ungeheuers baumelte.

»Keine Ahnung«, antwortete ich.

Ich lag reglos da, lebte mit dem, was ich war, mit dem, was die Menschen von mir denken würden. Es gab den oberflächlichen, filmreifen Impuls, aufzustehen und mich anzukleiden, so sehr widerte mich erneut meine Fähigkeit zur Fleischeslust an, wo doch sichtliche Qualen hätten sein sollen, aber ich überging ihn, ließ ihn verglühen, bis nur noch die Ebene der Realität existierte, die sich nicht für

Filme, die mutmaßliche allgemeine Meinung, das schlechte Drehbuch interessierte. Es ging nicht um Trotz oder darum, sich selbst zu vergeben. Es ging um die verrückte Ausdehnung meiner Seele, sich selbst aufnehmen zu können, alle Gegensätze und Annäherungen. Ich dachte, wie erschöpft wohl der Gott sein musste, den es nicht gab und der dies alles von Anbeginn und ohne ein absehbares Ende getan hatte.

Eine Weile sagten wir kein Wort. Walker sagte nicht: »Weine nicht.« Er wartete einfach ab. Das Hotel summte sanft unter unseren Rücken. ›Unterschätze niemals den Trost, den ein gutes Hotel bieten kann‹, hatte Jake geschrieben. ›Es ist wie du. Voller Gespenster. Für den Werwolf ist das eine natürliche Sympathie der Strukturen.‹

»Ich habe noch was vergessen«, sagte Walker. »Hoyle zufolge arbeitete Merryn an einer Neuübersetzung des *Buches Remshi*.«

Lassen wir alles andere für den Augenblick. Gut. Ich hatte alles dazu gesagt, was ich zu sagen hatte. Ich mochte ihn zutiefst dafür, das gespürt zu haben.

»Für Jacqueline?«, fragte ich.

»Wissen wir nicht. Vielleicht hat es gar nichts mit ihr zu tun. Merryn war ein echter Gelehrter.«

»Ein bisschen viel Zufall, findest du nicht?«

»Ich weiß. Aber selbst wenn er für sie daran gearbeitet hatte, war der Auftrag in dem Augenblick hinfällig, als sie herausfand, dass er ein Maulwurf war. Und zwar für immer.«

»Wo ist die Übersetzung denn?«

»Die Übersetzung? Wer weiß das schon. Jacquelines Leute waren sehr gründlich. Die WOKOP hat sich Merryns Haus vorgenommen. Hoyle zufolge haben sie nicht mal einen Bestellzettel für den Milchmann gefunden.«

»Kannst du mir ein Exemplar besorgen? Ich meine nicht Merryns Übersetzung, nur die am meisten verbreitete? Ich komme mir vor wie im Blindflug.«

»Soweit ich mich erinnere, ist das Ganze ziemlich undurchdringlich. Mike hat vielleicht irgendwo ein Exemplar … oder vielleicht auf CD. Mal sehen, was ich tun kann.«

Zoë wachte auf. Sie meldete sich mit einer kurzen Folge von Bäuerchen, dann verstummte sie, so als warte sie auf Antwort.

Ich stand auf. Ich war die Antwort. Ich war die Antwort, mit der sie sich zufriedengeben musste.

25

Die darauffolgenden Tage waren eine statische Herausforderung darauf zu warten, dass das Telefon klingelte, nur unterbrochen von zunehmend besserem, also zunehmend schmutzigerem Sex mit Walker. Nach dem vierten oder fünften Mal hörte ich auf mir einzureden, ich würde nicht mit dem Feuer spielen. Unser Verständnis war schockierend schnell da, beiderseitige Intuition übersprang ohne weitere Überraschung ganze Sprachbrocken und sagte laut und deutlich: Gefahr. Vor zehn Jahren hätten wir uns gratuliert. Nun hielten wir den Mund und wendeten den Blick ab. Nicht nur, weil wir älter und entsprechend geschundener waren, sondern weil wir wussten, in unserem Falle würden Glückwünsche zum sofortigen Rückzug führen. Während des Aktes war das allerdings nicht zu vermeiden, wenn sich unsere Blicke in dem Augenblick trafen, wenn wir es sein ließen, was es war: etwas weit Größeres, als gut für uns war. Das ist nicht ungefährlich, oder? Nein, ist es nicht. Hör nicht auf. Oh Gott, hör ja nicht auf.

Postkoital gab das Hollywood, das jeder Amerikaner in sich trägt, seine Normen zu verstehen und deutete wiederholt irgendein Nachglühen an, wo ich auf seiner Brust herumspiele und ihn nach der Geschichte jeder einzelnen Narbe frage oder ihm irgendeine bezaubernd peinliche Geschichte aus meiner Jugend erzähle. Das ignorierten wir. Schweigen hielt uns davon ab, in das lausige Skript zu verfallen, überließ uns aber dem ominösen Kitzel, wie wenig wir einander zu sagen brauchten. Trotz all unserer Bemühungen wurden wir von ganz prosaischen Aha-Erlebnissen überfallen. Einmal wollte ich wieder in meine Jeans steigen, verhedderte mich mit einem Fuß und verlor das Gleichgewicht. Ich fiel nicht hin, sondern geriet in eine seitwärts hopsende Slapsticknummer à la Chaplin, und Walker sah zu, lächelte und meinte: »Immer mit der Ruhe, Tiger ... immer mit der Ruhe«, und ich musste zum ersten Mal seit vor der Zeit in Alaska lachen, was wieder eine schreckliche Blume der Sympathie zwischen uns zum Blühen brachte. Irgendwann fiel mir auch auf, dass er davor zurückschreckte, meinen Namen zu sagen. Wenn, dann nannte er mich Miss D. Doch einmal sagte er leise und ohne nachzudenken »Talulla?«, als ich auf ihm lag. Es war dunkel, und er war nicht sicher, ob ich eingeschlafen war. Es wäre am klügsten gewesen, wenn ich so getan hätte, als sei ich eingeschlafen – stattdessen ertappte ich mich dabei, wie ich mich auf einen Ellbogen stützte, ihn auf den Mund küsste, ganz weiblich zart und entflammt davon, dass er unbedacht meinen Namen ausgesprochen hatte, unbedacht, das war der Punkt, es war so eine zerbrechliche, mutige Angelegenheit, unbedacht zu sein ... Und die ganze Zeit sagte ich mir: ›Tu das nicht ... tu das nicht ... um Himmels willen, tu das nicht, du dumme Gans ...‹, und ich spürte, wie die Kluft zwischen ihm und seinem früheren Selbst sich weitete, wie ein Planet, von dem aus er in den riesigen, völlig unbekannten Weltraum hinausschwebte. Mich.

Wir redeten weiter nicht darüber. Darüber zu reden, würde nur zu der Einsicht führen, wie dumm es gewesen war, überhaupt damit anzufangen, und wie dumm, nicht damit aufzuhören. Ich stellte mir vor, wie meine Mutter sich das köstliche Chaos besah, das ich anrichtete. Es hätte ihr gefallen, da sie immer für das Leben war, und das Leben war nun mal zu seinen besten Zeiten ein köstliches Chaos; sie hätte es gutgeheißen, aber die Zeit der vernarrten Ignoranz von Fakten abgekürzt: »Er ist kein Werwolf, Talulla. Entweder machst du ihn zu einem, oder du musst ihn auf den Mond schießen.« Ansonsten würde sich das köstliche Chaos in einen Totalschaden verwandeln. Das erneuerte natürlich die Frage, ob ich tatsächlich jemanden verwandeln konnte, zugleich aber plagte mich der gesunde Menschenverstand: Welcher vernünftige Mensch würde mir dafür danken? Eine Affäre mit einem noch egoistischeren Motiv ließ sich nicht denken. Eine Affäre? Wohl kaum, nach Jakes und meinen Maßstäben – aber die Möglichkeit umringte uns wie ein aufziehender Sturm. Oberflächlich konnten wir uns vom Mythos der Fremden in einem fremden Land anziehen lassen, Körper, die in professioneller Kooperation zueinander stehen, die aphrodisische Nähe des Todes und der bezaubernde, ganz profane Reiz, nicht zur selben Spezies zu gehören, doch unter alldem lag meine moralische Bankrotterklärung und seine Faszination für jemanden, der (wie er fälschlich dachte) ihn ein für alle Mal von seiner Vergangenheit abtrennen konnte, indem er ihn in etwas anderes verwandelte. Die Möglichkeit bestand durchaus: Ein Teil von ihm wollte verwandelt werden.

Es gab Augenblicke, in denen ich wusste, er war kurz davor, mir zu erzählen, was mit ihm passiert war. Er trat bis an die Kante … und dann wieder zurück, jedes Mal. Bis zu jenen frühen Morgenstunden (Walker war nie länger als zwei, drei Stunden im Hotel), als wir nach dem Sex, den wir ein wenig zu weit getrieben hatten, nebeneinanderlagen, und ich dachte, es würde keine zehn Minuten mehr dauern, bevor Zoë wach wurde und gestillt werden musste, und in der engen Atmosphäre um uns herum bewegte sich etwas, zerbrach, und ich wusste, noch bevor er den Mund aufmachte, was kam.

»Das ist schon so eine Sache«, sagte er und unterbrach sich.

Hollywood wollte nicht aufgeben. Im Angebot war eine Szene, in der die Frau den Mann mütterlich in den Schoß nimmt und sich stumm seine Horrorstory anhört, um ihm hinterher zu sagen, alles sei gut. Ich fand, solche Szenen kränkelten immer ästhetisch. Letztlich fand ich den Mann nach seiner Beichte dann weniger sympathisch. Ich war kurz davor zu sagen: »Mach dir keine Mühe. Was immer es auch ist, mir ist das scheißegal.«

»Das ist schon so eine Sache«, wiederholte Walker, »dass so etwas für dich nur unbedeutend sein kann.«

Damit meinte er das, was ihm zugestoßen war. Das, worum er sich geschmiedet hatte.

»Gib mir doch einfach die Fakten«, sagte ich.

Pause. Wir beide wurden uns kurzzeitig des traurigen Kerns des Hotels bewusst, stets kamen alle nur durch, stets gingen alle wieder. Dann wich ihm die Spannung aus den Schultern, fiel regelrecht ab von ihm, als sei sie durch eine Falltür verschwunden.

»Als ich sieben war, habe ich meinen Vater erschossen«, erklärte er. »Er war Polizist. Ich habe ihn mit seiner eigenen Dienstwaffe erschossen. Er schmetterte das Gesicht meiner Mutter in den Fernseher. So weit die Fakten.«

Wenn Sie mich gefragt hätten, womit ich gerechnet hatte, dann hätte ich das wohl nicht präzise vorhersagen können, aber jedes Wort und jedes Bild hatte die Qualität eines Traumes, der mir gerade wieder einfiel, lebhaft und unausweichlich: der kleine Junge, der sich mühte, die Waffe zu heben; der niedrige Raum; die einsamen Knie der Frau und der nach unten gezogene Mund des Mannes, wie bei der Maske der Tragödie, wie bei Robert De Niro, denn so stellte ich mir den Dad vor. Ich konnte den Augenblick sehen, der den Jungen festnagelte wie einen Schmetterling. Ich konnte den Attentäter sehen und das Lächeln, die Leichtigkeit, den Sex und die Häutungen, wie einen Zeitraffer von etwas Wachsendem. Es lag eine gewisse Abgekämpftheit in der Fähigkeit, das zu sehen, ein Luftverlust, der mit dem Verständnis einhergeht. ›Alle Einsicht macht uns traurig‹, dachte ich. ›Sie erinnert uns an die Perfektion, die wir früher für unseren Urzustand gehalten haben.‹

»Wolltest du ihn töten?« fragte ich.

»Ich weiß nicht. Ich wollte ihn aufhalten. Jedenfalls ist er gestorben. Meine Mutter wählte noch den Notruf, aber bis die Sanitäter da waren, war er schon tot. Ich hatte ihn ins Herz getroffen, wie sich herausstellte.«

»Und was ist aus deiner Mutter geworden?«

»Die ist aus der Bahn geraten. Zwei Jahre lang sind wir von einem Ort zum nächsten gezogen. Ich hatte gedacht, sie würde wieder auf die Beine kommen, wenn er weg sei, aber das stimmte nicht. Sie kam nie wieder auf die Beine. Drei Wochen vor meinem zehnten Geburtstag ist sie an einer Überdosis gestorben.«

Die darauffolgende Geschichte konnte ich mir ausmalen. Kinderheime. Pflegeeltern. Staatliche Einrichtungen. Zu viele Erfahrungen, zu großes Ausgesetztsein, all die falschen Formen. Zuerst fühlte ich gar nichts. Als ich dann daran dachte, wie er »Immer mit der Ruhe, Tiger … immer mit der Ruhe« gesagt hatte, und welche Erleichterung es für mich gewesen war, einen Augenblick lang zu lachen, tat er mir leid. Fast augenblicklich und scheinbar unwillkürlich riss ich mich davon los.

»Für dich ist das unbedeutend«, sagte er. »Wie auch anders.«

»Unbedeutend« war nicht das richtige Wort, aber ich wusste, was er meinte. Er war es gewohnt, das größte Ungeheuer im Raum zu sein. Nun war er es nicht mehr. Erleichterung und Verlust zugleich. In gewisser Hinsicht nahm er mir das übel. Die Deutlichkeit all dessen machte mich müde. Zu versuchen, darauf etwas zu sagen, war wie der Versuch, aus einer Kammer mit vielen offenen Türen fliehen zu wollen, die nach und nach zuschlugen, wenn ich an sie herantrat.

»Du weißt ja, wie das bei mir ist«, sagte ich schließlich. Das kam selbst für mich überraschend: Der Ausweg bestand einfach darin, ganz neutral die Wahrheit zu sagen. Er wusste, wie das bei mir war. Ich, die Frau, deren bisheriger Lebenshöhepunkt darin bestanden hatte, sich von ihrem Werwolfliebhaber vögeln zu lassen, während sie die Schnauze tief in den Eingeweiden ihres Opfers stecken hatte, und der Tiefpunkt darin, unbeteiligt zugesehen zu haben, wie Fremde ihren Sohn entführten. Die Frau mit einem guten Dutzend Morden zu ihren Lasten und den Geistern, die in ihrem Blut jammerten. ›Du hast deinem Dad ins Herz geschossen? Beeindruckend. Mein letzter Liebhaber hat Frau und Kind verspeist. Du weißt ja, ich treibe mich mit einer ziemlich rauen Bande herum. Frag Delilah Snow.‹

»Ja«, sagte er leise, so als hätte ich es laut ausgesprochen. »Ich weiß.«

Das war alles. Dieser Austausch hatte uns beide traurig gestimmt, aber das hatten wir ja schon vorher geahnt. Jemand, der einen frühen Flug erwischen musste, zog einen Rollkoffer über den mit Teppichboden ausgelegten Hotelflur. Ein verspäteter Anflug von Mitleid mit Walker stieg in mir auf, und ein paar Sekunden lang schwebte ich zwischen dem Verlangen, mich ihm zuzuwenden und ihn aus animalischer Sympathie zu berühren, und dem Wissen, dass das auf lange Sicht nichts nutzen würde.

An dieser Stelle geschah etwas Merkwürdiges. Ich dachte daran, wie mein Dad manchmal die Hand meiner Mom genommen und sich ans Gesicht gedrückt hatte, weil er das Gefühl und den Geruch ihrer Handfläche liebte und weil er einer dieser Männer war, die immer danach suchten, sich letztendlich ganz in einer Frau aufzulösen. Und ich dachte daran, wie meine Mom das einfach mit sich geschehen ließ. Warum sollte ihre Handfläche auf seinem Gesicht ihm auch nicht guttun? Dieses Bild von meiner Mom, die sich weiter mit mir unterhielt, während mein Dad ihre Hand nahm und sich vor sein Gesicht legte, gab den Ausschlag (und gemahnte mich mit einem plötzlichen inneren Temperatursturz an das andere Gleichgewicht, das da kippte); ich drehte mich zu Walker um und küsste ihn.

Ich träumte nun jede Nacht von Lorcan, mit all den Verschiebungen und Überlagerungen von Identität, die es im Traum gibt, aber stets in derselben Struktur: Verzweiflung, Hindernisse, Verlust. In einem wiederkehrenden Albtraum war ich in dem Haus in Park Slope. Ich konnte ihn in einem der oberen Zimmer hören. Im Haus war einiges los, Verwandte bereiteten ein Essen zu, Dad beaufsichtigte sie leicht angetrunken, meine Mutter unterhielt sich am Telefon. Die Atmosphäre war warm und träge, und es dauerte eine Weile, bevor ich von ruhiger Neugier (wo ist er eigentlich?) zu nervösem Selbsthohn überging (mach dich nicht lächerlich, er ist oben!), dann zu leicht überdrehter Entrüstung (wo ist er verdammt nochmal?) und zu blanker Panik (oh Gott, bitte ...), und ich ging von Zimmer zu Zimmer, fand ihn nicht, bis ich im letzten Zimmer die Tür zum Wandschrank öffnete, dort aber keinen Schrank vorfand, sondern einen steilen Sturz ins Schwarze, tosendes Wasser, so weit das Auge reichte.

Ich sollte das Hotel nicht verlassen (abgesehen von Walkers Aufforderung, sich bedeckt zu halten, war da noch Cloquets üblicher Verfolgungswahn), doch am sechsten Tag hielt ich es nicht mehr aus. Ich bekam in den Zimmern keine Luft mehr. Ein mir die Luft abwürgender Druck stieg aus den Teppichen auf.

Zumindest sagte ich das Cloquet. In Wahrheit ließ mich das Erlebnis der Gänsehaut nicht mehr los. Seit Hammersmith nicht. Es war wie ein dauerhaftes Geräusch. Es wurde in der tiefen Stille der Suite nur noch lauter, schlich sich in das bisschen Schlaf, das ich noch hatte, und tobte manchmal los, wenn ich zum Höhepunkt kam. Wolf, normalerweise in der ruhigsten Zeit des Monats (zehn Tage seit dem letzten Erscheinen, achtzehn Tage bis zum nächsten), rotäugig und wach, stellte die Geisterohren auf, reckte verdutzt die Geisterschnauze. Es half alles nichts. Es würde keinen Frieden geben. Was immer es war, es war da draußen, und ich hatte genug davon, nichts zu wissen. Ich sagte zu Walker kein Wort davon, er hätte nur versucht, mich aufzuhalten.

Als ich gerade die weißblonde Perücke aufsetzte, sah Cloquet nach mir. Durch die Fenster der Suite, die auf den Hyde Park hinausgingen, sah man hohe, helle Wolken und Bäume, deren letzte Blätter zitterten. Ich wollte die kalte, sanft peitschende Luft an Händen, Gesicht und Hals spüren.

»Du gehst raus«, stellte er fest. Ja, er war zornig über die Liaison mit Walker, aber vor allem, weil er dachte, er habe meinem Vertrauen in ihn irreparablen Schaden zugefügt. Auch ihm hatte ich nicht von meinem Schrecken erzählt, von der Gänsehaut. Es hätte nichts genützt. Er war sowieso schon nervös genug. »Ich wollte nur sehen … ich wollte nur sehen, ob du etwas brauchst.«

Er brauchte nur etwas Gesellschaft, hieß das. In den letzten paar Tagen war unser Verhältnis bis auf die letzten funktionalen Knochen abgefieselt worden. Plötzlich wurde mir klar, wie sanft er mit Zoë umging, wann immer er sie zu versorgen hatte, und ein Gefühl großer Zärtlichkeit für ihn überkam mich.

»Komm her«, sagte ich. Ich saß auf einem mit pinkfarbenem Samt bezogenen Hocker vor dem Toilettentisch. Er durchquerte das Zimmer, kniete sich ganz natürlich hin und legte seinen Kopf auf meine Knie. Ich fuhr mit den Fingern durch seine Haare und spürte durch das Nachgeben seiner Muskeln, wie sehr ihm körperlicher Kontakt fehlte. Ein Schmerz umfing seinen Körper. Ungeliebt, ungetröstet, hatte die Haut ein falsches Mikroklima entwickelt, das sie noch ungeliebter, noch untröstlicher machte. Ich stellte mir vor, eines Tages wäre die Zeit gekommen, an der ich, mit dem wiedergefundenen Sohn und Gott in seinem Himmel und alles Unrecht der Welt getilgt, Cloquet auffordern konnte, Trost in den Armen einer Frau zu finden, ganz gleich, ob seine Libido noch lebte oder nicht.

»Du bist erschöpft«, stellte ich fest. »Ist dir das klar?«

Er antwortete nicht. Der Sanitäter, den Walker geholt hatte, um Cloquets Schulter zu begutachten, hatte erklärt, sie sei infektionsfrei und heile ab, aber sie machte ihm noch sichtlich zu schaffen, war eine Macht, die ihn alle Kraft kostete und ihn tollpatschig werden ließ.

»Ich gehe mit dem Baby spazieren«, erklärte ich. »Warum machst du nicht eine Pause?«

»Ich kann nicht schlafen.«

»Versuch es. Trink einen Brandy, schau dir einen Film an, zieh die Schuhe aus und leg dich aufs Bett. Mach das. Nur etwas ausruhen.« Ich sprach ruhig, fuhr mit den Fingern durch seine Haare, dachte an die Narbe an seinem Fuß, wo seine Mutter ihn mit dem Schürhaken verbrannt hatte. Wieder spürte ich die unverantwortliche Natur unseres Verhältnisses. Und auch den obskuren Anspruch. Wolf weiß um sein Anrecht und wird ihn durchsetzen. »Hör mal«, sagte ich, »ich weiß, du willst mich beschützen. Glaubst du, ich vertraue dir nicht? Du bist der Einzige, dem ich vertraue. Weißt du das denn nicht?«

Er konnte nicht antworten. Zärtlichkeit, die so lange in seinem Leben gefehlt hatte, verwirrte ihn. Wenn sie jetzt auftauchte, war sie wie die Rückkehr eines bezaubernden, unzuverlässigen Elternteils, der ihn schon zigmal zuvor verlassen hatte. Er wusste, es würde nicht lange gutgehen.

Das tat es auch nicht. Mit sanfter Gewalt in Knie und Händen ließ ich ihn wissen, dass es an der Zeit für ihn war, aufzustehen. Seine Schulter tat ihm dabei weh.

»Wie lange bist du weg?«, fragte er leise.

»Ich weiß nicht. Nur ein paar Stunden. Ich rufe an, wenn es länger dauert.«

Ich kleidete Zoë an, setzte ihr ein Mützchen auf und zog ihr Fäustlinge an, stopfte ein paar Windeln in die Tasche ihrer Babytrage und rückte sie an ihrem Platz an meinen Brüsten zurecht. »So muss sich Dolly Parton die ganze Zeit fühlen«, witzelte ich und streckte meine Wirbelsäule gegen das ganze Gewicht. »Wenn ich dieses Geschöpf weiter so herumschleppe, ende ich noch als Quasimodo.«

26

Gott allein weiß, was ich mir davon erhoffte. Wohl, damit das, was mich da verfolgte, was immer es auch war, so sehr provoziert wurde, dass es mit all dem Herumgeschleiche aufhörte und direkt zu mir kam und tat, was immer es vorhatte. Nicht, dass ich mir sicher war, verfolgt zu werden. Das Gefühl ähnelte eher jenem, das ich kurz vor der Verwandlung hatte, der Ruf der Wildnis, der von unschuldig zu verschlagen wechselte, von vulgär zu rasend; ich brauchte das Mondlicht und den Boden unter meinen Füßen und Luft, die mir über die Schnauze fuhr, und den plötzlich aufwallenden Gestank eines Opfers …

Was immer ich mir erhofft hatte, es erfüllte sich nicht. Der Hyde Park war grün und feucht und voller roter und goldener Blätter, aber frei von übernatürlichen Signalen. Ich kaufte mir in der Serpentine Gallery eine heiße Schokolade und machte kehrt, Richtung Nordost zum Marble Arch. Zoë ruhte eng an mir, war ganz betäubt von dem leisen Tumult und den sich ständig verändernden Gerüchen der Welt. Die Versuchung war gerade keine Versuchung mehr, sondern eine zerbrechliche Revolte, eine einsame Rebellion gegen das verstockte Herz. Nein. Nein. Nein. Doch da war, ob ich wollte oder nicht, die tödliche Besonderheit meiner Tochter, die Einzigartigkeit, die nach der zu späten Liebe rief, welche abfallen musste, zu nichts zerfiel, dasselbe Nichts, das meine Mutter zwischen den Morphindosen sah, dasselbe Nichts, das da war, wo ich Jakes Geist haben wollte, dasselbe Nichts, das jeder ab und zu erhaschte und leugnete. Ich zog ihr das Mützchen bis über die Ohren, und inwendig fiel und fiel ich immer weiter. »Geschieht dir recht«, sagte Tante Theresas Stimme. »Du hast deine Chance gehabt.«

Ich nahm mir ein Taxi zum Leicester Square. Vielleicht versteckte es sich, was immer es verdammt nochmal auch war, in der Menschenmenge. Hier war sie: Menschen mit Wollhüten und Schals, mit roten Nasen, die Stirn runzelnd, in Handys quatschtend, vollauf mit ihren Kleinigkeiten beschäftigt. In den Schaufenstern war bereits Weihnachten, glitzernd und gnadenlos wie Luzifer. Die Hauptstadt war vom Finanzcrash völlig entnervt, und überall machten die Londoner ein Gesicht, als versuchten sie verzweifelt nicht daran zu denken, wie schlimm es noch werden würde. Ich bewegte mich unter ihnen, strengte mich an, die übliche Wahrnehmung auszusperren und mich für dessen dämmrigen Widerpart zu öffnen.

Ohne Erfolg.

Ich empfing nichts. Zwei Stunden verbrachte ich damit. Wenn überhaupt, so wurde das Signal schwächer. Was ein durchgängiges, nagendes Störgeräusch gewesen war, wurde leise, verschwand manchmal ganz.

Charing Cross Road. Soho. Piccadilly. Regent Street. Oxford Circus.

Nichts.

Mir tat der Rücken weh. Mein linkes Auge tränte von der Kälte. Zoë wollte gestillt werden. Alle zweieinhalb Stunden, wie ein Uhrwerk, dazwischen ein Vier-Stunden-Schlaf von eins bis fünf Uhr früh. Entweder suchte ich einen Wickelraum in einem der Geschäfte auf oder rief mir ein Taxi und fuhr ins Hotel zurück.

Ich hielt ein Taxi an.

Der Verkehr westwärts auf der Oxford Street kam nur langsam voran. Ich zückte das Handy, um Cloquet Bescheid zu geben, dass ich auf dem Heimweg sei – dann besann ich mich eines Besseren: Ich wollte das Telefon nicht blockieren und einen Anruf von Walker verpassen. Zoë wand sich und strampelte mit den Füßen – dann hielt sie plötzlich still.

Ich hatte es auch gespürt.

Eine Sekunde ... *was*? So etwas wie erzwungene Intimität. Der Atem eines Lüstlings im Nacken. Ein wahnwitziges Kitzeln in Beinen, Brüsten und Kopfhaut. Dann war es verschwunden.

»Bitte halten Sie hier.«

»Sie wollen nicht mehr zum Dorchester?«

»Nein. Hier bitte. Halten Sie.«

Auf dem Bürgersteig drehte ich mich langsam um die eigene Achse. Die Straße war mit globalisierten Markennamen übersät: McDonald's; Nokia; Subway; Gap. In den Seiten der Autos spiegelte sich Licht. Mit einem ungeheuren Dieselgähnen zog ein offener Doppeldeckerbus vorbei, auf dem offenen Dach saßen Touristen, froren, machten Fotos.

Nichts.

Fast auf Zehenspitzen ging ich die paar Meter zurück, die das Taxi gebraucht hatte, um anhalten zu können.

Kalt. Kälter.

Ich drehte mich wieder um und ging langsam westwärts. Zoë hatte gegen das aufflammende und wieder vergehende Licht die Augen geschlossen. Sie wirkte wie ein winziger uralter Mensch, der sich an etwas von sehr viel früher erinnern wollte.

Ein wenig wärmer ... wärmer ...

Ich blieb gegenüber von Selfridges stehen.

Wärmer.

Ich überquerte die Straße.

Wärmer.

Dann bewegte ich mich auf eine der Eingangstüren zu und ging hinein.

Parfümtheken. Spektral, lärmend, voller Gerüche in kopfschmerzbereitenden Dosen. Flaschen wie Kunstobjekte in Science-Fiction. Sorgfältig herausgeputzte Verkäuferinnen mit strahlenden Augen und Haarknoten, denen man ansah, wie viel Mühe es machte, sie den ganzen Tag in Ordnung zu halten. Frauen und Männer beugten sich vor, rochen, runzelten die Stirn, debattierten, als hinge das Schicksal der Welt davon ab. Man musste sich fragen – genau wie bei einem Autobahnstau oder einem brechend vollen Burger King –, warum wir so lebten. Warum die Menschen so lebten, meine ich.

Im Geschäft war es heiß und hell von zu vielen Halogenlampen. Ich nahm Zoë Mütze und Fäustlinge ab. Sie war still und wach. Ich musste weitergehen.

Taschen. Sonnenbrillen. Schmuck. Herrenbekleidung: eine Wand aus Schlipsen wie eine Farbtafel. Der Geruch von neuem Leder, Serge und Talkum. Sehr schwach ... Ein sehr schwacher Zug, den Fahrstuhl hinauf.

Ich schwitzte, als wir den zweiten Stock erreichten. Damenbekleidung. Die vertrauten Schwingungen, der Infraschall weiblicher Konzentration. Selbsteinschätzung, Selbstzweifel, Selbstverachtung, Selbsthass, Selbstverliebtheit. Der endlose Streit zwischen Form und Größe. Einige Frauen standen vor Spiegeln, hielten Kleidungsstücke vor sich und begutachteten das Ergebnis mit dem Blick eines Pathologen auf eine Leiche. Andere wünschten sich sichtlich anders – Hüften, Oberschenkel, Bauch, Brüste –, und sie arbeiteten sich durch die begrenzte Anzahl an kleineren Veränderungen in Haltung und Gesichtsausdruck, die einen Unterschied machen sollten, es aber nie taten.

Ich ging in die Designerecke.

Wärmer.

Versace. Karen Millen. Armani.

Viel wärmer.

Dolce & Gabbana. Diesel.

Heiß.

Prada –

Ich blieb stehen. Zoë spannte sich an.

Es war in der Umkleidekabine.

Und als der satte, unmögliche Geruch mich traf, wusste ich ohne jeden Zweifel, was es war.

Meine Haut war nass und schwer, mein Kopf voller Blut. Ich sah in Zoës Gesicht. Sie hatte die schwarzen Augen weit aufgerissen. Fragen drängten sich. Ich musste sie überhören, überhören und denken – denken!

»Madam«, fragte eine Frauenstimme. »Madam? Alles in Ordnung?«

Ich lehnte am Eingang zur Umkleide. Eine junge Verkäuferin mit braunen Korkenzieherlocken und zu eng stehenden, haselbraunen Augen reckte mir ihre Hände entgegen.

»Geht es Ihnen nicht gut?«

»Alles in Ordnung«, erwiderte ich, doch mein Gesicht war regelrecht fett vor Hitze.

»Ich hole Ihnen einen Stuhl. Bin sofort wieder da.«

»Nein, wirklich, es ist –«

»Eine Sekunde.«

Ich stand da, erschüttert, mit kribbelnder Haut. Zoës Kopf war glühend heiß, ihr weiches Haar stand vor Elektrostatik ab. Meine Beine fühlten sich leer an. Das ist unmöglich. Das ist unmöglich.

Dann öffnete sich die Tür zu einer der Kabinen – und Wolf trat heraus.

27

Es handelte sich um eine junge Frau Mitte zwanzig, blonde, zu einem Pferdeschwanz nach hinten gekämmte Haare, limonengrüne Augen in einem katzenhaften kleinen Gesicht, schmaler Körper ohne ein Gramm Fett. Sie trug kein Make-up, aber man konnte erkennen, dass sie damit popmiezenglamourös aussehen würde. Die Männer würden ohne Ausnahme sagen: »Ja. Absolut.« Dass die Männer sie anstarrten, machte einen Großteil ihres Lebens aus. Ihre Aura wirkte mächtig und irritierend. Sie trug einen weißen Rollkragenpullover, schwarze Leggings, kniehohe, ochsenblutfarbene Lederstiefel und eine dazu passende Tasche. Über dem linken Arm trug sie einen schwarzen Gehrock.

Sehr lange standen wir da und starrten uns an. Die Luft zwischen uns pochte mit Jakes ersten Worten an mich auf dem Flughafen Heathrow: »Ich weiß, was Sie sind, und Sie wissen, was ich bin.«

»Bitte sehr, Madam, setzen Sie sich kurz hin. Soll ich Ihnen ein Glas Wasser bringen?« Die Verkäuferin war mit einem Plastikstuhl zurückgekehrt. »Passt es?«, fragte sie die blonde Frau.

Keiner von uns konnte antworten. Nun, da ich wusste, wer da diese Gänsehaut verursacht hatte, hatte ich den Eindruck, als hätte es nichts anderes sein können.

»Nun«, meinte die Verkäuferin (und dachte: ›Okay, ihr

könnt mich beide mal‹), »der Stuhl steht hier, falls Sie ihn brauchen. Ich bin gleich wieder zurück.«

Als sie fort war und die junge Frau und ich allein waren, dastanden und uns ansahen, härtete Zeit und Stille um uns herum aus. In der Zwischenzeit ordnete sich die Welt neu, wie eine Computeranimation von planetarischer Größe. Alarmierende Schwesternschaft schwebte zwischen uns und durch uns und um uns herum. (»Und woher wissen wir, dass es wirklich keine anderen mehr gibt?«, hatte ich Jake gefragt. Harley hätte davon gewusst, hatte er geantwortet. Aber Harley hatte neun Monate gebraucht, bis er herausgefunden hatte, dass es *mich* gab.) Irgendwo im Geschäft war ich an einem Plakat für das neue iPhone vorbeigekommen: *Ändert alles. Wieder mal.*

Endlich bewegte ich den Mund. »Wer sind Sie?«, fragte ich.

Sie schluckte. Öffnete den Mund, schloss ihn wieder. Fing wieder von vorn an. »Wer sind *Sie*?«, entgegnete sie. Ihre Stimme überraschte mich: Londoner Arbeiterklasse, East End womöglich. Nach ihrer schicken Aufmachung hatte ich eher Privatschule erwartet.

»Die Frage lautet nicht ›wer‹, richtig?«, sagte ich. »Sondern ›was‹.«

»Verdammte Scheiße«, murmelte sie. »Verdammte *Scheiße.*«

In einer der anderen Kabinen schnalzte jemand missbilligend mit der Zunge.

»Sie sind Amerikanerin«, stellte sie fest.

»Ja.«

»Wer hat Ihnen das angetan?«

»Vielleicht sollten wir –«

Eine Kabinentür ging auf, und eine gewichtige Frau in einem karierten Mantel und den Armen voller Kleidungsstücke trat zwischen uns. Ihr Gesicht war ganz rot. Sie hatte nicht geschnalzt. Sie war zutiefst mit ihren eigenen Plänen und Sorgen beschäftigt. Ich musste beiseitetreten, um sie vorbeizulassen. Als sie gegangen war, rechnete ich schon fast damit, die junge Frau wäre verschwunden. Doch der Äther war voll von ihrem Geruch. Ganz anders als der von Jake. Ihn einzuatmen löste einen Auffahrunfall an Gefühlen aus: Aufregung, Vertrautheit, Klaustrophobie, Erregung, einen Hauch Scham. Ich konnte ihr dasselbe im Gesicht ablesen, der überraschte Zwang, die erzwungene, sofortige Intimität. So als hätte uns jemand gepackt und gegeneinander geschleudert.

»Lassen Sie uns anderswo weiterreden«, erklärte ich. Sie rührte sich nicht, aber ihr Gesicht mühte sich weiter, die neue Lage zu akzeptieren. »Alles in Ordnung«, sagte ich. »Machen Sie sich keine Sorgen.«

»Ich kann nicht glauben, dass Sie ein Baby haben«, sagte sie.

Zoë hatte sie in sich aufgenommen. Ihr kleiner Körper hatte sich entspannt. Nun war meine Tochter wieder nur ein hungriges Baby. Wenn ich sie nicht in den nächsten paar Minuten stillte, würde sie weinen.

»Wie ist das möglich?« fragte ich. »Ich meine, wie ist das passiert?«

»Waren Sie das da auf der Great West Road?«

»Was?«

»Waren Sie neulich in Hammersmith?«

»Ja.«

»Ich wusste es.«

»Waren Sie da?«

»Ich war ...« Sie bekam den Satz nicht zu Ende. Zu viele Gedanken auf einmal.

»Seit ich hier angekommen bin«, fing ich an, »hatte ich dieses Gefühl, in verschiedenen Teilen der Stadt. Ich dachte, es wäre ... ich weiß nicht, was ich dachte.« Erleichterung – Freude fast – war wie eine körperliche Präsenz, denn was immer es auch sonst bedeutete, es bedeutete, dass ich – dass wir, ich, meine Tochter, mein Sohn – nicht allein waren. Nicht allein! Der Umkleideraum, die Kabine, ihre Hände, ihr Gesicht, ihre Stimme und ihr dichter Wolfsgestank – all das bildete den Punkt, von dem aus sich die Welt erneut verschob, um mich einzulassen. Es war wie eine zerbrochene Liebesbeziehung, die gegen alle Wahrscheinlichkeit doch noch eine zweite Chance bekam. Ich hätte mich auf den Boden legen und vor Erleichterung einschlafen können.

»Wissen Sie davon?«, fragte die junge Frau. »Ich meine, wissen Sie irgendwas darüber?«

Wieder konnte ich spüren, wie all meine Heathrow-Fragen in ihr aufsprangen: ›Was hat das zu bedeuten? Wann hat das angefangen? Gibt es ein Heilmittel?‹ Ich erinnerte mich noch an die plötzliche Überzeugung, kaum dass ich Jake kennengelernt hatte, da ich ja nicht allein war, da es sich ja nicht um einen irren Zufall handelte, musste irgendjemand, irgendwo, Antworten haben. Sie tat mir leid, denn ich konnte ihr ja nur sagen, was Jake mir gesagt hatte: »Sie brauchen sich nicht die Mühe machen und nach einem Sinn suchen. Es gibt keinen.« Es sei denn natürlich, Quinns Buch stellte sich als mehr als nur eine Bagatelle heraus.

»Kommen Sie, wir setzen uns irgendwohin«, erklärte ich. »Hier gibt es doch bestimmt eine Cafeteria, oder?« Zoë gab den ersten dringlichen Ton von sich. »Verdammt«, sagte ich. »Hören Sie, ich muss erst – ach, zum Teufel damit, ich mach es hier drin.« Ich ging in den Umkleideraum und betrat die Kabine, aus der die junge Frau gerade getreten war. Das Kleid, das sie anprobiert hatte, hing noch da, blassgrün, zwanziger Jahre, Seide, mit Quasten am Saum. Dazu gehorte ein olivgruner Chiffonschal. »Ich muss sie stillen«, erklärte ich und begann mit dem notwendigen Umbau der Babytrage und meiner Kleidung. »Schauen Sie weg, falls Ihnen das zu viel ist.« Als ich mal mit Lauren in einen Wendy's gegangen war, hatte dort eine Frau vor aller Augen ihr Baby gestillt. Lauren hatte gesagt: »Ich glaub, ich kotz gleich meine verdammten Nuggets wieder aus.«

»Was? Ach so, nein, ist mir egal. Heilige Scheiße noch mal, ich glaub das nicht.«

»Hüten Sie Ihre Zunge«, mahnte die Schnalzerin leise.

»Verpiss dich, du blöde Kuh«, rief die junge Frau. Sie stand in der Kabinentür und hatte beide Arme unter dem schwarzen Mantel verschränkt. In ihren weißen Händen und ihrer Kehle war viel schnelles, nervöses Leben. Ich saß nur da und wusste nicht, wo anfangen. Milch kam aus dem Universum und durch mich hindurch zu Zoë – doch das Universum hatte sich verändert. Ich dachte: ›Und wenn wir uns nicht mögen?‹

»Seit wann …?«, flüsterte sie. »Seit wann sind Sie eine?«

»Anderthalb Jahre«, flüsterte ich zurück. »Und Sie?«

»Sechs Monate.«

Das verriet auch die Anzahl der Monde, die Anzahl der Morde. Was wir waren, flammte plötzlich in dem engen Raum um uns auf. Ich hatte das geistige Bild eines Teenagers vor mir, mit weit aufgerissenen Augen und dem Mund voller Blut. Es ist für uns erst das Beste, wenn es für sie das Schlimmste ist. Erstaunlicherweise wurde sie rot. Nicht sehr erstaunlich: Ich auch.

»Was ist mit ihm?«, fragte sie und nickte in Richtung Baby.

»Ihr«, verbesserte ich.

»Was ist mit ihr?«

»Sie ist wie wir.«

»Verdammte Scheiße.«

Eine Kabinentür ging auf und wieder zu. Ich konnte nicht sehen, wer da war, aber ich wusste, es war die Frau mit der Antipathie gegen Flüche. »Ja?«, sagte die junge Frau zu ihr.

Keine Antwort.

»Verschwinden Sie«, befahl die junge Frau. Ich spürte, wie die Frau gehorchte. »Himmel, es ist so irre«, sagte die junge Frau, die sich wieder mir zugewandt hatte. »Wir wussten, da draußen ist jemand. Das haben wir schon seit Tagen gesagt.«

Stopp.

Wir.

Plural.

Ein Effekt wie ein ungeheuer schneller Lichtwechsel. Der Wimpernschlag einer Sonnenfinsternis.

»Wer, ›wir‹?«

»Ich und die anderen.«

»Welche anderen?«

»Na, Sie wissen schon. Wie wir.«

»Es gibt noch andere wie wir hier?«

»Gibt es denn in Amerika keine?«

Der stete Puls von Milch und Blut. Mir glühte das Gesicht. Trotz allem setzte ich mich noch immer mit ihrem Duft auseinander. Es war wie damals in Laurens Badezimmer, wo Lauren die Wäsche, die sie abgelegt hatte, auf einem Haufen am Boden hatte liegenlassen, und weil bei mir die Neugier stets siegte, hatte ich ihre Unterwäsche herausgefischt und daran gerochen. Ein beengter kleiner, profaner Nervenkitzel mit einer Spur Abscheu und erfreuter Heimlichtuerei, aber auch ein Anflug von Sympathie zur gleichen Art, das Gefühl, etwas aufzunehmen, von dem du nie gewusst hast, dass du Platz dafür hast. Damals dachte ich: Das will Gott von uns, Raum für den anderen finden, so wie Er Raum für alles findet.

»Ist irgendeine der Kabinen noch belegt?«, fragte ich.

Sie sah schnell nach. »Nein.«

»Also, eins nach dem anderen. Sie sagen, es gibt noch andere wie uns hier in London, richtig?«

»Ja.«

»Wie viele?«

»Wir sind vier. Ich hab es bei Trish gemacht. Dann Lucy, aber das war ’n Unfall. Dann hat Trish es bei diesem Kerl namens Fergus versaut, also gibt’s ihn auch noch. Er behauptet, er hat es für sich behalten, aber keine Ahnung, ob er lügt. Lucy genauso, was das angeht. Ich mein, ich kenn sie gar nicht, nicht als Mensch.«

Es dauert einen Augenblick, um festzustellen, dass man nicht träumt. Ich hatte ein Bild von den vieren vor mir, wie sie sich in einem lieblosen Zimmer treffen. Wie eine Selbsthilfegruppe.

»Wir haben es alle gespürt«, fuhr die junge Frau fort. »Sie, mein ich. Wir so: Da ist doch was im Busch. Da ist jemand. Trish meinte gerade erst, neulich in South Kensington wär sie fast ohnmächtig geworden. Das ist wie ein Dingsda, ein Zwang. Sie hat nicht mal gewusst, was sie da wollte. Das ist wie bei mir, hier drin. Ich bin gar nicht shoppen, ehrlich. Ich bin nur … verstehen Sie?«

»Ich war in South Kensington«, sagte ich. »Ich habe es auch gespürt. Das ist … Moment mal. Was meinen Sie mit, Sie hätten es bei Trish gemacht?«

»Sie hat mich drum gebeten.«

»Worum gebeten?«

»Na, was glauben Sie wohl?«

»Sie zu *verwandeln*?«

»Ja.«

»Warum?«

»Ach, ist ne lange Geschichte. Dazu muss ich weiter ausholen. Sie hatte mehr als nur die übliche Menge Mist zu ertragen. Dann hat sie mitgekriegt, was ich mit diesem Arschloch angestellt habe … Da gab es diesen Mistkerl, Alistair. Also, womit der so alles durchkam, wissen Sie? Ist kompliziert.«

Ein ruhiger, distanziert ungläubiger Teil von mir füllte

die Lücken in der Geschichte von allein. Trish, die von diesem Mistkerl Alistair versklavt wird, die blonde junge Frau, die ihm eines Vollmonds einen Besuch abstattet, Trish sieht einen Ausweg zu einem Leben, in dem sie nie wieder herumgeschubst wird … ›Jake‹, dachte ich, ›du hättest hier sein sollen, um das zu sehen. Der neue Feminismus.‹

Bei diesem Gedanken kam die offensichtlichste Frage – diejenige, die als erste in der Schlange hätte stehen müssen – plötzlich nach vorn.

»Und wer hat Sie verwandelt?«, fragte ich sie.

Sie verdrehte die Augen, als erinnere sie sich an eine absurde Kleinigkeit. »Ach, dieser Typ, mit dem ich mich traf. Er ist verschwunden. Also sind es faktisch vier, außer mir.«

»Wie hieß er?«

Zoë hatte aufgehört zu nuckeln, aber ich konnte mich einen Augenblick lang nicht rühren. Die Luft in der Kabine schmerzte vor unseren beiderseitigen Intuitionen. Plötzlich nahm ihr Geruch zu.

»Jake«, antwortete sie. »Weiter weiß ich nicht.«

Die weltengroße Computersimulation war fast vollständig. Über das Gefühl der Unausweichlichkeit hinaus war ich verletzt: Warum hatte er mir nichts davon gesagt? Wie hatte er es gemacht? Hatte er denn nicht den Virus? War er nicht unfähig, den Fluch weiterzugeben? Moment. Nein. Ellis hatte ihm doch gesagt, dass die WOKOP ihm bei passenden Gelegenheiten den Antivirus verpasst hatte. Drinks im Zetter. Das Hotel in Caernarfon. Hatte er gewirkt?

Dieser Typ, mit dem ich mich traf.

Das Zetter. Caernarfon.

Die letzte Kleinigkeit der gigantischen CGI-Metamorphose fand ihren Platz. Wir hatten unsere neue Form angenommen.

»Sie sind Madeline«, erklärte ich.

»Ja«, erwiderte sie. »Woher wissen Sie das?«

28

Es war unvorsichtig von mir, sie einfach so mit ins Dorchester zu nehmen, aber ich war nicht in dem Zustand, um besonders klug zu handeln. Ich sagte zu ihr, wir könnten im Taxi nicht reden, und als wir endlich in meiner Suite die Türen hinter uns zumachten, kochten die Fragen schier über. So schnell (und so einfach) wie möglich, erklärte ich ihr alles, was ich wusste: Jake; die fast völlige Ausrottung der Art; WOKOP; die Vampire; der Virus. Sie wusste nichts von der Jagdgesellschaft, war ihres Wissens nach nie verfolgt worden und hatte noch nie einen Vampir gesehen, nahm aber die Neuigkeit ihrer Existenz fraglos hin. Ich erwähnte die Tagebücher mit keinem Wort. Sie hätte sie lesen wollen, aber Jake war nicht sonderlich charmant gewesen. Das wir ihn gemeinsam hatten, verstärkte natürlich noch die Intimität, zwang mich zu inneren Bildern, die hübschen kleinen Vertuschungen in ihrem Gesicht, wenn er seinen Schwanz in ihren Hintern schob, die beiden, wie sie Champagner tranken, aufstanden, nackt waren, sie, wie sie sich im Bett in Caernarfon auf sein Handy rollte. Das hätte Feindschaft, zumindest Eifersucht bedeuten sollen, tat es aber nicht. Wolf übertrumpfte alles: wir waren fasziniert voneinander, wie gerade erst einander vorgestellte Schwestern. Da waren natürlich die äußerlichen Unterschiede, Nationalität, Bildung, Geschmack (ihr Mensch hatte mich abgestempelt als smart, vielleicht ein bisschen hochnäsig und, wichtig und beruhigend: nicht so schön wie sie), doch all dies verbrannte in der Hitze des Ungeheuers, das wir gemeinsam hatten, das mit uns dort saß wie ein pädophiler Onkel mit seinen beiden versauten Nichten. Jedenfalls hatte Madeline, trotz all dem Spott, den Jake für ihre Fähigkeiten übrighatte, die Geschäftsfrau in uns beiden erkannt, den Schmutzfleck des Kommerzes, die vollkommen sachliche Beziehung zu Geld. Das und die Verpflichtung zur Selbsterhaltung, zum Leben um jeden moralischen Preis. »Du liebst das Leben, weil es nichts anderes gibt. Es gibt keinen Gott, und das ist sein einziges Gebot.« Jake hätte ihr das nicht zu sagen brauchen.

Sie hatte sich in der Nacht nach ihrer letzten Begegnung im Castle Hotel in Caernarfon verwandelt. Danach kehrte sie noch einmal zurück, um ihn zu suchen, aber zu dem Zeitpunkt war er natürlich schon in Frankreich gewesen.

»Er hat mir davon erzählt«, sagte Madeline, »dass er zweihundert Jahre alt sei, und dass er jeden Monat Menschen tötet.« Sie saß mit einem schlanken, gestiefelten Bein über dem anderen in einem der cremefarbenen Ledersessel der Suite und trank einen Gin Tonic. Zoë war milchsatt, fühlte sich erkennbar sicherer und schlief in ihrer Wiege. Cloquet war auf seinem Zimmer. Ich hatte ihn angerufen und gesagt, ich sei wieder zurück, wolle aber nicht gestört werden. Ich brauchte Madeline erst mal für mich allein; er hätte alles nur verkompliziert. »Die Kunden erzählen einem alles Mögliche«, fuhr Madeline fort. »Die Hälfte von ihnen zahlt genau dafür. Normalerweise hört man sich das Ganze mit einer gehörigen Portion Skepsis an, oder? Bei ihm war das anders. Ich meine, wenn er einem Zeug erzählte, dann hörte sich das an wie aus einem Buch oder so.« »Er«, Jake, flammte zwischen uns auf und erlosch wie angenehm beschämender Sonnenschein. Es war, als würden wir beide uns nackt sehen. »Und dann der Kopf des armen Kerls in der Tasche«, fuhr sie fort. »Ach herrje. Und der andere Kerl nur: ›Er ist ein

Werwolf, Schätzchen, hast du das nicht gewusst?‹, und ich denk noch: ›Verdammte Scheiße.‹ Ich meine, hinterher wollte er das alles abtun und einen Scherz draus machen, aber ich wusste schon, dass da was wirklich Irres lief.«

»Ich weiß immer noch nicht, wie er Ihnen das weitergegeben hat«, fragte ich mich.

Madeline schüttelte den Kopf und zuckte mit den Schultern. »Damals nahm ich einfach an ...« Sie machte ein Gesicht, deutete Sex an. »Verstehen Sie?«

»Aber so verbreitet sich das nicht«, widersprach ich ihr. »Mit Sexualkontakten hat das nichts zu tun, soweit ich weiß.«

»Hören Sie, vielleicht haben Sie ja recht, aber was soll ich sagen? Er hat mich jedenfalls nicht gebissen. Er hat sich nicht verwandelt. Ich weiß nur, es ist definitiv nach jener letzten Nacht in Caernarfon passiert.«

Wir sagten beide nichts – verfielen regelrecht in Schweigen, denn das, was sie gerade gesagt hatte, brachte das Opfer ihres ersten Mals – den Teenager – zu uns ins Zimmer. Wir sahen uns an – ein Augenblick absoluter Transparenz (ja, wir wussten, was wir getan hatten; ja, wir hatten es wirklich getan) –, dann wandten wir den Blick ab, nicht peinlich berührt, sondern schockiert über den schmutzigen Kick aus diesem beiderseitigen Eingeständnis. Ich konnte mir vorstellen, dass die erste inzestuöse Berührung unter Geschwistern sich so anfühlte. Ich dachte auch – hatte praktisch vom ersten Augenblick an gedacht, als ich erkannte, was sie war: Sollte dies der erste Sex mit einer Frau werden? Wie wäre wohl Vögeln Töten Fressen mit ihr? Würde sie überhaupt wollen?

»Etwas stimmt nicht mit Ihnen«, erklärte Madeline.

»Was?«

»Etwas ist Ihnen zugestoßen. Was denn?«

Vordergründig hatte ich mich zurückgehalten, ihr von

dem Kidnapping zu erzählen, um ihre Wolfsintuition zu testen und zu sehen, ob sie selbst darauf kommen würde. Weniger vordergründig, weil mein Erzählen das ganze Ausmaß meines Versagens zurückholen würde. Versagen als Frau, als Mutter, als Mensch. Meine eigene Abscheu war schon schlimm genug gewesen. Nun würde ich mich auch noch mit der Abscheu meiner Art auseinandersetzen müssen.

Die Hitze zwischen uns nahm zu. Der Augenblick dehnte sich. Unsere Blicke kreuzten sich und trennten sich wieder, weil keiner von uns sicher war, ob wir schon zu der groben Telepathie bereit waren, die sich anbot. Ich dachte an die Wölfe in Alaska, an die Art, wie mein Wille ihnen in Schultern, Hinterläufe, Schnauzen und Krallen gefahren war –

»Aufhören!«

Madeline saß ganz verspannt in ihrem Sessel. Ich fürchtete schon, das Glas in ihrer Hand würde zerbersten.

»Tut mir leid, ich wollte wirklich –« Doch da war *sie*, in meinem Nacken und den Unterarmen, ein schockierendes Eindringen.

»Warten Sie«, sagte ich. »Tut mir leid. Ich wusste nicht, dass das passieren würde. Immer mit der Ruhe.«

Wir starrten uns an. Panik und Widerwille waren menschlich. In der Zwischenzeit gab sich Wolf der Freude hin. Eine scheinbar lange Zeit hielt sich beides die Waage. Dann mussten wir beide – aus einer Mischung aus peinlicher Berührtheit und plötzlichem gegenseitigen Vertrauen – lachen. Wir zogen uns gleichzeitig zurück, ein Gefühl wie der schmale, sich auflösende Rand einer Welle im Sand. *Schschsch.*

»Ist das bei den anderen auch so?«, fragte ich sie.

»Ja.«

»Daran muss man sich erst gewöhnen.«

»Da sagen Sie was.«

»Ich möchte sie kennenlernen.«

»Was, jetzt?«

»Na ja … Nein, warten Sie. Das müssen wir erst durchdenken. Wir müssen vorsichtig sein.«

»Was meinen Sie damit?«

»Was Sie vorhin sagten, etwas stimme nicht, etwas sei mir zugestoßen? Sie haben recht.«

»Was ist es denn?«

Zoë machte ein kleines stakkatohaftes Geräusch im Schlaf, strampelte ein paarmal mit den Beinen und wurde wieder ruhiger. Es fing an zu regnen. Ich hasste die Wörter. Jedes einzelne davon war wie ein großes lebendes Insekt im Mund.

»Mein Sohn ist entführt worden«, sagte ich und setzte mich auf die Bettkante. »Ich habe keine Ahnung, wo er ist. Sie werden ihn töten.«

29

Ich erzählte Madeline alles, und sie erzählte mir alles. Die Dämmerung brach herein. Das Zimmer wurde zu einem geheimen Ort, unsere Stimmen immer leiser. In der Stille rings um uns blühten die Morde in unserem Erröten auf. Ich wusste, sie hatte den Schritt getan und erkannte, dass Schuldgefühle sinnlos waren, sie war ja immer noch hier, trotz all der Dinge, die sie getan hatte, die sie tat und weiter tun würde. Sie war immer noch hier, gut gekleidet, mit Dior Addict, mit Geld in der Tasche und Menschen in ihrem Leben. Du reißt entsetztes menschliches Fleisch, siehst das samtige Herz, die gummiweiche Leber, und wie sich herausstellt, gehorchen all die verborgenen Dinge des Körpers den Gesetzen deiner Gewalt. Du brichst Knochen und trinkst Blut. Du nimmst ein Leben, und der Diebstahl bleibt ungesühnt. Gott sendet keinen Blitz hernieder. Der Himmel stürzt nicht ein. Am Morgen danach drehst du den Wasserhahn auf, und noch immer fließt Wasser. Werbejingles schrauben sich noch immer im Ohr fest. Es ist noch immer gut, den Arm zu heben, um ein Taxi anzuhalten, und wie durch Zauberei kommt aus dem Strom eines auf dich zu. Du tust Dinge, die eigentlich dein Ende bedeuten sollten, und stellst fest, sie verändern dich nur. Das ist eine Enttäuschung, eine Erkenntnis, ein schmerzlicher Verlust, eine neue, erregende Nacktheit. Das ist die grundlegende, prosaische Obszönität: Du machst weiter.

Ich konnte unmöglich wissen, ob sie tatsächlich jemals das eindimensionale Püppchen gewesen war, als das sie Jake dargestellt hatte, aber wie auch immer, der Fluch hatte sie offensichtlich verändert. Jake zufolge war ihre ganze Persönlichkeit von Unsicherheit getrieben gewesen: Eitelkeit, Materialismus, Boulevardklischees, Fixierung auf die Stars, kosmetische Kenntnisse. All das bildete einen Nebel, der schützend einen Kern aus Angst umkreisen musste. Das alles war dahin. Die Eitelkeit war noch vorhanden, ebenso das verarmte Vokabular und das vollkommene Fehlen jeglicher Leseaktivität. Aber wenn Wolf einen nicht in den Wahnsinn trieb, dann machte er einen klüger. Jedes Opfer zwang einen dazu, ein fremdes Leben in sich aufzunehmen, ob es einem nun gefiel oder nicht. Das Vorstellungsvermögen weitete sich. Man eignete sich fremde Perspektiven an. Neue Sympathien überraschten einen. Man bekam mehr Tiefgang. Die Opfer *waren* die Lektüre. Und dafür hatte Madeline einen Appetit entwickelt, für diese Expansion, von der sie vorher nichts gewusst hatte.

Lucy, der »Unfall«, war eine achtunddreißigjährige, frisch geschiedene Augenärztin an der Augenklinik Moorfields, die aus der Scheidung unter anderem ein abgelegenes Landhaus in Wiltshire mitgenommen hatte, wohin sie sich vor drei Monaten zu einem einsamen Wochenende zurückgezogen hatte. Madeline, die genug Grips hatte, nicht vor der eigenen Haustür zu töten, war in der Gegend gewesen, hatte das Haus beobachtet und war durch ein Fenster im oberen Stock eingestiegen. Dann war sie gestört worden. »Ich hab einen Wagen gehört und Leute, die direkt vorm Haus ausstiegen«, erzählte sie mir. »Ich hab Panik gekriegt.«

Also war sie geflohen und hatte das potentielle Opfer Lucy mit einer schlimmen Bisswunde, einer Horrorstory und einer nagelneuen Konstitution zurückgelassen. »Und so fand ich heraus, wie es funktionierte«, erklärte Madeline. »Lucy spürte mich sechs Wochen später auf.«

Ja, wenn man von Virenfreiheit ausging, funktionierte das so. Man wurde gebissen, man überlebte, man verwandelte sich. Aber hier war Madeline, die sich ganz sicher war, *nicht* gebissen worden zu sein. Wie konnte das sein?

Trish war eine Freundin seit Grundschultagen, die als Leibeigene des Vollidioten Alistair endete. Alistair hatte ein sehr simples System. Er machte Teenagerinnen heroinabhängig und zwang sie dann zu immer extremeren Pornos, um dafür zu bezahlen. Er hatte Trish ein Dutzend Mal ins Krankenhaus gebracht, zuletzt mit vier gebrochenen Rippen und einer Fehlgeburt. Als Madeline sie besuchen ging, hatte Trish sie gebeten, ihr das Geld zu leihen, um Alistair umbringen zu lassen. Madeline hatte ihr ein Angebot gemacht: Wenn Trish versprach, clean zu werden, würde sie jemanden besorgen, der Alistair den Garaus machte.

Die Angelegenheit war nicht schwer zu arrangieren. Alistair hatte schon seit Jahren versucht, Madeline an die Wäsche zu gehen.

»Weißt du, was wirklich irre war?«, fragte Madeline. »Ich hab Trish die ganze Geschichte erzählt, was ich bin und was ich mit ihm machen werde – und sie hat es mir einfach abgenommen. Einfach so. Sie meinte, sie wolle zuschauen. Also ließ ich sie zuschauen.«

Das Problem war nur, dass Trish nicht von dem Zeug loskam, auch nachdem Alistair erledigt worden war. »Sie hat zu viel durchgemacht«, erklärte Madeline. »Das kannst du dir einfach nicht vorstellen. Was er ihr alles angetan hat? Unfassbar.« Angewidert schüttelte sie den Kopf. »Und nach alldem zieht sie los und versucht, sich umzubringen. Zweimal! Ehrlich, die Frau war ein Wrack. Am Ende hat sie mich rundheraus gefragt, ob ich … na, du weißt schon. Sie so, sie hätte ja gesehen, wie mich das verändert hätte. Ich so, ich bin anders als früher. Früher war ich ... na ja. Egal. Du weißt schon. Ich meine, du weißt das ja selber.« Das fand ich auch. Was immer der Fluch auch sonst bewirkt hatte, zumindest hatte ich die physische Angst verloren. Sie ahnen nicht, wie viel physische Angst Sie mit sich herumschleppen, bis sie fort ist. Stellen Sie sich jeden Augenblick vor, in dem Sie mit einem Mann zusammen sind, den Sie nicht kennen. Auf der Straße. An einer Tankstelle mitten in der Nacht. Und jetzt stellen Sie sich vor, er kann Sie nicht töten. Stellen Sie sich vor, Sie können gerade genug Wolf an die Oberfläche holen, um ihm klarzumachen, dass es eine ganz, ganz schlechte Idee wäre, sich mit Ihnen anzulegen. Madeline nippte an ihrem Gin Tonic und fuhr fort: »Also dachte ich: Lässt du sie allein, Madeline, liegt sie in einem Monat im Sarg. Und wozu dann das alles? Klingt bescheuert, ich weiß, aber ich wusste wirklich nicht, was sie zu verlieren hatte. Also hab ich's gemacht.«

Ein Zimmermädchen schob einen klappernden Wagen an der Tür vorbei. Die Welt war von uns gewichen. Das Zimmer war dunkel. Aufzustehen und Licht anzumachen, wäre brutal gewesen.

»Sie hat den Scheiß endlich sein gelassen«, fuhr Madeline fort. »Jetzt ist sie vollkommen verändert. Sie sollten sie sehen. Die reinste beschissene Lara Croft.«

Lara Croft oder nicht, jedenfalls hatte Trish ihren Mord letzten Monat versaut, und nun gehörte auch Fergus, ein dreimal geschiedener, dreiundfünfzigjähriger Alkoholiker und Handelsvertreter, zur Familie. Genau wie Lucy hatte auch er seine Schöpferin aufgespürt. »Bei dir ist das anders«, meinte Madeline. »Lucy und Fergus konnten uns aufspüren. Ich mein, wir alle haben ein Gefühl dafür, wo wir sind. Instinkt oder was auch immer. Wenn ich hier weggehe und einfach losgehe, weiß ich ziemlich bald, in welche Richtung ich zu einem von ihnen gehen muss. Nicht so wie bei dir. Das ist komplizierter.«

Sie war nicht sentimental. Als ich ihr von der Geburt und meinem toten Herz erzählte, von der Leerstelle, wo Liebe hätte sein sollen, sagte sie nicht, ich solle mir nicht die Schuld geben, das sei nicht mein Versagen, ich hätte eh nichts tun können. Sie saß nur da, war fasziniert, lauschte gebannt der Geschichte. Ein paarmal machte ich zu lange Pausen. »Und was dann?«, wollte sie wissen. Ich mochte sie. Sie konnte ihre Befriedigung darüber, niemals zu altern, nicht verbergen. Sie wollte bestätigt haben, dass sie vierhundert Jahre lang leben würde und nicht krank werden konnte. Ich sagte ihr, das habe Jake mir erzählt – und wenn es einer hätte wissen müssen, dann er.

Es steckte eine bittere Faszination darin, dass Jake mich geliebt hatte. Nicht, weil sie sich für Jake interessierte, sondern weil sie sich genötigt sah herauszufinden, welche Meriten oder Fähigkeiten andere Frauen hatten. Ich spürte, wie sie sich vorzustellen versuchte, wie es zwischen ihm und mir gewesen sein mochte. Ich konnte spüren, dass sie zögerlich zu der Erkenntnis kam, es sei das andere, das Mysteriöse, das Ding, von dem selbst phantastischer Sex nur ein Teil ist. Sie war nie verliebt gewesen, nicht als Erwachsene. In dieser Hinsicht war sie noch ungeformt. Ich hatte es in den schlanken, verspannten Schultern gespürt. Es fand sich in ihrer Neugier für alles Mögliche. Es fand sich in der Prostitution. Es gab einen peinlichen Augenblick, als ich sie fragte, ob sie noch immer als Escortdame arbeitete und sie das bejahte. Peinlich, weil Jake sofort wieder auftauchte, die Bilder, die Spekulationen (hat er mit dir auch gern …?) und dann wieder, weil sie trotz allem wohl dachte, ich könne das missbilligen (zuerst tat sie strahlend ein wenig so, als handele sie aus pragmatischer Schamlosigkeit); peinlich aber vor allem, weil dies, wie ein heißer Schauer, in uns beiden das

Bewusstsein für das andere, sanftere Grauen unseres Zustands weckte: Wolfslibido. Plötzlich tauchte da unübersehbar die Tatsache von Fluchnymphomanie auf, und einen Augenblick lang wussten wir nicht, ob wir das zur Kenntnis nehmen sollten. Stille. Dann mussten wir beide lachen wie schon zuvor. »Ich hatte drei Monate Ruhe, als ich schwanger war«, erklärte ich. »Jetzt geht es wieder los.«

Madeline war bei ihrem vierten Gin Tonic angelangt. »Also, ich seh das so«, verkündete sie, »wozu den Job jetzt sausenlassen? Zumindest geht es um mehr als nur Geld.«

Nach acht klopfte Cloquet und wollte wissen, was ich zu Abend essen wolle. Zu dem Zeitpunkt hatte ich alles Mögliche getan, um Madeline einzubläuen, wie ungeheuer wichtig äußerste Vorsicht bei all unseren Handlungen und Kontakten von nun an war. Sie hatte zudem geschafft, zwei der drei anderen (Trish und Fergus) zu erreichen und ein Treffen zu verabreden, morgen Abend neun Uhr, den Ort (darauf hatte ich bestanden) würde ich keine zwei Stunden zuvor telefonisch ankündigen. Madeline gab mir ihre Nummer und stellte sich nicht sonderlich an, als ich ihr sagte, ich könne ihr meine nicht geben. Ich würde mir für den folgenden Tag ein anderes Handy besorgen, das wir dann benutzen könnten. Ich stellte sie Cloquet als Freundin vor und sagte kein Wort darüber, was sie war. Ich wollte sehen, ob er in der Lage war, das zu erkennen (einer der Punkte, bei denen ich mir nie sicher war, ob wir uns – durch Schwingungen oder Pheromone – den Menschen gegenüber verrieten), vor allem aber weil ich nicht vor Madeline alles noch einmal von vorn durchgehen wollte.

»Ist dir etwas an ihr aufgefallen?«, fragte ich ihn, als sie gegangen war. Wir waren allein in meiner Suite, er saß am Fenster, ich auf der Bettkante. Es war jetzt dunkel, und es regnete. Der Fernseher lief ohne Ton. CNN, das hatten Walker und ich bei seinem letzten Besuch mit halbem Auge geschaut, wie zwei Menschen, die durch Zeit und Raum auf eine Welt zurückblickten, die sie vor langer, langer Zeit verloren hatten.

»Aufgefallen? Nein. Warum? Was hätte mir denn auffallen sollen?«

Er selbst hatte auffällig reagiert, als ich die beiden miteinander bekannt gemacht hatte, hatte kaum ein Wort gesagt, schien unsicher, ob er ihr die Hand geben solle. Nun reagierte er auffällig auf die Frage.

»Du schienst ein wenig komisch.«

»Komisch? *Pas de tout.* Ich kenne sie doch überhaupt nicht.«

»Ach herrje«, sagte ich in später Einsicht. »Sie gefällt dir.«

»Sei nicht albern.«

Sein Sexualtrieb hatte schon so lange geschlummert, dass ich ganz erstaunt war über meine Gewissheit. Und ich war mir sicher, ganz gleich, wie erstaunt ich auch war. »Natürlich«, sagte ich. »Sie ist hübsch.«

»Sie ähnelt einer Frau, mit der ich mal gearbeitet habe, das ist alles.«

»Nichts, weswegen man sich schämen müsste.«

»*Merde alors.* Sie sieht aus wie ein Model, mit dem ich vor Jahren mal gearbeitet habe.«

»Sie ist ein Werwolf.«

»Was?«

»Du hast richtig gehört. Willst du immer noch ihre Nummer?«

Er hörte stirnrunzelnd zu und stellte dann Frage um Frage, von denen ich die meisten nicht beantworten konnte. All diese plötzlichen Veränderungen brachten ihn aus dem Gleichgewicht, erst Walker und Konstantinov, dann Walker und ich, und jetzt *vier weitere Werwölfe.*

»Ein Rudel«, stellte er fest.

»Na und?«

»Vielleicht ist alles okay. Aber mir gefällt nicht, dass sie dich so schnell finden können.«

»Offenbar doch nicht so schnell.«

»Na, dass sie dich überhaupt finden können.«

»Ich kann ihr vertrauen. Das weiß ich. Frag mich nicht wieso. Das ist so eine Artengeschichte.«

»Sie ist eine von vieren.«

»Tja, wir können nicht wählerisch sein. Sie werden uns helfen.«

Er klappte den Mund auf, wollte etwas sagen – dann klappte er ihn wieder zu.

»Mon Dieu«, sagte er schließlich. »Schau.«

Das Fernsehen meinte er. Auf der Mattscheibe war ein großes dunkles Gebäude in der Mitte von Nirgendwo zu sehen, das bis an die Erdgeschossfenster im Schnee steckte. Erst erkannte ich es nicht. Dann schon: Es war das Landhaus in Alaska. Die nächste Einstellung zeigte die Küche. Ein Team in Thermokleidung führte eine Art Spurensicherung durch. Cloquet fand die Fernbedienung und schaltete den Ton ein.

»... einem sehr frühen Stadium«, sagte einer aus dem Team zu einem außerhalb des Bilds stehenden Interviewer. »Allerdings haben wir schon bei erster Inaugenscheinnahme genetisch abweichendes Material gefunden. Wir wollen nicht voreilig sein, wissen Sie, aber in diesem Geschäft lernt man schnell, einen wachen Verstand zu haben.«

»Einen wachen Verstand?«, stellte uns der Reporter eine rhetorische Frage. »Eine Person hat offenbar schon eine deutliche Meinung: die junge Dame, dessen unglaubliche Geschichte überhaupt erst zu dieser Untersuchung geführt hat.«

Da war sie: Kaitlyn. Sie wirkte im grellen Licht der Scheinwerfer gestresst und fettig. Sie trug einen dicken Parka und große Stiefel. »Hören Sie, ich habe nie an solches Zeug geglaubt«, sagte sie. »Aber was hier passiert ist, war echt, und diese Leute mit dem wissenschaftlichen … diese Leute mit all der Ausrüstung und allem, die haben schon Partikel gefunden, oder nicht? Ich meine, das sind doch biologische Beweise, harte Fakten. Dieses Etwas war so wirklich wie Sie, die Sie da stehen, und all die Leute, die behaupten, ich bin verrückt, die können einfach mit diesen Wissenschaftsleuten reden, und einfach … verstehen Sie? Dieses Etwas war da. Absolut echt.«

Cloquet und ich schauten uns den Rest der Sendung an. Die Geschichte dürfte als winzige Meldung in einer Telefonshow einer Radiostation oder einer billigen Talkshow im Fernsehen in Fairbanks angefangen und Aufmerksamkeit geweckt haben. Wahrscheinlich die von einem paranormalen Irren mit Geld. Dann die Wissenschaft. Dann die Polizei. An dem forensischen Team waren Polizeimarken zu erkennen.

»Merde«, sagte Cloquet. »Na toll.«

»Da können wir eh nichts mehr machen«, meinte ich. »Außerdem sind wir nicht mit den Ausweispapieren gereist, mit denen wir das Haus gemietet haben. Sie werden nicht nach uns suchen. Sie wissen ja nicht mal, dass wir das Land verlassen haben.«

»Sie wird denen eine Beschreibung gegeben haben«, widersprach Cloquet. »Und wenn sie sich die Überwachungsaufnahmen vom Flugplatz in Anchorage anschauen –«

»Vergiss es einfach. Das ist alles nicht in unserer Hand.«

Das Telefon klingelte.

Walkers Telefon. Meine Kopfhaut brannte.

»Hallo?«

Die Stille vor seiner Stimme war wie tiefstes Weltall. Ich wusste, was kam.

»Wir haben sie gefunden«, sagte er. »Sie haben deinen Jungen und Natasha. Wir müssen schnell handeln.«

30

Hoyle zufolge hielten sie sich in einem verlassenen Bauernhof fünfundzwanzig Kilometer außerhalb von Macerata in den Marken in Italien auf. Jacqueline Delon, fünf weitere Vampire, vier menschliche Vertraute, Natasha Konstantinov und ein kleiner, zweieinhalb Wochen alter Werwolfjunge.

›Kühl bleiben‹, sagte ich mir. ›Lass dein Herz aus dem Spiel. Ist das erst mal involviert, wirst du alles versauen.‹ Doch ich hockte krank vor Adrenalin und Hoffnung und Angst auf dem Bett.

»Wir fliegen nach Rom«, erklärte Walker, »dann weiter nach Falconara, von dort aus werden wir gefahren. Das große Problem sind Waffen.«

»Warum?«

»Weil es vielleicht keine gibt.«

Ich versuchte, mir das alles vorzustellen. Ich sah Walker, Konstantinov und mich, wie wir über eine Weide mit hohem trockenem Gras unter aquamarinblauem Himmel gingen. Ich hatte eine sehr klare Vorstellung davon, wie es sich anfühlen würde, vollkommen unbewaffnet zu sein, Luft strich mir über die leeren Hände.

»Und wie soll das ohne Waffen gehen?«

»Na ja, wir gehen am helllichten Tag hinein, das schaltet schon mal die Vampire aus. Dann geht es nur noch um die vier Vertrauten.«

»Vier bewaffnete Vertraute.«

»Ich weiß, ich weiß. Aber wir sind zu sechst.«

»Sechs? Was ist aus den zwanzig geworden?«

»Na ja, Murdoch hat vier von ihnen erledigt. Die anderen sind entweder in den Untergrund gegangen oder schlichtweg nicht interessiert. Ist ja nicht so, als würden die sich alle für Mikes Frau einsetzen wollen. Und keiner von denen will sich für dich oder deinen Sohn einsetzen. Ich habe gesagt, du zahlst, aber Geld ist nicht ihre Hauptsorge. Im Augenblick ist ihnen das Überleben wichtiger. Tut mir leid. Du wirst mir einfach vertrauen müssen, dass wir es schaffen können. Sag auch dem Team gegenüber kein Wort davon, dass wir vielleicht keine Waffen haben. Wenn es wirklich keine gibt, werden wir uns zu gegebener Zeit darum kümmern. Jetzt brauche ich nur noch deine Passdaten.«

»Wir nehmen einen regulären Flug?«

»Im Gegensatz zu welcher Alternative?«

»Keine Ahnung. Irgendwas unterhalb des Radars.«

»Das waren die guten alten Zeiten. Heute stehen wir außerhalb der Organisation. Helikopter, schweres Gerät, Geisterflüge, unbegrenzte Bewegungsfreiheit – alles vorbei.«

Und wozu habe ich dich dann angeheuert?, brauchte ich nicht zu fragen.

Entweder arbeiten wir zusammen, oder du bist auf dich gestellt, brauchte er nicht zu antworten.

Ein kurzer stiller Augenblick, in dem wir beide über die Verbindung hinweg fühlten, wie sehr wir das alles durch unseren Sex verkompliziert hatten.

»Und was machen wir mit der Prinzessin?«, fragte er.

»Frag mich, wenn es so weit ist«, erwiderte ich.

Und dann war es so weit – besser gesagt, wir mussten los, egal wie.

Cloquet saß auf der Bettkante und nahm das Kind. Ich war gerade mit ihm die Anleitung für die Flaschenmilch durchgegangen, die ich gekauft und in meinem Zimmer versteckt hatte, weil ich ja wusste, dass dieser Augenblick kommen würde.

»Es gibt keine andere Möglichkeit«, erklärte ich.

»Ich weiß.«

»Es wird alles gutgehen.«

»Und was, wenn du nicht zurückkommst?«

»Ich komme zurück, versprochen.«

»Das kann man nicht versprechen.«

»Nein, das kann man nicht. Tut mir leid.«

Es war zwei Uhr früh, und es regnete hörbar stark. Der erste Flug, den Walker für uns hatte kriegen können, ging in dreieinhalb Stunden. Ich sollte mich in Heathrow mit ihm treffen. Ich hatte noch mehr Geld auf Cloquets Konto überweisen lassen und meinem Vater einen Brief geschrieben, den Cloquet im Fall meines Todes persönlich überbringen sollte. Mein Testament lag bei dem Anwalt in Manhattan, der auch die Scheidung geregelt hatte. Ich hatte überlegt, einen Brief an Zoë schreiben (an beide, denn es war ja theoretisch möglich, dass Lorcan überlebte, falls es mich erwischen sollte), aber ich konnte nicht. Es fühlte sich falsch an, wie etwas für mich Bestimmtes, verkleidet als etwas für sie Bestimmtes. Dann lieber ein sauberes Rätsel. Lieber die Freiheit, sich die Mutter vorzustellen, die sie hätten haben wollen. Genau wie sie es bei ihrem Vater würden machen müssen.

Ich gab Cloquet Madelines Telefonnummer.

»Das meinst du nicht ernst«, sagte er.

»Wenn die beiden überleben, werden sie Kontakt zu ihrer eigenen Art brauchen. Ich weiß, du wirst auf sie achtgeben, aber du brauchst Hilfe dabei. Madeline ist kein schlechter Mensch. Vertrau mir, ich weiß es. Und außerdem … wer weiß? Sie könnte gut für dich sein.«

»Das ist –«

»Das ist notwendig. Streite nicht mit mir. Also, weißt du, was du mit der Flaschenmilch machen musst?«

Ich hatte gepackt, wenn man es so nennen konnte. Ausweise, Bargeld, Karten, Lorcans Geburtsurkunde, eine Zahnbürste, Wechselwäsche. Jakes letztes Tagebuch. Ich wollte nicht fertig sein, wenn das Taxi kam. Ich wollte eilig aufbrechen und nicht darüber nachdenken, was ich noch hätte sagen sollen. Ich wollte nicht in der Lage sein, Zoë länger als einen kurzen Augenblick zu halten.

Um die Zeit totzuschlagen, ging ich ins Bad und legte Make-up auf. Nahm Zahnseide. Putzte mir die Zähne. Blieb nach dem Pinkeln eine halbe Ewigkeit auf dem Klo hocken. Ertappte mich dabei, wie ich im Bad Einzelheiten wahrnahm, wie man sie wohl in den letzten paar Sekunden vor seiner Hinrichtung wahrnehmen würde. Die ungeheure mathematische Stille war hier, im weißen Porzellan und in den freudig strahlenden Halogenlampen. Wieder stellte ich mir vor, wie ich ohne Waffe in der Hand über die trockene Weide ging – und wie sich meine Hände in Wirklichkeit so anfühlten, als hätten sie ihre halbe Masse verloren. Ich beugte mich über die Kloschüssel, so überzeugt war ich davon, mich übergeben zu müssen. Nichts geschah. Ich richtete mich zitternd wieder auf.

Das Zimmertelefon klingelte.

»Taxi«, rief Cloquet.

Als ich aus dem Bad kam, hielt er Zoë auf dem Arm. Ich nahm sie schnell, hielt sie, sah sie an. Spürte all das, worauf ich kein Anrecht hatte, wie eine autarke, zitternde Flutwelle. Ihr Gesicht war noch warm vom Schlaf, auf der Wange eine Falte vom Liegen. Sie schielte bei dem Versuch, mich anzuschauen. Schnell, vor dem Fall ins Nichts, schnell, schnell. Ich gab ihr einen Kuss, roch an ihrem Kopf, hielt mein Gesicht kurz an das ihre, sagte innerlich: ›Tut mir leid, mein Engel, das alles tut mir leid‹ – und ließ es dann bleiben. Das schob nur Dunkelheit vor die blinkenden Lichter ihrer Zukunft. Das erweichte nur das Herz des Pharao, und ich dachte schon, ich könne sie nicht verlassen, was mich umgehend in den Abgrund stürzte, denn wer war ich? Wer war *ich*? Als ich sie wieder in die Wiege legte, zog ihr Gewicht an meinem Inneren, eine sanfte Verstümmelung. Du musst dich jetzt umdrehen, sonst kommst du niemals fort. Jetzt. *Jetzt.*

Cloquet überkam plötzlich die Erkenntnis der Realität, all die Mechanismen des Leugnens und Verschiebens versagten. Sein Gesicht war ganz offen vor Angst. Ich umarmte ihn schnell, murmelte: »Sag nichts.« Er legte seine Arme um mich. Ich wusste, wenn ich ihm erlauben würde, mich richtig zu umarmen, dann würde es mühsam werden, mich loszureißen. »Ich muss«, sagte ich und machte mich von ihm los. Ich schnappte meinen Rucksack, durchquerte die Suite und öffnete die Tür. Stimmen, die sagten, ich würde sie beide nicht wiedersehen, stolperten hinter mir her wie ein Erdrutsch. Ich stellte mir meine Mutter vor, die wie ein Talisman hinter mir stand und leise sagte: ›Schau nicht zurück. Schau nicht zurück. Schau nicht zurück.‹

Also tat ich es nicht.

31

In Falconara holten wir einen Landrover und eine Mercedes-Limousine ab. Walker war sichtlich erleichtert, dass im Kofferraum des Geländewagens Waffen lagen: vier Pistolen mit je einem Magazin, zwei Lancaster Tactical AK-47 mit jeweils einem 30-Schuss-Magazin. Damit blieb eine Person unbewaffnet. Zu Walker und Konstantinov waren noch drei weitere Ex-WOKOP-Agenten gestoßen – Hudd, Carney und Pavlov (die alle auf Murdochs Todesliste standen) –, keiner von ihnen wollte ohne Werkzeug bleiben. »Schätze, da habe ich wohl den Hauptgewinn gezogen«, sagte Walker. »Ich nehme mal an, es hat keiner was dagegen, wenn ich mit meinen tödlichen Kung-Fu-Techniken die Nachhut bilde?«

Hudd war Anfang dreißig, untersetzt, dämonisch, muskulös, mit rasiertem Schädel und schwarzem Ziegenbärtchen. Carney war jünger, groß und schlank, mit einem blonden Bürstenhaarschnitt und einem sanften Gesicht mit blauen Augen. In Baggypants, kariertem Hemd und Strohhut hätte er den liebenswürdigen Dorftrottel abgegeben. Pavlov, der dritte Abtrünnige, war Mitte vierzig, hatte glatte, schulterlange rote, grau werdende Haare und ein friedfertiges Gesicht mit breiten Wangenknochen. Seine engstehenden haselnussbraunen Augen voller amüsiertem Nihilismus verrieten, dass er hier unter gar keinen Umständen auf etwas anderes aus war als Geld. ›Nicht so voreilig‹, ermahnte ich mich, aber ich hegte Liebe zu ihnen, solch einen Überschwang an Wärme, die immer mehr zunahm, bereit für den Fall, dass sie die Männer waren, die mir meinen Sohn zurückbrachten.

Wir verließen den Flughafen kurz nach Mittag Ortszeit und fuhren nach Südwesten, Walker, Konstantinov (der fuhr) und ich im Mercedes, die anderen im Landrover. Es war kalt. Blauer Himmel und weiße Wolkenfetzen. Konstantinov strahlte Ruhe aus und bewegte sich derart präzise, dass man das fürchterliche Potential darunter spürte.

»Es ist nicht weit«, sagte Walker zu mir. »Du solltest dir noch einmal die Luftbilder anschauen.«

Es handelte sich um ein halbes Dutzend Satellitenaufnahmen aus Google Maps, auf denen die Ruine des Hauses und das Gelände zu sehen waren, ein riesiges rechteckiges Steinhaus mit burgartigem Dach und einem eingestürzten Turm auf drei ungepflegten Hektar mit einem niedrigen Hügel im Rücken, an der Südgrenze von einem schmalen Streifen dichten Waldes begrenzt. Es gab drei Außengebäude in unterschiedlichem Verfallszustand, dazu, vielleicht zwanzig Meter östlich vom Haupthaus, einen kleinen überwachsenen Obstgarten. Näher würden wir nicht herankommen, bevor wir aus der Deckung mussten. »Wir haben keine Schalldämpfer«, hatte Walker festgestellt. »Wenn wir anfangen zu schießen, sollten wir besser genau wissen, was wir tun.« Zum Glück konnten wir Kontakt halten. Ob Sie es glauben oder nicht, aber man darf auf Linienflügen Walkie-Talkies und Funkgeräte mitnehmen, solange man sie an Bord nicht benutzt, also verfügten wir alle über Headsets. Der Plan lautete, dass Walker und Hudd vorausgehen und die Lage kontrollieren sollten, um sicherzugehen, dass wir uns nicht noch mehr Schlägern gegenübersahen, als uns gesagt worden war. »Allerdings«, so hatte Walker mir anvertraut, »macht das für Mike keinen Unterschied. Er geht so oder so rein.« (Soll heißen, er würde mitgehen, aber das musste er nicht erwähnen.) Danach ging es einfach nur darum, die Vertrauten zu erledigen, die Gefangenen aufzuspüren und sie rauszubringen. »Ganz einfach«, hatte Walker wiederholt. »Mein Lieblingswort für solche Situationen. Hat ja keinen Zweck, negativ zu sein.« Eine Stunde nach Flugbeginn wollte ich mit ihm schlafen. Wolf stellte natürlich seine Ansprüche, ganz egal, was kam, offenmäulig, mit baumelnder Zunge und vor ehrlichem Schmutz glänzenden Augen, doch der große, schmerzhafte Druck kam von meinem Menschenanteil, von meinem Mädchen, das gerade erst zur Nähe des Todes erwacht war und eine große Zärtlichkeit für sich selbst, für ihren Körper und all die satte Endgültigkeit verspürte, die verlorengehen würde. Sie wollte noch ein letztes Mal einem anderen Menschen so nahekommen wie nur irgend möglich. Doch ganz im Gegensatz zu dem, was das Kino sagt, ist es gar nicht so einfach, Sex im Flugzeug zu haben. Zum einen war die Maschine winzig. Der Arbeitsplatz der Kabinencrew befand sich praktisch im Klo. Zum anderen gab es ständig eine Schlange von Leuten, die darauf warteten, aufs Klo zu gehen. Ich saß also neben ihm, sagte kein Wort darüber und kam mir zunehmend absurder und verzweifelter vor und war letztlich am Boden zerstört, weil es offenkundig nicht dazu kommen sollte. Die andere Ohrfeige der Wirklichkeit auf diesem Flug war die Tatsache, dass ich keinen Gedanken darauf verschwendet hatte, was geschah, wenn ich plötzlich aufhörte, die Brust zu geben. Als die dritte Fütterungszeit vorbeigezogen war, fing die ungesäugte Milch an, sich mit Messerstichen zu melden. Hör mal, ich weiß, wir haben eine Mission zu erfüllen – aber würde es dir was ausmachen, wenn wir nach der Landung einen Laden auftreiben, der Milchpumpen verkauft? Ich tat alles Erdenkliche, um mir auf dem Klo ein wenig Milch abzupressen, warf ein paar Schmerztabletten ein und versuchte mir einzureden, dass es nicht allzu lange dauern würde, bis ich die Milch für Lorcan bräuchte.

Neben den Satellitenaufnahmen vom Haus gab es noch ein Foto von Konstantinovs Frau Natasha. »Jeder hat eine Kopie«, sagte Walker, »damit sie niemand aus Versehen erschießt.« Auf dem Bild sah eine Frau mit schlankem Gesicht und nach hinten gekämmten und gebundenen Haaren direkt in die Kamera, lächelte nicht. Kein Glamour, aber ruhige schwarze Augen voller durchdringender Seele. Sie könne einen direkt durchschauen, würden die Leute sagen. Sie wirkte mindestens fünfzehn Jahre jünger als Konstantinov, aber ich konnte mir die beiden gut zusammen vorstellen. Dieselbe Intensität. Keine Angst vor dem Tod – vor allem jetzt nicht, wo sie die Liebe hatten. Wäre sie mit Madeline in einem Raum, würden neun von zehn Männern sie übersehen. Konstantinov wäre der eine von zehn, für den es keine andere Frau in dem Raum gab. So funktionierte die Liebe in ihrer seltensten Form.

»Okay«, verkündete Walker. »Das wär's.«

Wir hielten in einer schmalen, staubig weißen Straße, die an einem steilen Hügel entlangführte. Rechts von uns war der Hügel bewaldet, links lag unten offenes Ackerland. Siebzig Meter weiter führte die Straße hinter einer Biegung am Eingang zur Casa del Campanile vorbei, so jedenfalls die Karte. Wir sollten Walker und Carney zur Südseite des Obstgartens folgen und dort auf ihr Zeichen warten.

»Die Vampire werden natürlich unter der Erde sein«, erklärte Walker, nachdem wir uns ein Stück weiter unter den Bäumen versammelt hatten. »Die Gefangenen auch. Jemand wird auf das Kind aufpassen, also sollten wir davon ausgehen, dass sich noch mindestens einer, womöglich zwei im Keller befinden, ganz gleich, wie viele wir von den Menschenvertrauten hier oben erledigen. Alles klar?« Stumme, angespannte gemeinsame Bestätigung, eine verwässerte Version dessen, was ich mit den Wölfen in Alaska geteilt hatte. Carney reckte langsam den Daumen hoch, und aus keinem besonderen Grunde holte mich beim Anblick dieser Geste alles ein und sammelte sich in meinem Körper: der Schlafmangel, der Flug, das fremde Land, die Nähe meines Sohnes, die Erkenntnis, dass dies der Ort war – der nach altem Laub, kaltem Stein, totem Holz und vertrocknendem Gras roch –, an dem ich sterben könnte. Die Erschöpfung war da, doch Wolf schob sie beiseite. Nicht weil das Kind in der Nähe war, sondern weil es etwas zu verfolgen und zu töten gab. Es waren noch achtzehn Tage bis zur Verwandlung, aber der Mensch auf Jagd hatte das Geistertier heiß und zitternd an die Oberfläche gebracht. Ich konnte es in meinen Fingernägeln und Füßen, in Rückgrat und unter der Schädeldecke spüren. Ich konnte die Frustration darüber spüren, womit es sich zufriedengeben musste. Doch dank Wolf waren alle meine fünf Sinne brutal wach. Freude durchfuhr meine Gliedmaßen wie schnell wirkender Schnaps. Außerdem klang der Schmerz in meinen Brüsten ab.

Walker sah Konstantinov an. »Nicht mehr lange, Mike.«

Konstantinov erwiderte nichts.

32

Konstantinov, Carney, Pavlov und ich warteten eine uns sehr lang vorkommende Zeit an dem kaputten Zaun, wo der Wald auf den Garten stieß. Dann drang Walkers Stimme leise zu uns. »Hört ihr mich?«

»Roger«, antwortete Konstantinov. »Los.«

»Okay, wir haben hier zwei Gorillas, wiederhole zwei Gorillas in Sicht, beide mit Maschinengewehren bewaffnet. Erster direkt vor dem Haupteingang, marineblaues Fußballtrikot, schwarze Lederjacke. Zweiter dreht langsame Runden auf dem Dach, grünes Sweatshirt, Sonnenbrille, schwarzes Wollkäppi. Bestätigen.«

»Verstanden.«

»Auf mein Zeichen hin kommt ihr durch den Obstgarten. Haltet euch niedrig, bewegt euch schnell, dann seid ihr hier, bevor die Dachwache wieder auf dieser Seite ist.«

»Roger. Auf dein Zeichen.«

Wir brauchten keine zwei Minuten, und als wir bei Walker und Hudd eintrafen, war der Gorilla auf dem Dach noch nicht wieder aufgetaucht. »Wir müssen näher ran«, sagte Walker. »Das ist ein großes Haus. Da könnten fünfzig Kerle drin sein.«

»Ermittlungen sagen vier«, widersprach Konstantinov völlig emotionslos.

»Mike, du weißt, wir haben nur diesen einen Versuch.«

»Wir müssen näher ran«, stellte Hudd fest. Sein kahler

Schädel, die vorquellenden Augen und der schwarze Ziegenbart ließen ihn wie eine chaotische Gottheit aussehen. Jetzt brauchte er nur noch wie ein Maori die Zunge herausstrecken. »Wir sehen neunzig Prozent nicht. Es gibt drei Etagen, verdammt nochmal.«

Ich wusste, was Walker dachte: Selbst wenn sie näher gingen und fünfzig Kerle entdeckten, nichts würde Konstantinov zurückhalten.

»Wartet hier«, sagte Konstantinov – und bevor noch irgendjemand widersprechen konnte, hatte er den Garten hinter sich gelassen und sprintete erstaunlich tief geduckt über die offene Fläche bis an die Hauswand.

»Herr im Himmel«, murmelte Carney.

Nach all der Anschleicherei wirkte Konstantinov erschreckend sichtbar. In den paar Sekunden, die er sich offen gezeigt hatte, schien es, als würde die Sonne noch aufdrehen, damit er auch ja gesehen werden würde. Aber er schaffte es bis zum Ende des Hauses und drückte sich mit dem Rücken an die Wand.

»Gar nicht mal so schlecht«, flüsterte Pavlov und hielt sein Mikro zu. »Aus diesem Winkel kann ihn der Typ an der Haustür nicht sehen, und der Kerl auf dem Dach sieht ihn erst, wenn er bis an die Kante tritt und senkrecht hinunterschaut.«

Zwei Meter neben dem Russen war ein Fensterloch – kein Glas. Er ging langsam darauf zu. Stellte sich hin. Bewegte sich ganz langsam vorwärts und wagte einen Blick hinein. Machte ein Zeichen. Leer. Schnell bewegte er sich am Fenster vorbei zur Rückseite des Hauses. Er blieb stehen. Dann glitt er um die Ecke.

Eine Minute verging. Zwei. Vier. Fünf. Walkers Flanke neben mir strahlte Hitze ab. Das Dorchester schien Wochen her. Zum ersten Mal seit der Entführung ging mir durch den Kopf, welch blanke Erleichterung es sein würde, meinen Sohn wieder bei mir zu haben – doch Wolf versaute alles: es kam ihm in die Quere. Er war ungeduldig. Der Geruch der vier Leiber, die so nah waren, zerrte vorzeitig am Hunger.

Konstantinov tauchte erneut an der hinteren Ecke auf. Er hielt drei Finger hoch. »Pavlov«, sagte Walker, »der Typ auf dem Dach, jetzt.«

Pavlov stand auf, hob die AK-47 und feuerte eine kurze Salve, die den Himmel zu zersplittern schien. Die Dachwache fiel rücklings. Wir hörten seine Waffe klappern. »Jetzt!« befahl Walker – und wir alle stürmten los. Konstantinov sprang durchs Fenster ins Haus. Das lange Gras war ein zum Verrücktwerden weiches Hindernis. Carney stolperte, fluchte, stand auf, spürte einen Schauer an Kugeln an sich vorbeiziehen und warf sich hin. Er sah mich ein wenig überrascht an, so als habe er überhaupt nicht damit gerechnet, beschossen zu werden. Die drei Sekunden zogen sich, verzerrten alles, dauerten eine Traumstunde lang. Pistolenschüsse drangen aus dem Haus. Walker sprang durchs Fenster. Carney und Pavlov gingen um die Rückseite des Hauses, Hudd blieb einen Augenblick an der gegenüberliegenden Seite stehen und verschwand dann ebenfalls. Wieder dröhnten zwei Schüsse. Dann Stille. Plötzlich lag die italienische Landschaft wieder in völligem Frieden da. Wolf krümmte und scheuerte sich in seiner menschlichen Falle, den unzulänglichen Armen und Beinen, den sich lächerlich abmühenden Muskeln. Ich wuchtete mich aufs Fensterbrett und ließ mich in den großen leeren Raum auf der anderen Seite fallen.

33

Zehn Meter vor mir führte eine Tür in den nächsten Raum. Walker tauchte in der Tür auf und bedeutete mir, ihm zu folgen. Der zweite Raum war noch größer als der erste. Tageslicht strichelte durch mehrere große Löcher in der Ziegelwand herein. Eine angeschlagene Steintreppe zog sich an einer Wand nach oben. Konstantinov, Hudd und Carney waren oben und gingen Zimmer für Zimmer durch. Der Gorilla mit dem Fußballtrikot lag tot in der offenen Haustür. Eine zweite Leiche lag neben der Treppe, eine dritte war mit dem Gesicht nach unten in der Nebenkammer zu sehen.

»Hier durch«, sagte Walker.

Ich folgte ihm in die wohl ehemalige Küche, wo Pavlov an einer Tür, von der aus weitere Steinstufen nach unten führten, Wache hielt.

»Wir warten auf die Freigabe von oben«, erklärte Walker.

Es folgten ein paar angespannte Minuten. Zu sagen gab es nichts. Das Haus, das keine andere Wahl hatte, bot uns seine zerstörten Einzelheiten dar: ein von Sonne beschienener Fleck gelblich grüner Flechten; Stücke von verrottetem Holz; gruslige Spinnweben; der Geruch von feuchtem Stein, Katzenpisse und Moder. Jede Sekunde erhöhte noch die Abstrusität, wie bei Fremden, die zusammen auf den Fahrstuhl warten. Dann kam Konstantinov durch die Tür, gefolgt von Carney und Hudd. Die Zimmer oben waren leer.

»Okay, also, ich finde, hier ist –«

Konstantinov wartete gar nicht erst. Er ging wortlos an Walker vorbei und die Treppe hinunter.

»Pav, du hältst hier Wache«, sagte Walker und folgte Konstantinov ins Dunkle. Ich ging hinterher, Hudd und Carney blieben mir auf den Fersen.

Kalte Luft stieg auf. Die Treppe war schmal, steil, bemoost und feucht, aber die beiden Vorderleute und Hudd hinter mir beleuchteten den Weg mit Taschenlampen. Vierzehn Stufen. Drückende Hitze und stinkendes Adrenalin von den vier menschlichen Körpern. Wolf schwoll an und stach direkt unter der Haut. Erinnerungen an die Morde blühten auf: der Schwanz des französischen Witwers auf dem Boden, wie eine Riesengarnele in einer Blutpfütze; die Beine des mexikanischen Zuhälters, die wiederholt strampelten, obwohl ich mit meiner Hand ellbogentief unter seinen Rippen wühlte. Etwas mühte sich in meinem Verstand nach vorn, hatte sich schon zu formen versucht, als wir noch an der Tür oben an der Treppe gewartet hatten.

»Mikhail!«, zischte Walker. »Himmel, mach langsam.«

Konstantinov hatte sich schnell von der Treppe fortbewegt und brach die Dunkelheit abschnittsweise mit seiner Taschenlampe auf. Der Raum hier unten nahm die halbe Grundfläche des Hauses ein. Nackte Steinwände und Böden, Reste von zerschlagenen Holzkisten und Flaschen, rostige Öldosen, durchhängende Regale, noch mehr wirre Spinnweben.

»Okay, alles abchecken«, befahl Walker. »Immer mit der Ruhe, meine Herren. Miss D, bleib in der Nähe. Pavlov, alles in Ordnung da oben?«

»Ja«, antwortete Pavlov. »Lasst euch Zeit.«

Das Team arbeitete sich mit gezückten Waffen und Taschenlampen an den Außenwänden vor. Konstantinovs stumm tobende Energien waren in der Dunkelheit fast greifbar. Wir anderen waren von ihm abgefallen: Er war allein im unergründlichen Universum.

In der Zeit, die wir benötigten, um alles zu kontrollieren, hielten wir uns mit einem Urteil zurück, doch keiner von uns hegte irgendwelche Zweifel: Hier unten war niemand.

Konstantinov suchte auf Knien den Boden ab – nach einer Falltür oder einem Zugang zu einer weiteren Etage. Tollpatschig schlossen sich Carney und Hudd ihm an. Der Gedanke, der sich in meinem Verstand nach vorn mühte, kam mit dem merkwürdigen inneren Gefühl von Wolf, der plötzlich um sich krallend fiel, endlich dort an. Ich konnte nicht fassen, dass es so lange gedauert hatte. »Walker«, sagte ich. »Wenn er hier wäre, hätte ich ihn schon längst erspürt.«

»Was?«

»Meinen Sohn. Und die Vampire. Sie sind nicht hier. Es riecht nach nichts.«

Konstantinovs methodisches Vorgehen löste sich in nichts auf. Er stand auf und fuhr mit den Händen über die nächstgelegene Wand.

»Mike?«, sagte Walker. »Hier stimmt was nicht.«

Konstantinov hörte nicht auf ihn.

»Pavlov«, rief Walker. »Bei dir irgendwas?«

Keine Antwort.

»Pavlov, hörst du mich?«

Stille.

Carney und Hudd sprangen mit angelegten Waffen auf. Konstantinov lehnte den Kopf an die Wand. Die Taschenlampe in seiner Hand zeichnete eine sinnlos ungestüme Ellipse auf den feuchten Stein.

»Hier«, sagte ich zu Walker und reichte ihm die Pistole. »Nimm sie. Du brauchst sie mehr als ich.«

Oben fanden wir Pavlov mit einem winzigen Pfeil im Nacken bewusstlos vor. Das Land rings ums Haus war wieder wachsam. Wolf in mir war verwirrt und wütend, so als hätte eine Brandwunde ihm die Augen zuschwillen lassen. Mein Mensch musste sich erst wieder durchsetzen, dem unterlegenen System die Kontrolle zurückholen.

»Scheiße«, sagte Walker. »Wir stecken in Schwie-«

Ich weiß nicht, welchen Einsatzreflex die vier Männer als Nächstes gezeigt hätten, das sollte ich auch nie herausfinden, denn in diesem Augenblick tauchte eine Gestalt in der Tür zwischen Küche und Nebenraum auf, blieb kurz stehen, versuchte einen weiteren Schritt und brach zusammen.

34

Es war ein Mann, und er war nackt. Er war außerdem, nach allem, was ihm zugestoßen war, kaum noch als Mann erkennbar. Kaum zu verstehen, dass er noch auf den Beinen gewesen war. In dem Durcheinander seiner Verletzungen – Gesichtsschwellungen wie eine Obstschale voller grotesker Früchte, blaue Flecken, die psychedelisch zwischen Gelb und Pflaumenblau changierten – waren deutlich zwei Details erkennbar: Die Elle seines linken Arms hatte sich oberhalb des Handgelenks durch die Haut gebohrt, und sein Penis war übersät von Flecken, die auf eine Geschlechtskrankheit hätten hindeuten können, die aber in diesem Zusammenhang nur Zigarettenbrandflecken sein konnten.

»Oh nein«, sagte Walker leise.

»Wer ist das?«, fragte ich.

»Hoyle.«

Walker tat einen Schritt auf den Mann zu. Bei dieser Bewegung änderte sich der Lichteinfall ein wenig, und alle drehten sich zu der Lücke in der Küchenwand um, wo der Gorilla im blauen Fußballtrikot und Lederjacke stand und grinste. Walker, Carney und Hudd feuerten – aber der Kerl stand nur da, winkte, dachte ich, bis ich erkannte, das er in der Hand die zerfetzten Überreste eines kleinen Plastikbeutels hielt. Er war zuvor, wie nun deutlich wurde, mit Blut gefüllt gewesen. Tierblut. Bühnenblut. Jedenfalls nicht sein Blut.

»Das Schöne an der Tatsache, dass Sie auf Waffen angewiesen sind«, sagte eine Stimme, »ist, dass wir die Freiheit haben, sie mit Platzpatronen zu laden.«

Wieder drehten wir uns alle um.

Über Hoyle baute sich ein großer Mann Mitte vierzig im schwarzen Kampfanzug der Jagdgesellschaft mit einem Maschinengewehr auf. Er hatte kurzgeschorene graue Haare und blaue Augen, die eine Iris zusätzlich zu haben schienen. Das leichte Stirnrunzeln, das erkennbar festgewachsen war, verlieh ihm das würdevoll wahnsinnige Aussehen eines kahlköpfigen Adlers. Ich spürte Walkers Energie sinken wie ein Flugzeug in einem Luftloch.

Mindestens zwei Dutzend vollbewaffnete Männer der WOKOP-Jagdgesellschaft spazierten ins Gebäude, einige durch die Lücke in der Wand, andere im Windschatten des kahlköpfigen Adlers, der über den Mann auf dem Boden stieg und auf uns zukam. Ein Duft aus sauberem Drillich, Leder und Kernseife wehte ihm voraus. »Ich dachte, ich bringe Hoyle mit«, sagte er zu Walker. »Damit Sie sehen, in welche Schwierigkeiten Sie ihn gebracht haben. Wie haben alle eine lange Nacht hinter uns.« Dann drehte er sich zu mir um. »Miss Demetriou«, sagte er. »Sie bedauern sicherlich, sich mit solchen Leuten eingelassen zu haben. Nicht, dass ich Ihnen die Schuld daran gebe. Wird ein Kleines vermisst, greift die Mutter zu verzweifelten Maßnahmen. Sie nehmen jede Hilfe an, die Sie finden können. Verständlich.«

Ein Kleines wird vermisst.

Wusste er, wo die Schüler waren?

Ich konnte spüren, welche Anstrengung Walker aufbringen musste, um stillzuhalten, spürte den Schmerz um Hoyle; das Herz, das schreien wollte, und der Wille, der wusste, dass dies die Niederlage einräumen und dem Mann am Boden nichts nutzen würde. Walkers logischer Schluss war für mich geradezu hörbar: Hoyle hatte gelitten, weil er Walkers

Maulwurf gewesen war. Aber Walker hatte Hoyle nicht dazu gezwungen. Hoyle kannte die Risiken. Jedes Mitgefühl würde ihrem Feind nur köstliche Befriedigung sein. Dem hätte Hoyle wohl zugestimmt, wenn er denn hätte sprechen können. Also unterdrückte Walker sein Herz, wandte sich stattdessen zu mir und sagte: »Sie wären erstaunt, wenn Sie seine Frau sehen würden. Wirklich hübsch. Außerdem ist sie eine Zauberin mit ihrem Mittelfinger.«

Murdoch (wie Walkers Spott verriet) sah ihn einen Augenblick lächelnd an und sagte nichts. Dann wandte er sich an einen Mann aus seinem Team: »Mr Tunner, legen Sie diesen Leuten Handschellen an und bringen Sie sie auf den Weg.«

Mehrere Jäger, die mit Hand- und Fußschellen ausgerüstet waren, traten vor. Hudd sprang einen von ihnen an und erhielt umgehend eine Kugel in die Hüfte. Carney ließ seine nutzlose Waffe fallen und ließ sich fesseln. Drei Jäger näherten sich Konstantinov. »Auf die leichte oder die harte Tour, Mike?«, fragte einer von ihnen. »Liegt bei dir.« Noch bevor Konstantinov antworten konnte, schoss er ihm mit einem Betäubungspfeil ins Bein. Konstantinov fiel auf die Knie und ließ die Pistole fallen. Sein dunkles Gesicht war weich. Mit einer ungeheuren, hypnotisierenden Anstrengung stellte er sich auf ein Knie, schob den rechten Fuß unter sich, scharrte in der Luft, suchte nach Halt ... und fiel um.

Murdoch wendete sich wieder Hoyle zu. Ich spürte in Walker eine Art Erschöpfung, weil er wusste, wie weit sich Murdoch von gewissen Dingen entfernt hatte und wie sinnlos es war, auf Mitleid zu hoffen.

Ich wünschte, Hoyle wäre bewusstlos gewesen, aber das war er nicht. Er konnte sich nicht rühren, aber er wusste, dass der Mann über ihm stand. Gefühle, die mir nicht zustanden, flackerten auf.

Murdoch steckte in der vertrauten Sackgasse der Verärgerung. Am Ende war es immer ärgerlich, dass man herausfinden konnte, wie viel Gewalt ein Körper ganz genau ertragen konnte, bevor er starb. Jeder Körper ist anfänglich faszinierend und einzigartig. Jeder ist anfänglich der Wohnsitz einer Person. Wie in der Pornographie. Aber genau wie die Rituale in der Pornographie bereitete auch Gewalt der Einzigartigkeit ein schnelles Ende. Schon bald war die Person verschwunden, und alles, was übrig blieb, war dummes, endliches Fleisch. Und die Dummheit und Endlichkeit war eine Sackgasse, weil dein Wille unendlich ist und sich nicht befriedigen lässt. Dein Wille verlangt, dass die Person für immer da ist.

(Wohingegen beim Werwolf … ja was? Da blieb die Person für immer? Sicherlich waren meine Opfer immer Menschen. Sicherlich lebten sie in mir weiter. Sicherlich war die Person niemals von der leiblichen Hülle getrennt. Wieder ein neuer Raum im Haus der vielen absurden Wohnungen: Ich las die Bücher, Murdoch verbrannte sie. Ich war Erotik, er war Pornographie. Jake wäre stolz auf mich gewesen.)

Murdoch hob seinen Stiefel und trat so hart er konnte auf Hoyles Kopf. Hoyles Augenlider flatterten. Blut floss ihm aus dem Mund, genau wie der Saft aus einer Dose Kirschen, die ich mal sinnloserweise mit Laurens Taschenmesser angepikst hatte. Murdoch holte aus und trat Hoyle ins Gesicht. Hoyles Kopf schlug nach hinten, ein Zahn flog davon. Einen Augenblick lang stand Murdoch mit dünnlippigem, geschlossenem Mund da und atmete durch die Nase. Dann nahm er das Maschinengewehr von der Schulter und packte es am Lauf. Er stellte sich richtig hin, holte mit der Waffe bis über die Schulter aus und ließ sie mit aller Kraft auf Hoyles Kopf knallen.

Das wiederholte er vielleicht eine Minute lang, fünfzehn oder zwanzig Schläge, dann hörte er wieder auf.

Hoyle war natürlich tot. Sein linkes Auge lag auf dem

Boden, sein Gehirn schaute zur Hälfte aus dem Schädel. Ein Kreis aus dunklem Blut hatte sich um den Rest seines Kopfes gelegt. Das Bild erinnerte mich an eine Monty-Python-Zeichnung, an eine von Terry Gilliams grotesk fesselnden Animationen. Murdoch stupste mit der Schuhspitze nach dem Augapfel. In den Männern ringsherum steckte eine Masse an stummer Energie. Murdoch sah Walker eine Weile mit leeren Augen an. Es schien, als müsse einer von ihnen etwas sagen, doch beide schwiegen. Ich hatte eine starke Empfindung für all die Zeit und Energie, die ich darauf verwendet hatte, mir einzureden, nicht daran zu glauben und doch daran geglaubt zu haben, dass all dies hier mich zu meinem Sohn bringen würde. All die Zeit und Energie und der Glauben zerflossen zu nichts, wie Vertrauen in einen Verräter, wie Milliarden in einem Finanzskandal.

Dann spürte ich einen stechenden Schmerz in der Schulter, und innerhalb von fünf Sekunden war alles schwarz.

35

Ich erwachte vom Gestank nach Vampir.

Und Desinfektionsmittel. Dem folgten umgehend die Erinnerungen an Murdochs gelangweiltes Gesicht, an Hoyles Auge am Ende des Sehnervs und Zoës warmen, zerbrechlichen, nach Schlaf duftenden Kopf, als ich sie zum Abschied küsste.

Ich drehte mich zur Seite und übergab mich.

Ich lag allein auf dem Boden einer Gefängniszelle. Drei auf vier Meter, blanker Beton zu drei Seiten, die vierte eine Reihe von zehn Zentimeter dicken Stahlstäben, die selbst Wolf in all seiner Macht nicht verbiegen konnte. Ein gelber Eimer. Eine große Plastikflasche Wasser. Das Summen einer Klimaanlage und das schalldichte Gefühl, tief unter der Erde zu sein. Eine müde Neonröhre summte und ließ das Licht irritierend flackern.

›Geh davon aus, dass Walker tot ist.‹

Der Gedanke war wie eine Steinstele mit mir in der Zelle. Ich musste zugeben, dass er da war, aber das war schon alles. Der Gedanke war da, das war alles. Mehr musste ich nicht zugeben.

Eine Weile konnte ich nur zusammengerollt auf der Seite liegen und atmen, die Arme um mich geschlungen, erniedrigt. Das war wie zu der Zeit auf dem Boden der Schließfachkammer bei Coralton-Verne. Jedes Mal, wenn ich mir sagte: ›Gut, steh auf, du Dummchen‹, stellte ich fest, es ging nicht. Wenn mich dieser Gestank nicht so gequält hätte, wäre ich wohl wieder eingeschlafen.

Schließlich setzte ich mich langsam auf. Die Dehydrierung pochte mir im Kopf. Ungesäugte Milch stach mir in die Brüste. *Blockierte Milchbrustgänge, Abszesse, Krebs.* Aber das hatte jetzt keinerlei Bedeutung. Mein Hals war an der Stelle, wo die Nadel getroffen hatte, ganz taub. Ich kroch mit Muskeln, die sich anfühlten, als würden sie hörbar reißen, zur Wasserflasche, stellte fest, dass ich gerade noch die Kraft hatte, die Kappe abzuschrauben, dann trank ich und dachte die ganze Zeit über, trink nicht so viel, du weißt nicht, wann du wieder Wasser kriegst, war aber zu durstig, auf den eigenen Rat zu hören. Als ich die Flasche absetzte, war sie halbleer.

Nach einer Reihe von wackligen Fehlversuchen kam ich auf die Füße. Ich ließ mein Blut durch die Gliedmaßen kreisen. Mein Rucksack war verschwunden. Ich trat an die Gitterstangen und sah hinaus.

Es gab sechs Zellen, je drei zu beiden Seiten eines kurzen Ganges, der am Ende mit einer Banksafetür verschlossen war. Kartenlesegerät als Zugang. Eine Reihe von Beobachtungskameras an der Decke des Gangs, eine auf jede Zelle gerichtet. Meine Zelle war die mittlere von dreien. Ich konnte nicht erkennen, ob die Zellen links und rechts von mir belegt waren, doch in der Zelle mir gegenüber lag ein spindeldürrer Junge von vielleicht elf, zwölf Jahren in fötaler Haltung auf dem Boden, hatte die Arme um sich geschlungen und starrte mich an. Sein Gesicht sah aus wie ein Totenschädel, er hatte grüne Augen und zotteliges, weißblondes Haar. Er trug nur eine schmutzige weiße Trainingshose. Sein Blutkreislauf zeichnete sich unter der Haut ab. Er wirkte wie aus krakeliertem Porzellan.

Er war die Quelle des Gestanks.

»Hey«, sagte ich.

»Hey«, erwiderte er. Er war nass vor blassrosa Schweiß, der an manchen Stellen wie Gelee wirkte.

»Sind wir beiden hier unten allein?«

Er nickte.

»Wo sind wir?«

Er schluckte. Schloss die Augen. Das Schlucken schmerzte. Existieren schmerzte. »Weiß nicht«, antwortete er. Ein Akzent, den ich nicht genau verorten konnte. Oder ein durch viele Orte verzerrter Akzent.

»Wo warst du, als die dich geschnappt haben?«

»Schottland.«

»Wie lange bist du schon hier?«

»Einundzwanzig Tage.«

»Sind noch andere Vampire hier?«

Mit grotesk flatteriger Geschwindigkeit stützte er sich auf die Ellbogen und übergab sich schaudernd. Ein einzelner rosiger Faden Schleim, wie es aussah, hing ihm von der Unterlippe. Er spuckte ihn aus. Neben ihm auf den Boden war eine weitere Pfütze davon.

»Bin ich das?«, fragte ich.

Er konnte nicht antworten. Ich erkannte, dass er die Arme um sich geschlungen hatte, um Spasmen zu unterdrücken. Bei jedem Krampf verdunkelte sich sein Kapillarsystem und verblasste wieder. Ich dachte: ›Einundzwanzig Tage. Jake hat gesagt, Vampire müssten alle drei, vier Tage trinken.‹ Sie ließen ihn verhungern.

»Du bist … ein Werwolf?«

»Tut mir leid.«

»Man hat mir gesagt, Eure Art würde stinken. Ich meine –« Wieder überkam ihn ein Krampf. Er drückte die Knie fester an die Brust und biss die Zähne zusammen. Er hechelte. »Das klang vielleicht jetzt falsch.«

»Na ja, falls das ein Trost ist, du stinkst auch.«

Er lächelte nicht, aber sein Blick besagte, dass er es getan hätte, wenn er die Kraft dazu gehabt hätte. »Du musst nicht … nicht mit mir reden … wie mit einem Zehnjährigen«, sagte er zitternd.

»Ist mir gar nicht aufgefallen.«

»Der Ton. Ich bin siebzehn.«

Jetzt wo er es gesagt hatte, fiel mir auf, dass ich tatsächlich wie mit einem Kind gesprochen hatte. Alte Gewohnheit. Nach allem, was ich wusste, hätte er noch vor Moses geboren worden sein können.

»Tut mir leid«, entschuldigte ich mich. »Das war dumm von mir.« Nur mit Mühe konnte ich eine Bemerkung über seinen schlechten Zustand unterdrücken. Nur mit Mühe den Gedanken unterdrücken: ›Junge, du liegst im Sterben.‹

»Wie alt bist du?« fragte er.

»Vierunddreißig«, antwortete ich. »Ich bin neu. Hör mal – oh, Scheiße.« Ich musste mich wieder übergeben. Diesmal schaffte ich es bis zum Eimer. Der Salmiakgestank des Desinfektionsmittels war eine brutale Linderung seines Gestanks. Ich hielt den Kopf darüber. »Ich schätze, die halten das für witzig«, sagte ich, als ich mich erholt hatte und wieder zu den Gitterstäben gekrochen war. Ich hatte den Eimer mitgenommen und hielt ihn mir unter die Nase.

Er nickte, aber ich sah, welche Mühe ihm das Sprechen machte.

»Weißt du, wie lange ich schon hier bin?« fragte ich ihn. »War irgendjemand bei mir, als sie mich hergebracht haben?«

»Weiß nicht«, antwortete er. »Hab geschlafen. Bin … vor ein paar Stunden aufgewacht. Du warst da.«

›Geh davon aus, dass Walker tot ist.‹

Jetzt war mehr verlangt. Nur den Gedanken zuzulassen, reichte nicht. Nun also auch das Gefühl, als sei mir in meiner Bewusstlosigkeit etwas Lebenswichtiges operativ entfernt worden. Geh davon aus, dass er tot ist. Die andere Qualität von Wirklichkeit ohne ihn. Erneute Einsamkeit, erneutes Versagen, die Welt ein großes, grell ausgeleuchtetes Zimmer, ein riesiger leerer Raum, in dem ich mich selbst bemitleiden konnte. ›Du hast es nicht besser verdient. Geh davon aus, dass er tot ist. Geh davon aus, dass auch Konstantinov tot ist. Du bist allein hier drin, du wirst nie wieder rauskommen, deine Tochter wird dich nie kennen, dein Sohn wird sterben. Nimm das Schlimmste an.‹

»Wie haben sie … dich geschnappt?« fragte er.

»Wir sind in eine Falle gelockt worden«, musste ich einräumen. »Eine lange Geschichte. Hör mal, ich erzähl dir alles, aber kannst du mir erst verraten, was du über diesen Ort hier weißt? Wie heißt du überhaupt?«

»Caleb.«

»Ich bin Talulla.«

Er machte eine leichte Kopfbewegung. Ein offizielles Hallo. Der rosige Schweiß hatte sich verdunkelt.

»Kannst du noch sprechen?«, fragte ich.

Er schluckte, als würde er zerstoßenes Glas hinunterwürgen. »Müde«, sagte er.

»Ich verstehe. Es tut mir leid.« Es tat mir wirklich leid. Der Ekel vor der anderen Art war kein Spaß – Wolf wollte so viel Abstand zwischen uns wie nur möglich –, aber das geteilte Leid sorgte für Mitgefühl. »Schon in Ordnung«, beruhigte ich ihn. »Ruh dich eine Weile aus. Wir reden weiter, wenn es dir bessergeht.«

»Es wird nicht … mehr besser. Nur schlimmer. Sie werden bald kommen. Ich werde … Ich werde an diesem beschissenen Ort sterben.«

Wieder überkamen ihn Konvulsionen. Die Adern wurden schwarz. Es war hässlich anzuschauen. Aber die Solidarität verlangte es.

»Das werden sie noch bedauern«, sagte er, als er wieder bei Atem war. »Wenn Remshi … kommt … werden die sich wünschen … nie geboren worden zu sein.«

36

Bevor ich darauf anspringen konnte, gab die Banksafetür am rechten Ende des Ganges eine Reihe von elektronischen Piepsern von sich, gefolgt von einem hydraulischen Seufzen und dem Geräusch eines sich öffnenden schweren Riegels. Ich sah Caleb an. Er hatte die Augen geschlossen. Er war damit vertraut, was immer es auch war. Und es war schlimm.

Die Tür ging auf, Murdoch kam herein, gefolgt von einem jüngeren, kleineren, muskelbepackten Jäger mit zu vielen Kräften in schwarzer Kampfhose und Weste; er trug Gurte und einen Viehtreiber, wie es aussah. Sein Schädel war kahlrasiert, seine Ohren standen ab, dazu hatte er runde Augen und einen Mund wie ein Schimpanse. Der Gesamteindruck war der eines übereifrigen kleinen Affen auf Anabolika. Das Murmeln einer größeren Menschenmenge folgte ihnen. Murdoch kam direkt auf meine Zelle zu, während der Affe etwas, das aussah wie ein Heizkörperschlüssel (der an einer Kette um seinen Hals baumelte), in einen der sechs Öffnungen auf dem Kontrollfeld neben der Tür steckte. Eine Drehung gegen den Uhrzeigersinn, und eine rote Anzeige wurde grün. Zwei Sekunden später glitten die sechs mittleren Stangen meines Zellengitters präzisionsgesteuert und reibungsfrei nach oben und verschwanden in der Decke.

»Wie geht es Ihnen?«, fragte Murdoch.

»Wo bin ich?«

»Sie befinden sich in einer Haftanstalt im County Berkshire, England. Es ist Dienstag, 6. November, und es ist …« er sah auf die Uhr, »Neunzehn Uhr sechsunddreißig. Sie wurden unter Betäubung hierhergeflogen, zusammen mit Walker und seinem Team. Alle sind am Leben, wie Sie sich sicher freuen werden zu hören, und sind an verschiedenen Orten anderswo im Gebäude untergebracht. Es scheint nicht angebracht, aber ich …« und bei diesen Worten betrat der Affe mit den Gurten meine Zelle, »werde Sie bitten müssen, diese im Augenblick anzulegen, damit wir uns ganz auf die anstehenden Geschäfte konzentrieren können.«

Ich zögerte.

»Bitte«, sagte er, als habe er meine Gedanken gelesen. »Keine Mätzchen. Sie kommen eh nicht an meine Waffe, und selbst wenn, sind im Nebenraum weitere zwanzig Mann. Ganz zu schweigen von Mr Tunner hier. Wenn Sie kooperieren, wird Ihnen absolut nichts geschehen. Das dient nur dem Seelenfrieden von Onkel John.«

»Sie brauchen mich nicht zu fesseln«, wollte ich ihn beruhigen. »Ich werde nicht –«

Er verpasste mir einen harten Schlag in den Magen, schneller, als ich es für möglich gehalten hätte. Das Universum saugte mir alle Luft aus den Lungen, und ich fiel erst auf die Knie, dann auf alle viere. Der Schmerz nahm mich auf, urplötzlich, ganz und gar. Es gab kein Ausweichen, um dem Schmerz zu entgehen, denn er war alles. Ich konnte erkennen, wie weit entfernt die Möglichkeit war, wieder Luft zu holen, wie ein Licht an fernen Ufern. Bis dorthin würde ich schon lange tot sein.

»Bei mir funktioniert das folgendermaßen«, erklärte Murdoch. »Ich bitte Sie, sich meinem Willen freiwillig zu unterwerfen. Falls nicht, wird man Sie mit Gewalt dazu zwingen. Ich hätte Ihnen sagen sollen, dass ich nur ein einziges Mal frage. Ein Versehen. Ich entschuldige mich dafür.«

»Wirst nachlässig, Onkelchen«, sagte Tunner und legte mir die überflüssigen Fesseln an.

»Sie muss kotzen«, stellte Murdoch fest.

Tunner schnappte sich den Eimer und hielt ihn mir gerade noch rechtzeitig hin. Ich gab drei kratzende Portionen von mir und fiel dann zur Seite. Soweit ich erkennen konnte, hatte ich noch immer keine Luft geholt. Wo meine Lungen mal gewesen waren, befand sich ein Amboss aus Blut.

»Bring sie rein, wenn sie wieder zu sich gekommen ist. Gib mir das da.«

Murdoch, der sich mit dem Viehtreiber bewaffnet hatte, kehrte zur Kontrolltafel zurück, nahm seinen eigenen Schlüssel, drehte ihn, bekam grünes Licht und ging dann zu Calebs Zelle, bei der sich die Stangen bereits hoben.

Ich konnte Caleb nicht sehen, aber ich hätte gehört, wenn Murdoch und er Worte gewechselt hätten. Taten sie nicht. Murdoch stand nur ein paar Augenblicke mit dem Viehtreiber in der Hand da. Caleb war offenkundig zu schwach, um sich rühren zu können.

Murdoch ging zur Safetür zurück. »Sobel«, rief er. »Gib mir einen Beutel.«

Jemand reichte Murdoch einen durchsichtigen Plastikbeutel von der Größe einer Herrenbrieftasche.

Er war mit Blut gefüllt.

37

Der Raum nebenan war groß und fensterlos, und es hallte darin wie in einer Turnhalle. In dem Raum befand sich nur ein sehr großer Käfig (vielleicht sechs mal sechs Meter, mit Seitenwänden, die doppelt so hoch waren wie eine durchschnittlich große Person), der ganz offensichtlich aus anderen Käfigen zusammengeschraubt worden war. Zwei gegenüberliegende Seiten waren mit Bandstacheldraht verhängt. Etwa zwei Dutzend Jäger umringten den Käfig, die meisten wirkten entspannt (ein, zwei rauchten, einer trank eine Cola, ein paar machten Dehnübungen). Zwei Türen, eine geschlossen, die andere ging auf einen hell erleuchteten Flur hinaus. Auf einem Whiteboard an der Wand gab es eine Liste von Namen und Nummern in unterschiedlichen Farben.

Caleb war in dem Käfig. Das Blut hatte ihm genug Kraft verliehen, um sich, von Murdoch angetrieben, bis hierher zu schleppen. Nun war er wieder zusammengebrochen. Tunner, der meine Fesseln an einer Stange an der Safetür festgemacht hatte, hatte seine schwarze Weste abgelegt und lockerte sich am Käfig auf; seine Deltamuskeln zuckten, seine Bauchmuskeln sahen aus wie ein Sechserpack Boulekugeln.

Murdoch hob die Hand. Das Gemurmel der Männer verstummte. »Also gut«, verkündete er. »Mr Tunner. Wählen Sie Ihre Zeit, bitte.«

Tunner ließ seinen Kopf ein paarmal rollen, so als wolle er die Halsmuskeln lockern, schürzte die Lippen, holte einmal tief Luft und sagte dann: »Zwei Minuten fünfundvierzig Sekunden, falls es beliebt, Onkelchen.«

Murdoch zog eine Stoppuhr aus der Tasche. »Zwei Minuten fünfundvierzig für Mr Tunner. Wie viele Beutel, Mr Tunner?«

»Noch zwei, Onkelchen.«

»Noch zwei Beutel, Mr Sobel. Die Zeit läuft ab dem Genuss des zweiten Beutels. Bewaffnen Sie sich und rein mit Ihnen.«

Einer der Jäger reichte Tunner einen Polizeiknüppel und einen dicken roten Filzstift. Sobel griff in der Zwischenzeit in eine Tasche und zog zwei weitere Blutbeutel heraus. Tunner betrat den Käfig, und die Tür wurde hinter ihm verriegelt. Sobel warf die Beutel dem liegenden Caleb hin. Caleb starrte sie an. Ich fragte mich, wie oft er diesen Kampf gegen seinen Durst schon durchgemacht hatte. Doch ganz gleich wie oft, er hatte jedes Mal verloren. Er würde auch weiterhin jedes Mal verlieren. Man konnte es ihm im Gesicht ablesen. Der einzige Ausweg war, nicht zu trinken. Aber der Vampir trank jedes Mal. Jedes Mal.

Ich beobachtete alles Weitere. Zum einen, weil die Zwangssolidarität der Gefangenschaft das verlangte, zum anderen, weil ich nicht länger zu jenen gehörte (tatsächlich noch nie gehört hatte), für die Wegschauen eine Option war. Ganz gleich, welcher Schrecken sich auch vor mir abspielte, ich schaute hin. (Meine Mutter war da nicht anders gewesen. Ich hatte das Ende eines Streits mitbekommen, den sie mit meinem Dad gehabt hatte. »Du hast kein Herz«, hatte er gebrüllt. »Du hast ein Auge. Ohne Augenlider, immer auf, und alles musst du sehen.« »Ja«, hatte meine Mutter mit entsetzlich ruhiger Freundlichkeit erwidert, »wie Gott.«) Caleb biss in die Beutel und trank das Blut.

Die deutlich sichtbare Landkarte der Adern verblasste ein wenig. Caleb kam erst auf die Knie, dann auf die Füße, auch wenn er offenkundig noch schwach war und nun, mit dem Geschmack im Mund, nach mehr Blut gierte.

Tunner näherte sich, frech entspannt.

»Er ist noch nicht so weit«, rief einer der Zuschauer.

»Na klar ist er das«, erwiderte ein anderer. »Na los, Junge, die Bar hat geöffnet.«

»Na los, Casper.«

»Erteil ihm eine Lektion, Junge.«

Doch Caleb rührte sich nicht. Ich konnte an seinem Unterkiefer sehen, welche Anstrengung ihn das kostete, wie sein Reiter gleichzeitig die Sporen gab und an den Zügeln riss.

»Schaut euch mal die Willenskraft bei dem Burschen an. Schaut mal.«

»Er schlägt zu ... jetzt ...«

»Tut er nicht. Er ist ein verschissener Zen-Meister. Immer mit der Ruhe, mein Sohn. Guter Junge.«

»Komm schon, Tunner, verdammte Scheiße.«

Tunner war fast in Reichweite. Caleb starrte zu Boden. Seine nackten Füße waren schön, feinknochig.

»Na los, Junge, zeig's ihm.«

»Er will doch nicht vor seiner neuen Freundin als Weichei dastehen.«

Diese Bemerkung hatte zwei Auswirkungen. Zum einen drehte Caleb schnell den Kopf in Richtung des Sprechers. Zum anderen befeuerte er Tunner. Er sprang vor und riss das elastische Gummiband an Calebs Hose herunter. Plötzlich konnte man die kleinen Genitalien des Jungen sehen – zur johlenden Freude der Meute. Es dauerte nur eine Sekunde, bis er die Hose wieder hochgezogen hatte – doch damit war sein Widerstand gebrochen. Er stürzte mit offenem Mund und gebleckten Fangzähnen auf Tunner zu – in einer Geschwindigkeit, mit der Tunner offensichtlich nicht gerechnet hatte, da sein ausweichender Sprung ihn direkt in den Stacheldraht warf. Caleb stürzte sich wieder auf ihn, und schon war die Atmosphäre im Raum angespannt. Tunner, der an mehreren Stellen blutete, entging dem Jungen erneut nur knapp. Die Meute konzentrierte sich. Menschliche Hitze und Geruch nahmen zu.

»Vierzig Sekunden sind um!«, rief Murdoch.

Caleb machte zwei Schritte vor und ging auf ein Knie – stand aber sofort wieder auf. Die Blutration zeigte noch immer Wirkung. Tunner kam näher, zögerte, kam noch näher. Sie umkreisten einander. »Ich weiß gar nicht, worüber du dich so aufregst«, meinte Tunner. »Der ist doch sowieso zu nichts nutze, oder? Ich mein, nur gut, dass das kein Riesending ist, sonst wär das reine Verschwendung.«

Der Junge stolperte nach vorn. Tunner täuschte links an – kam dann von rechts und ließ den Knüppel hart und schnell auf die Kniescheibe knallen. Ich hörte den Knochen splittern. Als Caleb zu Boden ging, markierte Tunner ihn unter erneutem Gejohle und leichtem Applaus mit dem Filzstift auf Rücken und Schulter – ein-, zwei-, dreimal.

»Sobel!« rief Tunner. »Gib ihm noch einen Beutel. Der ist ja langsamer als meine bescheuerte Oma.«

Sobel sah Murdoch an. Murdoch hielt zwei Finger hoch. Sobel grinste und warf die Beutel in den Käfig.

Diesmal fing Caleb sie beide mit erstaunlicher Reaktion, biss in einen hinein und saugte ihn aus.

»Onkelchen, das ist nicht fair!«, klagte Tunner.

Murdoch ignorierte ihn.

Tunner trat nach Calebs Hand – der verschlossene Beutel flog in eine Käfigecke. Caleb drehte sich um, wollte hinterher, Tunner sprang ihn an, landete tatsächlich auf dem Rücken des Jungen und prügelte mit dem Knüppel auf seinen Kopf ein. Caleb machte drei, vier Schritte – ein Teenager, der einen Achtzig-Kilo-Mann huckepack nahm –, dann ging er in die Knie. Tunner hatte ihn zehn- oder zwölfmal mit dem Filzstift markiert.

»Eins dreißig vorbei«, rief Murdoch.

Tunner ließ den Stift hinter sich fallen, packte mit der nun freien Hand Calebs Haare und riss den Kopf nach hinten. Caleb war fünfzehn Zentimeter von der Blutkonserve entfernt und streckte sich danach. Die Adern waren nur noch blass zu erkennen. Tunner schlug ihm den Knüppel über die Luftröhre. Caleb schnappte nach Luft, kam auf die Füße – dann schleuderte er sich rückwärts und rammte Tunner in den Stacheldraht. Tunner schrie auf und wand sich, riss sich die Haut auf dem Rücken auf und bespritzte die nächststehenden Jäger mit Blut. Ein paar von ihnen sahen Murdoch an. Murdoch konzentrierte sich mit geschürzten Lippen auf die Uhr.

Caleb wurde wieder schwach. Er brauchte beide Hände, um Tunners Knüppelarm zu blocken, so dass der andere Arm des Jägers frei war. Mit merkwürdiger Präzision griff er um den Kopf des Vampirs, packte Calebs Kopf seitlich und bohrte dann seinen Daumen in das Auge des Jungen.

»Ich würde mir keine großen Sorgen machen«, sagte Murdoch zu mir, als das Auge – genauer gesagt, die Hälfte davon – herauskam, »bis Morgen früh hat er ein neues. Sie wissen ja, wie das funktioniert.« Dann zu Tunner: »Zwei Minuten. Ästhetisch *sehr* schwach, Mr Tunner. Ästhetisch sehr schwach.«

Der Rest des Kampfes war bleiern und widerlich. Tunner bohrte tief genug in das andere Auge des Jungen, so dass der kaum noch etwas sehen konnte, danach konnte der Jäger praktisch nach Belieben agieren. Nachdem er den vollen Beutel aus dem Käfig geschubst hatte, hatte er genügend Zeit, den Stift zu suchen, und bis Murdoch die Uhr anhielt, lag der Junge halb bewusstlos zusammengerollt auf dem Boden und war mit roten Filzstiftstrichen bedeckt; das Gesicht war ein Brei aus schwarzem Blut. Als letzte Beleidigung riss Tunner ihm die Trainingshose erneut herunter und malte ihm einen großen roten Fleck auf eine nackte Gesäßbacke. Caleb, blind, Gliedmaßen heiß und unsicher, brauchte drei Versuche, um die Hose wieder hochzuziehen.

»Na toll, du Arschloch«, sagte einer der sich aufwärmenden Jäger, als Tunner den Käfig verließ. »Blind ist er für uns andere gar nichts mehr nütze.«

38

Nach gefühlt mehreren Stunden tauchte Murdoch bei mir auf. Ich war wieder in die Zelle zurückgebracht worden, und man hatte mir einen halben Laib Brot und etwas kaltes Hühnchen gegeben, was ich nach einem Kämpfen und Ringen mit dem Hunger gegessen hatte. Ich hatte die Zeit damit verbracht, mir Milch abzupressen und an immer denselben Gedanken abzuprallen: ›Ich werde hier drin sterben. Die Vampire werden Lorcan töten. Cloquet wird Zoë im Stich lassen. Die Jagdgesellschaft wird sie finden. Ich werde das Gesicht meines Dads nie wieder sehen. Ich muss raus hier. Ich werde hier drin sterben …‹

Mein Rhythmus war durcheinandergeraten. Wolf tauchte auf, trat mit wirrer Wut bis direkt an die Grenze – die plötzliche tiefe Stärke in Brust und Schenkeln, das Eisen in den Augenzähnen, das Kreischen in Finger- und Zehengelenken –, dann explodierte er und hinterließ seinen Geist wie einen Nebel auf der Menschmaschine. Immer wieder fragte ich mich, ob ich verwandelt wohl die Stangen verbiegen könnte. Ich wusste die Antwort: Nein. Der Stahl verriet meinen Händen, wann die Wolfskraft versagen würde: Kurz davor. Und außerdem würde ich bis dahin tot sein oder als Gemüse auf einer Tragbahre liegen.

Caleb brachten sie ein paar Stunden nach mir wieder in die Zelle zurück. Er war bewusstlos – oder, falls es draußen Tag war, schlief er den Schlaf seiner Art. Sein Gestank war überwältigend, kochte schier über. Wenn ich mich nicht schon ausgekotzt hätte, dann hätte ich mich wieder übergeben müssen. Ich hatte zugesehen, wie das verletzte Gewebe seiner Augen schwarz wurde, einschrumpelte, abfiel. Murdoch hatte recht, ich wusste, wie das war: der stumme Jazz zellulärer Regenerierung. Wenn Caleb aufwachte, würde er blinzeln und mich mit seinen ganz neuen, großen grünen Augen ansehen.

»Sie werden sich fragen, ob man Sie vergewaltigen wird«, sagte Murdoch. Sein Geruch nach Leder und sauberem Drillich wurde ergänzt durch den Duft von adrett männlichen Toiletteartikeln. Er hatte seit dem Käfig geduscht und sich rasiert. »Die Antwort lautet nein. Die Forscher kommen morgen und werden eine gründliche Untersuchung und Analyse vornehmen, und meine Männer haben den Befehl, Sie nicht anzurühren. Außerdem erlaube ich so etwas nicht.«

›Wie schade‹, hätte ich beinahe gesagt, ›ich könnte es brauchen.‹ Nur um ihn zu provozieren, doch als mir der Gedanke durch den Kopf ging, wurde mir sein Wahrheitsgehalt klar wie ein peinlicher Geruch. Das Verlangen, ob ich nun wollte oder nicht, wand sich in mir herum wie eine schlaflose Schlange. Zu den Bemühungen, mich nicht selbst wegen meiner beschissenen Nutzlosigkeit zu verachten, zu den Mühen, nicht an Lorcan und Zoë zu denken, zu der Verzweiflung, die wie ein weiches, weißes Bett darauf wartete, dass ich mich hineinlegte, zu der Wirklichkeit des Todes, die mich willkürlich überfiel wie die Hitze aus einem Glutofen – zu alldem kam noch die grinsende, idiotische Verlässlichkeit der Wolfslust. ›Man kann über den Fluch sagen, was man will‹, hatte Jake geschrieben, ›aber man kann nicht behaupten, dass er keinen Humor habe. Sadismus, Slapstick oder absurdes Theater, aber nichtsdestotrotz Humor.‹ In Poulsoms weißem Gefängnis hatte ich ein

Zimmer mit einer Tür und einem Licht gehabt, das man ausschalten konnte, und obwohl ich insgeheim den Verdacht hatte, dass es Infrarot-Überwachung gab, hatte es zumindest die Illusion von Privatsphäre gegeben. Hier nicht. Das Licht in der Zelle brannte rund um die Uhr, und die Überwachungskameras schliefen nie.

»Sex ist eine Kraft, die zum Chaos führt«, erläuterte Murdoch. Er hatte eine angenehm sanfte Stimme. »Wenn ich die in diesem Szenario zulasse, dann habe ich bald mit Ablenkung, Konflikt, Ungehorsam zu tun. Eine skrupellose Energie. Soweit meine Einsichten.«

Ich sah lebhaft vor mir, wie er Hoyle den Schädel eingeschlagen hatte. Murdoch hatte ein friedliches Gesicht dabei gehabt. Das Gesicht, mit dem er allein in einem Café sitzen und zum Fenster hinaus in den Regen schauen würde. Ich fragte mich, in welchem Zustand Walker war, wo auch immer er war.

»Was geschieht mit mir?«, fragte ich.

»Kommt auf die Forscher an«, antwortete Murdoch. »Die Lykanthropische Forschung wurde vor ein paar Jahren eingestellt, aber die jüngsten Ereignisse haben das Feld wiederbelebt. Poulsoms Werk vor allem, der Antivirus. Die Eierköpfe werden Sie auf Herz und Nieren prüfen und eine Entscheidung treffen. Wenn es nach mir ginge, würde ich Ihnen den Kopf abschneiden. Aber was auch immer, die Außenwelt werden Sie jedenfalls nie wiedersehen.«

Irgendwann in der Vergangenheit hatten die Frauen (in Gestalt einer einzigen Frau) nicht dem entsprochen, was Murdoch sich wohl von ihnen erwartet hatte. Ich sah unerwiderte Leidenschaften, eine Intensität, die erst linkisch war, dann verzweifelt, dann desaströs. Murdoch war auf eben jene mysteriöse Art ganz falsch für Frauen, wie Walker ganz richtig für Frauen war. Was Murdoch, wie sich herausstellte, nicht daran hinderte zu heiraten oder mit weiblichen

Mitarbeitern zu arbeiten. Eine Frau war nur ein Problem, wenn sie grundsätzlich Einfluss zu nehmen versuchte. Angela, seine Frau, die nebensächlich schien, hatte sich in Wahrheit als Einflussnehmerin erwiesen. Sie hatte ihn analysiert und mit anderen Männern geschlafen. Vielleicht gehörte ich auch zu dieser Kategorie. Er hatte sich noch nicht entschieden.

»Wissen Sie, wo die Vampire Konstantinovs Frau festhalten?«, fragte ich ihn.

»Und Ihren Sohn, meinen Sie? Sie erwähnen ihn nicht für den Fall, dass wir nichts von ihm wissen. Aber natürlich wissen wir von ihm.«

Hitze füllte mir den Schädel. Plötzliche Wut, Übelkeit und Abscheu darüber, immer der Einfaltspinsel zu sein, jede Minute weniger zu wissen. Eine Version der Hölle: Je näher ich glaubte, meinem Sohn zu sein, umso weiter weg war ich. Ich stellte mir vor, wie Jacqueline sich die *Talulla Show* anschaute und bei jedem meiner Fehler vor leiser Freude zusammenzuckte. Ich stellte mir Jake vor, wie er sich ohne zu blinzeln, stumm, brennend die Aufnahmen ansah.

»Von Ihrem kleinen Mädchen natürlich auch«, fuhr Murdoch fort. »Hoyle sei Dank. Walker sei Dank. Wieso fand Walker es nötig, all diese Informationen an Hoyle weiterzugeben? Die Antwort darauf: Es hielt es nicht für notwendig. Er hat einfach nicht nachgedacht. Er hat ein loses Mundwerk.«

Wobei er diese Wortwahl gleich wieder bedauerte, wie eine winzige Veränderung in seinem Falkenblick einräumte. Walkers Mund. Auf dem Mund seiner, Murdochs, Frau. Auf ihren Brüsten, ihrer Vagina, überall. Nicht, dass dies die Wurzel ihrer Todfeindschaft war. Die Wurzel ihrer Feindschaft war, dass beide, Walker und er, dieselbe Langeweile kannten, dieselbe Einsamkeit, dieselbe Gewissheit, dass das, was sie taten, nicht zählte – und doch verfügte Walker über eine Art Vorzug, und sei es nur der Vorzug, liebenswürdig zu sein. Für Murdoch war dies der eine Verdruss, der sich zu einer Besessenheit ausgewachsen hatte: Walker hatte ganz nebenbei bewiesen, dass es auch eine andere Reaktion auf die ungeheure mathematische Stille gab. Und er hatte Murdochs Frau gevögelt.

»Außerdem«, fuhr Murdoch fort, »steckte seine Geburtsurkunde in Ihrem Rucksack. Zusammen mit …«, er zog das Tagebuch aus der Jackentasche, »Jake Marlowes Tagebuch. Ich hatte nicht gewusst, dass Menschen zu töten und zu fressen für euch sexuell erregend ist.«

Darauf wollte ich eine schnoddrige Antwort geben – doch lieber war mir, ich bekam das Buch zurück.

»Ich weiß, die Antwort lautet vermutlich nein«, sagte ich, »aber kann ich das Tagebuch wohl zurückhaben? Sie haben doch sowieso schon Kopien gemacht oder es abgescannt oder was auch immer, richtig?«

»Ja.«

»Also, kann ich es haben?«

Die Frage führte zu einer merkwürdigen Stille. Es gab keinen Grund für Murdoch einzuwilligen. Außer dem Vergnügen, dass es ihm bereiten würde, meine Erwartungen zu unterlaufen, dass er nicht einwilligen würde. Von dem er wusste, dass ich damit rechnete. Also würde er das Gegenteil tun. Was ich ebenfalls erwartete – daher also die Neigung dazu, jene Erwartung zu unterlaufen … und so weiter, *ad infinitum*. Es war, als würden wir diese hypnotische Unterhaltung laut führen – dabei wusste ich, wenn ich tatsächlich etwas laut aussprach – *Bitte, nur damit ich Gesellschaft habe, wenn der Junge schläft* –, würde er mich nur in all seiner ruhigen, verstörten Würde anstarren und sich dann umdrehen und ohne ein Wort verschwinden.

Er reichte mir das Tagebuch durchs Gitter. Das Gedankenlesen verwandelte diese Geste in etwas Intimes. Es war, als würde er seinen eigenen Hass überprüfen. Das waren die Grenzen der Neugier, an denen er operierte.

»Um die andere Frage zu beantworten«, erklärte er, »nein, ich weiß nicht, wo die Vampire Ihren Sohn gefangen halten oder Konstantinovs Frau. Wenn wir mit Walker und den anderen fertig sind, und wenn die Laborkittel über Ihr Schicksal entschieden haben, werde ich mir diese Remshi-Geschichte mal genauer anschauen.«

»Sie wissen also von der Legende?«

»Wir alle wissen davon. Jeder macht irgendwann mal eine Phase mit dem *Buch Remshi* durch. Wobei ›Phase‹ das entscheidende Wort ist. Eine verlockende Vorstellung, der älteste lebende Vampir – man stelle sich nur mal vor, was für Geschichten der erzählen könnte! –, aber das Buch ist langweilig. Niemand liest es wirklich.« Jake (oder ich, Grainer oder vielleicht sogar Ellis) hätte hinzugefügt: Das ist WOKOPs *Finnegan's Wake.* Aber Murdoch las nicht. Wie Frauen hatten auch Bücher nicht das gehalten, was sie ihm mal versprochen hatten. Wie Frauen waren auch Bücher verschlagen und falsch, und am Ende boten sie kein Gegenmittel gegen die Leere, in die er in all diesen Jahren schreiend stürzte. Wie Frauen, konnten auch Bücher ihn nicht aufhalten.

»Aber Sie glauben, dass es ihn gibt?«

Sein Headset klickte. Er hielt einen Finger an das Ohrteil. »Ja.«

Pause.

»In Ordnung, ich komme.« Zu mir: »Die Pflicht ruft.« Er durchquerte den Gang. »Wenn er existiert«, sagte er noch, »dann macht das keinen Unterschied. Er wird nicht wissen, woher er kommt oder wohin er geht. Er wird jede Menge Geschichten kennen … Geschichten wird er haben. Aber mehr auch nicht. Letztlich ist er auch nur ein weiteres Monstrum, das Menschen tötet, soll heißen, mein Job wird es sein, ihn zu finden und zu töten.«

Murdoch zog seine Karte durch die Maschine und bekam dafür die Piepser und das hydraulische Seufzen. Mit den dumpfen Geräuschen der Präzisionstechnologie schloss sich die Tür hinter ihm. Ich lehnte meinen Kopf an die Stangen. Neben anderen Dingen ging mir auf, dass ich mich an Calebs Gestank gewöhnte.

39

Für eine Weile las ich Jakes Tagebuch. Selbstzerfleischende Flucht: Heathrow, das Plaza, die lange Fahrt westwärts nach Big Sur; Liebe, Liebe, Liebe – aber auch etwas über Madeline. Jetzt, wo ich sie kannte, konnte ich nicht anders. Keine gute Idee in meinem Zustand. Die Liebe tat mir im Herzen weh, und der Sex (Jakes und meiner, aber um ehrlich zu sein, auch Jakes und Madelines) machte mich schmerzlich an. Und im Hinterkopf tauchte immer wieder Walker auf. Ich wollte sein Gesicht sehen, seine Stimme hören. Ich überlegte schon – mit einem inneren Grinsen, wie sehr Jake mitgefühlt hätte –, einfach die Kröte zu schlucken, mich in die Ecke zu drücken und Hand an mich zu legen. Aber das ließ ich. Ich konnte den Gedanken nicht ertragen, dass Murdoch zusah. Mit demselben Gesichtsausdruck, mit dem er auch Hoyle zu Tode geprügelt hatte. Eine scheinbar sehr lange Zeit lag ich auf dem Rücken und versuchte, an alles Mögliche zu denken – die Formel für quadratische Gleichungen, Graham Greenes Romane, die Reihenfolge der amerikanischen Präsidenten –, nur nicht an Sex. Weil selbst der Werwolfkörper eine ehrenwerte Maschine ist, schlief ich schließlich ein.

Als ich aufwachte, lag Caleb auf dem Rucken und starrte mit seinen nagelneuen Augen die Decke an.

»Hey«, sagte ich.

Er drehte sich nicht zu mir um. Natürlich nicht: Die heruntergezogene Hose, die entblößten Genitalien, die Erniedrigung durch einen Mann, die Lästereien über Impotenz und Freundin. Ein Siebzehnjähriger in einem vorpubertären Körper. Je länger ich darüber nachdachte, umso deutlicher wurde mir, dass es für ihn nicht hätte schlimmer sein können. Und er war schon seit einundzwanzig Tagen hier. Wie oft war er im Käfig gelandet?

Ganz instinktiv wollte ich kein Wort über das verlieren, was vorgefallen war. Wollte seinem Ego Zeit und Raum lassen. Doch je länger ich darüber nachdachte, umso deutlicher wurde mir, dass das nichts helfen würde. Er würde es bemerken, bemerkte es schon jetzt an der Stille, während ich noch alles durchdachte. Es würde ihn bevormunden, würde das Leid noch vergrößern, nicht mildern. Ich musste mich selbst daran erinnern, dass er kein Kind mehr war.

»Tut mir leid, was dir da zugestoßen ist«, sagte ich. Mir fiel nichts ein, was noch weniger grob war. »Falls das ein Trost ist, aber ich bin mir ziemlich sicher, ich komme als Nächste dran. Wir müssen hier raus.«

Er reagierte eine ganze Weile nicht darauf. Er arbeitete noch daran, ob er die Schande hinter sich lassen konnte. Die Alternative bestand darin, mir den Rücken zuzukehren und nie wieder mit mir zu sprechen. Ich zwang mich, ihn nicht zu bedrängen. Er sollte seine Entscheidung selbst treffen.

Nach ein paar Minuten sagte er, sah mich aber immer noch nicht an: »Wie?«

»Weiß ich noch nicht. Aber ich werde morgen verlegt. Forscher kommen. Vielleicht habe ich die Chance, mir den Grundriss dieses Ladens hier anzuschauen.«

»Die werden dir Krankheiten verpassen«, erklärte er, »um zu sehen, wie dein Immunsystem funktioniert. Sie zwingen dich, Sachen zu essen, um zu sehen, was passiert, wenn du sie nicht verträgst.«

»Essen kann ich«, meinte ich. »Nur nicht die ganze Zeit.«

»Sie schneiden dir Stücke ab.«

»Oh.«

»Wird dir das weh tun?«

»Ja.«

»Aber du erholst dich wieder?«

»Sieht so aus. Alles außer dem Kopf, offensichtlich.«

»Das ist noch so etwas, worauf sie wetten. Wie lange die verschiedenen Körperteile brauchen, bis sie nachgewachsen sind.«

»Erzähl mir nichts mehr«, bat ich ihn. »Ich möchte es lieber nicht wissen. Hast du irgendetwas von dem Rest hier gesehen?«

»Nein, sie haben mich immer im Schlaf geholt. Ist aber egal. Wir werden hier krepieren.«

»Und wenn Remshi kommt?«, wollte ich wissen. »Weiß er denn nicht, wo du bist, und kommt dich holen?«

Pause. Er hatte vergessen, dass er Remshi erwähnt hatte. Ich sah zu, wie er im Geiste seine Schritte zurückverfolgte.

»Hier geht es nicht um Jesus und die verlorenen Schafe«, sagte er dann. »Es geht nicht um Liebe. Ich bedeute ihm nichts.«

»Ich dachte, du hättest gesagt, dieser Haufen hier wäre fällig, wenn er kommt.«

»Das sind sie auch, aber das hat nichts mit mir zu tun. Die Menschen werden gar nicht wissen, was ihnen da zustößt. Er ist bei Tag draußen. Wir alle werden wieder bei Tag draußen sein können.«

»Wer hat dir das erzählt?«

»Jacqueline. Aber es steht im Buch.«

»Hat Jacqueline … hat sie dich zum Vampir gemacht?«

Stille.

»Ist es unhöflich, das zu fragen?«

Immer noch keine Antwort.

»Na, ganz wie du willst«, sagte ich. »Ich muss mich nur von dem ablenken, was da auf mich zukommt.«

Ein paar Minuten verharrten wir so, ich saß mit dem Rücken an der Wand, er starrte die Decke seiner Zelle an. Als er sprach, war deutlich zu hören, wie schwer es ihm fiel. »Wir sollen es niemandem sagen«, fing er an. »Aber wenn wir sowieso sterben, ist das egal, glaube ich.« Die grünen Augen füllten sich mit dem, was bei einem gesunden Vampir wohl Blut gewesen wäre; in seinem Fall dünne, rosiggraue Flüssigkeit. »Und wenn du doch hier rauskommst«, fügte er hinzu, »dann kannst du ihr ja sagen, dass es mir leidtut, so ein blöder Idiot gewesen zu sein.«

»Jacqueline?«

»Nein. Die, die mich gemacht hat.«

Caleb hatte im Trinity-Hospiz in Clapham gelegen, Krebs im Endstadium. Erst war es Magenkrebs gewesen, doch die Ärzte hatten so lange gebraucht, ihn zu diagnostizieren (ein seltener Krebs bei Kindern), dass er bereits Tumore in Lungen, Bauchspeicheldrüse und Dickdarm hatte. Achtzehn Monate Strahlen- und Chemotherapie hatten nichts gefruchtet. Seine alleinerziehende Mutter (der Vater war ein schon lange verschwundener One-Night-Stand gewesen) war bei einem Autounfall ums Leben gekommen, als er vier war; danach wurde er von Tante und Onkel in Wimbledon großgezogen – es war nicht schlimm gewesen, wie es sich anhörte, aber auch nicht sonderlich liebevoll. »Ich war nicht ihr Kind. Jeff war der zweite Mann meiner Tante, und er wollte mich nicht haben. Er arbeitete in der City, sie studierte Psychotherapie. Ich habe meine Zeit mit einer ganzen Reihe von Au-pairs und Kindermädchen verbracht. Es war nicht schlimm. Jeff und Rochelle hatten viel Geld und fühlten sich schuldig, mich nicht zu lieben, und als ich acht war, bin ich fast in beschissenem Spielzeug und Krempel ertrunken. Wenn ich nach einem Koks-Dealer gefragt hätte oder nach Kylie Minogue auf Vorkasse, dann hätten die das auch irgendwie hingekriegt. Dann wurde ich krank.«

Komisch nur, so erzählte er mir, er hätte eigentlich nicht daran geglaubt, wirklich sterben zu müssen.

»Bei den anderen Kindern konnte ich es sehen; an der Art, wie sie aus dem Fenster schauten, sich das Gelände und den Himmel ansahen, konnte ich sehen, wie es ihnen langsam klar wurde, dass sie gehen würden, dass diese Welt und all die Dinge, die sie für selbstverständlich angesehen hatten, verschwinden würden, und dass sie irgendwo sein würden, im Himmel oder in der Hölle oder sonstwo. Alle dachten sie, sie würden irgendwo sein, und wenn sie nur umherschwebten wie Nebel oder als klägliche Gespenster über die Erde wandelten. Es gab nur ein Mädchen, Hannah, die nicht glaubte, irgendwo hinzugehen. ›Tot und zu Asche verbrannt‹, sagte sie. ›Keine bescheuerten Märchen.‹«

Zwischen ihm und Hannah hatte es zarte Gefühle gegeben, verriet die kleine Pause.

»Ich bin da noch mal hin«, fuhr er fort. »Später, als ich schon Vampir war. Ich hätte sie verwandelt, wenn sie gewollt hätte. Aber da war sie schon tot.«

Ich fragte mich – aber nicht laut –, wie viele Kindervampire es wohl gab. Calebs Sonderbarkeit verriet deutlich, dass es nicht allzu viele waren.

»Aber jetzt bin ich zu weit vorgesprungen«, unterbrach er sich. »Lange davor fing meine Mutter an, mich mitten in der Nacht zu besuchen.«

»Deine Mutter?«

»Die mich gemacht hat«, erklärte er. »Mia Tourisheva.«

Mia. Ich kannte den Namen. Die hübsche Blondine, die Jake in Harleys Haus mit dem Flammenwerfer erledigt hatte. Zu viel der Hoffnung – der Name war ungewöhnlich, Gott war tot, die Ironie usw. –, dass dies eine andere Mia sein mochte.

»Ich wachte auf, und da war sie«, sagte Caleb. »Sie stand am Fenster oder saß an meinem Bett. Ihre Haare waren genau so weiß wie meine.«

Eine Woche lang besuchte sie ihn jede Nacht.

»Es war, als hätte ich das alles schon mal erlebt, jeden Tag«, fuhr Caleb fort. »Alles, was sie sagte, alles, worüber wir sprachen, der Klang ihrer Stimme, der Geruch im Hospiz, ihre weiße Haut und ihre Hand auf meiner Stirn wie Eis – all das, als sei es schon mal passiert. Sie wusste alles über mich. Sie wusste über meine Mutter Bescheid und Jeff und Rochelle und über den Krebs. Sie sagte, wenn ich wolle, könne sie mich heilen, und ich könne bei ihr leben.« Er hielt inne. Sprechen, vielleicht auch das, worüber er sprach, kostete ihn Kraft. Der Blutkreislauf in seinem Körper hatte sich wieder verdunkelt. Er war nass vor rosiggrauem Schweiß. Er schluckte, eine Anstrengung, als würde er sich über etwas hinwegmühen. »Sie hat nicht gelogen«, nahm er den Faden wieder auf. »In einem Film würde sie lügen. In einem Film würde ein elfjähriger Junge nicht wirklich verstehen, was ihm da angeboten wurde. In einem Film wäre sie verschlagen, böse, alles nur für die beschissene Kamera oder so was. Sie war überhaupt nicht so. Sie sagte –« wieder schluckte er zerstoßenes Glas –, »sie sagte, sie könne keine Kinder bekommen wie eine normale Frau. Ich verstand. Hinterher will man sich einreden, dass man nicht wirklich verstanden hat, dabei hat man es doch verstanden. Sie hat nie ›Vampir‹ gesagt, aber es fand sich in allem, was sie sagte. Ich könne bei ihr leben und würde niemals krank werden. Ich wusste, es stimmte. Ich kann es nicht erklären …« Er musste eine kurze Pause einlegen. Der letzte Tropfen Blut war aufgebraucht. Ein paar Sekunden lang wurde er von Krämpfen geschüttelt. Sein Gestank nahm zu, griff mich wieder an. »Ich kann nicht sagen, woher ich es wusste. Es schien irgendwie völlig klar. Ich fragte sie, ob es weh tun würde. Sie –« der

Krampf setzte ihn fast aufrecht –, »sie hat auch da nicht gelogen. Sie meinte, es würde erst wehtun, aber nur für ein paar Sekunden. Dann würde es sich anfühlen, als würde man eindösen.«

Ich wollte natürlich den Rest der Geschichte hören, aber ich wollte auch zu dem Abschnitt über Mia in Jakes Tagebuch blättern. Sie hatte dieses Kind verwandelt. Jake hatte sie in Brand gesteckt. Ich war Jakes Geliebte gewesen. Und jetzt war ich hier eingesperrt mit Mias Kind. Verbindungen. Leben mit einer Story. ›Was wird schwerer für die Menschheit?‹, hatte Jake geschrieben. ›Der Übergang von einem Universum voller Bedeutungen zu einem bedeutungslosen – oder umgekehrt? Es gibt nur diese beiden Möglichkeiten, die wir uns bis in alle Ewigkeiten hin und her reichen …‹

»Es hat weh getan«, fuhr Caleb fort. »Sehr. Aber wie sie sagte, nur für ein paar Sekunden. Dann war es wie ein Versinken in Dunkelheit und Wärme. Sie sagte zu mir, ich solle mir vorstellen, dass ich ein Seil ums Handgelenk hätte, und ganz gleich, wie tief ich sinken würde, wäre ich immer noch mit der Oberfläche verbunden. Und wenn es am Seil zupfen würde, müsse ich anfangen zu klettern, ganz gleich … ganz gleich, wie müde ich sei.«

Und genau das tat er, nachdem die ersten Tropfen ihres Blutes seine Lippen berührt hatten.

»Am Anfang ist es richtig schwer. So als ob man keine Knochen und Muskeln mehr hat. Dann wird es leichter. Dann ganz leicht. Dann die reine Freude. Das ist kein … Klettern mehr. Eher so, als ob … als ob man von einer Kraft nach oben gedrückt wird … von unten …«

Caleb konnte eine Weile nicht sprechen. Wieder dachte ich an die einundzwanzig, wahrscheinlich schon zweiundzwanzig Tage hier ganz allein unter der Erde, bei diesen Qualen. Wie mein Sohn, ganz gleich, wo er war – doch kaum hatte ich diesen Gedanken, sagte ich mir, dass es keinen Sinn hatte, ihn zu foltern. Die konnten doch nicht riskieren, dass irgendetwas mit ihm schiefging. Sie würden ihn für die Opferung bei Gesundheit halten wollen. Das redete ich mir ein, während mein sarkastisches Ich sagte: »Ja, ja, was immer du hören willst, Schätzchen.«

»Sie meinte zu mir, sie würde später meine Hilfe brauchen«, fuhr Caleb fort. »Sie sagte, ich wäre stark und sie schwach. Ich sah das Ganze wie einen Film vor mir, was sie sagte, wie es wäre. Ich brachte sie in das Zimmer neben das meine. Da war ein Junge … ich weiß noch, ich dachte … In der Schule – oh, Scheiße –«

»Schon okay«, beruhigte ich ihn. »Ruh dich aus. Wir reden später weiter.« Aber er wollte es. Ich erinnerte mich an die Erleichterung, als ich Jake von der Nacht berichten konnte, als ich in der Wüste angegriffen wurde, und von meinem ersten Mord. *Man kann nicht leben, ohne zu akzeptieren, was man ist, und man kann nicht akzeptieren, was man ist, wenn man nicht sagen kann, was man tut. Die Kraft der Namensgebung, alt wie Adam.*

»In der Schule«, versuchte Caleb erneut, »bevor ich krank wurde, hatten alle angefangen, sich gegenseitig Knutschflecken zu machen. Das ging … rum. Mit einem Knutschfleck … war man cool.«

»Oh, mein Gott«, entfuhr es mir.

»Was denn?«

Ich hätte lachen können. Beinahe hätte ich Murdoch nicht um das Tagebuch gebeten.

Hatte ich aber. Und er hatte es mir gegeben. »Lies weiter, Lula«, hatte Jake gesagt. Das hatte ich getan. Ich musste an Laurens Gesicht denken, als Mrs Maguire im Englischunterricht gesagt hatte, wenn ein Buch es nicht wert ist, zweimal gelesen zu werden, dann ist es nicht wert, einmal gelesen zu werden. Lauren hatte gewartet, bis sie uns den Rücken zugekehrt hatte, und dann gesagt: »Ja, genau dasselbe wie mit

Jungs und vögeln, aber leider gibt es nur eine Möglichkeit, das herauszufinden.«

»Schon gut«, sagte ich. »Das erkläre ich dir später.«

»Jetzt. Was ist?«

Vor wie vielen Tagen hatten sie mich hergebracht? Höchstens zwei. Soll heißen, höchstens noch fünfzehn oder sechzehn Tage bis Vollmond. Zwei Wochen, vielleicht etwas mehr. Wir hatten eine Menge Arbeit vor uns. Gott war tot, aber die Ironie noch immer quicklebendig.

»Ich glaube, ich weiß, wie wir hier herauskommen«, erklärte ich.

40

»Forschung«, das waren drei unnahbare Männer in Laborkitteln, zwei davon (in Gehorsam gegenüber dem Gott der Stereotype) Mitte sechzig, bebrillt und kahlköpfig, doch der dritte sah aus wie der junge Clint Eastwood – oder eher, wenn man seine polierte Haut sah, wie die Wachsfigur des jungen Clint Eastwood. Nicht gut. Er besaß eine strahlende, stete, undurchdringliche Besessenheit, wobei undurchdringlich das Schlüsselwort war. Alter und niedriger ästhetischer Standard der Eierköpfe schloss diese schon mal aus. Selbst wenn man meine Vorlieben außer Acht ließ, gab es eine offensichtliche Lücke in der Glaubwürdigkeit: Sie müssten schon Narzissten sein oder ungeheuer dumm, um nicht zu merken, dass etwas im Schwange war. Wenn das, was ich vorhatte, funktionieren sollte, dann würde das ohne die Männer in Weiß gehen müssen.

Zum Glück gab es Wachen.

»Ich sehe keine Kameras im Flur. Ist das richtig?«

Es war Tag drei meines Umzugs in die Laborräume. (Noch) keine Amputationen, aber sie hatten mir Schweinegrippe, Hepatitis C, HIV und TB verpasst, die mein Immunsystem samt und sonders mit einer trägen Handbewegung verscheucht hatte. Endlose Blut- und Urintests; kein Stuhl (Gott sei Dank), da Wolf alles von sich gab, was man ihm zwangsweise einflößte, doch das Erbrochene packten sie ein und trugen es mit geradezu religiöser Inbrunst davon. Zu meiner großen Erleichterung gaben sie mir eine batteriebetriebene Milchpumpe. Nicht aus Mitgefühl, sondern weil sie die Milch analysieren wollten. Der Milchfluss ließ langsam nach. Am dritten Tag gab es nur noch ein paar Löffelvoll. Menschlich nicht normal, aber wir alle kennen ja die Antwort darauf. Ich hatte nicht mehr in den Spiegel geschaut, seit ich das Dorchester verlassen hatte, aber ich wusste, dass der letzte Rest des Geburtsübergewichts fast verschwunden war. Ein Weltrekord, nahm ich an, noch so ein willkürlicher, überflüssiger Vorteil des Fluchs – und ein Zustand, von dem mein Plan abhing, wie ich (aus Eitelkeit oder Uneinsichtigkeit) nicht erkannt hatte.

Mein neues Zimmer war zwar keineswegs die minimalistisch luxuriöse Ein-Zimmer-Wohnung in Poulsoms weißem Gefängnis (kein Fernseher, kein eigenes Bad, keine Toilettenartikel von Harrods, kein Bademantel), aber immerhin eine Verbesserung. Dieselben fensterlosen Betonwände, aber der Boden war mit blauen Turnmatten belegt, die angenehm an Highschool erinnerten; ein Kissen, eine Wolldecke und eine ausgeklügelte kleine Campingtoilette, die nach neuem Plastik und Chlor roch. Meine Kleidung war konfisziert und durch einen steifen weißen Krankenhauskittel ersetzt worden (das Buch durfte ich allerdings behalten). Fesseln hingen ganz von den Wachen ab. Es gab eine einzelne Fußfessel, die an einem Stahlkabel an die Wand genietet war, damit konnte ich mein kleines Quadrat ablaufen, es gab die Handgelenk-Fuß-Fessel oder für die Übervorsichtigen beides. All dies war hinter einer Stahltür mit Futterluke verankert und einem Guckfenster, das ein Beobachter hätte auf- und zuschieben können, tatsächlich aber permanent offen stand. Jenseits der Zellentür lag ein Gang – ohne Kameras, wie es schien – mit drei weiteren (leeren) Zellen und einer gekachelten Einbaudusche am anderen Ende, wo ich mich waschen konnte (und mir die Zähne putzen – welche Freude!), wenn mein Pensum erledigt war. Vom Gang aus führte eine weitere Tür in einen kleinen weißwandigen Vorraum, wo einer der drei sich abwechselnden Wachen mit Laptop und Funkverbindung auf einem Stuhl an einem Klapptisch saß.

Drei Wachen.

Drei Männer.

»Nein, da drin sind keine Kameras. Was haben Sie denn vor?«

Der Wachmann hieß Devaz. Er stammte aus Goa, war Ende zwanzig, kaum größer als ich, mit einem Schuljungen-Seitenscheitel, einem rundlichen Gesicht, strahlenden braunen Augen und einer anzüglichen kleinen Lücke zwischen den oberen Vorderzähnen. Er sah nicht gut aus, aber an ihm war nichts unüberwindbar Falsches. Er hatte mir Zahnbürste und Zahnpasta eingeschmuggelt, ich konnte ihn nicht hassen. Entscheidend war vor allem, dass er so offenkundig empfänglich für Sex war (was wohl auch hinter Zahnbürste und Zahnpasta steckte), dass derjenige, der dafür verantwortlich war, ihn hier Dienst tun zu lassen, in dramatische Schwierigkeiten mit Murdoch kommen würde, wenn mein Plan gelang – und wenn Murdoch ihn überlebte.

»Ich sehe, Sir, dass Sie eine wenig gentlemanhafte Freude daran haben, eine Lady bitten zu lassen.«

»Keineswegs, Madam, keineswegs.«

So der zwischen uns eingeführte Unsinn. Er wusste, was ich vorhatte (wenn auch nicht warum), weil ich es ihm an meinem ersten Tag unter seiner Bewachung gesagt hatte. Er hatte mich beim Duschen, Abtrocknen, Ankleiden beobachtet, und am Ende hatte ich alles erfahren, was ich wissen wollte. Später hatte ich mich mit ihm sehr leise und gesittet durch die Klappe unterhalten, ganz nach Art einer intelligenten Frau, die eine ungeheure Selbstverachtung beherrscht, weil sie muss. Leichtigkeit und Anstand, machte ich deutlich, standen im umgekehrten Verhältnis zur hassenswerten Niedrigkeit meines Verlangens. Memsahib in der Macht des Hausboys. Devaz liebte es.

»Haben Sie mit Wilson gesprochen?«, fragte ich ihn am folgenden Tag zu Beginn seiner Schicht.

»Ja.«

»Und?«

»Es wäre sicher ganz hübsch, wenn da nicht die Vorstellungen wären, die ich hinsichtlich meiner Weiterbeschäftigung hege.«

Rhetorik. Dass er mit Wilson gesprochen hatte, machte das Ganze zu einem *Fait accompli.* Ich hätte natürlich mit Wilson selbst reden können, aber Devaz sagte, wo es langging. Außerdem war das Ego des Mannes aus Goa so groß, dass er wohl beleidigt gewesen wäre, wenn ich erst mit Wilson gesprochen hätte. Mutter und Schwestern hatten ihn vergöttert. Das konnte man am Blitzen seiner Augen und der nicht korrigierten Zahnlücke sehen.

»Nun gut«, meinte ich. »Sie wissen ja, wo Sie mich finden.«

Es handelte sich um eine Verführung in zwei Teilen. Teil eins war simpel. Er sprach durch, unter oder gerissenerweise neben dem bereits eingeführten Unsinn ganz allein den pornographisierten Mann an. Dazu musste ich ihn nur auf eine Weise anschauen, die ihm verriet, dass ich die Dinge kannte, die er wollte, dass ich das meiste davon äußerst willig und den Rest entweder mit erregend offenkundiger Verachtung oder heißgesichtiger Überraschung tun würde. Teil zwei sprach den Skeptiker und lausigen WOKOP-Angestellten an. Dazu brauchte ich Überredung und Vernunftargumente. Wusste er denn nicht, was mit meiner Art geschah, je näher wir dem Vollmond kamen? Zu all dem, was ich erleiden musste – Gefangenschaft, der Verlust meiner Kinder, die Würdelosigkeit des Labors, die Gewissheit meines Todes –, kam noch der ununterbrochene Angriff von, *na, Sie wissen schon.* Ich sagte zu ihm, ebenfalls in aller Ruhe, dass ich ihn in der Welt draußen nicht weiter beachten würde, dass dies aber nun mal außergewöhnliche Umstände seien. Und unter diesen Umständen, ob er es nun glauben würde oder nicht (wieder ganz ruhig vorgetragen), würde er mir einen Gefallen tun. Ich würde sogar die Fesseln tragen, falls das leichter für ihn wäre. Der pornographisierte Mann hatte schon ja gesagt, ja, Himmel nochmal, ja. Der Skeptiker und lausige WOKOP-Angestellte musste erst noch eine gewisse Zeit der Verleugnung abarbeiten.

»Wie können Sie erwarten, dass ich mit Ihnen eine Beziehung eingehe, wo Sie mir doch gesagt haben, Sie würden mich nicht im mindesten attraktiv finden?«

»Nun, weil ich weiß, dass dies genau der Punkt ist, der die Leidenschaft eines Gentlemans weckt.«

»Meine Güte, wie kann man so etwas sagen!«

»Ganz leicht. Wir modernen Frauen wissen, wie so etwas funktioniert.«

»Ich bin geschockt und sprachlos. Traurig.«

»Oh, da kann ich Ihnen helfen. Wirklich.«

Ich musste spielerisch und ruhig bleiben, eine Kombination aus überzeugender sexueller Bereitschaft und resigniertem Realismus. Nicht leicht angesichts der laut tickenden Uhr. Wenn sie erst mal mit den Amputationen anfingen, steckte ich in Schwierigkeiten. Blutige, verbundene oder sichtbar heilende Stümpfe waren nicht hilfreich. Natürlich gab es Männer, die auf so etwas standen (Laurens Bruder hatte einen Stapel perverser Pornos: auf einem Bild war eine Frau mit amputierten Beinen und zwei bärtigen Kerlen, die ihre Schwänze an den großen seidigen Stümpfen rieben), aber Devaz kam mir nicht wie einer von denen vor.

»Ganz bestimmt, Sir, ich finde, Wilsons Zustimmung in dieser Frage beseitigt noch das letzte Hindernis zu unserem Glück.«

Natürlich hatte Wilson, ein großer, drahtiger Kerl von sechsundzwanzig Jahren, mit roten Haaren und einem Adamsapfel, der seine Speiseröhre wie einen kleinen Ellbogen knickte (der aber der Armdrückchampion der Einheit war) und der Wache schieben sollte, während Devaz bei mir war, wissen wollen, was er davon habe. »Was glaubt er denn?«, hatte ich Devaz gefragt, als ich kurz die Geduld mit diesem eingeführten Unsinn verlor. »Er ist doch nicht schwul, oder? Ist doch nicht so, als würden wir beide uns verloben.« Tatsache war, ich brauchte Wilson. Devaz allein war vielleicht noch nicht genug. Harris, der dritte Mann, war der am besten Aussehende von ihnen, engelsgleiche dunkle Augen und grausame Wangenknochen, aber er war auch, so Devaz', Wilsons und mein eigener Eindruck, ein Pedant und zunehmend der WOKOP-Ideologie verfallen. Wie schade. Ich brauchte eigentlich drei. Drei war die Zahl, die mir von Anfang an vorgeschwebt hatte, als ich entschied, was ich zu tun hatte.

»Ich habe nicht den Eindruck, dass Sie das Risiko dabei entsprechend würdigen, Madam. Das *ungeheure* Risiko für meine Reputation.«

Zeitfenster war die Duschzeit. Die Eierköpfe verließen das Labor, und es mochten etwa fünfzehn, zwanzig Minuten vergehen, bevor ich geschrubbt, mit frischem Atem, nassen Haaren und im Kittel wieder auf meiner Überwachungskamera in der Zelle auftauchen sollte. Fünfzehn, zwanzig Minuten allein im kamerafreien Gang mit meinem bewaffneten Voyeur. Wilson sollte den Vorraum besetzen und Devaz Bescheid geben, falls jemand auftauchte. Ich durfte nur bei Devaz nicht die Nerven verlieren, das war alles.

Harris, der Pedant, sprach überhaupt nicht mit mir. Wenn er Dienst hatte, konnte ich nichts anderes tun als in meiner Zelle zu sitzen oder zu liegen und den Plan durchzugehen (bei dem es sich in Wahrheit nur um eine Idee handelte, eine Wette um alles oder nichts), mir Sorgen um meine Kinder zu machen oder alles durchzukauen, was geschehen war. Caleb war still geworden, als ich ihm sagte, welchen *Gammou-jhi* sie opfern wollten. Nach einer Weile hatte er gesagt: »Wenn ich wüsste, wo sie ihn festhalten, könnte ich es Ihnen nicht sagen.« Und nach einer weiteren Pause: »Deshalb bin ich froh, dass ich es nicht weiß. Tut mir leid.«

Mia, seine ›Mutter‹, war keine Gläubige. Was sie anging, waren die Schüler fanatische Idioten, und Remshi gehörte in dieselbe Kategorie wie Aschenbrödel oder der Mann im Mond. Wie alle Kulte hatte auch der von Jacqueline erst alle Nichtmitglieder sanft hinausgedrängt, dann auf sie herabgeschaut, dann den Kontakt mit ihnen rundheraus verboten. Es war zu einer Krise gekommen. Caleb hatte mit Mia gebrochen. Wohl auch ihr Herz, las ich zwischen den Zeilen. Ihr letzter Streit war giftig gewesen. Er hatte getobt, sie hätte ihn für immer in den Körper eines Elfjährigen gesperrt und in ein mörderisches Monster verwandelt, und sie sei schuld, dass er sich selbst hassen und keine Chance mehr haben würde, mit reiner Seele zu sterben. Er hasse sie, er wünschte, sie wäre tot, wirklich tot, so seine letzten Worte zu ihr, bevor er weglief. Drei Tage später hatte die WOKOP ihn geschnappt.

»Besser als nichts«, meinte Devaz, als er am fünften Tag ohne jede Vorwarnung das Geplänkel beiseiteschob und eine der blauen Matten aus meiner Zelle in den Gang schleifte.

Ich dachte an all die Male, bei denen ich ganz kurz davor gewesen war zu schreien: ›Willst du mich jetzt endlich vögeln, um Himmels willen?‹ – und dann dankte ich dem Gott, den es nicht gab, dafür, mir Geduld gegeben zu haben.

»Hände vor. Wir haben nicht viel Zeit.«

Der Wechsel zu einfacher Sprache entmutigte uns. Ich fragte mich kurz, ob er wohl gewalttätig werden würde, dann ging mir auf, dass es sich das nicht erlauben konnte: Gewalt würde Spuren hinterlassen. Die Wissenschaftler würden es herausfinden und nachforschen. Murdoch würde es herausfinden.

»Ich muss den Funk anlassen«, entschuldigte sich Devaz, was natürlich hieß, dass Wilson nebenan mithören würde. »Nein«, fügte er hinzu, so als habe er meine Gedanken gelesen, »nur die Ohrhörer.«

Als es endlich so weit war, wurden wir regelrecht überfallen: Devaz, der die Fesseln an Hand- und Fußgelenken öffnete, von der heißen Aura meines Körpers, meiner besonderen Weiblichkeit und Persönlichkeit, ich vom blanken Fall der Lust, dem Ertrinken. So kurz vorm Sex war das blanke Verlangen kein Spaß mehr. ›Sich verzehren‹, das waren die Worte, die sich aufdrängten, frisch, legitim, überraschend. Meine Klitoris war teuflisch wach und bestimmte alles Weitere, das sachliche Repertoire für all das entflammte Fleisch und Blut, für das ganze tumbe Lied des Verlangens. Sich an den Plan zu halten war so, wie sich an einen Talisman zu klammern, wenn man einen drogeninduzierten Trip in die Unterwelt macht. Mir wurde klar (während Devaz die Fesseln abnahm), dass wir den Schwung nicht verlieren durften. Ein Innehalten oder ein falsches Wort würde ihn verschrecken. Gleichzeitig mit diesem Gedanken machte ich mir plötzlich Sorgen (wie schon bei Walker; geh davon aus, dass er tot ist, geh davon aus, dass – aber bitte, Gott, lass das nicht zu), dass die Milch fließen könnte, wenn er an meinen Brüsten sog. Das morgendliche Milchpumpen hatte nichts erbracht, aber wer wusste denn schon, was ein menschlicher Mund ausrichtete? Kein Grund, das zu erwähnen. Vielleicht würde ihn das nur verschrecken. Oder gefiel ihm das vielleicht? Es gibt nichts, was nicht irgendwer mag. Falls ja, war das nicht Walkers dionysische Leichtigkeit, sondern eher eine trostlose Schrulligkeit, ein Geheimnis in seiner Psyche wie eine große Ratte in einer zu kleinen Schachtel.

»Küss mich«, sagte ich, denn als wir uns gegenüberstanden, war klar, dass er nicht wusste, ob nicht irgendeine obskure Prostituiertenregel das verbot. »Küss mich.«

Das überraschte ihn. Er hatte die komplizierte Macht des Kusses ganz vergessen. Als unsere Lippen sich trafen, war er noch weich gewesen, doch ich wusste, was ich tat, und als wir das erste Mal Luft holten, hatte er einen Steifen. Er war sehr schnell intensiv bei der Sache, sein konzentriertes sexuelles Ego war geweckt und balancierte nun zwischen Pornographie und all dem, was Pornographie eben nicht ist. Wolf war wach, schnappte gierig durch mein rasendes Blut, wollte den Augenblick für sich selbst. Meine angeschlagene Strategin mühte sich wie gegen eine mächtige Droge: Halte ihn auf der pornographischen Seite des Spiels. Wenn du anderes zulässt, wird er dich nicht mehr teilen wollen, und du brauchst noch Wilson dazu. Wenigstens Wilson.

Also küsste ich ihn anders, mit mehr Verachtung als Zärtlichkeit, und spürte, wie sich als Reaktion darauf bei ihm etwas verschloss, spürte tatsächlich seine Verachtung für den weichherzigen Trottel in sich, der beinahe eine ungeheure pornographische Gelegenheit ruiniert hätte. Er roch nach Zimt, und sein Gesicht umgab ein kleines tropisches Kraftfeld. Ich ging in die Knie, öffnete den Reißverschluss, befreite seinen Schwanz. Gott sei Dank hatte er sich gewaschen. Meine wolfsscharfe Nase an seinem Hosenschlitz roch erst Drillich und einen leicht salzigen Ton Urin, dann einen Schwall Duschgel mit Kokosnussaroma, Melanin und saubere Schamhaare. Er gehörte zu der Art von Mann, die Vorlieben für Markenduschgel und Qualitätsunterwäsche hegen und in ständiger optimistischer Bereitschaft zum Sex leben, auf den ihn die vernarrten Schwestern und die Mutter vorbereitet hatten. Sein Schwanz war groß, nicht beschnitten und bog sich abwärts, nicht aufwärts. Mein Blick muss wohl zu offenkundig abschätzend gewesen sein, denn unter meinen Augen wurde er ein wenig weich. Zur Heilung warf ich ihm einen schmutzigen Schulmädchenblick zu – ›ja, werde ich, und ich weiß genau, was ich Verdorbenes tue‹ –, und dann schob ich ihn mir in steten, heimlichen Stücken in den Mund.

»Ah«, machte Devaz.

›Gut gebrüllt, Löwe, aber mach es dir nur nicht zu gemütlich, du heißer Hund.‹ Ich musste genau darauf achten (so weit ich das durch das kichernde Drängen meines Blutes überhaupt noch konnte), wie lange ich ihm einen blasen konnte. Lang genug, dass er nicht das Gefühl hatte, um etwas geprellt zu werden, wenn ich aufhörte, aber auch nicht so lang, dass er kommen konnte – und meinen Plan versaute. Und wenn ich so weitermachte – oh, ich bin doch ein schmutziges kleines Mädchen, nicht wahr? –, dann würde er mit den nächsten fünf, sechs Zügen zum Höhepunkt kommen.

»Nein«, krächzte er, als ich aufhörte. »Dreh dich um.« Ich hatte ihn zu mir auf die Matte heruntergezogen, und er hatte die Kondomfolie mit den lückenhaften Zähnen aufgerissen. Sein Gesicht war feucht und strahlte in neuem Glanz. »Dreh dich um.«

Ich hatte mich in meiner eigenen Schlinge gefangen: Ich war in meinem allwissenden Schlampenakt so überzeugend gewesen, dass er nun damit rechnete, auf direktem Wege *au derrière* zu landen. Wolf wollte ihm schon einen beleidigten Klaps geben, nicht weil die Gegend verboten gewesen wäre, oder weil der direkte Weg dorthin so offenkundig von sexueller Eigensucht sprach (selbst wenn ein Mädchen derart geschaltet ist, dass sie Spaß dabei hat, ist für einen Kerl einfach mehr drin), sondern weil ich in dieser Position nicht in der Lage war, den Plan auszuführen.

»Augenblick«, flüsterte ich. »Erst hier. Bitte, nur einen Augenblick. Dann wo du willst.«

Nervöses Berechnen in Devaz' Augen. Ich war eine moderne Frau; ich kannte die Mathematik des modernen Mannes: Wenn eine Frau gewillt ist, von dir in den Hintern gefickt zu werden, willst du dein Pulver nicht in ihrer Scheide verschießen. Deprimierend, wie sehr die Pornographie die Vagina herabgestuft hatte. Armes altes Ding! Kein Wunder, dass die Vagina-Monologe solch ein Erfolg waren. »Keine Sorge«, sagte ich und leckte sein Ohrläppchen, während er sich mit zittrigen Händen das Kondom überstreifte, »du kriegst, was du willst. Komm einfach noch nicht.«

Devaz wirkte wie ein Mann, der seiner Kontrollfähigkeit nicht ganz traute (Mund offen, zu viel Weiß im Auge), doch mit ein wenig Herumrutschen kam ich unter ihn und half ihm hinein. Gedanken und Fragen flatterten auf wie von einem Schuss verschreckte Vögel. Hatte sich Zoë an meine Abwesenheit gewöhnt? Caleb dürfte wohl wieder im Käfig sein. Vollmond in neun Tagen. Meine Kinder würden sich verwandeln und nach Fleisch und Blut verlangen, so jung sie auch waren. Cloquet würde Madeline anrufen müssen. Was würden die Vampire für Lorcan tun? Nichts? Zu all seinem Leid auch noch der Hunger? Wie sah es bei ihm aus? Eine Welt, die nicht warm genug war, es roch nicht nach seiner Art, dafür war er von Gestalten umgeben wie von kalten Wolkenschatten. Eine sorgfältige Vergewaltigung. Und ich hatte das zugelassen. Fick mich, fick mich, oh Gott, ja, das ist es …

Und während Wolf schamlos grinsend meine Lenden für sich beanspruchte, stolperte meine arme, blutblinde Strategin weiter nach Plan voran. Ich hatte Devaz ein paarmal leicht angeknabbert, zwischen all den Küssen auf Brust und

Schultern, was ihn nicht zu stören schien, aber ich musste mir absolut sicher sein, dass er nicht im entscheidenden Augenblick zurückwich. Die einzige Möglichkeit, das zu garantieren, bestand daran, ihn seiner Willenskraft zu berauben. Und die einzige Möglichkeit, das zu garantieren, war … Ich legte meine linke Hand um seine Arschbacken hinunter an sein fest zusammengepresstes Skrotum. Ein kleines flatterndes Streichen mit den Fingerspitzen.

»Gefällt dir das?«, fragte ich ihn.

»Zu sehr.«

Ich war feucht genug, um für Gleitmittel zu sorgen. Gelenkiges Manöver mit der rechten Hand …

»Steckst du deinen Schwanz in meinen Hintern?«, flüsterte ich in sein würziges Ohr.

»Oh Gott«, erwiderte er.

»Schon, oder? Du wirst mich in mein schmutziges kleines Arschloch ficken –«

»Bitte … nicht …«

Ich schob meinen feuchten Mittelfinger an sein schmutziges kleines Arschloch.

»Du weißt doch, ich will, oder?« Schnellere flatternde Hodenstimulation mit der linken Hand.

»Warte –«

»Tief in mein schmutziges, süßes, enges kleines –«

»Du musst aufhö–«

»Ach, Engel, komm für mich, komm für deine kleine Hure –«

Sein Universum blieb stehen. »Oh, mein Gott«, sagte er mit metallischer Neutralität – und ich schob meinen Finger hinein, seinen zum Glück leeren Darm hinauf bis an seine unglückliche Prostata. Gleichzeitig legte ich meinen Mund an seinen Hals.

»Aaahh«, machte er. »Verdammt … verdammt … Verdammt …«

Ich sog und biss. So fest, wie ich mich traute, aber nicht so hart, dass er es für mehr als den leidenschaftlichen Überschwang einer verrückten Schlampe halten konnte. »Hmm«, machte ich, biss, sog. »Hmm.«

»Heilige Mutter Gottes«, sagte er und schien den Tränen nah.

Dann drehte sich sein Universum wieder und die verpasste anale Gelegenheit kam ihm in den Sinn: »Verdammt nochmal.«

»Schsch«, tröstete ich ihn. »Keine Sorge … keine Sorge. Wir machen es morgen wieder.«

»Verdammt.«

Er hielt das Kondom fest und zog sich heraus. Er war verwirrt, noch nicht bereit für die Welt. Er hatte all seinen Schwung verloren. Sein Gesicht wirkte aufgedunsen. »Du bist nicht …?«, fragte er.

Nein, war ich nicht. Zwar schluchzte meine Strategin vor Erleichterung, doch die babylonische Hure runzelte die Stirn und schnaubte verärgert durch die Nase. Das war die negative Seite des Plans: Wenn das Wolfsverlangen nicht gestillt wurde, dann wurde es nur noch schlimmer. In allerletzter Sekunde hielt ich mich davor zurück zu sagen: »Hau einfach ab und schick mir Wilson rein, okay?«

»Alles in Ordnung«, log ich. »Alles okay.«

»Nein, ist es nicht. Leg dich hin.«

Gute Güte, der Kerl hatte ganz vergessen, wo er war! Weiß der Himmel, wie viele meiner Persönlichkeiten in diesem Augenblick im Spiel waren, aber eine davon mühte sich verzweifelt, nicht lauthals zu lachen. Doch wie viele Persönlichkeiten es auch waren, Wolf war die Größte und Lauteste im ganzen Rudel und freute sich über die Feststellung, dass Devaz eine ausreichend absurde Person war, um zu spüren, dass es seine maskuline Pflicht sei, eine Frau nicht unbefriedigt zu lassen. Nicht, dass ich zu mehr in der Lage gewesen wäre – nachdem er dort unten war und meine Klitoris mit rührendem Eifer und überraschender Wirksamkeit lutschte und leckte –, mehr zu tun als seinen Kopf zu fassen und den Ritt zu genießen (ich dachte kurz daran, ihm den Finger, der in seinem Arsch gesteckt hatte, in den Mund zu führen, aus Rache, aus Solidarität mit den Schwestern, aber ich traute mir nicht zu, das ganz subtil zu erledigen), aber was hatte ich zu verlieren, außer meiner Haltung? Wenn meine Theorie stimmte, war bislang alles nach Plan gelaufen.

Und außerdem, Scheiß drauf. Ich hatte es mir verdient.

Nach vielleicht zehn Minuten brachte er mich zum Höhepunkt, auch wenn ich ihm in den Zuckungen beinahe mit dem Schambein die Zähne ausgeschlagen hätte. Mir war danach ein wenig schwindlig, und ich war Devaz gegenüber, Schwachköpfin, die ich war, besser aufgelegt.

»Schnell«, sagte er. »Das waren zwanzig Minuten. Du solltest in deiner Zelle sein.«

»Warte«, widersprach ich.

»Was?«

»Die Dusche. Ich muss mir wenigstens die Haare nass machen, damit sie denken –«

»Na gut, also los – aber schnell.«

Er verschwand. Einen Augenblick später kam Wilson herein. Er stand halb errötend, halb höhnisch grinsend da, während ich meinen Kittel anlegte. Sexuell war er unsicherer als Devaz, brauchte klare Vorgaben, jemand anderen, der eindeutig die Führung übernahm. Bei ihm würde ich also kurz angebunden und lehrerinnenhaft sein, verärgert über mein Verlangen, also ganz offensichtlich die Art von Willen, dem er sich für zwanzig Minuten unterwerfen würde. Seine Mutter hatte ihn nicht angehimmelt. Ich bezweifelte, dass er Schwestern hatte. Natürlich steckte auch in ihm ein pornographisierter Mann, aber anders als Devaz fiel ihm das nicht leicht. Mit ein wenig mehr Zeit hätte ich ihn wohl dazu bringen können, sich in mich zu verlieben.

»Pass auf, dass die Kamera mitbekommt, wie du mich in die Zelle zurückbringst«, sagte ich. »Und vergiss nicht die Fußfessel.«

»In Ordnung.«

»Du kommst doch morgen zu mir, oder?«

Er antwortete nicht, aber die Hitze um ihn herum war mit Händen zu greifen. Seine Hände zitterten, als er die Fesseln schloss.

»Gut«, sagte ich, ohne ihn zu sehr anzustarren. »Bis dann. Und bitte wasch dich vorher.«

41

Zwei Tage später, nachdem ich einmal mit Wilson Sex hatte (und ein zweites Mal mit Devaz), schnitten mir die Forscher die rechte Hand ab.

42

Ich wünschte, ich könnte behaupten, die Zeit, die nun folgte, sei wie im Nebel vergangen, aber das tat sie nicht. Sie war voller Details. Ich lernte daraus zwei Dinge. Erstens: Auch noch so viel Gewalt, die man anderen antut, bereitet einen nicht auf die Gewalt vor, die einem angetan wird. Zweitens: Der Ehe mit dem eigenen Körper kann man nicht entgehen. Scheidung ausgeschlossen. Selbst wenn man aufhören will, etwas zu empfinden, geht das nicht. Selbst wenn die Lösung zu dem Wissen, dass sie dir die linke Brust abtrennen werden, die wäre, sie einfach herzugeben, es geht nicht. Sie gehört zu dir. Sie ist eine Freundin, von der du nicht gewusst hast, wie zart und umfassend du sie liebst – bis sie von dir getrennt wird. Sie schreit stumm. Sie behält, zumindest für eine Weile, ihr Leben, ihre Bindung an dich. Doch wenn sie dann begreift, dass du nicht kommst, um sie zurückzufordern, dass der Vertrag zwischen euch unwiderruflich gebrochen worden ist, dann stirbt sie allein und betrogen und wird zu einem leblosen, jämmerlichen Gegenstand, unschicklich und verlassen.

Das neue totalitäre Regime lautete Schmerz. Er war ermüdend in seiner idiotischen Unnahbarkeit gegen alles andere. Es gab nichts dagegen, keine Überzeugungskraft, kein Bestechungsgeld. Er war ein monolithischer Idiot, das Dümmste im ganzen Universum, das völlige Macht über das Klügste hatte, eine herzzerreißende Umkehrung. Ich gewöhnte mich an das Gefühl der durch einen Knebel unterdrückten Schreie, die zurückweichen und sich in meinem Schädel austoben mussten. Ich lernte Mitleid mit meinem Körper zu haben. Und die Quelle des Mitleids sprudelte endlos. Jede Verstümmelung bekam ihr gerüttelt Maß ab. Jede Amputation subtrahierte, nahm – buchstäblich – etwas von mir. Ich weinte. Nicht vor den Wissenschaftlern. Später, an das Bett geschnallt, in der Dunkelheit, umgeben von der Weihnachtsbeleuchtung der Labortechnik, weinte ich erst um meinen Verlust und dann über die Erkenntnis, wer solche Verluste denn verdient hätte, wenn nicht ich? Den Forschern war mein Leid egal – zumindest ergötzten sie sich nicht daran. Es ist für uns nur das Beste, wenn es für jemand anderen das Schlimmste ist. So meine Worte zu Jake, im Bett. *Es ist für uns nur das Beste, wenn es für jemand anderen das Schlimmste ist.* Anders als die Männer in Weiß wollten wir, die Ungeheuer, dass die Person, die wir töteten, es wusste – durch den Blutschleier und den Lärm ihrer eigenen Schreie hindurch –, dass wir nicht nur wussten, was wir da taten, sondern dass wir es auch gern taten. Wir wollten, dass unsere Opfer sahen, wie unsere Freude noch durch ihr Entsetzen wuchs, dass ihr Entsetzen notwendig, ihre Lage aussichtslos war. So die schmutzige Wahrheit, das obszöne Herz von Vögeln Töten Fressen: ihre Hoffnungslosigkeit speiste unsere Freude. Im menschlichen Apellationssenat schnitten die Wissenschaftler besser ab. Zumindest taten sie das alles nicht zum Spaß. Zumindest geilte sie das nicht auf.

Aber das alles war mir vollkommen gleichgültig, als sie mir die Brust abschnitten und ein Auge ausrissen und mir die Zähne zogen. Das Fleisch im Schmerz interessiert sich nicht für alttestamentarische oder irgendeine andere Art von Gerechtigkeit. Es interessiert sich für nichts anderes als das Ende des Schmerzes. Ich hasste die Männer und weinte in der blinkenden Dunkelheit um meinen armen Körper und mein einsames Ich, noch während Wolf die gemetzelten Zellen zur Regeneration antrieb, ein Gefühl in Knochen, Nerven und Gewebe wie von einem Haufen wuseliger Insekten. Ganz gleich, welche Grausamkeiten man auch begeht, man wütet gegen jene, die einem Grausamkeiten zufügen.

Sie führten eine Hysterektomie durch.

Ich schlief immer wieder kurz, fiel in feuerversengte Träume und mühte mich aus ihnen heraus: ein Traum (wenig überraschend), lebendig von Ameisen gefressen zu werden; ein anderer von Jacquelines lackierten Fingernägeln, die die Haut von Lorcans Kopf abziehen; ein anderer über den Diner an der Tenth Street, mit der Coors-Neonreklame und den pinkfarbenen kunstledernen Sitzecken und der Pseudoschellack-Theke, wo Clay mich vor einen Vanilleshake setzte und mit mir wie mit einer Erwachsenen darüber sprach, welche Hölle ihm sein Mädchen bereitete; ein weiterer mischte das Labor mit der Nacht in Big Sur, und Jake tauchte seinen Penis in die rohe Masse, wo früher das Herz des aufgerissenen Wissenschaftlers gewesen war.

Dann gerieten die Neonröhren ins Vibrieren, flackerten auf, die Weißkittel erschienen, und die nächste Sitzung begann. Ich hatte zuvor keine Angst gekannt. Man kennt die Angst nicht – nicht die fundamentale Sorte –, bis man weiß, was sie mit einem vorhaben, und man absolut keinerlei Macht hat, sie daran zu hindern. Wenn die Lichter aufflackerten, nässte ich mich unweigerlich ein. Den Forschern war das egal; sie rechneten schon damit. Ich sah mein verzerrtes Abbild in einer Nierenschale aus Edelstahl. Der junge Clint Eastwood beugte sich über mich, ich roch Knoblauch und Atemfrisch mit Anis. Sie punktierten mir die Lunge und brachen mir zwei Rippen. Einer der Eierköpfe hieß Hugh. Er hatte große, tief gefurchte Fingerspitzen, die nach Latex rochen. Er zündete eine Lötlampe an und hielt sie mir an Schienbein, Bauchdecke, Rücken. Verbrennungen ersten Grades. Zweiten Grades. Dritten Grades. Die Hauptuntersuchungslampe sah aus wie eine Fliegende Untertasse aus *Krieg der Welten*. Sie rissen mir die Fingernägel aus. Auf einer blauweißen Pappschachtel auf einer Liege stand *ZENIUM* Abdominaltupfer (sichtbar unter Röntgenstrahlen). Manchmal lief ein paar Räume weiter ein Radio. The Black Eyed Peas; Kylie; Lady Gaga. Die Schuhe der Forscher quietschten auf dem gummierten Boden. Es hörte sich an wie eine Sprache. Hugh hob meine abgetrennte Hand, als sei sie von einer Heiligenstatue abgebrochen. Sie interessierten sich für alles. Vor allem die Regenerationsraten (meine Brust brauchte 24 Stunden, das Auge sechs, Hand und Fuß 48 Stunden, Haut zwei, innere Organe ein paar Minuten), aber auch für alles andere, von T-Zellen bis C-Nervenfasern, von Lymphknoten bis zu den Hormonen. Manchmal benutzten sie Betäubungsmittel, manchmal nicht. Ich heilte ohne dreißig Prozent schneller, stellten sie fest. Bei einer besonders rigorosen Sitzung mit Lötlampe und Kneifzangen entdeckten sie, dass die Regenerationsrate bis zu einem gewissen Punkt mit der Schmerzintensität zunahm. Diesen Punkt nannten sie WSS: Wirkungsvolle Schmerzschwelle. Sex mit Devaz und Wilson wich von mir, war Jahre her. Das Leben vor der ersten Amputation war weit entfernt, versiegelt. Kauterisiert. Schließlich schien selbst die erste Amputation lange her. Mein Verstand war ein Terminal, in den jeder alte Krempel passte: Werbejingles; Popsongs; Szenen aus obskuren Fernsehsendungen; das laminierte Buchstabentor aus dem Kindergarten.

Durch den Nebel hindurch wusste ich, dass Tage vergingen: Der Hunger rührte sich verwirrt, erwachte und fing dann trotz der Schmerzen an, seine deutlichen Forderungen zu schlagen und zu kratzen. Wolfs Nase meldete sich, bestand darauf, dass die Forscher Lebendfleisch waren. Der Geruch von Deo und Laborchemikalien wurde immer wieder von Schweiß- und Blutgeruch durchdrungen, ab und zu auch von altem Urin oder frischem Stuhl. Clints Atem verriet jetzt nicht nur das mittägliche Thunfischsandwich oder den gestrigen Scotch, sondern auch seine eigenen tiefen, vitalen Sekrete. Der Mond nahm zu und zerrte das Ungeheuer durch mein menschliches Gewebe. Ich spürte es in den Kiefergelenken, Oberschenkelknochen, Wirbeln. Ich fragte mich, was sie für die Verwandlung geplant hatten. Was immer es auch war, es entsprach nicht dem, was ich geplant hatte. Ich verbrachte die ganze Zeit im Labor, hatte schon seit Tagen keinen der Wachmänner mehr gesehen – aber Devaz und Wilson waren noch immer da, nicht weit weg. Das wusste ich.

Ich versuchte, nicht an meine Kinder zu denken. Scheiterte. Hatte sich Cloquet mit Madeline in Verbindung gesetzt? War es dumm von mir gewesen, das vorzuschlagen? An ihr war kein Verrat, aber war sie nicht unvorsichtig? Würde sie die nötigen Vorsichtsmaßnahmen treffen? Es war schon riskant genug, dass Cloquet ein Opfer für mein kleines Mädchen beschaffen musste, aber zumindest war er vorsichtig. Natürlich konnte Zoë nicht selbst töten, es sei denn, es handelte sich um einen Säugling. Cloquet würde sich die Hände schmutziger machen müssen als sonst. Schaffte er das? Kaitlyn in einer Bar aufzugabeln und seiner Herrin zuzuführen war die eine Sache. Den Mord selbst durchzuführen war ganz etwas anderes. Vielleicht würde ihn das allein schon zu der Londoner Meute führen. Und Lorcan? In gewisser Hinsicht ging es ihm da besser. Wenn die Angaben stimmten, dass nach der Prophezeiung das Opfer zu Mittwinter gebracht werden sollte, dann hatte er noch über einen Monat zu leben. Da die Vampire wussten, dass er gefüttert werden musste, würden sie schon für ihn sorgen, da hatte ich keinen Zweifel. (Eine perverse Vorstellung – Gott tot, Ironie usw. –, wie sie ihm mit kollektivem Kichern Konstantinovs Frau vorsetzten, aber ich schob das Bild beiseite.) Wenn die Prophezeiung stimmte. Ab und an machte sich die schiere Größe dieses *Wenn* bemerkbar. Unzuverlässig übersetzt und massiv gekürzt, hatte Walker gesagt. Und was, wenn die Version des *Buchs Remshi*, das die Gläubigen hatten, von dem abwich, das die WOKOP erworben hatte? Was, wenn es nicht ›Mittwintertag‹ hieß, sondern, sechs Wochen vor Mittwintertag? Was, wenn da überhaupt kein Wort von Mittwinter stand? Was, wenn Remshi das Blut seines Opfers nehmen konnte, wann immer es ihm gefiel? Mein Sohn könnte schon tot sein.

Dann hörten die Verstümmelungen abrupt auf. Eine ganze Weile blieb ich morphingetränkt einfach liegen. Es war, als hätten sie mir eine heiße Rüstung abgenommen und mich in ein Bad aus eisgekühlter Aloe gelegt. Köstlicher langer Schock. Alles, was sie abgetrennt, gebrochen oder verbrannt hatten, erneuerte sich nahtlos in einem molekularen Bacchanal. Nun ja, nicht ganz nahtlos. Eine Weile gab es dieses lähmende Gefühl, wo neues Material auf altes traf, ein Effekt wie der Schauder und das Summen des Blutes, wenn man sich den Musikantenknochen anhaute. Clint & Co. schienen verärgert – nicht über die Ergebnisse, sondern über den Stopp. Ich hatte den Eindruck, dass sie unterbrochen worden waren, obwohl noch viel wissenschaftliche Arbeit vor ihnen lag. Ein-, zweimal erhaschte ich durch den Drogennebel Hinweise auf ›die da‹ oder ›bei denen‹, in einem Ton, der verriet, dass ganz oben eine von ihnen nicht für gut befundene Entscheidung gefällt worden war.

Eines Morgens (besser gesagt, zu der Zeit, als die Lichter angingen) erwachte ich und sah, wie Hugh eine Spritze aufzog. Ich war noch immer ans Bett gefesselt, aber sie hatten mir die Fessel abgenommen, mit der mein Kopf fixiert worden war. Die Angst war, wie sich herausstellte, nicht wirklich gewichen. Sie war sofort wieder da, riesig, greifbar. Hugh musste das wohl gespürt haben, weil ich ihn noch sagen hörte: »Keine Sorge, das ist nur ein Entspannungsmittel« – bevor die Lichter wieder ausgingen.

43

Der Hunger weckte mich. Noch bevor ich die Augen aufschlug, wusste ich, es waren keine 24 Stunden mehr bis Vollmondaufgang. Wolf, ganz ungeduldig, sich die Lungen zu füllen, zerdrückte fast die meinen. Das Verwandlungsvorspiel knirschte und knallte in meinen Muskeln und Knochen. Meine Wirbelsäule wollte hinaus, gierte nach ihrer vollen wölfischen Länge. Nerven zitterten in Finger- und Zehgelenken, und wie ein schwerer Helm lag der Geist der Wolfsschädels um meinen. Eine Hand steckte in der Tasche meines Kittels, in den mir Clint & Co. vielleicht als Witz, vielleicht als versöhnliche Geste, Jakes Tagebuch geschoben hatten.

Es gab keinen Zweifel, wo ich war: Calebs widerlicher Gestank und der scharfe Geruch des Eimers nach Urin, Erbrochenem und Salmiakgeist, trautes Heim – aber mit einer neuen olfaktorischen Note: der anregend drängende Geruch nach menschlichem Fleisch und Blut. Ich schlug die Augen auf.

Natürlich war ich in meiner alten Zelle – aber ich war nicht allein. Walker, dünn, blaugeschlagen, unrasiert und nicht nur nach lebendem Fleisch riechend, sondern auch nach altem Stuhl, Urin und Schweiß, lag zusammengerollt in Hand-Fuß-Fesseln da, die mit einem Stahlkabel ans Gitter gebunden waren. Er war so deutlich erkennbar nicht in der Lage irgendetwas zu unternehmen, dass die Fesseln nur satirisch gemeint waren. Er trug nur noch seine Hose, und die war dreckig. Sein Gesicht war blass. Die blaugrünen Augen waren groß und hell und gebrochen. Das linke wies ein schwer entzündetes Gerstenkorn auf. Eine Irritation, die er nicht mehr bemerkte, wie ich wusste; sie war nicht groß genug, um sich über den Dauerlärm der anderen Wunden hinweg bemerkbar zu machen.

»Oh Gott«, sagte ich.

»Rühr mich nicht an.«

Kleine Worte, die verrieten, dass sich etwas Großes verändert hatte. Oder gestorben war. Es wäre nicht so schlimm gewesen, wenn sich seine Stimme verändert hätte, aber das hatte sie nicht. Er war es, nur zutiefst anders.

»Den haben sie heute hergebracht«, flüsterte Caleb, nicht aus Höflichkeit, sondern weil er kaum noch sprechen konnte. Ich sah ihn an. Er trug noch immer nichts außer der weißen Trainingshose. Der rosige Schweiß war getrocknet. Seine Haut spannte, war ganz durchscheinend, die Adern dunkler als sonst. Wie oft war er wohl seit meinem Verschwinden im Käfig gewesen? Ein distanzierter Teil von mir wunderte sich, dass er überhaupt noch am Leben war. Ein nicht so distanzierter Teil war erleichtert. ›Werd nicht sentimental, du Trottel. Du brauchst ihn lebendig, das ist alles.‹

Ich wendete mich zu Walker. »Hey«, sagte ich.

Er reagierte nicht. Er wollte mich nicht. Ich schickte Signale an alles in ihm, das er schon für tot gehalten hatte. Wenn er eine Waffe mit Silberkugeln gehabt hätte, hätte er wohl in diesem Augenblick auf mich geschossen, nur um diesen Appell an sein totes Ich zu unterbinden. Er hatte Angst davor, es könne noch nicht ganz tot sein, könne anfangen, entsetzliche Forderungen an ihn zu stellen oder vielleicht auch nur die eine: dass er Platz finden könne für das Geschehene, ohne sich in jemand ganz anderen verwandelt zu haben.

Ich fragte mich, was er wohl dachte, wie es mir ergangen war. Hier war ich, so gut wie neu, mit keiner Narbe konnte ich beweisen, was mir zugestoßen war. Dort war er, völlig verändert. Es war Verrat, einen Körper zu haben, der die Beweise für den Missbrauch an ihm ausradierte. Das ließ den Beweis innendrin nur noch schwerer ertragen. Der Beweis innendrin, das war wie eine Vergewaltigung auf einer belebten Straße bei helllichtem Tage ohne einen Augenzeugen.

Vergewaltigung. Telepathie zog über uns hinweg wie der Schatten eines Vogels. Unsere Blicke kreuzten sich. Er sah weg. Ich dachte an die Meldung von vor ein paar Jahren: ein Haitianer war im Gewahrsam der New Yorker Polizei mit Gummiknüppeln und einem Feuerwehrschlauch vergewaltigt worden. Dann eine ganze Reihe anderer Bilder. Nackte, den Kopf verhüllte Gefangene in Abu Ghraib. Der merkwürdig glasige Blick des Spotts auf den Gesichtern der Militärpolizisten. Ich fragte mich, ob Walker die Kraft hatte, sich von solcher Gewalt zu erholen. Als Frau gilt ein Teil der Angst der Vergewaltigung, in kleinen Portionen, angefangen von der Zeit als kleines Mädchen. Wie auch nicht? Auf der ganzen Welt wurden Frauen missbraucht, Tag für Tag. Strukturelle Bedrohung. Nicht so als Mann. Als Mann machte man sich keine Gedanken um Vergewaltigung, es sei denn, man war auf dem Weg in den Knast. War es dann schwerer zu verkraften, wenn es tatsächlich dazu kam? Männer würden das wohl so sehen.

Die Sinnlosigkeit von Worten war mit uns in der Zelle wie ein grinsender Dschinn. Walker fuhr sich mit der Zunge über die aufgeplatzten Lippen. Seine Aura war verkümmert und falsch konzentriert, ein Effekt wie der schlechte Atem eines Kranken. All der Charme und die glitzernde Historie der Frauen, die sich nach ihm gesehnt hatten, waren verloren. Es war, als habe jemand das letzte verborgene Gold seiner Jugend gefunden und ihm entrissen. Ich dachte daran, wie er in jener Nacht in der Dunkelheit ganz aus Versehen, schutzlos »Talulla?« gesagt hatte, an die Zärtlichkeit und Freude, die mich durchzuckt hatte. Ich wollte meine Arme um ihn legen und wusste, das war das Letzte, was er von mir wollte. Er wollte von niemandem jemals mehr berührt werden, außer vielleicht gewaltsam, um so den grausamen Gott zu ehren, der ihn heimgesucht hatte.

»Du wirst mich töten«, sagte er und sah mich immer noch nicht an. »Morgen. Deshalb bin ich hier.«

Ich sagte gar nicht erst: ›Wovon redest du?‹ Ich wusste, was er meinte. Ich hatte es schon gewusst, während er es noch aussprach. Ein lebendes Opfer. Erstklassige Unterhaltung. Besonders toll für Murdoch, der zuschauen würde, vielleicht auch noch seine Frau dazu zwang. ›Da hast du deinen Liebhaber. Schau genau hin.‹ Die Forschung würde warten, bis ich wieder meine menschliche Form angenommen hatte, um mich dann weiteren Untersuchungen zu unterziehen. Bislang hatten sie Gelegenheit gehabt, eine Werwölfin mit leerem Magen zu untersuchen. Nun konnten sie alles über sie erfahren, wenn sie satt war. Sie würden mir Elektroden anlegen, um zu sehen, was in meinem Hirn vor sich ging, während ich mir die Aufnahmen ansah, wie ich Walker tötete.

»Nein«, widersprach ich. »Das werde ich nicht.«

»Du hast keine Wahl. Und außerdem –«

»Es wird nicht geschehen. Dieses Vergnügen wirst du ihnen nicht machen.«

Vergnügen. Schlechte Wortwahl. So viele Wörter führten ihn nun direkt zu dem zurück, was ihm angetan worden war. Er schloss die Augen und zog die Knie fest an die Brust. »Du hast keine Wahl«, wiederholte er.

»Es gibt immer eine Wahl«, sagte ich leise und sanft. (Ja, wirklich. Aber der Werwolf musste sie treffen. Frag die

Opfer. Frag Delilah Snow.) Ich wollte ihn in Stille und Sanftheit wickeln, wollte ihn für eine lange dunkle Zeit neben mir schlafen lassen. Abgesehen von der Tatsache, dass Zärtlichkeit für ihn jetzt Grausamkeit war, wie alles, was ihn an die Person erinnerte, die gebrochen und beschmutzt worden war. Er wollte nicht gebeten werden, sich wieder dafür zu interessieren, ob er lebte oder starb. Wenn man sich darüber Gedanken macht, dann zählte das, was sie dir antun – was sie dir angetan haben –, doppelt. Ich sah Murdoch vor mir, ein wütender Blick, so resigniert und extrem, dass er wie milde Langeweile wirkte. Eine Person zu vernichten war nämlich nicht genug. Es war nie genug, ganz gleich, was man tat. Man war ja noch immer da, auch wenn das letzte bisschen an menschlicher Würde vergangen war. Man war noch immer da, unbefriedigt, wie Gott.

Caleb würgte, schauderte, biss die Zähne zusammen, beruhigte sich wieder. »Töte mich auch gleich … wenn du schon dabei bist«, erklärte er. »Ich halt … das … nicht mehr aus.«

»Ich werde keinen von euch töten.«

»Ach ja«, schnappte Caleb nach Luft, »hab ich vergessen. Du bringst uns hier raus.«

Walker schlug die Augen auf, sah aber zu Boden.

»Kann sie uns nicht sagen«, meinte Caleb. »Die hören mit …«

Ich musste davon ausgehen, dass sie es taten. Deshalb hatte ich nicht riskiert, Caleb einzuweihen, bevor mich die Wissenschaftler wegschafften. Und jetzt hatte es sowieso keinen Zweck mehr. Wenn mein Plan funktionierte, würden sie es früh genug herausfinden. Wenn nicht, dann ersparte ich ihnen zerstörte Hoffnungen.

»Mike ist geflohen«, sagte Walker und starrte weiter den Boden an.

»Wirklich? Woher weißt du das?«

»Hab sie reden hören ...« Er hielt inne, schien abzuschweifen. Das Wort ›sie‹. Gewisse Pronomina waren neu erfunden worden. ›Sie‹, ›ihnen‹, ›er‹, ›ihm‹. Diese Wörter bremsten ihn, erinnerten ihn daran, dass er nicht mehr er selbst war. »Hab gehört«, wiederholte er, »›der Russe ist raus.‹«

Ich stellte mir vor, wie Konstantinov wie ein Tier aus einem Waldbach trank, seine Haut weiß im grünen Dämmer.

»Wann?«, fragte ich.

Walker schloss wieder die Augen. Dieses Reden, als sei nichts gewesen, war für ihn ungeheuer schwer.

»Walker?«

»Eine Woche, vielleicht mehr.«

»Was ist mit den anderen?«

»Tot.«

Die Tresortür öffnete sich. Murdoch und Tunner kamen herein, der krummbeinige Tunner mit seinem Markenzeichen, dem Affengrinsen, ließ erfreut seine Muskeln spielen. Murdoch zog langsam einen altmodischen Wecker mit großen, schulmeisterlichen Zeigern und zwei Halbkugeln auf. Einen solchen Wecker hatte ich früher in meinem Schlafzimmer gehabt, als ich noch klein war. Walker, der Adrenalin regelrecht blutete, rollte sich in seinen Fesseln noch enger zusammen, verschloss sein Gesicht, suchte ein Versteck tief in sich selbst. Ich stellte ihn mir vor, wie er nackt und mit an die Füße gefesselten Händen von zwei Jägern in Schwarz festgehalten wird, während Tunner ihm immer wieder einen blutigen Knüppel in den Hintern schiebt und Murdoch mit dem Handy telefoniert und zuschaut.

»Es ist neun Minuten nach drei Uhr früh«, sagte Murdoch leise. »Der Vollmond geht in vierzehn Stunden und zwei Minuten auf.« Er stellte den Wecker auf den Boden, mit dem Zifferblatt zu uns, dann baute er sich darüber auf und vergrub die Hände in den Hosentaschen. »Zu dem Zeitpunkt wird sich Ms Demetriou in ein Monstrum verwandeln.«

»Ein ausgehungertes Monstrum, Onkelchen«, ergänzte Tunner.

»Ausgehungert, ganz richtig, Mr Tunner.«

»Jeglicher Moral beraubt.«

»Beraubt, ja –«

»Ich hab da eine Idee«, unterbrach ich die beiden. »Warum lasst ihr nicht die Albernheiten und verpisst euch?«

Caleb lachte keuchend. Das war das erste Mal, dass ich ihn lachen hörte. Das bereitete mir eine kleine Explosion Freude, ebenso die Auswirkung, die meine Unterbrechung auf Murdoch hatte, der ein, zwei Sekunden lang verstummte. Dann sagte er: »Sehr gut gemacht. Wie eine Ohrfeige. Ich bin peinlich berührt.«

Ein paar nicht ganz so süße Augenblicke lang sagte keiner ein Wort. Murdoch hatte Macht über die Stille wie ich über die Wölfe. Er konnte sie herbeirufen und zu einer Erweiterung seiner selbst machen. In dieser Stille erkannten wir, wie klein der Punkt, den ich gemacht hatte, gegen die schiere Größe dessen war, was auf uns zukam.

»Na, jedenfalls«, fuhr er fort, als er wusste, dass Zeit genug vergangen war, »werde ich rechtzeitig wieder hier sein und mir alles anschauen. Bis dahin verabschiede ich mich. Mr Tunner?«

Als sie gegangen waren, fragte Caleb: »Kommst du an den Wecker?«

»Nein«, antwortete ich. »Warum?«

Er schluckte. Wieder ein Hals voller Glassplitter. »Das Ticken …«, sagte er. »Das macht mich wahnsinnig.«

44

Walker schlief. Um Viertel nach sieben (wahrscheinlich Sonnenaufgang in der Welt draußen) schlief auch Caleb endlich ein. Dann war ich allein mit dem Wecker und dem Hunger – und mit zwei neuen Fragen.

Erstens: Was würde Konstantinov tun, wenn er wirklich geflohen war? Eine aufregende Vorstellung, dass er vielleicht ein Team aufstellte, um uns rauszuholen – aufregend und unrealistisch. Er schuldete Walker nichts. Walker schuldete ihm was. Konstantinov interessierte sich nur dafür, seine Frau zurückzubekommen. Außerdem gab es kein Team, das er hätte zusammenstellen können. Das hatte Walker bereits für den Ausflug nach Italien versucht: Drei Mann hatte er aufgetrieben – und die waren alle tot. Wie ich es auch betrachtete: Konstantinov war uns in Freiheit auch nicht von größerem Nutzen als eingesperrt. Was mich nicht daran hinderte, es wiederholt von allen Seiten zu betrachten.

Zweitens: Was würde mit Walker geschehen, wenn mein Plan nicht funktionierte, wenn die Theorie, auf der er basierte, falsch war, wenn ich die große Wette verlor?

Antwort: Dann würde ich ihn töten und fressen. Wenn nicht diesen Monat, dann nächsten. Wenn Murdoch darauf bestand, dass Walker durch einen Werwolf ums Leben kam, dann würde der Hunger früher oder später einwilligen.

Es gab natürlich einen drastischen Ausweg für Walker, wenn meine Theorie stimmte. Aber wenn sie stimmte, dann würde der Plan funktionieren. Und wenn der Plan funktionierte, würde er diesen drastischen Ausweg nicht brauchen. Wenn ich ihm diesen drastischen Ausweg anbot und er ging darauf ein (was er in seinem jetzigen Zustand wohl tun würde) und der Plan funktionierte, dann würde der drastische Ausweg überhaupt nicht mehr wie ein Ausweg erscheinen …

In der Zwischenzeit machte sich der Hunger umfassend ans Werk. Wolf lief in seinem menschlichen Käfig auf und ab und warf sich ab und zu gegen die Gitterstäbe. Die Stäbe taten sich dabei weh. Mein Blut wurde immer dichter. Wie immer gab es nichts, was ich hätte erbrechen können. Und wie immer versuchte es mein Magen stets aufs Neue. Wie schon bei den Wehen war jede Körperhaltung falsch. Kaum bemerkte irgendein Körperteil, dass ich auf ihm lag, begann es zu protestieren. Ich wollte ein Bad, Schmerzmittel, Alkohol. Cloquet würde mit Zoë mehr als genug zu tun haben. Wenn er sie nicht irgendwo ausgesetzt hatte. Ich sah einen Müllhaufen vor mir, ihre nackten Beine lugten hervor, Fliegen schwirrten um ihren Fuß.

HÖR MIR ZU. KANNST DU MICH HÖREN?

Ich ergab mich dem Gedanken, dass meine Kinder tot sein könnten. Wolf gefiel das nicht und riss von innen an mir. Das Ungeheuer war noch nicht bereit, die Niederlage als Mutter einzugestehen, auch wenn die Frau das schon getan hatte.

WEHR DICH NICHT.

Ich sah mich schon, wie ich meine Zähne in Walkers Schulter versenkte und meine Finger handtief in seinen Oberschenkel bohrte. Wolf wies auf das Offenkundige hin: ›Du tust ihm einen Gefallen. Wie spät ist es?‹

Zehn vor drei, nachmittags. Je hungriger ich wurde, desto langsamer bewegten sich die Zeiger des Weckers, desto schneller tigerte das Ungeheuer im Käfig umher. Bald wäre die Übelkeit vorbei, und ich würde völlig aufgekratzt sein. Dann würde ich auf die Beine kommen und mit dem Ungeheuer hin und her tigern. Ein Käfig mit einem Tier darin, das selbst ein Käfig mit einem Tier darin war. Eine widerwärtige Variante der Matrjoschka-Puppen.

DU SPÜRST MICH. ICH WEISS ES.

Walker wachte kurz auf und rührte sich nicht, nur die Augenlider flatterten. Er blieb zusammengerollt auf der Seite liegen und beobachtete mich.

»Sind deine Rippen gebrochen?«, fragte ich ihn.

Er blinzelte langsam. Er wollte raus. Raus aus dem Leben. Jedes Aufwachen war eine Enttäuschung, dass der Traum, den er gehabt hatte, nur ein Traum gewesen war.

»Hör mir zu«, erklärte ich. »Wenn es so weit ist, werde ich nicht sprechen können. Das weißt du doch, richtig? Du wirst nicht glauben, dass ich da wirklich drin bin. Du wirst denken, ich kenne dich nicht. Aber das tue ich. Wenn ich mich verwandle, musst du daran denken, dass ich dich kenne und dir nicht weh tue.«

Als er sprach, war seine Kehle so trocken, dass kein Ton herauskam. Ich stand auf und gab ihm Wasser. Freundlichkeit war grausam für jemanden, der so sehr aus dem Leben wollte wie er. Er wollte wirklich raus, raus, raus, ohne jeden Zweifel.

»Tu, was du tun musst«, sagte er leise. Mit dem schmutzigen braungoldenen Bart sah er aus wie Johannes der Täufer.

»Ja«, räumte ich ein. »Das werde ich letztendlich. Ich werde ein paar Stunden durchhalten, aber wenn nichts geschieht, dann werde ich dich früher oder später töten.« Ich beugte mich vor und flüsterte ihm ins stinkende Ohr. »Aber es wird etwas geschehen. Vertrau mir.«

DU WEISST, WAS DU ZU TUN HAST.

Walker machte den Mund auf, aber ich legte ihm meine

Finger vor die aufgeplatzten Lippen. »Schsch«, machte ich. »Nicht reden. Nur ausruhen.«

Alles schön und gut, aber der Geruch seines Fleisches und die Hitze seines Blutes taten Wolf nicht gut. »Ruh dich aus«, wiederholte ich. »Es dauert nicht mehr lang.«

Ich stand auf, wickelte meine Arme um mich und sah auf den Wecker.

Noch zwei Stunden und 45 Minuten.

45

In den wirren Sekunden vor der Verwandlung wachte Caleb auf. Es ging ihm noch schlechter. Seine Haut war fast durchsichtig. Es hätte mich nicht überrascht, wenn ich ein inneres Organ hätte zucken oder zittern sehen. Der Blutkreislauf war schwarz und pochte, ein Anblick nicht verhandelbarer Wut.

»Sie haben vergessen, ihn zu füttern, Mr Tunner«, schalt Murdoch. »Als wir vorhin hier waren und ich mir eine verbale Ohrfeige abgeholt habe.«

Ich war hinten in der Zelle auf Händen und Knien. Ich hatte schon mit mehr Zuschauern gerechnet, aber es waren nur diese zwei, beide in schwarzen Kampfhosen und T-Shirts, beide bewaffnet, Tunner zudem mit einem Schlagstock.

»Das ist mir völlig entfallen, Sir«, entschuldigte sich Tunner. »So schockiert war ich.«

Anders gesagt mein Fehler. Wenn das innere Chaos nicht gewesen wäre, hätte ich mir vielleicht Sorgen gemacht. Im Augenblick war selbst die strampelnde Erinnerung meiner Strategin, dass wir Caleb lebendig bräuchten, in dem mit sich selbst ringenden Blut verloren. Obskurer Instinkt (sich dem Tod stehend stellen?) hatte Walker auf die Beine gezwungen. Er stand an den Stäben und konnte sich nicht ganz aufrichten. Die Rippen. »Vergiss nicht, was ich dir gesagt habe«, mahnte ich ihn. »Sieh mich an. Vergiss es nicht. Vertrau mir.«

Sein zerschundenes Gesicht lächelte schwach.

»Vertrau mir«, wiederholte ich – und erstarrte dann.

Der Wecker schrillte.

Oh.

Jetzt.

Der Mond hatte mich gefunden, legte mir seine Herrschaft auf den Gaumen und über die ganze Wirbelsäule und wie eine feste, erfahrene Hand zwischen die Beine. In dieser Berührung lag eine kleine lachende Ermahnung, dass ich es gewagt hätte, in die Tiefe zu gehen; darin lag auch eine leichte Verhöhnung der Erde selbst, die ja wissen musste, dass sie niemals den Griff des lunaren Geliebten brechen konnte, ganz gleich, wie tief sie mich verschluckte. Wolf holte tief Luft und zerdrückte mir die Lungen. ›Und wenn nichts geschieht, werde ich dich töten. Ja‹, erinnerte mich die Werwölfin, ›das werde ich.‹ Sie war die sprunghafte Erwachsene, ich das Kind, bei dessen Spiel sie leicht amüsiert mittat – bis sie plötzlich genug hatte. Ich werde ein paar Stunden durchhalten. Das, so wies sie mich darauf hin, war eine dumme Behauptung. Sie hatte doch – vergessen? – letzten Monat schon nichts gefressen. Es war längst überfällig. Man schuldete ihr schon *zweifach*.

»Ich glaube, Sir …«

»Seien Sie still, bitte.«

Der Krankenhauskittel war plötzlich unerträglich (und außerdem geisterte da der Gedanke umher, ich könne ihn noch brauchen, wenn der Plan funktionierte), also zog ich an dem Schnürchen und zerrte ihn von mir. War nackt. Bizarrerweise wirkte das stärkend. Tunners Murdoch-Imperative verhakten: Sollte er einen Scherz machen? Lachen? So tun, als sei nichts passiert? Glotzen? Also blieb er stumm, sperrte den Mund ein wenig auf, gab einen Zoogeruch von sich. Murdoch wiederum nahm die Geste hin, ohne dass seine Aura auch nur zuckte. Sex zählte bei ihm nicht.

Das Blut rauschte, staute, blieb stehen, raste, brach seine eigenen Gesetze, um nicht existierenden Platz zu schaffen für das, was kam. Der erste Schock riss an meinem Rückgrat. Ein voreiliger Fangzahn schoss mir aus dem Oberkiefer und punktierte mir die Unterlippe. Haare wuchsen mit trockenem Seufzen aus der Haut an Rücken, Oberschenkeln, Armen. Knochen taten, was der Fluch ihnen auftrug. Stellen Sie sich all die Plastilinfiguren vor, die Sie geformt haben, um dann an ihnen zu ziehen und zu drehen, bis sie etwas anderes waren; stellen Sie sich vor, jede Zwischenstufe hätte ein eigenes Nervensystem. Schnappschüsse zwischen Zuckungen: Der französische Witwer, der heftig den Kopf schüttelte *non, non, non*, während sich sein Mund mit Blut füllte; meine Mutter, die die Schnalle an einem hochhackigen Schuh schließt und dann in meine Richtung eine Augenbraue hochzieht, so als wolle sie sich über ihre eigene Schönheit lustig machen – dann macht sie eine schielende Idiotenfratze, über die ich lachen muss, die mich aber auch gleichzeitig ein wenig erschreckt, weil die Schönheit für einen Augenblick verschwindet; Jakes Hand neben meiner in Drew Hillyards aufgerissener Brust, während *Americas Next Top Model* auf dem blutbeschmierten Fernseher schluchzt und jammert; Richard, der in unserem Mietshaus die Treppe hochkommt, an dem Tag, als ich das mit seiner Affäre herausfand, der kleine Wirbel auf seinem Kopf und ich mit dem leeren Gedanken, dass dieser Teil meines Lebens nun vorüber sei; der mexikanische Zuhälter, dessen Gesicht sich bemüht, den Schrecken dessen, was er sieht, zu verbergen …

Mein Schädel dehnte sich – hielt still – dehnte sich, eine plötzliche flüssige Aufblähung, und das Quietschen und Knacken warf in meinem Kopf ein kleines Feuerwerk. Die Krallen kamen gleichzeitig, ein Gefühl, als würden zehn große Pickel zugleich aufplatzen, der einzige uneingeschränkt angenehme Teil der ganzen Prozedur. Die sich streckenden Oberschenkelknochen drückten mich aufrecht. Endlich war Platz für meine Lungen. Die Haare an meinen Ohrspitzen berührten die Zellendecke. Der letzte Fangzahn wuchs mit einem lächerlich intimen, feuchten Knirschen.

»Himmel«, sagte Tunner unwillkürlich.

Walker stand da, beugte sich vor, sah zu mir hinauf, wurde von meiner neuen Hitze geprügelt.

LOS. TU ES. TU ES.

Caleb sah mir mit einem Gesichtsausdruck zu, der verriet, dass er diesen Trick noch nie zuvor gesehen hatte. Selbst in seinem Zustand war noch Platz für Verwunderung. *Stirb nicht*, schickte ich ihm als Botschaft, auch wenn ich wusste, dass er sie nicht hören würde. Schwer, sich auf dem Höhepunkt des Hungers zu konzentrieren. Schließlich waren hier drei Menschen, warm, saftig, voller essbarem Leben, einer von ihnen gefesselt, angekettet und vollständig der Gnade ausgeliefert, die ich nicht hätte versprechen dürfen. Ich tat einen Schritt auf ihn zu. Ich konnte den ersten Bissen von den Fußsohlen aus kommen spüren, eine Bewegung wie der Aufschlag eines Tennisspielers: Anspannung; Wurf; der festgehaltene Augenblick des höchsten Punktes, ob Ball oder Schnauze – dann der Abstieg und der Zugriff der Kiefer wie die Wucht des Schlägers. Wie war ich nur auf den Gedanken gekommen, ich könne mich zurückhalten?

Aber die Werwölfin hatte, wie sich herausstellte, ihre eigenen Bereiche. Meine Kinder waren auch ihre Kinder – und sie wollte sie zurück.

GENAU. SCHNELL.

Zum einen, um die aufgestaute Energie loszuwerden, zum anderen, um die Aufmerksamkeit der Jäger weiter zu kontrollieren, warf ich den Kopf in den Nacken, öffnete die Schnauze und heulte. Gut für mich (die letzten gefangenen Bläschen Mensch platzten), schlecht für sie: Der kleine

Raum hielt den Lärm fürchterlich gefangen, misshandelte die menschlichen Tiere, prügelte sie durch. Tunners Zoogestank änderte sich erneut, irgendein Pheromon, das verriet, dass sich die Angst aufstaute. Ich sprang die Stäbe an und knurrte. Tunner sprang unwillkürlich zurück, obwohl die Abstände der Stäbe zu schmal für mich waren, um mehr als eine Hand hindurchzuzwängen. Murdoch zuckte nicht mal. Ich malte mir aus, wie ich mich auf ihn stürzte, eine Hand hielt ihn an der Kehle, in der anderen baumelten seine leichthin abgerissenen Geschlechtsteile über seinem Gesicht. Sein Fleisch würde all die Düfte der Gewalt in sich tragen, dazu den schwermütigen Gestank seines verkehrten Lebens. Wolf wollte ihn, die tosenden Energien, die sich in seinem Blut stauten, die obskure Kindheit, das rätselhafte Herz, einsam wie das des Teufels. Die Werwölfin wollte es so, wie ich (und meine Mutter vor mir) es wollte: Zuschauen, ganz gleich, welche Schrecken es barg, wenn zuschauen denn möglich war.

Murdoch stand nur da. Er hatte wohl damit gerechnet, dass ich mich sofort nach Ende der Verwandlung auf Walker stürzte. Nun räumten die glasigen blauen Augen leichte Verwirrung ein. Ich machte ein paar Sekunden eine Riesenschau daraus zu knurren, mit den Zähnen zu knirschen und herumzufuchteln – dann hörte ich abrupt damit auf. Wurde ganz still und stumm. Starrte Murdoch an. Ja, ich habe das unter Kontrolle. Nein, ich reagiere nicht auf Knopfdruck.

Er hob leicht das Kinn, eine Geste, die seine Position als Aufseher bestärken sollte.

Mit pantomimischer Übertreibung reckte ich ihm den Mittelfinger hin.

Caleb lachte, auch wenn es so klang, als würde ihn die Anstrengung endgültig umbringen. Tunner lachte – jedenfalls fing er an, wurde aber von Murdoch unterbrochen, der ein Messer zückte (es musste hinter dem Pistolenholster gesteckt haben), vorsprang und es in Walkers Schulter bohrte.

Selbst nach Werwolfmaßstäben war das eine schnelle Bewegung gewesen, ein Stich, rein, raus. Murdoch sagte kein Wort. (Nur im Kino unterlaufen die Leute die Extremsituation, in der sie stecken, indem sie quatschen.) Er stand einfach nur da, stemmte die Hände in die Hüften und wartete mit seinem Adlerblick irrer Konzentration darauf, welche Wirkung seine Tat zeitigte.

Und, ach, welche Wirkung, der Duft frischen Blutes, der mir in die Nase fuhr wie im Cartoon. Meine Nüstern blähten sich, und der Duft des kostbaren roten Körpersaftes stieg mir in die Nase. Unwiderstehliche Detonationen in Bauch und Hirn, ein schmutziges Aufgehen in animalische Freude. Alles schnurrte auf eine zweiköpfige Tatsache zusammen: Ich hatte Hunger, und ich konnte fressen. Walker war wieder in die Knie gegangen. In geriatrischen Schritten ging er auf die Seite, legte den Kopf auf den Boden und schloss die Augen. ›Tu es. Ich bin am Ende.‹

Ich hätte es wohl auch getan – wenn nicht ein äußerst lauter elektronischer Alarm angeschlagen hätte.

Tunner hielt sich die abstehenden Ohren zu. Für mich war der Lärm bei meinem guten Gehör fast unerträglich.

»Feueralarm, Sir«, brüllte Tunner und verzog das Gesicht.

Murdoch schloss kurz leicht verärgert die Augen. Er schlug sie wieder auf, holte tief Luft und bedeutete Tunner mit einem Nicken, nachzuschauen.

Tunner zog seine Karte durch das Lesegerät. Die Tür zwitscherte, holte Luft, entriegelte – dann glitt sie auf, und herein drangen Schreie und der feierliche Geruch eines Schlachtfests.

46

Die Zeit tat, was sie in solchen Augenblicken immer tut, sie dehnte sich aus, wurde langsamer, schuf einen Raum, in dem man jede Einzelheit wahrnahm – Tunner blickte auf, Murdoch drehte sich um und tastete nach seiner Waffe, Walker hob den Kopf, als würde er aus einem Nickerchen aufschrecken, das er gar nicht hatte machen wollen, Devaz' Arm – behaart, massiv, blutbeschmiert und nach seinem neuen Werwolf stinkend – streckte sich in den Raum und wickelte seine Finger um Tunners Kehle –

NEIN. SCHLÜSSEL. *SCHLÜSSEL.*

Murdoch feuerte und traf Devaz an der Schulter. Devaz, mit bluttriefender Schnauze, schwang Tunner am Hals herum, so dass die folgenden beiden Schüsse von Murdoch im Rücken des Jägers landeten.

ALLES OKAY, KEIN SILBER. SCHLÜSSEL.

Der baumelte noch immer um Tunners Hals. Murdoch machte kehrt, rannte zur gegenüberliegenden Tresortür und zog seine Karte durch. Das unschuldig piepsende Lied, das Seufzen und Klacken der Schlösser. Devaz' neuer Jagdinstinkt wehrte sich gegen mich, wollte hinter ihm her.

NEIN! SCHEISS DRAUF! HOL UNS HIER RAUS!

Ich hatte bei Devaz auch noch mit ein paar anderen Instinkten zu kämpfen. Sein Penis ragte auf, ein Tropfen perlte an der Harnröhre, die Ader pochte. Natürlich: Frisches

Fleisch, dazu noch eine Hündin. Mit der er schon in menschlicher Form gevögelt hatte. Zum Imperativ der Spezies also auch noch eine Flut an gemeinsamem Wissen. Mir blieb das nicht verborgen. Die Kinoheldin würde ganz klar fokussiert sein: Ihr Kind, also sofortige Flucht, also keine Zeit für Werwolfs Rumgemache. Die Wirklichkeit war nicht so einfach. Meine Klitoris pochte, meine Vagina gierte danach. Nicht gerade Vögeln Töten Fressen (ich war ja nicht in Devaz verliebt), aber immerhin eine billigere, schmierigere Variante, genug, um an meinem Willen zu zerren. Ich hätte beinahe nachgegeben.

Allerdings hatte ich offenbar nicht ganz die Kontrolle verloren.

JETZT NICHT. DIE TÖTEN UNS. DIE HABEN SILBER.

Devaz' untergehender Mensch hasste mich für das, was ich ihm angetan hatte (was seiner Geilheit offenkundig keinen Abbruch tat), doch das neugeborene Ungeheuer unterwarf sich meinem Willen – gerade so. Das würde nicht lange halten. Pseudoelterliche Autorität mit der Lebensspanne eines Schmetterlings. Zwei, drei Mondumläufe, dann würde er mir sagen, ich solle mich doch selber ficken – oder es aber wohl eher selbst versuchen, mich zu ficken. Im Augenblick jedoch tat das frisch veränderte Blut, was man ihm sagte. Darin lag ein Freudesblitz für ihn, Gehorsamkeit zu Füßen seiner Herrin, eine Fähigkeit, die er vorher noch nicht an sich gekannt hatte, und das nährte natürlich weiter sein Verlangen; zu tun, was ich ihm sagte, machte es ihm immer schwerer zu tun, was ich ihm sagte. Das Absurde vermehrte sich, schwärmte aus. ›Tja‹, hörte ich Jake fast sagen, ›wenn du einfach so herumspazierst und mir nichts, dir nichts den Fluch austeilst – was kannst du da anderes erwarten, Lu?‹

Die Tür schloss sich hinter Murdoch. Devaz riss den

Schlüssel von Tunners Hals und ging zur Kontrolltafel. Im Nebenraum hatte die Schießerei aufgehört, die Schreie aber nicht. Zwei, drei verschiedene Stimmen, vermutete ich. Ich konnte Wilson da draußen riechen, dünner, gemeiner als Devaz' satter Gestank. Er war fast satt, vollgestopft und verwirrt von zu vielen Opfern. Wenn er so weitermachte, würde er das bedauern.

SCHNELL, BITTE …

In traumwandlerischer Qual sah ich zu, wie Devaz' Tierfinger sich um die Präzision mühten, den Schlüssel einzuführen und zu drehen. Ich fragte mich, wie viele Männer wohl in diesen Räumen waren, wie viele noch lebten, wie lange Murdoch brauchte, um sie neu aufzustellen. Irgendwo würde jemand die Silbermunition austeilen. Nach allem, was ich wusste, schlossen sich in dieser Sekunde für genau diesen Fall weitere Sperrtüren.

Eines der roten Lichter auf der Tafel wurde frostig grün. Die Stäbe fuhren hoch. Walkers Stahlkabel kam frei. Devaz sah mich an. Er hatte ebenfalls gefressen, aber nicht wie Wilson. Sein Hunger tobte noch, wahllos, nach irgendetwas – und da war Walker, der kaum auf die Beine kam.

DER NICHT. UND WIR NEHMEN DEN JUNGEN MIT.

Devaz wendete sich knurrend ab und stürzte sich auf Tunner, der noch lebte, aber kaum bei Bewusstsein war. Mit einem Biss nahm er ihm die halbe Kehle heraus. Die Halsschlagader gab ein paar Sekunden lang Blut von sich wie ein wohldosierter Wasserspender, dann versiegte sie. Walker, noch immer in Hand- und Fußfesseln, sah zu, während ich den Schlüssel zu Calebs Zelle im Schloss drehte.

Der Junge war ohnmächtig geworden. Ich mochte zu spät gekommen sein. Entweder hatte meine Toleranz für Vampirgestank eine neue Höchstgrenze erreicht, oder er war dem Tod so nahe, dass er seinen Artengeruch verloren hatte. Jedenfalls würgte ich nur einmal kurz, als ich ihn hochhob. Er wog praktisch nichts. Genauso gut hätte ich einen Beutel Styroporflocken tragen können.

Blut gab es genug. Ich tunkte einen Finger in die Pfütze, die sich um Tunner gebildet hatte, und berührte damit Calebs Lippen.

Zwei Sekunden. Drei. Fünf. Seine Zunge – trocken wie die einer Eidechse – bewegte sich, schmeckte, erkannte. Der weiche Mund legte sich fest um meinen Finger. Ich fütterte ihn noch ein wenig. Caleb schlug die Augen auf. Unterdrückte den Reflex, sich loszureißen. Ich öffnete Tunners Oberschenkel mit einer Kralle und hielt Caleb hin.

»Nein«, hauchte er. »Er ist tot. Tot … geht nicht.«

Stattdessen schlappte er das Blut vom Boden wie eine Katze eine Pfütze Milch. Nicht giftig, nahm ich an, weil es geflossen war, als Tunner noch lebte. Ich sah zu Walker auf, der auf den Beinen war, an den verbliebenen Stäben lehnte und sich die Rippen hielt. Er strahlte Angst aus, aber nur schwach. Was er da vor Augen hatte, war ungeheuerlich, aber das änderte nichts an dem, was ihm zugestoßen war. Das machte mich plötzlich wütend. ›Sei doch nicht so eine verdammte Memme. Jede Minute wird in den USA eine Frau vergewaltigt. Findest du, die sollten alle aufgeben und eingehen?‹

Ich riss Tunners Taschen ab, bis ich eine fand, in der sich ein Schlüsselbund befand, den ich Walker zuwarf. ›Du denkst, ich erkenne dich nicht. Doch das tue ich.‹ Er wusste, ich hatte recht, aber er nahm nichts als gegeben an. In dem engen Raum war es heiß und voller brutaler Möglichkeiten. Da Tunners Oberschenkel eh schon aufgeschlitzt war, riss ich mir ein Stück Fleisch heraus und stopfte es mir ins Maul. Oh, mein Gott, ja. Mehr. Mehr. *Mehr*.

Doch für mehr war keine Zeit. Wenn wir jetzt nicht flohen, würden wir nie mehr fliehen. Ich ging in die Zelle, schnappte mir Kittel und Tagebuch und drückte beides Walker in die Hand. Dann schnappte ich mir Caleb und stellte ihn auf die Füße. Er zischte mich an, aber es klang nicht recht überzeugend. Er hatte kaum einen Bruchteil dessen getrunken, was er brauchte (er konnte kaum stehen), aber das musste im Augenblick genügen. Walker hatte die Fesseln abgestreift. Ich trat über Tunners zerfetzte Leiche, schickte Devaz, dem ganz schwindlig war vom frischen Fleisch, den Befehl, uns zu folgen. Walker, der sich die Rippen hielt und humpelte, bildete die Nachhut.

Die Lage im nächsten Raum – der Ort von Calebs Käfigsitzungen – bewies, wie schalldicht die Tresortür war, denn selbst meine Wolfsohren hatten nichts von dem mitbekommen, was sich hier abgespielt hatte. Der Käfig selbst war noch intakt, doch die Tür war herausgerissen und ein paar Stäbe waren verbogen worden. Überall Blut, großzügig vergespritzt, verzweifelt verschmiert, in gerinnenden Pfützen. Die Ergebnistafel der Kämpfe mit Caleb lag mit der Anzeigenseite auf dem Boden. Eine lange Spirale Stacheldraht war durch die Gitterstäbe gezogen worden. Ein junger, dunkelhaariger Jäger in blutgetränktem Metallica-T-Shirt und Kampfhose war darin gefangen, tot. Fünf weitere Leichen; über eine von ihnen, mit aufgerissenem Gedärm, machte sich noch immer Wilson her, von Kopf bis Fuß mit Blut und Sekret verschmiert und glänzend.

Calebs Knie gaben nach, und er fiel um. Wilson drehte sich um und sah uns. Er wollte schon losspringen. Ich spürte, wie sich Beine und Gesäß anspannten.

NEIN! DIE NICHT!

Er kannte mich: Ich war die Frau, die ihn gevögelt und ihm die Mutter aller Knutschflecken verpasst hatte; ich war die Werwolfstimme in seinem Schädel, der Werwolfwille in seinen Gliedern. Die Blutfülle unterdrückte ein wenig seine Verachtung, die er bei leererem Magen wohl gespürt hätte.

Wolf hatte ihn vollständig von Ohren bis Krallen erfasst. Er erhob sich und sein Glied reckte sich mit ihm.

BRING UNS HIER RAUS.

Caleb hatte genießbares Blut gefunden und leckte es vom Boden. Ich konnte nicht zulassen, dass er zu viel davon bekam. Nicht nur, weil wir keine Zeit hatten. Ich streckte die Hand aus und packte ihn am Arm. Schwach schlug er nach mir. Ich hob ihn hoch und legte ihn mir über die Schulter. So ging es schneller, zumindest, bis wir in Schwierigkeiten gerieten. Walker kniete über einem der toten Jäger. Die Hände baumelten an ihm herunter, sein Körper war völlig entspannt. Genauso gut hätte er gleich meditieren können. Vor meinem Fuß lag ein Maschinengewehr (das von Sobel, Kehle herausgebissen, linker Arm ab), also schubste ich es Walker zu. Es schlug ihm gegen das Bein.

›Ja, heb es auf.‹ Dazu brauchte es keinerlei Telepathie. (Die Befehle an Devaz und Wilson ergingen in einem Medium, das nicht ganz Sprache und nicht ganz Bild war, möglich nur in Befehlsbrocken, die den Empfängern wie aufgezwungene instinktive Entscheidungen erschienen, Kräfte, die sie erfassten und mit sich zogen wie Unterströmungen.) Walker nahm die Waffe, tat aber nichts, um aufzustehen. Trotz allem, was hier vor sich ging, dachte ich über die Frage nach, ob er wohl jetzt weniger als ein Mann für mich war. Ja, war er – wie auch anders: Zu viel von meiner menschlichen Vorstellung von Maskulinität hatte mit Kraft zu tun –, und dennoch war er nicht minder sexuell interessant. So ist das wohl, ging mir auf. Verändern und lösen sich die eigenen fundamentalen Grundlagen auf, dann zählen auch die anderen immer weniger. Jeder sollte mal ein Jahr lang Werwolf sein. So eine Art freiwilliger Dienst. Das würde sie lehren, sich nicht derart an Kategorien zu hängen.

›Ich habe wohl nicht mehr alle Murmeln beisammen‹, dachte ich.

Wilson war bereits in dem hell erleuchteten Gang hinter der Tür an der anderen Seite des Raums, Devaz nicht weit dahinter. Mit einem Satz und dem Gefühl intensiver Freude sprang ich über den Käfig (ich erinnerte mich noch an meinen Vater, der mich als Kind hoch über seinen Kopf gehoben hatte, und plötzlich war mir die ferne Landschaft der Zimmerdecke schockierend nahe) und schloss mich ihnen an. Drei weitere Jäger mit fehlenden Kehlen, die Wände ein Jackson Pollock aus Blut. Wir rannten bis zum Ende, dann folgten wir Wilson nach rechts in den nächsten, breiteren Gang, der zu einer Metalltreppe führte. Ein zersplittertes Glaspaneel, das vom Boden bis zur Decke reichte, ging links von uns auf ein Zimmer mit einer Reihe von Monitoren und drei, vier Schreibtischen mit Laptops hinaus. Ein Jäger, aufgeschlitzt von Bauchnabel bis Kehle, lag zuckend in einer gerinnenden Pfütze seines eigenen Blutes. Seine sichtbaren Gedärme sahen aus wie ein zusammengerollter Alien in bibberndem Schlaf. Der Mann hatte die Augen noch offen, war noch voller ungläubigem Leben. Wir kümmerten uns nicht um ihn und rannten zur Treppe. Nach fünf Stufen fiel ich beinahe hin und verrenkte mir den Knöchel an einem Kopf, dessen Körper noch auf dem ersten Treppenabsatz lag. Devaz blieb wieder stehen, beugte sich vor, biss ein Stück aus der Seite und schluckte es fast ganz hinunter.

SCHNELL.

Wilson war zwei Absätze weiter, wurde aber langsamer. Die Fleischvöllerei holte ihn langsam ein, eine Wirkung wie zu sauerstoffreiches Blut: du wurdest in Gefäßen und Adern fett, Hände und Füße wollten schier platzen. Ich erreichte ihn am Ende der Treppe – wieder ein Gang, mit einem reflektierenden Vinylboden, der nach Desinfektionsmitteln roch –, und wir sahen gerade noch, wie zwei WOKOP-Leute achtzehn Meter weiter eine zweite Treppe hinauf verschwanden. Ich sah über Devaz' Schulter. Walker mühte sich die Treppe hinauf. Er sah so aus, als würde er jeden Augenblick stehen bleiben, sich hinsetzen und die Augen schließen. Ich konnte nicht auf ihn warten.

Eine Kugel traf mich in der Schulter. Eine andere traf Caleb im Oberschenkel. Ein muskulöser Jäger von vielleicht zwanzig Jahren, bekleidet nur mit roter kurzer Laufhose und blendend weißen Sportschuhen und mit einer Handfeuerwaffe bewaffnet, war aus einer Tür zu unserer Linken gesprungen, hatte uns gesehen und gefeuert, auch wenn er aus dem Grundtraining gewusst haben dürfte, dass das ohne Silber sinnlos war. Devaz erwischte ihn mit drei Sprüngen und wirbelte ihn an den Haaren herum. Der Jäger ging in die Knie und sah mich an. Er schoss erneut – traf eine Wand –, dann trat ihm Devaz die Pistole aus der Hand. Die jungen Bauchmuskeln waren wunderschön anzuschauen. Devaz zerrte an den Haaren, um den Kopf nach hinten zu ziehen, dann riss er mit den Krallen an der angespannten Kehle, die sich einen Augenblick Zeit damit ließ, aufzuplatzen und einen dünnen Blutstrahl von sich zu geben. Das war zu viel für mich. Ich sprang vor, ließ Caleb fallen, schnitt mit meinen tödlichen Krallen über den gelenkigen Bauch, ging auf die Knie und senkte meine Zähne ins Fleisch unterhalb der Rippen.

Der niemals ruhende Analytiker in einem Winkel meines Gehirns meinte: ›Du musst aufpassen, du entwickelst eine Vorliebe für gesunde junge Männer. Das kannst du dir nicht leisten. Entwickelst du eine Vorliebe, dann entwickelst du ein Muster. Entwickelst du ein Muster, wirst du geschnappt …‹ Aber es war so gut. Gut zu spüren, wie sein Leben in mich pulste (auch wenn es nicht ganz mir gehörte; Devaz nahm sich ein paar Brocken, bohrte seine Faust durchs Brustbein und riss das Herz heraus); der doppelte Hunger, erzwungen durch den Aussetzer im Monat zuvor, ließ jedes Bruchstück erstrahlen: seine blonde Mutter, ein sonnendurchfluteter Hof mit einem roten Tretauto, das pfirsichhafte Diptychon des Hinterns einer Brünetten, bei der er nicht hatte fassen können, dass sie das eine Mal direkt einen 69er mit ihm geschoben hatte, der Typ, der bei einem Konzert der Whites Stripes ohnmächtig in einer Pfütze aus Erbrochenem lag, all die weit zurückliegenden, riesigen Eindrücke der Kindheit wie damals, als die Wolken so rasten, und wenn du rücklings auf der Straße lagst, sah das aus, als würden die Häuser umfallen, und sein Dad, der ihn die Treppe hinauftrug, als er krank war, und in seinem Fieber hatte er in den starken warmen Armen plötzlich die Liebe seines Vaters erkannt, doch irgendwie hatte sie sich abgewendet oder war verwässert und jetzt war ein Großteil seines Verstandes voller Schrott und Fernsehen und Pornographie, und er wollte sich überhaupt nicht diesen Leuten anschließen, aber Nog meinte, er könne ihn da unterbringen, das wäre toll –

Stopp. Stopp.

Das tat ich aber nicht sofort. Fressen raubt dir Sekunden, Minuten, Stunden. Leben ausblutendes Fleisch dehnte die Zeit zu einem schwarzen Loch. Nur noch ein paar Sekunden. Nur noch einen Bissen.

Als ich meine Schnauze reckte, wirkte der Gang deutlich anders, so als habe jemand eine Schleuse geöffnet, und all der Lärm und die Dringlichkeit seien davongeflossen. Der Feueralarm war aus, aber in der Stille steckte noch mehr. Ich drehte mich um und sah Caleb, der auf Händen und Knien war und das frische Blut aufleckte. Er war noch immer schwach, aber in seinen angewinkelten Ellbogen lag frische Spannung und seine Handgelenke zeugten von neuer Hoffnung. Ich stand auf und packte ihn. Er war noch nicht stark genug, um mehr als albernen Widerstand zu leisten, aber ich fragte mich, als ich ihn mir über die Schulter warf, was wohl passieren würde, wenn er mich biss. Ich rechnete schon halb damit. Aber er tat es nicht.

Walker stand oben an der Treppe und sein Gesicht sprach deutlich von dem, was er gerade gesehen hatte: Ich, die Frau, mit der er mit wachsender Finesse und gefährlicher Wärme schlief, auf allen vieren, wie ich einen ausgeweideten Menschen fraß. Er dachte an die Zeit, als unsere Blicke sich in tiefem Erkennen gekreuzt hatten. Ja, das war ich. Und das hier war ich auch. Die Frau war ich und das Ungeheuer auch. Das hatte er bislang noch nicht verstanden. Er hatte es zwar intellektuell eingeräumt, aber nicht geglaubt. Nun war es so weit. Zwei Meter fünfundsiebzig groß, mit blutigen Opernball-Handschuhen und zwinkernden Brocken Fleisch. Ein brutal erfrischender Schock. Ein möglicher Paradigmenwechsel für die Zukunft, denn in die Vergangenheit zurück gab es keinen Weg mehr.

Die Liebende wollte ihn trösten. Das Ungeheuer war blutgetrieben, geil und bereit für noch mehr Fleisch. Die Mutter war verzweifelt und spürte, wie die Zeit zu nichts verging.

Ich drehte mich um und rannte los.

Zwei weitere Treppenabsätze brachten uns ins Erdgeschoss, ich konnte es riechen. Offene Doppeltüren gingen auf ein großes, unordentliches Büro hinaus, noch mehr Schreibtische und Computer, verstreute Papiere, keine Angestellten. Identische Doppeltüren am anderen Ende. Verschlossen. Elektronisch. Karte und Zugangscode.

Aber die Türen waren nicht so dick wie bei einem Safe, und diesmal waren wir zu dritt. Ich setzte Caleb ab. Es gab keinen Grund, Wilson und Devaz auch nur grob zu instruieren. Beim dritten Reißen knirschte die linke Tür und sprang aus dem Schloss. Dahinter lag nicht, wie ich erwartet hatte, das Atrium oder ein Empfangsbereich, sondern eine Laderampe. Aufgestapelte Metallkisten, Gabelstapler, eine stumpfnasige britische Zugmaschine ohne Auflieger. Der Platz war ölfleckig, frostig und stank nach Rost. Das Rollgitter in die Außenwelt stand einen Meter weit auf. Devaz sprang über den Truck, packte den Griff und warf das Gitter nach oben.

Nachtluft voller klammer Felder und mondheller Kälte. Ein großer asphaltierter Platz mit ein paar kleineren Trucks und Lieferwagen, weitere Containerauflieger, Unkraut bahnte sich einen Weg. Der ganze Platz war von einem Aluminiumzaun mit Stacheldraht gesichert. Dreißig Meter entfernt die feuchte Stille eines dichten Waldes. Die Gerüche und die vom Mond geschnitzte Offenheit erfüllten mein Herz mit Jubel. Es war, als liefe ich in die Arme einer verloren geglaubten Liebe.

Devaz und Wilson, von ihrem ersten Mondlicht im Fluch übergossen, hoben ihre verzückten Schnauzen und wollten heulen – da sah ich den Scharfschützen.

Er lugte aus dem Schiebedach eines Allrads, der fast ganz versteckt zwischen zwei Aufliegern stand.

Ich schleuderte Wilson derart vehement ein WEG! zu, dass seinen Schädel wie ein Diskus getroffen haben musste – dann lag er in der Brust getroffen da – und diesmal, das wusste ich, wirkten die Kugeln.

Es gab keine Zeit mehr, sich noch zu rühren, und alle Zeit der Welt, zu spüren, wie ich mich nicht rührte, die erstarrten Synapsen, die komplizierte mathematische Formel der Neuronen, die auf gar keinen Fall zu Ende durchgerechnet sein konnte, bevor die Kugel traf. Der Augenblick dehnte sich, groß und langsam und klar genug, um noch zu denken: ›Dies ist der letzte Augenblick, ich stehe mit einem Vampirkind in den Armen da und –«

Dann der Blutrausch und die zellulären Blitze wie unzählige winzige Sterne, die auf die Haut einstürmen, als aus der Dunkelheit jenseits des Zauns ein Werwolf fiel, das tödliche

Ende einer riesigen Parabel, ein Sprung, der zwanzig Meter entfernt begonnen hatte, ausgelöst durch das Silber, das durch Wilsons Brust gerissen war.

Madeline, in ihrer verwandelten Form, fiel auf den Scharfschützen herab wie ein Meteorit.

47

Der Fahrer des Allrads – Murdoch, das wusste ich – reagierte schnell. Innerhalb einer Sekunde nach Madelines Aufprall auf dem Dach hatte er einen Gang eingelegt und raste los. Madeline, die dem Schützen die Kehle durchgebissen hatte, riss ihm den Kopf ab und warf ihn uns zu. Murdoch trat das Gaspedal durch. Reifen quietschten. Gewehre krachten trocken und klein über den Lärm des tobenden Motors. Madeline hielt sich fest. Murdoch musste erst seitlich gegen einen Container schleudern, bevor sie losließ. Noch einen Augenblick, und sie hätte uns einen weiteren Kopf zuwerfen können.

Murdoch rammte den Zaun und brach unter dem Stacheldraht durch. Er schleuderte nach rechts und raste eine Zufahrtsstraße davon. Das Feuer aus Automatikwaffen folgte ihm, doch das hielt ihn nicht auf.

Devaz stand auf allen vieren über Wilsons Leiche, ließ den Kopf hängen, schnüffelte. Ich setzte Caleb ab und rannte zu Madeline.

›Kind gesund. Ist bei Lucy.‹

Madeline war nicht verletzt, und als ich bei ihr ankam, war sie schon wieder auf den Füßen und schickte mir diese Botschaft. Aber sie war ausgehungert. Ihr aufgewühlter Geruch und glänzende Haut verrieten Hunger am Höhepunkt. Ihre aufgeschreckten Toten lagen in dem Jammer auf ihrem Atem; ihre wache Vagina besaß ihre eigene suchende Schwere. Ich hätte sie in den Arm nehmen können. Das spürte sie, hatte keinen Raum dafür, ging schon an mir vorbei, ganz elektrisch geladen vor Hunger. Calebs Geruch an mir ließ sie würgen.

›Bitte warte. Bitte.‹

Das tat sie, aber das zerrte ihr Blut in die falsche Richtung. Ich konnte spüren, was sie spürte: das Gebäude war noch bemannt, lebende Beute huschte keine fünfzig Meter entfernt.

›Kann nicht warten. Frag sie. Schau.‹

Hinter mir. Ich drehte mich um. Konstantinov und Cloquet näherten sich bewaffnet. ›Mike hat sich befreit.‹ Der Russe schien so blass wie Caleb. Hinter ihnen schwang ein Metalltor in seinen Scharnieren.

»Zoë ist in Sicherheit«, erklärte Cloquet. »Gott sei Dank geht es dir gut. Ein Wagen ist in der Nähe. Schnell.«

Konstantinov hatte eine AK-47 bei sich, aber auch Silber dabei. Links und rechts an den Hüften Handfeuerwaffen in Holstern. Eine Klinge im Stiefel. Er ging kein Risiko ein.

»Schnell«, wiederholte Cloquet.

Walker war ein paar Meter entfernt zusammengebrochen. Konstantinov eilte zu ihm und brach unter seiner Nase eine Ampulle auf. Caleb, blass wie eine Wurzel, war zu einem der Trucks gekrochen und saß nun halb bewusstlos an einen der riesigen Reifen gelehnt. Ich zögerte. Um ehrlich zu sein, hatte ich noch nicht genug gefressen. Die paar Bissen von dem jungen Burschen im Gang hatten den Hunger eher noch befeuert, nicht befriedigt. Wenn ich nicht noch mehr bekam, waren die Menschen bald in Gefahr. In ein paar Stunden war selbst Cloquet nicht mehr sicher. Eine Wolke, die den Mond halb bedeckt hatte, zog weiter, und das Licht brandete über den Hof. Das war zu viel für Madeline. Sie sprang auf den offenen Schlund des Gebäudes zu.

In diesem Augenblick fielen drinnen mehrere Salven.

Schreie. Weitere Schüsse – dann kamen drei WOKOP-Agenten rückwärts aus der Ladebucht gestolpert.

Gefolgt von zwei weiteren Werwölfen.

›Trish, Fergus‹, bekam ich von Madeline übermittelt. Beide bluteten aus einer Handvoll Einschusslöchern, kein Silber, es tat ihnen nicht weh. Konstantinov steckte dahinter. Angriff von beiden Seiten. Murdoch war irgendwie hindurchgeschlüpft, hatte einen anderen Ausgang genommen. Murdoch würde immer einen Ausweg wissen.

Devaz packte den ersten Agenten an der Kehle, hob ihn vom Boden, brach ihm das Handgelenk, als er ihm die Waffe aus der Hand riss. Die beiden anderen Jäger hatten keine Munition mehr. Für sie gab es keinen Ausweg.

48

Trish und Fergus ließen schon bald selig von der Mission ab. Bis Konstantinov und Cloquet Walker in den Lieferwagen verfrachtet hatten, waren sie schon in jenem Stadium jenseits aller Vernunft, dem Stadium jenseits von allem – punktum. Trish war auf allen vieren und schob die Schnauze unter die Rippen ihres Opfers, Fergus reckte die Schnauze hoch und blies Wolke um Wolke mondbeschienenen Atems hinaus, während er Trish von hinten nahm. Ein Nerv im Bein des Opfers ließ dieses im selben Rhythmus zucken, so als würde ihm die Melodie des eigenen Todes gefallen. Ich war feucht vom Zuschauen, vom lebendigen Fleisch, von meinem Anteil am chaotischen kleinen Rudelbewusstsein, dazu, natürlich, durchgeknallte Bilder aus der Nacht mit Jake in Big Sur. Ohne Liebe war es nicht dasselbe – keine Zärtlichkeit versüßte die Grausamkeit, kein kultivierter Gegenpol zur Bestie – aber immerhin noch eine bacchanalische Alternative, eine exquisit ekelhafte Feier des Fluchs.

Ich verbrachte allerdings nicht die ganze Zeit damit, zuzuschauen. Ich hatte mir mein Opfer geholt – Mitte dreißig, rothaarig, Ire, gescheiterter Schwimmer mit einem langen, traurigen, von Muskeln kopflastigen Körper –, in einem einzigen Sprung und Schwung, und hatte so viel von ihm gefressen, wie ich in einem ungestümen, wahllosen Ansturm nur erwischen konnte: Blut, Fleisch, Leber, Nieren, Leben; sein Leben, sein *Leben* – die lahmarschige blonde Babysitterin, die er mit sechs hatte heiraten wollen; Streifen von orange-goldenem Licht in einem abendlichen Wald; das kleine Wieselgesicht seiner Mutter und das eine Mal, wo er nach Hause kam und sie am Fuß der Treppe weinend vorfand, eine kopfsteingepflasterte Straße mit einem auf Steinen aufgebockten Auto; sein geschwollenes, heißes Gesicht, als ihm Sean Neagle an jenem eisigen Morgen auf dem Spielplatz eine geschmiert hatte, damals in St Michaels in Ballyhist –

Madeline war auf allen vieren neben mir, *soixante-neuf* über ihrem Opfer kauernd. Sie hatte sich durch seine Hose gekrallt und das halbe Fleisch vom linken Oberschenkel gefressen. Als ihre Fänge die Beinschlagader trafen, war mir das Blut auf Mund, Brüste und Bauch gespritzt. Die Luft tönte nur so von dem Duft. Madeline war nah genug, ging mir mit einer verschlagenen Lockerung meines sexuellen Selbst auf. Wenn ich die Hand ausstrecken und sie berühren wollte, um so die neue Ära der sexuellen Freizügigkeit zu eröffnen …

Aber die Zeit, die Zeit, *die Zeit.* Abgesehen von der Mutter in mir, die alle anderen anschrie, WIR MÜSSEN NOCH ZU DEN KINDERN, wusste meine Strategin, dass unser Zeitfenster winzig klein war. Wir waren nur deswegen noch hier, weil niemand drinnen die Chancen hier draußen hoch einschätzte. Die Überlebenden warteten nicht darauf, herauszukommen, sie warteten darauf, drinzubleiben, ein paar Sicherheitstüren zu finden, hinter denen sie sich einschließen und auf den Monduntergang warten konnten. Aber in anderen WOKOP-Basen würden die Telefone klingeln. Wenn Verstärkung kam, dann mit Silber – und wenn sie durch die Luft kamen, dürften sie in ein paar Minuten hier sein.

Eine riesige heiße Hand berührte mein Gesäß. Devaz, der eine riesige Erektion vor sich hertrug, hatte sich angeschlichen und bot sich mir mit offenkundigem Stolz an. Das Fleisch in meinen Gedärmen und das Blut auf meiner Zunge schossen einen brennenden Drang in mein Geschlecht. Oh Gott. War nicht noch Zeit? Es war doch noch Zeit! Sicherlich, wenn wir –

Die Mutter meiner Kinder schrie und sprang auf und ab und raufte sich die Haare und rang mit ihren Händen und zwang mir die dazugehörigen Bilder auf: Ich sah mich wieder auf dem Untersuchungstisch oder tot und nackt hier auf dem Asphalt, wenn die Sonne aufging, und eines Tages würde Lucy bemerken, dass der Spaß vorbei war, und sie würde Zoë einen silbernen Ohrring verschlucken lassen oder sie einfach in einer Hotelhalle aussetzen, und Lorcan auf dem Altar würde nicht wissen, was mit ihm geschah, würde nie etwas anderes kennengelernt haben als Einsamkeit und Angst und die Gegenwart lauernder Fremder …

Es reichte – knapp. Ich musste unter dem verführerischen Gewicht meiner selbst hervorkriechen. Cloquet musste hupen, um mich endlich zu der entscheidenden Handlung zu bewegen. Ich sprang auf und drückte Devaz beiseite. Er schnappte nach mir, verpasste mich nur knapp, drehte sich sofort um, ging in die Knie und drückte seinen Schwanz gegen Madelines Oberschenkel. Madeline hörte auf zu fressen und sah ihn an.

Caleb war erneut ohnmächtig geworden. Er lag neben dem großen Reifen des Trucks, der sich über ihm auftürmte wie ein tumber Wächter. Ich eilte zu ihm hin und hob ihn auf.

WIR MÜSSEN WEG.

Madeline drehte sich zu mir um. In der linken Hand hielt sie den blutig abgerissenen Penis des Opfers, in der rechten den von Devaz. (›Selbst in diesem Zustand kann das kein besonderes Aphrodisiakum für ihn sein‹, dachte ich.) Genau wie ich hatte sie die Grenze zum Genug noch kaum überschritten, und wie ich wusste sie, dass für Wolf genug nie genug war. Für Wolf war nur mehr als genug genug. Aber wie ich war auch sie Geschäftsfrau. Sie verstand Risiko, Gewinn, Spiel, Verlust. Sie hatten mich herausgeholt, ein paar von denen getötet, die sonst sie getötet hätten, und gefressen. Nicht schlecht für eine Nacht. Aufhören, solange man noch einen Vorsprung hat. Sie ließ den abgerissenen Penis fallen, ließ den von Devaz los, riss stattdessen das Bein des Opfers ab – bis knapp über dem Knie, danach war nur noch Knochen – und nahm es mit.

DIE ANDEREN.

Fergus und Trish waren nicht zu bewegen. Sie waren kaum zu erreichen. Selbst als Madeline und ich – mit jenem unheimlichen Gefühl gegenseitiger Inanspruchnahme, das wir schon aus dem Dorchester kannten – uns gegenseitig öffneten, unseren Willen miteinander verknüpften und sie im Geiste gemeinsam anschrien: WIR GEHEN JETZT!, bekamen wir keine Reaktion. Na, vielleicht doch etwas, etwa so wie ein Betrunkener, der am Rande völligen Sprachverlustes sagen will: ›Verpisst euch‹, aber es war zu weit von dort, wo sie waren, da draußen im wolfsgeschaffenen Nichts. Trish hatte den Kopf in den Nacken gelegt und streckte den weich behaarten Hals. Fergus' Hände wühlten und drückten, so als würden sie wie wild etwas unter ihrer Haut suchen. Der Gestank ihres Sex war erschütternd süß, wickelte sich um die große olfaktorische Masse der Schlächterei, die selbst jetzt, selbst jetzt noch eine ungeheure Versuchung war –

»Rein hier jetzt!«, brüllte Konstantinov. »Sonst verschwinden wir ohne euch!«

Ich warf mir Caleb über die Schulter und rannte auf das Tor zu.

49

Zehn Stunden später, wieder Mensch, saß ich gewaschen und (dank Cloquet) angekleidet am Frühstückstisch in Lucys Landhaus und hielt Zoë in den Armen. Hielt Zoë in den Armen. Hielt Zoë in den Armen. Die Liebe machte mich noch immer zur Obszönität. Liebe erzwang noch immer den krankmachenden Sturz fort von ihr. Das würde sich nicht ändern. Sehr lange nicht. Nicht, wenn ich nicht ihren Bruder zurückholen konnte. Diese Logik war, ebenso wie die idiotensichere Logik des Fluchs, ein Trost. Darauf konnte ich mich verlassen. Es half mir durch die Grausamkeit, die ich auszuteilen hatte, wenn ich ihn jemals zurückholen wollte.

Ein Holzofen verbreitete einschläfernde Wärme. Alle Vorhänge waren geschlossen, doch in jedem Fenster hing eine Raute aus blaugrauem Licht. Das Haus war absolut sauber, roch (neben den wirbelnden Düften von verschwindendem Wolf) nach frischem Leinen, Frangipani-Räucherstäbchen, Terrakottafliesen und geölter Eiche – nur gelegentlich getrübt durch den Geruch der Untoten: Caleb lag oben in einem der Zimmer im Bett, zitterte, fiel immer wieder ins Delirium, und seine Haut schwitzte geleehaftes Rosa aus. Ich wusste nicht, wie lange sein System brauchte, das Blut der letzten Nacht zu verbrennen, aber er lag nicht im Sterben, wie es schien. Ich hatte versucht, Mias Telefonnummer aus ihm herauszubekommen, aber er war zu weit fort.

Mit einem Vampirjungen hatte offensichtlich niemand gerechnet. Lucy hätte sich beinahe übergeben, als wir ihn hereintrugen. (Was angesichts dessen, was sie von sich gegeben hätte, eine forensische Katastrophe geworden wäre, trotz der Plastikkaschierungen, die die Maler an Wänden und Boden angebracht hatten.) Mir war gar nicht aufgefallen, wie sehr ich mich in Gefangenschaft an Calebs Geruch gewöhnt hatte. In der Enge des Lieferwagens (ja, ein Transit mit komischem Inhalt: vorne drei Menschen, hinten drei Werwölfe, ein Vampir und ein halbes menschliches Bein) hatte sein Gestank ernsthaft Schwierigkeiten bereitet: Madeline und Devaz war zu schlecht, um zu vögeln. Und fressen konnten sie auch nicht. Am Ende fraß ich das meiste davon. (»Wer will einen Schenkel?«, hatte mein Dad immer gefragt, wenn er zu Weihnachten oder Thanksgiving den Vogel zerteilte.) Sie waren angewidert und stinksauer über die verpasste Gelegenheit. Devaz trat immer wieder kindisch gegen die Wände des Lieferwagens, bis sich Konstantinov auf seinem Sitz umdrehte, die mit Silber geladene Springfield sehen ließ und in aller Ruhe sagte, wenn er nicht damit aufhörte, einen solchen Lärm zu machen, würde er ihn auf der Stelle umlegen. Wir brauchten etwa eine Stunde – über unbeleuchtete Nebenstraßen – bis zu Lucys Landhaus aus der Scheidungsmasse, das in der Mitte von Nirgendwo zu sein schien. Es lag allerdings nur einen knappen Kilometer vom nächsten Dorf entfernt – Yatesbury (von dem ich natürlich noch nie gehört hatte) –, war an der Vorderseite durch einen baumumsäumten Garten von der Straße verdeckt und ging nach hinten auf mit Schafen betupftes Farmland hinaus. Es hätte schon jemand schauen und lauschen müssen, um unsere Ankunft zu bemerken. Und wenn alle Vorsichtsmaßnahmen ihren Zweck erfüllt hatten, wäre auch niemand auf die Idee gekommen, dass in dem Postkartenhäuschen mit seinen weiß getünchten Wänden, dem Strohdach, Heckenkirsche und Rosensträuchern, ein Mann von Ungeheuern getötet und gefressen worden war. Eines von ihnen gerade mal einen Monat alt.

Selbst jetzt, in sauberen Sachen, in Wärme und Freiheit mit meiner Tochter auf dem Arm (und mein obszönes Herz in der Endlosschleife steckend, in die Nähe der Liebe gezwungen zu werden, die sie zwang, davon abzufallen), fand ich es unglaublich, dass das, was passiert war, auch tatsächlich passiert war. Nach seiner Flucht hatte Konstantinov es nach London zurück geschafft und sich mit Cloquet in Verbindung gesetzt. Nicht, weil er große Hoffnungen in Cloquets Fähigkeiten hegte, sondern weil er Geld brauchte. Viel Geld, um Informationen zu kaufen und ein Team zusammenzustellen. Ich hatte seine Freundschaft mit Walker unterschätzt. Konstantinov war nicht gewillt, ihn fallenzulassen. Aus dem Team war nichts geworden. Die Kunde von Hoyles Schicksal hatte sich schnell verbreitet. Die WOKOP-Maulwürfe verstummten, und von den Personen auf Murdochs schwarzer Liste waren nur noch drei in Großbritannien – und die waren für keinen Preis zu haben. Cloquet wiederum hatte seit Tagen nichts von mir gehört und sich mit Madeline in Verbindung gesetzt, um sich mit Zoë helfen zu lassen. Den Rest konnte man sich ausmalen: Madeline, Fergus, Lucy und Trish würden am Ende reich dastehen, Konstantinov hatte vier Werwölfe zur Hand, um ein Gemetzel anzustellen (besser gesagt drei Werwölfe, einer musste sich ja um Zoë kümmern), und die Ungeheuer bekamen ein kostenloses All-you-can-eat-Büfett bei der WOKOP, ohne dass ein allzu großes Risiko strafrechtlicher Verfolgung drohte. Konstantinov hatte geahnt, an welche Show Murdoch dachte, deshalb war er sicher gewesen, dass Walker bis zum Vollmond noch leben würde. Sobald sich die Werwolftruppen verwandelt hatten, mussten sie schnell zuschlagen.

Blieb noch – für Cloquet, Lucy und Zoë – das Problem des Fressens.

Stichwort Madeline – und der Mistkerl, den sie nicht leiden konnte.

»Er schlägt seine Frau«, hatte sie mir schon früher erzählt. »Er wollte mich anheuern, um ihm behilflich zu sein.«

»Seine Frau zu schlagen?«

»Ja.«

»Aber nicht, weil sie Masochistin ist?«

»Du verstehst es nicht. Sie ist keine Masochistin – sie hat Todesangst vor ihm. Er wollte, dass ich sie mit Zigaretten verbrenne und ihr dann in den Mund scheiße. Sie ist seine *Frau*, okay?«

Der zu erwartende moralische Reflex – überprüft. ›Es ist für uns nur das Beste, wenn es für jemand anderen das Schlimmste ist.‹ Das Recht auf ein moralisches Urteil ging in jener Nacht in Big Sur flöten. Eigentlich sogar davor. Ich hielt den Mund.

»Also dachte ich, na ja, *irgendeiner* muss ja dran glauben, oder?«

Sie rief ihn an und sagte ihm, sie überlege sich seinen Vorschlag (doppelter Preis, um die Lüge glaubwürdiger klingen zu lassen), wolle ihn aber noch mal allein sehen, bevor sie den Sprung wagen würde. An diesem Wochenende hätte sie das Haus einer Freundin in Wiltshire für sich. Ob er nicht vorbeikommen und alles mit ihr durchsprechen wolle?

»Und damit war er am Arsch. Ich warf ihm eine Pille in den Drink, und schon pennte er ein. Lucy meinte, er sei erst aufgewacht, als alles losging.«

Und als er aufwachte – als alles losging –, lag er nackt, geknebelt und gefesselt in Lucys Badewanne. Und Lucy stand über ihm. Sie sah nicht so aus wie die Lucy, die irgendeiner ihrer Freunde erkannt hätte.

»Geschieht ihm recht«, hatte Madeline gesagt. »Und hoffentlich ist er bis über beide Ohren lebensversichert. Die Ärmste hätte es sich verdient.«

Ich hatte mit Lucy über nichts davon reden können, wie es gelaufen war, wie es Zoë ergangen war, ob es irgendwelche Schwierigkeiten mit dem Füttern gegeben hatte. Erst waren wir alle noch zu sehr Wolf und körperlich nicht in der Lage irgendetwas zu diskutieren, und später, als der Mond untergegangen war, gab es zu viele düstere praktische Fragen zu klären. Bevor wir die Leiche des Frauenschlägers beseitigen konnten, mussten wir sie erst zurechtmachen: Enthaupten, Fingerabdrücke beseitigen, Zähne ausschlagen, Lunge punktieren. Ich übernahm den größten Teil davon. Das schien nur fair. Ein Großteil seines Gesichtes war weg. Nicht gefressen, nur ruiniert. Um die Person auszuradieren, wie ich wusste. Seine Christophorusmedaille hatte überlebt, so als wolle sie ihre Nutzlosigkeit beweisen. Sie landete zusammen mit seinem Ehering und der Armbanduhr in der Bleiche, um sie weit von hier separat zu entsorgen. Separat vom Rest von ihm. Lucys Ex hatte ein kleines Boot an einem ruhigen Landesteg ein paar Meilen südlich von Weston-Super-Mare. Kaum war sie wieder in menschlicher Form, brachen sie und Cloquet (und eine Ladung menschlicher Überreste) mit dem Lieferwagen auf. Sie sollten die Reste hinaus in den Bristol Channel bringen und das mit Gewichten beschwerte Massaker über Bord werfen.

Konstantinov war mit Walker in einem zweiten Wagen davongefahren, nachdem er uns abgesetzt hatte. Dank meiner Finanzierung via Cloquet hatte er einen korrupten Arzt an der Hand und einen Unterschlupf. Ich war (wiederum aus körperlichen Gründen) nicht in der Lage gewesen, ihm mitzuteilen, was Walker in Gefangenschaft zugestoßen war. Ich fragte mich, ob Konstantinov es wusste. Männlicher Missbrauchsradar. Dachte ich an Walker, tat mir das Herz weh. Es war wohl aus zwischen uns, nahm ich an. Nicht nur wegen dem, was ihm zugestoßen war, sondern weil er es gesehen hatte: Ich in all meiner schmutzigen Schönheit. Richard behauptete immer, Linda Blair hätte nach *Der Exorzist* mit niemandem mehr geschlafen; die Männer bekamen die Bilder nicht aus dem Kopf. Das war natürlich Blödsinn – aber vielleicht nicht, wenn die Bilder aus dem richtigen Leben stammten. Unser Abschied war ein Blick durch die Windschutzscheibe gewesen. Was hätten wir denn sonst machen können? Uns umarmen? Ich war ein zwei Meter fünfundsiebzig großes, blutverschmiertes Ungeheuer. Die Frau in mir war beschämt, der Wolf um sie voller Verachtung. Und selbst, wenn er mich wollte (und nicht endgültig impotent war), welche Zukunft gab es? Welche Zukunft hatte es je gegeben? »Bis später, Schatz. Hm-hm. Viel Spaß beim Töten.« Und das war noch, bevor wir die andere bitter lachhafte Wahrheit herausfanden: Je mehr ich für ihn empfand, desto wahrscheinlich wurde es, dass er als Opfer endete.

Es sei denn natürlich, ich verwandelte ihn.

Warum nicht? Wenn ich Lorcan nicht zurückbekam, gab es kein Ende an verrückten Gesten, die ich in der Leere anstellen konnte. »Tja«, hörte ich meine Mutter mit spitzbübischer Vernunft sagen, »warum denn nicht? Was hat er denn noch zu verlieren?«

Das war allerdings nicht das Problem. Das Problem war, wenn ich ihn verwandelte, würde er mich am Ende dafür hassen. Früher oder später würde er vergessen, dass er es so gewollt hatte. Früher oder später würde er sich fragen, wie ich ihm so etwas hatte antun können. Früher oder später würde jeder Mist, der ihm widerfuhr, meine Schuld sein. Das war so sicher wie das Amen in der Kirche. Ich wusste es, das Ungeheuer wusste es, selbst Walker wusste es.

Draußen wurde es hell. Zoë schlief in meinen Armen. Gläserne Blasen von Wolf waren in meinen Adern gefangen, und das verdaute Leben stand verwirrt herum und weinte wie ein Kind am ersten Schultag. Fasern des Ungeheuers klammerten sich noch an Nackenmuskeln, Gesäß, Waden. Opferblut und Opferfleisch pochten und glühten, ein Gefühl wie Zimmerwärme nach einem Aufenthalt in der Kälte draußen.

Devaz, der länger geduscht hatte als jeder andere von uns, schlief auf der Couch im Wohnzimmer. Mit ihm hatte ebenfalls niemand gerechnet, es gab also keine Männerbekleidung für ihn. Stattdessen hatte er sich in Lucys ausgebeulteste Jogginghose zwängen müssen. Der Anblick war so unappetitlich, dass alle froh waren, als er einschlief und wir eine Decke über ihn werfen konnten.

»Sollten sie nicht langsam zurück sein?«, fragte ich.

Madeline, die sich ebenfalls geschrubbt hatte, akkurat geschminkt war und saubere Sachen trug (dunkelblaue Levis, enges weißes T-Shirt, schwarze Wildleder-Cowboystiefel), war gerade hereingekommen und setzte den Wasserkessel auf. Zwischen uns herrschte eine dichte, zweideutige Atmosphäre, noch immer durch Wolfs Telepathie. Ich wusste, sie war sich der Tatsache bewusst, dass ich die sapphische Möglichkeit auf dem Gelände der WOKOP beiseitegeschoben hatte, auch wenn ich nicht erkannte, wie sie wohl reagiert hätte, wenn ich sie berührt hätte. Ich nahm an, dass sie professionell auch Frauen ›begleitete‹, vielleicht auch nur, weil es wirtschaftlich dumm wäre, das nicht zu tun, doch nach allem, was ich wusste, war das rein geschäftlich. Außerdem gab es ja jetzt Devaz und Fergus, falls ich nach einer lieblosen Version von Vögeln Töten Fressen suchte, kein Grund also, auf Lesbentum zurückzugreifen. Dieser Satz klang in meinem Kopf mit der Stimme unserer Nachbarin in Park Slope, Mrs Spears, forsch und barsch und stets mit einer eigenen Meinung, auch für mich, und stets sagte sie einem nicht nur, was du, sondern auch alle anderen auf der Welt tun sollten. »Ach, du liebe Güte, Talulla, es gibt doch gar keinen Grund, auf Lesbentum zurückzugreifen!« Wobei ich an dieser Stelle einräumen musste, dass ich mich mehr für Madeline interessierte als für einen der beiden Männer. Einerseits eine kleine erregend masochistische Eifersucht. Andererseits Verärgerung über etwas, das sich plötzlich anfühlte wie eine absurde (angesichts meiner anderen Aktivitäten superabsurde) anachronistische, bourgeoise Repression. Einerseits sexuelle Neugier, die bis auf Lauren zurückging. Andererseits nur das Gefühl, dass ich es auch jetzt probieren könnte, weil es sowieso früher oder später dazu kommen würde. Vor allem aber, weil Jake zwischen uns war. Himmel, er würde das lieben. Ich stellte mir vor, wie er sich mit einem Macallan, einer Camel und einem breiten Grinsen vor die Fernsehshow seines Nachlebens hockte: Und nun, etwas früher als angekündigt, äußerst scharfe lesbische Werwölfe in Aktion. Großes Pornokino. Wo ist die Zeitlupe an dieser Fernbedienung? Wo die Wiederholungstaste?

»Keine Sorge«, sagte Madeline und machte eine neue Packung Milch auf. »Lucy weiß, was sie tut. Die schaffen das schon. Außerdem hast du mir die ganze Sache noch gar nicht erzählt.«

Wie ich an Devaz und den verstorbenen Wilson geraten war, meinte sie, Werwölfe aus den Reihen der getreuesten WOKOP-Leute. Jakes Tagebuch hatte unglaublicherweise die Nacht überlebt, aber sie hatte es noch nicht gesehen. Das war auch nicht nötig. Ich kannte die entscheidenden Zeilen auswendig. Ich kannte den Text und die Szene: Ein Zimmer im Castle Hotel, Caernarfon, Nacht. Jake starrt Harleys Handy nach Harleys Nachricht an. Madeline kommt aus dem angrenzenden Bad herein, hat sich postkoital zurechtgemacht, steckt sich die Haare hoch:

»Schau dir das mal an, vielen Dank«, sagte sie, drehte den Kopf zur Seite und zeigte mir eine winzige Stelle auf ihrem biegsamen Hals. »Das ist ein Knutschfleck, oder nicht?«

Ich kannte die Szene nur zu gut, hatte sie unzählige Male gelesen, als endlich – dank Calebs Geschichte seiner Verwandlung – der Groschen gefallen war.

»Jake hat dir einen Knutschfleck verpasst«, erklärte ich, »in der Nacht in Caernarfon. Als Grainer und Ellis mit Harleys Kopf in der Tasche auftauchten.«

Ich schaute zu, wie sie sich zu erinnern versuchte. Bilder tauchten wieder auf, Jake mit ihr im Bett, ihr Gesicht mit dem mühsam erarbeiteten Ausdruck von professionellem Einverständnis. Anderswo in ihr wartete das kleine Mädchen (wie Cloquets kleiner Junge am Kai) auf das Wiedersehen, das niemals kommen würde. Vielleicht aber jetzt. Mein eigenes Kindheits-Ich hatte sich nicht sonderlich für das Ungeheuer interessiert. Es war das ältere Ich, das ausgeflippt war. Tatsächlich wirkte das Ganze wie die Rache des kleinen Mädchens: »Siehst du? Ich hab's dir doch gesagt, so wird es kommen. All diese furchtbaren und wunderbaren Dinge.«

»Er hat dir einen Knutschfleck verpasst«, wiederholte ich. »Er muss gerade tief genug in die Haut gedrungen sein. Gleichzeitig hat der Antivirus, den sie ihm untergejubelt haben, gewirkt. Eine andere Erklärung gibt es nicht. In der folgenden Nacht hast du dich bei Vollmond verwandelt, genau wie er.«

Sie brauchte ein paar Minuten, um das alles zu verdauen. »Woher weißt du das alles?«

Die Wahrheit war nicht länger zu verheimlichen. »Er hat Tagebuch geführt.«

»Wirklich?«

»Ja.«

Weiteres Grübeln. Varianten ihres Gesichts, die ihre Kunden nie zu sehen bekamen. Ihr ging etwas auf. »Schätze, er hatte nichts besonders Gutes über mich zu schreiben. Dummes Blondchen. Hat in ihrem ganzen Leben noch kein Buch gelesen.«

»Er hat geschrieben, er bedauert, dich nicht öfter geküsst zu haben.«

Das führte zu einem plötzlichen psychischen Verkehrsstau in ihr. Peinliche Berührtheit. Neugier. Stolz. Es würde noch eine Weile dauern, bis sie nicht mehr davon fasziniert war, was sie bei anderen Menschen auslöste.

»Du hast doch anderen keinen Knutschfleck verpasst, oder?«, fragte ich sie.

Sie schüttelte den Kopf, dachte noch immer darüber nach.

»Keiner, der einen Hang dazu hat?«

»Ich glaube nicht.«

»Die haben jetzt nämlich einen ziemlich hohen Preis. Nur dass du es weißt.«

»Wusste er davon?«

»Jake? Nein. Und wenn, dann hätte er es nicht getan.« Nicht mit dir, hätte meine giftige Realistin noch anmerken können – ein Gedanke, den sie hoffentlich nicht mitbekommen hatte, weil sie im Geist mit anderem beschäftigt war. Jake hatte nicht gewusst, was er angerichtet hatte, aber er – oder Wolf – hatte in jenen letzten Stunden im Castle Hotel gewusst, das da etwas war, das ihn verunsicherte, wenn er an Madeline dachte.

›Denke ich an Madeline hier, nagt etwas an mir. Dieser Raum hat dieses Etwas bis an den Rand der Erinnerung gezerrt, schafft es aber nicht, es über die Grenze zu wuchten.‹

So stand es in seinem Tagebuch, praktisch der letzte Eintrag, bevor Llewellyn kam und ihn in den Beddgelert Forest brachte, zu mir, zu Grainer, zu seinem Tod. Etwas Klügeres als sein Mensch wusste: ›Du hast sie gebissen. Sie wird sich verwandeln‹. Und wenn er sie nicht gebissen hätte, wäre ich jetzt tot.

›Gib dir gar nicht erst die Mühe, nach einem Sinn zu suchen. Es gibt keinen.‹

Vielleicht nicht, aber das Leben ließ einem diese Möglichkeit zwanghaft vor der Nase baumeln. Leben, ein Dramatiker auf Speed. Leben, das nicht aufhören konnte mit seinen vorausgeworfenen Schatten, Ironien, Symbolen und Anhaltspunkten, seinen jämmerlichen Witzchen, falschen Enden und Wendungen. Leben mit seiner hoffnungslosen Sucht nach sinnvoller *Handlung*.

»Sag Fergus nichts davon«, meinte Madeline.

»Was?«

»Sag ihm nicht, dass man jemanden mit einem Knutschfleck verwandeln kann.«

»Sonst fängt er gleich damit an?«

»Würde mich nicht wundern. Er ist ein wandelndes Pulverfass. Zu Trish würde ich es auch nicht sagen. Versteh mich nicht falsch: ich liebe Trish. Aber ernsthaft, bei dieser Angelegenheit ist sie wie ein Kind mit einem neuen Spielzeug. Nach all dem Mist, den sie durchgemacht hat, kann ich es ihr auch nicht verdenken.«

Caleb hustete. Spuckte etwas aus. Sein Atem ging schwer. Ich musste ihm Blut suchen. Würde ein Tier gehen? Ich könnte ihm ja auch mein Blut geben, dachte ich – aber wer wusste schon, in was ihn das verwandeln würde?

»Und du hast sie einfach … gebissen?«, fragte Madeline.

»Ja.«

»Wie das denn?«

»Was glaubst du denn?«

Eine Pause, in der sie mich neu einschätzte. Nun war ich die Sorte Frau, die strategisch vögeln konnte. Ich spürte, wie ihr aufging, dass sie mich unterschätzt hatte – und spürte, wie sie spürte, dass ich es spürte. Diese Schauer und Schatten unendlichen Gedankenlesens. Die erzwungene gegenseitige Erkenntnis war noch frisch genug, um uns zu entzücken – aber wir wussten, das würde nicht lange anhalten: Letzten Endes mussten wir eine Möglichkeit finden, dass jede für sich behielt, was nur für sie bestimmt war. Unter den gegebenen Umständen las ich jedenfalls, dass sie sich fragte, ob ich irgendwelches Vergnügen daran gehabt hätte.

›Nicht sehr.‹

Madeline nickte. Männer, die beim Sex nicht gut waren. Da konnte ihr keiner was vormachen. Was die Zweideutigkeit erneut so sehr aufflammen ließ, dass mir die Haut kribbelte und ich rot wurde, und einen Augenblick lang sahen wir uns absichtlich nicht an. Gerettet wurden wir vom Geräusch eines Wagens, der anhielt. Einen Augenblick später kamen Lucy und Cloquet mit großen Augen und blasser Haut herein und rochen nach Wolfsresten, Schlammbänken, Diesel und kalter Luft.

»Alles in Ordnung?«, fragte ich.

»Keine Ahnung«, antwortete Lucy. »Wir haben getan, was wir konnten.«

Lucy war eine große, dünne Frau mit rotbraunen Haaren, traurigen, warmen Augen, breiten Wangenknochen und einem weiten, aber ungeformten Mund. All ihre körperlichen Merkmale lösten sich in ihren Sommersprossen auf. Die Haare hatte sie zu einem dreieckigen, schulterlangen Bob mit Stirnfransen geschnitten. Sie würde in jedem Grünton gut aussehen, doch im Augenblick trug sie eine rostfarbene Hose und einen schwarzen Rolli. Die meisten Männer würden uns wohl in folgender absteigender Reihenfolge einordnen: Madeline, ich, Lucy, doch für eine wache Minderheit würde Lucy mehr Sexappeal haben als Maddy und ich zusammen. John Updike hätte sich über ihre ölige Haut, ihre langen Finger und sommersprossigen Brüste ausgelassen.

»Ich hatte noch keine Gelegenheit, mich zu bedanken«, sagte ich. »Für die Sorge um Zoë. Für alles.«

»Sie hat keine Mühe gemacht«, wiegelte Lucy ab. »Aber bevor wir weitermachen, könntest du mir bitte sagen, was der Bursche da oben in meinem Gästezimmer macht?«

In der fiebrigen Kommunikation, die wir zur Verfügung hatten, als wir hier eingetroffen waren, hatte ich ihr nur zuwerfen können BITTE. NOTFALL. BITTE. Genug, um Caleb für die Nacht ein Dach über dem Kopf zu sichern, aber ganz offensichtlich mit aufgeschobenen Bedenken. Nun war diese Zeit um.

»Er ist ein Vampir«, erklärte ich. »Ein sehr kranker Vampir.«

»Das habe ich auch schon mitgekriegt«, meinte Lucy. Wohl von Cloquet, der gehört hatte, was Walker vorn im Lieferwagen zu sagen hatte. »Du hast ja wohl etwas mit ihm vor, aber würdest du uns das mal verraten?«

»Ist doch offenkundig«, sagte Madeline. »Die haben ihren Sohn. Sie wollen ihn töten. Jetzt hat sie einen von denen. Das stärkt die Verhandlungsposition.« Sie sah mich an. »Richtig?«

»Richtig«, bestätigte ich. »Leider ist das ganz genau so.«

Zufall oder phantasievoller Touch des Dramatikers auf Speed, doch kaum waren mir die Worte aus dem Mund gekommen, fing Caleb an zu schreien.

50

»Verdammt, die Sonne«, sagte ich und sprang auf. »Schnell, ein dunkler Ort.«

»Der Keller«, sagte Lucy. »Aber der ist voller Krempel –«

»Egal. Wo ist er? Madeline, nimmst du kurz Zöe?«

Wir hatten die Vorhänge in Calebs Zimmer zugezogen, aber sie waren nicht dicht genug, um das Tageslicht auszusperren. Als Cloquet und ich oben ankamen, lag Caleb auf dem Boden, hatte sich in die Flickendecke gewickelt und wollte unter das Bett kriechen.

»Wir bringen dich nach unten«, sagte ich und schnappte ihn mir. »Da bist du in Sicherheit, versprochen.«

Caleb konnte nicht antworten. Qualmwölkchen stiegen aus der Flickendecke auf.

Fünf Minuten später war er in Lucys Keller (der überhaupt nicht voller Krempel war, sondern sich als kleiner, sauberer ordentlicher Ort entpuppte, an dem luftdichte Plastikboxen gestapelt waren), in die Decke gewickelt, wie ein Baby zusammengerollt. Er hatte die Augen geschlossen, den Mund weit aufgerissen, und keuchte fürchterlich.

»Hier kann er nicht bleiben«, erklärte Lucy, als wir wieder in der Küche waren.

»Ich weiß. Ich bringe ihn heute Nacht fort. Keine Sorge.«

»Wohin?«, wollte Madeline wissen.

Ich sah Cloquet an.

»Südküste«, antwortete er. Dort, wo sich Konstantinov

und Walker verkrochen hatten. London war zu riskant für uns.

»Okay«, sagte Lucy. »Er bleibt bis Sonnenuntergang. Gut. Aber wir müssen reden.«

Ein surrealer Vormittag und Nachmittag. Lucy wollte Antworten haben. Äußerliche auf wissenschaftliche Fragen – Krankheitsimmunität, Lebenserwartung, Genetik, Drogen – darunter der zitternde metaphysische Schrei in der Leere: Was hat das alles zu bedeuten, verdammt?

Ich konnte ihr nichts anderes geben als das, was Jake mir gegeben hatte. Wir existierten. Auch nicht mysteriöser als Leoparden, Seepferdchen oder Wale. Lucy saß da, runzelte die Stirn und hörte sich alles an. Sie war getroffen, gekränkt, angewidert, ängstlich – hatte aber noch nie daran gedacht, sich umzubringen, wie ich bemerkte. Sie strahlte starrköpfigen Anspruch aus. Sie hatte gedacht, die zusammengebrochene Ehe (und die offenkundige Totenglocke für mögliche Kinder) wäre das entscheidende Ereignis in ihrem Leben gewesen. Und dann das hier. Zu all den anderen Gefühlen kam die profane Erregung, dass noch nicht alles erzählt worden war, dass ihr, im Guten wie im Bösen, eine neue, grausame Welt offenstand. Das Gras wuchs weiter, die Vögel zwitscherten, Regen fiel. Solange man gewillt war, im Leben zu bleiben, fand es Platz für einen. So war nun mal das Leben, hilflos promisk, ein Türsteher, der jeden einließ.

»Warum Silber?«, wollte Lucy wissen.

Ich zuckte mit den Schultern.

»Und wenn wir uns enthalten?«

»Tod. Ich habe zwei Monate mit Tieren geschafft. Ich kann es nicht empfehlen. Jake hat mir gesagt, er habe mal vier Monate geschafft und sich am Ende die Haut vom Leib gerissen.«

Madeline öffnete eine Flasche Absolut und goss uns ein. Seit der Verwandlung hatte ich wieder Milch, aber Zoë hatte keinerlei Anstalten gemacht, danach zu verlangen. Ausgewachsene Werwölfe aßen mindestens eine Woche lang kein normales Essen nach dem Mord; meine Intuition verriet mir, dass es bei Kindern wohl dasselbe war. So oder so würde ein Glas Wodka nichts ausmachen. Wir tranken. Keinen Trinkspruch, nur eine stumme Übereinkunft, wie absurd, entsetzlich und gewöhnlich unsere Lage war. Darunter lauerte die starke Versuchung zu lachen. Maddys Diamantohrringe glitzerten, als sie das Glas kippte.

»So ist das eigentlich nicht vorgesehen«, sagte ich ihnen. »Eigentlich hängen wir nicht miteinander rum.«

»Warum denn nicht?«, fragte Madeline.

»Es ist nicht verboten, aber Jake zufolge sind wir Einzelgänger, wir meiden einander. Er hat selbst nur ein halbes Dutzend anderer kennengelernt, und er schien auch nicht daran interessiert zu sein. Er meinte, das seien nur Konkurrenten um Fressen und Sex. Alles Männer, nicht zu vergessen. Vielleicht wäre es anders gelaufen, wenn es auch Wölfinnen gegeben hätte.«

»Oder er war eben der einsame Wolf«, meinte Lucy.

»Mir gegenüber hat er nie jemanden erwähnt«, ergänzte Madeline. »Die meisten meiner Kunden erwähnen eine Frau, eine Freundin, Arbeitskollegin oder sonstwen. Er nicht. Als diese Kerle in dem Hotel in Wales auftauchten, ging mir erst auf, dass ich mir nie hatte vorstellen können, er würde jemanden kennen.«

»Da ist noch was anderes. Jake meinte, die Zahl der Wölfinnen sei winzig im Vergleich zu den Wölfen. Eins zu tausend vielleicht. Niemand wusste wieso. Es kann ja nicht sein, dass weniger Frauen gebissen wurden. Es kann nur damit zu tun haben, dass nur wenige den Biss überlebt haben. Aber schaut uns an.«

»Tja, das macht das Londoner Wasser«, sagte Maddy und schenkte nach. »Chin-chin.«

Devaz wachte auf – ganz verwirrt. Sein Gesicht verriet, dass er gerade einen entsetzlichen Traum gehabt hatte. Dann stand in seinem Gesicht die Erkenntnis, dass es kein Traum gewesen war. Eine Weile sah er von der einen zur anderen und reimte sich die Geschichte zusammen. Seine Psyche wankte, flirtete mit dem Kollaps. Dann setzte sich das Bild der jüngsten Vergangenheit hart durch, ließ sich nicht leugnen oder abschütteln. Er wusste, was passiert war, was er war, was er getan hatte. Er wendete sich an mich.

»Du verdammtes Miststück. Das hast du mir angetan. Ich bring dich um, verdammt.«

Cloquet zückte die Luger. »Silber«, sagte er leise. »Jede einzelne Kugel. Der Russe hat darauf bestanden.«

Ich wusste, er log. Devaz wusste das nicht. Sein Gesicht war feucht, sein Mund stand offen und enthüllte die Zahnlücke zwischen den oberen Vorderzähnen. Mit einem großen Schnurrbart, so ging mir auf, würde er wie Freddie Mercury für Arme aussehen.

»Keiner von uns hat darum gebeten«, bemerkte Lucy. »Wir sitzen alle im selben Boot.«

»Sie hat es mit Absicht gemacht.«

»Ja, habe ich«, sagte ich. »Soll ich dir verraten, was deine Kollegen mir mit Absicht angetan haben? Du beschissener, blöder, selbstgefälliger Arsch.«

Cloquet hielt in Blitzesschnelle Devaz die Waffe an die Schläfe. »Denk nicht mal dran«, erklärte er ernst. »Schlag es dir aus dem Kopf.«

»Wir sollten uns alle beruhigen, bitte«, mahnte Lucy. »Auf der Stelle.«

Zum Glück kam in diesem Augenblick Trish herein. Eine kleine, gelenkige Siebenundzwanzigjährige mit kurzgeschnittenen roten Haaren und großen jadegrünen Augen. Die viel zu große schwarze Kampfhose und Jacke verrieten uns, woher sie ihre Garderobe hatte. Die Männersneaker saßen an ihren Füßen wie Clownsschuhe. Als Madeline uns miteinander bekannt machte, konnte sie ein Grinsen nicht verkneifen.

»Tut mir leid wegen vorhin«, sagte sie. »Ich war ein wenig abgelenkt. Du weißt ja, wie das ist.«

Was sollte ich darauf sagen? Ja, ich wusste, wie das war.

Fergus und Trish hatten das Gelände vielleicht eine halbe Stunde nach uns verlassen (mit einem Rucksack voller Jagdausrüstung und etwa 80 Pfund in bar – »Ach übrigens, vielen Dank noch mal, dass ihr uns vollkommen blank zurückgelassen habt«), waren über Land abgehauen, hatten bis Monduntergang in einer leeren Scheune gedöst, sich in einem Trog gewaschen und dann angekleidet, waren ins nächste Dorf gegangen und hatten einen Bus genommen. Fergus hatte sich mit dem Zug allein nach London durchgeschlagen. Die Ortsnamen – Wantage, Swindon, Lambourne – sagten mir nichts. Trish hatte Sachen, die sie nach dem Duschen anziehen konnte, so blieb die WOKOP-Ausrüstung für Devaz. Kaum hatte er sich angezogen, wollte er freigelassen werden.

»Niemand hält dich fest«, sagte ich. »Verpiss dich.«

Tat er nicht. Stattdessen schmollte er und strich im Haus herum. Ich sah, wie er Madeline Blicke zuwarf, sah, wie sie den Kopf schüttelte: Nein. Sollte heißen, ›Nein, die Bereitschaft, es letzte Nacht mit dir zu treiben, heißt noch lange nicht, dass ich jetzt bereit dazu bin. Hau ab, du Wichser.‹

Ich rief Konstantinov an. Walker und er befanden sich in einem Haus an der Küste. Walker war vom Arzt behandelt worden. Wunden gesäubert, genäht, verbunden, Rippen ruhiggestellt, Antibiotika verabreicht. Jetzt schlief er. Der Arzt war vor zwanzig Minuten wieder aufgebrochen.

»Holen Sie ihn zurück«, bat ich ihn.

»Was?«

»Sagen Sie ihm, er soll alles für eine Bluttransfusion besorgen. Wir bringen den Burschen mit.«

Konstantinov unterbrach mich nicht. Als ich ihm alles erklärt hatte, sagte er nur: »Gut. Wann sind Sie hier?«

Ich sah nach Caleb. Das Spinnennetz auf Gesicht und Händen war dunkel, aber ich hatte es schon schlimmer gesehen. In dem engen Kellerraum konnte niemand der Hässlichkeit meiner Absichten entgehen. Wochenlang hatte Calebs Leben aus Inhaftierung und Leid bestanden. Nun würde sich das dank mir fortsetzen. Er hatte mich für eine Freundin gehalten. Ich war seine Freundin gewesen. Ein Teil seiner Schuld und seines Verlangens nach der Mutter war in meine Richtung umgeleitet worden, und ich hatte es akzeptiert. Natürlich hatte ich selbst umlenkbare Schuld und eigenes Verlangen. Er hatte seine Mutter verraten, ich hatte bei meinem Sohn versagt. Die Leihmutterschaft, die ihren Namen nicht zu nennen wagt. Nun hatte ich die Macht, Eltern und Kind wieder miteinander zu vereinen, doch ich würde sie weiter voneinander getrennt halten. Der einzige alttestamentarische Trost lag in dem Wissen, dass Mia auf jeden Fall Rache nehmen würde, ganz gleich, wie die Angelegenheit ausging.

»Du wirst uns brauchen«, sagte Madeline, als ich wieder aus dem Keller kam. »Um deinen Jungen zurückzuholen. Du wirst uns alle brauchen.«

Wir waren im Wohnzimmer. Trish war oben und telefonierte mit jemandem. Lucy, Cloquet und der nun recht kleinlaute Devaz waren in der Küche und hatten dem hellen Morgen die Hintertür geöffnet, rauchten und tranken wodkabefeuerten Kaffee. Draußen war ein hoher blauer Himmel mit regungslosen Wolkenfetzen, kalte frische Luft ließ Blätter und Gras zittern.

»Ich verdanke dir schon mein Leben«, erwiderte ich.

»Blödsinn«, winkte sie ab. »Irgendjemand musste ja dran

glauben. Konnten genauso gut auch diese Wichser sein. Und außerdem, der Punkt ist, mach dir keine Sorgen. Wir müssen eh aufeinander aufpassen.«

Ich wollte schon sagen: ›Ich werde es euch entlohnen‹, in Barem, meinte ich, aber dann hielt ich den Mund. Es wäre vulgär gewesen. Nicht, dass Maddy kein Geld nehmen würde – das hier war etwas anderes. Ohne dass es mir erst aufgefallen war (nun kam es wie ein warmer Schock im Blut), hatte sich ein Gefühl von Familie eingeschlichen. Das aufkeimende kollektive Bewusstsein mit seinen Einsichten und Blockaden bewegte sich zwischen uns wie eine sanfte Strömung. Dies war wohl ein Grund, warum Devaz noch immer hier war. Madeline – so erkannte ich und erhaschte einen Blick auf das Etwas, das sie in unseren offenen Augenblicken zu verbergen gesucht hatte – war einsam. Ich sah sie in einem Hotelbadezimmer ihr Make-up richten. In ihrer Wohnung, wie sie auf dem Klo sitzt und den Boden anstarrt. Auf dem Rücksitz eines Londoner Taxis, wie sie hinaus in die blinkenden Lichter sieht. Allein. Immer allein. Und nun war da dies hier, wir, Verwandtschaft, *das Rudel.*

Lucy erschien mit hochgezogenen Schultern in der Tür und hielt einen roten Kaffeebecher in Händen. Einen Augenblick lang sahen wir drei uns an. »Ich nehme an, das ist alles wirklich«, sagte Lucy und ließ die Schultern sinken. »Ich denke andauernd ...« Sie schüttelte den Kopf und beließ es dabei. Wir wussten, was sie meinte. Trotz der harten Fakten gab es ein gerüttelt Maß an Selbstzweifeln, ob sich nicht auch jetzt noch alles als Illusion herausstellte, als Traum, als phantastischer, widerlicher Irrtum.

»Ich habe gerade zu Talulla gesagt«, erklärte Madeline, »dass wir ihr alle dabei helfen, ihren kleinen Jungen zurückzuholen. Fergus und Trish sind dabei. Auch wenn –«, zu mir mit einem übertrieben verächtlichen Ton, »Fergus über Geld reden will. Du hilfst doch mit, oder, Luce?«

Lucys Blick kreuzte meinen. Ich sah, was sie mich sehen lassen wollte: Sie wollte nichts als gegeben hinnehmen, sie hatte das alles noch nicht akzeptiert, sie hatte das letzte Nacht wegen des Geldes getan, weil sie Raum und Zeit erkaufen musste, sie hatte nichts von Madelines Verzweiflung, und ja, es gab eine Verbindung, aber die ging nur bis zu einem gewissen Punkt.

»Das ist ganz allein meine Verantwortung«, erklärte ich. (›Ja, ich weiß. Ich verstehe.‹) »Aber ich nehme jede Hilfe, die ich nur kriegen kann. Ich erwarte gar nichts. Ihr seid jetzt schon so gut zu mir gewesen.«

Zoë, die rücklings auf meinem Schoß lag, öffnete die Augen. Wieder floss ihr meine Liebe zu, in hoffnungsloser Panik, weil sie wusste, sie würde wieder schwinden müssen. Und als sie das tat (wie das ausgeglühte Ende einer sich auflösenden Sylvesterrakete), ging mir auf, dass ich ihren Bruder noch nie in menschlicher Form gesehen hatte. Ich würde ihn nicht erkennen, wenn man mir Fotos zeigen würde.

Trish kam die Treppe heruntergesprungen. Sie hatte sich eine enge schwarze Jeans und einen Mohair-Pullover angezogen, der fast genau die Farbe ihrer Augen hatte. Nackte weiße Füße mit kirschroten Zehennägeln. Sie sah aus, als hätte sie eine Woche lang geschlafen und sei rundum erneuert aufgewacht.

»Seid ihr schon bei Wodka?«, wollte sie wissen. »Wo ist meiner?«

51

Lymington ist eine georgianische Marktgemeinde und ein Segelparadies an der Küste von Hampshire. Direkt südlich davon trennt der Solent England von der Isle of Wight. Im Norden liegt der New Forest, achtunddreißigtausend Hektar alter Heide und Wald. Southampton und Portsmouth liegen östlich, im Westen ist Keyhaven Marsh, ein tausend Hektar großes Naturreservat, das an einer langen Landzunge namens Hurst Spit endet. Das Haus, das Konstantinov besorgt hatte, lag am Rand der Gemeinde, dort, wo die Salzmarschen begannen; es handelte sich um ein freistehendes Haus mit fünf Zimmern, hohen Decken, mit Holzfußböden, zugig, abgewetzt, geschunden und von Urlaubsfamilien jahrzehntenlang abgewohnt.

Budarin, der korrupte Arzt, war ein kleiner Russe Ende vierzig, mit dunklen Haaren, die ihm rapide ausgingen, überrascht wirkenden blauen Augen und einem lächerlich engelhaften, kleinen Mund. Funktionaler Alkoholiker. Konstantinov kannte ihn schon seit Jahren. Der Arzt stellte nicht eine einzige Frage. Er sprach fast überhaupt nicht, und wenn, dann auf Russisch. Wie gewünscht, zapfte er Konstantinov, Cloquet, Walker und mir (beschriftet und gesondert aufgehoben) je einen halben Liter Blut ab, und als ich ihm weitere dreihundert Pfund zusteckte, auch sich selbst, auch wenn ein paar trostlose Witze über die Qualität seines Lebenssafts zwischen ihm und seinem Landsmann hin- und herflogen. Er wohnte in einem Hotel im nahe gelegenen Keyhaven, und würde dank einer satten Summe für unbegrenzte Zeit ›auf Abruf‹ dort bleiben. Er konnte uns noch mehr Blut besorgen, aber das würde achtundvierzig Stunden dauern und zehn Riesen kosten. Ich sagte ihm, er solle tun, was immer dazu nötig wäre.

Madeline und Lucy hatten uns begleitet. Trish war nach London zurückgefahren, um ihren Motorradführerschein zu machen. Mit dem Zahltag nach der Rettungsmission finanzierte sie einen Jahresurlaub: Südostasien im Frühling, dann die USA und Südamerika in Sommer und Herbst. Fergus hatte noch keine festen Pläne, aber Madeline war sicher, dass wir ihn kurzfristig engagieren könnten. Devaz war ohne weitere Nachricht verschwunden.

»Gib mir Mias Telefonnummer, Schätzchen, dann kann ich ihr sagen, wo du bist.«

Caleb lag auf einer Campingliege im Keller. Ich hatte ihm einen Viertelliter von Cloquets Blut gegeben. Gerade genug, um ihn zu schwummrigem Bewusstsein zu wecken. »Ich habe hier ein Telefon. Du kannst mit ihr reden.« Ich wischte ihm die Haare aus der heißen Stirn, sah seine Augen klarer werden. Mein lausiger Instinkt verriet mir, dass er krank genug war, seine Mutter zu wollen, nach all den Wochen der Krankheit, Isolation, Erniedrigung und Schmerzen. Er war siebzehn. Siebzehn war gar nichts. »Du sagst ihr einfach, es geht dir gut«, fuhr ich fort. »Ich sage ihr, wo du bist, und dann kann sie dich holen kommen.« Sein Gesicht verriet einen kurzen inneren Kampf. Eine dunkelrosa Träne kroch ihm aus dem linken Auge. Dann gab er mir die Nummer.

Ich ließ ihn eine Minute reden – eine gelallte, wirre Version unserer Zeit im Kerker –, dann nahm ich das Telefon an mich und eilte hinauf in das große Wohnzimmer an der Vorderseite des Hauses. Es brannte kein Licht. Draußen war es dunkel, aber noch konnte ich die weite Rasenfläche, die Hecke, das Salzgras bis ans Wasser hinunter sehen, wohin Lucy warm angezogen und mit gerunzelter Stirn zu einem Spaziergang aufgebrochen war. Auf dem Solent blinkten gelbe Bootslichter. Ich konnte Madeline in der Küche leise mit Zoë reden hören. Auf dem Herd köchelte etwas Würziges für die Menschen: Cloquets Werk. Das Telefon in meiner Hand war heiß und schwer. Zum Glück hatte ich ja in all diesen Monaten Zeit gehabt, mich an Monstrosität zu gewöhnen.

»Mia?«

»Ja, wer spricht da?« Ganz leichter russischer Akzent. Ruhig wie ein gefrorener See.

»Ich bin Talulla Demetriou. Hören Sie mir genau zu.«

»Wo ist Caleb?«

»Halten Sie den Mund und hören Sie genau zu, sonst werden Sie Ihren Sohn nie wiedersehen.«

Stille. Sofortige Neujustierung. Keine Hysterie. Sie war es gewohnt, dass die Dinge nicht so waren, wie der erste Eindruck glauben machte. Ich sah zum Fenster hinaus, spürte, wie das normalerweise formlose Empfinden des Raums sich zusammenzog. Ich gab Mia genaue Anweisungen: Sie fand heraus, wo die Schüler waren. Sie schloss sich ihnen an. Sie half uns dabei, hineinzukommen und meinen Sohn und Natasha zu befreien. Dann bekam sie ihren Sohn zurück. Sie gab keinen Ton von sich. Konstantinov erschien in der Tür.

»Wie kommen Sie darauf, dass ich die Schüler finden werde?«, fragte sie, als ich geendet hatte, und fügte noch dumm an: »Sind Sie noch da?«

»Weil das Leben Ihres Sohnes auf dem Spiel steht.«

»Geben Sie mir Caleb.«

»Nein, das reicht für diesmal. Sie wissen, dass er lebt. Wir haben Blut. Es wird ihm gutgehen, er wird versorgt, ich verspreche es Ihnen. Ich hege keinerlei Absicht, ihm weh zu tun. Aber Sie müssen verstehen: Es gibt nichts, was ich nicht tun würde, um mein Kind zurückzubekommen. Wenn Sie sich mit mir anlegen, wird das schlimm für ihn. Haben Sie verstanden?«

Pause. »Wenn Sie schon so reden«, meinte Mia, »dann lassen Sie es besser nicht so klingen, als wäre das auch noch harte Arbeit.«

Aus Jakes Tagebuch sah ich sie lebhaft vor mir: eine gutgebaute Blondine in Schwarz. Weißes Gesicht, blutiger Mund, blaue Augen. Beine, die sich in einer Anzeige für teure Nylons wohl gefühlt hätten. Vielen Dank, Jacob Marlowe.

»Mich zu Ihrer Feindin zu machen wird nicht hilfreich sein«, sagte ich.

»Sie halten meinen Sohn gefangen. Sie sind meine Feindin.«

»Ich habe ihm auch das Leben gerettet. Dieses Gespräch ist jedenfalls zu Ende. Ich melde mich wieder –«

»Warten Sie.«

»Was?«

»Wenn Sie ihm weh tun, werde ich Ihr Kind persönlich töten. Haben Sie verstanden?«

»Ja.«

»Und jetzt lassen Sie mich –«

Konstantinov nahm mir das Telefon ab und legte auf. »Lassen Sie sie nicht reden«, erklärte er. »Sie ist dreihundert Jahre alt. Sie ist klüger als Sie. Geben Sie ihr Anweisungen, und legen Sie auf. Das ist alles. Mit ihr zu sprechen bringt nichts Gutes. Nächstes Mal rufe ich an.«

Er reichte mir das Telefon. Zwischen uns gab es einen heiklen Augenblick, in dem ich nicht sagte: ›Hören Sie, dank mir haben wir die Chance, Ihre Frau zu finden‹, und er sagte nicht: ›Hören Sie, dank mir liegen Sie nicht mit einer Silberkugel im Kopf in einem WOKOP-Gefrierschrank.‹ Wir sahen uns an, teilten es uns auch so mit und ließen dann voneinander ab, ohne ein Wort zu sagen.

Ich ging zur Kellertür und schloss auf. Die Treppe nach unten deprimierte mich. Ich holte tief Luft, spürte zehntausend mikroskopische Fäden Wolf reißen, als ich den Kopf auf dem Hals rollen ließ, dann ging ich hinunter, um mit meinem Gefangenen zu sprechen, obwohl ich noch immer nicht wusste, ob ich ihm die Wahrheit sagen oder ihn nach Strich und Faden belügen sollte.

52

Ich sagte ihm die Wahrheit, und es war so schlimm wie nur was. Herzzerreißend, so viel Jammer und Vertrauensbruch in so geringer körperlicher Kraft zu sehen, um sie ausdrücken zu können. Caleb versuchte aufzustehen, konnte nicht, fiel von der Liege auf den Boden. Ich musste ihn hochheben. Er versuchte zu schlagen und zu treten, aber seine Gliedmaßen waren wie Papierlaternen. Er hätte mich beißen können, also hielt ich seinen Kopf an dem Nest weißblonder Haare fest. Er spuckte mir ins Gesicht.

»Weißt du noch, wie ich dir erzählt habe, dass sie vorhaben, meinen Sohn zu opfern?«, fragte ich, als er seine letzte Kraft aufgebraucht hatte.

»Verpiss dich.«

»Du hast gesagt, du wüsstest nicht, wo sie ihn verstecken, aber selbst wenn, könntest du es mir nicht sagen. Ich wiederhole es noch mal: Selbst wenn du es wüsstest, könntest du es mir nicht sagen.«

»Hab ich nie gesagt.«

»Doch, hast du, und du erinnerst dich auch daran, mach dir also keine Mühe, das zu leugnen.«

»Das ist nicht dasselbe.«

»Doch, ist es.«

Wieder verzog sich sein Gesicht: Wut, Ohnmacht, das verlorene Wortgefecht, die Demütigungen im Käfig – vor allem aber, im Körper eines Elfjährigen gefangen zu sein.

Vor allem anderen, für immer wie ein Kind auszusehen. Das brachte ihn dazu, genau das zu sagen, was mich verletzen konnte.

»Ich habe dir vertraut.«

»Das weiß ich.«

»Ich hab gedacht, du bist eine Freundin.«

»War ich auch. Bin ich noch. Tut mir leid. Ich würde dir nie was antun.«

»Und was, wenn meine Mutter nicht eingewilligt hätte?«

Tja, das war der Punkt, zu dem uns die Logik zwang. ›Wenn Sie sich mit mir anlegen, wird das schlimm für ihn.‹ Würde ich das wirklich tun? Ihn bearbeiten wie die WOKOP-Forscher, das Ganze filmen und es Mia Tourisheva schicken? ›Kooperieren Sie und ich höre auf damit.‹

»Ich weiß es nicht«, musste ich einräumen.

Mit Ehrlichkeit hatte Caleb nicht gerechnet. Wieder brannte ihm das Herz davon. Er zwang sich, kühl zu bleiben. »Na, du musst dir ja nicht die Hände damit schmutzig machen, oder? Nicht mit all den Werwolfkumpeln hier in der Gegend. Hier STINKT'S, verdammt.« Damit es ja auch nur jeder im Haus hören konnte.

»Kann ich dir irgendetwas bringen?«, fragte ich. Ich wollte ihn nicht ansehen. Es war so offenkundig, wie sehr ihm das alles weh getan hatte, noch immer tat. Es war so offenkundig, wie sehr er mich gemocht hatte.

»Ja«, sagte er. »Deine Tochter.«

Ich ließ das so stehen. Atmete aus. Drehte mich um.

»Zigaretten«, sagte er schnell. »Camels.« Als er mich lächeln sah: »Was?«

»Die habe ich auch geraucht.«

»Na, herzlichen Glückwunsch. Und?«

»Und nichts. Ich besorge dir welche.« Nur gut, dass ich schon so viel Praxis darin hatte, mein Herz zu verhärten. Doch auch so musste ich am Fuße der Treppe innehalten, und ich fragte mich zum zigsten Mal, ob es keine andere Möglichkeit gab. Es gab keine.

»Meine Mutter bringt dich um«, sagte Caleb leise, als ich drei Stufen genommen hatte. Der Gedanke war ihm, unter anderen Dingen, zuwider.

»Sie wird es sicherlich versuchen.«

»Du verstehst nicht. Du kannst so etwas nicht mit ihr machen.«

»Und doch bin ich hier und mache es.«

Er schloss die Augen. Besiegt, gebrochen, von der neuen misslichen Lage. Der neuen Version jener alten misslichen Lage. Er war nun schon so lange so müde. »Nur wenige schaffen es länger als tausend Jahre«, hatte Cloquet gesagt. Ich sah nicht, wie Caleb auch nur die nächsten zehn Jahre schaffen sollte.

53

Walker saß im Dunkeln in einem Sessel neben seinem Schlafzimmerfenster und trank ein Glas Scotch. Die halbleere Flasche – Glenmorangie – stand auf dem Fensterbrett. Ich setzte mich ihm gegenüber auf die Kante des ungemachten Bettes. Unsere Blicke kreuzten sich einen Augenblick. Die Wirkung all der Momente, die wir uns in schockierter Faszination angesehen hatten, zeigte sich noch immer. Doch nun stand eine distanziertere Version von ihm darüber, wie ein Bestatter über einer Leiche. Ich wollte ihn umarmen. Er sah weg.

»Ich weiß, was du von mir willst«, sagte ich sanft. »Das kann ich nicht.«

Er sagte nichts darauf. Es gab keinen Trost. Trost bezog sich per Definition auf etwas, das ihm zugestoßen war. Trost war logischerweise das Eingeständnis einer Niederlage. Trotz alledem wollte ich ihn umarmen. In solchen Augenblicken war es, als wolle Gott sagen: »Siehst du? Es gibt einen Grund, warum ich die Seele in den Körper gesteckt habe. Der Körper ist da, wenn das Seelengeld nichts wert ist.« Doch jetzt war auch das Körpergeld nichts wert. Wir hatten seit Murdochs Hinterhalt in Italien keinen körperlichen Kontakt gehabt – ich hatte ihn nicht berührt. Der Verlust war ein Schmerz in Haut und Herz. In den dunklen Hotelstunden war es zwischen uns so warm und einverständlich gewesen. Mit ein wenig Übung hatten wir herausgehabt, wir wir gemeinsam, mit ihm in mir, kamen. Ich erinnerte mich an das erste Mal, an die dunkle Intuition, die plötzlich deutlichere Fokussierung, die unsicher eilende Freude und am Ende die ein, zwei Sekunden erstaunlicher Einheit, die beide ins Nichts hinausscheren lässt – dann zurück, unendlich bereichert, erstaunt, köstlich endlich.

»Du musst nichts sagen«, flüsterte Walker.

Ich stellte mir vor, wie ich in der tiefsten Nacht in sein Zimmer ging und mich auszog. Ich wusste, so deutlich, als hätte er es laut ausgesprochen, wie kalt und tot sein ›Nein‹ klingen würde, noch bevor ich am zweiten Knopf meiner Bluse angekommen wäre.

»Du solltest was essen«, sagte ich. Was man eben so sagt, obwohl man weiß, dass es nutzlos ist und eigentlich auch nicht, denn der Sinn besteht darin, dass man solche Sätze hat, wenn gar nichts zu sagen unerträglich wäre.

»Ist sie darauf eingegangen?«, wollte er wissen.

Mia Tourisheva, meinte er. Das war eine Möglichkeit. Sich über die Ziele unterhalten, die Pläne, die praktischen Dinge.

»Hat ganz den Anschein.«

»Du weißt, dass Natasha möglicherweise tot ist.«

»Warum sagst du das?«

»Wann haben sie Mike das letzte Mal etwas geschickt? Der Effekt hat sich abgenutzt.«

Das war mir noch nicht aufgegangen. Doch wenn ich so darüber nachdachte, weiteten sich manchmal Konstantinovs Augen, was verriet, dass ihm dieser Gedanke schon gekommen war. Er war ihm gekommen, ja, aber er tat weiterhin so, als sei nichts geschehen. Ich glaubte nicht, dass er damit leben konnte, wenn sie tot war. Er hatte nicht wie Walker das Talent, sich mit der Faszination seiner eigenen Abnormität am Leben zu halten. Vielleicht hatte Walker dieses Talent ebenfalls eingebüßt.

»Das macht nichts«, sagte Walker. »Er wird das erst akzeptieren, wenn er sie mit seinen eigenen Augen sieht. Und dann ist es aus mit ihm.«

Das Bett war wie eine dritte wachsame Präsenz. ›Ist das gut? Oh Gott, ja. Ja, das ist es.‹ Die Erinnerungen an uns beide waren wie Kinder, die er zu verleugnen gezwungen worden war. Ich stand auf und ging zu ihm. Er widersetzte sich nicht. Ich setzte mich auf seinen Schoß, umarmte ihn, zog ihn an mich. Er ließ es zu. Als Experiment mit sich selbst. Um zu sehen, ob noch etwas vorhanden war, funktionsfähig. Ich hielt ihn fester, wollte ihn zurück. Winzig schwache neurale Impulse ... die zu nichts führten. Was bedeutete, dass meine Umarmung in wenigen Sekunden hässlich werden würde. Ich löste mich von ihm. Der Verlust seiner Körperwärme löste eine merkwürdig deutliche Trauer aus. Unten hörte ich Cloquet, der für Konstantinov und sich den Tisch deckte. Jemand entkorkte eine Flasche. Zoë machte ein melodisches Geräusch der Überraschung und wurde wieder still. Ich fragte mich, ob Walker wohl bleiben würde, sobald er wieder gesund genug war, um reisen zu können, und wenn ja, wohin. Nirgendwo war es richtig für ihn. Er würde immer weiterziehen müssen. Er konnte nicht so lange bleiben, bis jemand – vor allem er selbst – anfing, die entscheidenden Fragen zu stellen.

»Tut mir leid«, sagte ich. Er sah mich an, als sei ich ein Bild auf einer Mattscheibe, etwas, das ihm aus Lichtjahren Entfernung gesendet wurde. Erstaunlich, was man heutzutage alles technisch anstellen kann. Dieser Bruch zwischen uns widerte mich an, aber ich konnte nichts tun. Anders gesagt, ich konnte schon etwas tun, traute mich aber nicht. »Tut mir leid«, wiederholte ich – und in genau diesem Augenblick griff er nach der Flasche, sein Sessel knarrte laut, und durch diese Gleichzeitigkeit zerriss etwas, ich stand auf und ging hinaus.

Im Flur stieß ich auf Konstantinov und Budarin, die sich auf Russisch unterhielten.

»So oder so brauchen wir Leute und Waffen«, sagte Konstantinov zu mir. »Alexi kann uns dabei vielleicht behilflich sein.«

›So oder so‹, das bezog sich auf die unbeugsame Logistik. Falls Mia die Schüler aufspürte, gab es zwei mögliche Szenarien. Entweder schlugen wir umgehend als menschliche Einsatztruppe zu. Oder wir warteten bis zur Nacht des Rituals – Vollmond, Wintersonnenwende, Mondfinsternis – und gingen als Werwölfe hin. Als Menschen konnten wir am Tag zuschlagen, was schon mal das Problem mit den Vampiren löste. Andererseits würden wir einer halbwegs ordentlichen Wache von Vertrauten nur lächerlichen Widerstand leisten können. Nur Konstantinov und Walker hatten Kampferfahrung, und Walker war schwach. Warteten wir allerdings bis Vollmond (wenn wir mal von der bedrückenden Annahme ausgingen, dass Konstantinov und ich so lange warten konnten, wenn wir erst mal wussten, wo sie waren) und griffen mit ganzer wölfischer Stärke an, würden wir dies nach Mondaufgang tun müssen (also nach Sonnenuntergang), was bedeutete, dass wir es mit Gott weiß wie vielen Vampiren zu tun bekommen würden. Das Zeitfenster war schmal. Mondaufgang um 21 Uhr 03. Maximum der Mondfinsternis um 23 Uhr 14. Zwei Stunden, um mit dem Leben meines Sohnes zu spielen. Madeline, wie ich wusste, hatte sich eine Wiederholung des Angriffs auf Murdochs Unterschlupf in Berkshire vorgestellt, ein Kinderspiel, eine Massenkeilerei mit anschließendem Vögeln und Fressen. Die anderen auch, mit Ausnahme von Lucy, die sowieso schon leicht angedeutet hatte, dass sie sich zu nichts verpflichtet fühlte. So oder so, wie Konstantinov schon gesagt hatte, brauchten wir Hilfe.

»In Ordnung«, sagte ich. »Heuern Sie an, wen Sie können.«

»Das sind keine guten Leute, verstehen Sie?«, warf Budarin ein. »Das sind keine Soldaten.«

»Ist mir gleich, wer sie sind oder was sie getan haben. Wenn sie für uns kämpfen, sind sie angeheuert.« Ich dachte an Delilah Snow, zum ersten Mal seit Jahren, zumindest fühlte es sich so an, und ich hörte mich lachen und sagen: »Ist mir doch scheißegal«, doch in Wirklichkeit lachte und sagte ich das nicht laut.

»In Ordnung«, sagte Budarin. »Mal sehen, was ich tun kann.«

Zum zweiten Mal seit Alaska betrat ich die Hölle des Wartens.

Nichts half. Das Handy lag da. Darum herum erstreckte sich das ganze Universum, in dem ich nach einer Möglichkeit suchen konnte, um das Erhoffte auch eintreten zu lassen. Du stehst auf, gehst von einem Zimmer ins andere, setzt dich hin. Acht Sekunden sind vergangen. Nichts hat sich geändert. Du kannst nicht glauben, dass du Kraft in dir hast, noch Tausende weiterer Sekunden, Stunden, Tage zu ertragen. Jeden Augenblick durchlebst du das Kōan, das Unerträgliche zu ertragen.

Am fünften Tag sagte Konstantinov: »Sie werden den Anreiz erhöhen müssen.«

»Noch nicht«, entgegnete ich.

Im Hintergrund liefen andere Dinge ab. Neue Papiere für Lorcan trafen von Kovatch ein. Lucy kehrte nach London zurück, um ihre Stelle zu kündigen, blieb dann für ein paar Tage verschwunden, tauchte wieder am Haus in Lymington auf und verschwand erneut. Trish kam auf ihrem neuen Motorrad an (zusammen mit der Nachricht, dass Fergus »zur Verfügung« stünde, wenn ich ihn bräuchte), fuhr aber nach nur einem Tag weiter nach Cornwall. Madeline zog zurück in ihre Wohnung in West London. Die Libido machte uns alle klaustrophobisch, aber zwischen ihr und mir war es akut. Wir wussten beide, wenn sie blieb, waren die Chancen groß, dass etwas geschehen würde – was Walker in seinem alten Leben wohl erregend gefunden, ihm in seinem neuen Leben aber wohl nur Kummer bereitet hätte. Er blieb in seinem Zimmer, nur nachts ging er manchmal an den Solent. Ich vermisste ihn so sehr, dass ich wütend auf ihn war. Dann wütend auf mich selbst, weil ich damit überhaupt nicht erst hätte anfangen sollen. Ich dachte daran, mein Wort zu brechen und ihn zu verwandeln. Sicher würde er mich später dafür hassen, aber zumindest hätte ich ihn jetzt. Keine Ahnung, was mich davon abhielt. Vielleicht nichts als die irrationale Überzeugung, dass es in dieser spröden Übergangszeit gefährlich wäre, irgendetwas zu tun, das ich nicht tun musste, eine Provokation des Gottes, den es nicht gab. Budarin sorgte für Blutnachschub (keiner wusste woher, keiner fragte) und ich hielt damit Caleb schwach, aber satt. Er durfte gerade lang genug mit Mia Tourisheva telefonieren, damit sie wusste, dass er unversehrt und am Leben war. Als ich ihm die Zigaretten brachte (später auch noch einen Fernseher mit DVD-Spieler, dazu einen Stapel Filme, den Cloquet in der Stadt besorgt hatte), redete er kein Wort mit mir, bis ihn die Langeweile wieder dazu trieb. Konstantinov und Budarin kamen und gingen. Ich lernte die Burschen kennen, die sie angeheuert hatten, elende Gestalten – drei Russen, ein Nigerianer – mit ökonomisch knappem Vokabular und einer körperlichen Selbstbeherrschung, die vom Training in einer Eliteeinheit stammen konnte, obwohl mir meine Intuition sagte, dass sie wohl eher aus dem Gefängnis stammte. Mir war das egal.

An Tag 16 lief in den BBC News eine kleine leichtherzige Story über die Vorbereitungen, die im Königreich für die totale Mondfinsternis zur Wintersonnenwende getroffen wurden. Bärtige Männer und übergewichtige Frauen in langen Gewändern und mit Blümchenketten. Astronomen gingen die Ereignisse mit Graphiken durch, die auf Siebenjährige abzielten.

»Verstehen Sie doch«, flehte mich Mia Tourisheva am Telefon an. »Ich tue alles, was ich kann. Diese Leute wollen nicht –«

Konstantinov schnappte sich das Telefon. »Hören Sie«, knurrte er. »Heute Abend bringt ein befreundeter Chemiker mir ein paar Liter H_2SO_4. Sie wissen, was das ist? Es wird Ihr Kind nicht umbringen, aber es wird äußerst schmerzhaft für ihn –«

»Verdammt nochmal, Mikhail, Schluss damit. *Schluss.*« Ich versuchte ihm das Telefon abzunehmen. Es fiel hin. Als ich es aufhob, war die Leitung tot. Es klingelte sofort wieder.

»Bitte«, bettelte Mia. »Nicht. Nicht. Ich schwöre Ihnen, ich tue alles in meiner Macht Stehende. Die Fünfzig Familien suchen nach denen, und selbst die wissen nicht, wo sie sind.« Sie klang erschöpft. Der flehende Ton in ihrer ansonsten ruhigen Stimme klang schrecklich. Ich ließ Konstantinov stehen, nahm das Telefon mit nach oben und schloss mich in einem der Badezimmer ein. Ich wollte sie trösten, doch bis ich den Mund aufmachte, hatte sie sich wieder gefangen. »Tun Sie, was Sie für richtig halten«, erklärte sie. »Aber denken Sie daran: Ich sterbe nicht. Ich habe alle Zeit, Sie zu finden, Ihre Kinder, deren Kinder. Es wird sehr lange dauern, bis ich befriedigt bin. Und jetzt lassen Sie mich mit meinem Sohn sprechen.«

»Kommen Sie mit Ergebnissen, verdammt«, sagte ich. »Dann lasse ich Sie mit Ihrem Sohn sprechen. Wenn er bis dahin noch eine Zunge zum Sprechen hat.« Dann legte ich auf.

Ich schlief mit Zoë in ihrer Wiege neben mir, wenn ich denn schlief, nicht an die Decke starrte oder durch die Zimmer im Erdgeschoss streifte oder (natürlich: Wolf ist das egal) mich selbst befriedigte. Zehn Tage nach ihrer ersten Verwandlung hatte meine Tochter wieder angefangen, Milch von mir zu nehmen. Ich hatte keine Milch mehr gehabt, seit sie im Gefängnis versiegt war, doch als sie mitten in der Nacht des zehnten Tages aufwachte, war sie wieder da, genau wie ich es im Traum kurz zuvor schon gewusst hatte. So mit ihr an der Brust dazusitzen, das Leben und die Liebe zu spüren, die hätten sein können, war ein einzigartiger Kummer. Sie starrte mich mit leidenschaftslosem Verständnis an, so als wisse sie, dass meine Liebe von ihr weggezwungen wurde, es aber nichts gab, was sie dagegen tun konnte. Ihre Hauptverdrahtung war die zu ihrem Bruder. Nichts konnte von ihr zu mir kommen, solange er fort war. Sie bestrafte mich nicht. Es war unpersönlich, strukturell, notwendig. Wenn ich versagte – wenn er starb, aber sie und ich überlebten –, dann würde zwischen uns etwas möglich sein, wenn ich es denn ertrug. Aber nicht, solange er noch lebte, solange er festgehalten wurde. Bis das eine oder das andere festgestellt worden war – lebend gerettet oder tot aufgefunden –, hatte ihre Seele Pause. Natürlich sagte ich mir, dass nichts von dem von ihr kam, sondern nur meine eigene Projektion war. Mein Verstand wusste das. Das machte keinen Unterschied. Jedes Mal, wenn sich unsere Blicke kreuzten, war alles wieder da. Das hätte mich eigentlich davon abhalten sollen, ihr in die Augen zu schauen. Aber ich konnte nicht anders. Die Wahrheit machte süchtig.

Fünf Tage vor der Wintersonnenwende wachte ich um vier Uhr früh auf und wusste, etwas stimmte nicht. Der Hunger war hellwach, hatte quasselnd und unruhig auf mich gewartet, holte manchmal aus (Schlaf erkennt er nicht an, doch am Ende ist die Erschöpfung stärker, und der Körper bricht zusammen), doch über den Lärm meines Blutes hinweg verriet mir das Haus eine neue Stille, irgendwo versteckt. 4.17, sagte meine Uhr.

Konstantinovs Schicht.

Oh.

Ich sah in die Wiege. Zoë war wach, aber friedlich. Ich stand auf, zog Jeans, Sneakers und Hemd an, und ohne jeden Protest steckte ich sie in die Babytrage vor meinem Oberkörper. Unter meinem Kissen lag eine Springfield und ein Magazin. Ich nahm beides mit.

Walkers Tür war zu, aber er schlief nicht. Ich konnte Scotch, dreckige Wäsche, den Jammer seines Körpers riechen. Cloquets Tür stand weit auf, zeigte ihn vollständig angekleidet auf dem Bauch liegend im Schlaf, ein Arm baumelte über die Bettkante, der unmittelbare Umkreis mit Kippen, zerknüllten Quittungen, Kleingeld und Schlüsseln übersät. Die Vorhänge waren halb geschlossen, ließen den dicken Bauch des Monds erkennen – zunehmender Dreiviertelmond – die Uhr, die nicht die Zeit abtickte, sondern zunehmen ließ, hin zu Lorcans Tod und dem Ende all dessen, was ich kannte.

«Was immer Sie tun, Mikhail, lassen Sie es, bitte. Bitte.«

Ich stand oben an der Kellertreppe. Konstantinov stand mit dem Rücken zu mir über Calebs Bett gebeugt. In der einen Hand hatte er mein Handy. Auf dem Boden neben ihm stand eine unbeschriftete, undurchsichtige, noch verschlossene Plastikflasche. Ich konnte Calebs Gesicht nicht sehen, aber hören, dass er geknebelt worden war. Handgelenke und Knöchel waren ans Bett gefesselt worden – unnötig, da wir ihn nicht stark genug werden ließen, um überhaupt auf die Beine zu kommen.

»Mikhail, warten Sie bitte. Es ist alles in Ordnung. Sie haben noch nichts gemacht.«

Ich ging die Treppe hinunter, die Springfield hinten in die Jeans gesteckt.

»Kommen Sie, schauen Sie mich an.«

»Es geht nicht anders«, sagte er. »Es geht nicht anders.«

»Ernsthaft, Mikhail, kommen Sie. Schauen Sie mich an.«

Er drehte sich um. Sein Gesicht war blass und großporig. Sein Bart war gewachsen. Seine Augen waren rhabarberrosa umringt. Er wirkte wie ein irrer Mönch, kurz davor, den Verstand zu verlieren.

»Wenn Sie das tun«, erklärte ich, »werden Sie nicht mehr derselbe Mensch sein. Sie werden für Natasha nicht mehr derselbe sein. Denken Sie daran, Natasha sieht das, sie sieht das vor ihrem geistigen Auge so klar, als würde sie hier neben Ihnen stehen.«

Caleb beobachtete mich durch seine Schwäche und Furcht. Ich dachte: ›Wenn du jemals die Chance hast, dich für mich einzusetzen, dann vergiss das hier bitte nicht.‹

Ich ging auf Konstantinov zu. »Das ist nur die Verzweiflung«, fuhr ich fort. »Das ist nur der Wunsch, irgendetwas zu tun. Ich verstehe das. Ich spüre das auch. Aber tief in sich wissen Sie, dass das nichts bringt, außer Sie zu einer anderen Person zu machen. Jetzt im Augenblick sind Sie der Mensch, den Natasha kennt. Verwandeln Sie sich nicht in jemanden, der ihr fremd ist.«

Er sah zu Caleb hinunter. Nicht mit Mitgefühl oder Hass. Ohne jedes Gefühl. Mit dem menschlichen Gesichtsausdruck, der der riesigen mathematischen Leere entspricht.

»Na, kommen Sie«, sagte ich. »Lassen Sie es bleiben. Es ist vorbei. Sie müssen das alles nicht noch einmal durchmachen.«

Ich hoffte, dass es das war. Ich hoffe, dass ich es ihm ausgeredet hatte, dem Jungen Schwefelsäure ins Gesicht zu kippen, damit seine Mutter die Schreie hörte, was immer auch als Nächstes geschah. Ich hoffe es, aber das werde ich wohl nie herausfinden, denn als Nächstes klingelte das Handy.

Mia war dran.

Sie hatte die Schüler gefunden.

VIERTER TEIL

Lakune

Seht euch vor vor den falschen Propheten,
die in Schafskleidern zu euch kommen,
inwendig aber sind sie reißende Wölfe.

Matthäus 7:15

54

Konstantinov kontrollierte gerade die Waffen, als ich ihn auf den neuesten Stand brachte: »Vampire am helllichten Tag.«

»Was?«

»Ich habe gerade mit Mia gesprochen. Erst war es nur Remshi. Nun gibt es mindestens ein Dutzend.«

»Das ist eine Falle. Das ändert nichts. Wir gehen Morgen vor wie geplant.«

»Ich halte es nicht für eine Falle.«

»Das ändert nichts.«

Ich hielt eine halbleere Tasse kalten Kaffee in der Hand. Ich schleuderte sie gegen die Wand hinter seinem Kopf. Sie zerschlug mit einem überraschend lauten Knall. Er legte die AK-47 auf die Couch und sah mich an. Er ließ sich selten durch etwas erschüttern. Auch dies traf ihn nicht, aber es hatte auf der Außenseite seiner Besessenheit eine leichte Schramme hinterlassen.

»Scheiß drauf«, sagte ich, als ein Hungerkrampf meine Eingeweide packte. »Ich weiß, das ändert nichts. Ich habe nur die Schnauze voll von dieser beschissenen russischen Tragik. Hören Sie endlich auf damit, so zu tun, als seien Sie der Einzige, der etwas zu verlieren hat.«

Es war kurz nach zehn Uhr abends. Wir befanden uns im großen Wohnzimmer einer zweigeschossigen Villa, fünf Kilometer außerhalb von Falasarna auf Kreta. Travertin-Fliesen, weiß getünchte Wände, neutral-moderne Möbel, der

Duft von Sandelholz und Meer. Fenstertüren gingen auf eine Veranda hinaus, von der Stufen zu einem Pool und einem Olivenhain führten. Der nächste Nachbar war einen halben Kilometer entfernt, über eine steile Schotterstraße, die sich am Hügel entlangschlängelte und kaum Platz für zwei Autos nebeneinander bot. Cloquet hatte das Haus ganz zufällig gefunden, als er versucht hatte, in Chania Zimmer für zwölf Personen zu buchen. Der Hotelmanager hatte die Stimme gesenkt und gefragt, ob er nicht lieber ein Haus mieten wolle. Das von seinem Cousin. Zehn Minuten zu Fuß bis zum Strand. Nebensaison.

Konstantinov starrte mich an. Der Blick sagte ohne bösen Willen: ›Ich habe mehr zu verlieren, denn wenn sie tot ist, werde ich nicht überleben. Sie schon.‹ Er hatte recht. Ich wusste schon, dass Lorcans Tod mich nicht umbringen würde. Wenn der Preis für eine Zukunft mit meiner Tochter darin bestand, die Schuld für den Tod ihres Bruders auf mich zu nehmen, dann sollte es wohl so sein. Wir hätten eine beschädigte Liebe mit meiner Schande als Kern, aber wenigstens wäre es Liebe. Das war natürlich mit ein Grund, warum ich die Kaffeetasse geworfen hatte. Das und die Krämpfe, die Schweißausbrüche, das dornige Toben des Wolfs unter meiner Haut.

»Erzählen Sie mir von den Vampiren bei Tag«, sagte Konstantinov.

Vor sechzig Stunden hatten wir den Anruf von Mia erhalten. Die Schüler waren auf Kreta, in den Hügeln östlich von Ano Sfinari, in einem ehemaligen Kloster, das angeblich in ein Luxushotel verwandelt worden war, in Wirklichkeit aber von den Gläubigen gekauft und umgebaut worden war, um Remshi in der Welt der Lebenden willkommen zu heißen. Und Remshi *war* offenbar zurück. Als sich Mia ihnen angeschlossen hatte, »weilte« Remshi schon seit einigen Tagen »unter ihnen« (er war pünktlich zu Mitternacht am 1. Dezember mit drei Priestern und Jacqueline erschienen); ein gutaussehender, charismatischer Vampir, der behauptete, älter zu sein als die erste menschliche Äußerung, der zahlreiche erstaunliche Dinge vollführte und ein absolutes Highlight vorlegte: einen Film von sich selbst, wie er mit einer Gruppe von menschlichen Vertrauten am helllichten Tag über das Gelände flanierte. *Am helllichten Tag.* Mit zunehmender Stärke, so versicherte er, würde er in der Lage sein, diese Gabe an alle Vampire weiterzugeben, als Antwort auf die Loyalität zu ihm und seiner zukünftigen Königin, niemand anderer als unserer Madame Jacqueline Delon. »Und, ist er es?«, hatte ich Mia gefragt. »Taschenspielertricks und schlechte Lyrik«, hatte sie geantwortet. Doch etwas in ihrer Stimme räumte ein, dass die Angelegenheit nicht so klar war. Ich drängte sie. »Da ist etwas Wahres«, räumte sie ein. »Etwas sehr Altes. Ich weiß nicht. Das tut nichts zur Sache. Vergeuden Sie keine Zeit. Lassen Sie mich mit meinem Sohn reden.«

Die Getreuen zu finden und sich ihnen anzuschließen, war nicht einfach für Mia gewesen. Es herrschte ein bedrückendes Klima des Verfolgungswahns. Vor sechs Monaten hatte es einen Angriff auf ein Labor des Projekts Helios in Peking gegeben, und obwohl die Schüler jegliche Beteiligung daran geleugnet hatten, nutzten die Fünfzig Familien (die entschieden hatten, dass es nun genug sei) dies als Vorwand, die Sekte zu verfolgen. Ein Urteil war gefällt worden. Todesschwadronen der Vampire waren losgeschickt worden, doch zu dem Zeitpunkt waren Jacqueline und ihre Bande schon vom Radar. In Istanbul waren ein paar Sektenmitglieder aufgespürt und enthauptet worden, aber die Führungsriege und ihre Priesterschaft blieb im Verborgenen, wie sie das auch für Mia geblieben wären, wenn nicht ihr Bruder Mitglied gewesen wäre. Sie waren gemeinsam von demselben Unsterblichen zu Vampiren gemacht worden (wann, wollte sie nicht verraten). »Keine Telepathie«, sagte sie. »Aber wenn ich will, finde ich ihn früher oder später. Funktioniert in beiden Richtungen. Das ist alles. Fragen Sie nicht weiter.« Wenn ich noch hätte fragen können, dann wohl, ob sie sicher sein konnte, dass ihr Bruder glaubte, ihre Gründe, sich anzuschließen, seien integer; und was immer sie darauf geantwortet hätte, wäre uninteressant gewesen, denn dies war der einzige Plan, den wir hatten.

Danach hatte es Telefonanrufe gegeben, neue Gruppenbildung, Flug, das Gehangel nach Waffen. Die kamen natürlich zu spät. Wir hatten weitere achtundvierzig Stunden verloren. Konstantinov war bereit, unbewaffnet loszuziehen, eine Selbstmordmission. Als das Boot endlich am frühen Abend eintraf, musste ich ihn davor zurückhalten, die Menschen anzugreifen. Nun hatten wir keine Wahl mehr: Morgen Nacht war Vollmond. Vollmond, Wintersonnenwende, Mondfinsternis. Uns war in trunkener, nachgiebiger Unausweichlichkeit die Zeit ausgegangen.

»Was ist los?«, fragte Trish, die von der Terrasse hereinkam, gefolgt von Lucy. Beide trugen sie Pullover und Jeans. Im Dezember war es kalt hier. (Ich hatte nicht mit Lucy gerechnet. Im Laufe der Wochen hatte sie mich das wissen lassen. Doch als es so weit war, hatte Trish das Telefon aufgelegt, sich zu mir umgedreht und gesagt: »Lucy macht mit.« In der Abflughalle in Heathrow hatte Lucy mir erzählt: »Monatelang bin ich zu Stücken meines alten Lebens zurückgekehrt wie ein verdammter Köter zu seinem Erbrochenen. Letzten Mittwoch bin ich zu einem Essen meines Lesekreises gegangen. Zur bescheuerten Carol Shields, die denkt, man könne aus dem Tischdecken eine religiöse Handlung machen. Und während alle herumschwatzen, sitze ich da und denke an … na ja. Du weißt schon. Jedenfalls war es dann vorbei. Die letzte Spur Leugnen, nehme ich an. Es gibt kein altes Leben mehr für mich.«)

»Es gibt Neuigkeiten«, erklärte ich. »Vampire am hellichten Tag.«

Wir hatten entschieden, bei Sonnenaufgang als Menschen anzugreifen, dem kleineren von zwei Übeln. Mit Budarins vier Kerlen, Konstantinov, mir, Trish, Lucy, Cloquet und Fergus (den ich vor zwei Tagen zum ersten Mal getroffen hatte: ein stämmiger Ire mit schnapsdunklem Gesicht und einer Figur wie Balu der Bär) hatten wir eine zehnköpfige bewaffnete Truppe. Walker war auch hier, aber er war noch reisekrank vom Flug, und das Fieber kam immer wieder. Er hatte sich geweigert, zum Arzt zu gehen. Er wollte niemanden sehen außer Konstantinov, und die letzten vierundzwanzig Stunden hatte er in seinem Zimmer im Bett gelegen. Er würde wohl kaum noch rechtzeitig fit werden. Wenn Mias Informationen stimmten, dann waren da neunundzwanzig Vampire mit einer Wache aus zwanzig Vertrauten. Zehn (ohne Walker) gegen zwanzig Menschen war besser als zehn gegen neunundzwanzig Vampire, selbst wenn vier von uns verwandelt waren. Nun hatten sich die Chancen noch verschlechtert, wenn Mias Geschichte von Vampiren am Tag stimmte.

»Wie ist das möglich?«, fragte Lucy.

»Weiß der Himmel«, meinte ich. »Mia meinte, bisher seien dreimal jeweils vier Vampire aus der Gemeinschaft ausgewählt worden, um ›die Gabe zu empfangen.‹ Remshi nimmt sie mit auf sein Zimmer. In der folgenden Nacht gibt es dann Aufnahmen, wie diese vier bei Sonnenschein herumspazieren. Nach anfänglicher Skepsis haben sie sich neben laufenden Fernsehern filmen lassen, auf denen die Live-Nachrichten liefen, um Datum und Uhrzeit festzuhalten. Schwer zu fälschen. Das sind die Nachrichtensprecher von CNN und BBC. Wie immer man es auch dreht und wendet, wir müssen mit einem Dutzend hellwacher Vampire rechnen, wenn wir morgen dort reinstürmen.«

»Könnte interessant werden«, meinte Trish.

Lucy setzte sich an den Tisch, auf dem sich die Waffen stapelten. »Brauchen wir nicht … na, ihr wisst schon, Holzpflöcke oder so was? Knoblauch?«

Ich ging auf die Veranda und rief Madeline an.

»Es geht ihr bestens«, waren ihre Begrüßungsworte. »Mach dir keine Sorgen.«

Der Mond war aufgegangen und hing niedrig über dem Meer. Morgen war es so weit. Wolf unter meiner Haut war groß und kantig und ungeduldig. Ich dachte an diese Zeichentrickfilme, wo jemand was verschluckte und dann die Form des Verschluckten annahm. Es roch angenehm nach sauberem Beton, nach Chlor vom Pool und nach Salbei oder Rosmarin im Dickicht nahebei. Alles verführerisch klare Gegenstücke zum Basspochen des Hungers.

»Ich möchte, dass du etwas weißt: Ich vertraue dir.«

»Ja, ja, ja. Hier, hör mal.« Sie bewegte das Telefon. Rauschen, dann das Atmen meiner Tochter. Stetig. Kräftig. Tausende Kilometer entfernt. »Sie ist eingeschlafen, als wir uns eine DVD angeschaut haben.«

»Was schaust du denn?«

»Nicht lachen. *Die kleine Meerjungfrau.*«

»Du bist ein guter Mensch.«

»Mal abgesehen vom Töten und Menschenfressen, meinst du?«

»Mal abgesehen davon, ja.«

»Wie läuft es denn überhaupt?«

Ich brachte sie auf den neuesten Stand. Ich konnte sie nicht fragen, was ich fragen wollte: ›Hast du dir Beute ausgeguckt? Ist es sicher? Wird meine Tochter in Sicherheit sein?‹ Die Wörter erstarben mir im Hals. Der kleine exzentrisch wahrhafte, gleichgültige Teil meiner selbst sagte: ›Lass gut sein, du kannst sowieso nichts machen, und morgen bist du wahrscheinlich tot. Tot und in der ungeheuren mathematischen Stille aufgegangen.‹

»Wegen dem Geld«, sagte ich. »Wenn ich nicht zurückkomme –«

»La, la, la, la –«

»Nein, ernsthaft, hör zu. Ich habe mit meinem Anwalt gesprochen. Er hat den Testamentsnachtrag. Du wirst versorgt sein.«

»Hast du mir alles schon erzählt.«

»Ich weiß, ich weiß. Ich will sie noch mal hören.«

»Warte mal, ich hör dich schlecht …«

»Warte, ich geh anderswohin. Hier ist kaum Empfang … So besser? Hörst du mich?«

»Ja, besser. Also los. Aber weck sie nicht auf!«

Ich lauschte, ohne einen Ton von mir zu geben. Nach außen. Inwendig konnte ich den Mund nicht halten. ›Tut mir leid, mein Engel. Ich habe alles versaut. Es tut mir so leid. Das Mädchen, bei der ich dich gelassen habe, ist zwar ein bisschen schräg, aber sie hat das Herz am rechten Fleck. Wenn ich dich nicht wiedersehe, wird sie gut auf dich aufpassen, glaube ich. Das sagt mir mein Instinkt. Wir haben nicht viel, was für uns spricht, aber wir haben gute Instinkte. Ich liebe dich. Ich liebe dich. Ich liebe dich.‹

»Okay?«, fragte Madeline mit einer Stimme, die mir verriet, dass sie mich so deutlich gehört hatte, als hätte ich laut gesprochen.

»Ja. Danke. Danke, dass du so unglaublich bist.«

»Hör mal, jetzt werd ja nicht rührselig. Du bist morgen mit deinem Sohn zu Hause, dann köpfen wir eine Flasche Schampus. In Ordnung?«

»In Ordnung.«

»Was macht Fergus?«

»Warum?«

»Na, benimmt er sich?«

Fergus war tatsächlich gerade auf der Veranda erschienen, eine Hand mit dem Handy am Ohr, die andere hielt einen

Scotch und eine Zigarette. »Damit das Geld für dich arbeitet«, hatte er aus heiterem Himmel gesagt, als wir uns gerade eine Minute kannten, »musst du es verachten. Du musst Verachtung für den dummen Gehorsam des Geldes hegen. Das Problem besteht nur darin, dass man ziemlich viel davon haben muss, um diese Verachtung zu entwickeln. Wenn Sie bereit sind, über Ihr Vermögen zu reden und darüber, wie Sie es mit der nötigen Verachtung behandeln, sagen Sie mir Bescheid.«

»Schillernd«, sagte ich zu Madeline. »Komischerweise ist etwas Vertrauen Erweckendes an ihm.«

»Ja, seine Gier. Solange das, worum man ihn bittet, seinen Profit erhöht, kann man auf ihn zählen. Was ist mit Walker?«

»Immer noch krank. Er will mich nicht sehen.«

»Aber du weißt schon, dass er in dich verliebt ist, oder?«

Pause. Und? Wusste ich das etwa nicht?

»Bist du in ihn verliebt?«, fragte Madeline.

»Wollen wir diese Unterhaltung ausgerechnet *jetzt* führen?«

Unsere innere Verbindung flackerte schattenhaft über die Leitung. Etwas an ihrer Stimme verriet mir, dass sie wusste, was Walker zugestoßen war, während wir gefangen gehalten worden waren. Was mir wieder, gewollt oder ungewollt, das Bild von Walker heraufbeschwor, wie er zusammengekrümmt und gefesselt dalag, wie Tunner ihm den Schlagstock hineinrammte, wie Murdoch gläsern zuschaute und gleichzeitig telefonierte.

»Du könntest es schlechter treffen«, sagte Madeline.

›Es gibt noch etwas Besseres, als denjenigen zu töten, den man liebt.‹

»Ich meine nur«, fuhr sie fort, »so viele Kerle gibt es nicht, bei denen es sich lohnt. Er ist einer davon. Die Leitung wird schon wieder schlechter, Schätzchen.«

»Ich sollte sowieso wieder rein«, meinte ich, als der Hunger mir in einer schaudernden Welle durch die Beine fuhr und ich stolperte. »Ich fühl mich beschissen.« Madeline hatte dank derselben Willkürlichkeit, die den anderen monatlichen Fluch beherrschte, bis ein paar Stunden vor Mondaufgang am Wandlungstag nicht zu leiden. Das war der zweite Grund gewesen, warum sie babysitten sollte. Der Hauptgrund war Lucy gewesen, die nicht wieder die Verantwortung übernehmen wollte. »Ich rufe dich morgen an«, sagte ich und ging in die Dunkelheit des kleinen Olivenhains hinter dem Poolpflaster, wo das Signal aus irgendeinem Grund gut war. »Immer vorausgesetzt, ich lebe noch.« Ich sah, wie Konstantinov aus Walkers Zimmer trat und die Tür offen ließ. Er runzelte die Stirn.

»Walker?«, rief er.

»Sei nicht albern«, erwiderte Madeline.

»Walker?«, rief Konstantinov ein zweites Mal. Ich konnte ihn nicht sehen, hörte nur Türen öffnen und schließen. Fergus, der die Veränderungen in der Atmosphäre spürte, legte auf und ging ins Haus zurück.

»Bist du noch da?«, fragte Madeline.

»Es ist etwas passiert.«

»Was denn?«

»Ich glaube, Walker ist weg.«

»Weg? Was meinst du mit weg?«

»Bleib kurz dran.«

Konstantinov trat auf die Veranda.

»Hör mal«, sagte Madeline. »Ich wollte nicht –«

Man weiß es immer den Bruchteil einer Sekunde davor. In allen großen Augenblicken ist das so, dass dir für den winzigsten Bruchteil neuraler Zeit klar wird, dass das ganze Leben auf diesen Punkt zulief.

Eine Gestalt trat ganz schnell aus der Dunkelheit zu meiner Linken. Ich hatte Zeit. Ich hatte alle Zeit, um zu sehen, dass er wie ein katzenhafter Einbrecher gekleidet war, eng anliegend schwarz, Sturmmaske, Handschuhe, Zeit, den dichten Duft wahrzunehmen, Zeit zu erkennen, dass ich von der Veranda aus nicht mehr gesehen werden konnte, Zeit, mich zu fragen, wohin Walker wohl gegangen sein mochte und was Madeline hatte sagen wollen – bevor der Mann in Schwarz mir die Faust ins Gesicht schlug.

Ich spürte, wie mir der Kiefer brach und meine Knie nass wurden. Meine Arme schienen eine ganze Weile damit zuzubringen, wie wild nach nichts zu fuchteln. Etwas traf mich hart am linken Oberschenkel. Ich weiß noch, dass ich versuchte, das Handy festzuhalten, als der Boden auf mich zukam. Ich schmeckte kühlen Staub und hörte das Blut einmal im meinem Kopf hämmern. Dann traf mich etwas am Hinterkopf, das sich wie ein Pflasterstein anfühlte, und bei mir gingen alle Lichter aus.

55

Als ich die Augen aufschlug, spürte ich Erleichterung: Der Hunger verriet mir, dass ich die Verwandlung nicht verschlafen hatte. Er verriet es mir mit Krämpfen und hilfloser Übelkeit, aber immerhin. Lorcan lebte, aber (verriet mir der Hunger ebenfalls) es waren keine drei, vier Stunden mehr bis Mondaufgang.

Das waren die guten Nachrichten.

Ich lag rücklings in einem festgenieteten Käfig in einem Container, wie ich in Sekunden wusste – die gerippten Seitenwände und die nach Eisen riechende Kälte. Linker Knöchel und linkes Handgelenk waren an eine der Stangen gefesselt, meine rechte Hand rätselhafterweise frei. Zwei strahlend helle Sturmlaternen hingen an Haken außerhalb des Käfigs. Auf meinen Lippen schmeckte ich trockenen Schweiß.

»Fröhliche Wintersonnenwende«, sagte Murdoch.

Ich mühte mich auf, erst auf die Seite, dann mit Hilfe der Stangen in eine Sitzposition. Man ist dankbar für die kleinen Dinge. Ich war dankbar dafür, Jeans zu tragen, keinen Rock. Wenn die Leute einen umbringen wollen, dann trägt man keine Röcke mehr. Murdoch trat ins bleiche Licht der Sturmlaternen, und da war er in all seiner Größe, Statur und weißem Crewcut. Er trug noch immer das Einbrecheroutfit, nur ohne Sturmmaske und Handschuhe. Er hatte etwas Gewicht verloren, aber den Gesichtsausdruck eines ruhigen, leicht irren Adlers behalten.

»Was wollen Sie?«, fragte ich. Ich hatte eine raue Kehle. Dehydrierung war ein Hund, der schrill in meinem Schädel bellte. Wolf war am Ende seiner Geduld und wollte die Regeln in meinen Knochen brechen. Aber das waren die Regeln des Mondes, und nach denen waren meine Knochen gezwungen, ihre Form zu behalten. Ein Teil meines Verstandes, dem diese Aufgabe zugeteilt war, ging rasend schnell alle Möglichkeiten durch, Jakes verhasste Abfolgen von Wenn und Dann; der Rest wusste, dass das sinnlos war. Es gab keinen Ausweg. Es gab keinen, weil Murdoch nichts wollte. Anders gesagt, was immer er wollte, hing notwendigerweise damit zusammen, dass es keinen Ausweg für mich gab. Trotz alledem, und noch neben all den sinnlosen Überlegungen, stellte die animalische Mutterschaft eine riesige, dumme Forderung: ›Flehe ihn an. Biete ihm Geld. Irgendetwas.‹

»Wiedergutmachung«, sagte er.

›Bitte, bitte, bitte.‹ Mutterschaft beharrte darauf, dass es doch einen schwer definierbaren Ton geben müsse, mit dem das gelingen könnte, wenn ich nur darauf käme. Idiotie auf zellulärer Ebene. Ich erhob mich zitternd. Frischer Schweiß nadelte mich. Wolf atmete heiß in Handflächen, Brüsten und Kopfhaut.

»Erinnern Sie sich noch an unser Gespräch über die Beziehung von Sex und Chaos?«, fragte Murdoch.

Im Geiste ging ich den Inhalt meiner Taschen durch. Nichts in der Jeans, ein paar Euro, ein Taschentuch, ein Kaugummipapier, Flusen. In der Jacke? Die hatte ich nicht sehr oft an, ich mochte sie nicht besonders, schwarzes Leinen, ein bisschen breit in den Schultern. Tatsächlich hatte sie es nur deshalb nach Kreta geschafft, weil ich sie nie aus der Tasche gepackt hatte, die ich benutzte, seit ich New York vor gefühlt einem Jahrzehnt verlassen hatte. Und sie war nur deswegen ausgepackt worden, weil die Insel kalt und die Jacke das einzig Warme war, das ich eingepackt hatte. Jedenfalls konnte ich mich nicht errinern, dass sich in den Taschen jemals ein Taschenmesser oder ein Korkenzieher, eine Hutnadel oder sonst etwas befunden hatte, das sich auch nur irgendwie als Waffe nutzen ließ. Ich hatte mir angewöhnt, die Springfield im Schulterhalfter zu tragen, hatte sie auch dabeigehabt, als er mich ansprang, aber die hatte er mir natürlich abgenommen, zusammen mit Schlüsseln, Uhr und Handy.

»Sie erinnern sich gewiss daran«, fuhr Murdoch fort. »Ich sagte, Sex ist eine skrupellose Kraft, die zum Chaos führt. Wenn ich die in diesem Szenario zulasse, dann führt das bald zu Ablenkung, Konflikt, Ungehorsam. In solch einer Einrichtung ist Sex nicht nur ein Luxus, den man sich nicht leisten kann, er ist ein potentiell tödlicher Virus.«

Der Mond war nah. Die Astronomie zählte durch Sphären und Schatten die Sekunden bis zur Ermordung meines Sohnes. All die Zeit – riesige Eisberge davon – seit seiner Entführung, und nun waren wir hier beim letzten schmelzenden Klumpen angekommen, kaum groß genug, um darauf zu stehen. ›Der Tod eines geliebten Menschen lässt alles brutal lebendig erscheinen‹, hatte Jake geschrieben; hier war mein krankmachender Ausblick auf diese Wahrheit, das gewalttätige Noch-Immer-Hiersein, die mir die Welt durch all die Autos und Automaten, Wetter und Fernsehwerbespots auferlegte, auch durch meinen hartnäckigen Körper, der die Nägel geschnitten brauchte, die Blase entleert, das Jucken gekratzt. Die Welt verriet die Toten, indem sie einfach ohne sie weitermachte, und man selber, voll von schändlich zuverlässigem Leben, machte einfach mit.

»Doch nun sind wir nicht mehr in jener Einrichtung«, warf Murdoch ein. Der Klang seiner eigenen Stimme faszinierte ihn, denn ganz gleich, was er sagte, sie hallte nur durch die ungeheure mathematische Stille. Er lächelte nicht, verzog nicht kinohaft den Mund. Er machte nur kehrt und verschwand in der Dunkelheit jenseits der Sturmlaternen. Am leichten Federn seiner Schritte konnte ich erkennen, dass der Container noch auf dem Auflieger stand. Wo? Wie weit weg von den Schülern? Wusste er überhaupt, dass sie hier waren? Das musste er wohl, sonst wäre das ein zu großer Zufall. Aber wenn er hier war, wer dann noch? *Wiedergutmachung.* Ich verstand. Er war degradiert oder rausgeschmissen worden. Er war für unsere Flucht verantwortlich. Unsere erneute Gefangennahme war seine einzige Chance, wieder aufgenommen zu werden. »Herr Direktor, zu Ihrer Verfügung, Subjekt A, Talulla Demetriou, entflohene Werwölfin, Nymphomanin, abwesende Mutter –«

Ein Krampf krümmte mich, riss mir an gefesseltem Hand- und Fußgelenk. Jemand war hier drin umgebracht worden. Nicht kürzlich, aber die erwachende Nase der Wölfin ließ sich nicht täuschen. Der Mond zog an meinem Blut. Näher, als ich dachte. Noch zwei Stunden vielleicht. Es war nicht möglich, durch die Mauer des künstlichen Lichts hindurchzusehen, aber ein Luftzug, der nach trockenem Gras und Kiefernharz roch, verriet, dass der Container offen stand. Es konnte sowieso nicht schlimmer werden, also schrie ich um Hilfe, so laut ich konnte.

Murdoch sprang wieder in den Container, sagte aber gar nicht erst, dass ich mir das Geschrei sparen könne, wir seien meilenweit von jeder Behausung. Für ihn war es befriedigender, dies durch sein Schweigen deutlich zu machen.

Er war nicht allein. Neben ihm stand ein fade wirkender, kräftig gebauter Kerl, Mitte vierzig, in schwarzer Lederjacke, ausgebeulter Khakikampfhose und Netzhemd. In seiner Brustbehaarung blinkte ein Christophorusmedaillon. Er hatte volle Lippen, konnte eine Rasur gebrauchen, dazu große, feuchte, schwerlidrige trockenpflaumenfarbene Augen. Er sagte kein Wort, sah mich nur in einer Art Hoffnungslosigkeit an, die mir alles raubte, nur nicht die Gewissheit dessen, was geschehen würde. Ich hatte mich gewundert, warum ich zwei Gliedmaßen bewegen konnte. Nun wusste ich es. Aus dem gleichen Grund, warum sie Caleb die Blutkonserven gegeben hatten, bevor sie ihn in den Käfig sperrten: Größtmögliches Spektakel. Murdoch wollte nicht, dass ich machtlos war, er wollte, dass ich überwältigt wurde und gerade noch genug Willen hatte, um wirklich zu spüren, dass er nicht reichte.

Während Netzhemd die Jacke auszog und seinen Hosenschlitz öffnete, dachte ich an all die Male zurück, die ich von Vergewaltigungen gehört oder gelesen hatte. *Ich entschied auf der Stelle, mich nicht zu wehren.* Manche Vergewaltiger mochten das. *Ich beschloss, mich dem Mistkerl mit allem zu widersetzen, was ich nur hatte.* Manche Vergewaltiger mochten das. *Ich kämpfte erst gegen ihn an, konnte ihn aber letztlich nicht aufhalten.* Viele Vergewaltiger mochten das. Es gab keine Art von Vergewaltigung, für die es nicht einen Täter gab. Ich war noch nie vergewaltigt worden. Angesichts dieser Drohung spürte ich das geisterhafte Gewicht aller vergewaltigten Frauen auf mir, Reihen um Reihen, bis hinunter zu den ersten traurig herumspringenden weiblichen Hominiden. Eine unfassbar große Zahl, eine jammervolle Schwesternschaft, die erst dann wahrhaft erkennbar wurde, wenn man sich ihnen anschließen musste. Gleichzeitig herrschte hier die schreckliche Einsamkeit, die ich schon gespürt hatte, als meine Fruchtblase platzte. Ganz gleich, wie viele Hunderte von Millionen diese Erfahrung durchgemacht hatten, wenn es dazu kam, zählte nur deine eigene Version.

»Da wären wir«, sagte Murdoch leise und schloss die Käfigtür auf.

Ich starrte ihn an. »Ich werde Sie töten«, sagte ich ebenso leise. »Sie überstellen mich an die Organisation, ich komme wieder raus, genau wie schon einmal, und ich –«

»Ich stelle fest, dass ich all dies tun muss«, unterbrach er mich. Das erzwang eine verrückte Pause zwischen uns. »Es gibt einen Impuls«, fuhr er dann fort. »Ich weiß noch, wie ich als Kind lernte, dass ein Gegenstand im All sich für immer weiterbewegen würde, wenn man ihm nur einen kleinen Schubs gibt. Solange er nicht auf einen anderen Gegenstand trifft. Er fliegt einfach ewig weiter.«

Netzhemd atmete hörbar durch feuchte Nasenlöcher. Ich konnte ihn riechen. Die Frau in mir roch Zigarettenqualm, Bier und Schweiß, in altem Fett Frittiertes. Die Wölfin roch erregtes Blut und rasende Pheromone, abgestandenen Urin, würzigen Fleischatem und den ersten Samentropfen. Er wollte, dass diese Zwischenzeit vorüberging. Es war gefährlich für ihn, meine Persönlichkeit war wie eine flackernde, schwankende Flamme: In einem Augenblick war sie der Grund, warum er nicht konnte, im nächsten warum er nicht *nicht* konnte. »Warten Sie«, sagte ich zu ihm, »Sie müssen das nicht tun. Das wissen Sie.« Aber ich wusste, dass es sinnlos war. Die Zwischenzeit war vorüber. Sie war mit dem ersten Schritt vorüber, den er auf mich zu tat. Ab jetzt war alles, was ich sagte oder tat, Provokation. Die blanke Tatsache meiner Existenz war Provokation. Das liegt in der Natur der Vergewaltigung. Sein Gesicht war ein wenig aufgedunsen, seine Gliedmaßen ausgefüllt. Darauf hatte er gewartet: Auf die Illusion der Notwendigkeit, auf die Unterordnung unter die Kraft der bewusstseinstrübenden Droge.

›Dieser Mann wird dich vergewaltigen.‹

All die Dokumentationen, Artikel und Aussagen im Schattenriss. All die leichten Intuitionen, die ich bei gewissen Frauen gehabt hatte. Sie ist vergewaltigt worden. Sie auch. Sie auch. All dies flammte und waberte wie eine erstickende Wolke um mich herum, und ich erkannte, dass hinter all dem ein tatsächliches Geschehen lauerte, tatsächlich verringerte ein Mann den Abstand zwischen sich und einer tatsächlichen Frau, drängte sich an sie, in sie, durch sie hindurch, brach die körperlichen Grenzen und raubte ihrem Seelenhaus unbezahlbare Erinnerungen. Hinter all diesen Geschichten lagen freimütige Gerüche und genadelte Handflächen und Beine, krank vor Adrenalin und dem gleichgültigen Gehorsam des Universums vor der Physik: Die Physik sagte, wenn du dich nicht wehren konntest, wenn deine Schenkel offen waren und der Mann entschlossen war, seinen Schwanz in dich zu stecken, dann würde das auch geschehen. Dein Körper würde das aufnehmen, weil er unter derselben sinnlosen Herrschaft stand wie die Sterne und Moleküle. Das hatte ich natürlich auch bei meinen Opfern gesehen, die schockierte Realisierung, dass eine Kralle, mit dem richtigen Druck angesetzt, das weiche Fleisch der Taille aufreißen würde und es nichts gab, was das Universum dagegen unternehmen konnte. Richtig, falsch, gut, böse, Grausamkeit, Mitgefühl … Das Universum zuckte nur mit den Schultern: ›Davon weiß ich nichts. Ich kenne mich nur mit Physik aus.‹ *Ich hatte das bei meinen Opfern gesehen*. Das sollten wir nicht vergessen. Millionen von Frauen hätten ihren Vergewaltiger ganz zu Recht fragen können: »Wie kannst du so etwas tun?« Millionen von Frauen, die das tatsächlich nicht wussten. Ich schon. Ich wusste, wie er so etwas tun konnte. Er konnte es tun, weil es für ihn gut war, wenn es für mich schlecht war. Er konnte es tun, weil es für ihn nur dann das Beste war, wenn es für mich das Schlimmste war. Ich kannte die Gleichung. Die Gleichung war integer. An der Gleichung änderte sich nichts. Nur daran, wo ich darin stand.

Es gab noch die Möglichkeit, das Ganze als ausgleichende Gerechtigkeit zu betrachten, Buße für meine eigenen Todsünden. Tante Theresa machte eine Riesenschau daraus, dass man seine Buße vor Gott brachte. Ich hatte meine Mutter mit ihr streiten hören: »Welch lausiger sadistischer

Gott will mein Leiden haben? Sei doch nicht so eine Vollidiotin, Theresa.« Ein Blitz der Liebe zu meiner Mutter flammte auf wie ein riesiges Feuerwerk – ich musste laut lachen.

Ich weiß, wie erbaulich es gewesen wäre, wenn ich hätte sagen können, mein Lachen hätte den Vergewaltiger verunsichert, aber das tat es nicht. Über den Punkt war er längst hinaus. In der Zwischenzeit hätte das Lachen vielleicht eine Chance gehabt, aber jetzt nicht mehr. Jetzt steckte er tief in seinem Blut, und nur Gewalt von außen konnte ihn noch aufhalten.

Er war keinen Meter mehr entfernt. Seine Körperhitze prallte auf den kalten Schweiß auf meinem Gesicht. Wolf war zornig über das Timing. Ein, zwei Stunden noch, dann hätte die Werwölfin ihn in Stücke gerissen. Aber das gehörte auch zu Murdochs Plan. Er wollte mich so nah wie möglich an die Gabe der körperlichen Kraft des Fluchs bringen, ohne diese auch nutzen zu können. ›Denk nur, was du mit ihm anstellen könntest, wenn der Mond aufgegangen wäre! Oh, ist noch nicht aufgegangen? Ach ja. Wie schade.‹

Ohne Vorwarnung rammte mich Netzhemd und schleuderte mich mit dem Rücken gegen die Stangen. Sein Gewicht war eine kurzfristige Verfinsterung – durchzuckt von einem plötzlichen deutlichen Schmerz in der linken Seite, direkt unter den Rippen. Eine Sekunde lang dachte ich, er hätte mich gestochen, wenn auch mit einem absurd kleinen, stumpfen Messer. Dann ging mir auf: Ich hatte doch etwas in einer der Taschen.

In der Schwangerschaft hatte ich aufgehört, Make-up zu tragen. Nicht aus Prinzip, sondern weil die meiste Zeit meine Haut so empfindlich war, dass es blanker Masochismus gewesen wäre, Kosmetika darüberzustreichen. Doch in meiner Tasche steckte ein Eyeliner-Stift aus der Zeit vor der Mutterschaft. Es fiel mir wieder ein. Eines Nachts in

Palm Springs, als ich mir noch immer vorgaukelte, ich würde mich nach der Scheidung großartig fühlen, war ich aus einem Taxi gestolpert, so blau war ich von den Margaritas, und der halbe Inhalt meiner Handtasche war auf dem Bürgersteig gelandet. Eine Freundin hatte mir den Eyeliner gegeben, den ich übersehen hatte, und ich hatte ihn mir die Treppe zum Club hinauf in die Jackentasche gesteckt. Seitdem hatte er dort mit der Spitze in einem winzigen Loch im Futter gesteckt.

›Gib dir gar nicht erst die Mühe, nach einem Sinn zu suchen. Es gibt keinen.‹

Nein, es gab keinen. Aber ich musste an den jungen Konstantinov und den Bleistift denken, den er in jener Nacht in der Tasche gehabt hatte, als seine geliebte Daria Petrov von einem Vampir angegriffen wurde. Ab und zu verkaufte einem das Leben die Illusion eines Plans. Einen Zufall, eine Parallele, ein Symbol wie ein Vorschlaghammer. Die Waren war stets fehlerhaft. Erst wenn du bezahlt hattest, stelltest du auf dem Heimweg fest, dass sie kaputtgegangen waren. Aber das Leben hörte nicht auf damit. Es konnte nicht anders. Das Leben war ein zwanghafter Verkäufer.

Aus reinem Reflex hatte ich versucht, die freie Hand frei zu halten, ohne großen Erfolg. Ich hatte den Kerl ein paarmal wirkungslos gegen die Seite seines riesigen Schädels geschlagen, hatte versucht, ihm das Knie in den Unterleib zu rammen, aber die Handschellen brachten mich aus dem Gleichgewicht. Er brauchte nur die linke Hand, um meine rechte Hand zu blockieren. Er brauchte sich nur auf meinen rechten Oberschenkel zu lehnen, um meine Beine aufzuspreizen.

›Du weißt, was du zu tun hast‹, sagte die Stimme meiner Mutter in mir.

Er riss mir die Bluse auf und zerrte an meinem BH, bis die Brüste freilagen. Die Containerluft auf der nackten Haut war grob anstößig. Der Kerl gab ein Geräusch leiser animalischer Zustimmung von sich, so als habe er eine Schachtel Pralinen geöffnet und würde die meisten davon verspeisen, obwohl er eigentlich satt sei. Mein Kopf war heiß. Er sah mir in die Augen. Er wollte mir zeigen, dass keine Hoffnung bestand. Das wollte er natürlich sehen. Wer wusste das besser als ich? Ich schloss die Augen, drehte den Kopf beiseite und wurde ganz schlaff. Ich hatte eine Wahl: Ich konnte ihn in mich lassen, konnte ihn seine Arbeit tun lassen, bis seine Reaktionszeit am Tiefpunkt war, oder ich konnte tun, was immer ich vorhatte (du weißt, was du zu tun hast, Lula), bevor er in mich drang, und ersparte mir die Sekunden oder Minuten der Vergewaltigung.

Er holte seinen Schwanz aus dem Hosenschlitz, und die Spitze drückte gegen meinen Unterleib. Er war dunkel, hart und pornographisch riesig, roch nach Vaseline und Urin. Ich wollte ihn nicht in mir. Wirklich nicht.

Ich drehte das Gesicht zu ihm, hielt seinem Blick stand, sorgte dafür, dass er mich mit zweideutiger Abscheu nach unten blicken sah, dann wieder auf zu ihm.

»Keine Trickserei«, sagte Murdoch. »Du solltest wissen, mein Freund, sie hat eine Vorgesch–«

Murdochs Handy klingelte. Er schaute nach. Musste drangehen. »Sir?«, hörte ich ihn sagen, dann tat er einen Schritt zurück aus dem Licht.

»Bitte nicht«, sagte ich. »Bitte … bitte …« Ich ging in die Knie, glitt zu Boden. Er schlug mir hart in den Mund. Meine Unterlippe platzte an meinen Zähnen. Ich schrie auf. Er war aus dem Gleichgewicht gekommen, wurde bei dem Versuch, mich aufrecht zu halten, nach unten gezogen, ließ meine freie Hand los.

Der schreiende Zwang hieß, ich solle meinen Schritt sofort wagen, doch ich widerstand. »Oh Gott«, flüsterte ich schluchzend. »Oh Gott, oh Gott …«

Ich stellte mir meine Mutter vor, wie sie dabeistand. ›Verkauf ihm die Idee, dass du nicht kämpfen wirst, Engel. Na los, verkauf sie ihm. Das kannst du. Dieser Scheißhaufen hat doch keine Ahnung. Dieser Scheißhaufen ist doch nur ein Mensch.‹

Wieder schlug er mich, ein Gefühl wie damals, als ich Laurens Betonstufen hinunterfiel und mir den Kopf an einer der Platten aufschlug. Lauren war bei einer Verabredung vergewaltigt worden, da war sie dreiundzwanzig gewesen. Wir redeten darüber, sie hatte versucht, das Ganze wie ein durchgeknalltes Abenteuer wirken zu lassen, wie eine Nacht mit einem lachhaft fürchterlichen Kerl, der all das Falsche sagte und tat und ihr sogar ein Glas übers Kleid geschüttet hatte – dann war sie plötzlich aufgesprungen und ins Bad gerannt, ich war ihr gefolgt und fand sie vor, wie sie sich übergeben musste, und selbst dann dauerte es noch Ewigkeiten, bis sie nicht mehr versuchte, die ganze Angelegenheit als einer ihrer wilden Eskapaden wegzulachen und sich rundheraus zu weigern, das Ganze bei der Polizei zu melden.

Er knöpfte mir die Jeans auf und benutzte – während ich völlig willenlos wimmerte und mein Gesicht von Blut und Rotz verschmiert war – beide Hände dazu. Seine Erregung kochte schier über. Es war, als würde er hörbar wortlos eine Beschwörungsformel in sich hineinmurmeln. Ich erinnerte mich noch an Mas Exemplar von *Der weibliche Eunuch*. »Frauen haben keine Ahnung, wie sehr Männer sie hassen.« Das stimmte heute nicht mehr. Meine Generation hatte ein ganz gute Vorstellung davon. Meine Generation hatte beschlossen, das mehr oder weniger cool zu sehen. Ja, Männer hassen Frauen. Irgendwie … interessant. »Es gibt nur zwei Sorten von Kerlen«, hatte Lauren gesagt. »Die Sorte, die sich beschissen fühlt, dich herabzuwürdigen, und die Sorte, der das egal ist.« Da bleibt einer Frau nur die Wahl, sich erniedrigen zu lassen und es zu hassen, oder irgendwie einen Weg zu finden, die Erniedrigung zu genießen. Oder aber nichts mit Kerlen zu haben.

Ganz langsam schob ich die freie Hand in die Jackentasche und zog den Eyeliner heraus. Ich beugte meinen Kopf vor und schluchzte an seiner feuchten Brust. Meine Stirn berührte den Christophorus, was das Opfer in Lucys Haus in Erinnerung rief, meinen eigenen Bestandskatalog an Schlächterei. Wolf aufmerksam still, fasziniert. Die Geisterkiefer bewegten sich in meinen. Die Nerven sprangen mir unter die Nägel. »Pass genau auf, Engel«, sagte meine Ma. »Glaub daran, dass du es kannst, und pass genau auf. Ich bin so stolz auf dich.«

Er hatte die Knöpfe an meiner Hose auf und schob seine heiße Hand in meinen Schlüpfer. Schwielige Hände. Ich fragte mich, was diese Hände wohl in ihrem anderen Leben taten, wenn es denn ein anderes Leben gab. Dann legte ich mein freies Bein um seinen Oberschenkel, packte fester zu, ging noch schnell eine Reihe von Kalkulationen durch und sagte: »Hey.«

Er sah mich an.

›Große Augen‹, dachte ich. Gut. Das linke Auge noch ein wenig größer.

Also nahm ich das.

56

Hart, tief, akkurat, schnell. Hornhaut, Pupille, Linse. Die meisten Leute würden es verfehlen, weil ihnen das Konzept nicht klar ist. Mir war das Konzept völlig egal. Deshalb verfehlte ich nicht. Ich traf den Augenhintergrund und zog den Eyeliner heraus, mein freies rechtes Bein um seins gewickelt wie in einer Tangopose. Sein Aufschrei griff mein Gesicht mit heißem Atem an, der Dehydrierung verriet, Nikotin, Kaffee, ein Samosa. Da sein Reflex, von mir zu weichen, durch mein Bein gebremst wurde, dehnte sich der Augenblick, ich war heiß, er durchlitt die Ablösung durch Schock. Er hörte mitten im Schrei auf, so als wolle er der Wirklichkeit eine Chance geben, ihm zu sagen, dass das nur ein Scherz sei, dass die Schlampe ihm nicht wirklich einen Stift ins Auge gestochen hatte. Aber die Wirklichkeit konnte mit solchen Neuigkeiten nicht dienen. Sein nächster Schritt würde den Halt meines Beins beenden und ihn aus meiner Reichweite holen. Beide Hände waren ans Gesicht geflogen, um das zerstörte Auge zu bedecken.

Also rammte ich ihm den Stift in das gesunde Auge.

Nicht ganz so sauber. Er bohrte sich unter den Augapfel, kratzte die Augenhöhle – und brach ab, als der Kerl sich nach hinten warf, über mein Bein fiel und blind und schreiend davoneilte, so weit weg von mir wie nur möglich. Es gab nicht viel Blut, aber mehr als genug, um Wolf zum Toben zu bringen. Ein, zwei Sekunden spannte das Tier die

Muskeln in meinem Rücken an und jagte mir die ersten ernst gemeinten Signale der Verwandlung durch Kreuzbein, Ferse und Schädel. Wenn es Blut gibt, muss es so weit sein. Es muss doch jetzt so weit sein. Voreilige Blitze in Beinknochen, Ellbogen, Handgelenken; einen Augenblick lang spürte ich den ganzen riesigen Kopf hinter meinen Rippen nach oben drücken wie ein lufthungriger Taucher, der an die Oberfläche strampeln will. Ich zwang mich, Luft zu holen. Noch nicht. Noch nicht.

Ich sah zu Murdoch hinüber, der zu Ende telefoniert hatte und wieder ins Licht getreten war. Sein Gesicht wirkte weiter unbeteiligt. Der Kerl am Boden schrie.

»Haben Sie ihn gebissen?«, fragte Murdoch, als der Schrei nachließ.

»Sagen Sie mir, worum es eigentlich geht, und ich sage Ihnen, ob ich ihn gebissen habe.«

Er holte eine Pistole aus dem Seitenhalfter. »Silber diesmal«, sagte er – und schoss Netzhemd in den Kopf.

»Und jetzt können wir aufhören so zu reden, als hätten Sie irgendetwas, womit Sie verhandeln könnten«, erklärte er.

»Wer ist ›Sir‹?«, fragte ich.

»›Sir‹ wird in Kürze hier sein.« Er sah auf die Uhr. »Hoffentlich in den kommenden … zweiundzwanzig Minuten. Er hat offenbar schon seit langem keine Verwandlung mit eigenen Augen mehr gesehen.«

»Verraten Sie mir eins. Wissen Sie, was ich hier auf Kreta mache?«

»Ob Sie noch auf Kreta sind, meinen Sie?«

»Und? Bin ich?«

Ich weiß nicht, ob er mir geantwortet hätte. Wieder klingelte sein Handy, wieder ging er dran. Das Schwanken des Containers verriet mir, dass er abgesprungen war. Die Tür knallte mit lautem Donnern zu. Noch zweiundzwanzig

Minuten bis Mondaufgang um (das wusste ich) 21 Uhr 03. Ich war eine Nacht und einen Tag ohnmächtig gewesen. Genügend Zeit für Murdoch, mich von der Insel zu kriegen. Oder? Hatte man ihn gefeuert, hatte er keine Hubschrauber und Flugzeuge mehr zur Verfügung. Würde er es mit dem Schiff riskieren? Aber wenn die WOKOP in der Gegend war, mussten sie doch von den Schülern wissen. In dem Fall wären sie also selbst auf Kreta, und es gab keinen Grund für Murdoch, mich wegzuschaffen. Ich entschied für den Augenblick, davon auszugehen, da nichts damit gewonnen war, von etwas anderem auszugehen.

Das brachte mich allerdings nicht weiter. Wenn ich nicht aus dem Käfig herauskam, war es egal, ob ich auf Kreta war oder auf dem Mars. Zweiundzwanzig – nein, einundzwanzig Minuten bis Mondaufgang: Wie lange würde Lorcan nach seiner Verwandlung noch haben? Würden die anderen ohne mich weitermachen? Konstantinov schon, das war klar – aber die anderen? Nach allem, was ich wusste, hielten sie mich für tot. Walker hätte Konstantinov sowieso begleitet und höchstwahrscheinlich sein Leben riskiert, aber auch Walker war verschwunden. Warum? Ich erinnerte mich an Konstantinovs Gesicht, von seiner abgeschiedenen epischen Agonie heruntergezerrt zum irritierend weltlichen Hier und Jetzt. Er wirkte zornig; aber wenn Walker tatsächlich verschwunden war, hätte er verzweifelt gewirkt.

In der Zwischenzeit entpackte sich die Wölfin in den Fasern, in den Knochen. Die Nerven in meinen Zähnen jaulten auf. Plötzlich sah ich alles aus der Höhe des Ungeheuers, dann sprang mein Blick wieder auf meine Höhe zurück. Hunger zerrte an meinem Blut. Netzhemd würde noch warm sein, wenn ich mich verwandelte. Zumindest gab es etwas zu fressen. Du lebst. Es gibt keinen Gott, und das ist sein einziges Gebot. Fünfzehn Minuten. Zwölf. Murdoch hing noch immer am Handy. Die Handschellen würden entweder brechen oder mir Hand und Fuß abschnüren. Sie sahen schwächer (zumindest schmaler) aus als jene, die mich im Lieferwagen in Beddgelert Forest festgehalten hatten, und die waren schließlich, nach mehreren Sekunden entsetzlichster Schmerzen, gebrochen.

Es war bald so weit. Ich drehte mich um und hielt mich an den Käfigstangen fest. Etwas zum Festhalten, solange Festhalten noch möglich war. »Hier«, sagten sie im Film immer, »beiß darauf.«

Die Tür ging auf. Stimmen. Murdoch kletterte in den Container. Er war nicht allein.

»Ich verspreche gar nichts, John. Ich bin nur einer von Sechsen. Das wissen Sie.« Tiefer, satter, angeberischer englischer Akzent.

»Sir, das ist mir bewusst. Ich weiß, wie viel Boden ich wiedergutmachen muss. Das ist erst der Anfang.«

»Nun ja, da ist sie ja.«

Murdochs Begleiter – »Sir« – war ein dickbäuchiger, rundschultriger Asiate (Inder? Pakistani? Aus Sri Lanka?) Anfang sechzig, mit dicken, geölten grauen und schwarzen Haaren, in einer welligen Tolle aus der Stirn nach hinten gekämmt. Die Art von schwerlidrigen Augen, bei denen ich immer an die Wasserpfeife schmauchende Raupe aus *Alice im Wunderland* denken muss. Das Gesicht verriet, dass der Körper übermäßige Freuden wie ein Geburtsrecht genossen hatte. Maßgeschneiderter, dreiteiliger Anzug, weißes Hemd, blutrote Krawatte. Ein länglicher goldener Ring mit einem riesigen flachen Rubin am kleinen Finger. Leichter Duft nach *Chanel pour homme*, Zigarrenqualm und Jasminstäbchen um tieferen Gestank nach Schweiß, Urin, Kot. Sein Fleisch war schwer vor Schnaps und Cholesterin, sein träger Darm voll. Er hatte Gesicht und Finger erst kürzlich zwischen den Beinen einer Frau gehabt. Mit ihrem Einverständnis, hoffte ich – wodurch ich an Madeline denken musste. Und dann an Zoë, und dann an Lorcan, und dann lief mir die Zeit davon.

Sir trat an den Käfig und besah sich Netzhemds Leiche. »Ich sollte wohl besser nicht fragen?«, fragte er.

»Kollateralschaden, Sir«, räumte Murdoch ein. »Außerdem muss sie ja was fressen.«

»›Sie‹ ist übrigens anwesend«, sagte ich zitternd. »Falls das jemanden interessiert.«

Sir drehte sich zu mir um. »Wie geht es Ihnen, Ms Demetriou?«, fragte er.

Ich konnte nicht antworten. Die vorletzte Phase ging zu Ende. Der Mond hatte sich bereits mit dem verbunden, was in der Erde war. Meine Fußsohlen kitzelten. Der erste von einem halben Dutzend Krämpfen schlug zu, klappte mich so weit zusammen, wie es die Fesseln erlaubten. Heiße Galle stieg auf und heraus. Murdoch zückte eine Digitalkamera. Meine Schulterblätter knirschten, dehnten sich, knackten. Ich zog meinen freien Arm aus der Jacke, solange ich noch konnte. Sir sah zu. Er sah aus wie Gott, der unheilvoll von einer Wolke kosmischer Langeweile herunterblickte. ›Denk an Konstantinov mit drei Werwölfen im Rücken, die eine Tür eintreten, denk an eine kreischende Meute Vampire. Halt durch, Engel. Halt durch. Sie kommen.‹ Aber was, wenn nicht? Hat keinen Sinn, darüber nachzudenken. Die Nähte meiner Jeans platzten. Sir zündete sich eine dünne Zigarre an, pustete fischmäulig einen fetten Qualmring, der zwischen den Stangen zitterte und wie ein kleiner spöttischer Geist auf mich zuschwebte.

»Sir«, sagte Murdoch, »ich weiß, meine Meinung ist nicht wichtig –«

»Nicht relevant, John, nicht relevant. Ihre Meinung ist mir durchaus wichtig.«

»Wie Sie meinen, aber in dem Fall … Also, ich muss sagen …«

Was immer es auch war, Murdoch war jedenfalls nicht ganz auf der Höhe seiner diplomatischen Fähigkeiten.

»Ich weiß, John: Die Gesellschaft, in der wir uns befinden. Aber Sie wissen ja selbst, dass es da eine lange Tradition der Zusammenarbeit gibt.«

»Aber die bezahlen uns.«

»Und zwar großzügig. Es heißt ja nicht umsonst globale Rezession, John.«

»Ich weiß, Sir. Aber trotzdem.«

»Flexibilität, John. Ach, wir haben übrigens das Geheimnis des Frühstücksclubs gelüftet.«

»Sir?«

»Die Formel ist fehlerhaft. Tödlich fehlerhaft. Sie sterben früher oder später, je nach Höhe der Dosis.«

»Und Remshi? Der lebt noch?«

»Er taucht nur in den ersten beiden Filmen deutlich in Nahaufnahme auf. Danach könnte es jeder sein.«

Die ersten beiden Filme. Sie hatten die Aufnahmen gesehen, von denen Mia gesprochen hatte. Der Frühstücksclub: Vampire, die am helllichten Tag herumspazierten. Das bedeutete, sie wussten, dass die Schüler hier waren. Was wiederum ziemlich sicher bedeutete, dass wir noch auf der Insel waren. Was bedeutete, was bedeutete, was bedeutete?

Nichts, wenn ich nicht hier herauskam.

Schmerz. Linkes Handgelenk, linker Knöchel. Die Handschellen hatten sich ins Fleisch geschnitten. Einen Augenblick lang trug ich zwei feurige Reifen. Dann brach die Knöchelschelle. Große Erleichterung, trotz der Wunde, aus der sofort Blut drang.

»Wird schon«, meinte Murdoch. »Die Handschellen waren nur für einen Menschen.«

Auch die Handschelle brach. Wieder eine kleine Blüte abklingenden Schmerzes. Wolf drängelte sich meine Schienbeine hoch, detonierte in Knien und Ellbogen gleichzeitig, zerrte mit einem Geräusch wie brechendes Eis meine Kiefer und Nase in die Schnauze – und mit dem Geruch brach das letzte der menschlichen Siegel und die prächtig stinkende Welt sprach wieder voll und frei: Netzhemds Adrenalinschub und kühlender Schweiß; die satten Gifte der Zigarre; der Containergeruch nach Mord und öligem Stahl; der rhythmische Gestank der beiden lebendigen Leiber nach erregtem Fleisch und Blut.

Ich warf mich gegen die Käfigtür. Nichts rührte sich. Die Bolzen hielten, die Stangen waren das Ende. Keiner der beiden Männer zuckte zusammen. Ich schloss die Augen und sah feuchten Boden unter mir vorbeiziehen, spürte das Gewicht meiner Tochter auf dem Rücken. Dunkle, wogende Äcker, ein mondsilbriger Bach. Ich schlug die Augen auf. Erduldete den Sog der noch warmen Leiche. Schloss sie wieder, sah anderen Boden, Staub und Kiefernnadeln, die mit ungeheurer Geschwindigkeit unter mir davonrasten, spürte einen Herzschlag in meinem eigenen und ignorierte einen sechsten Sinn in Murdoch, der so laut hämmerte, dass ich nicht glauben konnte, wie er einfach dastehen und die Kamera halten konnte, als der Schädel, der noch in mir steckte, sich hob und das Ende eines Sattelschleppers sah, umstanden von Zedern, erhellt vom aufgehenden Mond, ein einsamer Wachmann in Jagdkleidung pinkelte in den Schatten, Gewehr über der Schulter, und unsere Mäuler öffneten sich vor Freude, als er, ich, wir sprangen und die winzigen rauen Details der Luft spürten, die an unseren Ohrhaaren vorbeistrich, vor dem süßen Aufprall und dem Schrei, der mein Jaulen übertönte, und der erste Blutgeschmack der Nacht aus der ausgerissenen Kehle, und dann rissen seine riesigen Pranken die Tür auf, und Walker stand verwandelt da, umrahmt vom mondhellen Wald.

57

›Hör mal, ich woll–

Hör mal, ich wollte es dir nicht verraten, aber ich habe ihn gebissen. Ich verstehe, warum du das nicht konntest, schon kapiert. Aber ist doch egal, ob er mich letzten Endes hasst, oder? Er hat es gewollt. Und ärger dich nicht. Es war nur ein Biss. Kein Rumgemache. Wie ich schon sagte, du kannst alle Hilfe brauchen, die du kriegen kannst, und da ich ja schließlich den bescheuerten Babysitter machen muss …‹

SILBER! MURDOCH! PISTOLE!

Murdoch wollte schon danach greifen, als Walker sprang. Ich sah Murdochs Gesicht. All die Langeweile darin war verschwunden, so als habe Gott gerade seine Gnade entzogen, und zurück blieb der verzweifelte, völlig exemplarische Wunsch, nicht zu sterben. Murdoch hatte gedacht, er sei schon vor Jahren an sein Ende gekommen, durch Gewalt und die ungeheure mathematische Stille. Der drohende Tod ließ diese Vorstellung zu Blödsinn verkommen. Genauso gut hätte er acht Jahre alt sein können.

Reflexe sind etwas Fürchterliches. Angesichts des freien Werwolfs machte Sir aus reinem Reflex zwei Schritte zurück zum gefangenen Werwolf.

Zwei Schritte waren genug.

Wenn seine Hand nicht in die Jacke gegriffen hätte (um eine Waffe zu zücken), hätte ich vielleicht nur die Jacke geschnappt. Nun aber bekam er den Arm nicht schnell genug zurück, auch wenn ich durchaus beeindruckt war, dass er überhaupt noch auf dieses Manöver kam. Ich riss ihn am Kragen von den Füßen zu mir an die Gitterstäbe, sein Hinterkopf knallte heftig dagegen; ich war erstaunt, dass er nicht ohnmächtig wurde. Panik beschleunigte die Wahrheit: Er würde sterben. Ich erhaschte eine Sekunde von der Hetze seiner Psyche durch all das angehäufte Wissen, in der verzweifelten Hoffnung, da könne noch etwas, etwas, etwas sein, das ihn retten könne. Aber natürlich war da nichts. Ist es nie. Ich versenkte alle fünf mit messerscharfen Nägeln versehenen Finger meiner rechten Hand in seine Kehle, schloss sie schnell, machte eine glitschige Handvoll aus Luftröhre, Speiseröhre, Kehlkopf, Rachen und Schilddrüse, drückte zu – und riss ihm alles aus.

Walker hatte sich in der Zwischenzeit auf Murdoch gestürzt, bevor dieser nach der Waffe greifen konnte. Murdoch lag auf dem Rücken, doch fehlte ihm der Arm, mit dem er hatte zupacken wollen. Nun endete die Schulter in ausgefranstem Fleisch rings um das Gelenk, gerissene Adern pumpten Blut, so als wollten sie es schnell loswerden, als hätten sie schon seit Jahren darauf gewartet. Die Waffe lag in Griffweite. Ich quetschte Sir das letzte bisschen Leben ab (ein geradezu *barockes* Mahl, ein Leben voller beiläufiger Extreme und gefrönter Abweichungen, aber wenn ich damit anfing, verzettelte ich mich nur), ließ ihn fallen, packte die Waffe. Nicht leicht, einen Schuss mit blutschmierigen Werwolfhänden abzugeben – das Silber summte in meinen Nerven –, doch beim dritten Versuch schaffte ich es.

WIR HABEN KEINE ZEIT!

›Für all das, was du tun willst. Bitte. Wir müssen los.‹

Murdoch hatte schon alle Aufmerksamkeit verbraucht, die sein Körper ihm noch für den verlorenen Arm gelassen hatte, auch wenn die Wunde noch immer leicht Blut pumpte, ein Anblick sinnloser Ejakulation. Sein Körper hatte das größere Bild vor Augen. Das größere Bild hieß Tod. Murdochs Gesicht hatte sich verändert. Der Blick des kahlköpfigen Adlers war noch da, zitterte aber entsetzlich. Der Mund war kindisch geworden. Walker wollte, wie ich wusste, zweierlei. Er wollte, das Murdoch ihn erkannte, und er wollte, dass Murdoch sehr lange litt, bevor er starb.

ICH WEISS, ABER BITTE, MACH EINFACH SCHLUSS MIT IHM.

Der Augenblick der Rache ist stets enttäuschend. Immer. Es ist nur die Gier nach Rache, die uns belebt. Dass Murdoch das nicht wusste, war ein Verlust.

Plötzlich sprang Walker vor, verbiss sich an der Schulter in den anderen Arm und schüttelte ihn wie ein Hund, zerrte mit konzentrierter Raserei daran. Murdochs Mund verzog sich nach unten, Augenlider flatterten wie die einer koketten Frau. Nach einer merkwürdig stillen, bebenden Pause – Murdoch versuchte, nicht zu glauben, was ihm geschah –, löste sich der Arm mit einem nachdrücklich feuchten Knirschen. Murdoch schrie.

BITTE, WALKER. MEIN SOHN. SIE BRINGEN IHN UM.

Aber es war nicht genug. Natürlich nicht. Alles, was Murdoch ihm angetan hatte (oder hatte antun lassen, um zu zeigen, dass es nicht so wichtig war, delegiert werden konnte) war bei Walker wieder da, in Haut, Blut, Knochen, und verlangte nach einer ausgleichenden Gewalt, um es auszuradieren. Einen solchen Ausgleich gab es nicht. Nichts würde je genug sein. Er riss Murdochs Hose und Unterhose herunter. Der armlose Murdoch wand sich und winselte. Das letzte Licht seines Bewusstseins flackerte. Mit geradezu bizarrer Zärtlichkeit legte Walker seine Hand hinter Murdochs Kopf und hob ihn an, so wie man einem Kranken half, aus einem Glas Wasser zu trinken. Walkers andere

Hand legte sich um Murdochs Genitalien. Murdoch zitterte, riss die Augen auf, verwirrt, war plötzlich voll konzentriert.

»Du?«, flüsterte er.

Walker nickte. Grinste, auch wenn das menschliche Auge das nicht sehen konnte.

Dann riss er Murdoch die Geschlechtsteile ab. Legte den Kopf in den Nacken. Jaulte.

58

Wir brauchten zehn Minuten bei maximalem Tempo, um das Kloster zu erreichen. Es lag in einem Tal, das in etwa die Form einer Schöpfkelle hatte, auf halber Höhe des Kellenendes auf einem breiten natürlichen Riff, umgeben von einer weißen Steinmauer. Die Vorderfront ging auf das lange schmale Ende des Tals hinunter; die Rückseite war in die Krümmung der Hügelflanke eingebaut.

Der Mond war noch ungestört voll. Die Finsternis begann um 23 Uhr 04 und erreichte das Maximum um 0 Uhr 42 – Mia zufolge die Stunde der Opferung. Wir hatten Zeit. Was immer uns das brachte. Bevor alles schiefgelaufen war, hatte es einen simplen Plan gegeben. Nicht simpel im Sinne von leichtem Gelingen, sondern weil es nur drei Komponenten dabei gab. Erstens mussten die sechs Wachen im Umkreis ausgeschaltet werden, jeweils zwei an den drei Toren in der Mauer. Zweitens sollten Konstantinov, Lucy, Fergus und drei der Söldner in den Ostflügel eindringen (drei Wachen) und Natasha befreien. Drittens sollten Cloquet, Walker, Trish, ich und die anderen Söldner in den Westflügel, in dem Lorcan festgehalten wurde (vier weitere Wachen), und ihn rausholen. All dies hatte bei Tageslicht vonstattengehen sollen, ohne Vampire und mit der Freiheit, so viel Krach zu machen, wie wir wollten. Mias Neuigkeiten, dass ein Dutzend Vampire, vielleicht mehr, wach sein konnten und Mittagsluft schnupperten, hatten daran nichts geändert, dafür aber den schon lachhaften Optimismus zu blankem Selbstmord werden lassen. Kugeln töteten keine Flattermänner, aber vielleicht würden genug Kugeln sie ein wenig bremsen. Die Wahl der Waffen war von einem Kampf mit menschlichen Vertrauten bestimmt gewesen. Konstantinov hatte für alle Fälle ein paar Armbrüste geordert, und es gab drei Macheten, aber das reichte bei weitem nicht aus.

Doch selbst diese Chancen waren besser gewesen als die, denen wir uns nun gegenübersahen. Soweit Walker und ich wussten, stand auf der anderen Seite eine Truppe aus zwanzig Menschen und siebenundneunzig hellwachen Vampiren.

Ein blasser Pfad verlief in einer Reihe von Serpentinen die westliche Hügelflanke hinunter. Wir kümmerten uns nicht darum, sondern kürzten im Schutz der Bäume ab. Platanen, Zypressen, Eichen und genügend immergrüne Kiefern, um für dichtes Dunkel zu sorgen. Die Luft war kühl und still, das Gras unter den Füßen erstaunlich üppig. Keiner von uns hatte gefressen, absichtlich nicht. Die Sättigung hätte uns nur träge gemacht. Die gemeinsame Intuition grenzte an Telepathie. Ich konnte seinen Schock spüren, wie gierig er nach Leben verlangte. Lykanthropie hatte nicht ausradiert, was ihm zugestoßen war, hatte ihn aber gezwungen, es hinter sich zu lassen. Die brutale Gabe des Fluchs bestand darin, dass all die menschlichen Horrorgeschichten unter der neuen Schlagzeile verblassten: DU VERWANDELST DICH JEDEN VOLLMOND IN EIN UNGEHEUER! Ihm war ganz schwindlig von der neuen Perspektive, von der Luftaufnahme, die ihm die Landkarte seiner selbst zeigte; er hatte gedacht, sie sei erschöpft, doch nun war sie nur ein kleiner Teil eines riesigen, unentdeckten Kontinents. Die blanken physikalischen Fakten waren noch immer ein kitzelndes Sakrileg in seinen Handflächen, in seinen Fußballen. Sein Körper brüllte noch immer sein Erstaunen über diesen neuen zellulären Trick. Wolf dehnte und schnappte in ihm, holte in freudiger Besitzerschaft aus, schickte dunkle Meldungen seiner Kraft durch die veränderten Nerven. Der Mensch war davongelaufen und versteckte sich wie eine Katze, beäugte beeindruckt den neuen, keinen Spaß verstehenden Mitbewohner, der – und das war deutlich – sich mit nichts anderem als vollständiger Fusion zufriedengeben würde. Er hatte nur zwölf Nächte pro Jahr. In diesen zwölf Nächten würde er alles fordern und sich nichts verbieten.

Mein Herz pochte heftig von dem Lauf. Die Luft war kühl genug, um den eigenen Atem sehen zu können, die Cartoonwölkchen eines wütenden Stiers. Ein paar winzige blasse Winterblüten beobachteten uns aus dem unteren Dunkel wie Elfen. Hunger flammte und wand sich in meinem Blut. Noch eine Stunde, und er würde uns rücksichtslos werden lassen. Der Kern des Wolfs war ein Idiot mit einem Ein-Wort-Vokabular: Fressen … Fressen … Fressen – bis du endlich etwas frisst, dann ist der Idiot beseligt und gibt dir tiefen animalischen Frieden dafür.

Fünfzig Meter. Vierzig. Dreißig.

Mias per Smartphone gesendeten Skizzen zufolge war das Kloster in der Form eines breitarmigen Kreuzes gebaut worden. Hinter der Mauer lag ein halbkreisförmiger Hof mit einer Treppe am anderen Ende, die zum Haupteingang hinaufführte. Danach bot ein Eingangsbereich fünf Möglichkeiten, zwei Flure links, zwei rechts, einen geradeaus. Geradeaus lag hinter einer Doppeltür der Hauptbereich, das Quadrat in der Mitte des Kreuzes, ein großer, fensterloser Raum mit einem Altar auf einem Podium am anderen Ende. Wir hatten detaillierte Anweisungen, wie man von dort aus an die Orte kam, wo Lorcan und Natasha unter der Erde eingesperrt waren, was in Lorcans Fall nun wohl sinnlos war. Ich fragte mich, ob Natasha überhaupt noch lebte. Konstantinov hatte Mia um eine Beschreibung seiner Frau gebeten. Mia hatte noch einen draufgelegt und ein Foto geschickt. Der Hintergrund war schwer zu erkennen, aber es handelte sich eindeutig um Natasha. Das Foto war mit einem Blitz gemacht worden, der sie ganz bleich gemacht hatte, sie blinzelte und hatte eine Hand gehoben, so als wolle sie die Fotografin abwehren.

Ich blieb am Rande der dichten Deckung stehen. Dahinter gab es nur noch etwa ein Dutzend Bäume bis zu dem Hang, der zur Mauer und dem Tor führte. Walker stand hinter mir und legte seine Arme um mich. Seine Hände bedeckten meine Brüste, seine Schnauze stupste mich an. Das gab es also noch, trotz allem. Natürlich. Es lag Dringlichkeit in seiner Berührung, aber auch Traurigkeit. All die Zeit, die wir verloren hatten. Und schon bald würden wir tot sein. Ich lehnte mich zurück, drückte mich an ihn, spürte die gewaltige Unterströmung. Es wäre so schön, sich dem einfach hinzugeben. Eine Weile würde es nichts anderes geben. Der Mond hätte nichts dagegen. Der Mond würde gern seinen Segen dazu geben. Ich wollte mich schon zu ihm umdrehen – ich weiß, aber ich kann nicht, auch wenn nichts von alledem zählt, auch wenn Gott das Herz des Pharao verstockt hatte –

Wir erstarrten. Die Luft hatte sich bewegt, kaum genug, um die Elfenblüten zu bewegen. Walker hatte es auch gerochen.

Ein trockener Zweig knackte, etwas huschte durchs Unterholz.

Dann kamen drei Gestalten aus der Dunkelheit auf uns zu.

59

Lucy, Fergus, Trish.

Mit einem Sack voller selbstgemachter Pflöcke. Ich erkannte Stuhl- und Tischbeine aus der Villa, grob angespitzt. Dazu die Macheten.

Ihre Geschichten blitzten auf und stolperten übereinander, drei Versionen wie drei Säcke voller unterschiedlicher Gegenstände, die einen Hügel hinunterpurzeln, willkürlich erkennbare Einzelheiten, allgemeine Verwirrung, keine Zeit, innezuhalten und das alles in eine Ordnung zu bringen.

Keine Ordnung, vielleicht, aber Sinn: Konstantinov und Cloquet hatten die Söldner mitgenommen und waren wie geplant bei Tageslicht eingedrungen. Seitdem hatten sie nichts von ihnen gehört. Eine Mischung aus Pragmatismus (Fergus), Angst (Lucy) und Instinkt (Trish) hatte die Werwölfe warten lassen.

Die Chancen standen also besser und schlechter. Besser, weil wir nun zu fünft waren. Schlechter, weil die Vampire nun ziemlich sicher wussten, dass wir anrückten.

Es gab nur zwei Möglichkeiten. Die erste lautete, *en masse* einzudringen und darauf zu hoffen, dass sie nichts von uns ahnten. Die zweite, dass sie nicht wussten, wie viele wir waren und das zu unserem Vorteil zu nutzen.

MIT DIR.

NEIN. MIT DENEN. PROFESSIONELL.

Er wusste, das ergab Sinn. Meine drei Artgenossen konnte man nicht einfach allein lassen. Lucy war kurz davor, uns zu verlassen. Trish und Fergus waren zwar dabei, würden aber ohne Führung binnen Minuten kampfunfähig sein – vögeln, menschliche Vertraute jagen.

DU WEISST WANN.

ICH WEISS.

Wir hielten uns einfach an den ursprünglichen Fluchtplan: Pässe, Geld, Erste Hilfe und Kleidung waren im Schutt eines verlassenen Bauernhauses anderthalb Kilometer außerhalb von Mesavlia versteckt, zwei gemietete Lieferwagen standen in der Stadt selbst. Wurden wir getrennt, sollte derjenige, der es zu den Fahrzeugen schaffte, bis neun Uhr früh dort warten. Wer bis dahin nicht auftauchte, war auf sich allein gestellt. Von dort war es nur eine kurze Fahrt bis zum Flughafen nach Chania.

TUT MIR LEID. ALLES.

Es ist immer alles falsch: Das Timing, dass man urplötzlich nur noch Lebwohl sagen kann, dein ungläubiger Körper, der sich dazu zwingt, sich umzudrehen, wegzugehen, loszurennen.

60

Die Mauer rings um das Kloster hatte drei Tore. Das mittlere stand offen. Es war niemand zu sehen, doch als ich über die Schwelle trat, zwang mich der Gestank nach Vampiren auf alle viere. Ich gab schaudernd Galle und Speichel von mir. Die Welt bot belebte Details, falls ich denn nach Dingen suchte, auf die ich meine Konzentration verschwenden wollte: der Schatten eines vom Mond beschienenen Kieselsteins; eine Kippe; der kühle Boden. Darüber muss man hinwegkommen. Man muss. Der heroische Imperativ. Meinem Körper war das egal. Als ich zitternd auf die Beine kam, waren sie leer. In meinem Kopf nistete ein summender Schwarm.

Eine Veränderung des Lichts ließ mich nach links schauen. Ein Vampir, männlich, jung, groß und blond, mit einem Streifen der lächerlich wirkenden Riechblockierpaste unter der Nase, stand über dem westlichen Tor und hatte eine Waffe auf mich gerichtet. Zwei weitere Vampire tauchten neben ihm auf – einer männlich, mittleren Alters, schwarz, einer weiblich mit einem blitzblanken Gesicht mit Adlernase und dunklen, in der Mitte gescheitelten Haaren – so als würden sie einfach aus dem Nichts erscheinen –, ebenfalls mit Pastenbärten. Ich war nicht sonderlich überrascht, zwei weitere von ihnen zu sehen, als ich den Kopf zum Osttor drehte – weiblich, Typ Meg Ryan, männlich, mit Irokesenschnitt und Gesichtspiercings – die auf der anderen Seite ihrer Kollegen kauerten. Alle zielten stumm auf mich.

»Silber«, sagte Schnabelnase. »Man erwartet Sie. Gehen Sie hinein.«

Hoffen wir, dass sie nichts von den anderen wissen, hoffen wir – aber wenn, dann sind wir am Arsch.

DEN HÖHENRÜCKEN HINAUF. FÜNF AUF DER MAUER. KOMMT SCHNELL.

Die weißen Wände des Gebäudes waren satt vor Mondlicht. Ich folgte meinem sich kräuselnden Schatten das halbe Dutzend Stufen hinauf zum Haupteingang. Die Türen standen auf. Ich drückte sie weit auf, und der Gestank, der wie die Zunge eines toten Tieres herausgerollt kam, zwang mich wieder in die Knie. Ich konnte einen der Vampire – Meg, dachte ich – hinter mir lachen hören. Ich erhob mich wieder, blieb gekrümmt, stützte meine Hände auf die Knie, und meine Beine kämpften gegen ihr eigenes privates Delirium. Der Gang hatte eine hohe Decke, der Boden war mit dunkelblauem Marmor gefliest, beleuchtet von blass elfenbeinernen, in die Wand eingelassenen Leuchten. Mias Infos entsprechend zweigten links und rechts zwei weitere Flure ab.

Atmen. Atmen. Atmen. Um einem üblen Gestank zu widerstehen, saugt man ihn auf, verpasst den Rezeptoren eine Überdosis, bis ihre Meldung überflüssig wird. Ich erhob mich zitternd. Dreißig Schritte vor mir klackten, ploppten und zischten Doppelstahltüren zwanzig Zentimeter weit auf. Kältere Luft. Darin der dichte Gestank der Untoten, Räucherwerk, Kerzenwachs, menschliches Fleisch und Blut.

Und der Duft meines Sohnes.

Der räumte mir den Kopf frei. Ich war müde, strahlte vor Ruhe, wie als Kind nach einem ganzen Tag des Spielens. Der kleine Funken ehrlichen Lebens war froh, den letzten Rest an Wahlmöglichkeit dahinschwinden zu sehen. Jetzt, da es nur noch so wenige Dinge gab, die ich tun konnte, würde es leichter werden, sie zu tun. Ich atmete tief ein, streckte mich zu voller Größe und ging auf die Türen zu.

Der Raum dahinter war hoch, quadratisch, weiß und fensterlos, die Wände waren mit Flachglas belegt, und es sah ganz so aus, als wären alle Schüler (mit Ausnahme meines Begrüßungskomitees draußen) versammelt. Ein Dutzend bevorzugter menschlicher Vertrauter stand bei seinen Meistern.

Lorcan, der verwandelt war und seinen Jammer regelrecht abstrahlte, lag rücklings auf dem Altar, Hände und Füße gefesselt. Bei meinem Geruch drehte er den Kopf und sah mich an.

Da war er und sah mich an.

Alles blieb stehen. Er erkannte mich, kannte mich, wollte mich. Diese sofortige Bereitschaft, wieder von vorn anzufangen, war entsetzlich, nichts anderes zählte, er vergab mir vollständig, wenn ich nur kommen und ihn endlich holen würde. Bis zu diesem Augenblick hatte ich mir selbst nicht erlaubt, seine Rückholung als etwas anderes anzusehen als ein Problem, das ich zu lösen hatte. Ich hatte mir niemals vorgestellt, ihn neben seine Schwester ins Bettchen zu legen. Ich hatte mir das Danach niemals vorgestellt. Sich das Danach vorzustellen wäre eine Aufforderung an jenen Gott gewesen, den es nicht gibt, die Dinge schon im Davor scheitern zu lassen. Nun, zehn Meter von ihm entfernt, wusste, ich, etwas von der Größe eines Ozeans kippte hinter mir, wollte fallen. Es war, wie der Tod, schon die ganze Zeit da gewesen.

KEINE ANGST. ICH VERLASSE DICH NICHT.

Wie merkwürdig, zu wissen, dass es stimmt. Ich würde ihn nicht verlassen. Ein überraschendes Herzensgeschenk. Ich lächelte, auch wenn nur ein anderer Werwolf das erkennen konnte.

»Talulla«, sagte Jacqueline und lächelte, während die Vampire in meiner nächsten Nähe trotz ihres lächerlichen Streifens Paste vor mir zurückwichen. »Willkommen. Und sei es aus keinem anderen Grunde, dass ich nun genau weiß, wo Sie sind.« Sie trug eine enge schwarze Wildlederhose und eine schwarze Seidenbluse. Wie schon zuvor hatte sie sich das rote Haar hitlermäßig angeklatscht. Lebhafte grüne Augen und präzises, bezauberndes Make-up. Neben ihr stand ein großer, schlanker, recht hübscher männlicher Vampir. Er war vor wer weiß wie langer Zeit mit Anfang dreißig verwandelt worden. Dunkle Haare, schulterlang, ein fein geschnittenes Gesicht mit hohen Wangenknochen – und Augen, die einen erstarren lassen konnten: blass silbriggrün, voller verzeihenden Allwissens. Er hätte Jesus spielen können. Er war barfuß, trug ein seidenes, indisch wirkendes Ensemble, lange Kurta mit Nehru-Kragen und weite Hose, an den Knöcheln gerüscht. Ich dachte an das, was Mia gesagt hatte: »Da ist etwas Wahres. Sehr Altes. Ich weiß nicht.« Sehr alt. Ich konnte es spüren. Sonnenlicht in einem römischen Innenhof. Der Geruch von Sklaven und Staub. Große Steine werden aufgeschichtet. Tausend Meilen Wald. Feuerschein im Schlund einer Höhle. Überall Eis. ›Nicht viele schaffen tausend Jahre.‹ Dieser schon. Remshi.

In einem Halbkreis umstanden weitere Vampire das königliche Paar, hielten Kerzen oder Weihrauchgefäße. Neben dem Altar stand eine Kanzel, darin ein untersetzter, kleiner Flattermann mit dichten weißen Haaren in einem Topfschnitt und einem weißen Bart wie ein steifer Malerpinsel. Er trug einen weißen Arbeitsoverall, wie es schien. Auf dem Pult vor ihm lag ein großes Buch. Zwei weitere … Priester, nahm ich an, da sie die Einzigen waren, die einheitlich in diese absurden Overalls gekleidet waren, standen zu beiden Seiten des Altars. Ich musste an *Clockwork Orange* denken. Sechs nackte Stahlsäulen trugen das Dach. Konstantinov, blutbedeckt, saß bewusstlos (nicht tot, wie meine Nase verriet) und in Handschellen am Fuß des Priesters zur Linken das Altars. Cloquet, der nach erstem Augenschein unverletzt wirkte, stand an den Priester rechts davon gefesselt.

Ich suchte die Reihen nach Mia ab. Ich hatte sie noch nie gesehen, aber ich sagte mir, ich würde sie schon erkennen. Die Logik musste klar sein: Soweit sie wusste, würde sie ihren Sohn niemals finden, wenn ich nicht lebend wieder hier herauskam. Also musste sie ganz genau dafür sorgen.

»Alle tot«, sagte Cloquet.

»Ich fürchte, das stimmt«, bestätigte Jaqueline. »Aber das wussten Sie ja schon. Sonst wären Sie ja nicht hier.«

›Alle tot‹, hatte sie bestätigt. Sie wusste also nichts von den anderen.

»C'est vrais, n'est pas?«, fragte Jacqueline Cloquet. »Sie will verhandeln?«

NOCH NICHT.

Cloquet sah mich an. Ich konnte ihm kein Zeichen geben, dass ich nicht allein war. Er fragte sich wohl, ob er jemals wieder einen Sonnenaufgang sehen würde.

»Sie wollen sich für Ihren Sohn austauschen lassen«, stellte Jacqueline mir gegenüber fest.

Lorcan kämpfte gegen die Fesseln an. Ich spürte es in meinen eigenen Hand- und Fußgelenken. Die Anstrengung, stillzuhalten, machte mich schwindeln. All mein Scheitern bildete eine eng anliegende Hitze um mich herum. Atme. Atme. Atme. Atme.

»Ich habe selbst keine Kinder«, fuhr Jacqueline fort. »Und nehmen Sie es mir nicht persönlich, aber ich muss sagen, ich verabscheue die Idiotie, die Erwachsene überfällt, kaum dass sie Kinder haben. Aber ich verstehe. Das ist der Instinkt.«

»Wir sind keine Sadisten, Miss Demetriou«, erklärte Remshi lächelnd. Seine Stimme war warm, voluminös, sanft, mit einem mir völlig unbekannten Akzent. Nachdem der erste Blick dich durchbohrt hatte, war es schwer, ihm in die silbernen Augen zu schauen. Ich sah ein Bild vor mir, wie er Nachts allein in der Wüste steht. Eisiger Sand. Sterne, die bis zum Boden reichen. Die Vorvergangenheit war hier in diesem Raum, Jahrhunderte schmolzen dahin, ein Effekt erschreckender Komprimierung. Es war erschreckend, damit in Verbindung zu stehen, wie damals als Kind, mein Dad gab mir eine Drachenschnur, die ich festhalten sollte, und ich sah den Drachen da oben am Himmel, ganz weit weg, aber mit mir verbunden, und ich bekam einen solchen Schreck, dass mir schlecht wurde und ich weinen musste.

»Das Blut von *gammou-jhi* ist das Blut von *gammou-jhi*«, fuhr Remshi fort. »Das Ihre, das Ihres Kindes, ganz gleich. Wenn Sie den Platz Ihres Sohnes einnehmen wollen, dann ist das für mich akzeptabel.«

»Hören Sie nicht auf ihn«, warnte Cloquet. »Sie werden sie nur an das Projekt Helios weiterreichen, um die Familien zu besänftigen.«

Remshi lachte amüsiert. »Natürlich«, sagte er. »Und dann ziehen wir über die Friedhöfe und tragen schwarze Umhänge und zwirbeln unsere Schnurrbärte und machen aus lauter Freude über unsere Ruchlosigkeit ›Har-harr‹.«

Konstantinov, der auf einer wilden Welle Bewusstsein ritt, stöhnte und verstummte wieder. Jacqueline sah ihn an. »Die Ironie hat wohl nie ein Ende«, meinte sie. »Wir haben Natasha gestern Nacht freigelassen. Sie ist irgendwo da draußen, frei wie ein Vogel. Wahrscheinlich sitzt sie gerade im Flieger nach Hause.«

Ich sah Cloquet an. »Keine Ahnung«, meinte er. »Wahrscheinlich ist sie tot.«

»Ich versichere Ihnen, sie ist putzmunter«, widersprach Jacqueline. »Sie lebt und ist frei, auch wenn sie wohl nicht mehr die Frau ist, die sie war, als sie zu uns kam.«

Der adrette grauhaarige Vampir vom Überfall in Alaska reichte Jacqueline eine Spritze. Sie trat um den Altar, kam die vier Stufen herunter, ging den Mittelgang entlang, bis sie zwei Meter vor mir stand. Sie machte einen Knicks mit säuberlich zusammengelegten Knien, legte die Spritze auf den Boden, stand wieder auf. »Ein Sedativum«, erklärte sie. »Sie verstehen?«

Ja, ich verstand.

JETZT! JETZT!

Nichts geschah.

Ich wies auf Lorcan. Er zuerst.

»Talulla«, tadelte mich Jacqueline. »Benehmen wir uns doch wie Erwachsene. Entweder Sie vertrauen uns und tun genau, was wir Ihnen sagen, und in diesem Fall besteht die Chance, dass Ihr Kind überlebt, oder Sie sterben hier auf der Stelle, und Ihr Kind wird Ihnen folgen. Schauen Sie sich um, bitte.«

Mindestens ein Dutzend Sektenmitglieder hatten Waffen auf mich gerichtet. Silber, verriet mir meine Wirbelsäule. Diejenigen, die keine Waffe hielten, hatten kleine rote, in Leder gebundene Bücher in der Hand. *Das Buch Remshi.*

JETZT!

Nichts geschah.

»Jetzt oder nie, Miss Demetriou«, erklärte Remshi. »Wir haben nicht viel Zeit. Verzeihen Sie mir, wenn ich pedantisch wirke, aber wir müssen uns wohl oder übel ans Protokoll halten, und ich habe nun schon vierhundert –«

»Ein Schritt, und ich durchbohre Sie«, ging Mia dazwischen. »Kein Wort, tun Sie einfach nur genau, was ich sage.«

Mia hatte in der Menge um den Altar gestanden. Nun hatte sie den Arm um Remshis Kehle.

»Ach, du meine Güte, ist das ein Pflock?«, fragte Remshi. »Ernsthaft? Sie glauben ernsthaft, dass mir ein Pflock –«

»Schnauze«, unterbrach ihn Mia. »Jacqueline, lassen Sie das Kind frei.«

»Haben Sie den Verstand verloren?«, fragte Jacqueline.

»Kein Wort. Tun Sie es einfach.«

»Herr, um Himmels willen«, entfuhr es Jacqueline.

»Ich sage Ihnen was«, meinte Remshi. »Das letzte Mal, als das jemand versucht hat, war in Florenz, zwölfhundertachtzig –«

Ich weiß nicht, wie er es machte. Die Bewegungen waren so schnell, dass man den Eindruck hatte, ein Stück Zeit sei herausgeschnitten worden, als er fertig war. In dem einen Augenblick stand Mia hinter ihm mit einem Arm um seine Kehle, im nächsten lag sie entwaffnet auf dem Boden und ihr Kopf blutete an der Seite, wo sie gegen den Altar gekracht war. Ein Knie drückte er ihr gegen die Kehle, der Pflock zeigte auf ihre Brust.

»Wer bist du?«, wollte er wissen.

Mia spuckte ihm ins Gesicht. *»Pizda«*, sagte sie.

»Ach, wie nett! Und das aus dem Mund einer Dame.«

Ein Raunen ging durch die Versammlung. Ein blonder Vampir löste sich aus der Menge und trat in den Gang. »Mia«, sagte er – gefolgt von Russisch, das sich offensichtlich in etwa übersetzen ließ mit: ›Was zum Henker machst du da?‹ Ihr Bruder, ging mir auf. Dimitri. Dieselben eiskalten Augen, derselbe sinnliche Mund.

Mia antwortete ihm ebenfalls auf Russisch, doch waren die Worte nicht sofort zu deuten. Ich fragte mich, wie stark sein Glaube war. Zweifellos hatte Jacqueline gepredigt, dass der neue Messias Liebende trennen würde, Ehemann gegen Ehefrau stellen, Bruder gegen Schwester …

»Lasst sie gehen«, verlangte Dimitri. Er hatte einen leichten amerikanischen Akzent.

»Zurück, Dimi«, forderte Jacqueline.

»Lasst sie los.«

»Dimi, bitte.«

Er machte drei Schritte auf das Podium zu, Nüstern gebläht, Fäuste geballt.

»Haltet ihn!«, befahl Jacqueline. Sofort stürzten sich drei

männliche Vampire aus der ersten Reihe auf Dimitri und rangen ihn zu Boden.

»Herr«, drängte der Priester am Pult, »wir müssen wirklich weitermachen. Der Zeitpunkt ist entscheidend.«

»Das war alles?«, schrie Mia mit geschlossenen Augen. »Das ist das Beste, was du kannst? Du verdammtes, nutzloses Miststück.«

Sie meinte mich, das war mir klar. Ja, das war das Beste, was ich tun konnte. Versagen. Mein Sohn würde sterben und sie auch, im Glauben, dass ich ihren Sohn getötet hätte. Wenn ich hätte sprechen können, hätte ich ihr gesagt: »Alles in Ordnung. Er wird in einer Woche freikommen.« Ich konnte nicht sprechen. Sie würde im Hass auf mich sterben.

»Wenn es Ihnen nichts ausmacht, Talulla«, drängte Jacqueline. »Das Betäubungsmittel.«

Es gab keine andere Wahl. Ich beugte mich vor, scheinbar um die Spritze aufzuheben, doch eigentlich wollte ich maximale Geschwindigkeit und Kraft haben, um aus dem Stand zu springen. Ich fragte mich, wie viele ich wohl töten konnte, bevor eine der Kugeln traf. Jacqueline als Erste. Ich reiße ihr das präzis lippenstiftrote Lächeln aus ihrem präzis selbstgefälligen Gesicht. Lorcan sah mich an und flehte mich mit einem kleinen Geräusch zwischen Bellen und Kläffen an.

›Tut mir leid, Kleiner. Tut mir wirklich leid.‹

»Das dauert alles zu lange«, drängte Jacqueline. »Setzen Sie sich jetzt die Spritze, sonst schießen sie.«

»Meine Brüder und Schwestern«, intonierte Remshi mit erhobenen Armen. »Das Warten war lang, doch nun endlich bricht ein neuer Tag an!«

»Blödsinn!«, rief eine männliche Stimme aus der Gemeinde.

Vampire und ihre Vertrauten waren verblüfft und drehten sich nach der Stimme um.

»Schwindel!«, rief die Stimme aus einer vollkommen anderen Richtung.

»Ruhe!«, brüllte der Priester in der Kanzel. »Wer ist das? Wer spricht da?«

»Fragt sie, warum sie Raphael Cavalcanti umgebracht haben«, sagte die Stimme wieder aus einer anderen Richtung. »Na los, fragt sie, warum sie den armen alten Vincent Merryn beseitigt haben.«

Ich sah Mia an. Ihr Blick verriet, dass dies alles nichts mit ihr zu tun hatte, was immer es auch war. Der Rest des Blickes war Hass auf mich.

»Jacqueline?«, fragte Remshi sehr leise.

Madame war sichtlich verwirrt. Sie ballte ihre kleinen Fäuste unter den Brüsten. Sicher eine Angewohnheit aus Kindertagen. Ich sah sie als kleines Mädchen vor mir, wie sie genau so vor ihren Vater stand, als der sie ausschimpfte.

»Zeig dich«, rief sie. »Zeig dich!«

»Ich soll mich zeigen? Bist du vielleicht blind?«, sagte die Stimme, und plötzlich schwebte, als alle nach oben schauten, eine Gestalt mit den Füßen voran hernieder.

61

Die Stille war zum Greifen dicht und schien auf synästhetische Weise einige Details zu betonen: die Kerzenflammen; Jacquelines Perlenohrringe; die weißgoldene Einfassung des Priesterbuchs. Bis auf meinen Sohn starrten alle den Vampir an, der nun am Fuße der Treppe stand, die zum Altar führte, und *eine Zigarette rauchte.*

Nach menschlichem Alter hätte man diesen schlanken, dunkeläugigen männlichen Vampir mit milchkaffeebrauner Haut und längeren, staubig schwarzen Haaren auf Anfang vierzig geschätzt. Sein Gesicht mit den vollen Lippen strahlte schimpansenhafte Schnelligkeit und Schalkhaftigkeit aus. Er hatte schöne schwarze Hände, allerdings mit dreckigen Fingernägeln. Er trug eine Fliegerjacke aus geborstenem Leder über einem weißen T-Shirt, dazu eine blassgrüne Kampfhose, die in zerschundenen Armeestiefeln steckte. Wenn sich herausgestellt hätte, dass er gerade tausend Meilen auf dem Motorrad hinter sich gebracht hatte, dann hätte das niemanden überrascht. Das hätte sein Aussehen erklärt, eine Mischung aus Erschöpfung, Überdrehtheit und Schmutz.

»Ihr Leute seid lächerlich«, sagte er. »Vollkommen lächerlich.«

›Er riecht nicht‹, dachte ich. ›Unmöglich. Aber er riecht nicht.‹ Sein Akzent war, wie Remshis, nicht zu verorten, aber ganz anders. Ich hätte schwören können, ihn schon mal gehört zu haben.

»Gib mir das«, sagte er und ging auf einen untersetzten Vampir mit Ziegenbart zu, der in der ersten Reihe stand, und schnappte sich das kleine rote Buch.

»Wer zum Teufel ist dieser Kerl?«, wollte Remshi wissen.

»›Wer zum Teufel ist dieser Kerl?‹«, äffte ihn der Neuankömmling mit hohem Falsett nach. »Na, das solltest du wohl wissen, Bubbles.«

»Es ist … er ist einer von uns«, erklärte Jacqueline. »Marco, was machst du hier?«

›Marco‹, der Vampir in der Fliegerjacke, der sich die Zigarette in den Mundwinkel geschoben hatte und die Augen gegen den Rauch zusammendrückte, blätterte durch das rote Buch. Ich sah zu Mia. Remshi hielt sie noch immer in Bann, aber seine Aufmerksamkeit hatte sich verschoben. Das wusste sie. Sie machte sich bereit.

»Ich wiederhole«, sagte Marco, »fragt sie, warum sie Raphael Cavalcanti und Vincent Merryn umgebracht haben.«

»Merryn hat für die WOKOP gearbeitet«, antwortete Jacqueline. »Das weiß jeder. Wie kannst du überhaupt nur denken –«

›Merryn arbeitete für die WOKOP, ja, aber das ist nicht alles, und das ist nicht der Grund, warum du ihn umgebracht hast, richtig, *ma bichette*? Ah, hier ist es ja: *Vor klez mych va gargim din gammou-jhi*: ›Wenn er das Blut des Werwolfs trinkt.‹ Irgendwelche Gelehrten im Publikum?«

Der Saal blieb mucksmäuschenstill, das konzentrierte Bewusstsein der Versammlung solide. Jacqueline war außer sich. Ihr ruhiges Gesicht geriet ins Wanken.

»Linguisten? Historiker? Nein?«

»Die Übersetzung ist korrekt«, antwortete der Priester entnervt. »›*Vor klez mych*‹ heißt, ›wenn er trinkt‹ und ›*va gargim*‹ ist ›das Blut.‹ Alle hier wissen, was ›*gammou-jhi*‹ heißt. Also wirklich, Madame, das ist lächerlich. Er sollte umgehend entfernt werden.«

Mit einer Bewegung, die fast so schnell war wie die, mit der sie festgesetzt worden war, schlug Mia mit unglaublicher Kraft unter Remshis Kinn. Wir alle hörten das absurd leise Klappern seiner unteren Zähne, die gegen den Oberkiefer schlugen. Mia wand sich unter dem Pflock hervor, und bevor Remshi noch reagieren konnte, hatte sie sich weg von ihm in die Luft geschleudert – doch nach einer Sekunde war sie wieder auf dem Boden, so als habe sie eine plötzliche unnatürliche Schwerkraft nach unten gezogen.

»Bleiben Sie um Himmels willen, wo Sie sind, Miss Tourisheva«, mahnte Marco. »Mir gefällt Ihr Stil, aber vierundsiebzig zu eins ... oder zwei«, mit einem Zwinkern in meine Richtung, »ist ein blödsinnig hohes Risiko. Also, wo war ich stehengeblieben? Ach ja, die Übersetzung.« Er zog ein letztes Mal an der Zigarette und schnippte die Kippe weg. »›*Vor klez mych*‹, wie der Pater schon gesagt hat, heißt tatsächlich, ›wenn er trinkt‹. Das Problem dabei ist nur, dass ›*mych*‹ ein falsches Verb ist. Es steht zwar seit über viertausend Jahren dort, ist aber falsch. Im Orignal steht ein ganz anderes Verb. Stimmt doch, Madame?«

Jacqueline blähte die Nüstern. Sie wich rückwärts zum Altar, wo Remshi sich das Kinn hielt.

»Das ursprüngliche Wort ging verloren, weil das ursprüngliche Wort im Text ausgelöscht wurde«, erklärte Marco. »Buchstäblich ausgelöscht, von einer Pfeilspitze, aber das ist eine andere Geschichte. Außer dem Verfasser des Buchs gab es nur zwei Personen, die wussten, wie die Zeile vor der Lakune lautete.«

»Tötet ihn«, befahl Jacqueline. »Auf der Stelle.«

Mindestens zehn Flattermänner sprangen vor – und blieben völlig verwirrt stehen. Sie öffneten und schlossen ihre Münder. Ihre Augenlider flatterten.

»Und die Waffen«, sagte Marco. Die bewaffneten Vampire taten exakt dasselbe: Sie besahen sich ihre Waffen, runzelten die Stirn, erlitten eine kurze, heftige Lähmung in den Händen, die sie hielten, machten ein überraschtes Geräusch und ließen sie fallen. Eine der Pistolen ging los und traf einen der Schüler am Schienbein. Die Vampire, die Dimitri festhielten, rührten sich kaum, als er sie abschüttelte und zu seiner Schwester ging.

»Wer bist du?«, wiederholte Jacqueline.

»Ach, noch was«, sagte Marco, senkte das Buch und sprach zur Gemeinde. »Dieser Unsinn mit dem Tageslicht. Wo sind sie, diese leichtgläubigen Gläubigen, die im Sonnenschein umherspaziert sind?«

»Remshi hat ihnen die Gabe verliehen«, verkündete Jacqueline. »Ihr habt es mit euren eigenen Augen gesehen. Ihr alle habt es gesehen.« Ein eindeutig verteidigender Ton. »Olivia. Olivia? Olivia und Federico, wo seid ihr? Tretet vor. Tretet vor. Da. Sie sind heute Morgen in der Sonne draußen gewesen.«

Zwei Vampire, eine dünne, sommersprossige Frau Mitte vierzig und ein junger spanischstämmiger Mann, dessen Gesichtszüge sich alle ein wenig zu eng in die Mitte drängten, traten vor die Menge.

»Bitte«, sagte Jacqueline. »Du hast doch selbst den Film gesehen.«

»Habe ich«, räumte Marco ein. »Ich habe alle Filme gesehen. Sie gehen, reden, lächeln in die Kamera, schauen CNN, bleiben noch ein, zwei Tage hier und verschwinden dann. Na, Kopfschmerzen, Olivia? Und Federico, was macht der Ausschlag an der Ferse?«

›Die Formel ist fehlerhaft. Tödlich fehlerhaft. Sie sterben früher oder später, je nach Höhe der Dosis.‹

Federico und Olivia sahen sich an. Dann wendeten sie sich an Jacqueline.

»Kopfschmerzen, Ausschlag, Fieber, Koma, Tod. Zwischen achtundvierzig Stunden und einer Woche. Besser als das Projekt Helios. Deren Versuchskaninchen haben das alles ausgelassen und sind gleich krepiert. Normalerweise innerhalb von zwölf Stunden.« Dann wandte er sich an Federico und Olivia: »Tut mir leid, ihr zwei.«

Die Frage lautete: Konnte ich Lorcas Fesseln vom Altar reißen? Ich hatte vielleicht zwei Sekunden Zeit. Von meinem Standpunkt aus konnte ich die Verschlüsse nicht genau erkennen. Mit einer der Macheten hätte ich ihm Hände und Füße abhacken können. Das hätte ich machen können. Er hätte mich erneut gehasst. Aber sie würden nachwachsen, und ich würde es wiedergutmachen …

Marco war Jacqueline die Treppe hinauf gefolgt. Nun stand er Remshi direkt gegenüber. Ein sichtbar lächerlicher Gegensatz. Remshi war groß, schön, elegant gekleidet, hatte einen jenseitigen Blick und elfenbeinerne, reine Haut. Marco sah aus wie ein straßenmüder Penner.

»Der Verfasser des *Buchs Remshi*«, fuhr Marco fort, so laut, dass alle es hören konnten, »war ein sprunghafter und impulsiver Bursche. Er verleugnete sein Buch, das, so behauptete er, sowieso nur als Scherz auf seine eigenen Kosten zusammengestrickt worden sei. Von den beiden anderen, die das ursprüngliche Verb kannten, war es dem einen völlig egal, aber der andere fertigte eine eigene Kopie an und fügte das korrekte Verb wieder ein. Es gab weitere Kopien, doch wurde keine überliefert – so dachte man zumindest. Aber Vincent …« Er hielt inne … »Merryn –« und bei dem Wort »Merryn« verpasste er Remshi eine derartige Ohrfeige, dass der Vampir ins Wanken geriet, einen komischen Augenblick lang auf einem Bein stand und fast umfiel, bis Jacqueline seinen Arm schnappen konnte, um ihm Halt zu geben –, »Vincent Merryn, Gott segne seinen Fabergé-Eierkopf, hat eins davon aufgetrieben. Stellt euch das mal vor! Eine Wort für Wort korrekte Fassung des Heiligen Buches! Das lebendige Wort!«

»Oh, mein Gott«, sagte Jacqueline leise mit einer geradezu männlich wirkenden Stimme. »Oh, mein Gott.«

»Vincent Merryn berichtete Raphael Cavalcanti davon, und Raphael Cavalcanti, außerordentlicher Dummkopf, der er war, berichtete es der zukünftigen Königlichen Hoheit, Madame Jacqueline Delon.«

Mit Hilfe ihres Bruders war Mia Tourisheva aufgestanden, doch ihr Blick verriet, dass sie es mit einer erheblichen unsichtbaren Macht zu tun hatte. Ein kleiner Tropfen von dem rosafarbenen Schweiß, den ich schon bei Caleb gesehen hatte, tauchte auf ihrer Oberlippe auf.

»Und wisst ihr, meine kleinen Hungerleider«, fuhr Marco fort, »wisst ihr, wie das fehlende Verb lautete? Könnt ihr euch vorstellen, warum das nicht in Madames kleines Ränkespiel passte? Ihr werdet erstaunt sein, wenn ich es euch sage, ganz ehrlich.«

Mit Händen greifbare Spannung unter den Schülern. Es hätte mich nicht überrascht, wenn Wände und Decke einen sichtbaren Puls angenommen hätten. Jacqueline wich vor Remshi zurück. Auf ihrem bösen hübschen Gesicht lag ein feuchter Glanz.

»Madame?«, fragte Olivia mit kleinem Stimmchen. »Ist das wahr? Werden wir sterben?«

Ich bezweifle, ob Jacqueline ihr geantwortet hätte, aber das werden wir wohl nie herausfinden, denn in diesem Augenblick brachen die Türen auf, und vier blutverschmierte Werwölfe stürzten herein.

62

SIE HABEN UNS NICHT KOMMEN RIECHEN!

Einen Augenblick lang rührte sich niemand. Es schien, als wolle das Universum alle Beteiligten dazu zwingen, ein paar Sekunden zu erübrigen und die aufrührerische Realität der Situation zu erkennen: wenig Platz; mehr als siebzig Vampire im Zustand kollektiven Schocks; fünf ausgehungerte Werwölfe.

Dann schleuderte Trish den abgerissenen Kopf der Meg-Ryan-Vampirin auf die Altarstufen, wo er mit einem unschuldig lauten Krachen aufschlug – und die kollektive Starre löste sich explosionsartig.

Ich sprang nach meinem Sohn.

Der Altar war aus weißem Granit, erfrischend kühl unter meinen Händen und Fußsohlen. Lorcans Fesseln waren Schellen, mit kurzen Kabeln an Tafeln festgemacht, die im Stein verschraubt waren: reiner Stahl. Mehr als genug, um ein Werwolfkind festzuhalten. Nicht genug, um einen ausgewachsenen Werwolf zu stoppen. Zwei, drei, vier Sekunden Widerstand – dann brach der Ring, der das Kabel der linken Hand hielt. Sofortige logische Freude: Wenn ich eine Fessel zerbrechen konnte, konnte ich das auch mit allen vier. Mich überkam eine fürchterliche schwindelnde Vision von meinem Sohn, meiner Tochter und mir in menschlicher Gestalt (Lorcans Gesicht das menschliche Antlitz, das Wolf sehen konnte, auch wenn es dem Rest von mir noch vorenthalten wurde), wie wir zusammen in einem Haus am Meer auf dem Sofa kuscheln, der Kamin brennt, der Fernseher läuft, und Cloquet kocht im Hintergrund Abendessen. Ich musste das Bild beiseiteschieben. Musste alles beiseiteschieben, außer der anstehenden Arbeit, die Kabel zu zerreißen. Nur das.

Das zweite Kabel riss. Ich griff nach dem dritten. Einzelheiten aus dem mich umgebenden Chaos fielen mir auf, ob ich wollte oder nicht. Die meisten Vampire, die führungslos und traumatisiert waren durch die gescheiterte Messe und ihren geohrfeigten Messias, wollten nur raus aus dem Raum, und die wenigen, die das nicht versuchten, bekamen die volle Wuchte der vom Hunger getriebenen Werwölfe zu spüren. Der Hunger wirkte allerdings in zwei Richtungen: Gab man ihm nicht nach, befeuerte er die Raserei; sah er sich lebender Beute gegenüber, vergaß er alles andere. Flattermänner waren kein Futter (sondern tatsächlich Gift), aber die Handvoll umhereilender menschlicher Vertrauter war es. Im Augenblick waren mein Wille und Lorcans Angstgeruch eine schwache Leine, die das Rudel zusammenhielt, aber es gab keine Garantie dafür, dass sie auch hielt. Die Luft war ein Wirbel aus Gerüchen von Vampirblut, menschlichem Fleisch und unserem eigenen deutlich wölfischen Gestank. Ich sah, wie Walker einem Schüler mit einem einzigen Schwung der Krallen den Kopf abriss. Fergus sprang, um den weißhaarigen Priester mitten im Flug abzufangen (ein Basketballangriff), pfählte ihn, verhakte sich mit dem Handgelenk in den Rippen, fiel zu Boden, zog seinen Arm mit offener Knochenwunde heraus.

Meine Hände bluteten. Die Kabel hatten mir feurige Striemen in die Handflächen geschnitten. Es war nur noch ein Kabel übrig. Plötzlich spürte ich die heißen Hände meines Sohnes, die sich in mein Rückenfell krallten.

Mutter.

Anspruch. Vergebung. Forderung.

›Gleich geschafft, Engelchen.‹

Der enthauptete Körper eines Vampirs segelte über meinen Kopf und krachte gegen Cloquets Stahlsäule. Cloquet, dem die Hände gefesselt waren, schubste ihn mit den Füßen weg.

›Erst mein Sohn. Keine Sorge. Ich schaff dich raus.‹

Jemand stand in der Nähe. Ich blickte auf.

Marco stand zwei Meter entfernt, zündete sich eine Zigarette an und beobachtete mich. Hinter ihm hatte Walker es zu Konstantinov geschafft und war dabei, ihn loszumachen. Der Lärm – die Schlachthof- oder Folterkammer-Tonspur des Raumes – wirkte gedämpft, so als würde ich meinen Kopf unter Wasser halten. Aus Marcos Gesicht war nicht aller Schalk gewichen, aber doch genug, um Platz für ein zwinkerndes Erkennen zu schaffen – halb Einladung, halb Provokation –, ein Blick, bei dem ich mir merkwürdig klein und endlich und erkannt vorkam. Beängstigend jung. Das erinnerte an Jacquelines »Oh, mein Gott«, an den momentanen Verlust von lenkender Intelligenz auf ihrem Gesicht.

Marco deutete mit einem Blick an, dass ich nach links schauen sollte. In diesem Augenblick kehrte auch der Lärm zurück – und ich drehte mich zu spät um, konnte einem riesigen Vampir mit Bürstenschnitt nicht mehr ausweichen – eins vierundneunzig, vielleicht 125 Kilo –, der wie ein Amboss auf mich herabstürzte, mir das Kabel aus der Hand riss (ich spürte, wie mir ein Stück Haut aus der linken Handfläche abscherte, so als würde jemand die Mutter aller Pflaster abreißen) und mit mir vom Altar die Stufen hinunterstürzte. Er hatte sich ein Spinnennetz aufs Gesicht tätowieren lassen. Fauliger Fleischatem und der Schweinemistgestank seiner Haut füllte mir Mund, Nase, Kopf, mich ganz. Sein Spitzname lautete sicherlich Geronimo oder Banzai oder Mad Dog. Er war ein grinsender Idiot, dessen einzige Glaubwürdigkeitsmasche darin bestand, völlig irrsinnige Stunts hinzulegen. Er war genau auf mir gelandet. Sein linker Arm lag über meiner Luftröhre, die Finger seiner rechten Hand hatten sich tief in meine linke Brust gebohrt. Er war dabei, sie abzureißen. ›He, schaut mal: eine echte Werwolftitte!‹ Meine linke Seite war von dem Sturz in singenden Schock verfallen (ich hatte mir auf den Stufen drei oder vier Rippen gebrochen), aber mein rechter Arm war frei und voll funktionstüchtig. Ich griff mit meinen glasscharfen Fingernägeln hart ins weiche Fleisch seiner Flanke, machte eine Drehbewegung, bis ich durch den Muskel in die feuchte Intimität seiner mutierten Organe vorgedrungen war. Ich packte eine Handvoll von was auch immer – wenn es Gedärme waren, dann hatten sie die Konsistenz von Hackfleisch mit Vaseline –, drehte wieder und riss so fest ich konnte. Zwei Sekunden Widerstand – dann riss es ab, kam in meiner Hand frei und ließ einen plötzlichen Strom dunkles Blut pumpen, der nach reinstem Abwasser stank. Mad Dog schrie und verlor für einen Augenblick seine Willenskraft. Lang genug, um meine Hand wieder in das Loch zu stopfen, das ich gerissen hatte, gegen die Wirbelsäule zu drücken und ihn mit einem Druck meiner Hüfte auf den Rücken zu werfen. Ich hatte nur eine Sekunde, aber mehr brauchte ich nicht. Ich biss ihm in den Hals, ›kein Blut schlucken‹, drückte die Kiefer fest zusammen, schob ihm zwei Finger in den schreienden Mund, biss, schüttelte und zerrte, bis der große kahle Kopf sich vom Körper löste.

Meine linke Körperhälfte fand ihre Sinne wieder. Ich stand auf und eilte zu meinem Sohn.

Weil das Universum pervers ist, stellte sich heraus, dass das vierte Kabel härter war als die anderen drei. Meine zerschnittenen Handflachen taten weh und waren blutverschmiert, und eine halbe Ewigkeit stand ich da, zerrte und mühte mich ab, die Hände bluteten, die Oberschenkel zitterten, wieder sank der Geräuschpegel ringsumher, und ich stellte mir schon vor, wie ich für immer in dieser Handlung gefangen war wie in einer makabren Schneekugel. Walker hatte Konstantinov befreit und sich den Bewusstlosen über die Schulter gelegt. Dutzende von Vampiren waren geflohen (nachdem die Silbermunition aus dem Spiel genommen worden war, hatten sie wohl keine Lust mehr, weiterzuspielen), aber noch waren mindestens zwanzig von ihnen in verschiedenen Stadien des Kampfes oder der Verstümmelung verwickelt. Trish hatte sich zu Cloquet durchgearbeitet und hackte mit einer der Macheten durch seine Fesseln.

Lorcan war der Einzige von uns, der noch gefangen war.

Ich heulte. Den Vampiren standen die Haare zu Berge.

Das Kabel schmirgelte in beiden Händen über blanke Knochen.

Ich sah Marco aufblicken und hörte ihn sagen: »Besucher. Ein andermal, die Dame.«

Dann rissen die Stahlfasern, der Lärm des Raumes stürmte wieder auf mich ein – und mein Sohn sprang mir in die Arme.

Freude schließt uns die Augen.

Bist du Werwolf, so öffnet Silber sie dir wieder.

In diesem Falle, um zu sehen, wie Remshi auf dem Boden um einen unserer selbstgemachten Pflöcke zuckte, und wie Jacqueline Delon über ihm stand, eine der weggeworfenen Waffen mit beiden Händen hielt und auf mich zielte.

63

Ich wollte nur noch Zeit genug haben, um mich zwischen die Kugel und meinen Sohn zu drehen. Selbst die hatte ich nicht mehr. Ich war noch mitten in der Bewegung und der aufkeimenden Erkenntnis, dass Jacqueline sich nicht mit der Siegesrede des Bösewichts in Hollywoodfilmen abgeben, sondern sofort schießen würde, als es direkt vor ihren Füßen eine Explosion gab (so als habe in Remshi selbst eine Zeitbombe getickt).

Planetarisch große Hitze traf uns und wirbelte Wände, Decke und Boden durcheinander. Wir hoben ab und kreisten stundenlang. Zumindest so lange, um zu sehen, dass Marco verschwunden war und es keine Spur von Jacqueline gab. Die untere Hälfte von Remshis Leiche war verschwunden. Fergus fraß in einer Ecke ungehindert einen menschlichen Vertrauten. Lucy hatte ihre Fänge um die Kehle eines weiblichen Vampirs gelegt, nach menschlichem Alter wohl siebzig, mit altersfleckigen Händen, Diamantenohrringen und einem zu Beginn des Abends ausgefeilten Haarknoten. Trish hatte Cloquet die Machete gegeben, aber die Vampire, die noch im Raum waren, waren mehr an Flucht denn an Kampf interessiert.

Lorcan und ich warfen uns zu Boden, als eine zweite Explosion ein Loch in die Westwand riss und mit dem Geruch der Sprengstoffe die kühle Luft der kretischen Nacht hereinließ, Thymian und Fichte und feuchtes Gras. Dazu

Gewehrschüsse und das seelenlose Geschnatter von Hubschraubern.

Mein Sohn rührte sich.

›Er lebt. Er lebt, und du hast ihn.‹

Ich wusste, dass er lebte, weil die Explosionsflammen ihn zum Winseln brachten und das Winseln mich inwendig traf. Irgendwo weit weg spürte auch Zoë etwas, eine winzige Version seines Traumas in ihrer Haut. Ich musste den Schwall Freude unterdrücken, den ich bei dem Gedanken spürte, wie die beiden nebeneinanderlagen. Noch nicht. Noch nicht. Zwei weitere Explosionen, die zweite davon riss ein großes Stück vom Dach weg und schleuderte Fergus über den Gang, wo er ein paar Meter neben mir verwirrt und blutig landete.

WOKOP. WIR VERSCHWINDEN.

Walker, der noch immer den bewusstlosen Konstantinov auf der Schulter trug, hob mich mit einer Hand unterm Arm hoch.

VIELLEICHT SILBER. SCHNELL WEG.

Fergus mühte sich auf die Füße. Trish und Lucy blockierten fast den Ausgang und wechselten sich darin ab, einen unglücklichen menschlichen Vertrauten zu fressen, der dort gestürzt war. Die letzten Vampire nahmen das Loch in der Decke. Blauweiße WOKOP-Suchscheinwerfer blitzten auf, vibrierten, fuhren weiter. Ein von mindestens zwanzig Holzpfeilen (die Hickorypfeile des ›Hagelschlags‹) getroffener Vampir schrie und fiel von einem der stählernen Träger.

Direkt neben Mia.

Sie war bei Bewusstsein, lag aber unter einem umgestürzten Stück Mauerwerk begraben. Ihr Bruder war verschwunden.

Wir sahen uns an. Ich wusste, was sie dachte: ›Du hast gekriegt, was du wolltest. Lässt du mich hier liegen, sterbe ich.

Keiner, der hinter dir und deinen Kindern her ist.‹ Sie hatte resigniert, war angewidert. Resigniert, weil sie nicht in einer Welt lebte, in der man an die Güte eines anderen appellierte. Angewidert, weil nach allem, was sie gesehen und getan hatte (ihre Geschichte umfing sie, als würde ihr Geist bereits seine Abreise üben), sie nun ihrem schmachvollen Ende entgegensah, hilflos gefangen, auf einen tollen WOKOP-Hecht wartend, der sie pfählte oder enthauptete, ganz wie es ihm gefiel, irgendein sterblicher Trottel, dessen Erinnerungen sich zu den ihren verhielten wie ein Floh zu einer Großstadt.

Vampire sind stark – aber nicht so stark wie wir. Lorcan spürte das, kletterte mir auf den Rücken und klammerte sich fest, damit ich die Arme frei hatte. Mias Gesichtsausdruck änderte sich nicht. Wir verstanden uns.

›Falls du glaubst, das würde heißen, ich töte dich nicht, dann hast du dich getäuscht.‹

›Ich weiß. Kannst du gehen?‹

Schienbein und Oberschenkel des linken Beins waren gebrochen, das Schienbein hatte sich durch die milchigweiße Haut knapp unterhalb des Knies gebohrt. (›Beine, die sich in einer Anzeige für teure Nylons wohl gefühlt hätten.‹ Ach, Jacob, wenn du nur hier wärst!) Ganz gleich, wie schnell es verheilte, es würde nicht schnell genug sein, um sie hier wegzuschaffen, bevor die Jäger kamen. Ein Hickorypfeil traf sie im Gesicht, schlug ihr durch die linke Wange in den Mund. Sie zog ihn heraus, spuckte dunkles Blut. Zwei weitere trafen das verletzte Bein.

Ich hielt ihr meine Hand hin.

Ihr war sichtlich schlecht – die Nasenflügel zitterten, ihr Kehlkopf hob sich, die Mundwinkel verzogen sich nach unten –, doch sie nahm sie. Ich fragte mich, ob sie schon jemals einen Werwolf berührt hatte.

Walker, der ihren Geruch so nah nicht ertragen konnte, ging ein Stück beiseite.

Trish und Lucy hatten mindestens ein Drittel ihres Opfers gefressen. Bei dem Geruch spannte sich Lorcan auf meinem Rücken an – war aber nicht hungrig. Offenbar hatten sie ihn gefüttert. Wahrscheinlich mit einem zugedröhnten, irren oder dazu gezwungenen Vertrauten. Oder, als Hommage ans Kino, mit einer Bauerstochter mit wogendem Busen und zerrissener Bluse, Augen weit aufgerissen, Haut feucht vor Schweiß. Wie auch immer sie es getan hatten, ich konnte jedenfalls diese Stücke fremden Lebens, diese schmutzige Bereicherung in ihm spüren. Ich war erleichtert, hatte aber ungeheuren Hunger. Walker ebenfalls. Er hatte Murdoch zwar das Leben genommen, ihn aber nicht gefressen. Ich hatte gedacht: ›Er will ihn nicht in sich haben. Den nicht. Nicht in sich.‹

HELFT MIR MIT IHR.

Aber sie konnten nicht. Der Gestank. Stattdessen nahm mir Trish Lorcan ab. Er ging bereitwillig zu ihr, nachdem ich ihm die Aufforderung dazu geschickt hatte. Meine Seele zerriss es ein wenig, als mir sein Gewicht abgenommen wurde. So würde es von nun an für immer sein, solange wir lebten. Ich hob mir Mia auf die Schulter, auch wenn ich wusste, dass sie sich gedemütigt fühlen würde. Ich spürte sie leer würgen, bemerkte, dass sie keine Nasenpaste trug; natürlich nicht: Sie hatte wissen wollen, wann wir kamen.

Wir rannten in den Hof hinaus. Die WOKOP-Truppen waren noch nicht am Boden, und es gab nur vier Hubschrauber. Ein paar Vampire hatten Position bezogen – mit Maschinengewehren bewaffnet – und erwiderten das Feuer. Der Mond, der in die erste Phase der nun religiös überflüssigen Finsternis trat, war ein blutumrandeter Pfirsich. Walker, der Konstantinov schulterte, war links vor mir, Fergus rechts. Cloquet (der die Machete gegen ein herrenloses Maschinengewehr eingetauscht hatte) war in meiner Nähe, rannte so schnell er nur konnte und sah aus, als würde ihn das umbringen. Lucy und Trish bildeten die Nachhut. Eine Art Leichtsinn schwebte zwischen uns. Cloquet würde nicht in der Lage sein, unser Tempo mitzuhalten, würde die Schmach ertragen müssen, getragen zu werden. Fergus bog bei meinem Gedanken nach links ab und warf ihn sich über die Schulter.

Der erste der vereinzelten Bäume war nah. Ein verletzter Vampir-Vertrauter kroch lächerlich gut sichtbar darauf zu.

64

Wir rannten weiter, bis wir in tiefen Wald kamen, gingen vierhundert Meter weit hinein und blieben stehen, um Luft zu holen. Kiefern, Steineichen, Kreta-Ahorn. Nach Holz riechende Luft und ein Gefühl von Zuflucht. WOKOP war uns nicht gefolgt. Ich glaubte zu verstehen: ›Aber sie bezahlen uns‹, hatte Murdoch gesagt. Damit meinte er die Fünfzig Familien. Sie hatten die Schüler nicht aufspüren können und die Jagdgesellschaft mit der Suche beauftragt. Der Job war erledigt, kein Vampirblut klebte an Vampirhänden. Und ein Bonus, wenn Sie die Werwölfe am Leben lassen. Das Projekt Helios hatte die Hoffnung noch nicht aufgegeben, dass die lykanthropen Gene den Schlüssel zur Tageslichttoleranz in sich bargen.

Der Mond war fast völlig verdeckt. Ich hatte mich gefragt, ob das wohl einen Unterschied machen würde. Tat es nicht. Wenn überhaupt, dann war Wolf noch wilder. Meinem Appetit hatte das jedenfalls keinen Abbruch getan. Wir hatten den Vertrauten in mehrere Happen zerrissen, und Walker und ich hatten unseren Anteil in zwei Minuten verschlungen, ohne groß den Kopf zu heben. Trish und Fergus hatten sich zum Vögeln verdrückt. Nach ein paar Augenblicken mit Händen zu greifenden Zögerns war Lucy ihnen gefolgt. ›Jedenfalls war es dann vorbei‹, erinnerte ich mich, hatte sie gesagt. ›Es gibt kein altes Leben mehr für mich.‹

Walker war offensichtlich ganz aufgebracht. Er wollte mich (und wusste, dass ich ihn wollte), aber er wusste, ich würde Lorcan nicht wieder verlassen. Nicht jetzt.

GEH MIT IHNEN. ICH MÖCHTE ES.

Nebelhaft und verträumt und vor Erleichterung enthemmt, wollte ich es. Der Gedanke daran, dass er sich mit Trish oder Lucy vergnügte (oder Fergus, falls der Fluch auch andere Gewissheiten zerschlagen hatte) oder mit allen dreien, machte mir nicht die geringsten Sorgen, weil ich wusste, wie gut ihm das tun würde. Es machte mir nicht nur keine Sorgen, es erfüllte mich mit stiller, gütiger Freude. In diesem Augenblick schien mir die Vorstellung von Monogamie grotesk, dem Leben zuwider und absurd.

KEINE ZEIT. MIKE.

Erleichterung dieses Ausmaßes ging offenkundig mit Idiotie einher. Natürlich gab es dafür keine Zeit. Konstantinov musste behandelt werden. Sobald wir uns orientiert hatten, mussten wir weiter. Die anderen würden sich entweder verlieren oder uns einholen, aber so oder so war mit ihrem Wolf nicht mehr zu diskutieren.

NICHT SICHER.

Mia, meinte er. Ihr Bein (sie hatte den Schienbeinknochen mit der Hand hineingeschoben) heilte wer weiß wie schnell, und obwohl sie mir nicht viel antun konnte, waren da noch Cloquet und Konstantinov, an die ich denken musste. Sie konnte bereits wieder gehen, wenn auch mit einem offenkundig entsetzlich schmerzhaften Humpeln.

SCHON OKAY. PASS AUF.

Ich warf ein kleines Stöckchen nach Cloquet, der an einem Baum lehnte, so als müsse er sich gleich übergeben, um seine Aufmerksamkeit zu wecken. Ich wies auf Mia und hielt mir dann ein imaginäres Handy ans Ohr.

»Verstehe ich das richtig?«, fragte Cloquet. »Das ist der Augenblick, von dem wir sprachen?«

Mia beobachtete alles ganz genau. Ich nickte: ›Ja. Los jetzt.‹

Cloquet wandte sich an Mia. »Caleb sitzt im Keller eines Hauses in dem Städtchen Lymington an der Südküste Englands«, erklärte er ihr. »Ich schicke Ihnen jetzt eine SMS mit der Adresse. Ein Arzt kümmert sich um ihn, der ihn auch mit Blut versorgt hat. Es geht Ihrem Sohn gut, aber er ist nicht bei Kräften. Wenn Sie mit ihm gesprochen haben, wird ihm der Arzt genug Blut überlassen, um sich wieder ganz zu erholen. Er wird ihm außerdem Geld und das Handy zurücklassen, an dem Sie mit ihm sprechen. Sie können sich verabreden, wie und wo Sie wollen. Ist das für Sie akzeptabel?«

Mia sah mich an. Genau wie ich hatte sie sich ein verstocktes Herz antrainiert. Doch nun standen wir hier, und ich konnte das kleine Kraftfeld der Verzweiflung um sie herum spüren. Verzweiflung, die nach ihrer eigentlichen Form verlangte: Liebe.

Ich bedeutete Cloquet fortzufahren. Er rief an. Es konnte höchstens einmal geklingelt haben. Ich stellte mir Budarin am anderen Ende vor: das runde, gleichmütige Gesicht, der Leib so sauber wie der eines wohlgenährten Spatzen. »Geben Sie mir Caleb«, sagte Cloquet und reichte dann das Handy an Mia weiter.

»Caleb?«, fragte sie und wechselte dann zu Russisch.

Zufall oder Beweis für die Kraft seiner Muttersprache; Konstantinov jedenfalls, der bis dahin bewusstlos gewesen war (ich hatte es für Koma gehalten), hustete, sagte etwas auf Russisch, spuckte blutigen Rotz aus und setzte sich auf.

Die Probleme türmten sich wie Luftverkehr. Da Murdoch das Haus in Falasarna überwacht hatte, standen die Chancen gut, dass er von den Pässen und den Fluchtautos wusste. In unserer Panik waren wir weit vom Weg abgekommen. Mesavlia lag nun etwa dreizehn Kilometer nördlich, und es gab nicht den ganzen Weg über Deckung. Unsere einzige praktikable Möglichkeit war der zweifelhafte Kontakt zu dem Waffenhändler in Athen und zu dessen unzuverlässigen Kumpeln in Heraklion. Konstantinov brauchte Wasser und Antibiotika. Wir hatten keins von beiden.

Aber ich hatte meinen Sohn zurück. Unverdient, ungerechtfertigt, eine zweite Chance.

Er hatte sich auf meinem Schoß zusammengerollt und schlief, dachte ich, doch als ich nach unten schaute, sah er zu mir auf. Die ungeheure grundlegende Erkenntnis – Mutter – war ihm in den langen Sekunden und Minuten der Rettung durch den Körper gefahren und hatte alles andere unbedeutend werden lassen. Doch nun war der emotionale Reflex aufgebraucht, und andere Informationen – weniger vorteilhafte Wahrheiten – stellten wieder ihre Ansprüche. Auf einer Ebene unter oder jenseits der Artikulation wusste er zwei Dinge. Erstens, ich war schuldig. Zweitens, er hatte gelitten. Es klaffte eine Lücke zwischen diesen beiden bekannten Dingen. Er sah mich an, ließ meine Körperwärme in seine einfließen, und entschied, was er mit dieser Lücke machen sollte. Er entschied, ob er die Lücke mit einer Verbindung schließen sollte. Ich sah ihn in einigen Jahren vor mir, ein drahtiger Teenager, der am Poolbeckenrand in der Villa in Los Angeles sitzt und seine Beine langsam im sonnenmarmorierten Wasser bewegt, um mir dann die menschliche Version jenes Blicks zuzuwerfen, den er mir gerade zuwarf, ein Blick, der wusste, er hatte die Urteilskraft über mich. Dieser Blick würde wie ein Talisman sein, den er jederzeit hervorzaubern konnte, um mich mitten bei dem, was auch immer ich tat, zu unterbrechen, vielleicht sogar mitten in meiner Liebe zu ihm, falls er auch nur ein paar der Verdrehtheiten und Grausamkeiten seiner Mutter geerbt hatte.

Wir sahen uns an und begriffen dies alles, begriffen aber

auch, dass es eine Liebe gab, die man ruinieren konnte, und das war allemal besser als gar keine Liebe.

Lorcan blinzelte. Nach und nach ließ er die Einzelteile in Gedanken wieder auseinanderdriften – für den Augenblick. Ich legte meine Hand auf seine heiße Brust und fühlte seinen steten Herzschlag. Seine Schwester würde diejenige sein, die wir beide liebten. Bei ihr würden wir uns treffen wie rivalisierende Bandenchefs auf neutralem Boden.

»Ja tebja ljubju, Angel moy«, sagte Mia und legte auf. Sie gab die Nummer in ihr Handy ein, warf Cloquet das andere Handy zu und sah mich an. »Wir sehen uns wieder«, sagte sie.

»Falls es dazu kommt«, meinte Cloquet, »denken Sie daran, dass sie Ihr Leben gerettet hat.«

Mia nahm es nicht wahr. Cloquet zählte nicht. Menschen zählten nicht. Sie drehte sich um und humpelte in die Dunkelheit hinaus. Eine kurze Weile später, als sie außer Sichtweite war, hörten wir plötzlich, wie sie abhob und lärmend durch die Bäume flog … nur um ein paar Augenblicke später genauso lärmend wieder zu landen. Sie war nicht in der Verfassung, die Kraft aufzubringen, die der Vampirflug verlangte. Aber sie wollte unbedingt ihren Sohn sehen.

65

Am Ende blieb uns nichts anderes übrig, als uns an den ursprünglichen Plan zu halten. Selbst wenn Murdoch von den Lieferwagen und den versteckten Pässen gewusst hätte, hätte er das nicht an die WOKOP weitergegeben. Schließlich hätte das Ganze seine Ein-Mann-Show werden sollen: Eigenhändig einen lebenden Werwolf fangen, wofür Helios die WOKOP fürstlich entlohnen würde – aber vielleicht auch eher Sir, der sich damit privat die Taschen füllen wollte –, und zudem wäre Murdoch wieder in die Jagdgesellschaft aufgenommen worden.

Jetzt mussten wir nur noch dreizehn Kilometer schwacher Deckung hinter uns bringen, und das mit einem Verletzten.

Und genau das taten wir, unglaublicherweise. Cloquet rief den Kontaktmann in Athen an, der (betrunken, so kam es mir vor) versprach, er würde eine »medizinische Person« schicken, die uns am Flughafenparkplatz treffen sollte. Walker trug Konstantinov, wir anderen wechselten uns darin ab, Cloquet huckepack zu nehmen. Aus einem verzeihlichen Rückfall in alte Zeiten heraus hatte er für den Fall, dass es etwas zu feiern gab, etwas Kokain dabei. Er schniefte davon, als er von Lucy zu Fergus wechselte, sah mich an und sagte: »Ich finde, wir sollten in die Karibik. Das Wasser dort ist wie flüssiger Topas.«

Wir erreichten den alten Bauernhof, holten Kleidung und

Pässe, taten für Konstantinov, was wir mit der minimalen Erste-Hilfe-Ausrüstung nur konnten. Cloquet fand sogar einen Bach in der Nähe, aus dem Konstantinov trank und trank und trank, als wir ihn dort hintrugen. Dann blieb uns nichts anderes übrig, als auf den Monduntergang zu warten. Als es so weit war, zog sich jeder von uns in stillschweigender Übereinkunft zwischen die Bäume zurück, und rings um uns wurde die Luft schwer und ungestüm, so als ob jeder von uns ein einzelnes, eng umgrenztes Gewitter wäre. Wir zogen uns an, und nachdem sich das Rätsel ihrer menschlichen Gestalt wieder vollzogen hatte (die Kanten der Knie und Ellbogen, die Beweglichkeit der Finger, die einzigartige Nacktheit der Gesichter), gingen Fergus und Lucy los, um die Lieferwagen zu holen.

Sechs Stunden später, nachdem Konstantinov von einem zweiundzwanzigjährigen Studenten, der trotz weißem Kittel und Stethoskop so aussah, als sollte er besser mit seiner Band in einer Garage üben, zusammengeflickt und mit Medikamenten versorgt worden war, nahmen wir Flug 34 der Aegean Airlines von Chania nach Heathrow, London, England, wo Madeline – und meine Tochter – auf uns warten sollten.

66

Konstantinov blieb achtundvierzig Stunden im Bett, wo er von Budarin gepflegt wurde, und verschwand dann spurlos und ohne ein Wort zu sagen oder eine Nachricht zu hinterlassen. Als wir ihn anriefen, ging er auch nicht ans Telefon.

»Natasha«, erklärte Walker. »Er muss wohl von ihr gehört haben.«

Es war gegen 22 Uhr am dritten Tag nach Kreta; Heiligabend. Wir waren in dem Haus, das Madeline für uns im Dart Valley in Devon gemietet hatte, ein großes, abseits gelegenes, feuchtes Gemäuer eine halbe Meile außerhalb von Dartmouth, auf einem Hügel voller Ginster und fedriger Kiefern gelegen, von dem aus man zwischen den Bäumen den Fluss sehen konnte. Es roch nach alten Betten, Schimmel und den Geistern von tausend Mahlzeiten. Wir hatten Glück gehabt, überhaupt noch etwas zu finden: Eine andere Anmietung zu Weihnachten war in letzter Minute gescheitert. Madeline, mit Zoë in einer neuen, leuchtend pinkfarbenen Babytrage, hatte uns am Flughafen abgeholt und bereits für Mietwagen gesorgt; mit dem ersten Schneefall waren wir nach Süden gefahren. Gegen Mitternacht lagen fünfundzwanzig Zentimeter Neuschnee, und gegen Morgen hätte man sich mit ein wenig Phantasie durchaus einbilden können, eingeschneit zu sein. Glücklich eingeschneit. Mit den Kindern. Mit dem Geliebten. Mit dem Rudel.

»Oder«, fügte Walker hinzu, »oder er ist verschwunden, um sich irgendwo umzubringen.«

Wir saßen im großen Wohnzimmer, in dem ein geschwätziges Feuer brannte. (In einem der Tagebücher stand: ›Hör dir genau das sanfte Plappern des Feuers an, das Knistern und Funken des Tourette-Syndroms. Hör genau hin: Das Feuer spricht in Zungen.‹ Nun, da ich unsere Kinder bei mir hatte, wurde Jakes Abwesenheit zum irreparablen Bruch, zum unumkehrbaren Verlust. Ich hatte Bilder vor Augen: die Zwillinge, fünf oder sechs Jahre alt, wie sie völlig verzückt irgendeiner unglaublichen Geschichte lauschen, die er sich ausgedacht hat, oder wie er ihnen Beweise für ihre Übeltaten unter die Nase reibt und sagt: »Und für was genau haltet Ihr das?« Oder die beiden, wie sie sich riskanterweise über ihn lustig machen, ganz knapp außerhalb seiner Reichweite, oder wie die beiden mit ihrem Vater händchenhaltend eine Straße entlanggehen, sich vollkommen sicher fühlen und nichts von irgendwelchen Gefahren wissen, weil er ja da ist und die Kraft und Hitze seiner Hände, und seine Existenz ist ihre Freiheit, sich an der Welt zu erfreuen, an der Sonne, der Stadt, an seinen Geschichten, am Mond ...) Die Hausbesitzer hatten alles für Weihnachten dekoriert, mit einem großen Weihnachtsbaum mit Lichtern und Lametta am Kaminsims und Ilex-Kränzen an den Türen. Die Zimmer blinkten und blitzten und erinnerten mich an meine Kindheit, was mir in der Seele weh tat, weil ich meinen Dad schon seit ewigen Zeiten nicht mehr gesehen hatte, so kam es mir vor, dabei waren es nur sechs Monate gewesen, und er hatte absolut keine Ahnung, was aus mir geworden war. Ob riskant oder nicht, im neuen Jahr würde ich nach Hause fahren und ihm seine Enkelkinder vorstellen. Erst mal nur als menschliche Wesen. Einen Schock nach dem anderen. Erst würde es ihn in Staunen versetzen, dann die Wunde wieder aufreißen, die der Tod meiner Mutter geschlagen hatte, dann erfreuen, dann mit Liebe erfüllen, wie Brandy einen Kuchen durchtränkt. Er würde sie die ganze Zeit über sehen wollen. Das würde alles nur noch komplizierter machen.

»Konstantinov sollte das Bett nicht verlassen«, meinte ich, »ganz zu schweigen davon, im Schnee herumzugeistern.«

»Tja, so ist Mike nun mal. Die russische Seele.«

Zoë und Lorcan schliefen nebeneinander in einer neuen (größeren) Wiege neben mir. (Entschuldbarer Wahnsinn, dass ich sie buchstäblich nicht aus den Augen lassen wollte. Zeitweilig entschuldbar. Aber wenn ich mir das nicht bald abgewöhnte, würde es zu Gift werden. Sie eng beieinander schlafen zu sehen, war sich endlos erneuernde Freude. Ich stand verzaubert da, war unaussprechlich glücklich, glücklich bis in die Fingernägel, Zähne, Bauch, Handflächen und Brüste. Dann ging ich, um die Vorhänge zuzuziehen oder noch einen Scheit ins Feuer zu legen, und wenn ich zurückkehrte, war da dieselbe Freude wieder von vorn, vollkommen erneuert, ganz neu und selbst überrascht. Die Schönheit eines bedeutungslosen Universums ist die Tatsache, dass du nicht kriegst, was du verdienst.) Fergus war zurück in London und ging profitabel verächtlich mit seinem Geld um, weil es dumm war. Lucy und Trish waren in der Küche und hatten die zweite Flasche Bordeaux halb geleert, Trish versuchte Lucy nicht nur das Rauchen beizubringen, sondern auch das Selberdrehen; sie hatte sie davon überzeugt, dass Zigaretten ihr keinen Schaden zufügen würden, solange kein Silber darin war. (›Wenn das Rauchen vollkommen harmlos wäre‹, hatte Jake geschrieben, ›dann würden alle rauchen.‹) Madeline war im oberen Badezimmer und bereitete sich langsam und ausgiebig vor: Cloquet wusste es noch nicht, aber in dieser Nacht würde sie ihn umfassend flachlegen. Gefährlich, das fanden alle, aber wir waren nach allem, was wir durchgemacht hatten, leichtsinnig und aufgedreht, und Madeline, wie ich wusste, hatte Mitleid mit ihm. »Und außerdem«, sagte sie, »hab ich noch nie mit einem Franzosen geschlafen.« Sie wollte kein Geld dafür nehmen. »Sei nicht albern. Ich hab's wahrscheinlich nötiger als er. Du hast ja gut reden mit deinem Liebesgeplänkel. Falls du es vergessen hast, hab ich auf deinen Nachwuchs aufgepasst, als ich, na du weißt schon was, hätte machen können.« Ja, das hatte sie. Sie hatte all das ermöglicht – und mir auch noch Walker zum Geschenk gemacht, ohne Wenn und Aber. »Hast du eigentlich eine Vorstellung davon, was für ein guter Mensch du bist?«, hatte ich sie gefragt. Es war ein merkwürdiger Augenblick gewesen. Wir waren allein in ihrem Zimmer, sie saß am Schminktisch, ich stand mit einer Tasse schwarzem Kaffee in der Hand am Fenster, in diesem besonderen Nachmittagslicht, das man nur bei Schnee bekommt. Ich hatte nicht beabsichtigt, es so ernst klingen zu lassen, aber mir war eingefallen, dass Jake geschrieben hatte, dass er sich wünschte, sie mehr geküsst zu haben, und gleichzeitig hatte ich eine Ahnung von einer jammervollen Zeit in ihrem Leben bekommen; sie war siebzehn, achtzehn gewesen, neu in London, verängstigt, verloren. Sie hatte eine große Lederjacke getragen, weil sie sich wie ein Freund anfühlte, den sie stets bei sich hatte. Sie war in falsche Situationen geraten. Dann hatte sie Leute kennengelernt und mit diesem ›Leben‹ angefangen. Bis zum Fluch hatte sie in ununterbrochener Einsamkeit und Angst gelebt. Ich hatte nicht beabsichtigt, es so ernst klingen zu lassen, aber das nun unverstockte Herz des Pharao war in seinen Aufwallungen unberechenbar. Madeline wollte es gerade abtun – »Ja, ja, Schwamm drüber« –, stellte aber fest, dass sie das nicht konnte, weil wir uns ansahen und sie wusste, dass ich es so meinte, und niemand hatte das jemals zu ihr gesagt und es auch gemeint, und plötzlich waren wir beide den

Tränen nah, und versuchten, sie wegzulachen, aber das machte es nur noch schlimmer, und wir beide vergossen lachend ein paar Tränen und wussten, wir konnten nichts anderes tun, als diesen Augenblick zu erleben und vergehen zu lassen. Irgendwann meinte Madeline: »Ist schon okay, weißt du, ich mach das nur noch, wenn ich auch will.« Dann lachte sie wieder und fügte hinzu: »Ich will eben nur immer. Ich kann's einfach nicht lassen.«

Ich hörte Cloquet oben in seinem Zimmer, wie er Jacques Brels »Amsterdam« summte und wohl darüber nachdachte, früh zu Bett zu gehen. Es machte mir Freude, an den erotischen Reichtum zu denken, der über seinen armen, vernachlässigten Körper kommen sollte. Und weil alle kleinen guten Gefühle mit dem einen großen verbunden waren, schaute ich mir wieder die Zwillinge an.

Walker kam zu mir und legte von hinten die Arme um mich. Wir hatten noch keinen Sex gehabt, waren aber kurz davor. Er hatte Angst zu versagen, trotz der deutlichen Erektionen, die er bekam, wenn wir uns küssten und berührten, und er wusste, es würde mental immer schwerer werden, je länger er wartete. »Als ob man auf einem Sprungturm steht«, hatte er vergangene Nacht zu mir gesagt, als wir herumalberten, und er war hart geworden, dann in Panik geraten und hatte sich zurückgezogen, und zwischen uns hatte sich Stille ausgebreitet.

Eine Weile standen wir stumm da und spürten, wie all die Neuheit uns aneinanderdrängte. Wir hatten Angst, dass wir jetzt, wo uns nichts davon abhalten konnte, zusammen zu sein, es vielleicht gar nicht mehr wollten. Wir wussten beide, dass ich mich zu Personen hingezogen fühlte, die größer waren als ich – klüger, tiefsinniger, angstfreier; Jake war der Letzte und Offenkundigste gewesen, aber dieses Muster ging weit zurück bis zu dem sehr bösen, dreckigen, schmutzigen kleinen Mädchen im College. Auch Richard hatte in dieses Schema gepasst, allerdings hatte ich Eitelkeit und redegewandten Zynismus mit Tiefgang verwechselt. Aber wie immer man auch Walker und mich betrachtete, diesmal war ich vorausgeeilt und wartete darauf, dass er mich einholte.

»Wie hast du das all die Monate allein ausgehalten?«, fragte er.

Madeline war natürlich ganz entbrannt, tat aber ihr Bestes, um nicht in die Quere zu kommen. Das war nicht ihre Schuld. Jemanden zu verwandeln, sorgte für eine unzuverlässige, psychische Nabelschnur. Sie war in ihm, sprunghaft, ob sie wollte oder nicht. Das war wohl der eigentliche Grund, warum sie beschlossen hatte, Cloquet das Liebesabenteuer seines Lebens zu geben: Damit ich so viel Freiraum mit Walker hatte wie nur möglich. Wie sehr Jake diese Frau unterschätzt hatte!

»Ich habe mich nie wirklich allein gefühlt. Ich habe immer gedacht … ich meine, da war ja noch der, der mich verwandelt hat.«

»Und dann Jake.«

»Ja.«

Und so fing es an: Er musste sich vergleichen, musste wissen, wer besser war. Das ärgerte mich unwillentlich. Zum einen, weil es die Unausweichlichkeit maskulinen Konkurrenzdenkens bewies, zum anderen, weil Jake besser war und tot und ich nicht mal seinen Geist hatte, um mit ihm zu reden.

Aber Jake hatte ja auch zweihundert Jahre Zeit gehabt, sich zu perfektionieren. Walker war erst vier Tage alt.

»Spürst du sie überhaupt?«, wollte Walker wissen und löste sich von mir. Auf dem Kaminsims stand ein Glas Laphroaig. Er nahm es, nippte, schmeckte, schluckte. »Die Toten, meine ich. Den Kerl, den wir …«

Den Kerl, den wir gefressen hatten. Das Opfer, das wir

uns geteilt hatten. Walkers erstes Fressen. Er spürte die ersten Zuckungen, auf diese Weise bewohnt zu werden. Aquarium für die ätherischen Fische. Du denkst, du hast schon alles gefühlt. Dann das. (Dieser Gedanke löste eine Art *Déjà-vu* aus, ein, zwei Sekunden – dann war es verschwunden. Die Haare auf meiner Haut erlebten einen kleinen elektrischen Augenblick.)

»Jake nicht, nein«, sagte ich. »Meine Mutter auch nicht. Die Opfer schon.«

Walker sah in sein Glas. »Das macht uns zum Nachleben«, bemerkte er.

Ich wusste, was ihn störte. Wenn die Toten, die wir fraßen, in uns gingen, dann mussten die Toten, die wir nicht fraßen, anderswo hingehen. Wenn es ein Anderswo gab, dann war alles möglich: Gott, ein Plan, Moral, Konsequenzen. Und in dem Fall …

»Ich glaube nicht, dass das so ist«, entgegnete ich. »Ich glaube, dass ihr Leben nicht nur vor ihrem geistigen Auge vorbeiblitzt, sondern auch vor unserem. Sie gehen ins Nichts, aber uns bleibt der Blitz, wie ein Schnappschuss, wie ein unglaublich detailliertes Echo, das in uns klingt, solange wir leben. Das sind nicht wirklich sie. Das ist, was sie waren. Ach, ich weiß nicht.«

»Der letzte Download.«

»Ja, vielleicht.«

»Du glaubst also nicht, dass da was ist?«

Ich erinnerte mich an die Gewissheit, die ich spürte, als ich an Delilah Snows Tod vorbei in die Leere schaute, die sie verschlungen hätte. Ich erinnerte mich an die Gewissheit des Nichts. Vergangene Nacht hatte ich in den tiefsten Nachtstunden ein Tagebuch begonnen. ›Wir sind allein in der Dunkelheit‹, hatte ich geschrieben, ›damit wir uns an den Händen halten und uns zum Trost Geschichten von Gut und Böse erzählen. Es funktioniert für eine Weile, für ein Leben lang, eine Zivilisation lang, vielleicht gar so lange, wie es die Spezies gibt. Aber man gebe sich keinen Illusionen hin: Der Dunkelheit ist das vollkommen gleichgültig. Die Dunkelheit verschluckt uns alle – gut und böse gleichermaßen – mit monolithischem Desinteresse.‹

Merkwürdiger Anfang angesichts der Tatsache, dass ich glücklich war, doch ich legte den Stift zufrieden beiseite.

»Mach dir keine Mühe, nach dem Sinn von alldem zu suchen«, sagte ich. »Es gibt keinen.«

Nicht gerade ein Gesprächsaphrodisiakum. Wir nahmen die Wiege der Zwillinge und schlossen uns Lucy und Trish in der Küche an, einem großen quadratischen Raum mit einem AGA-Herd, lila gefärbten Spots und Goldlametta auf der Anrichte. Trish und Lucy saßen am Esstisch, einer Eichentafel, die aussah, als habe man ein Relikt aus den Tagen des römischen Britanniens ausgegraben. Das Radio spielte leise Weihnachtslieder, im Augenblick gerade *Gloria in Excelsis*. Ich goss mir einen großen Gin ein. Zoë und Lorcan würden noch einige Tage keine Milch wollen (nur ab und an etwas Wasser). Wolf sagte mir immer wieder, ich solle mich in diesen Dingen nicht wie eine Idiotin anstellen, nichts, was mir nicht schade, könne ihnen schaden, aber noch war genug Mensch in mir, um die Feuer des Verfolgungswahns brennen zu lassen. Nicht, solange sie noch gestillt wurden. Noch ein paar Monate, so das Internet, auch wenn Google offensichtlich von Babys ausging, die sich nicht einmal im Monat in Ungeheuer verwandelten und lebendes Fleisch und Blut verschlangen.

»Ich kapier immer noch nicht, wie einfach das war«, meinte Trish. »Ich verstehe überhaupt nicht, warum wir das nicht von Anfang an auf dem Plan hatten. Das war doch ein Haufen Schwächlinge.« Trish war, wie immer in menschlicher Form, voller kompakter Energie. Die grünen Augen waren ihr hervorstechendstes Merkmal, dazu noch ein wenig punkerinnenhaft betont durch die kunstvoll ausgefransten dunkelroten Haare. Sie konnte jeden unter den Tisch saufen, wie Fergus tapfer einräumen musste.

»Ja, aber ohne den mysteriösen Marco wären wir in Schwierigkeiten geraten«, entgegnete Lucy.

Wir waren das Ganze schon unzählige Male durchgegangen. Wer immer dieser ›Marco‹ auch war, er hatte Macht über die Vampire. Die bewaffneten Flattermänner hatten die Waffen wie auf ein Stichwort hin fallen lassen. ›Remshi‹ – zweifellos ein Betrüger – hatte seine Ohrfeige hingenommen wie ein Trottel. Jacqueline war zurückgewichen. Selbst Mia war offenbar durch seinen Willen wieder zu Boden geholt worden.

»Muss wohl ein hohes Tier sein«, erklärte Walker. »Eine andere Erklärung gibt es nicht.«

»Es sei denn, *er* war Remshi«, meinte Lucy, aber jedes Mal, wenn wir uns darüber unterhielten, sagte das früher oder später immer einer von uns. Die Möglichkeit fanden wir aufregend (ausgenommen Walker). ›Da ist etwas‹, hatte Mia gesagt. ›Etwas sehr Altes. Ich weiß nicht.‹ Natürlich konnte sie das spüren, und da Jacquelines falscher Remshi als dessen Quelle ausgegeben wurde, hatte Mia angenommen, dass diese Wirkung von ihm ausging. Aber ›Marco‹ war auch als einer der Schüler dort gewesen. Es hätte genauso gut von ihm kommen können. Ich hatte es selbst gespürt, diese Nähe einer Vergangenheit, die weit weg hätte sein müssen, diese erschreckende temporale Verdichtung. Dann war da noch die Geruchlosigkeit und die Art, wie Marco über das Buch sprach.

Und dann war da dieser Blick, den er mir zugeworfen hatte, ein Blick tiefsten Erkennens.

»Diese Olivia hat mir leidgetan«, sagte Trish. »Man konnte sehen, dass sie das Ganze glaubte.«

»Na, wenigstens wissen wir, dass sie nicht bei Tageslicht

herumspazieren können«, meinte Lucy. »Jedenfalls noch nicht.«

Offensichtlich war der Angriff auf das Labor des Projekts Helios in Peking Werk der Schüler gewesen. Sie hatten eine fehlerhafte Rezeptur entwendet und sie willigen Gläubigen als das ultimative Remshi-Marketing-Produkt verabreicht. Die Empfänger wurden dem öffentlichen Blick entzogen (Jacqueline und ihrem Marionetten-Messias zufolge waren sie draußen in der Welt und genossen die neue Tageslichtfreiheit), beobachtet und umgebracht, sobald sich ernsthafte Nebenwirkungen zeigten. Zu dem Zeitpunkt standen die Anhänger bereits Schlange, um die Gabe zu empfangen. Kein Wunder, dass die Fünfzig Familien dem ein Ende hatten bereiten wollen: Gegen eine Gruppe, die ihren Mitgliedern die Befreiung vom Nachtzwang versprach, gab es keine Konkurrenz. Jacquelines Spiel lautete, die Rezeptur weiter zu verbessern, bevor der Haken mit den Nebenwirkungen bekannt wurde; bis dahin würde ihre Position als Gattin des magischen Königs über jeden Zweifel hinaus gefestigt sein. Darüber hinaus wäre die Gabe auch keine Gabe mehr, sondern die Belohnung, die man nur durch völlige und unbegrenzte Unterwerfung unter den königlichen Willen erlangte. Die alte Oligarchie der Flattermänner würde einer neuen Monarchie weichen müssen. Das musste man Jaqueline lassen, wie Walker bemerkt hatte: Sie dachte nicht klein.

»Ich würde gern wissen, wie das fehlende Verb lautet«, meinte Lucy.

Walker nicht, das wusste ich.

»Was immer es auch ist«, sagte Trish, »es ist wichtig genug, dass einer ihrer eigenen Priester dran glauben musste, als er es herausfand.«

»Etwas Blasphemisches«, riet Lucy.

Walker schenkte sich nach.

»Vergiss es«, winkte ich ab. »Hauptsache ist doch, dass wir alle heil davongekommen sind.«

»Darauf trinke ich«, erklärte Trish und schenkte Lucy und sich Bordeaux nach.

»Cheers.«

»Sláinte!«

»Stin iya mas«, sagte Walker – und im selben Augenblick klingelte sein Handy.

Er besah sich die Nummer. »Oh Scheiße«, sagte er. »Mike.«

67

Walker hatte es gewusst; ich auch, und zwar seit dem Augenblick, als Jacqueline erklärt hatte, Natasha sei frei, wenn auch nicht mehr die Frau, die sie gewesen sei, als sie zu ihnen gekommen sei. Typisch Madame, sie ihrem Liebhaber als das zurückzugeben, was er auf keinen Fall wollte.

Sie hatte die beiden unterschätzt. Sie hatte die Liebe unterschätzt.

»Talulla Demetriou, Natasha Alexandrova«, stellte uns Mike vor. »Zweifellos das merkwürdigste Paar, das ich jemals miteinander bekannt gemacht habe.«

Der für beide Seiten abstoßende Geruch war ein absurdes Problem für jeden von uns, wenn es auch wegen der Zeit in der engen Behausung mit Caleb für mich weniger schlimm war. Ich trat vor, Natasha und ich gaben uns die Hand, und wir beide unterdrückten den Reflex, uns nicht die Nasen zuzuhalten. Sie lächelte. »Es mag nicht so aussehen«, sagte sie mit einem leichtesten Hauch von russischem Akzent, »aber es ist mir eine Ehre, Sie kennenzulernen. Mikhail hat mir gesagt, dass Sie ihm eine gute Freundin gewesen sind. Ich stehe in Ihrer Schuld.«

Wir standen im Hintergarten des Hauses, in dem nun fünfundvierzig Zentimeter Schnee lagen. Natasha und Konstantinov würden nie wieder die Kälte spüren. ›Nicht viele schaffen es länger als tausend Jahre.‹ Diese beiden mochten es vielleicht schaffen.

Trish und Lucy, jede mit einem in eine Decke gewickelten, hellwachen Zwilling auf dem Arm, standen in der Tür zum Wintergarten und sahen zu. Plötzlich tauchte Madeline in einem kurzen seidenen Morgenrock über weißen Dessous hinter ihnen auf. Sie sah aus wie die Pornoversion des Weihnachtsengels. »Himmel, riecht denn sonst keiner die – oh. Ach, herrje. Okay. Shit.«

»Ich wollte nur sagen«, setzte Konstantinov an, »ich habe mich dazu entschieden. Es gibt keine andere Wahl.«

Er war natürlich ein wenig blasser, aber abgesehen davon bei bester Gesundheit. Er hatte sich die Krankenbettstoppeln abrasiert, und in dem glatten Gesicht waren seine strahlenden schwarzen Augen aufpolierte Juwelen. Nach dem Aussehen allein zu urteilen, hätten Natasha und er Geschwister sein können. Ihre Liebe hatte auch einen Hauch von erregend inzestuöser Klaustrophobie. Es war nicht ihr Vampirdasein, warum diese beiden allen Gesetzen gegenüber transzendent gleichgültig waren, es war die Liebe. Neben ihrer Liebe war das Vampirdasein winzig.

»Ich freue mich für euch«, erklärte ich. »Wirklich. Ich schulde euch so viel. Könnt ihr … wollt ihr reinkommen?«

Angespannte Stille, dann mussten wir alle lachen.

»Wir müssen noch weiter«, sagte Konstantinov. »Ich wollte nur, dass ihr Natasha kennenlernt, und ich wollte mich entschuldigen, dass ich einfach so klammheimlich verschwunden bin.«

Er war gekommen, um Walker zu sehen, das wusste ich. Und plötzlich gab es zwischen beiden keine Worte mehr.

Konstantinov streckte die Hand aus. Walker nahm sie, und nach einer Pause, in der ich erst spät bemerkte, dass das Himmel riesig und klar und voller Sterne war, umarmte er ihn.

68

In der vollkommenen Schneestarre und Nachtstille, lange nachdem Madeline Cloquet und sich bis zur Erschöpfung getrieben hatte und Lucy und Trish mit nuschligen Stimmen Gute Nacht gewünscht hatten und zu Bett gegangen waren, wo sie der Schlaf wie ein Stein niederschlug, lange nachdem Walker und ich (mit Hilfe von Whiskey und Gin und dem Schock von Konstantinovs Verwandlung) überstürzten Sex hatten – einfach nur um zu beweisen, dass wir es noch immer konnten und er nicht endgültig ruiniert worden war – und er, von der Erleichterung übermannt, in Schlaf fiel, lange nach all dem lagen die Zwillinge und ich noch wach und unruhig da.

Eine Weile kämpfte ich dagegen an, versuchte ein halbes Dutzend Varianten der Schäfchen-Zählmethode, doch schließlich stand ich auf, zog mich leise an und sagte mir, dass es sich wohl um verzögerten Schock handeln müsse: Drei Monate lang war mein Leben auf ein einziges Ziel ausgerichtet gewesen. Ein Schreckensziel, ja, aber es hatte mir alle anderen Fragen und Unsicherheiten, alles Unbehagen, alle Mehrdeutigkeit und Angst genommen. Damit war es nun vorbei. Die Welt war wieder weit offen, und die verwirrende Tatsache, vierhundert Jahre in ihr zu leben – Kinder, die erzogen werden mussten, Feinde, gegen die man sich zur Wehr setzen musste –, meldete sich wieder. Vierhundert Jahre. Nicht zu fassen. Man tastete sich durch NASA und das

Genom-Projekt und irgendwelche Spezialeffekte hindurch, aber es war sinnlos. Es würde Erschütterungen geben, Revolutionen, Dinge von grauenvoller Einzigartigkeit, Dinge, die einem wie Wunder oder Zauberei vorkämen, wenn man sie jetzt sehen würde. Ich hatte den Schwindel vergessen, der mich überkam, wenn ich darüber nachdachte. Das war es, was mich wachhielt, sagte ich mir, dieses sich ewig ausdehnende Potential meines Zustands.

›Nein, das ist es nicht‹, sagte Wolf.

Zoë und Lorcan blinzelten mich in der Dunkelheit an. Ich sah zurück. Freude. Freude ist kreisförmig. Da ist die Freude. Dann die Ungläubigkeit, die dir sagt, du träumst nur. Dann die mentale Pause, der Schritt zurück, der dem Universum die Chance gibt, dich wachzurütteln. Dann die Rückkehr, um nachzuschauen, ob die Freude noch immer da ist – und dann wieder die Freude, irrsinnig wirklich und unverdientermaßen ganz deins.

Ich nahm die Kinderwiege und mein frisch begonnenes Tagebuch und schlich mich nach unten.

Das Feuer im Kamin war ausgegangen, aber der AGA-Herd in der Küche gab noch Wärme ab, also schob ich zwei Stühle davor, stellte die Zwillinge auf den Boden neben mir ab, legte die Füße hoch und las den Abschnitt, den ich neulich geschrieben hatte.

›Man tötet aus zwei Gründen‹, hatte ich geschrieben. ›Erstens, weil es um Töten oder Sterben geht. Zweitens, weil es sich gut anfühlt. Im Appellationsgericht der Menschen bringt dir der erste Grund vielleicht Strafmilderung ein. Der zweite bringt dir eine Silberkugel ein.‹

In der Flasche Hendricks waren noch ein paar Schlucke. Ich gab mich gar nicht erst mit einem Glas ab.

›Wirst du zum Werwolf, brichst du mit der Menschheit. Oder die Menschheit mit dir. Du kannst der Menschheit nicht die Schuld dafür geben. Du kannst nicht erwarten, dass dich jemand einfach weiter liebt, wenn er weiß, dass du ihn töten und fressen wirst. Unglücklicherweise gibt es hier keinen sauberen Schnitt. Tatsächlich ist das der unsauberste Bruch, den man sich denken kann. Man lebt weiter gemeinsam. Man hat noch immer Sex. Man hat die Erinnerungen. Man spürt, manchmal, noch immer die Liebe. Aber früher oder später verdirbt einer von beiden alles. Die Menschheit ruiniert alles, indem sie dich daran erinnert, dass du eine Mörderin bist, oder du ruinierst alles, indem du jemanden umbringst. Das sollte es dann gewesen sein mit dir und der Menschheit, ein letzter Tausch von Plastiktüten, vielen Dank, verdammt, und tschüss. Aber nein. Es geht so weiter, das Zusammenleben, der Sex, die Erinnerungen, der Geist der Liebe –‹

»Höchste Zeit, Jake nicht immer alles zu glauben«, sagte Marco. »Gott allein weiß, was Jake wohl davon halten würde, dich um diese Uhrzeit Gin trinken zu sehen.«

Ich erschrak derart heftig, dass ich beinahe vom Stuhl gefallen wäre – dann sprang ich auf und stellte mich zwischen ihn und die Zwillinge.

Er hatte sich nicht gerührt, nur eine Handfläche gehoben. Er sah noch genauso aus wie im Kloster, hatte aber offenbar geduscht und sich die Haare gewaschen. Da war dieses dunkeläugige Gesicht schimpansenhafter Schalkhaftigkeit, die geruchlose Schwingung müder Amüsiertheit und unerschöpflicher Energie. Er saß mir direkt gegenüber auf einer der Arbeitsflächen und hatte die Knöchel übereinandergelegt. Mein Körper reagierte noch: Achselhöhlen, Kopfhaut, Blase, alles war von Adrenalin durchschossen und blutvoll. Keine blanke Angst, auch wenn Angst den Hauptgeruch stellte. Aufregung, Furcht, so etwas wie Erkennen.

»Was willst du?«, fragte ich.

»Ich will dir und deinen Kindern oder sonst jemandem hier im Haus nichts tun«, beschwichtigte er, »es sei denn, ich werde ungeheuer provoziert. Ich dachte, wir unterhalten uns mal.« Er zog eine Schachtel American Spirits und ein Messing-Zippo aus der Tasche, zündete sich eine Zigarette an, nahm genussvoll einen Zug. »Ich schätze, du hast Fragen.« Er bemerkte, wie ich ein Auge auf die Wiege warf. »Ehrlich, ich verspreche es, ihr seid vollkommen sicher. Und die Knirpse auch.«

»Wer bist du?«

»Direkt drauflos, kein Vorgeplänkel. Gefällt mir. Wer bin ich? Ich schätze, die Antwort weißt du schon.«

»Remshi?«

»Du sagst es.«

»Was?«

»Verrate mir doch mal eins: Glaubst du immer noch, das Universum ist ein bedeutungsloser Zwischenfall?«

»Was?«

»Ich dachte dabei an Namen, weißt du. Dein eigener, zum Beispiel. Talulla Mary Apollonia Demetriou. ›Talulla‹ ist, wie du weißt, die anglisierte Form des gälischen Namens ›Tuilelaith‹, der sich wiederum zusammensetzt aus den Komponenten ›tuile‹, also ›Überfluss‹, und ›flaith‹, was so viel wie ›Lady‹ oder ›Prinzessin‹ bedeutet. Man könnte es allgemein auch mit ›wohlhabende Dame‹ übersetzen. Dann wäre da ›Mary‹, also eine Anspielung auf eine wundersame Geburt – es muss dir ja wohl ziemlich wundersam vorgekommen sein, als du festgestellt hast, dass du schwanger bist – ›Apollonia‹ ist die weibliche Form von ›Apollonios‹, das wiederum heißt ›Zerstörer‹, und um dem Ganzen die Krone aufzusetzen, ›Demetriou‹, dessen Wurzel ›Demeter‹ ist, die Göttin der Fruchtbarkeit. Hier haben wir also eine wohlhabende Dame mit einer Geschichte wundersamer Fertilität, die zudem, einmal im Monat, eine Zerstörerin ist.«

»Halt. Stopp. Was willst du?«

»Das habe ich doch schon beantwortet: Mich mit dir unterhalten. Aber wir sind ja noch nicht fertig, oder? Schauen wir uns nur mal die Kinder an: ›Zoë‹, griechisch, heißt ›Leben‹, und ›Lorcan‹ – das gefällt mir ja am besten – leitet sich vom irisch-gälischen ›lorcc‹ ab, ›wild‹, dazu ein Verkleinerungs-Suffix, woraus sich ›kleiner Wilder‹ ergibt, und praktisch das Erste, was er getan hat, als er auf die Welt kam, war, jemanden zu beißen!«

»Woher weißt du das alles? Warst du dabei?«

»Nach zwanzigtausend Jahren sollte man meinen, man hat schon alles gesehen.«

Als er dies sagte, hatte ich das Gefühl, er würde direkt hinter mir stehen. Sein Atem strich mir übers Ohr, dabei konnte ich ihn immer noch vor mir sitzen sehen. Der physische Eindruck stimmte aber. Ich konnte nicht anders, ich musste mich ganz schnell umdrehen.

»Tut mir leid«, sagte Marco. »Schau, ich bin hier und sitze still. Ich sollte mich nicht ohne deine Erlaubnis rühren. Keine nervenden Scherze mehr.«

Im Kloster hatte ich das Gefühl gehabt, seine Stimme schon einmal gehört zu haben. ›Zwanzigtausend Jahre, da sollte man meinen, man hat schon alles gesehen.‹ Das hatte ich schon mal gehört. In jener Nacht in Alaska, direkt hinter meinem Ohr. Zwanzigtausend Jahre. Das war unmöglich. Es sei denn natürlich, es war nicht unmöglich.

»Oben wird jemand wach«, bemerkte er. »Es wird unruhig werden, falls noch jemand herunterkommt.«

Lucy ging auf unsicheren Beinen barfuß ins Bad. Wir hörten, wie sie Wasser ließ. Eine absurde Pause.

Als Lucy wieder ihre Tür zugemacht hatte, fragte ich: »Du bist ein Vampir, richtig?«

»Der Vampir, könnte man sagen.«

»Du riechst nicht.«

»Nicht im Augenblick.«

»Im Augenblick?«

»Das ist eine lange Geschichte. Ist das wirklich die, die du hören willst?«

»Hast du das Buch Remshi geschrieben?«

»Ja.«

»Wann?«

»Als Papyrus noch was ganz Neues war.«

Wieder diese schwindelerregende Verdichtung, die uralte Vergangenheit, die hier in die Küche gezerrt wurde. Die unvorstellbare Geschichte der Berührung durch die wunderschönen Hände. Ich erhaschte kurze Blicke: ein kleiner Becher aus Lapislazuli; ein verzierter, von der Sonne durchwärmter Ledersattel; eine eingeölte Männerschulter, Haut von der Farbe einfacher Schokolade. ›Ich kann nicht‹, dachte ich. ›Ich kann nicht.‹ Ich wusste nicht, was es war, dass ich nicht konnte. Ich war aufgeregt und mir war schlecht.

»In Ägypten?«

»Ich war nicht in Ägypten, als ich es schrieb. Ich war in China.«

»Und du hast geschlafen?«

»Ja, aber ich bin schon seit einiger Zeit vor deiner Geburt wieder wach. Jake und du seid an meinem Haus in Big Sur vorbeigefahren.«

»Was?«

»Muster finden sich überall. Geschichten. Das ist mein Fluch.«

»Warte. Bitte. Eins nach dem anderen.«

»Entschuldigung. Also los.«

Ich sah nach den Zwillingen. Sie waren eingeschlafen, Zoë hatte einen Arm über ihren Bruder gelegt. Ein distanzierter Teil von mir war sich bewusst, dass ich Angst hätte haben sollen, dass ich Pläne schmieden und herausfinden müsse, ob ich an etwas Scharfes, Hölzernes kommen könnte. Ich war mir dessen bewusst, steckte aber in einem Zustand lähmend kranker Aufregung fest, war voller nutzloser Energie.

»Hast du Antworten?«, fragte ich. »Hat das alles etwas zu bedeuten?«

»Ich habe die Antwort, welches Verb fehlt.«

»Also nein.«

»Gott segne Manhattan dafür, die ungeduldigsten Menschen der Welt hervorzubringen! New Yorker Ungeduld spart der Welt Jahrzehnte, die ansonsten damit vergeudet werden, nicht auf den Punkt zu kommen.«

»Hör mal, wenn du wirklich-«

»Schsch! Das ist Walker.«

Schritte oben. Walker rief: »Talulla?«

Der Vampir war leise aufgestanden. »Ich muss los. Bringt keinem von uns etwas, wenn er herunterkommt, und ich bin hier.«

»Warum sagst du das?«

»Ich glaube, das weißt du.«

»Nein, weiß ich nicht.«

»Er hat das fehlende Verb erraten.«

Und mit plötzlich peinlicher Berührtheit, wie ein irrer Sturz einer Achterbahn, hatte ich es ebenfalls.

»*Vor klez mych va gargim din gammou-jhi.* ›Wenn er das Blut des Werwolfs trinkt.‹ Es heißt nicht *mych.* Hat es noch nie geheißen. Es heißt *fanim.* Gegenwartsform des unschuldigen kleinen Verbs *fan,* ›verbinden‹. *Vor klez fanim va gargim din gammou-jhi.* ›Wenn er sich mit dem Blut des Werwolfs verbindet.‹ Wir sehen uns ein andermal wieder.«

Walker war auf den Beinen und bewegte sich zielstrebig. Ich sah, was er sah: Ich war weg, und die Kinder auch. Ich konnte spürten, wie er ahnte, dass das Haus ein Geheimnis barg. Ich sah zu den Zwillingen hinab. Die beiden schlugen gleichzeitig die Augen auf.

»Du hast mir noch gar nichts erzählt«, sagte ich und blickte auf – aber ich redete nur mit mir selbst. Der Vampir war verschwunden.

EPILOG

Talulla Victrix

»Ich hab dir doch schon gesagt, Daddy, das ist alter Familienreichtum«, sage ich leise. »Die Familie seines Vaters stammt ursprünglich aus England. Mikroelektronik, davor Stahl, davor Kohle, davor Baumwolle, davor Kautschuk. So die offizielle Familiengeschichte, aber wenn du Walker fragst, wird er dir sagen, dass alles in Wahrheit damit angefangen hat, indisches Opium an die Chinesen zu verscherbeln.«

»Ach herrje, das werde ich ihn bestimmt nicht fragen.«

»Na, dann hör auf, mich damit zu löchern, okay?«

Wir haben es uns auf Liegen am Pool einer Luxusvilla im Napa Valley bequem gemacht, gleich nördlich von Calistoga (südlich des Robert Louis Stevenson State Park – Jake hätte das gefallen); es ist ein heißer, statisch aufgeladener, wolkenloser Tag Mitte August. Sonne auf dem Wasser. Der Geruch von sauberem Beton, Lavendel, Fichten. Wir trinken; ich habe einen Hendricks mit Limone auf Eis, Daddy einen Bushmill's mit Soda. Zoë und Lorcan sitzen in einem großen, überschatteten Laufstall, Zoë konzentriert sich stirnrunzelnd und schiebt verschiedene gelbe geometrische Klötze durch die dazu passenden Löcher in einer roten Kugel, Lorcan sitzt im Schneidersitz und lutscht kleckernd an einem Schnitz Mango. In zwei Monaten feiern sie ihren ersten Geburtstag.

Walker ist im Haus und holt Tacos und Salsa, denn wir

befinden uns genau zwischen den Zyklen und essen wie ganz normale Menschen. Ich habe einen Kalender darum herum ausgeklügelt, damit wir wissen, wann mein Dad uns besuchen kann.

»Hör mal, du kannst doch nicht erwarten, dass ich das einfach so hinnehme … Du kannst doch nicht erwarten, dass ich nicht neugierig bin.«

»Ich weiß, Dad. Schon kapiert. Aber das geht jetzt schon seit Monaten so. Du kleckerst, du kleckerst – warte.« Er kann nicht aufhören, mit der Liege herumzuspielen, doch sein letzter Umbau hat ihn den halben Drink gekostet. »Warte. Lass mich. Gut. Okay?«

Cloquet habe ich auf eine einmonatige All-Inclusive-Karibikkreuzfahrt geschickt. (»Du brauchst mich nicht mehr«, hatte er nach Kreta gesagt, als offenkundig war, dass Walker mehr war als nur ein Abenteuer. »Ich suche mir was anderes. Schon in Ordnung. Ich habe verstanden.« »Blödsinn«, hatte ich erwidert, und mein unverstocktes Pharaonenherz war in sentimentale Verwirrung geraten. »Geh, wenn du willst, aber nicht, weil du denkst, ich brauche dich nicht. Ich werde dich immer brauchen. Immer.« Ich legte meine Arme um ihn. Wir weinten beide. Es war lächerlich. Also blieb er bei mir. Praktisch hat sich eigentlich nicht viel geändert: Walker und ich leben nicht zusammen, und wir sind, mal abgesehen von Vögeln Töten Fressen, auch nicht sexuell monogam, auch wenn mir es miteinander erheblich öfter tun als mit anderen. Cloquets Rolle ist also im Grunde dieselbe geblieben, Vertrauter, Logistiker, Babysitter, Freund. Die Kinder himmeln ihn an.) Madeline (die mir erzählt hatte, dass der Sex mit Cloquet »um ehrlich zu sein, verfickt gut« war und die ab und zu auftaucht, ihn um den Verstand vögelt und wieder verschwindet), wird ihm in Barbuda ›über den Weg laufen.‹ Geplant, natürlich.

»Ich weiß nicht, warum du überhaupt so von Geld besessen bist«, sage ich zu meinem Dad. »Freu dich doch einfach nur, dass wir es haben.« Da Jakes finanzielle Geschichte recht knapp war, habe ich sie zu Walkers gemacht. Meinem Mann. Dem Vater meiner Kinder. Lügen, Lügen und noch mehr Lügen, aber der alte Herr braucht ein sicheres, gefahrloses und vernünftiges Bild. Vor allem nach dem Schock, als ich ihn vor acht Monaten mit Zwillingsenkeln überfallen habe. »Als wir genug hatten, hast du dir um Geld Sorgen gemacht«, fahre ich fort. »Jetzt haben wir mehr als genug, und du machst dir immer noch Sorgen. Das ist deprimierend.«

»Schon gut, schon gut, in Ordnung. Himmel. Hast du wenigstens einen Ehevertrag geschlossen?«

»Dad, um Himmels willen, ja. Ja. Lassen wir uns scheiden, kriege ich einen Haufen. Glaub mir, mehr, als ich jemals brauchen werde.«

Walker, braun, schlank, wolfsfit, kommt in Bermudas aus dem Haus und trägt Tacos und Salsa auf einem Tablett zu uns. »Nikolai, sieht ganz so aus, als müsste ich dein Glas auffüllen. Gib mal her.«

Die Verwunderung meines Dads über Walkers angebliches Vermögen schließt immer wieder seine grundlegenden gesellschaftlichen Umgangsformen kurz, und dann sitzt er da wie jetzt und gafft ihn an, so als würde er damit rechnen, dass ihm die Fünfziger und Hunderter aus dem Kopf sprießen.

»Dad!«, sage ich. »Möchtest du noch einen Drink?«

»Was? Oh, sicher, sicher. Danke, Robert.«

»Miss D?«

»Ach zum Teufel, klar.«

Der Nachmittag schmilzt in Hitze, Sonne, Alkohol und zunehmend offener und freier Unterhaltung dahin. Der Satz, den ich in der letzten Nacht in mein Tagebuch geschrieben habe, nagt an meinem Hirn: ›Talulla Demetriou, du warst ein sehr (Pause) böses (Pause) Mädchen.‹ Mein

Dad, leicht angesäuselt, kocht: Lamm mit rotem und grünem Paprika in einer kräftigen Tomatensauce – *arni kokkinisto* – mein Lieblingsessen seit Kindertagen. Sein leicht dickbäuchiges, grauhaariges, langwimpriges Profil zu sehen, wie er mit einem Hemdzipfel aus der Hose am Ofen steht und kocht, seelenruhig wie Gott, bereitet mir tiefstes Vergnügen. Es ist riskant, Kontakt zu ihm zu haben. Die WOKOP (oder SLOW COP, wir wir sie jetzt nennen) weiß seit neuestem von der Existenz einer neuen Generation von Werwölfen (nach letzten Zählungen mehr als fünfzig: Fergus hat das mit dem Knutschfleck herausgefunden, und irgendwo da draußen rennt Devaz Amok), und das Projekt Helios ist weiterhin damit beschäftigt, das Rätsel der Tageslichtunempfindlichkeit des lykanthropischen Gens zu entschlüsseln. Beide Organisationen könnten mich über meinen alten Herrn aufspüren. Aber ich weiß, wenn ich ihn vor die Wahl stellen würde, dann würde er mich und die Kinder sehen wollen. Also habe ich diese Wahl für ihn getroffen. Wir müssen einfach nur vorsichtig sein. Sehr vorsichtig. Jacqueline Delon hat Gerüchten zufolge den Angriff auf das Kloster überlebt, doch nachdem die Fünfzig Familien einen Preis auf ihren Kopf ausgesetzt haben, ist sie sehr vorsichtig in der Wahl ihrer Freunde. Mia hat sich nicht blicken lassen, aber ich weiß, dass sie schon ganz nah war. Die Schwesternschaft verrät mir, dass sie es nicht über sich bringt, die Frau zu ermorden, die ihr und ihrem Sohn das Leben gerettet hat. Wolf sagt, sie verhöhnt mich zum Spaß. Etwas zwischen Schwesternschaft und Wolf sagt mir, dass im Augenblick wohl die Faszination größer ist als die Rachegelüste. Der Tod von einem von uns beiden wäre eine Verarmung für die andere, die Subtraktion eines bitteren, aber unwiderstehlichen Zaubers.

Nach dem Essen nimmt Walker die Kinder mit nach oben ins Bad (sie lassen mich nicht aus den Augen, es sei denn

Cloquet oder Walker sind bei ihnen; wenn das neurotisch ist, fein, dann bin ich eben neurotisch), und mein Dad schläft im Sessel vor dem Fernseher ein. Ich gehe mit einem neuen Drink nach draußen, um eine Zigarette zu rauchen. Darauf warte ich schon den ganzen Tag, aber ich kann nicht vor den Augen meines Dads rauchen. Krebs; meine Mutter; Sakrileg.

Barfuß und nach zwei Zügen selig, spaziere ich am Pool vorbei über den Rasen zum Tor hinaus, das auf einen Weg geht, der ein kleines Stück den Hügel hinauf zwischen den Kiefern zur Straße führt. Die Sonne ist untergegangen, die Luft ist blaugolden, weich, warm. Ein paar Meter entfernt schwirrt eine Wolke Mücken in scheinbar zielloser Raserei.

›Wir sehen uns ein andermal wieder.‹

Das war vor acht Monaten, aber seitdem habe ich ihn nicht gesehen.

Ich kann nicht so tun, als wäre ich nicht ein wenig enttäuscht.

Vor klez fanim va gargim din gammou-jhi. ›Wenn er sich mit dem Blut des Werwolfs verbindet.‹ Wenn er sich verbindet. Wie in … verbinden. Aber was Gott verbunden hat, das darf der Mensch nicht trennen …

Ich hätte es Walker in jener Nacht beinahe nicht gesagt. Die fünf Minuten der völlig surrealen Unterhaltung mit einem Vampir in der Küche hatten sich angefühlt wie eine unheilige Untreue. Aber ich habe es ihm gesagt. Zumindest diesmal hatte ich die Gnade, das Richtige zu tun. Zitternd und mit rotem Gesicht platzte ich mit der ganzen Geschichte heraus. Wenn ich das nicht getan hätte, wäre aus dem Geheimnis schnell Verachtung geworden. So etwas passiert, wenn man vor jemandem, den man liebt, ein Geheimnis hat: Man fängt an, den anderen dafür zu hassen, dass er es einem erlaubt, sich selbst die eigene Bereitschaft zu beweisen, ihn betrügen zu können.

Ich erzählte es ihm, aber das Gefühl der Untreue ist nicht ganz verschwunden. Bis heute nicht.

Ich rauche zu Ende und kehre zum Pool zurück. Die Gerüche auf der Terrasse sind freundlich: Chlor; sauberer Stein; Sonnencreme; Lavendel. Drinnen im Haus kann ich einen Basketballkommentator hören.

›Wir sehen uns ein andermal wieder.‹

Acht Monate. Zwanzigtausend Jahre.

Ich kann nicht so tun, als würde nicht ein Teil von mir noch immer warten.

Im Haus entdecke ich, dass Walker in Unterwäsche auf meinem Bett eingeschlafen ist, ein Zwilling schlummert in jeder seiner Armbeuge. Ich decke sie zu und schalte das Licht aus. Sie werden schon nicht aus dem Bett fallen. Er wird sie nicht erdrücken. Artengewissheit. Artenschwerkraft.

Im Wohnzimmer schnarcht mein Dad mit offenem Mund im Fernsehsessel. Ich decke ihn zu, schalte den Fernseher stumm und stelle ihm ein Glas Wasser auf den Beistelltisch neben ihm, damit er etwas zu trinken hat, wenn er ausgedörrt aufwacht. Ich selbst sollte müde sein nach all dem Alkohol und dem Essen, aber ich bin nicht müde. Ich bin wach, ruhelos, komme mir irgendwie beraubt vor. Mir geht auf, dass ich mir zum ersten Mal seit langem keine Sorgen mache.

Ich hätte nicht gedacht, dass sich Frieden so anfühlt.

Es wird natürlich nicht lang anhalten.

Danksagung

Mein Dank gilt allen bei Canongate in Großbritannien, Knopf in den USA und Text Publishing in Australien, vor allem Francis Bickmore, Jamie Byng, Jenny Todd, Norah Perkins, Lorraine McCann, Angela Robertson, Cate Cannon, Jaz Lacey-Campbell, Polly Collingridge, Andrea Joyce, Morven Dooner, Marty Asher, Sonny Mehta, Diana Coglianese, Kim Thornton, Ruth Liebmann, Peter Mendelsund, Mandy Brett und Jane Novak. Wieder stehe ich in der Schuld meiner herausragenden Agenten Jonny Geller in London und Jane Gelfman in New York, ebenso bei meinen Freunden und meiner Familie, ohne deren Unterstützung und gelegentlichen heilsamen Spott ich wohl schon längst den Verstand verloren hätte. Es handelt sich um Louise Maker, Mark Duncan, Marina Hardiman, Stephen Coates, Nicola Stewart, Jon Field, Vicky Hutchinson, Pete Sollett, Eva Vives, Andrea Freeman, Glen und Dave Teasdale, Bryn und Sally Teasdale, Sarah Forest, Ben Ball, Paige Simpson, Alice Naylor, Jon Cairns, Gavin Butt, Nicola Harwood, Tracy Ryan, Mike Loteryman und Anna Baker Jones. Besonderer Dank gilt meinen inspirierenden Eltern und schließlich Kim Teasdale für all die üblichen Gründe, vor allem für die Erlaubnis, ihre besten Einfälle stehlen und sie für meine ausgeben zu dürfen.

Anmerkung des Übersetzers

Das Zitat aus »Ein Portrait des Künstlers als junger Mann« (S. 14) folgt der Übersetzung von Klaus Reichert, erschienen bei Suhrkamp.

»Der Fremde« (S. 102) zitiert nach der Übersetzung von Uli Aumüller, erschienen bei Rowohlt.

Glen Duncan

Der letzte Werwolf

Roman

Aus dem Englischen von Peter Torberg

416 Seiten. Gebunden

Seit über 150 Jahren werden Werwölfe überall auf der Welt unerbittlich gejagt. Nun ist es soweit: es gibt nur noch einen einzigen – Jake Marlowe. Marlowe, lebensmüde und gepeinigt von den Erinnerungen an seine Taten, will aufgeben. Doch ein brutaler Mord und eine außergewöhnliche Begegnung zwingen ihn dazu, sich dem Kampf um sein Leben neu zu stellen ... Sex, Gewalt und Philosophie – ein Werwolfroman, wie es noch keinen gab.

»Witzig, sexy, mörderisch intelligent ... Glen Duncan ist der cleverste Horrorhändler seit Bram Stoker.«
The Times

»Ein herrliches Buch, wunderschön gemacht und voll echter Spannung, das dem Horrorgenre den Brustkorb herausreißt, um etwas Stürmisches und Majestätisches zu erschaffen, das gänzlich für sich selbst steht.«
Nick Cave

S. Fischer

fi 1-015351 / 1